호르헤 루이스 보르헤스 Jorge Luis Borges

1899년 아르헨티나의 부에노스아이레스에서 태어났다. 1919년 스페인으로 이주, 전위 문예 운동인 '최후주의'에 참여하면서 본격적인 문학 활동을 시작한 그는 부에노스아이레스에 돌아와 각종 문예지에 작품을 발표하며, 1931년 비오이 카사레스, 빅토리아 오캄포 등과 함께 문예지《수르》를 창간, 아르헨티나 문단에 새로운 물결을 가져왔다. 한편 아버지의 죽음과 본인의 큰 부상을 겪은 후 보르헤스는 재활 과정에서 새로운 형식의 단편 소설들을 집필하기 시작한다. 그 독창적인 문학 세계로 문단의 주목을 받으며 세계적인 명성을 얻기 시작한 그는 이후 많은 소설집과 시집, 평론집을 발표하며 문학의 본질과 형이상학적 주제들에 천착한다. 1937년부터 근무한 부에노스아이레스 시립 도서관에서 1946년 대통령으로 집권한 후안 페론을 비판하여 해고된 그는 페론 정권 붕괴 이후 아르헨티나 국립도서관 관장으로 취임하고 부에노스아이레스 대학교에서 영문학을 가르쳤다. 1980년에는 세르반테스 상, 1956년에는 아르헨티나 국민 문학상 등을 수상했다. 1967년 예순여섯 살의 나이에 처음으로 어린 시절 친구인 엘사 미얀과 결혼했으나 삼 년 만에 이혼, 1986년 개인 비서인 마리아 코다마와 결혼한 뒤 그해 6월 14일 제네바에서 사망했다.

죽음의 모범

죽음의 모범

보르헤스 가명
소설 모음집

Un modelo para la muerte

호르헤 루이스 보르헤스 · 아돌포 비오이 카사레스
이경민 · 황수현 옮김

민음사

일러두기

1. 이 가명 소설 모음집의 작가는 호르헤 루이스 보르헤스와 아돌포 비오이 카사레스다.
2. 번역은 Jorge Luis Borges, *Obras completas en colaboración*, 1/2, Buenos Aires, Emecé, 1997을 저본으로 하였다.
3. 원서에 실린 각주는 내용 끝에 (원주)를 표기했다.

차례

1부
이시드로 파로디에게 주어진 여섯 가지 사건

2부

두 가지 놀라운 환상

3부

죽음의 모범

4부
변두리 사람들
믿는 자들의 낙원

5부
부스토스 도메크의 연대기

6부
부스토스 도메크의 새로운 단편들

I부 이시드로 파로디에게

주어진 여섯 가지 사건

오노리오 부스토스 도메크

다음은 교육자인 아델마 바도글리오 양이 쓴
도메크 박사의 전기를 옮긴 것이다.

오노리오 부스토스 도메크 박사는 1893년 푸하토(산타페주)에서 태어났다. 그는 흥미로운 초등 교육을 마치고 가족과 함께 아르헨티나의 시카고[1]로 이주했다. 1907년 로사리오의 신문 칼럼은 그의 나이를 의심조차 하지 않고 뮤즈를 친구로 삼은 겸손한 그의 초기작들을 게재했다. 당시 작품으로는 「바니타스」, 「진보의 발전」, 「청·백의 조국」, 「그녀에게」, 「녹턴」이 있다. 1915년 발레아르 센터에서 엄선된 청중을 앞에 두고 호르헤 만리케[2]의 작품을

---

1 현재 아르헨티나 제3의 도시인 산타페주의 로사리오를 가리킨다. 19세기 말에 로사리오가 아르헨티나의 중추적인 항구 도시로 성장하면서 아르헨티나의 시카고라는 별칭을 얻었다.

2 Jorge Manrique(1440~1479). 스페인의 시인이자 군인. 풍자시에 능했으며 대표작 「아버지의 죽음에 바치

기린 「「아버지의 죽음에 바치는 애가」에 바치는 송가」를 발표했다. 이 작품은 일시적이나마 그에게 떠들썩한 명성을 안겨 준 쾌거였다. 같은 해 그는 『시민이여!』를 출판했다. 이 작품은 풍부한 문학성을 펼쳐 보였으나 젊은 작가인 데다 당대를 헤아리기에는 시야가 좁았던 탓에 안타깝게도 프랑스풍의 시어로 인해 격이 떨어졌다. 1919년에는 각별한 시기에 쓴 시를 모아 『신기루』라는 얇은 시집을 출판하는데, 이 시집에 실린 마지막 작품들은 훗날 『더 정확히 말합시다!』(1932)와 『책과 원고 사이에서』(1934)에 드러나게 될 뛰어난 산문가로서의 면모를 담보하고 있다. 그는 라브루나[3]가 활동하던 시기에 장학관을 역임하고 나중에는 빈민 변호인에 임명되었다. 따스한 가정의 품이 아닌 거친 현실에 대한 경험은 그의 작품 활동에 가장 큰 가르침이 되었다. 대표적으로 다음과 같은 작품이 있다. 『성찬회: 아르헨티나 포교 조직』, 『돈 치코 그란데의 삶과 죽음』, 『이제 나도 읽을 줄 알아!』(로사리오 교육청 지정 도서), 『산타페의 독립 전쟁 기여』, 『새로운 별들: 아소린, 가브리엘 미로, 본템펠리』. 그가 쓴 탐정 소설은 새로운 혈통의 출중한 탐정 소설가가 탄생했음을 보여 준다. 그는 탐정 소설 장르를 냉철한 주지주의로 점철한 코난 도일,[4] 오토렝기[5] 같은 작가에게

는 애가」는 비가의 걸작으로 평가된다.

3 아르헨티나를 대표하는 축구 선수인 앙헬 라브루나(Ángel Labruna, 1918~1983)를 가리키는 듯 보인다.

4 아서 코난 도일(Arthur Conan Doyle, 1859~1930)은 영국의 안과 의사이자 소설가다.

맞섰다. 『푸하토 이야기』는 그가 정감 어린 제목을 붙였듯이 상아탑에 갇힌 비잔틴인의 세밀한 작품이 아니라 인간의 맥박에 주의를 기울이는 현대인의 목소리로 진실의 격류를 단숨에 써 내려간 작품이다.

---

5 살바토레 오토렝기(Salvatore Ottolenghi, 1861~1934)는 이탈리아의 의사이자 작가다.

서문

좋아! 그렇게 하지! 내가 누군지 보여 주겠네!
하지만 그러려면 우리가 협력해야 해.
난 차를 마시지 않으니 담배를 피우겠네!
— 로버트 브라우닝

문인이란 기질적으로 숙명적이고 기묘한 사람이다. 부에노스아이레스 문학계는 돈독한 우정 때문이든 상찬할 만한 진가 때문이든 두말할 나위 없이 온당한 요구에도 다시는 서문을 쓰지 않겠다는 나의 진솔한 결정을 잊지 않았을 것이며, 앞으로도 기억할 것이다. 한데 이 소크라테스 같은 '딱새'[6]는 불가항력이었음을 이해해 주기 바란다. 고약한 사람 같으니라고! 함박웃음으로 나를 무력화하더니 내 글발의 효과가 대단하다

6 친밀한 관계에서 쓰인 오노리오 부스토스 도메크의 애칭.(오노리오 부스토스 도메크가 붙인 주석)(원주) 원문의 "Bicho Feo"는 보통 징그러운 벌레나 못생긴 사람을 의미하지만 '노란배딱새(Benteveo)'를 가리키기도 한다.

고 했다. 전염성 강한 웃음을 터트리며 오랜 친분도 있으니 자기 책에 서문을 써 달라고 집요하게 설득했다. 무슨 말을 해도 소용이 없었다. 나는 '마지못해' 미지의 푸름으로 떠날 때마다 동료이자 무언의 친구가 되어 준 레밍턴 타자기 앞에 앉기로 했다.

최근 은행과 증권 거래소와 경마장으로부터 압박을 받고 있긴 해도 내가 벤츠 풀만의 편안한 좌석에 앉아 있든 회의적인 생각을 하면서 카지노 온천에서 진흙 목욕을 하는 고객으로 있든 간담을 서늘케 하는 잔혹한 탐정 소설에 찬사를 보내는 데 문제가 되진 않는다. 다만 솔직히 고백하건대 나는 유행의 노예가 아니다. 나는 기지 넘치는 셜록 홈스를 뒤로 미룬 채 침실에서 홀로 며칠 밤을 라에르테스의 아들이자 제우스의 씨를 물려받은 방랑자 율리시스의 생동감 넘치는 모험에 몰두하는 사람이다. 하지만 근엄한 지중해풍 서사시를 예찬할 줄 아는 자는 모든 정원의 꿀을 빨 줄도 아는 법이니, 나는 탐정 르코크[7] 덕에 기운을 차리고 먼지투성이 서류를 파고들면서 가상의 거대한 호텔에서 귀를 쫑긋 세우고 괴도 신사[8]의 은밀한 행적을 좇기도 했고, 영국의 안개에 휩싸인 다트무어[9] 황무지의 공포 속에서 번들

---

7 추리 소설에서 선구적 작가인 프랑스의 에밀 가보리오(Émile Gaboriau, 1832~1873)가 쓴 『르코크 탐정(Monsieur Lecoq)』(1868)의 주인공이다.

8 모리스 르블랑(Maurice Leblanc, 1864~1941)의 『괴도 신사 아르센 뤼팽(Arsène Lupin gentleman cambrioleur)』(1907)을 가리킨다.

9 영국 남부에 위치한 데본의 황무지로 코난 도일의 『바스커빌 가문의 개』(1902)의 공간 배경이다.

거리는 덩치 큰 마스티프한테 뜯어 먹히기도 했다. 이런 식으로 쓰다 보면 최악의 글이 될 듯싶다. 독자 여러분은 내가 믿을 만한 사람임을 알 것이다. 나도 보이오티아[10]에 있어 봤다.

이 작품집의 기본 요소를 본격적으로 분석하기에 앞서 독자 여러분이 허락해 준다면 나는 온갖 것이 뒤섞인 범죄 문학의 그레뱅 박물관[11]에서 마침내 온전히 아르헨티나를 배경으로 한 아르헨티나식 영웅이 탄생했음을 축하하고 싶다. 거부할 수 없는 제1제국 시대의 코냑을 곁에 두고 향 좋은 담배를 두어 모금 곁들여 가면서 앵글로색슨계 출판 시장이라는 외국의 견고한 척도에 휩쓸리지 않는 탐정 소설을 맛본다는 것, 그리고 내가 그 탐정 소설을 이를 데 없이 강고한 추리 소설 클럽이 런던의 훌륭한 애호가들에게 권하는 걸출한 작가들과 주저 없이 비견할 수 있다는 것은 다시없을 즐거움이 아닌가! 또한 부에노스아이레스 사람으로서 느끼는 나의 만족감도 조금이나마 얘기하고 싶다. 우리의 연재 소설가는 지방 사람이면서도 편협한 지역주의의 부름을 거부하고 부에노스아이레스를 자기만의 독특한 작품을 그려 내는 기본 틀로 선택했다. 또한 로사리오의 '배불뚝이'라는 방탕하고 칙칙한 인물형을 지워 버린 우리의 평판 좋은 '딱새'[12]의 용기와 고상한 취향에도 박수를 보낸다. 그러나 앞으로 다룰 작품에 대해 말하건대 이 대

---

10 고대 그리스의 변방으로 아테네 북쪽 지역을 가리키며, 보이오티아인은 어리석고 무지한 사람을 뜻한다.

11 1882년 개관한 프랑스 파리의 밀랍 인형 박물관이다.

12 각주 6 참조.(원주)

도시적 색체에는 두 가지가 빠져 있다. 하나는 탐욕의 눈 같은 진열창 앞으로 수많은 사람이 지나다니는 비단결 같고 여성스러운 플로리다 거리이고, 다른 하나는 마지막으로 문을 닫는 카페가 금속 눈꺼풀을 감고 어둠 속에서 들려오는 아코디언 소리가 어느덧 창백해진 별들에게 인사를 건네는 밤에 부두를 곁에 두고 잠드는 우수에 찬 보카 지구[13]가 그것이다.

이제 「이시드로 파로디에게 주어진 여섯 가지 사건」을 쓴 작가의 가장 두드러지고 중요한 특징을 살펴보기로 하자. 그의 작품이 '신속한 전개'의 기술을 드러낸다는, 즉 간결하다는 점은 의심할 여지가 없다. 부스토스 토메크는 늘 대중의 취향을 살피는 사람이었다. 그가 쓴 단편에는 쓸데없는 내용이 없고 시간적으로 혼동할 일도 없다. 그는 우리가 맞닥뜨릴 수 있는 난관을 모두 제거해 버린다. 비애에 젖은 에드거 앨런 포, 왕자 같은 매슈 핍스 실,[14] 남작 부인 에마 오르치[15]의 전통에서 움튼 새로운 배

---

13 La Boca. 역사적으로 부에노스아이레스를 대표하는 항구이자 탱고의 발상지로 알려져 있다.

14 Matthew Phipps Shiel(1865~1947). 영국의 소설가로 포의 영향을 받았으며 주로 초자연적인 사건을 다룬 환상 소설이나 공상 과학 소설을 썼다. 그는 레돈다 왕국(Kingdom of Redonda)의 두 번째 왕으로 불리는데, 이는 레돈다섬에 상륙하여 왕국을 선언한 부친 매슈 다우디 실(Matthew Dowdy Shiell)의 뒤를 이어 1880년 레돈다 왕국의 펠리페(Felipe) 국왕으로 즉위했기 때문이다.

15 Emma Orczy(1865~1947). 헝가리의 귀족 가문에서 태어나 영국에서 활동한 작가다. 대표작으로 『스칼렛 핌퍼넬(The Scarlet Pimpernel)』(1908)이 있다.

아로서 그의 작품은 수수께끼 같은 사건 제시와 명쾌한 해결을 작품 구성의 핵심으로 삼고 있다. 경찰 수사의 압박과 무관하게 호기심의 꼭두각시가 된 인물들이 복작거리며 그 유명한 273호 감방에 모여든다. 그들은 첫 만남에서 자신들을 질겁하게 한 미스터리를 털어놓는다. 그리고 두 번째 만남에서 그들은 아이건 노인이건 놀라지 않을 수 없는 해결책을 듣게 된다. 저자는 예술적이라고 할 만큼 응축적인 기교로 다면적 현실을 단순화하고 사건의 모든 영예를 오직 파로디에게 안겨 준다. 직관력이 부족한 독자라도 몇몇 지루한 조사에서 적절히 생략된 내용과 어느 신사가 — 여기에서 그의 정체를 구체적으로 밝히기는 적절하지 않다. — 제시한 기막힌 통찰을 비롯해 의도치 않게 누락된 내용을 풀어 가면서 흐뭇해할 것이다.

작품을 세심히 살펴보자. 이 작품은 여섯 편으로 구성되었다. 솔직히 나는 그중에서 슬라브 스타일의 「타데오 리마르도의 희생자」를 좋아한다. 이 작품은 오싹한 내용의 줄거리와 병적인 도스토옙스키식 심리학 등에 대한 진지한 탐색이 결합되어 있으며, 우리에게 익숙한 유럽식 겉치레나 고상한 에고이즘을 벗어나 독자적인 세계를 드러내는 방식이 아주 매력적이다. 또한 개인적으로는 숨겨진 대상에 대한 고전적 전개를 나름대로 일신한 「타이안의 기나긴 추적」도 뇌리에 남는 작품이다. 포의 「도둑맞은 편지」가 그런 전개의 시작이라면, 린 브로크[16]의 『다이아몬드 2』는 파리 스타일로 변주된 걸출한 작품이

16 Lynn Brock. 아일랜드 추리 소설가 앨리스터 매컬리스터(Alister McAllister, 1877~1943)의 필명이다. 『다이

지만 박제된 개가 등장하는 바람에 격이 떨어지며, 카터 딕슨[17]은 난방용 라디에이터에 의지하나 그다지 만족스럽지 못하다. 「산자코모의 예견」도 빼놓을 수 없을 터인데, 이 작품에서 제시된 수수께끼가 완벽히 해결된 것은 신사적으로 말하건대 제아무리 통찰력이 뛰어난 독자라도 당황하지 않을 수 없을 것이다.

일류 작가의 기질을 판단하는 방법 중 하나는 작가가 작중인물들을 노련하고 기품 있게 차별화할 줄 아느냐에 있다. 어린 시절 일요일마다 우리를 즐겁게 해 주던 나폴리의 단순한 인형 놀음사는 어설픈 임시방편으로 그 문제를 해결했다. 풀치넬라를 꼽추로 만들거나 피에로의 목깃에 풀을 먹이거나 콜롬비나를 세상에서 가장 요란하게 웃는 하녀로 만들거나 아를레키노에게 특유의 다이아몬드 무늬 의상을 입히는 식이었다. 이와 유사한 방식으로 오노리오 부스토스 도메크도 필요한 부분을 수정한다. 예컨대 풍자 화가가 쓰는 과장된 표현법을 활용한다. 물론 그의 유쾌한 글쓰기에서는 장르의 특성에 따라 발생하는 변형이 꼭두각시의 신체와 관련된 것이 아니라 작가가 잔인하리만치 즐겁게 파고든 인물들의 말투에 있다. 전통 요리에 좋은 소금을 남용하기도 하지만 기운 넘치는 풍자가가 우리에게 보여 준 파노라마는 이 시대를 담은 화랑과 같다. 그 화랑에는 감수성

아몬드 2(The Two of Diamonds)』(1926)에서는 앤서니 와턴(Anthony Wharton)이라는 필명을 썼다.

17 Carter Dickson. 미국의 추리 소설가인 존 딕슨 카(John Dickson Carr, 1906~1977)의 필명이다.

이 풍부한 독실하고 훌륭한 여인, 뾰족한 연필로 — 평이하게 쓴 만큼 유려하지는 않은 — 수많은 기사를 송고하는 기자, 부유한 집안 출신에 그지없이 친절하며 밤 문화를 즐기고 번지르르한 머리에 폴로 경기마를 소유한 정신없는 한량, 살아 있는 사람이 아니라 수사(修辭)로 짜깁기한 인물로서 옛 문학에서 정형화된 부드러운 목소리의 예의 바른 중국인, 정신적, 육체적 즐거움을 알기에 자키 클럽 도서관[18]의 서적은 물론이고 이 클럽에서 열리는 경마 경기에 열심을 다하는 예술가이자 정열이 넘치는 신사가 등장한다. 이를 통해 그의 작품은 우리 사회의 어두운 이면을 드러낸다. '아르헨티나의 현재'라고 부를 만한 이 프레스코화에는 말 탄 가우초[19]의 모습이 제거되고 유대인, 이스라엘인이 등장하는데 이는 이 사회의 혐오스러운 무자비함을 고발하려는 것이다. '변두리의 콤파드레'[20]라는 늠름한 인물상도 '두격감등'[21]을 겪고 있다. '어퍼컷'과 단검이 맞서던 곳인 카페 핸슨,[22]

---

18 1882년 아르헨티나의 상류층 인사를 중심으로 부에노스아이레스에 설립된 자키 클럽(Jockey Club)의 도서관을 가리킨다.

19 gaucho. 아르헨티나, 우루과이, 파라과이를 비롯해 남미의 대평원에서 살던 목동을 가리키는 말. 스페인 사람과 원주민의 혼혈로 20세기 초까지 아르헨티나 문화 정체성의 상징적 대변자였다.

20 compadre. 19세기 중반에 도시 변두리로 진입한 가우초의 후손을 가리킨다.

21 頭格減等, capitis diminutio. 로마법에서 신분의 하향 변동을 가리킨다.

22 독일인 이민자 후안 핸슨(Juan Hansen)이 부에노스아이레스에 세운 카페 핸슨(Café Hansen, 1877~1912)을

오래전 그 잊지 못할 무대에서 '코르테와 메디아 루나'[23]의 음란한 스텝을 선보이던 정력적인 메스티소[24]는 이제 툴리오 사바스타노로 이름을 바꾸고 결코 범상치 않은 자신의 능력을 쓸데없는 농담으로 허비한다. 이렇게 맥없이 늘어진 상황에 놓인 우리를 간신히 구출해 내는 인물이 바로 파르도 살리바소다. 그는 조연에 지나지 않지만 활력 넘치는 모습으로 오노리오 부스토스의 뛰어난 문체를 입증하는 인물이다.

그렇다고 그의 작품이 모든 면에서 수려한 것은 아니다. 내 안에 존재하는 아테네의 검열관은 파르테논 신전의 간결한 윤곽을 뒤덮고 어지럽히는 덤불처럼 단편적이긴 하지만 지겨울 만큼 지나치게 화려한 그의 필체를 항변의 여지 없이 단호하게 비판한다.

우리 풍자 작가의 손에서는 메스가 되는 펜이 이시드로 파로디의 살아 있는 육체에 닿으면 금세 칼날이 무뎌진다. 이시드로 파로디는 작가가 냉소를 거듭하며 우리에게 선사한 '늙은 크리오요[25]들'에 대한 아주 중요한 초상으로서 델 캄포[26]와

가리킨다. 탱고의 발상지로 거론될 만큼 탱고 발전에 중요한 역할을 한 곳이다.

23 코르테(corte, 자르기)와 메디아 루나(media luna, 반달)는 탱고에서 쓰이는 스텝의 일종이다.

24 백인과 아메리카 원주민의 혼혈인.

25 유럽계 라틴 아메리카 사람을 의미한다.

26 에스타니슬라오 델 캄포(Estanislao del Campo, 1834~1880). 아르헨티나의 군인이자 정치인, 시인으로 가우초 시문학을 대표하는『파우스토(Fausto)』(1866)를 남겼다.

에르난데스,[27] 그리고 민속 기타 연주에 정통한 지고한 사제들이 — 이 중에 『마르틴 피에로』의 저자인 에르난데스가 가장 훌륭하다. — 우리에게 물려준 유명한 초상에 버금갈 만큼 벌써 제자리를 잡았다.

이시드로 파로디 선생은 범죄 수사에 관한 무수한 연대기에 처음으로 등장한 수감된 탐정이다. 하지만 뛰어난 후각을 지닌 비평가라면 그에 가까운 선례를 알아챌 수 있을 것이다. 포부르 생제르맹에 있는 어두침침한 서재를 나서지도 않고 모르그가에서 발생한 참사가 골칫거리 오랑우탄 때문이라는 사실을 알아내는 오귀스트 뒤팽,[28] 보석과 오르골, 암포라[29]와 석관, 우상과 날개 달린 황소의 형상이 호화롭게 어우러져 있는 외딴 궁전에 은거하며 런던에서 발생한 사건을 해결하는 잘레스키 공,[30] 사방이 막힌 이동 감옥에 갇힌 맥스 캐러더스[31]가 그렇다. 부분적으로는 이 정주적인 탐정들, 방 안을 맴도는 이 기

27 호세 에르난데스(José Hernández, 1834~1886). 아르헨티나의 군인, 정치인, 시인으로 가우초 문학의 백미라 할 수 있는 『마르틴 피에로(Martín Fierro)』(1972)를 남겼다.

28 에드거 앨런 포가 만들어 낸 탐정으로 『모르그가의 살인 사건』에 처음 등장한다.

29 고대 유럽에서 사용하던 항아리로 손잡이가 두 개이며 목이 길고 좁다.

30 영국 작가인 매슈 핍스 실의 『잘레스키 공(Prince Zaleski)』(1895)을 가리킨다.

31 영국 작가인 어니스트 브라마(Ernest Bramah, 1868~1942)의 작품에 등장하는 대표적인 탐정이다.

이한 여행자들이 파로디를 낳았다고 할 수 있다. 파로디는 범죄물의 발전 과정에서 자연스럽게 나타날 수밖에 없는 인물일 수도 있지만 그의 등장, 그를 창조한 독창적 발상은 카스티요 박사[32]의 대통령 재임기에 이뤄진 아르헨티나의 위업이라고 선언하기에 손색이 없다. 파로디의 정주성은 지성의 상징이자 공허한 열의로 격앙된 미국 추리 소설을 단호히 부정하는 도전 행위다. 냉혹하지만 정확히 판단하는 사람이라면 그를 우화 속의 기지 넘치는 다람쥐에 비유할 것이다.

그런데 독자의 얼굴에 조바심이 가득해 보인다. 요즘엔 모험에 대한 특권이 사색적 대화보다 우위에 있다. 이제 작별을 고할 시간이다. 여기까지는 독자의 손을 잡고 함께 왔지만 이제는 독자 홀로 책을 마주할 시간이다.

아르헨티나 학술원
헤르바시오 몬테네그로[33]

1942년 11월 20일
부에노스아이레스

---

32 아르헨티나의 23대 대통령(1942~1943)인 라몬 안토니오 카스티요(Ramón Antonio Castillo, 1873~1944).

33 오노리오 부스토스의 동료이자 살인 사건의 용의자로 등장하는 인물이다.

황도 십이궁

호세 식스토 알바레스[34]를 기리며

1

아킬레스 몰리나리는 잠결에 생각했다. 마갈궁, 보병궁, 쌍어궁, 백양궁, 금우궁……. 이윽고 일순간 의식이 흐려지면서 천칭궁, 천갈궁이 떠올랐다. 그는 실수를 깨닫고 화들짝 놀라 잠에서 깼다.

햇볕에 얼굴이 뜨거웠다. 『브리스톨 천체력』과 몇 부의 경마 연보 『라 피하』가 놓인 좁은 탁자 위로 자명종이 9시 40분을 가리키고 있었다. 늘 그래 왔듯 몰리나리는 성좌를 읊조리며

34 José Sixto Álvarez(1858~1903). 프라이 모초(Fray Mocho)라는 필명으로 알려진 아르헨티나의 작가이자 기자.

일어났다. 창밖을 내다봤다. 길모퉁이에 낯선 사내가 보였다.

몰리나리는 피식 웃었다. 복도 안쪽으로 들어가 면도기와 솔, 노란 비누 조각, 따뜻한 물 한 컵을 들고 돌아왔다. 창문을 활짝 열고 아주 차분하게 낯선 이를 쳐다본 뒤 「표시된 카드」[35] 라는 탱고곡을 휘파람으로 불며 나릿하게 면도를 했다.

십 분 후 그는 갈색 양복을 입고 거리로 나섰다. 정통 영국 양복점 라부피에 갚아야 할 할부가 두 달이나 남은 정장이었다. 그가 모퉁이에 이르자 낯선 사내가 돌연 복권 당첨 번호에 몰두하기 시작했다. 그런 식의 어설픈 눈속임을 익히 알고 있던 몰리나리는 움베르토 1세 거리의 모퉁이로 향했다. 때마침 버스가 도착하자 올라탔다. 사내가 쉽게 그를 미행할 수 있도록 앞자리에 앉았다. 두세 블록 지나 뒤를 돌아보니 검은색 안경 때문에 쉽게 눈에 띄는 그 사내는 신문을 읽고 있었다. 시내 중심가에 가까워지자 버스가 승객으로 북적였다. 사내가 눈치채지 못하게 버스에서 내릴 수도 있었지만 몰리나리에겐 더 좋은 계획이 있었다. 그는 팔레르모 맥줏집까지 갔다. 이후 앞만 보고 걷다가 노르테[36]로 방향을 꺾은 뒤 교도소의 벽을 따라 가다가 정원으로 들어갔다. 그는 태연하게 행동하고 있다고

35 「Naipe marcado」. 아르헨티나 음악가인 앙헬 그레코(Ángel Greco, 1893~1938)가 1933년에 발표한 곡. 이 탱고곡에서 '표시된 카드'는 탱고의 은유로 쓰이지만 일반적으로 카드놀이의 속임수용 카드를 말한다.

36 부에노스아이레스 북동부 지역을 가리킨다. 레티로(Retiro)와 레콜레타(Recoleta) 지역에 해당하며 주로 중상류층이 거주한다.

생각했다. 하지만 경비 초소가 가까워지자 이제 막 불을 붙인 담배를 버렸다. 긴팔 셔츠를 입은 직원과 얘기를 했으나 특기할 만한 내용은 없었다. 한 교도관이 그를 273호실로 안내했다.

십사 년 전 정육점을 운영하던 아구스틴 R. 보노리노가 이탈리아인으로 변복하고 벨그라노에서 열린 카니발 행렬에 참가했다가 병으로 관자놀이를 얻어맞고 죽었다. 빌스[37] 탄산수 병으로 그를 쓰러뜨린 자가 파타 산타[38]라는 건달패 중 한 놈이라는 것을 모르는 사람은 없었다. 하지만 파타 산타가 선거철에 유용하게 쓰였기 때문에 경찰은 이시드로 파로디를 범인으로 지목했다. 그를 두고 무정부주의자라고 말하는 사람도 있었지만 그건 교령술사라는 의미에서였다. 사실 이시드로 파로디는 무정부주의자도 교령술사도 아니었다. 수르동에서 이발소를 운영하던 그는 18지구 경찰서의 서기에게 방을 임대하는 실수로 인해 이미 일 년 치 임대료를 받지 못하고 있던 상황이었다. 그렇게 불운한 상황이 꼬이면서 그의 운명이 결정됐다. 그가 파타 산타 건달패의 일원이라는 증인들의 증언에는 이견이 없었다. 판사는 그에게 징역 21년 형을 선고했다. 1919년 살인 사건은 그의 은둔 생활이 낳은 결과였다. 사십 대 중년이 된 지금 그는 근엄한 모습에 배가 나왔으며 중머리에 탁월한 현자의 눈을 지니고 있었다. 그런 그의 눈이 젊은 몰리나리를 주시하고 있었다.

"무슨 일로 온 건가, 친구?"

---

37 Bilz. 1905년 설립된 칠레의 탄산수 생산 회사.

38 Pata Santa. '성스러운 다리(脚)'라는 의미다.

목소리가 아주 정중하지는 않아도 몰리나리는 그가 사람들의 방문을 불쾌하게 여기지 않는다는 걸 알고 있었다. 더욱이 파로디가 어떤 반응을 보이든 그에게는 믿고 얘기할 사람이나 조언자를 만나는 일이 우선이었다. 나이 든 파로디는 여유롭고 능숙하게 작은 하늘색 다관에 마테차를 우려냈다. 그리고 몰리나리에게 차를 권했다. 몰리나리는 자신의 삶을 뒤집어 버린 돌이킬 수 없는 사건을 풀어놓고 싶어서 조바심이 났지만 이시드로 파로디를 재촉해 봐야 소용없다는 걸 알았다. 몰리나리는 경마에 관한 시답잖은 이야기로 말을 꺼냈는데, 경마란 순전히 속임수라 누가 이길지 아무도 모른다고 말하면서 자신의 침착함에 놀라고 있었다. 파로디는 그의 말에 아랑곳하지 않은 채 교도소도 예외가 아닐 만큼 이탈리아인이 파고들지 않은 데가 없다고 단언하면서 예의 원한에 휩싸였다.

"이젠 어디서 왔는지 어디서 굴러먹었는지도 모를 외국인이 넘쳐 나지."

자연스레 민족주의자가 된 몰리나리는 아르헨티나를 철도와 냉장 시설로 가득 채운 영국 자본가들은 빼놓은 채 이탈리아인과 드루즈교도[39]한테 질렸다며 그의 불평에 맞장구쳤다. 어제만 하더라도 그가 로스 인차스 피자 가게에 들어가면서 처음 본 사람이 이탈리아인이었다.

"이탈리아 남자와 여자 중에 어느 쪽이 불편한가?"

39　드루즈교는 11세기에 등장한 이슬람교의 분파.

"남자도 여자도 아닙니다." 그는 간결하게 대답했다. "이시드로 선생님, 제가 사람을 죽였습니다."

"나도 사람을 죽였다고 하더라만, 그런데도 여기서 날 만나고 있잖나. 긴장 푸시게. 드루즈교도 문제가 복잡하긴 하지만 18지구 경찰서의 서기가 당신을 증오하지 않는 한 살길이 있을 거네."

몰리나리는 망연자실한 표정으로 그를 쳐다봤다. 이내 그는 어느 후안무치한 신문사가 이븐 할둔의 별장에서 벌어진 사건을 다루면서 그의 이름을 거론했다는 사실이 떠올랐다. 그 신문사는 그가 기품 있는 스포츠와 축구에 관한 기사를 쓰던 코르도네의 역동적인 신문사와는 완전히 딴판이었다. 그는 파로디가 여전히 영민하며 그 기민함과 그론도나 부소장의 너그러운 관리 덕택에 석간신문을 꼼꼼히 살펴본다는 사실을 상기했다. 사실 이시드로 선생은 최근 이븐 할둔이 사망했다는 걸 알고 있었다. 하지만 몰리나리에게 사건을 얘기해 달라고 청하면서 귀가 좀 어두우니 너무 빨리 말하지 말라고 당부했다. 몰리나리는 차분한 마음으로 이야기를 시작했다.

"제 말을 믿어 주십시오. 저는 현대적인 사람입니다. 요즘 사람이란 말입니다. 그렇게 살아왔습니다. 하지만 사색하는 것도 좋아합니다. 저는 우리가 물질주의 시대를 극복했다고 생각합니다. 영성체와 성찬 대회에 모인 신도들이 제게 지울 수 없는 상흔을 남겼습니다. 지난번에 선생님이 얘기했듯이, 그 말씀을 잊지 않고 있습니다만, 수수께끼 같은 내막을 밝혀내야 합니다. 이슬람의 고행자나 요가 수행자는 호흡법과 낯선 수련법을 통해 어느 정도 사물의 이치를 깨닫습니다. 저는 기독교도로서 '명예와 조국 교령술 센터'에서 빠져나왔지만 드루즈교도들이 혁신적인 단체를 구성했으며 일요일마다 미사에 가는 사람들보다 미지의 비밀에 훨씬 가까이 있다는 걸 알게 되었지요. 예컨대 비야마치니에 있는 이븐 할둔 박사의 웅장한 별장에는 기막힌 도서관이 있어요. 그를 알게 된 건 식목일에 진행된 피닉스 라디오 방송 덕분이었죠. 강연이 아주 훌륭했답니다. 누군가 제가 쓴 기사를 보여 준 모양인데 마음에 들었나 봅니다. 저를 집으로 데려가 수준 높은 책들도 빌려주고 그 별장에서 열린 파티에도 초대해 줬어요. 손님 중에 여성은 없었습니다. 확언컨대 그 자리는 문화의 장이었습니다. 혹자는 그들이 우상을 숭배한다고 하는데, 공회장에 가 보면 철길보다 비싼 금속제 황소가 있어요. 매주 금요일이면 아킬, 그러니까 신입 신도라고 하던데 그들이 그 황소 주위로 모입니다. 언젠가 이븐 할둔 박사가 저더러 입회하라고 하더군요. 거절할 수가 없었습니다. 저로선 그 양반과 좋은 관계를 맺는 게 나았고 사람이 빵만 먹고 살 순 없으니까요. 드루즈교도들은 아주 폐쇄적이어서 서구인은 드루즈교도가 될 자격이 없다고 생각하는 신도도 있더군요. 비근한 예로 정육 배송 트럭 회사를 운영하는 아불 하산은 선택받은 자가 정해져 있으니 드루즈교도로 개종해도 인정받을 수 없다고 했습니다. 회계사인 이즈 알 딘도 마찬가지로 반대했죠. 그는 하루 종일 장부만 쓰는 불쌍한 사람이었어요. 이븐 할둔 박사도 그와 그가 쓴 장부에 대해 냉소적이었죠. 그런데도 그들은 케케묵은 편견에 사로잡혀서 몰래 저를 헐뜯었습니다. 그러니 제 입장에선 간접적으로 그 모든 게 그들의 잘못이라고 단호하게 말할 수 있습니다. 8월 11일 이븐 할둔의 편지를 받았는데 14일에 조금 어려운 시험이 있으니 대비하라는 것이었습니다."

"뭘 준비하라는 것이었지?" 파로디가 물었다.

"선생님도 아시겠지만 사흘간 차만 마시면서 『브리스톨 천체력』에 나온 황도 십이궁을 순서대로 외우는 겁니다. 그래서 오전 근무가 있는 위생국에 병가를 냈죠. 처음엔 금요일이 아니라 일요일에 시험이 있다고 해서 당황스러웠지만 편지에는 그렇게 중요한 시험은 주일에 보는 게 좋다고 설명하더군요. 자정이 되기 전에 별장으로 오라고 했어요. 금요일과 일요일엔 아주 평온하게 보냈지만 일요일 아침엔 예민해지더군요. 이시드로 선생님, 이제 와 돌이켜 보면 제가 무슨 일이 일어날지 이미 예견하고 있었던 것 같아요. 그런데도 긴장을 늦추지 않고 종일 책만 봤습니다. 우습게도 저는 오 분마다 시계를 쳐다보며 차를 한 잔 더 마실 수 있는지 확인했죠. 왜 시계를 봤는지 모르겠지만 어쨌든 차를 마셔야 했습니다. 목이 바짝 타들어 가서 뭐라도 마셔야 했으니까요. 그렇게 시험 시간을 기다렸건만 레티로역에 늦게 도착하는 바람에 애초에 타려던 기차 대신 12시 18분 일반 열차를 타야 했습니다.

정말 준비를 잘했지만 기차에서도 『천체력』을 보고 있었어요. 축구가 뭔지도 모르는 놈들이 미요나리오스가 차카리타 주니어스[40]를 상대로 이겼다는 얘기를 하는데 짜증이 나더군

40 미요나리오스(Millonarios)로 불리는 리베르 플라테(River Plate)와 차카리타 주니어스(Chacarita Juniors)는 아르헨티나의 프로 축구팀이다.

요. 벨그라노 R 역에서 내렸습니다. 별장은 역에서 열세 블록 떨어진 곳에 있었죠. 길을 걷다 보면 상쾌한 기분이 들 것 같았는데 오히려 녹초가 됐지요. 이븐 할둔이 일러 준 대로 로세티 길에 있는 상점에서 전화를 걸었습니다.

별장 앞으로 차가 줄지어 서 있었어요. 저택은 초상집보다 훤했고 멀리서도 사람들이 웅성거리는 소리가 들렸어요. 이븐 할둔이 현관에서 절 기다리고 있었습니다. 예전보다 늙어 보였죠. 낮에는 자주 보고도 몰랐는데 그 밤이 돼서야 저는 그가 턱수염이 있다면 레페토[41]와 닮은 데가 있다는 걸 깨달았어요. 사람들 말처럼 운명이란 참 아이러니하지요. 시험 때문에 정신이 없던 그날 밤 그곳에서 그런 시답잖은 것에 신경 쓰다니 말입니다. 우리는 저택을 에워싼 벽돌길을 걷다가 안으로 들어갔어요. 사무실엔 이즈 알 딘이 있었고 그 옆으로 문서고가 있었죠."

"난 십사 년 전에 문서화됐지." 이시드로가 부드럽게 말했다. "그런데 내가 그 문서고를 본 적이 없으니 그곳에 대해 설명해 주겠나."

"그러죠. 아주 간단합니다. 사무실은 위층에 있고, 바로 공회장으로 내려가는 계단이 있어요. 그곳에 있는 금속제 황소 주위로 하얀 예복에 베일을 쓴 드루즈교도들 150명 정도가 모여 있었습니다. 문서고는 사무실에 딸린 작은 내실이에요. 저

41 아르헨티나의 의사이자 정치인인 니콜라스 레페토(Nicolás Repetto, 1871~1965)를 가리키는 것으로 보인다.

는 사람 간에도 그렇듯이 창이 없는 방은 장기적으로 건강에 해롭다고 생각해요. 선생님도 그렇게 생각하시지요?"

"말도 마시게. 내가 노르테에 자리 잡은 이후로 내실이라면 지긋지긋하다네. 사무실 얘기나 더 해 주게."

"사무실은 넓은 편입니다. 올리베티 타자기가 놓인 떡갈나무 책상이 있고, 목덜미까지 파묻힐 만큼 편안한 안락의자도 몇 개 있고, 아주 낡았지만 꽤 비싼 터키산 담배 파이프, 유리 샹들리에, 미래파 분위기의 페르시아산 양탄자, 나폴레옹의 흉상, 그리고 수준 높은 장서들이 있었는데 체사레 칸투[42]의 『세계사』, 『세계와 인간의 경이』, 『세계 유명 작품 도서관』,[43] 『연보: 이성』, 펠루포의 『학식 있는 원예사』,[44] 『젊음의 보물』 백과사전과 롬브로소[45]의 『여성 범죄자』, 그리고 그 외에도 더 있었습니다.

---

42 Cesare Cantù(1804~1895). 이탈리아의 사학자로 서른다섯 권의 『세계사(Storia universale)』(1938~1946)를 썼다.

43 『Biblioteca internacional de obras famosas』(1923). 스페인의 석학인 메르셀리노 메넨데스 이 펠라요(Mercelino Menéndez y Pelayo, 1856~1912), 우루과이의 석학 호세 엔리케 로도(José Enrique Rodó, 1871~1917)를 비롯해 여러 사람이 스물일곱 권으로 엮은 세계 문학 전집이다.

44 『El jardinero ilustrado』(1886). 페르난도 마우두이트(Fernando Mauduit)와 비센테 펠루포(Vicente Peluffo)가 쓴 일종의 원예 도감이다.

45 체사레 롬브로소(Cesare Lombroso, 1835~1909). 이탈리아의 범죄학자.

이즈 알 딘은 불안해 보였습니다. 금세 그 이유를 알 수 있었는데 탁자에 커다란 책 상자가 있는 걸로 봐서 자기 작품을 봐 달라고 한 모양이었어요. 제 시험 때문에 바빴던 이븐 할둔 박사는 회피하고 싶었는지 '안심하게. 오늘 밤에 읽겠네.'라고 하더군요.

이즈 알 딘이 그 말을 믿었는지는 모르겠지만 어쨌든 예복을 걸치고 공회장으로 갔습니다. 저한테는 눈길도 주지 않았지요.

우리만 남게 되자 이븐 할둔 박사가 물었지요. '금식도 잘 지키고 황도 십이궁도 외웠는가?'

저는 목요일 10시부터는 차만 마셨다고 했어요.(그날 저녁엔 새로운 감수성에 열광하는 친구들과 아바스토 시장에서 가벼운 스튜와 오븐에 구운 소고기로 식사를 했었죠).

이븐 할둔이 황도 십이궁을 외워 보라더군요. 저는 실수 없이 외웠습니다. 그런데 대여섯 번 더 외워 보라고 하더니 마침내 이렇게 말했습니다.

'지시를 잘 이행한 것으로 보이네. 자네가 근면하고 용기 있는 사람이 아니었다면 내가 지시한들 무슨 소용이 있었겠나. 나는 자네가 그런 사람이라는 걸 알고 있네. 그래서 자네 능력을 무시하는 사람들의 말을 귀담아듣지 않았네. 이제 자네한테 딱 하나, 가장 위험하고 어려운 문제를 내겠네. 내가 삼십 년 전 레바논의 산정에서 기꺼운 마음으로 치렀던 시험일세. 물론 스승님들은 그에 앞서 내게 훨씬 쉬운 문제도 내셨지. 나는 바다 밑바닥에 있는 동전, 공기의 숲, 지구 중심에 있는 성배, 지옥에 떨어진 신월도를 찾아냈어. 하지만 자네는 마법 같은 네 가지 물건을 찾는 게 아니라 베일에 가려진 신성한 사각형을 구성하는 네 명의 장로를 찾아야 할 걸세. 지금 그들은 경건한 임무를 받들어 금속제 황소를 에워싸고 그들의 형제로서 그들처럼 베일을 쓴 아킬들과 기도를 올리고 있네. 그들을 구별할 표식은 전혀 없지만 자네의 마음이 그들을 알아볼 거야. 자네에게 명컨대 유수프를 데려오게. 공회장에 내려가서 황도 십이궁을 순서대로 그려 보게. 마지막 천궁인 쌍어궁에 이르면 다시 첫 번째 천궁인 백양궁으로 이어지며 계속될 거네. 자네가 천궁의 순서를 틀리지 않고 아킬들의 주위를 세 번 돌면 자네의 발걸음이 유수프로 이어질 걸세. 그러면 그에게 이븐 할둔이 부른다고 말하고 여기로 데려오게. 그러고 나면 두 번째, 세 번째, 네 번째 스승을 데려오라고 할 걸세.'

다행히 『브리스톨 천체력』을 읽고 또 읽은 터라 황도 십이궁이 머릿속에 박혀 있었지요. 그렇더라도 실수하지 말라고 하면 실수할까 봐 두려워지는 법입니다. 분명히 말해 두는데 두렵진 않았습니다. 하지만 뭔가 예감이 들었어요. 이븐 할둔은 저와 악수하면서 그의 기도가 저와 함께할 거라더군요. 저는 공회장으로 이어진 계단을 내려갔습니다. 황도 십이궁을 떠올리는 데 몰두하고 있었는데, 하나같이 하얀 등에 깔끔하게 가면을 쓰고 고개를 숙인 그들과 그때까지는 가까이에서 보지 못했던 그 성스러운 황소 때문에 불안해졌지요. 세 바퀴를 돌고 나니 누군가의 뒤에 서 있었어요. 물론 그 사람도 다른 이들과 다를 바 없었지만 황도 십이궁을 머릿속에 그리고 있었던 터라 생각할 겨를도 없이 그에게 말했습니다. '이븐 할둔이 당신을 부릅니다.' 그 사람이 제 뒤를 따라오더군요. 전 계속해서 황도 십이궁을 그리면서 계단을 올라 사무실에 들어갔지요. 기도를 올리고 있던 이븐 할둔은 그를 문서고에 들여보내더니 바로 돌아와서 제게 말했습니다. '이제 이브라힘을 데려오게.' 저는 다시 공회장으로 내려가 세 바퀴를 돌고 또 다른 사람 뒤에 멈춰 선 뒤 그에게 '이븐 할둔이 부릅니다.'라고 말했습니다. 그러고는 그를 데리고 사무실로 돌아왔지요."

"거기서 잠깐 멈추게." 파로디가 말했다. "자네가 세 바퀴를 도는 동안에 사무실을 나간 사람이 없었다는 걸 확신하는가?"

"장담컨대 아무도 나가지 않았습니다. 황도 십이궁과 제가 할 일에 집중하긴 했지만 제가 그렇게 어리숙한 사람은 아닙니다. 전 그 문에서 눈을 뗀 적이 없어요. 걱정 마세요. 들어간 사람도 나간 사람도 없었습니다.

이븐 할둔은 이브라힘의 팔을 끌고 문서고로 데려갔어요. 그러고는 제게 '이즈 알 딘을 데려오게.'라고 하더군요. 그런데 이상한 일이죠, 이시드로 선생님. 앞서 두 번은 자신이 있었는데 이번엔 겁이 나더군요. 저는 계단을 내려가 드루즈교도 주위를 세 번 돈 뒤 이즈 알 딘을 데리고 왔습니다. 정말 피곤했어요. 계단을 오르는데 시야가 흐려질 정도였으니까요. 신장이 좋지 않으면 그렇지요. 모든 게 달라 보였습니다. 심지어 제 옆에 있는 사람까지도. 저를 얼마나 굳건히 믿었는지 기도 대신 혼자 카드놀이를 하던 이븐 할둔이 이즈 알 딘을 데리고 문서고로 갔습니다. 그리고 아버지처럼 제게 말하더군요.

'시험을 치르느라 피곤한가 보네. 네 번째 결사 단원인 칼릴은 내가 찾아오겠네.'

피로는 집중력을 떨어뜨리는 적이죠. 그런데도 저는 이븐 할둔이 나가자마자 복도 난간에 기대어 그를 엿봤습니다. 이븐 할둔은 아주 침착하게 세 바퀴를 돌더니 칼릴의 팔을 잡고 위로 데려왔어요. 아까 얘기했듯이 문서고로 통하는 문은 사무실에만 있어요. 이븐 할둔은 칼릴을 데리고 그 문으로 들어갔다가 곧바로 베일을 쓴 네 명의 드루즈교도와 함께 나왔지요. 그러고는 내게 십자 표식을 하더군요. 드루즈교도는 아주 신앙심이 깊으니까요. 뒤이어 그들에게 베일을 벗으라고 스페인어로 말했습니다. 선생님은 이게 지어낸 얘기라고 할 수도 있겠지만 외국인 같은 얼굴의 이즈 알 딘, 라 포르말사의 부사장인 칼릴, 코맹맹이 소리를 내는 사내의 매부인 유수프, 이븐 할둔의 동업자로 시체처럼 창백하고 수염이 덥수룩한 이브라힘이 그 자리에 있었어요. 똑같은 모습을 한 150명의 드루즈교도 중에서 네 명의 장로를 찾아낸 겁니다.

이븐 할둔 박사는 절 껴안다시피 했어요. 하지만 그 명백한 증거에도 다른 이들은 반대하는 자들인 데다 미신과 점성술을 신봉하기 때문인지 팔을 뻗어 껴안기는커녕 드루즈 말로 화를 내더군요. 안쓰럽게도 이븐 할둔이 그들을 설득해 봤지만 허사였습니다. 이븐 할둔은 제가 다른 시험을 치러야 할 것 같다며, 그 시험은 그들 모두의 인생은 물론이고 세계의 운명이 걸렸을지도 모를 어려운 시험이라면서 이렇게 말했습니다.

'이 베일로 자네의 눈을 가리고 오른손에 이 긴 막대기를 쥐여 주겠네. 우리는 각자 이 집 안이나 정원 어딘가에 숨을 걸세. 자네는 시계가 12시를 알릴 때까지 기다렸다가 황도 십이궁에 따라 우리를 찾아내야 해. 황도 십이궁은 세계를 지배하네. 시험이 진행되는 동안 우리는 자네에게 황도 십이궁의 흐름을 맡기겠네. 우주가 자네 손에 달렸네. 만약 황도 십이궁의 질서를 흐트러뜨리지 않는다면 우리의 운명과 세계의 운명은 예정대로 계속될 걸세. 하지만 자네가 실수를 범하면, 예컨대 천칭궁 뒤에 천갈궁이 아니라 사자궁을 떠올리게 된다면 자네가 찾던 장로는 목숨을 잃고 이 세상은 공기와 물과 불의 위협을 받게 될 걸세.'

모두 그의 말에 동의했지만 이즈 알 딘은 아니었습니다. 그는 살라미를 너무 많이 먹어서 눈이 감길 지경이었고 정신이 산만했는지 우리가 방을 나설 때 모든 사람과 일일이 악수를 했지요. 전에는 절대 그러지 않았는데 말입니다.

그들은 제게 대나무 막대기를 쥐여 주고 눈을 가린 다음 자리를 떴습니다. 전 홀로 남았죠. 어찌나 초조하던지. 전 십이궁의 순서를 떠올리며 절대 울리지 않을 것 같은 종소리를 기다렸습니다. 종이 울리고 그 집을 헤맬 일이 두렵더군요. 불현듯 그 집이 무한한 미지의 공간처럼 느껴졌죠. 저도 모르게 계단과 계단참, 가는 길에 부딪힐 가구들, 지하실, 안뜰, 채광창 등이 떠올랐어요. 온갖 소리가 들렸습니다. 정원수의 가지가 흔들리는 소리, 위층의 발걸음 소리, 드루즈교도들이 별장을 떠나는 소리, 압드 알 말릭이 오래된 이소타 자동차에 시동을 거는 소리. 선생님도 아시겠지만 그는 아세이테 라히오사의 경품에 당첨됐던 사람이죠. 어쨌든 다 떠나고 저와 어딘지 모를 곳에 숨어 있을 드루즈교도들만 그 큰 집에 남게 됐습니다. 상황이 그렇다 보니 시계 종소리에 소스라치게 놀랐습니다. 저는 막대기를 들고 나갔습니다. 혈기 왕성한 청년인 제가 불구자처럼 걷게 되더군요. 당신이 절 봤다면 봉사라고 생각했을 겁니다. 저는 곧바로 왼쪽으로 향했습니다. 코맹맹이 소리를 내는 사내의 매부는 재치가 있는 사람이니 탁자 밑에 있을 거라고 생각했으니까요. 저는 한시도 쉬지 않고 천칭궁, 천갈궁, 인마궁을 비롯해 십이궁을 명확하게 떠올리고 있었어요. 그런데 첫 번째 계단참을 깜빡하고도 엉뚱하게 계속 내려가고 말았지요. 그러다가 온실에 들어가게 됐습니다. 순식간에 길을 잃었습니다. 문도 벽도 찾을 수가 없더군요. 사흘간 차만 마신 데다 정신적으로 피폐해진 상태였으니 그럴 법도 했습니다. 그렇지만 저는 상황을 받아들이고 요리 운반용 승강기 쪽으로 향했습니다. 누군가 석탄 보관소에 들어갔을 거라고 의심했는데 드루즈교도들은 아무리 교육을 받아도 아르헨티나인의 재기를 따라올 수 없더군요. 그래서 다시 공회장으로 향했습니다. 그러다 다리가 세 개인 탁자에 부딪혀 넘어졌죠. 중세 시대 사람처럼 아직도 교령술을 믿는 몇몇 드루즈교도들이 그런 탁자를 쓰죠. 그곳에 있는 유화 속의 모든 눈이 날 보고 있는 것 같았어요. 선생님도 웃음이 나겠지요. 제 여동생도 늘 저더러 어딘가 미친 것 같고 시인 같은 데도 있다고 하니까요. 하지만 전 자리에서 일어났고 바로 거기서 이븐 할둔을 찾았습니다. 팔을 뻗었더니 거기 있더군요. 어렵지 않게 계단을 찾았습니다. 생각보다 아주 가까이 있었죠. 그리고 사무실로 들어갔습니다. 그사이 말 한마디 하지 않았습니다. 십이궁을 생각하느라 바빴으니까요. 그를 놔두고 다른 드루즈교도를 찾으러 나갔습니다. 그때 누군가 웃음을 참는 소리가 들렸어요. 그제야 전 그들이 절 놀리는 게 아닌지 의심하기 시작했지요. 갑자기 비명이 들리더군요. 맹세컨대 전 십이궁도를 절대 틀리지 않았습니다. 하지만 화가 나던 차에 놀라서 헷갈렸을 수도 있겠죠. 전 명백한 사실을 절대 부정하지 않습니다. 저는 몸을 돌려 막대기로 길을 가늠하며 사무실로 들어갔고, 바닥에 있는 뭔가에 부딪혔습니다. 몸을 웅크리고 손을 내밀었더니 머리카락이 느껴졌어요. 코와 눈도 만져졌죠. 저도 모르게 눈가리개를 풀어 버렸습니다.

이븐 할둔이 양탄자 위에 쓰러져 있었고 입가에 침과 피가 낭자했습니다. 촉진을 해 보니 몸은 아직 따뜻하지만 이미 죽은 시체였습니다. 사무실에는 아무도 없었어요. 손에 들고 있다가 떨어뜨린 막대기 끄트머리에 피가 묻은 게 보였어요. 그 순간 저는 제가 그를 죽였다고 생각했어요. 웃음소리와 비명이 들렸을 때 순간적으로 헷갈려서 십이궁도의 순서를 바꿨던 게 분명합니다. 그 오류가 한 사람의 목숨을 앗아 간 겁니다. 저는 다른 네 명의 생사를 확인하려고 복도로 나가 그들을 불렀습니다. 아무 대답도 없더군요. 저는 겁에 질려 집 뒤쪽으로 도망치면서도 백양궁, 금우궁, 쌍아궁을 낮은 소리로 중얼거렸습니다. 세상이 무너지면 안 되니까요. 별장은 한 블록의 4분의 3을 차지할 정도로 컸지만 순식간에 담벼락까지 갔어요. 투이도 페라로티는 늘 제가 중거리 경주에 소질이 있다고 했는데 그날 밤 저는 높이뛰기에 소질이 있다는 걸 알았지요. 거의 2미터 높이인 담장을 단번에 넘어 버렸으니까요. 도랑에서 빠져나오며 여기저기 옷에 박힌 병 조각들을 뽑고 있는데 연기 때문에 기침이 나더군요. 별장에서 시커먼 연기가 침대 매트리스의 양털같이 짙게 흘러나오고 있었던 겁니다. 훈련을 하지는 않았지만 예전처럼 달렸습니다. 로세티 거리에 이르러 뒤를 돌아보니 집이 불타면서 5월 25일[46]처럼 하늘을 훤히 밝히고 있었습니다. 십이궁의 순서가 틀어지니 이런 일이 벌어지는구나! 그런 생각을 하니 입술이 앵무새의 혀보다 바짝 말라붙은 것 같더군요. 길모퉁이로 경찰이 얼핏 보이기에 뒤돌아 도망쳤습니다. 그 뒤로 길이 없는 공터를 마주했죠. 부에노스아이레스에 아직도 그런 길이 있다는 건 수치스러운 일이죠. 아르헨티나 사람으로서 마음이 아프더군요. 정말입니다. 뒤이어 성가신 개들을 떨쳐 내야 했습니다. 한 마리가 짖으면 근처 개들이 죄다 짖어 대서 귀청이 떨어질 지경이었죠. 그 서쪽 동네는 걸어 다니기도 위험한 데다 눈 씻고 찾아봐야 경찰 같은 건 없습니다. 차를로네 거리에 접어드니 금세 편안해지더군요. 어느 상점에서 형편없는 건달들이 '양자리, 황소자리'를 외치며 입에 담지 못할 말을 떠들어 대고 있었지요. 저는 모른 척하고 지나쳤습니다. 그런데 믿지 못하시겠지만 어느 순간 제가 큰 소리로 황도 십이궁을 되풀이하고 있지 뭡니까. 저는 또 길을 잃고 말았습니다. 선생님도 아시겠지만 그쪽 동네는 기본적인 도시화도 안 돼 있어서 길이 미로 같습니다. 차를 탈 생각조차 못 했어요. 청소원들이 일하는 시간이 돼서야 집에 도착해 보니 신발이 엉망이더군요. 그 새벽엔 피곤해서 몸살이 날 지경이더군요. 열도 나는 것 같고요. 침대에 누웠지만 십이궁을 헤아리느라 잠을 잘 수가 없었습니다.

---

46 아르헨티나 독립의 출발점이 된 1810년 5월 혁명을 의미한다.

정오에 편집부와 위생국에 연락해 몸이 아프다고 했습니다. 그때 프랑카토 헤어젤 판매원인 이웃집 남자가 들어오더니 자기 집에 가서 파스타를 먹자고 조르더군요. 솔직히 말해서 처음에는 기분이 좀 나아진 것 같았어요. 경험이 많은 친구라 그런지 국산 머스캣 포도주를 한 병 따더군요. 그런데 전 자질구레한 얘기를 나눌 기분이 아니어서 토마토소스 때문에 속이 좋지 않다며 집으로 돌아와 버렸죠. 그러고는 하루 종일 집에 있었습니다. 하지만 제가 은자도 아닌 데다 전날 밤 일에 걱정이 되어 여주인에게《노티시아스》신문을 가져다 달라고 부탁했어요. 스포츠 면은 쳐다보지도 않고 사건 사고란을 펼쳤더니 그 사건의 기사가 사진과 함께 실려 있었어요.

새벽 12시 23분 비야마치니에 있는 이븐 할둔 박사의 별장에 대규모 화재가 발생했다. 소방 당국이 화재 진압에 최선을 다했으나 저택이 완전히 소실됐으며, 저택의 소유주이자 시리아-레바논계 이주민 사회의 유력 인사며 리놀륨 대체물 수입의 선구자인 이븐 할둔 박사가 화재로 사망했다.

기겁했습니다. 비우디초네는 글을 쓸 때 늘 덤벙대는지라 이번에도 몇 가지 실수를 범했더군요. 예를 들어 종교 의식에 대해서는 아무 언급도 하지 않은 채 그날 밤 보고서를 읽고 새로운 임원진을 구성하기 위해 모였다고 한 겁니다. 칼릴, 유수프, 이브라힘은 사고가 나기 직전에 별장을 떠났어요. 그들은 자정까지 고인과 즐겁게 얘기를 나눴다면서 고인이 자기 삶에 종지부를 찍고 서쪽 지역의 전통 저택을 잿더미로 만들 비극을 예상치 못한 채 평소의 기풍을 유지했다고 하더군요. 그 엄청난 화재의 원인은 밝혀지지 않았습니다.

일하는 데 문제가 있는 건 아닌데 그 사건 이후 신문사에도 위생국에도 나가지 못했고 의욕이 바닥난 상태였습니다. 이틀 뒤에 아주 서글서글한 남자가 찾아와서는 부카렐리 길에 있는 물품 매장에서 식당용 빗자루와 격자 모양의 걸레를 산 적이 있느냐고 묻더군요. 그러더니 화제를 바꿔 이주민 단체에 대해 말하다가 시리아-레바논계에 지대한 관심을 보였지요. 확언하진 않았지만 다시 찾아오겠다고 했습니다. 하지만 다시 찾아오진 않았죠. 그 대신 낯선 사내가 길모퉁이에 자리를 잡고 슬그머니 제 모든 걸 감시했습니다. 전 선생님이 경찰은 물론이고 누구에게도 말려들지 않을 사람이란 걸 압니다. 저를 도와주십시오, 이시드로 선생님. 정말 절망적입니다."

"난 마법사도 아니고 수수께끼를 풀려고 금식하는 사람도 아니라네. 그렇다고 도와주지 않겠다는 건 아니고. 도와주겠지만 조건이 있네. 내 말을 전적으로 따르겠다고 약속하게."

"말씀만 하십시오, 이시드로 선생님."

"좋아. 바로 시작하지. 천체력의 십이궁을 순서대로 말해 보게."

"백양궁, 금우궁, 쌍자궁, 거해궁, 사자궁, 처녀궁, 천칭궁, 천갈궁, 인마궁, 마갈궁, 보병궁, 쌍어궁."

"좋아. 그럼 이제 거꾸로 말해 보게."

몰리나리는 창백한 얼굴로 말을 더듬었다.

"궁양백, 궁우금……."

"그렇게 뒤집으라는 말이 아니지. 어떤 식으로든 십이궁의 순서를 바꿔서 말해 보라는 거네."

"순서를 바꾸라고요? 제 말을 이해하지 못하셨네요, 이시드로 선생님. 그건 있을 수 없는……."

"안 된다고? 그럼 첫 번째, 마지막, 마지막에서 두 번째 걸 말해 보게."

몰리나리는 불안해하며 그 말을 따랐다. 그러고는 주위를 살폈다.

"좋아, 이제 당신의 정신이 환상에서 빠져나왔으니 신문사로 가게. 괴로워 말고."

그렇게 구제된 몰리나리는 말을 잃은 채 멍하니 교도소를 나섰다. 밖에서는 예의 그 사내가 그를 기다리고 있었다.

2

일주일 후 몰리나리는 두 번째 교도소 방문을 뒤로 미룰 수 없다는 걸 인정해야 했다. 그러나 자신의 오만함과 보잘것없는 맹신을 간파한 파로디를 마주할 생각에 괴로웠다. 몰리나리처럼 현대적인 사람이 외국인 광신도들에게 속아 넘어가다니! 서글서글한 남자는 더 자주 나타났으며 그럴수록 더 불길했다. 이젠 시리아-레바논계 사람뿐 아니라 레바논의 드루즈교도에 대한 얘기도 했다. 그렇게 그의 대화는 새로운 화제로 풍성해졌다. 예를 들어 1813년의 고문 폐지나 최근에 정보국이 브레멘에서 수입한 전기 고문 기구의 장점 등이 그랬다.

비가 내리는 어느 날 아침 몰리나리는 움베르토 1세 길의 모퉁이에서 버스에 올랐다. 그가 팔레르모에서 내리자 낯선 사내도 내렸는데 이번엔 선글라스가 아니라 금발 턱수염을 하고 있었다.

늘 그렇듯이 파로디가 무뚝뚝하게 그를 맞았다. 그는 비야마치니의 사건을 언급하지 않으려고 자제했다. 카드를 잘 아는 사람이 할 수 있는 일에 대한 얘기를 꺼냈다. 그에겐 일상적인 화제였다. 그는 린세 라바롤라가 소매 속에 감춰 둔 특수 장치에서 스페이드 에이스를 한 장 더 꺼내려던 순간 의자에 맞아 죽었다는 권고적 사건을 불러냈다. 파로디는 그 일화를 보충하려고 손때 묻은 카드 한 벌을 상자에서 꺼내 몰리나리에게 카드를 섞어 탁자 위에 뒤집어서 펼쳐 놓으라고 했다. 파로디가 말했다.

"이보시게, 그대는 마법사이니 이 불쌍한 늙은이한테 잔[47] 4를 주겠나."

몰리나리는 말을 더듬었다.

"저는 마법사인 적이 없어요. 아시겠지만 그 광신도들과 연을 완전히 끊었습니다."

"연을 끊고 패를 떼지. 빨리 잔 4를 주게. 두려워 말고. 그게 자네가 처음 집어 들 카드네."

몰리나리는 떨리는 손을 뻗어 카드 한 장을 집더니 파로디에게 건넸다. 파로디가 카드를 보고 말했다.

---

47 스페인 카드의 네 가지 짝패 중 하나인 잔(copa)을 가리킨다. 나머지는 금화(oro), 검(espada), 몽둥이(basto)다.

"잘했네. 이제 검 10을 주게."

몰리나리는 카드 한 장을 집어 그에게 건넸다.

"이번엔 몽둥이 7이네."

몰리나리는 카드를 건넸다.

"시험이 피곤한가 보군. 마지막 카드인 잔 킹을 내가 대신 뽑겠네."

그는 아무렇지 않은 듯 태연하게 카드 한 장을 꺼내 이미 뽑은 세 카드에 더했다. 그러고는 몰리나리에게 그 카드들을 뒤집으라고 했다. 잔 킹, 몽둥이 7, 검 10, 잔 4였다.

"놀랄 것 없네." 파로디가 말했다. "똑같은 카드들 중에 표시된 카드가 하나 있다네. 내가 첫 번째로 달라고 한 카드가 그 카드인데 자네는 다른 카드를 줬지. 검 10을 달라고 하니 몽둥이 7을 줬고, 몽둥이 7을 달라니까 잔 킹을 줬어. 그러고 나서 자네한테 피곤해 보인다며 내가 네 번째 카드인 잔 킹을 뽑겠다고 했지. 그리고 나는 잔 4, 바로 이 검은색 표시가 있는 걸 뽑았다네.

이븐 할둔도 이렇게 했어. 자네한테 첫 번째 드루즈교도를 데려오라 했을 때 자네는 두 번째 사람을 데려갔고, 두 번째 사람을 데려오라 할 때 세 번째 사람을 데려갔고, 세 번째 사람을 데려오라 할 때 네 번째 사람을 데려간 거지. 그리고 자기가 네 번째를 데려오겠다고 하면서 첫 번째 사람을 데려간 거라네. 첫 번째 사람이 아주 친한 친구인 이브라힘이었으니 이븐 할둔이 많은 사람 중에서 그를 알아볼 수 있었던 것이지. 외국인과 어울리다 보면 이런 일이 생기게 마련이지. 자네 입으로 나한테 드루즈교도들이 아주 폐쇄적이라고 하지 않았나. 그 말이 맞네. 그중에서도 가장 폐쇄적인 사람이 그 집단의 수장인 이븐 할둔이야. 다른 사람들은 아르헨티나 사람 하나를 골탕 먹이는 데 만족했지만 그는 자네를 웃음거리로 만들 작정이었던 거야. 그는 자네한테 일요일에 오라고 했지. 자네가 말했듯이 금요일엔 예배가 있으니 말이네. 자네를 과민하게 만들려고 삼 일간 차만 마시고 『브리스톨 천체력』을 외우게 했지. 게다가 몇 블록인지는 모르겠지만 자네를 걷게 했네. 그리고 흰 옷을 입은 드루즈교도들의 집회에 밀어 넣고 두려움으로는 자네를 혼란스럽게 하기에 부족했는지 황도 십이궁 문제를 꾸며 낸 거네. 그자는 즐기고 있었던 거야. 그때까지는 이븐 할둔이 이즈 알 딘의 장부를 본 적이 없었어. 이제 다시 볼 일도 없겠지만. 자네가 들어갔을 때 그들은 그 장부에 대해 얘기하고 있었던 거네. 자네는 그들이 소설이나 시에 대한 얘기를 한다고 믿었겠지만. 회계사가 뭘 조작했는지 누가 알겠냐마는 확실한 건 그가 아무도 그 책을 보지 못하게 하려고 이븐 할둔을 죽이고 집에 불을 질렀다는 걸세. 그가 작별 인사를 하면서 한 번도 그런 적이 없었는데 그 자리에 있던 사람들과 악수를 했다는 건 자기가 그 자리를 떴다는 걸 확실하게 해 두려는 것이었지. 그는 근처 어딘가 숨어서 다른 사람들이 장난질에 지겨워져 떠나길 기다렸다가 자네가 눈을 가린 채 막대기를 들고 이븐 할둔을 찾고 있을 때 사무실로 다시 들어갔지. 자네가 그 노인을 데리고 돌아왔을 때 두 사람은 장님마냥 걸어 다니는 자네를 보고 웃었지. 자네는 두 번째 드루즈교도를 찾으러 나갔어. 이븐 할둔은 자네를 뒤따라가서 자기를 찾을 수 있게 하는 방식으로 자네가 여기저기 부딪히며 네 번이나 똑같은 사람을 데려오게 만들려고 했던 거라네. 회계사는 그 틈에 그의 등에 칼을 꽂았고 자네가 그 비명을 들은 거야. 자네가 손을 더듬어 가며 방으로 돌아오는 동안 이즈 알 딘은 장부에 불을 붙이고 달아났지. 뒤이어 그는 장부가 소실된 것을 정당화하기 위해 집에 불을 지른 거네."

1941년 12월 27일
푸하토에서

골리아드킨의 밤

선한 도둑을 기리며

1

기품 있는 큰 키, 온유한 안면과 낭만적인 옆얼굴에 염색한 콧수염이 축 처진 헤르바시오 몬테네그로는 지친 듯하면서도 품위 있게 호송차에 올라 교도소로 향하는 길에 몸을 맡겼다. 그는 역설적인 상황에 처해 있었다. 열네 개 주의 많은 석간신문 독자들이 그 유명한 배우가 절도와 살인 협의자라는 사실에 분개했다면, 다른 많은 석간신문 독자들은 헤르바시오 몬테네그로가 절도와 살인 혐의자라는 사실을 통해 그가 유명한 배우임을 알게 됐다.

이 희한한 혼동은 이븐 할둔의 사건을 규명해 명성을 얻게 된 민완 기자 아킬레스 몰리나리가 독점으로 만들어 낸 것이었다. 또한 경찰이 헤르바시오 몬테네그로가 이례적으로 교도소를 방문하도록 허가한 것도 몰리나리 덕분이었다. 273호실에는 은둔 탐정 이시드로 파로디가 수감되어 있었고, 몰리나리는 (누구도 속이지 않을 만큼 관대하게) 자신의 모든 성과를 파로디에게 돌렸다. 원래부터 회의적인 성격인 몬테네그로는 과거 멕시코 길에서 이발사를 하다가 이젠 수인 번호를 단 수감자가 된 사람이 탐정이라는 사실을 의심했다. 한편 스트라디바리우스처럼 심리적으로 민감하던 몬테네그로는 조짐이 좋지 않은 방문에 신경이 곤두서 있었다. 그럼에도 불구하고 설복될 수밖에 없었다. 아킬레스 몰리나리의 적이 되면 안 됐기 때문이었다. 그의 확고한 표현에 따르면 몰리나리는 제4권력의 상징이었다.

파로디는 눈도 마주치지 않은 채 그 유명한 배우를 맞았다. 그는 여유롭고 능숙하게 작은 하늘색 다관에 마테차를 우려냈다. 몬테네그로는 성급하게 차를 받으려고 했다. 물론 파로디는 소심해서 그랬는지 그에게 차를 주지 않았다. 몬테네그로는 파로디의 용기를 북돋울 요량으로 그의 어깨를 툭툭 두드리더니 작은 의자에 놓인 수블리메 담뱃갑에서 담배를 하나 꺼내 불을 붙였다.

"약속 시간보다 일찍 왔군요, 몬테네그로 씨. 무슨 일로 왔는지 이미 알고 있습니다. 다이아몬드 사건 때문이겠죠."

"이 견고한 벽도 내 명성을 가로막진 못하나 봅니다." 몬테네그로가 서둘러 말했다.

"그렇지요. 어느 장성의 부정부패부터 최근 라디오에 나온 그 가련한 사람의 문화 활동에 이르기까지 이 나라에서 벌어지는 일을 알기에 이곳만 한 곳도 없지요."

"라디오에 대한 당신의 반감엔 나도 동의합니다. 마르가리타가 늘 내게 말하듯 — 아시다시피 마르가리타 시르구 말입니다. — 무대를 타고난 우리 같은 예술가는 대중의 열기를 필요로 합니다. 마이크는 차갑고 부자연스럽죠. 나도 그 달갑잖은 기계를 마주하면 대중과 소통이 안 되는 느낌이었어요."

"내가 당신이라면 그런 기계나 소통은 뒷전일 겁니다. 나도 몰리나리가 쓴 기사를 읽었어요. 그 친구는 글재주는 뛰어난데 너무 문학적이고 묘사가 많아 어지럽더군요. 기교는 빼고 당신 방식대로 사건을 얘기해 주겠습니까? 난 명쾌한 말이 좋아요."

"동감입니다. 어쨌거나 난 그렇게 말할 능력은 됩니다. 명쾌함은 라틴 아메리카 사람의 특권이죠. 그런데 라키아카[48]에서 사교계의 여인을 위태롭게 할 사건은 덮어 놓고 가더라도 이해해 주십시오. 당신도 알겠지만 라키아카엔 아직도 지역 유지들이 있죠. 자유주의를 외치는 사람들 말입니다. 나는 모든 이에게 사교계의 요정으로 통하는, 내게는 요정이자 천사로 통하는 그 여인의 이름을 더럽힐 수 없는 불가피함 때문에 성공적이던 라틴 아메리카 순회공연을 중단했습니다. 어쨌거나 나도 부에노스아이레스 사람으로서 향수가 없지 않았기에 돌아갈 시간을 기대하고 있었는데 범죄 사건에 연루되어 귀국길을 망칠 거라고는 상상도 못 했습니다. 레티로역에 도착하자마자 체포됐으니까요. 지금은 절도와 두 사람을 살해한 혐의를 받고 있고요. 그 환영 행사는 경찰들이 내가 몇 시간 전에

48 La Quiaca. 아르헨티나 북부 후후이주의 도시로 볼리비아와 맞닿아 있다.

리오테르세로[49]를 지나면서 아주 그림 같은 상황에서 얻은 전통적인 보석을 압수하는 것으로 마무리됐습니다. 어쨌든 나는 쓸데없이 돌려 말하는 걸 싫어합니다. 이제 처음부터 그 애기를 들려 드릴 텐데, 현대적인 볼거리에 반드시 포함되는 강력한 아이러니도 빼놓지 않을 겁니다. 또한 풍경화가의 붓놀림처럼 군데군데 색채를 더하기도 할 겁니다.

1월 7일 오전 4시 15분 나는 볼리비아 원주민처럼 수수한 차림으로 모코코에서 판아메리카노 열차에 올랐고, 그렇게 하여 굼뜬 수많은 나의 추종자들을 교묘히 따돌렸어요. 친애하는 파로디 씨, 그것도 재간이 있어야 하는 거죠. 나는 사인이 들어간 사진 몇 장을 선심 쓰듯 나눠 줌으로써 열차 승무원들의 의심을 완전히 제거하진 못해도 누그러뜨릴 수 있었습니다. 배정된 객실을 별수 없이 낯선 사람과 같이 써야 했는데 이스라엘 사람의 외모가 분명한 그자는 내가 들어가자 잠에서 깨더군요. 나중에야 그 방해꾼의 이름이 골리아드킨이고 다이아몬드 밀수꾼이란 걸 알았죠. 기차의 운명이 보낸 그 부루퉁한 이스라엘인이 도무지 알 수 없는 비극에 나를 끌어들일 거라고 상상이나 했겠습니까!

이튿날 나는 칼차키족[50] 요리사가 만든 카포라보로[51]라는 위험한 음식을 앞에 두고 달리는 기차, 그 비좁은 우주에 사는

---

49 Río Tercero. 아르헨티나 코르도바주의 도시다.

50 Calchaquí. 현재의 살타, 투쿠만을 비롯해 아르헨티나 북서쪽에 살던 아메리카 원주민을 가리킨다.

51 capo lavoro. '걸작'이라는 의미.

인간 집단을 천진하게 살펴볼 수 있었죠. 엄밀한 관찰은 '그 여자를 찾아라'[52]처럼 오후 8시에 플로리다 거리에서 한 번의 눈길로 남자에게 경의를 불러일으키는 흥미로운 실루엣의 여인부터 시작됐습니다. 난 이런 일에 실수하는 법이 없습니다. 잠시 후 나는 그 여자가 이국적이고 예외적인 여자라는 걸 알았지요. 바로 푸펜도르프-뒤베르누아 남작 부인이었습니다. 이미 성숙한 여인으로 여학생 특유의 무미건조함도 없으며 론테니스로 다져진 곧은 몸매에, 맨얼굴 같지만 크림과 화장품으로 섬세하게 꾸민 덕에 호기심을 자극하는 이 시대의 전형이었죠. 한마디로 말해 늘씬한 몸매 때문에 키가 커 보이고 말을 아껴서 우아해 보이는 여인이었습니다. 그렇지만 공산주의에 물든 박약한 여자로 진정한 뒤베르누아 가문에선 용납될 수 없는 일이지요. 처음에 내 관심을 끄는 데 성공했지만 나중엔 매력적인 외모에 초라한 정신이 가려져 있다는 걸 알고 그 불쌍한 골리아드킨에게 자리를 바꿔 달라고 했죠. 그녀는, 여자들이 다 그렇지만, 짐짓 그 변화를 모른 척하더군요. 그런데 남작 부인이 다른 승객인 텍사스 출신의 해럽 대령이라는 사람과 대화하는 걸 듣고 깜짝 놀랐지요. 분명히 그 가련한 골리아드킨을 두고 '멍청이'라는 표현을 쓰더군요. 골리아드킨에 대

---

52 알렉상드르 뒤마(Alexandre Dumas, 1802~1870)의 희곡 『파리의 모히칸(Les Mohicans de Paris)』에 나오는 표현이다. 보통 특정 사건 뒤에 여자가 있거나 남자가 비정상적으로 행동할 때 그 목적이 여자와의 관계를 은폐하거나 여자의 호감을 사려는 데 있음을 뜻한다.

해 재차 말하건대 러시아 사람이자 유대인에 내 기억 속 사진판에 남은 인상으로는 참으로 연약한 사람이었습니다. 금발에 가까웠고 우람한 체격에 눈은 불거져 있었죠. 그는 처신을 잘하는 사람이라 늘 발 벗고 나서서 내게 문을 열어 줬습니다. 반면에 잊으면 좋으련만 덥수룩한 수염에 중풍 앓는 사람 같은 해럽 대령은 잊을 수가 없어요. 그자는 라틴 혈통의 트레이드마크이자 나폴리의 대중식당을 드나드는 보잘것없는 짐꾼도 이해할 줄 아는 뉘앙스, 그 미묘한 표현을 무시하고 큰 거면 다 좋은 줄 아는 천박하기 이를 데 없는 나라의 전형적인 인물이죠."

"나폴리가 중요한 게 아니에요. 누군가 이 문제를 해결해 주지 않으면 당신은 베수비오 화산에 눌려 짓뭉개질 겁니다."

"파로디 씨, 나는 베네딕트회의 수사처럼 은거한 당신이 부럽습니다. 난 떠돌며 살았지요. 발레아레스에서는 빛을, 비린디시에서는 색을, 파리에서는 중후한 죄를 찾았지요. 또 르낭[53]처럼 아크로폴리스에서 기도를 올렸지요. 어디에서든 나는 삶이라는 포도송이의 즙을 짜 먹었답니다. 어쨌거나 하던 얘기로 돌아가죠. 유대인이니 어차피 박해받을 운명이긴 하지만 그 불쌍한 골리아드킨이 어쩔 수 없이 무료하고 지리멸렬한 남작 부인의 얘기를 감당하고 있는 사이에, 나는 아테네 사람처럼 카타마르카 출신의 젊은 시인 비빌로니와 함께 시와 지방들에 대한 즐거운 얘기를 나눴습니다. 이제야 밝히지만 처음

---

53 조제프 에르네스트 르낭(Joseph Ernest Renan, 1823~1892). 프랑스의 철학자이자 비평가.

엔 주방 가전 볼칸사의 문학상을 받았다는 청년의 낯빛이 어두워서, 정확히 말하면 가무잡잡해서 그 재능에 호감이 가질 않았어요. 그가 쓴 코안경, 고무 끈으로 매는 나비넥타이, 크림색 장갑 때문에 사르미엔토가—사르미엔토는 천재적인 선지자이니 그에게 단순한 예지력을 요구하는 건 어리석은 일이죠?—우리에게 남긴 수많은 교육자 중 한 사람을 마주하고 있는 것 같았지요. 그렇지만 하라미의 현대적인 제당소와 피오라반티[54]가 조각한 국기 기념관의 키클롭스 같은 조각상을 연결하는 완행열차에서 단숨에 휘갈긴 내 프랑스풍 팔행시 한 편을 아주 기꺼이 들어 주는 걸 보고 그가 우리의 청년 문학을 이끌어 갈 확실한 작가 중 한 사람이라고 생각했지요. 처음 만나는 자리에서 자신이 쓴 습작을 들려주려고 안달하는 견딜 수 없는 시인 부류는 아니었던 겁니다. 그는 근면하고 신중했으며 스승 앞에서 말을 가릴 줄 아는 사람이었어요. 뒤이어 나는 호세 마르티에게 바치는 송가 중 첫 번째 송가를 기꺼운 마음으로 들려줬지요. 열한 번째 송가를 들려주려던 순간 나는 그 즐거움을 포기해야 했습니다. 남작 부인의 끝없는 수다에 젊은 골리아드킨이 지루해했고, 그 지루함이 나와 얘기하던 카타마르카 출신의 시인에게 전염된 겁니다. 흥미로운 심리적 공감 때문에 생긴 일인데 다른 곳에서도 그런 경우를 여러 번 본 적 있지요. 난 소탈하기로 유명한지라, 소탈함은 세상 경험이 많은 사람의 특권입니다만, 그 난데없는 상황에서 비벌로

---

54 호세 피오라반티(José Fioravanti, 1896~1977). 아르헨티나의 조각가.

니가 눈을 뜰 때까지 망설이지 않고 그를 흔들어 깨웠지요. 그 일로 대화가 시들해졌어요. 난 분위기를 띄우려고 고급 담배 얘기를 꺼냈습니다. 내 생각이 적중했는지 비빌로니가 생기를 띠며 관심을 보이더군요. 그러더니 사냥 점퍼 안주머니를 뒤져 함부르크산 시가를 꺼냈는데, 내게 권하기가 어려웠는지 그날 밤 객실에서 피우기 위해 준비했다고 하더군요. 난 그 순진한 핑계를 이해해 줬습니다. 그러고는 잽싸게 시가를 받아 들고 바로 불을 붙였지요. 뭔가 고통스러운 기억이 청년의 마음을 찌르는 것 같았어요. 적어도 내겐 그렇게 보였어요. 난 사람의 표정을 읽어 내는 데 일가견이 있지요. 난 안락의자에 기대앉아 푸른빛이 도는 연기를 뿜으며 그에게 성공담을 얘기해 달라고 했어요. 그 흥미로운 가무잡잡한 얼굴이 밝아지더군요. 이해력 없는 부르주아에 대항해 싸우면서 꿈을 짊어지고 삶의 물결을 헤쳐 나갔다는 작가들의 틀에 박힌 얘기를 들어 줬습니다. 비빌로니 집안은 수십 년간 산지에서 약방을 하다가 카타마르카의 변두리를 떠나 반칼라리로 옮겼답니다. 그 시인이 태어난 곳이 거깁니다. 첫 번째 스승은 자연이었답니다. 아버지의 밭에서는 콩이 났고 인근에 닭장이 있었다는데, 어릴 적에 그믐이면 긴 낚싯대를 들고 닭서리를 하러 간 적이 있다더군요. 시인은 Km. 24에 있는 학교에서 엄격한 기초 교육을 마치고 흙으로 돌아가지요. 그곳에서 그는 농사가 유익하고 남자다운 일이며 공허한 박수갈채보다 가치 있다는 것을 알게 되었다더군요. 그러다가 볼칸 문학상 심사위원이 그의 『카타마르카 사람들(시골 추억)』을 수상작으로 선정해 그를 발굴한 겁니다. 그는 상금으로 그토록 사랑스럽게 노래한 지역을 실제로 돌아보고 알게 되었답니다. 당시 그는 로만세와 비얀시코[55]에 충만하여 고향인 반칼라리로 돌아가던 길이었지요.

우리는 식당으로 갔습니다. 딱하게도 골리아드킨은 남작 부인 옆에 앉아야 했죠. 탁자 맞은편에는 브라운 신부와 내가 앉았습니다. 신부의 외모는 흥미로울 게 없었어요. 밤색 머리에 동그랗고 경박해 보이는 얼굴이었죠. 그런데도 어쩐지 그가 부럽더군요. 교회는 신도를 위로하여 원기를 북돋아 주지만 광부와 어린아이의 믿음을 잃어버린 불행한 사람들의 냉철한 이성에는 그런 게 없으니까요. 결과적으로 무감각하고 백발이 된 아이 같은 금세기가 아나톨 프랑스[56]와 줄리우 단타스[57]의 깊은 회의주의에서 얻은 게 뭘까요? 존경하는 파로디 씨, 우리에겐 약간의 순수함과 순박함이 필요합니다.

그날 오후에 무슨 얘기를 나눴는지는 기억이 흐릿합니다. 남작 부인은 무더위를 핑계로 계속해서 옷깃을 풀어 헤치며 골리아드킨에게 들러붙었지요. 나를 자극하려고 그랬던 겁니다. 유대인은 그런 미묘한 싸움에 익숙지 않은지 접촉을 피했지만 소용없었습니다. 그러다 자기가 그 자리에서 소외됐다는 걸 알고 다이아몬드 시세 하락, 진품을 대체할 수 없는 모조 다이아몬드, 부티크에 대한 사소한 얘기처럼 아무도 관심을 두지 않

---

55 로만세(Romance)와 비얀시코(Villancico)는 시 형식의 일종이다.

56 Anatole France(1844~1924). 프랑스의 작가.

57 Júlio Dantas(1876~1962). 포르투갈의 의사이자 작가.

을 화제를 조바심을 내며 늘어놓더군요. 브라운 신부는 특급 열차의 식당과 무방비 상태인 신자들이 있는 예배당의 차이를 잊어버렸는지 영혼을 구원하려면 영혼을 잃어야 한다는 도무지 무슨 말인지 모를 역설을 반복하고 있었죠. 그런 게 명쾌한 복음을 애매하게 만든 신학자들의 멍청한 비잔틴주의겠지요.

노블레스 오블리주. 남작 부인의 성적 도발을 무시하면 내가 웃음거리가 됐겠지요. 그날 밤 나는 까치발로 살그머니 그녀의 객실에 가서 허리를 굽히고 머리를 문에 기댄 채 열쇠 구멍에 눈을 박고 은밀하게 「내 친구 피에로」를 흥얼거렸습니다. 삶이라는 전장에서 전사가 얻은 그 평온한 휴전 상태를 깨 버린 건 케케묵은 청교도 기질의 해럽 대령이었지요. 사실 쿠바 약탈 전쟁[58]의 잔재인 덥수룩한 수염의 노인네가 내 어깨를 잡아채서 높이 들어 올리더니 남자 화장실 앞에 내려놓더군요. 나는 신속히 대응했습니다. 화장실에 들어가 재빨리 문을 닫았죠. 나는 엉터리 스페인어로 지껄이는 그의 위협을 못 들은 척하며 두 시간 가까이 그곳에 있었어요. 숨었다가 나와 보니 복도에 아무도 없더군요. 나는 속으로 '길이 비었군.' 하고 외치며 즉시 내 객실로 갔어요. 모험의 여신은 절대적으로 나와 함께였지요. 객실에서 남작 부인이 날 기다리고 있었던 겁니다. 나를 보더니 격한 반응을 보였지요. 그 뒤에 있던 골리아드킨은 웃옷을 걸치고 있었어요. 남작 부인은 여자의 기민한 직감으로 골리아드킨이 끼어들어 사랑하는 남녀의 친밀한 분위

58 1898년의 미국·스페인 전쟁을 가리킨다.

기가 깨졌다는 걸 알았어요. 그에게 단 한마디도 하지 않고 나가 버렸죠. 나는 내 기질을 잘 알고 있습니다. 혹시라도 대령을 봤다면 결투를 벌였을 겁니다. 하지만 기차에서 그런 일을 벌이기엔 불편하죠. 게다가 인정하기 어렵지만 결투의 시대는 이미 끝났지요. 나는 잠을 청하기로 했습니다.

유대인은 유별나게 비굴한 데가 있어요. 무슨 목적인지 누가 알겠냐만 내가 나타나는 바람에 골리아드킨의 목적이 어긋났겠죠. 그런데 그때부터 나를 공손히 대하면서 쿠바산 아반티 시가도 건네고 나를 정성스레 챙기더군요.

이튿날에는 모두 심기가 불편해 보였지요. 심리적인 분위기에 민감한 나는 같은 탁자에 앉은 사람들의 기분을 풀어 줄 요량으로 로베르토 파이로[59]의 일화 몇 개와 마르코스 사스트레[60]의 예리한 경구 몇 개를 들려줬습니다. 푸펜도르프-뒤베르누아 부인은 지난밤 사건에 언짢은 듯 화가 나 있었죠. 그 불상사의 메아리가 틀림없이 브라운 신부의 귀에도 들어갔을 텐데 신부는 체발한 성직자에게는 어울리지 않게 그녀를 냉담하게 대했습니다.

점심 식사 후 해럽 대령을 만나 그가 저지른 실수를 이해시켰습니다. 나는 그의 실수에도 불구하고 우리의 교분이 변치 않을 것임을 보여 줄 심산으로 골리아드킨의 아반티 시가를 건네고 기꺼이 불도 붙여 줬습니다. 정중하면서도 능수능란하

59 Roberto Payró(1867~1928). 아르헨티나의 작가이자 기자.

60 Marcos Sastre(1808~1887). 우루과이 출신의 아르헨티나 작가.

게 그의 따귀를 후려친 셈이죠.

여행 삼 일째가 되던 그날 밤 나는 청년 비빌로니에게 실망했습니다. 그에게 내 연애사를 들려줄 생각이었죠. 물론 처음 만난 사람에게 그런 얘기를 한 적은 거의 없었습니다. 그런데 그가 객실에 없더군요. 카타마르카의 물라토[61]가 푸펜도르프 남작 부인의 객실에 들어갔을지도 모른다는 생각에 화가 나더군요. 나는 가끔 셜록 홈스 같은 데가 있어요. 그래서 희귀하고 오래된 파라과이 주화로 승무원을 매수하여 교묘히 그의 눈을 피해 바스커빌가의 냉혹한 사냥개처럼 객차에서 벌어지는 일을 엿듣고 염탐하려고 했죠.(대령은 일찍 자리를 뜨고 없었습니다.) 그 조사의 수확이라고는 완전한 적막과 어둠뿐이었어요. 하지만 초조함은 오래가지 않았지요. 브라운 신부의 객실에서 남작 부인이 나오는 걸 보고 어찌나 놀랐던지. 그 순간 잔혹한 역심이 끓어올랐고, 몬테네그로 가문의 혈통을 물려받은 남자로서 무리도 아니었습니다. 그러나 곧 알게 됐죠. 남작 부인이 고해 성사를 하러 왔다는 걸 말입니다. 머리는 헝클어졌고 수수한 진홍색 가운에 금색 방울이 달린 은색 발레리나 신발을 신고 있었어요. 화장기 없는 얼굴이었는데, 여자인지라 맨얼굴을 들키지 않으려고 객실로 달아나 버리더군요. 나는 비빌로니가 준 최하품 시가에 불을 붙이고 생각에 잠긴 채 자리를 떴습니다.

객실에 갔더니 놀랄 만한 일이 있더군요. 밤이 깊었는데도 골리아드킨이 깨어 있었던 겁니다. 웃음이 나더군요. 이틀

61 흑인과 백인의 혼혈인을 가리킨다.

간 기차에서 함께한 시간은 그 우둔한 이스라엘 사람이 연극과 사교계 남자의 야행 기질을 따라 하기에 충분했던 거예요. 물론 그 새로운 습관이 어울리진 않았습니다. 산만하고 초조해 보였지요. 내가 하품을 하며 꾸벅꾸벅 졸고 있는데도 개의치 않고 시시한 자기 인생 얘기를 죄다 풀어놨죠, 아마 꾸며 낸 얘기일 겁니다. 자기가 클라브디아 표도로브나 공주의 마부였다가 나중엔 연인이 되었다더군요. 그가 공주와 그녀의 고해 신부인 아브라모비츠 신부의 신뢰를 악용해 고암에서 얻은 커다란 다이아몬드를 훔쳤다면서, 무엇에도 비길 데 없는 보석이지만 세공되지 않았다는 단순한 결점 때문에 세상에서 가장 비싼 보석이 되지 못했다는 얘기를 할 때는『신티야나의 질 블라스』[62]에서 가장 강렬한 장면이 떠오를 만큼 냉소적이었어요. 정열과 절도와 도주의 밤을 보낸 이후로 이십 년이 흐르는 사이 붉은 물결이 밀려와 버림받은 공주와 신뢰를 잃은 마부는 차르의 제국에서 쫓겨났답니다. 국경을 넘으면서 세 가지 모험, 그러니까 일용할 양식을 구해야 하는 공주의 모험, 다이아몬드를 돌려주려고 공주를 찾는 골리아드킨의 모험, 도난당한 다이아몬드를 찾으려고 인정사정없이 골리아드킨을 추적하는 국제 도적단의 모험이 시작되지요. 골리아드킨은 남아프리카의 광산, 브라질의 실험실, 볼리비아의 시장에서 위험한 모험과 비참한 생활을 경험하게 됩니다. 하지만 그에게 자책과 동시에 희망을 주던 다이아몬드는 절대 팔려고 하지 않았답니

---

62 프랑스 작가 알랭르네 르사주(AlainRené Lesage, 1668~1747)의 피카레스크 소설이다.

다. 세월이 흐르면서 골리아드킨에게 클라브디아는 노복들과 공상가들에 의해 짓밟혔지만 사랑스럽고 영화롭던 러시아의 상징이 되었지요. 그는 공주를 찾지 못할수록 더욱 사랑하게 됐답니다. 얼마 전 공주가 오만한 귀족의 면모를 잃지 않고 아르헨티나의 아베야네다에 마침내 정착했다는 사실을 알게 됐지요. 아주 최근에야 그는 은밀한 곳에 숨겨 둔 다이아몬드를 꺼냈고요. 공주가 머무는 곳을 알게 된 지금에 와서는 죽으면 죽었지 다이아몬드를 놓칠 순 없다고 하더군요.

자기 입으로 마부에 도둑이었다는 사실을 털어놓는 사람의 긴 이야기를 들으니 솔직히 불편했지요. 나는 허심탄회한 성격이라 그 보석이 정말로 존재하는지 신중하게 물어봤지요. 나의 일격이 먹혔습니다. 골리아드킨이 인조 악어가죽 가방에서 똑같은 두 개의 상자를 꺼내더니 하나를 열었어요. 의심할 여지가 없었습니다. 우단으로 된 함에 코이누르[63]와 유사한 진품이 빛을 발하고 있었죠. 사람의 일은 기묘할 게 없어요. 옛날엔 잠시나마 표도로브나 가문의 후손과 잠자리를 함께했으나 이젠 덜컹거리는 객차에서 공주를 찾는 일을 기꺼이 도와줄 아르헨티나 신사에게 자기 얘기를 털어놓고 있는 골리아드킨이 가엾더군요. 기분을 풀어 주려고 도적한테 쫓기는 게 경찰한테 쫓기는 것보다는 낫다고 말해 줬습니다. 즉흥적이긴 했지만 나는 친밀하고 관대한 마음으로 살롱 도레[64]에 경찰 수색이 있었을 때 내 이름이,

63 영국 여왕의 왕관에 있는 다이아몬드를 가리킨다.

64 Salon doré. '황금빛 방'이라는 의미로 노름이나 마약 같은 불법 행위가 벌어지는 장소를 가리킨다.

이 나라에서 가장 유명한 이름 중 하나인 내 이름이 불명예스러운 경찰 사건 기록부에 올랐다는 얘기를 해 줬습니다.

그 친구는 심리 상태가 정말 위태로웠지요. 사랑하는 이의 얼굴을 이십 년이나 보지 못했는데 이제 다가올 행복을 앞두고는 제 마음을 확신하지 못하고 불안해 어찌할 바를 모르더군요.

나는 보헤미안이란 평판을 듣지만, 물론 그럴 만하지만, 규칙적인 생활을 하는 사람이에요. 그런데 늦은 시간인데도 잠이 오지 않더군요. 가까이 있는 다이아몬드와 멀리 있는 공주 이야기에 머리가 어지러웠죠. (나의 고상하고 허심탄회한 말에 감동했을 게 분명한) 골리아드킨도 잠을 이루지 못했어요. 적어도 그날 밤엔 상단 침대에서 밤새 몸을 뒤척였습니다.

다음 날 아침 나는 두 가지 일에 만족스러웠습니다. 하나는 저 멀리 펼쳐진 팜파스가 아르헨티나 예술가인 내 영혼에게 말을 건넨 겁니다. 한 줄기 햇살이 평원 위에 내리쬐었어요. 그 풍요롭고 은혜로운 햇살 아래 기둥과 철망과 엉겅퀴가 기쁨의 눈물을 흘렸죠. 하늘은 무한히 넓고 햇빛이 평원으로 강렬하게 쏟아지고 있었어요. 송아지들은 새 옷으로 갈아입은 듯했고……. 다음으로 만족스러웠던 건 마음이 안정됐다는 겁니다. 살가운 분위기에서 아침 식사를 하던 중 브라운 신부가 십자가는 검에 맞서 싸우지 않는다는 걸 분명히 보여 주었죠. 신부는 삭발이 부여한 권위와 특권 아래 해럽 대령을 우둔한 짐승으로 치부하면서 꾸짖었어요. 더불어 신부는 그가 힘없는 사람들을 괴롭히면서 강한 사람 앞에서는 거리를 둔다고 했지요. 해럽은 찍소리도 못 하더군요.

신부의 질책이 무슨 의미였는지는 나중에야 제대로 알게 됐습니다. 난 비빌로니가 그날 밤에 사라졌다는 걸 알았어요. 그 못된 군인의 공격을 받은 불쌍한 사람이 바로 시인이었던 겁니다."

"내게도 말할 시간을 주시지요, 몬테네그로 씨." 파로디가 말했다. "당신들이 탔던 그 이상한 기차는 정차한 적이 없나요?"

"대체 어디에 살고 계신 겁니까, 파로디 씨. 판아메리카노가 볼리비아에서 부에노스아이레스까지 직통인 걸 모르시나요? 그럼 얘기를 계속하지요. 그날 오후에 나눈 대화는 단조로웠어요. 비빌로니의 실종 말고는 다른 얘기가 없었으니까요. 어떤 승객은 그 사건으로 인해 앵글로색슨 자본가들이 떠들어 대던 기차의 안전이 의심스럽다고 하더군요. 나는 그에 동의하면서도 비빌로니의 행동이 시적인 기질을 지닌 사람의 산만함이 낳은 결과일 수도 있으며, 나 또한 키메라[65]에게 붙들려 망상에 빠지곤 했다고 덧붙였지요. 그 가설은 색과 빛이 충일한 낮에는 받아들여졌지만 마지막 빛줄기와 함께 사라져 버렸습니다. 날이 저물자 모두 우울해졌어요. 어둠 속에서 부엉이의 불길한 울음소리가 가끔씩 들렸는데 마치 환자의 마른기침 소리 같더군요. 그 순간에 승객들은 저마다 아득한 기억을 떠올리거나 암울한 삶의 막연하고 불길한 공포를 느꼈을 겁니다. 기차의 모든 바퀴가 일제히 '비-비-아-노-가-살-해-됐-다, 비-비-아-노-가-살-해-됐-다, 비-비-아-노-가-살-해-됐-다.'라고 소리 내는 것 같았으니까요.

---

65 Chimera. 그리스 신화에 나오는 짐승으로 머리는 사자, 몸은 양, 꼬리는 뱀이나 용 모양이라고 한다.

그날 밤 저녁 식사를 마치고 골리아드킨이 (분명히 식당 칸을 지배하던 불안감을 떨쳐 내고 싶은 마음에) 경솔하게도 나한테 단둘이 카드놀이를 하자고 도전하더군요. 나와 맞붙어 보려는 심산이었는지 남작 부인과 대령을 포함해 넷이서 하자는 제안을 의아할 정도로 완강히 거부했지요. 남작 부인과 대령은 안달이 난 구경꾼이 될 수밖에 없었죠. 물론 골리아드킨의 바람에 내가 제대로 한 방 먹였습니다. 살롱 도레의 회원인 내가 관중을 실망시킬 일은 없으니까요. 처음엔 패가 좋지 않았지만 나중에 내가 골리아드킨한테 살갑게 충고를 해 줬는데도 돈을 다 잃고 말았죠. 315페소 40센타보였는데, 짭새들이 부당하게 빼앗아 갔습니다. 그 승부는 잊지 못할 겁니다. 서민이 세상 경험 많은 사람을 상대로, 탐욕스러운 자가 초탈한 자를 상대로, 유대인이 아리아인을 상대로 한 승부였으니까요. 내 마음속 화랑에 고이 간직할 만한 멋진 장면이었지요. 골리아드킨은 어떻게든 만회해 볼 작정으로 식당 칸을 나서더군요. 그러고는 두 개의 상자 중 하나를 가져와 탁자 위에 놨어요. 자기가 잃어버린 300페소와 다이아몬드를 걸고 게임을 하자더군요. 나는 그의 마지막 기회를 물리치지 않았지요. 내가 카드를 돌렸어요. 내 손에 에이스 포커가 들어왔죠. 우리는 패를 확인했습니다. 그렇게 표도로브나 공주의 다이아몬드가 내 수중에 들어왔죠. 유대인은 침통해하며 자리를 떴습니다. 대단한 순간이었습니다.

누구든지 신분과 공로에 합당한 예우를 받아야 하는 법입니다. 굉장히 주의 깊게 자신의 왕자가 승리하는 걸 지켜보던 푸펜도르프 남작 부인은 장갑 낀 손으로 박수를 치며 멋진 장면을 축하해 주더군요. 살론 도레의 사람들이 늘 하는 말이지만 나는 일을 어중간하게 하는 사람이 아닙니다. 나는 마음먹고 종업원을 불러 바로 포도주 메뉴를 달라고 했지요. 메뉴를 훑어보니 반병 크기의 엘가이테로 샴페인이 좋겠다 싶었어요. 남작 부인과 축배를 들었죠.

사교계 남자는 어떤 순간에도 자신을 삼갈 줄 알아야 합니다. 다른 사람이 그런 큰 모험을 경험한다면 밤새 잠을 이루지 못할 겁니다. 나는 돌연히 남작 부인과 마주하는 즐거움에 흥미를 잃고 객실에 혼자 있고 싶어졌어요. 그래서 하품을 하며 핑계를 대고 자리에서 일어났죠. 견딜 수 없을 정도로 피곤했어요. 잠결에 끝이 없을 것 같은 복도를 걸어가다가 앵글로색슨계 회사가 아르헨티나인 승객의 자유를 제한하려고 정한 쓸데없는 규정을 무시하고 무작정 손 닿는 객실에 들어가서는 보석을 지키려고 문을 걸어 잠갔습니다.

친애하는 파로디 씨, 부끄러운 일은 아닙니다만 솔직히 그날 밤 나는 옷을 입은 채 잠들었어요. 통나무처럼 침대에 쓰러졌죠.

모든 정신적 노고에는 고통이 따르게 마련이지요. 그날 밤 나는 악몽에 시달렸습니다. 그 악몽에서 골리아드킨의 조롱하는 목소리가 리토르넬로[66]가 되어 되풀이되더군요. '다이아몬드가 어디 있는지 말해 줄 순 없어.' 나는 화들짝 놀라 일어났습니다. 그리고 바로 안주머니를 뒤져 봤어요. 상자도 있었고 그 안에 비길 데 없는 진품도 있었지요.

---

66 ritornello. 18세기에 유행한 악곡의 형식으로 합주와 독주가 반복된다.

나는 안심하고 창문을 열었습니다.

밝고 신선하더군요. 일찍 일어난 작은 새들이 부지런히 지저귀고 있었죠. 1월 초의 안개 낀 아침이었어요. 하얀 실안개로 몸을 감싸곤 졸고 있는 아침.

누군가 문을 두드리는 통에 아침의 시에서 삶이라는 산문으로 돌아와야 했습니다. 문을 열었습니다. 부소장인 그론도나더군요. 나더러 그 객실에서 뭐 하느냐고 묻더니 대답하기도 전에 내 객실로 돌아가라고 하더군요. 나는 제비처럼 언제나 길을 잘 찾습니다. 믿기지 않겠지만 내 객실이 바로 옆이었어요. 그런데 방이 난장판이었어요. 그론도나는 나더러 놀라는 척하지 말라더군요. 그 뒤에 알게 된 사실은 당신도 신문에서 봤을 테지요. 골리아드킨을 누군가 기차에서 내던졌다더군요. 한 승무원이 그의 비명을 듣고 경종을 울렸다고 합니다. 산마르틴역에서 경찰이 올라탔어요. 하나같이 날 의심하더군요. 남작 부인까지 말입니다. 나한테 앙심을 품은 거죠. 관찰자로서 내가 알아낸 게 있는데 경찰이 법석을 떠는 중에도 대령이 수염을 깎았다는 걸 눈치챘습니다."

2

일주일 후 몬테네그로가 교도소에 다시 나타났다. 그는 자신이 새롭게 총애하게 된 273호 수감자 이시드로 파로디를 교화하고자 호송차의 한갓진 자리에서 평온하게 무려 아라곤의 산골 이야기 열네 편과 가르시아 로르카의 아크로스틱 일곱 편을 꼼꼼히 준비하고 있었다. 그러나 고집 센 이발사는 죄수 모자에서 손때 묻은 카드를 꺼내더니 둘이서 트루코[67]를 하자고 제안했는데 사실상 강요에 가까웠다.

"어떤 게임도 자신 있습니다." 몬테네그로가 말했다. "나는 선조들의 땅에서, 흘러가는 파라나강 위에 탑의 그림자를 드리우고 돌출 총안으로 장식된 성에서 활기 넘치는 가우초 사회를 겪으며 그들의 전원풍 도락을 즐겼지요. 내가 '패는 이미 정해져 있지.'라고 말하면 델타 지역[68]의 백발이 된 놀이꾼들도 겁을 먹었지요."

하지만 두 번의 게임에서 좋은 패를 쥐지 못한 몬테네그로는 트루코가 너무 단순한 게임이라서 슈맹드페르와 브리지[69]를 애호하는 사람의 관심을 끌기 어렵다고 핑계를 댔다.

파로디는 모른 척하며 말했다.

"이젠 호인과 게임할 능력도 안 되는 이 늙은이에게 트루코를 한 수 가르쳐 줬으니 당신에게 얘기를 하나 들려드리지요. 아주 불행했지만 무척 용감했던 남자의 얘기인데 내가 참으로 존경하는 사람입니다."

"무슨 말인지 알 것 같군요, 파로디 씨." 몬테네그로가 수블리메 담배를 자연스럽게 집어 들면서 말했다. "그 존경이 영광

---

67 truco. 남아메리카의 카드놀이.

68 아르헨티나 파라나강 하류의 삼각주 지역인 델타델파라나(Delta del Paraná)를 가리킨다.

69 슈맹드페르(chemin de fer)와 브리지(bridge)는 카드놀이의 일종이다.

스럽군요."

"당신 얘기가 아닙니다. 만난 적도 없는 한 망자에 대한 얘기예요. 러시아 출신 외국인이었는데 상당한 값이 나가는 다이아몬드를 가진 여자의 마부인가 마구간지기였죠. 여인은 그 나라의 공주였지만 사랑에는 법칙이 없지요. 엄청난 행운에 취한 청년에겐 누구든 그렇지만 문제가 하나 있었죠. 그 청년이 다이아몬드를 훔친 겁니다. 후회했지만 이미 늦었죠. 과격주의자들의 혁명으로 두 사람은 헤어져 세상을 떠돌게 됩니다. 남자는 남아프리카에 살다가 나중엔 브라질로 옮겼는데 한 무리의 도둑 떼가 보석을 강탈하려고 했죠. 하지만 실패했어요. 남자가 보석을 숨겨 뒀으니까요. 그는 보석을 가지려고 한 게 아니라 여자에게 돌려주려고 했지요. 고통스러운 세월이 흐른 뒤 그는 그녀가 부에노스아이레스에 있다는 걸 알게 됩니다. 다이아몬드를 소지하고 여행하는 건 위험했지만 물러설 순 없었죠. 도둑들도 그를 쫓아 기차에 올랐습니다. 한 명은 수도사, 한 명은 군인, 한 명은 지방 사람으로 위장했고, 화장을 진하게 한 여자도 있었죠. 승객 중 우리나라 사람이 있었는데 멍청한 배우였어요. 이 남자는 평생을 위장한 사람들 속에서 살았기 때문에 그들이 전혀 이상하지 않았던 겁니다. 하지만 그게 사기극이라는 건 뻔했어요. 도둑들이 준비한 게 너무 과했으니까요. 닉 카터[70]가 나오는 잡지에서 이름을 딴 신부, 반칼라리에서 온 카타마르카 사람, 사건에 공주가 있어 남작 부인으로 가장한 여자, 하룻밤

70 미국 탐정 소설에 나오는 가상의 탐정으로 1886년에 처음 등장했다.

사이에 수염이 사라지고 당신처럼 80킬로그램에 이르는 사람을 '높이 들어 올릴' 수도, 화장실에 가둘 수도 있는 노인이라니. 그들은 결의에 차 있었죠. 주어진 시간은 나흘 밤이었습니다. 첫날 밤엔 당신이 골리아드킨의 객실에 나타나는 바람에 계획이 어긋났지요. 둘째 날 밤 당신은 우연찮게 재차 골리아드킨을 구하게 됩니다. 남작 부인이 사랑을 미끼로 객실에 들어갔는데 당신이 나타나는 바람에 방을 나간 겁니다. 셋째 날 밤 당신이 남작 부인이 머물던 객실 문에 철썩 붙어 있던 틈에 카타마르카 사람이 골리아드킨을 습격했죠. 결과가 안 좋았어요. 골리아드킨이 그를 기차 밖으로 내던져 버렸거든요. 그래서 러시아인이 안절부절못하며 잠자리에서 뒤척인 겁니다. 그는 그때까지 벌어진 일과 앞으로 일어날 일을 생각했겠죠. 아마도 가장 위험할 넷째 날 밤을 생각했을 겁니다. 그러다가 영혼을 상실함으로써 영혼을 구원하다는 신부의 말을 기억해 냈어요. 그는 다이아몬드를 지키기 위해 자신의 목숨과 다이아몬드를 버려야겠다고 마음먹습니다. 당신이 경찰 사건 기록부를 언급했을 때 그는 자기가 피살되면 당신이 가장 유력한 혐의자가 되리라는 걸 알았겠죠. 넷째 날 밤 그는 도둑들이 두 개의 다이아몬드, 진품과 가품이 있다고 생각하도록 두 개의 상자를 보여 줬죠. 그런 다음 모두가 보는 앞에서 카드 실력도 없는 자에게 다이아몬드를 뺏기죠. 도둑들은 그가 잃은 다이아몬드가 진품이라고 믿게 만들려는 것이라고 생각했겠죠. 그래서 사과주에 약을 타서 당신을 재운 겁니다. 그러고는 러시아인의 객실에 가서 보석을 내놓으라고 했죠. 당신은 다이아몬드가 어디 있는지 모른다는 골리아드킨의 말을 잠결에 반복적으로 듣게 됩니다. 그는 그들을 속이기 위해 당신이 갖고 있다고 했을지도 몰라요. 그 용감한 남자의 계략이 먹혔습니다. 그는 동틀 녘에 흉악한 자들의 손에 죽지만 다이아몬드는 안전하게 당신 손에 있게 된 겁니다. 실제로 당신은 부에노스아이레스에 도착하자마자 경찰에게 체포됐고 다이아몬드는 원래 주인에게 돌아가게 됐지요.

골리아드킨은 오래 살아 봐야 무의미하다고 생각했을 겁니다. 공주가 이십 년이라는 잔인한 세월의 풍파를 겪고 지금은 유곽을 운영하고 있으니까요. 나라도 두려웠을 겁니다."

몬테네그로는 수블리메 담배를 하나 더 꺼내 불을 붙였다.

"흔한 얘기네요." 그가 말했다. "굼뜬 지성이 예술가의 천재적 직관을 확인해 주는군요. 나는 푸펜도르프-뒤베르누아 부인, 비빌로니, 브라운 신부, 특히 해럽 대령을 줄곧 의심하고 있었어요. 친애하는 파로디 씨, 내가 찾은 해답을 당국에 곧 알릴 테니 걱정하지 마십시오."

1942년 2월 5일

케켄[71]에서

71　　부에노스아이레스주의 남동부에 위치한 소도시다.

황소의 신

시인 알렉산더 포프[72]를 기리며

1

시인 호세 포르멘토는 세간의 평판처럼 남자답고 솔직하게 (플로리다 거리와 투쿠만 거리가 만나는 곳에 있는) 예술 회관에 모인 신사 숙녀에게 주저하지 않고 다음과 같은 말을 되풀이했다. "스승인 카를로스 앙글라다와 18세기적인 몬테네그로의 논전만큼 나의 정신을 풍요롭게 할 축제는 없을 겁니다. 마리네티[73]와 바

72 Alexander Pope(1688~1744). 영국 고전주의의 대표적 시인.

73 필리포 토마소 마리네티(Filippo Tommaso Marinetti, 1876~1944). 이탈리아 소설가이자 시인으로 미래파 운동의 선구자.

이런[74] 경, 마흔 마리 말과 이륜마차, 기관총과 단도의 대결이나 마찬가지지요." 그 논전은 당사자들에게도 만족스러웠다. 뿐만 아니라 두 사람은 서로의 진가를 존중해 주는 사이였다. (표도로브나 공주와 결혼한 뒤 연극계에서 은퇴해 대하 역사 소설을 쓰고 범죄 수사에 시간을 쓰던) 몬테네그로는 편지가 분실됐다는 소식을 듣고 카를로스 앙글라다에게 자신의 통찰력과 특권을 제공하면서 273호 감방에 수감된 자신의 협력자 이시드로 파로디를 만나 보라고 권했다.

이시드로 파로디는 독자 여러분도 알고 있을 카를로스 앙글라다가 누군지 몰랐다. 그는 『노쇠한 탑』(1912)에 실린 시도, 『나는 타인이다』(1921)의 범신론적 송가도, 『나는 보고 오줌 눈다』(1928)의 대문자들도, 『가우초의 수첩』(1931)이라는 토착주의 소설도, 『백만장자를 위한 찬가』(1934, 일련번호가 찍힌 500부 한정판과 돈 보스코 출판사의 보급판)에 있는 단 한 편의 시도, 『빵과 물고기의 교송 성가집』(1935)도, 터무니없게 들리겠지만 해박한 지식을 담은 프로베타 출판사의 책(『미노타우로스의 책임하에 출판된 잠수부의 글들』(1939))도 읽지 않았다.[75] 이십

74 조지 고든 바이런(Geordge Gordon Byron, 1788~1824). 영국 낭만주의의 대표적 시인.

75 카를로스 앙글라다의 대표 저작은 노골적인 자연주의 소설 『살롱의 육체』(1914), 이 작품을 과감히 철회한 『살롱의 정신』(1914), 이미 극복된 선언문 『페가수스에게 하는 말』(1917), 여행기 『태초에 침대차가 있었다』(1923), 4호까지 출판된 잡지 《제로》(1924~1927)가 있다.(원주)

년간 수감 생활을 하면서 파로디가 『카를로스 앙글라다의 여정: 어느 서정 시인의 삶의 궤적』을 공부할 시간이 없었다는 게 안타까울 따름이다. 반드시 읽어야 할 이 연구서에서 앙글라다의 지도를 받았던 호세 포르멘토는 스승의 삶을 다음과 같이 다양한 시기로 구분해 설명한다. 모데르니스모[76] 시인으로 등단한 시기, 호아킨 벨다의 영향을 받은(때로는 그를 모방한) 시기, 1921년 범신론에 열광하여 자연과 완전한 합일을 꿈꾸며 비센테 로페스에 있는 깔끔한 별장의 마당을 맨발로 절룩이고 피 흘리며 돌아다닌 시기, 차가운 이지주의를 버리고 어린애처럼 세일러복에 스케이트보드를 타고 굴렁쇠를 굴리며 여자 가정 교사와 함께 D. H. 로런스[77]의 칠레판 작품을 들고 팔레르모 호수 공원을 다니던 아주 유명한 시기, 아소린의 글에 기초해 귀족적 가치를 옹호한 작품으로 니체의 사상이 녹아 있는 『백만장자를 위한 찬가』를 쓴 시기. 하지만 훗날 성체 대회의 세례 지원자가 되자 자신의 마지막 주장을 회개한다. 마침내 그는 이타주의자가 되어 지방을 주유하고 무명 시인들의 새로운 부흥을 위해 비평의 칼을 휘두르며 시인들과 프로베타 출판사를 연결해 주는데, 이 출판사는 이미 100명이 넘는 예약 구독자를 확보하고 몇 가지 소책자를 준비한다.

---

76 Modernismo. 19세기 말 니카라과 시인인 루벤 다리오(Rubén Darío, 1867~1916)를 중심으로 전개된 시문학 운동이다.

77 데이비드 허버트 로런스(David Herbert Lawrence, 1885~1930). 영국의 작가이자 문학 평론가. 대표작으로 『채털리 부인의 연인』(1928)이 있다.

카를로스 앙글라다는 그의 저작 목록이나 그에 대한 입소문만큼 놀라운 사람은 아니었다. 이시드로는 하늘색 다관에 마테차를 우려내다가 고개를 들어 남자를 쳐다봤다. 얼굴은 불그레하고 큰 키에 다부진 체격이었고, 나이에 비해 머리는 일찍 벗어지고 찡그린 눈엔 고집이 배어 있었으며 염색한 콧수염은 길고 뻣뻣했다. 호세 포르멘토가 유쾌한 어조로 체크무늬 정장을 입은 사람이 앙글라다라고 했다. 한 남자가 그를 뒤따랐는데 멀리서 보면 앙글라다의 판박이 같았다. 앙글라다의 축소판처럼 보인다는 걸 빼면 대머리, 눈, 긴 콧수염, 건장한 체격, 체크무늬 정장까지 똑같았다. 눈치 빠른 독자는 이 청년이 앙글라다의 사도이자 전도사인 호세 포르멘토라는 걸 진작에 알았을 것이다. 그가 하는 일은 단순하지 않았다. 『오줌싸개』(1929), 『가금류와 알 도매업자의 기록』(1932), 『경영자를 위한 송가』(1934), 『하늘의 일요일』(1936)을 쓴 작가인 포르멘토처럼 끈기 있고 헌신적인 제자가 아니고는 현대판 프레골리 같은 정신을 지닌 앙글라다의 다재다능함에 혼란스러웠을 것이다. 익히 알려졌듯 포르멘토는 스승을 존경했다. 스승은 제자를 너그럽게 대했지만 때로는 선의의 질타도 빼놓지 않았다. 포르멘토는 제자를 넘어 비서이기도 했다. 포르멘토는 위대한 작가들이 자신의 걸작 원고에 구두점을 넣고 오자를 고치기 위해 데리고 있는 '살림꾼'이었다.

앙글라다는 지체 없이 본론으로 들어갔다.

"괜찮으시다면 오토바이처럼 단도직입적으로 말하겠습니다. 헤르바시오 몬테네그로의 권유로 이곳에 오게 됐습니다. 나는 죄수가 범죄 사건을 해결할 사람으로 지목됐다는 게 믿기지도 않고 믿을 수도 없습니다. 사건 자체는 복잡할 게 없지요. 누구나 알듯이 난 비센테 로페스에 살고 있습니다. 내 서재에, 보다 정확히 말해 내가 메타포를 만드는 작업실에 금고가 하나 있습니다. 자물쇠가 달린 그 다면체 금고 안에는 편지 상자가 하나 있지요. 있었다고 해야 맞겠네요. 비밀 같은 건 없습니다. 나와 서신을 주고받는 사람은 존경하는 마리아나 루이스 비얄바 데 무냐고리라는 사람인데, 가까운 사람들 사이에선 몬차로 불립니다. 당당히 말씀드리지만, 나에 대한 중상모략이야 어떻든 육체적 관계는 없었습니다. 우리는 보다 높은 차원, 감정적, 정신적 차원에서 교감했습니다. 여하간 아르헨티나 사람은 그런 관계를 절대 이해하지 못할 겁니다. 마리아나는 아름다운 영혼을 지녔을 뿐 아니라 아름다운 여성이기도 하지요. 좋은 것이 차고 넘치는 그녀에겐 현대의 모든 것을 감각하는 촉이 있습니다. 그녀는 내 초기작인 『노쇠한 탑』을 읽고 시를 지었어요. 나는 그녀의 십일음절 시구를 고쳐 줬습니다. 간혹 십사음절 시구도 있었는데 그건 자유시에 소질이 있다는 의미였지요. 실제로 지금은 산문체 에세이를 연습 중입니다. 현재까지 「비 오는 날」, 「나의 개, 밥」, 「봄의 첫날」, 「차카부코 전투」, 「내가 피카소를 좋아하는 이유」, 「내가 정원을 좋아하는 이유」 등을 썼습니다. 그건 그렇고 이제 당신이 이해할 수 있게 잠수사처럼 사건의 세부적인 내용으로 들어가겠습니다. 모르는 이가 없듯이 나는 본질적으로 대중적인 사람입니다. 8월 14일에 나는 흥미로운 그룹인 프로베타의 작가들과 정기 구독자들을 위해 별장 문을 열었습니다. 작가들은 자기 원고를 출판해 달라고 하고 구독자들은 잃어버린 회비를 환불해 달라더군요. 그 상황에서 나는 물속에 있는 잠수함처럼 즐거웠어요. 활기차던 모임은 새벽 2시까지 계속됐답니다. 나는 무엇보다 전사의 기질이 강한 사람입니다. 즉흥적으로 안락의자와 걸상으로 방벽을 세운 덕에 상당량의 식기를 지켜 낼 수 있었지요. 포르멘토는 디오메데스보다 오디세우스를 닮아서인지 나무 쟁반에 각종 빵과 오렌지 맛 빌스 음료수를 담아 나르며 소란 피우는 사람들을 달래려고 했습니다. 가엾은 포르멘토. 나를 비방하는 사람들한테 던질 만한 물건만 더 갖다 준 꼴이 된 겁니다. 마지막 주정꾼[78]이 떠나자 포르멘토는 물통에 담긴 물을 내가 잊지 못할 만큼 헌신적으로 내 얼굴에 쏟아부어서 나를 3000촉광의 냉철한 지성으로 되돌려 놨습니다. 나는 기진맥진 늘어진 상태에서 곡예 같은 시를 한 편 썼지요. 제목은 '충동 위에 서서', 마지막 행은 '나는 코앞에서 죽음을 총살했다.'였습니다. 잠재의식 상태에서 그런 기질을 잃어버렸다면 위험했을 겁니다. 나는 더 이상 어찌할 방법이 없어서 제자에게 돌아가라고 했습니다. 그런데 이 친구가 난장이 벌어지던 중에 동전 지갑을 잃어버렸습니다. 사베드라로 돌아가기 위해서 솔직하게 도움을 청하더군요. 나는 아무도 범할 수 없는 베테레 금고 열쇠를 호주머니에 안전하게 보관하고 있었지요. 나는 열쇠를 꺼내 구멍에 넣고 돌렸습니다. 필요한 돈은 찾았지만 몬차, 아니 마리아나 루이스 비얄바 데 무냐고리의 편

---

78 원문의 퐁피에(pompier)는 통상적으로 소방관을 의미하지만, 술을 과하게 마시는 사람을 가리켜 소방관처럼 마신다는 표현을 쓰기도 한다.

지가 없었습니다. 내가 그런 충격에 쓰러질 사람은 아닙니다. 나는 늘 생각이라는 곳에 서 있기에 보일러실부터 정화조에 이르기까지 집과 부속 건물을 샅샅이 뒤졌습니다. 구석구석 찾아봤지만 결과는 비관적이었습니다."

"저도 편지가 별장에 없다고 확신합니다." 포르멘토가 진중한 목소리로 말했다. "15일 아침에 스승님께서 조사에 필요하다고 한 자료를 『캄파노 삽화본 스페인어 백과사전』에서 찾아서 돌아왔습니다. 그리고 재차 집을 뒤져 봤습니다. 아무것도 찾지 못했습니다. 아닙니다. 앙글라다 선생님과 이 나라에 중요한 뭔가를 발견했지요. 시인의 부주의로 지하실에 처박혀 있던 보물인 절판된 『가우초의 신분증』 497부를 찾은 겁니다."

"제자의 문학적 열정을 이해해 주시기 바랍니다." 카를로스 앙글라다가 서둘러 말을 꺼냈다. "이 학문적 발견이 당신처럼 범죄 사건에 쉽게 몰두하는 사람에겐 관심 밖이겠지요. 문제는 이겁니다. 편지가 사라졌으니 위대한 여인의 마음의 동요와 그녀의 지성과 감성이 담긴 기록이 부주의한 사람의 손에서 큰 스캔들이 될 수도 있다는 겁니다. 그 편지는 모방한 내 문체에 세상 경험이 많은 한 여인의 깨지기 쉬운 사생활이 결합한 인간적인 기록물입니다. 간단히 말해 안데스 지역의 해적판 출판업자들이 달려들 만한 먹잇감이란 겁니다."

2

일주일 후 캐딜락 리무진 한 대가 라스에라스 거리에 있는 교도소 앞에 멈춰 섰다. 문이 열렸다. 회색 재킷에 번지르르한 바지를 입은 신사가 밝은색 장갑에 개 머리 모양이 박힌 지팡이를 들고 예스럽고 우아하게 내리더니 교도소 정원으로 늠름하게 걸어 들어갔다.

그론도나 부소장이 굽실거리며 그를 맞았다. 신사는 브라질 바이아산 시가를 받아 들고 273호실로 안내를 받았다. 이시드로는 그를 보고 수블리메 담뱃갑을 수인복 모자 속에 감춘 뒤 부드럽게 말했다.

"이런, 아베야네다에선 고기가 잘 팔리나 봅니다. 그 일을 하다 보면 살이 빠질 텐데 당신은 찌는군요."

"정확하군요. 친애하는 파로디 씨, 정확해요. 정말이지 아주 건강합니다. 공주가 당신의 손에 입 맞춰 달라고 하더군요." 몬테네그로가 시가를 피우며 얘기했다. "우리의 친구인 카를로스 앙글라다도 안부를 전해 달라고 했습니다. 지중해식 기풍은 없어도 재기 있는 사람이에요. 우리끼리 얘기지만 당신 얘기를 너무 많이 하더군요. 어제도 내 사무실에 불쑥 나타났지 뭡니까. 관상 좀 볼 줄 아는 사람으로서 카를로스 앙글라다가 문을 쾅쾅 두드리고 숨이 거친 것만 보고도 신경이 날카롭다는 걸 금세 알았죠. 곧 이유를 알게 됐는데 교통이 혼잡해서 평정심을 잃은 거였더군요. 당신은 훨씬 현명하게 잘 선택한 겁니다. 은둔하여 규칙적인 생활을 하니 자극받을 게 없으니까요. 도시의 심장에 있는 당신의 작은 오아시스는 딴 세상 같아요. 우리의 친구 앙글라다는 훨씬 유약한 사람이라 작은 망상에도 불안해하지요. 솔직히 강인한 기질을 지녔다고 생각했어요. 편지가 없어졌다는 걸 알고 처음에는 사교가의 절제를 보여 줬는데 어제는 그런 면모가 가면에 지나지 않았음을 알겠더군요. 그는 상처 입은 부상자였어요. 내 사무실에서 1934년산 마라스키노를 앞에 두고 힘을 북돋는 시가 연기를 뿜어 대면서 모든 가면을 벗어 버렸지요. 그의 우려가 이해되더군요. 몬차가 쓴 편지의 내용이 알려진다면 사교계에 엄청난 충격을 안길 겁니다. 그녀는 아름다운 외모에 재산, 가문, 훌륭한 외적 조건을 갖추었을 뿐 아니라 자신의 현대적인 사고를 무라노에서 생산된 유리잔에 담고 있다고 할 만큼 독보적인 여성이에요. 카를로스 앙글라다는 안쓰럽게도 그 편지가 알려지면 자신의 파멸과 분노한 무냐고리와 결투로 끝장을 봐야 하는 저열하기 짝이 없는 일이 발생할 거라고 생각합니다. 하지만 친애하는 파로디 씨, 냉정을 잃지 마세요. 탁월한 재능을 지닌 내가 그 문제에 대처하고 있으니까요. 이미 첫걸음을 내디뎠습니다. 카를로스 앙글라다와 포르멘토를 초대해서 무냐고리의 농장인 라몬차에서 며칠 지내라고 했지요. 무냐고리는 노블리스 오블리주를 보여 줬어요. 그녀 덕분에 필라르 전역이 발전했다는 걸 인정해야 하니까요. 당신이 그 놀라운 일을 직접 살펴볼 수 있다면 좋으련만. 그곳은 전통이 굳건하게 살아 있는 몇 안 되는 지역 중 하나지요. 집주인이 포악한 성격에 옛 관습을 고집하는 사람이라서 끼어들려고 하겠지만 그 정다운 모임에 먹구름이 끼진 않을 겁니다. 마리아나는 손님을 맞아 극진히 대할 게 분명합니다. 말씀드리건대 예술가의 변덕으로 이

번 여행을 준비한 게 아닙니다. 우리 주치의인 무히카 박사가 혹사당한 내 몸을 제대로 치료하라고 하더군요. 마리아나가 정중하게 요청했지만 공주는 동행하기 어려울 것 같아요. 아베야네다에 할 일이 쌓여 있거든요. 반대로 나는 봄날[79]까지 휴가를 연장할 겁니다. 방금 얘기해서 아시겠지만 나는 주저하지 않고 과감한 대책을 세웠습니다. 이제 편지를 찾는 세밀한 수사는 당신 손에 맡기겠습니다. 내일 10시에 나는 리바다비아 길에 있는 위령탑에서 즐거운 자동차 행렬이 끝없는 지평선과 자유를 만끽할 라몬차를 향해 떠납니다."

헤르바시오 몬테네그로가 간결한 몸짓으로 바슈롱 콩스탕탱 금시계를 쳐다봤다.

"시간은 금입니다." 그가 말했다. "당신의 교도소 동료인 해럽 대령과 브라운 신부를 만나기로 했습니다. 얼마 전에 산후안 대로에서 푸펜도르프-뒤베르누아 남작 부인을 만났는데 본명이 프라토롱고랍니다. 품위는 그대로였지만 아비시니아산 담배는 고약하더군요."

3

9월 5일 해가 질 무렵 검은 상장을 차고 우산을 든 방문자가 273호 감방에 들어섰다. 그는 바로 말을 꺼냈다. 하지만 장

---

79 아르헨티나에서는 9월 21일에 봄날을 기념한다.

례식 분위기의 어조 아래에서 이시드로는 그가 근심이 있다는 것을 알아챘다.

"저무는 태양처럼 십자가에 못 박힌 모습으로 이렇게 오게 됐습니다." 호세 포르멘토는 세탁실로 이어지는 채광창을 막연하게 가리켰다. "스승이 박해를 받는데 사람 만나는 일이나 하고 있으니 저를 배신자 유다라고 하시겠지요. 하지만 제가 여기에 온 건 다른 이유 때문입니다. 저는 선생님한테 권력 기관과 오랫동안 쌓아 온 영향력을 행사해 주실 것을 요청하러, 아니 간청드리러 왔습니다. 사랑이 없으면 자비는 불가능합니다. 카를로스 앙글라다가 농촌 청년회에서 트랙터를 이해하려면 트랙터를 사랑해야 하고 카를로스 앙글라다를 이해하려면 카를로스 앙글라다를 사랑해야 한다고 말씀하셨듯이 말입니다. 스승님의 책이 범죄 수사에는 도움이 되지 않을 테지만 여기 『카를로스 앙글라다의 여정』을 한 권 가져왔습니다. 이 책을 보시면 비평가들로 하여금 갈피를 못 잡게 하고 경찰의 관심을 끄는 한 남자가 어린애처럼 충동적이란 걸 아실 겁니다."

포르멘토는 무작위로 책을 펴서 파로디의 손에 건넸다. 파로디는 대머리에 강인한 모습의 카를로스 앙글라다가 세일러복을 입고 있는 사진을 확인했다.

"사진가로서 자네는 정말 탁월한 것 같으니 이 점에 대해선 언급하지 않겠네. 하지만 29일 밤에 무슨 일이 있었는지 얘기를 들어야겠어. 또 그 사람들의 관계가 어땠는지도 알아야겠고. 몰리나리의 기사는 읽어 봤네. 머리가 빈 건 아니지만 그렇게 사진 같은 묘사가 지나치면 결국 혼란스러워질 따름이지. 이보게, 흥분하지 말고 차근차근 얘기해 주게."

“스냅 사진처럼 사건을 설명드리겠습니다. 우리는 24일에 별장에 도착했습니다. 진심 어린 우정을 나누며 융화되었지요. 마리아나 부인은 레드펀 승마복, 파투의 망토, 에르메스 부츠에 엘리자베스 아덴의 야외 화장을 한 얼굴로 평소처럼 간소하게 우리를 맞아 줬습니다. 앙글라다와 몬테네그로는 밤이 깊도록 일몰에 대한 논쟁을 벌였어요. 앙글라다는 일몰이 마카담식 도로를 파괴하는 자동차의 헤드라이트보다 못하다 했고, 몬테네그로는 만토바 사람의 소네트보다 못하다고 했습니다. 하지만 결국 두 논전자는 그 정신적인 문제를 쓰디쓴 베르무트주에 빠뜨려 버렸죠. 마누엘 무냐고리는 몬테네그로가 임기응변으로 진정시킨 덕인지 우리의 방문을 받아들이는 것 같았습니다. 8시 정각, 정말이지 천박하기 그지없는 금발의 여자 가정 교사가 그 행복한 부부의 외아들인 팜파를 데려왔습니다. 마리아나가 계단 위에서 아이를 향해 팔을 벌리자 파콘을 차고 치리파[80]를 걸친 아이는 달려가 엄마 품에 안겼지요. 그 잊을 수 없는 장면은 보헤미안적인 세속성이 가득한 환경에서도 가족의 유대가 영속되고 있음을 보여 줬어요. 그 외엔 여느 때와 같은 밤이었습니다. 가정 교사는 팜파를 데리고 바로 나갔습니다. 무냐고리는 모든 교육은 ‘매를 아끼면 아이를 망친다.’라는 솔로몬식 규율에 있다고 하더군요. 아이에게 파콘을 차고 치리파를 걸치도록 하기 위해 그런 규율을 시행했다는

---

80 파콘(facón)은 가우초가 소지하던 단도를 가리키며, 치리파(chiripá)는 가우초가 하반신을 가리기 위해 사용한 의복의 일종이다.

걸 분명히 알겠더군요.

29일 해 질 녘에 우리는 테라스에서 거대하고 화려한 소 떼의 행렬을 지켜봤습니다. 그런 시골 풍경을 볼 수 있었던 건 마리아나 부인 덕분이었죠. 그분이 아니었다면 그 풍경은 물론이고 그 외 다른 즐거운 일도 불가능했을 겁니다. 남자답게 솔직히 말씀드려서 무냐고리가 가축 키우는 데 뛰어나다는 건 의심할 여지가 없지만 손님에겐 비사교적이고 무례합니다. 우리와 거의 말도 섞지 않더니 십장이나 인부들과 얘기하는 건 좋아하더군요. 그는 자기 땅에서 실현되고 있던 팜파스와 카를로스 앙글라다의 만남, 즉 자연과 예술의 경이로운 합일보다 다가올 팔레르모 가축 품평회에 관심이 쏠려 있었습니다. 아래쪽에서는 태양의 죽음 속에서 어둠에 싸여 짐승들이 무리지어 이동했고, 위에서는 테라스에 모인 사람들이 수다스럽게 얘기를 나누었습니다. 장중한 소 떼를 본 몬테네그로의 감탄사가 앙글라다의 정신을 깨우기에 충분했지요. 스승님은 그 자리에 선 채 즉흥적으로 서정시를 노래했는데, 그 노래를 들으면 역사학자든 문법학자든 냉철한 합리주의자든 대범한 사람이든 하나같이 감탄할 겁니다. 스승님은 황소가 오래전엔 신성한 동물이었으며, 그 이전엔 사제이자 왕이었고, 그 이전엔 신이었다고 했습니다. 그리고 그 황소의 행렬을 비추던 태양은 크레타의 미궁에서 황소를 모독한 죄로 죽음을 선고받은 인간의 행렬을 봤다고 했습니다. 황소의 따뜻한 피에 몸을 담그고 영생을 얻은 사람들에 대해서도 얘기했지요. 몬테네그로는 (프로방스의 뜨거운 태양 아래) 님에 있는 경기장에서 봤던 뿔에 공을 끼운 황소들의 피 튀기는 투우를 떠올리더군요. 그런데 정신적인 풍요를 적대시하는 무냐고리는 황소에 관해서라면 앙글라다가 기껏해야 구멍가게 주인에 지나지 않는다고 하는 겁니다. 커다란 밀짚 안락의자에 거만하게 앉아서, 당연한 말이지만 자기가 황소와 함께 자랐으며 황소는 평화롭다 못해 겁이 많지만 멍청한 동물이라고 단언하더군요. 심지어 앙글라다를 설득하려고 그의 눈을 뚫어져라 쳐다보면서 최면을 거는 것 같았어요. 우리는 즐겁게 논쟁 중이던 스승님과 무냐고리를 남겨 둔 채 몬테네그로와 비길 데 없는 안주인인 마리아나를 따라 발전기를 세세히 살펴볼 수 있었지요. 식사 종소리가 울리자 우리는 식탁에 앉아 두 논객이 돌아오기도 전에 소고기를 다 먹어 치웠지요. 논쟁의 승자는 당연히 스승님이었습니다. 패자가 된 무냐고리는 시무룩하니 식사를 하는 동안 한마디도 하지 않더군요.

다음 날 필라르 마을을 돌아보자고 하기에 무냐고리와 단둘이서 작은 마차를 타고 길을 나섰습니다. 아르헨티나 사람으로서 전형적인 먼지투성이 팜파스를 달리며 최대한 즐겼어요. 아버지 태양이 우리 머리 위로 은혜로운 빛을 풍요롭게 내리쬐었지요. 포장도로가 없는 그 벽지까지 우편 서비스가 되더군요. 무냐고리가 상점에서 가연성 액체를 마시는 동안 저는 가우초 의상을 입고 찍은 사진 뒷면에 다정한 안부 인사를 적어 우체통에 넣었습니다. 돌아오는 길은 불쾌했습니다. 그렇잖아도 그리스도의 고난의 길처럼 힘든데 무냐고리가 술에 취해 말을 제대로 몰지 못했으니까요. 고상하게 말해서 저는 그 술의 노예를 가엾게 여겨 제게 선사한 추태를 용서했습니다. 그가 말을 자기 자식인 양 험하게 다루는 바람에 마차가 계속 넘어질 뻔했고 저는 이러다 죽는 게 아닌지 몇 번이나 마음 졸였지요.

농장에서 아마포를 몇 장 붙이고 마리네티의 옛 선언문을 읽으니 마음이 안정되더군요.

이시드로 선생님, 이제 범죄가 발생한 날 오후를 말씀드리지요. 범죄의 불길한 징조가 있었습니다. 솔로몬의 가르침을 따르는 무냐고리가 회초리로 팜파의 엉덩이를 때린 겁니다. 팜파가 이국풍 모조품에 현혹되어 마편과 단검을 차는 걸 거부했다는 이유로 말입니다. 가정 교사인 빌햄 양이 주제넘게 무냐고리를 심하게 비난하는 바람에 달갑지 않은 상황이 길어졌지요. 단언컨대 가정 교사가 그렇게 함부로 개입할 수 있었던 건 다른 일자리가 있었기 때문입니다. 아름다운 영혼을 알아보는 데 일가견이 있는 몬테네그로가 그녀에게 아베야네다에서 할 만한 일을 제안했던 겁니다. 우리는 모두 불편한 마음으로 자리를 떴습니다. 저는 여주인하고 스승님과 함께 물탱크가 있는 곳으로 산책을 나갔지요. 몬테네그로는 가정 교사와 함께 집 안으로 들어갔고 다가올 가축 품평회에 골몰할 뿐 자연에는 무관심한 무냐고리는 다시 황소의 행렬을 보러 갔습니다. 고독과 노동은 진정한 문인을 지탱해 주는 두 개의 지팡이와 같습니다. 저는 길모퉁이에서 동행인들과 떨어져 바깥세상의 어떤 메아리도 들리지 않는 진정한 안식처인 창문 없는 제 침실로 돌아갔어요. 불을 켜고 『테스트 씨와의 저녁 시간』[81]의 보급판 번역 작업에 착수했

81 프랑스의 문인인 폴 발레리(Paul Valéry, 1871~1945)의 1896년 작품이다.

습니다. 그런데 일을 할 수가 없었습니다. 옆방에서 몬테네그로와 빌햄 양이 얘기를 나누고 있었으니까요. 빌햄 양에게 실례가 될 수 있고 저도 답답한 게 싫어서 그쪽 문을 열어 뒀지요. 방에 다른 문도 있었지만, 선생님도 아시듯이 그 문은 연기 자욱한 부엌에 딸린 안뜰로 났으니까요.

그때 비명 소리가 들렸습니다. 빌햄 양의 방에서 난 소리는 아니었어요. 저는 마리아나 특유의 목소리라고 생각했습니다. 복도와 계단을 지나 테라스로 갔지요.

그곳에서 서쪽을 향해 마리아나가 위대한 여배우처럼 절제된 태도로 끔찍한 광경을 가리키고 있었는데 불행히도 전 그 광경을 잊지 못할 것 같습니다. 아래쪽엔 어제처럼 소 떼가 지나갔고, 위쪽에서 전날처럼 주인이 그 더딘 행렬을 지휘하고 있었습니다. 다만 이번엔 단 한 사람만 황소의 행렬을 보고 있었죠. 그 사람은 죽어 있었습니다. 등받이의 직물 문양에 칼이 박혀 있었지요. 높은 안락의자에 팔을 걸친 채 똑바로 앉아 있었어요. 앙글라다는 너무 놀라서 하얗게 질린 얼굴빛으로 그 믿기지 않는 살인에 쓰인 단검이 아이의 것이라는 걸 확인했습니다."

"포르멘토, 살인자가 어떻게 그 무기를 손에 넣었을까?"

"불가사의한 일입니다. 아이가 아버지한테 대들면서 화를 참지 못하고 가우초의 휴대품을 수국 꽃무더기 뒤로 던져 버렸으니까요."

"그렇군. 그런데 앙글라다의 방에 채찍이 있었다는 건 어떻게 설명하지?"

"아주 간단합니다. 하지만 경찰은 이해할 수 없을 겁니다.

사진에서 보셨듯이 변화무쌍한 앙글라다의 삶에는 유아적이라고 할 만한 시기가 있었습니다. 심지어 지금까지도 저작권과 예술을 위한 예술의 수호자인 그는 어른을 위한 장난감의 마력에 억제할 수 없을 만큼 끌리는 분이니까요."

4

9월 9일 상복을 입은 두 여자가 273호 감방을 찾았다. 한 명은 금발에 엉덩이가 크고 입술이 두툼했으며, 아주 조심스럽게 차려입은 다른 한 명은 키가 작고 마른 체형에 가슴이 작고 다리가 짧고 가늘었다.

이시드로가 첫 번째 여자에게 말을 건넸다.

"들은 바로 추측컨대 당신이 무냐고리의 미망인이군요."

"틀렸어요!" 다른 여자가 맥 빠진 목소리로 얘기했다. "벌써 잘못 짚으셨네요. 어떻게 이 사람일 수가 있겠어요. 그녀는 날 따라온 것뿐인데. 이 사람은 빌햄 양이에요. 내가 무냐고리 부인이고요."

파로디는 의자 두 개를 건네고 간이침대에 앉았다. 마리아나는 차분히 말을 이었다.

"방이 예쁘네요. 병풍이 널린 시누이의 거실과는 딴판이에요. 입체주의를 앞지르셨군요, 파로디 씨. 이제 한물가긴 했지만. 내가 당신이라면 가우벨로세에게 맡겨서 저 문에 라커를 칠했을 거예요. 흰색 철제품을 정말 좋아하거든요. 미키 몬테네그로가 당신한테 가 보라고 하더군요. 당신이 봐도 굉장한 사람 아닌가요? 이렇게 만나게 돼 정말 다행이에요. 당신과 얘기를 나누고 싶었어요. 수많은 질문으로 나뿐 아니라 따분하기 짝이 없는 시누이까지 정신 사납게 하는 형사들한테 같은 얘기를 되풀이하는 게 지겨웠거든요.

30일 아침부터 얘기할게요. 포르멘토, 몬테네그로, 앙글라다, 나와 내 남편 이렇게 있었어요. 그 외엔 아무도 없었고요. 공주가 오지 못해서 안타까웠죠. 공산주의자들이 파괴해 버린 매력이란 걸 여전히 지니고 있는 분이니까요. 아무튼 당신도 여성의, 어머니의 직감에 대해 아실 테지요. 콘수엘로가 자두 주스를 가져다줬을 때 난 심한 두통에 시달리고 있었어요. 남자들은 눈치라는 게 없어요. 맨 먼저 마누엘의 방에 갔는데 듣는 척도 않더군요. 그는 나처럼 심하지도 않으면서 자기 두통에만 신경 썼어요. 우리 여자들은 어머니가 되는 삶을 겪기 때문에 그렇게 나약하지 않아요. 게다가 밤늦게 잠자리에 든 건 자기 잘못이죠. 전날 밤 아주 늦게까지 포르멘토와 책 얘기를 했으니까요. 알지도 못하는 것에 대해 왜 그렇게 얘기를 하려는 건지. 내가 갔을 땐 토론이 끝날 즈음이었지만 무슨 얘길 하는지 바로 알아챘지요. 페페는, 그러니까 포르멘토는 『테스트 씨와의 저녁 시간』의 보급용 번역을 출판할 참이었더군요. 그는 대중의 관심을 끌려고, 어쨌거나 그러려고 하는 거니까, 스페인어로 '돈 카쿠멘[82]과의 저녁 시간'이라고 제목을 달았어요. 사랑 없이는 자비가 불가능하다는 걸 절대 이해하려 하지 않는 마누엘은 포르멘토를

82 cacumen. 스페인어로 기지, 지성, 이해력을 의미한다.

말리고 싶은 모양이더군요. 폴 발레리가 다른 사람한테는 생각하라고 하지만 정작 자기는 생각하지 않는다면서 말이죠. 포르멘토는 번역이 이미 끝났다 했고, 나는 늘 예술 회관에서 하는 말이지만 발레리를 데려와서 강연회를 열어야 한다고 했어요. 그날은 대체 어떻게 된 건지 모르겠지만 북풍에 모두 정신이 나간 것 같았어요. 민감한 내가 특히 더 그랬죠. 심지어 가정 교사가 분수를 모르고 가우초 의상이 싫다는 팜파를 두둔하려고 마누엘한테 대들었죠. 왜 이런 얘기를 하는지 모르겠지만 전날 밤에 그런 일이 있었답니다. 30일에는 차를 마시고 자기 생각밖에 할 줄 모르는 앙글라다가 내가 걷는 걸 싫어하는 줄도 모르고 햇볕이 강하고 모기도 많은데 물탱크를 다시 보여 달라더군요. 다행히 거기서 빠져나와 지오노[83]의 작품을 다시 읽을 수 있었어요. 『플루트와 함께』를 좋아하지 않는다고 하지는 마세요. 농장을 잊게 해 주는 굉장한 책이죠. 하지만 그 전에 테라스에서 황소에 푹 빠져 있을 마누엘을 보고 싶었어요. 6시 즈음에 인부들이 다니는 계단을 올라갔어요. 나는 그 자리에 멈춰 서서 '아, 한 폭의 그림 같아!'라고 감탄했지요. 내가 연분홍색 카디건에 비오네 반바지를 입고 난간에 기댔는데 거기서 두 발짝 떨어진 곳에 마누엘이 등에 팜파의 칼이 꽂힌 채 안락의자에 앉아 있었어요. 어린애가 고양이를 잡으러 나가서 그 끔찍한 일을 보지 않은 게 다행이죠. 그날 밤 고양이 꼬리를 여섯 개나 들고 오더군요."

---

83 장 지오노(Jean Giono, 1895~1970). 프랑스 작가.

빌햄 양이 덧붙였다.

"냄새가 너무 고약해서 변소에 버렸어요."

그녀의 목소리는 거의 관능적이었다.

5

9월의 그날 아침 앙글라다는 영감을 받았다. 그의 명석한 정신은 과거와 미래를 예감했다. 지난 미래파의 역사를 돌아보고 그가 노벨 문학상을 받을 수 있도록 몇몇 문인이 뒤에서 애써 주리라는 걸 내다봤다. 파로디가 그의 수다스러운 장광설이 바닥났다고 생각할 즈음 앙글라다가 편지 한 통을 꺼내더니 곰살궂은 미소를 지으며 말했다.

"가엾은 포르멘토. 사실 칠레 해적들도 사업을 할 줄 안단 말이죠. 이 편지를 읽어 보시죠, 파로디 씨. 그로테스크한 버전의 폴 발레리는 출판하지 않겠다는군요."

이시드로는 마지못해 편지를 읽었다.

친애하는 선생님께

지난 8월 19일, 26일, 30일 자로 보내신 귀하의 서신에 대한 회신에서 이미 설명한 바를 다시 말씀드립니다. 본사는 출판 비용을 부담할 수 없음을 알려 드립니다. 인쇄비와 월트 디즈니의 저작권 사용료, 신년과 부활절에 맞춰 외국어로 인쇄될 인사장 비용을 고려할 때 귀하께서 인쇄용지 비용과 라콤프레소라 창고 보관료를 선불로 지불하지 않는 한 이번 출판은 불가능합니다.

귀하의 회신을 기다리겠습니다.

부사장 대리 루피노 히헤나 S.

마침내 이시드로가 말을 꺼냈다.

"이 업무용 편지에 하늘이 무너지는 것 같았겠네요. 이제 정리를 해 봅시다. 조금 전에 당신은 책에 대한 얘기를 많이 하셨지요. 나 또한 그렇게 할 수 있습니다. 최근에 읽은 게 있는데 거기에 아주 귀여운 사진이 담겨 있더군요. 죽마를 타는 당신, 아기 옷을 입은 당신, 자전거를 타는 당신. 그걸 보니 웃음이 나더군요. 포르멘토처럼 여성스럽고 음울한 청년이 어느 바보를 비웃음거리로 만들 거라고 누가 상상이나 하겠습니까. 당신의 모든 책은 조롱거리일 뿐입니다. 당신이 『백만장자를 위한 찬가』를 내놓자 당신을 존경하는 그 청년은 『경영자를 위한 송가』를 썼고, 당신이 『가우초의 수첩』을 내놓자 『가금류와 알 도매업자의 기록』을 썼지요. 이게 어떻게 된 일인지 처음부터 설명해 드리지요.

먼저 어떤 멍청이가 찾아와 편지를 도둑맞았다는 얘기를 하더군요. 신경 쓰지 않았어요. 누군가 뭘 잃어버렸다고 해서 그걸 찾는 일을 죄수에게 맡기진 않을 테니 말이죠. 그런데 멍청이는 그 편지가 한 여인을 위험에 처하게 만들 거라고 하더군요. 그녀와 특별한 관계가 아니며 그저 서신 교환을 도락으로 삼았다고 했지요. 그녀가 자기 애인이라고 생각하게 만들려고 그렇게 얘기했겠지요. 일주일 후 아주 좋은 사람인 몬테네그로가 와서 그 멍청이가 근심에 쌓였다고 하더군요. 이번에는 당신이 정말로 뭔가 잃어버린 사람처럼 보였지요. 아직 교도소에 수감되지 않았고 범죄 수사에도 일가견이 있는 사람을 찾아갔으니까요. 그 뒤로 모든 이가 농장으로 갔고, 무냐고리가 죽었고, 포르멘토와 멍청한 여자가 날 찾아와 괴롭혔죠. 난 뭔가 의심하기 시작했습니다.

당신은 편지를 잃어버렸다고 했어요. 심지어 포르멘토가 훔쳤을 거라고 암시했죠. 당신은 그 편지가 사람들의 입에 오르내리고 어떤 식으로든 당신과 그 부인에 대한 풍문이 돌길 바랐을 겁니다. 그런데 거짓말이 사실이 되었지요. 포르멘토가 편지를 훔친 겁니다. 그걸 세간에 알리려고 말입니다. 당신은 포르멘토를 질리게 만들었어요. 오늘 오후에 당신이 두 시간 동안 늘어놓은 장광설만 봐도 그 청년이 이해되더군요. 당신에 대한 반감이 너무 심해져서 에둘러 말하는 걸로 부족하게 됐죠. 청년은 편지를 공표해 온 나라 사람들한테 당신과 마리아나가 아무 관계도 아니라는 걸 알림으로써 이 문제에 종지부를 찍으려고 했어요. 무냐고리는 이 사건을 다른 방식으로 봤어요. 그는 아내가 쓸데없는 책 한 권 때문에 웃음거리가 되는 걸 원치 않았죠. 29일에 그는 이 문제로 포르멘토를 만났죠. 포르멘토는 이 부분에 대해선 내게 아무 말도 하지 않더군요. 두 사람이 그 문제로 언쟁을 벌이던 중 마리아나가 나타났죠. 그래서 포르멘토가 번역하던 프랑스 책에 대해 얘기 중이라고 믿도록 꾸민 겁니다. 시골 사람이 당신 같은 사람의 책에 관심이나 있겠습니까. 다음 날 무냐고리는 책의 출판을 막기 위해 출판사에 보낼 편지를 들고 포르멘토와 필라르에 갔죠. 포르멘토는 상황이 어려워졌다고 판단해 무냐고리를 제거하기로 결정하죠. 괴로워할 필요도 없었지요. 부인과의 사랑이 들킬 위험에 늘 노출되어 있었으니까요. 그 멍청한 여자는 자제할 줄을 모르더군요. 자기가 들은 얘기, 사랑과 자비가 어떻다는 둥, 영국인 가정 교사가 분수를 모른다는 둥 그런 얘기를 반복했지요. 심지어 그의 별칭을 부르는 통에 들통까지 났으니.

포르멘토는 아이가 가우초 의상을 내던지는 걸 보고 때가 왔다는 걸 알았죠. 그는 조심스럽게 행동했어요. 자기 방과 영국인 가정 교사의 방 사이에 있는 문이 열려 있었다며 훌륭한 알리바이를 만들었죠. 가정 교사도 몬테네그로도 그 사실을 부인하지 않았어요. 하지만 그런 일로 소일할 때는 문을 닫는 게 보통이죠. 포르멘토는 무기를 아주 잘 골랐어요. 팜파의 칼은 두 사람, 팜파와 앙글라다 당신을 연루시키기에 적절했어요. 팜파는 반쯤 미쳐 있고, 당신은 예전에 어린아이인 척했듯이 그 부인의 애인인 척하고 있으니까요. 그는 채찍을 당신 방에 두고 경찰이 그걸 찾아내길 바랐죠. 나한테는 당신을 의심하게 하려고 당신 사진이 실린 책을 주더군요.

그가 테라스에 나가 무냐고리를 찌르는 건 아주 손쉬웠을 겁니다. 인부들은 밑에서 소를 치느라 그 장면을 보지 못했죠.

이게 신의 섭리입니다. 모든 게 멍청한 여자의 편지와 연하장으로 책을 내려고 포르멘토가 저지른 일입니다. 편지 내용이 어떨지는 그 여자를 보기만 해도 충분합니다. 그러니 출판사가 출판을 거부한 것도 이상할 게 없죠.

1942년 2월 22일
케켄에서

산자코모의 예견

마호메트에게

1

273호 감방의 죄수가 앙글라다 부인과 그 남편을 마지못해 맞아들였다.

"메타포는 접어 두고 명확하게 말씀드리지요." 카를로스 앙글라다가 엄숙하게 약속했다. "내 머리는 차가운 냉장고 같습니다. 자기가 속한 계층에선 경석으로 통하던 훌리아 루이스 비얄바의 죽음을 둘러싼 정황이 이 회색 용기 안에 훼손되지 않고 보존되어 있어요. 냉정하고 충실하게 말하지요. 나는 이 사건을 기계 장치가 된 신[84]처럼 담담하게 보고 있습니다.

84 데우스 엑스 마키나(deus ex machina). 기계 장치가 된 신은 그리스 연극에서 이야기 전개를 전환하고 해결

이번 사건의 한 단면을 말씀드리지요. 정말 잘 경청하시기 바랍니다, 파로디 씨."

파로디는 고개도 들지 않고 계속해서 이리고옌 박사[85]의 사진을 살피고 있었다. 정력적인 시인의 서설에 새로울 게 없었기 때문이다. 게다가 아르헨티나 사교계에서 가장 활발히 활동하는 젊은이 중 하나였던 루이스 비얄바 양이 돌연 실종됐다는 몰리나리의 기사를 며칠 전에 읽은 터였다.

앙글라다가 말을 이으려 하자 부인인 마리아나가 끼어들었다.

"카를로스가 나를 교도소로 데려오지 않았다면 콘셉시온 아레날[86]에 관한 마리오의 지루한 강연을 듣고 있었을 거예요. 파로디 씨께서 예술 회관에 가지 않아도 되게끔 날 구해 주셨네요. 저명인사들은 따분한 사람들이죠. 물론 나는 늘 고위 성직자들은 품위 있게 말씀하신다고 합니다. 카를로스는 평생 그랬듯이 이번에도 끼어들려고 하지만, 어쨌든 내 여동생에 관한 일인 데다 여기까지 날 데려와 놓고 바보처럼 입 다물고 있으라 할 순 없지요. 또 여자들은 직관적으로 어떤 것이든 더 잘 알아요. 내가 입은 상복에 대해 마리오가 좋은 평을 해 주며 그렇게 얘기하더군요. 제정신이 아닌 상태였지만 우리처럼 은

하기 위해 나타나는 신을 가리킨다.

85 이폴리토 이리고옌(Hipólito Yrigoyen, 1852~1933). 아르헨티나의 정치인으로 두 번에 걸쳐 대통령을 역임했다.

86 Concepción Arenal(1820~1893). 스페인의 저술가이자 여성 운동가.

발인 사람에겐 검은색이 잘 어울리거든요. 이제 내가 아는 바대로 무슨 일이 있었는지 처음부터 얘기해 드리지요. 하지만 책 얘기 같은 걸로 얘기를 어렵게 하진 않겠습니다. 당신도 그라비어 사진으로 봤겠지만 내 가여운 여동생 푸미타는 리카 산자코모와 약혼한 사이였어요. 그 남자의 이름이 정말 멋지지요. 자랑 같지만 이상적인 커플이었어요. 루이스 비얄바 가문의 빼어난 외모에 노마 시어러[87]의 눈을 닮은 푸미타는 너무도 예뻤어요. 마리오의 말처럼 그 아이가 떠나 버렸으니 이제 그런 눈을 가진 사람은 저밖에 없네요. 그 애는 교양이 없었어요. 읽는 거라곤 《보그》뿐이었으니 프랑스 연극에서 볼 수 있는 매력은 없었죠. 물론 마들렌 오제레이[88]가 우스꽝스러운 의상을 입긴 했지만요. 사람들이 나한테 와서 푸미타가 자살했다고 했을 땐 견딜 수가 없더군요. 난 성체 대회 때부터 독실한 가톨릭 신자였고 그 애는 삶의 즐거움을 알던 애예요. 나도 그 즐거움을 알지만 그렇다고 겉으로 순진한 척하는 위선자는 아니고요. 이번 사건을 과실이나 부주의라고 생각지는 마세요. 안락의자에 앉은 채 황소에 넋이 빠져 있던 마누엘을 칼로 찌른 불쌍한 포르멘토도 내겐 큰 충격이었으니까요. 가끔 골똘히 생각해 보지만 그래 봐야 젖은 데 비 맞는 격이더군요.

리카는 미남으로 유명하지만 벼락부자가 된 집안이기 때문에 명망 있는 가문에 들어가는 것 말고 바랄 게 없었을 거예요. 물론 빈털터리로 로사리오에 와서 자수성가한 그의 아버

87 Norma Shearer(1902~1983). 캐나다 출신의 배우.
88 Madeleine Ozeray(1908~1989). 벨기에 출신의 배우.

지는 존경스럽죠. 푸미타도 바보는 아니었죠. 그리고 동생한테 약한 엄마는 푸미타가 추천되도록 엄청나게 돈을 썼어요. 그러니 어린 나이에 결혼을 약속한다는 게 좋은 것만은 아니죠. 두 사람은 야바욜에서 알게 됐는데, 그들의 만남은 영어로 「솜브레로」라고 소개된 영화 「멕시코로 떠나자」의 에롤 플린[89]과 올리비아 드 하빌랜드[90]처럼 아주 낭만적이었다고 해요. 푸미타가 이륜마차를 타고 가다 자갈길에 들어서는 순간 말의 재갈이 풀려 버렸어요. 폴로 조랑말밖에 모르는 리카르도가 더글러스 페어뱅크스[91]를 따라 해 보고 싶어서 말을 멈춰 세웠는데 놀랄 일도 아니죠. 그런데 그 애가 내 여동생인 걸 알고는 반해 버렸고, 가엾은 푸미타는 다들 알듯이 친한 하인들하고도 놀아날 정도였으니. 문제는 내가 성냥갑처럼 비좁은 이곳에서 본 적도 없는 리카를 라몬차에 초대해 그애를 만나게 한 거예요. 그런데 코멘다토레[92]로 불리는 리카의 아버지가 둘을 이어 주려고 무진 애를 쓰더군요. 날마다 푸미타한테 난초를 보내는 통에 골머리가 아프더라고요. 그래서 본판티와 따로 자리를 마련했는데 그건 다른 얘기고요."

"숨 좀 돌리세요." 파로디가 공손하게 끼어들었다. "가랑비도 멈춘 것 같으니 앙글라다 씨가 정리를 해 주시죠."

---

89 Errol Flynn(1909~1959). 미국의 배우.

90 Olivia Mary de Havilland(1916~). 영국계 미국 배우.

91 Deouglas Fairbanks(1883~1939). 미국의 배우이자 영화 제작자.

92 이탈리아에서 수훈자에게 부여하는 칭호.

"포문을 열자면……."

"당신은 고집스러운 말투부터 버려요." 마리아나가 흐트러진 입술에 조심스레 립스틱을 바르면서 말했다.

"아내가 설명한 내용은 정확합니다. 다만 몇 가지 실질적인 좌표가 빠져 있어요. 내가 측량 기사, 토지 대장이 되어 철저하게 총화해 보지요.

필라르의 라몬차 인근에는 코멘다토레 산자코모의 공원, 묘상, 온실, 전망대, 정원, 수영장, 동물원, 골프장, 지하 수족관, 부속 건물, 체육관, 대저택이 있습니다. 단호한 눈매와 보통 키, 불그레한 혈색에 눈처럼 하얀 콧수염 사이로 흐뭇하게 토스카노 시가를 물고 있는 그 세력가 노인은 트랙과 발판과 뜀틀로 단련된 근육을 자랑하지요. 이제 스냅 사진에서 영화로 옮겨 이 비료 상인의 일생을 에두르지 않고 말씀드리지요. 녹슨 19세기가 되돌아와 휠체어에서 흐느끼던 일본풍 병풍과 조악한 삼륜차의 시대에 로사리오는 관대하게 제 입을 벌려 어느 이탈리아 이민자, 아니 한 이탈리아 소년을 품었습니다. 여기서 질문. 이 소년은 누굴까요. 정답은 바로 코멘다토레 산자코모입니다. 문맹, 마피아, 악천후, 조국의 미래에 대한 맹목적인 믿음이 그 항해를 이끈 안내자였지요. 이탈리아 영사인 이시도로 포스코 백작이 청년의 지적 능력을 알아보고 여러 차례 헌신적으로 조언을 해 줬습니다.

1902년 산자코모는 위생국 마차의 마부석에서 삶을 마주했어요. 1903년에는 분뇨 수거차를 운영하는 완고한 사람들을 이끌었지요. 교도소에서 출감한 1908년부터 그의 이름은 최종적으로 유지 비누와 하나가 됩니다. 1910년에는 피혁 공장과 구아노[93] 사업에 뛰어들었고, 1914년에는 사이클롭스의 눈으로 아위[94]의 유액을 활용할 가능성을 알아보았으나 전쟁으로 인해 그 꿈을 실현하지 못했죠. 파국에 직면한 상황에서 우리의 투사는 방향키를 꺾어 대황으로 자리를 잡게 됩니다. 머잖아 이탈리아가 그의 외침과 노력을 알게 되는데, 산자코모가 대서양 건너편에서 '내가 여기 있소.'라고 외치며 참호 속에 있는 현대적인 병사들에게 대황을 실은 배를 보낸 겁니다. 무지한 병사들의 항의도 그를 막지 못했습니다. 그가 보낸 영양 식품이 제노바, 살레르노, 카스테야마레의 부두와 창고를 채우면서 인구 밀집 지역의 주민들이 몇 번이고 빠져나가는 계기가 되었죠. 그렇게 식품을 보낸 덕에 서훈을 받게 됩니다. 그 신출내기 백만장자가 가슴에 코멘다토레의 십자 훈장과 어깨띠를 두른 거죠."

"이야기하는 방식이 몽유병자 같군요." 마리아나가 냉랭하게 말하더니 치마를 들치며 말을 이었다. "코멘다토레가 되기 전에 이탈리아에 사람을 보내 데려온 사촌과 결혼했잖아요. 게다가 자식들 얘기도 빠뜨렸고요."

"당신 말이 맞아요. 내 화술의 연락선을 따르다 보니 그렇게 됐네요. 라플라타강의 H. G. 웰스[95]가 되어 시간의 물결을

93 바닷새의 배설이 바위에 쌓여 굳은 덩어리로 비료로 쓰인다.

94 미나리과의 식물.

95 허버트 조지 웰스(Herbert George Wells, 1866~1946). 『타임머신』, 『투명인간』 등 공상 과학 소설로 유명한 영국의 작가.

거슬러 올라가 보겠습니다. 신방의 잠자리에 내려 봅시다. 이제 우리의 투사가 자식을 만듭니다. 그리하여 태어난 아이가 리카르도 산자코모예요. 어머니는 눈에 띄지 않을 만큼 부차적인 인물로 1921년 사망해 사라지게 됩니다. 죽음은 집배원처럼 벨을 두 번 울리는지라 늘 산자코모의 원기를 북돋던 이시드로 포스코 백작도 그해에 사망합니다. 주저 없이 몇 번이고 확언하건대 당시 코멘다토레는 거의 정신이 나간 상태였어요. 화장장의 가마가 부인의 육신을 집어삼켰고 남은 건 자신의 산물, 자신의 흔적인 어린 외아들이었죠. 아들은 그에게 정신적 지주와 같았기에 아들을 교육하고 사랑하는 데 온몸을 바쳤습니다. 대조적이지 않을 수 없지요. 기계들 사이에서는 수압기처럼 난폭하고 독재적인 코멘다토레가 집에서는 아들이 가장 가지고 놀기 편한 인형이었으니까요.

이제 이 후계자에게 집중해 봅시다. 회색 소프트 모자, 어머니를 닮은 눈, 끝이 말려 올라간 콧수염, 후안 로무토[96]를 닮은 몸짓, 아르헨티나의 켄타우로스 같은 다리. 그는 수영장과 경마장의 중심인물이자 법률가로서 우리와 동시대를 살아가고 있죠. 나는 그의 시집 『바람을 벗겨 주다』가 메타포의 쇠사슬을 이루지는 못했지만 새로운 구조를 시도하려는 심오한 비전을 담고 있다고 봅니다. 그렇지만 우리의 시인이 온 힘을 다해 매진해야 할 곳은 소설의 영역이지요. 예상하건대 어느 억센 비평가가 우리의 우상 파괴자가 낡은 틀을 깨기는커녕 그

---

96 Juan Lomuto(1893~1950). 아르헨티나의 탱고 피아노 연주자.

틀을 재생산했다고 역설할지도 모르지만 그가 생산한 사본이 지닌 과학적 정확성을 인정하지 않을 수 없을 겁니다. 리카르도는 전도유망한 아르헨티나 작가예요. 친촌 백작 부인[97]에 대한 이야기는 고고학적 탐구와 신미래파적 경련이 결합되어 있어요. 이 작품은 간디아,[98] 레베네,[99] 그로소,[100] 라다에이[101]의 작품과 비견할 만하죠. 다행히 우리의 탐험가는 혼자가 아닙니다. 헌신적인 젖형제인 엘리세오 레케나가 그의 정신적 여정을 추동하고 지원하니까요. 그가 수행하는 일을 간략히 설명하지요. 우리의 위대한 소설가는 소설의 핵심 인물에게 집중하고 중요성이 떨어지는 인물에 대해선 조수에게 맡깁니다. 레케나는 잡일을 하는 귀중한 존재죠. 그는 코멘다토레의 여러 자식 중 하나인데 다른 자식들에 비해 나을 것도 못할 것도 없어요. 아니에요. 한 가지 독특한 특성이 있죠. 리카르도에게 넘칠 듯 헌신한다는 겁니다. 이제 눈을 돌려 금전, 증권과 관계된 인물을 쫓아가 보지요. 그 인물의 가면을 벗겨 봅시다. 그는

---

97 스페인 총리를 역임한 마누엘 데 고도이(Manuel de Godoy, 1767~1851)의 부인인 마리아 테레사 데 보르본(María Teresa de Borbón, 1780~1828)이다.

98 엔리케 데 간디아(Enrique de Gandía, 1906~2000). 아르헨티나의 사학자.

99 구스타보 가브리엘 레베네(Gustavo Gabriel Levene, 1905~1987). 아르헨티나의 사학자.

100 호세 C. 그로소 그랜트(José C. Grosso Grant, ?~?). 아르헨티나의 사학자.

101 지그프리도 라다에이(Sigfrido Radaelli, 1909~1982). 스페인의 작가.

바로 코멘다토레의 관리인인 조반니 크로체입니다. 그를 비방하는 사람들은 그가 리오하 출신이고 본명이 후안 크루스라고 하지요. 실은 그렇지 않습니다. 그는 대단한 애국주의자에 코멘다토레에게 변함없이 헌신적입니다. 그의 억양은 굉장히 귀에 거슬리죠. 코멘다토레 산자코모, 리카르도 산자코모, 엘리세오 레케나, 조반니 크로체. 이 네 명이 푸미타가 죽기 전 며칠간 그녀의 행적을 목격한 사람들입니다. 정원사, 인부, 운전사, 마사지사 같은 어중이떠중이 고용인들의 이름은 생략하지요."

마리아나가 참지 못하고 끼어들었다.

"이번만큼은 당신이 질투 많고 매사 나쁘게 생각한다는 걸 부정하지 못하겠죠. 책으로 꽉 찬 우리 옆방의 마리오에 대해선 한마디도 하지 않는군요. 그 사람은 기품 있는 여자가 나타나면 금세 알아보는 데다 공작새처럼 쪽지를 건네서 시간을 낭비하지도 않아요. 그때 당신은 뻥긋도 못 하고 입만 떡 벌리고 있었잖아요. 아는 건 또 얼마나 많은지."

"맞아요. 내가 입을 닫아 버릴 때가 종종 있어요. 마리오 본판티 박사는 코멘다토레 집안에 고용된 스페인어문학자입니다. 성인을 위한 『엘시드의 노래』 개작본을 출판했고, 공고라의 『고독』을 가우초풍으로 개작하려는 중인데 술꾼들, 우물, 안장에 얹는 양모 담요, 뉴트리아를 넣을 거라더군요."

"앙글라다 씨, 책이 너무 많아 어지러울 지경이네요." 파로디가 말했다. "내가 당신에게 도움이 되길 바란다면 고인이 된 처제 얘기를 해 주시죠. 어차피 들어야 할 얘기니까요."

"당신도 비평가처럼 내 말을 이해하지 못하는군요. 위대한 화가는, 예컨대 피카소는 그림을 그릴 때 인물이 없는 배경을 먼저 그리고 난 뒤 지평선에 중심인물을 그리지요. 내 전투 계획도 그와 같습니다. 본판티를 비롯한 부차적 인물들을 설명했으니 푸미타 루이스 비얄바와 관련된 범죄의 실체로 들어가 보죠.

조형 예술가는 겉모양에 현혹되지 않아요. 에페보[102]처럼 장난기도 많고 어딘지 산만하지만 발랄하던 푸미타는 배경이었을 뿐입니다. 그녀가 한 역할은 내 아내의 넘치는 아름다움을 돋보이게 하는 것이었죠. 푸미타는 죽었습니다. 생각해 보면 그런 역할을 했다는 게 이루 말로 할 수 없을 만큼 비통합니다. 한마디로 그랑기뇰[103] 같은 사건이었죠. 6월 23일 밤 처제는 식후 이어진 대화에서 내 말을 들으며 웃고 신나 했어요. 24일 처제는 독살된 채 침실에 누워 있었죠. 운명은 신사답지 못한 탓에 내 아내가 처제를 발견하고 말았습니다."

2

6월 23일 오후, 죽기 전날 밤 푸미타는 「대역죄」, 「푸른 천사」, 「최후의 명령」의 불완전하지만 잘 보관된 복사본에서 에밀 야닝스[104]가 죽는 걸 세 번이나 봤다. 마리아나가 파테 베이

---

102 efebo. 고대 그리스에서 사춘기에 접어든 청소년을 가리키던 말.

103 프랑스 파리의 그랑기뇰(Grand-Guignol) 극장에서 유래한 말로 공포를 야기하는 연극을 가리킨다.

104 Emil Jannings(1884~1950). 독일의 배우.

비 클럽에 가자고 제안했고 돌아오는 길에 그녀와 마리오 본판티는 롤스로이스 뒷좌석에 앉았다. 그들은 앞 좌석에 앉은 푸미타와 리카르도가 어둠침침한 영화관에서 시작한 화해를 완성하기 바랐다. 본판티는 앙글라다가 오지 않은 걸 아쉬워했다. 그날 오후 암호 통신자 같은 앙글라다는 『과학적 영화사』를 집필하고 있었다. 그는 영화를 직접적으로 보면 언제나 모호하고 비논리적인 비전에 오염된다는 생각에 예술가의 확실한 기억에 기초한 자료 조사를 선호했다.

그날 밤 식사 후에 비야 카스테야마레에서는 변증법적 대화가 이어졌다.

"내 오랜 벗인 코레아스 선생의 말이 딱 맞아요." 본판티가 현학적인 태도로 말했다. 그는 트위드 재킷과 도톰한 스웨터, 타탄 넥타이, 수수한 벽돌색 셔츠, 초대형 만년필과 연필 세트, 운동 경기에서 심판이 차는 손목시계를 뽐내고 있었다. "우리는 양털을 깎으러 갔다가 우리가 깎인 채 돌아온 꼴입니다. 파테 베이비 클럽의 운영권을 쥔 애송이들 때문에 진저리가 나네요. 야닝스의 영화를 보여 준다면서 가장 핵심적이고 뛰어난 작품을 빠뜨리다니요. 버틀러[105]의 풍자 작품인 『앙시 바 투셰르』, 다시 말해 『만인의 길』을 영화화한 작품을 뺀 건 우리를 농간한 거예요."

"그 영화는 상영한 거나 마찬가지죠." 푸미타가 말했다. "야닝스의 모든 영화가 『만인의 길』이에요. 줄거리가 늘 똑같

105 새뮤얼 버틀러(Samuel Butler, 1835~1902). 영국의 작가이자 사상가.

으니까요. 처음에 행복했다가 나중엔 불행이 닥치고 결국 몰락하죠. 지루하기 짝이 없지만 현실하고 똑같아요. 코멘다토레도 나와 같은 생각일걸요."

코멘다토레가 주저하자 마리아나가 바로 끼어들었다.

"이 모든 게 영화를 보러 가자고 한 내 탓이야. 그런데 화장을 하고도 울어 댄 건 너잖아."

"그래요." 리카르도가 말했다. "나도 당신이 우는 걸 봤어요. 예민해졌으니 잠을 자려면 서랍장에 둔 약을 먹어야 할 거예요."

"왜 그리 멍청하니." 마리아나가 말했다. "의사가 그 약이 건강에 좋지 않다고 한 걸 너도 알잖아. 넌 인부들과 싸워야 하는 나하고는 달라."

"잠을 못 자면 생각할 건 모자라지 않겠네요. 게다가 오늘 밤이 마지막 밤도 아닌데. 코멘다토레, 야닝스와 똑같이 생각하는 사람들이 있지 않을까요?"

리카르도에게는 푸미타가 불면증 얘기를 피하려는 것처럼 보였다.

"푸미타 말이 맞아요." 리카르도가 말했다. "누구도 운명을 거스르진 못하죠. 모르간티는 걸출한 폴로 선수였어요. 아메리칸 페이트 호스[106]를 얻고 불행이 닥칠 때까진 말이죠."

"아니지." 코멘다토레가 큰 소리로 말했다. "생각하는 인간은 불운을 믿지 않아. 난 이 토끼 발로 불운을 물리치지." 그는 야회복 안주머니에서 의기양양하게 토끼 발을 꺼내 보였다.

---

106 정평이 난 경주마로 얼룩 무늬가 특징이다.

"그런 걸 두고 턱에 한 방 날린다고 하죠." 앙글라다가 박수를 치며 말했다. "순수 이성 더하기 순수 이성."

"나는 우연이 전혀 발생하지 않는 삶도 있다고 생각해요." 푸미타가 주장했다.

"어쩜, 그 말 나한테 하는 거면 너 정말 못됐다." 마리아나가 말했다. "우리 집이 난잡하긴 하지만 그건 카를로스 잘못이야. 늘 나를 염탐하려 한다니까."

"삶에서 우연히 발생하는 일은 없어야 해요." 크로체가 애처로운 목소리로 말했다. "규율이, 경찰력이 없다면 우리는 곧장 러시아와 같은 혼돈에 빠지고 체코처럼 폭정에 시달릴 겁니다. 솔직하게 인정해야 해요. 폭군 이반[107]이 통치하는 나라에 더 이상 자유 의지는 없어요."

리카르도가 눈에 띌 만큼 골몰하더니 마침내 입을 열었다.

"어떤 일도 우연히 발생해선 안 되죠. 질서가 없다면 황소가 창문으로 날아 들어올 수도 있으니."

"아빌라의 테레사,[108] 루스브뢰크,[109] 블라시오[110]처럼 최고

---

107 이반 4세(Ivan IV Vasilyevich, 1530~1584). '차르'라는 호칭을 처음 사용한 러시아의 통치자. 그의 공포 정치로 인해 '폭군 이반' 혹은 '이반 뇌제'로 불린다.

108 테레사 데 세페다 이 아우마다(Teresa de Cepeda y Ahumada, 1515~1582). '예수의 테레사'로 불리는 스페인 태생의 성녀.

109 얀 판 루스브뢰크(Jan van Ruusbroec, 1293~1381). 벨기에의 신비주의자.

110 Blasius(?~316). 아르메니아 세바스테의 주교.

의 경지에 오른 신비주의자라 해도 교회의 출판 허가, 즉 기독교의 승인을 받아야지요." 본판티가 단언했다.

코멘다토레가 탁자를 내리쳤다.

"본판티, 그대를 불쾌하게 만들 생각은 없지만 그대가 그야말로 기독교인이라는 건 숨길 수가 없군그래. '스코틀랜드 의식'[111]의 그랜드 오리엔트[112]에 소속된 우리는 사제처럼 옷을 입기 때문에 아무도 부러워하지 않는다는 걸 알아야 하네. 나는 사람이 자신의 환상을 실현할 수 없다는 말을 들으면 피가 거꾸로 솟는단 말이지."

불편한 침묵이 흘렀다. 몇 분 후 앙글라다가 창백해진 얼굴로 얼밋얼밋 말을 꺼냈다.

"녹아웃. 결정론자의 최전선이 깨졌습니다. 우리는 그 틈으로 빠져나오고 그들은 무질서하게 달아나는군요. 시야가 닿는 저 끝까지 무기와 군장이 전장에 널려 있네요."

"당신이 토론에서 이긴 것처럼 그러지 말아요. 당신이 이긴 게 아니잖아요. 당신은 벙어리처럼 입을 닫고 있었으면서." 마리아나가 매몰차게 말했다.

"우리가 말한 모든 게 코멘다토레가 살레르노에서 가져온 수첩에 적힌다고 생각해 보세요." 푸미타가 생각에 잠겨 이야기했다.

어두운 표정의 관리인 크로체가 대화의 방향을 바꾸려고

---

111 Scottish Rite. 프리메이슨의 한 분파다.

112 Grand Orient. 혹은 그랜드 로지(Grand Lodge). 프리메이슨의 조직이다.

했다.

"우리 친구 엘리세오 레케나는 어떻게 생각하나?"

거구에 피부가 하얀 청년이 생쥐 같은 목소리로 대답했다.

"난 할 일이 많아요. 리카르도가 소설을 끝내 가거든요."

리카르도가 얼굴을 붉히며 말했다.

"난 두더지처럼 열심히 일하는데 푸미타가 서두르지 말라더군요."

"나라면 수첩을 서랍에 넣어 두고 구 년 동안 내버려 둘 거예요." 푸미타가 말했다.

"구 년?" 코멘다토레가 뇌졸중으로 쓰러질 것마냥 소리쳤다. "구 년이라고? 단테는 500년 전에 『신곡』을 냈단 말이야!"

본판티가 재빨리 정중하게 코멘다토레를 거들었다.

"그렇죠, 그렇죠. 그렇게 망설이는 건 분명히 북유럽적이에요. 햄릿이나 할 일이죠. 로마인은 예술을 다른 방식으로 이해했어요. 그들에게 글쓰기란 조화로운 몸짓이자 춤이었지 야만인의 암울한 수행이 아니었죠. 야만인은 미네르바가 주지 않은 지혜를 수도사적 고행으로 메우려고 하죠."

코멘다토레가 집요하게 말했다.

"머리에 떠오르는 모든 생각을 적지 않는 자는 시스티나 성당의 고자 같은 놈이지. 그건 남자가 아니야."

"나 또한 작가는 모든 걸 표현해야 한다고 봅니다." 레케나도 동의했다. "모순이 중요한 게 아니에요. 문제는 인간의 본성인 모든 혼돈을 종이에 쏟아 내는 겁니다."

마리아나가 끼어들었다.

"난 엄마한테 편지를 쓸 때 생각하려고 들면 아무것도 되지가 않아요. 오히려 아무 생각이 없으면 놀랍게도 나도 모르게 몇 장 써 버리더라고요. 카를로스, 당신도 내가 글재주를 타고 났다고 했잖아요."

"잠깐만요, 리카르도." 푸미타가 말했다. "내가 당신이라면 내 충고만 듣겠어요. 책을 출판하려면 아주 신중해야 해요. 부스토스 도메크가 단편을 발표했는데 나중에 보니 이미 비예르 드 릴라당[113]이 썼던 얘기였잖아요."

리카르도가 무뚝뚝하게 대답했다.

"화해한 지 겨우 두 시간 됐는데 또 그렇게 도발이에요?"

"진정해요, 푸미타." 레케나가 말했다. "리카르도의 소설은 비예르의 것과는 아예 다르니까."

"리카르도, 내 말을 이해하지 못하는 것 같은데 다 당신을 위해서 이러는 거예요. 오늘 밤은 내가 신경이 날카로우니 내일 얘기하죠."

본판티가 승리를 거머쥐고 싶은 마음에 거드름을 피우며 말했다.

"리카르도가 얼마나 신중한데 아메리카에 뿌리를 두지 않은 경박한 스페인식 예술의 거짓 선전에 넘어가겠어요. 자신의 피와 땅의 메시지가 온몸을 타고 오르는 걸 느끼지 못하는 작가는 뿌리를 버리고 제 나라를 떠난 놈이죠."

"그 말을 받아들이기 어렵군, 마리오." 코멘다토레가 말했다. "이번엔 어릿광대처럼 말하지 않는군. 진정한 예술은 제 땅

113 오귀스트 드 비예르 드 릴라당(Auguste de Villier de l'Isle-Adam, 1838~1889). 프랑스의 상징주의 작가.

에서 나오는 법. 그건 충족돼야 할 일종의 법칙이야. 나는 가장 고귀한 마달로니를 창고 깊숙이 간직하고 있네. 아메리카도 그렇지만 유럽 전역에서 위대한 대가의 작품을 견고한 지하실에 보관하지. 폭탄을 맞아도 끄떡없도록 말이야. 지난주에 믿을 만한 고고학자가 페루에서 점토를 구워서 만든 작은 퓨마상을 발굴해 가방에 넣어 가져왔더군. 적당한 가격에 사서 내 책상 세 번째 서랍에 넣어 뒀네."

"작은 퓨마[114]라고요?" 푸미타가 기겁하며 말했다.

"그렇다니까." 앙글라다가 말했다. "아스테카인들이 처제의 존재를 예감했던 거지. 그들에게 너무 많은 걸 요구하진 맙시다. 그들이 아무리 미래파적이라고 해도 마리아나의 관능적인 아름다움을 상상하진 못했을 테니까."

(카를로스 앙글라다는 위 대화를 파로디에게 상당히 충실하게 얘기해 줬다.)

3

금요일 이른 시간에 리카르도 산자코모와 이시드로가 대화를 나누고 있었다. 그가 고뇌에 차 있는 건 분명해 보였다. 면도도 못 한 창백한 얼굴에 상복을 입었다. 전날 밤은 물론이고 며칠째 잠을 자지 못한 상태였다.

---

114 푸미타(pumita)는 '작은 퓨마'라는 의미다.

"나한테 이렇게 참혹한 일이 벌어질 줄 몰랐습니다." 그는 침울하게 말을 이었다. "정말 참혹한 일입니다. 하숙집을 운영하다 교도소에 왔으니 선생님도 어쩌면 다소 평범한 삶을 사신 거지요. 말인즉 이 사건이 내게 어떤 것인지 생각도 못 하실 겁니다. 살면서 많은 경험을 했지만 즉시 해결 못 할 뜻밖의 사고를 당해 본 적은 없었어요. 돌리 자매가 내 아이를 가졌다며 나를 찾아왔을 때도 그런 일을 전혀 이해하지 못할 것 같은 아버지가 그 자리에서 6000페소로 정리해 버렸죠. 게다가 험한 경험도 했어요. 예전에 카라스코에서 룰렛을 하다가 빈털터리가 된 적이 있어요. 대단했지요. 사람들이 손에 땀을 쥐고 내가 게임하는 걸 보고 있었거든요. 이십 분이 채 되기도 전에 2만 페소를 잃었어요. 부에노스아이레스에 전화할 돈도 없을 정도였지요. 그런데도 나는 아주 차분하게 테라스로 나갔지요. 그러고는 그 문제를 그 자리에서 바로 해결했다면 믿으시겠어요? 코맹맹이 소리를 내는 키 작은 남자가 오더니 내 게임을 면밀히 지켜봤다면서 5000페소를 빌려주더군요. 다음 날 난 비야카스테야마레로 돌아가 있었죠. 우루과이 놈들이 훔쳐 간 2만 페소 중 5000페소를 되찾아서 말이에요. 그 코맹맹이는 보이지 않더군요.

여자들과 얽힌 얘기는 하지 말죠. 혹시 재밌는 얘기가 듣고 싶으시면 미키 몬테네그로한테 물어보세요. 내가 어떤 인물인지. 무슨 일이든 난 이런 식이에요. 공부는 어땠을 것 같아요. 책이라고는 들춰 보지도 않았어요. 시험 보는 날에도 내 멋대로 했지요. 그런데 시험관들이 축하해 주더군요. 이제 아버지는 푸미타에 대한 괴로움을 떨쳐 내도록 나를 정치에 발 들이

게 할 생각이에요. 살쾡이처럼 통찰력이 예리한 사포나로 박사는 어느 당이 내게 맞을지 모르겠다고 하더군요. 하지만 내가 다음 중간 선거에 출마하는 걸 두고 내기를 해도 좋아요. 폴로에서도 마찬가지예요. 최고의 말이 누구한테 있을까요? 토르투가스 클럽에서 누가 가장 뛰어날까요? 지루하실 테니 여기까지 하지요.

나는 처형이 됐을 바르시나나 축구에서 공인구 5호를 본 적도 없으면서 축구 얘기를 하는 그녀의 남편처럼 좋아서 떠드는 게 아니에요. 선생님이 내용을 파악하시라고 말씀드리는 겁니다. 나는 푸미타와 결혼할 예정이었고, 변덕스러울 때도 있지만 더할 나위 없는 여자였어요. 그런데 밤새 청산가리에 중독돼 죽은 채 발견된 겁니다. 처음엔 자살했다는 근거 없는 말이 나돌았어요. 헛소리예요. 우리가 곧 결혼할 참이었는데. 생각해 보세요. 내가 내 가문의 이름을 자살할 미친 여자한테 주겠습니까. 나중엔 그녀가 사리 분별도 못 하는 사람인 양 실수로 독을 마셨다고 하더군요. 이젠 살해됐다는 말이 돌아요. 덕분에 모든 이에게 불똥이 튀었죠. 선생님이 내게서 무슨 말을 기대하는지 모르겠지만 살인과 자살 중 고른다면 자살이라고 생각해요. 물론 말도 안 되지만요."

"이보게, 젊은이. 그리 말이 많으니 이 감방에 벨리사리오 롤단[115]이 나타난 줄 알겠네. 내가 주의를 기울이지 않는 사이에 어릿광대가 나타나서 황도 십이궁 얘기를 하지 않나, 절대

---

115 Belisario Roldán(1873~1922). 아르헨티나의 작가이자 정치인이며 웅변가로 통했다.

멈추지 않는 기차 얘기를 하지 않나, 이번엔 자살하지도 않았고 실수로 독을 마시지도 않았고 살해당하지도 않은 예비 신부 얘기라니. 그론도나 부소장에게 앞으로 그런 사람이 나타날 낌새만 보여도 유치장에 가두라고 해야겠네."

"하지만 난 선생님을 도우러 온 겁니다. 실은 내가 선생님께 도움을 청하러……."

"알았네. 이래서 남자가 좋다니까. 어디 보세나. 하나씩 살펴보세. 고인이 그대와 결혼하는 걸 부담스러워하지 않던가? 확실히?"

"내가 우리 아버지의 아들인 것처럼 확실합니다. 푸미타는 변덕스럽긴 해도 날 사랑했어요."

"내 질문에 잘 답해 주게. 혹시 임신 중이었나? 또 다른 멍청이랑 어울리지는 않았고? 돈이 필요했나? 아팠나? 그녀한테 싫증 냈나?"

산자코모는 생각에 잠기더니 아니라고 대답했다.

"그러면 이제 수면제와 관련한 얘기를 해 주게."

"우리는 그녀가 수면제를 안 먹었으면 했어요. 그런데 계속 약을 사서 자기 방에 감췄어요."

"자네는 그녀의 방에 들어갈 수 있었나? 아니면 아무도 들어가지 못했나?"

"누구든 들어갈 수 있었어요." 청년이 대답했다. "아시겠지만, 별채에 있는 모든 침실은 조각상이 세워진 원형 광장에 맞닿아 있으니까요."

4

6월 19일 마리오 본판티가 273호 감방에 나타났다. 그는 결연히 하얀색 레인코트와 맨숭맨숭한 중절모를 벗고 말라카나무 지팡이를 감방용 침대에 던졌다. 그러고는 해포석으로 만든 신식 파이프에 등유 라이터로 불을 붙인 뒤 비밀 호주머니에서 직사각형의 겨자색 섀미 가죽을 꺼내 선글라스의 유리알을 열심히 닦았다. 이삼 분 동안 그의 거친 호흡에 무지갯빛 목도리와 두꺼운 모직 조끼가 들썩거렸다. 이베리아식 혀짤배기소리가 더해진 생기 있는 이탈리아 사람의 목소리가 잇새로 흘러나오며 늠름하고 힘차게 울렸다.

"파로디 선생, 당신도 경찰들의 수완, 그들의 수사 방식을 알고 있겠지요. 분명히 말씀드리지만 복잡한 범죄 수사보다 학문적인 탐구가 어울리는 나에게 이번 사건은 뜻밖이었습니다. 어쨌든 경찰은 푸미타가 자살이 아니라 살해된 거라고 하더군요. 뒤에서는 에드거 월리스[116]들이 날 의심하는 상황이고요. 나는 진정한 미래주의자, 그러니까 미래 지향적인 사람이에요. 며칠 전 연애편지를 정갈하게 정리하는 게 현명할 거라고 판단했지요. 정신을 맑게 하고 모든 감정적인 짐을 내려놓고 싶어서 말입니다. 당신이나 나나 부차적인 이름 같은 건 관심이 없을 테니 여인의 이름을 밝힐 필요는 없겠지요. 나는 이

---

116 Edgar Wallace(1875~1932). 영국의 작가로 영화 「킹콩」(1933)의 각본가다.

브리케[117]로, 프랑스어 표현을 쓴 걸 이해해 주기 바랍니다만, (본판티가 상당히 큰 라이터를 의기양양하게 쳐들며 말을 이었다.) 내 침실 겸 서재에 있는 벽난로에서 과감히 편지를 불태워 버렸습니다. 그런데 짭새들이 난리를 치더군요. 별것도 아닌 불 때문에 주말을 비야 데보토의 교도소에서 보내야 했는데, 습관이 된 신문과 익숙한 담배쌈지와 떨어져 지내야 하는 힘든 유배 생활이었습니다. 물론 속으로는 그치들한테 정말 화가 치밀었죠. 어쨌든 난 행복감을 잃었어요. 심지어 수프 속에서 그 몹쓸 놈들이 나올 것 같습니다. 당신을 정말로 믿고 묻는 건데 내가 위험에 처했다고 봅니까?"

"마지막 심판의 날이 지나도록 얘기를 계속할 위험에 처해 있지요." 파로디가 대답했다. "말수를 줄이지 않으면 갈리시아 사람이라고 하겠어요.[118] 술에 취하지 않은 사람처럼 리카르도 산자코모의 죽음에 대해 얘기해 주시죠."

"그럼 내 모든 설명 능력과 화려한 언변을 동원해 말씀드리지요. 우선 주요한 내용을 중심으로 이 사건의 개요를 설명하겠습니다. 예리한 통찰력을 지닌 친애하는 파로디 선생, 솔직히 말해 푸미타의 죽음은 리카르도에게 충격적이다 못해 그를 혼란에 빠뜨릴 정도였지요. 마리아나 루이스 비얄바 데 앙글라다 부인이 '보잘것없는 폴로 말들이 리카르도가 가진 전부'라고 한 부러움 섞인 재담은 틀린 말이 아닙니다. 그러니 쇠

---

117 프랑스어로 부싯돌, 라이터를 의미한다.

118 스페인 갈리시아 지방에서 사용하는 갈리시아어에 프랑스어의 영향이 두드러지기 때문이다.

약해지고 마음이 상한 리카르도가 훌륭한 말들을 시티벨의 중매상에게 팔아 버렸다는 걸 알고 우리가 얼마나 놀랐을지 짐작이 갈 겁니다. 어제만 해도 애지중지하던 말들을 이젠 관심도 없이 우거지상을 쓰며 바라보는 겁니다. 늘 언짢아하고 불쾌해하더군요. 그가 쓴 연대기 소설인 『정오의 검』이 출간됐는데도 얼이 빠져 있었어요. 출판사에 보내기 전에 내가 그 책의 원고를 윤문해 줬습니다. 당신은 이런 일에 베테랑이니 타조알처럼 큼직큼직한 내 독특한 문체의 흔적을 알아보고 박수를 보냈을 겁니다. 이제 코멘다토레의 자상함, 그의 관대한 계책에 대해 얘기해 드리지요. 그는 아버지로서 아들의 우울함을 달래려고 물밑으로 작품의 인쇄를 서둘렀습니다. 그리고 삼종이에 『코덱스 기가스』[119] 판형으로 순식간에 650부를 찍어 내 아들을 깜짝 놀라게 했죠. 코멘다토레는 은밀하고 변화무쌍하게 행동합니다. 주치의에게 진료를 받고, 은행의 명의인들과 의논도 하고, 반유대주의 구호 협회의 실권을 휘두르는 세르부스 남작 부인에 대한 기부를 거부했지요. 재산을 두 부분으로 나눠서 큰 몫을 적출자에게 할당해 놓고(급행 지하철에 투자한 엄청난 돈이 오 년 후면 세 배가 될 거랍니다.) 소소하게 채권으로 묻어 둔 부분은 혼외로 낳았으나 충실하게 살고 있는 엘리세오 레케나에게 할당해 뒀습니다. 그러면서 나한테 줘야 할 사례금을 무기한 연기하고, 인쇄소 사장한테 줄 대금을 지불

---

119 『Codex Gigas』. 현존하는 가장 방대한 중세 필사본이며 '악마의 성서'로 불리기도 한다. 스웨덴의 국립 도서관에 소장되어 있다.

하지 않고 싸우지 뭡니까.

진실보다는 찬사가 나은 법이지요. 『정오의 검』이 출판되고 일주일 후 호세 마리아 페만이 작품을 격찬했습니다. 제대로 아는 사람이라면 레케나의 천박한 구문과 생기 없는 어휘와는 다르게 화려하고 세련된 글에 매혹됐을 겁니다. 행운의 여신이 춤을 추는데도 몰지각한 리카르도는 따분해하며 쓸데없이 푸미타의 죽음만 애도하지요. 당신이 속으로 이렇게 중얼거리는 것 같네요. 죽은 자가 제 죽음을 매장하게 하라. 이 자리에서 이 말의 타당성을 두고 필요 없는 논의에 몰두하진 않겠습니다만, 내가 리카르도에게 지금의 슬픔을 뒤로하고 새로운 싹이 돋아날 저장고이자 보고인 과거의 풍요로운 원천에서 위안을 찾을 필요가 있다고 권고했다는 건 말씀드리지요. 푸미타를 만나기 전처럼 모험적으로 즐기며 살아 보라고도 충고했습니다. 올드라도의 충고로 전투를 이길 것이니 힘내서 싸우라. 노인의 기침보다 짧은 순간에 우리의 리카르도는 활기를 되찾고 세르부스 남작 부인의 집으로 엘리베이터를 타고 올라갔습니다. 나는 뛰어난 기자이니 자세한 실명도 사실대로 밝히겠습니다. 부차적인 얘기지만 그가 튜턴인 귀부인을 확실하게 독점하는 데는 품위 있으면서도 원시적인 기술이 이용됐지요. 1막은 1937년의 완연한 봄, 물의 무대, 물과 땅이 함께 있는 무대에서 시작됩니다. 우리의 리카르도는 쌍안경으로 여자 요트 대회 예선을 엿보고 있었지요. 루더페어라인의 발키리들과 넵튜니아의 콜롬비나들과의 대결이었죠. 이곳저곳 살피던 쌍안경이 멈추고 리카르도의 입이 쩍 벌어지더니 클링커식 보트를 조종하던 날씬하고 우아한 세르부스 남작 부인의 자태를 목마른 사람처럼 빨아들이더군요. 그날 오후 케케묵은《그라피코》한 부가 찢겨 나갔고, 그날 저녁엔 충성스러운 도베르만 핀셔와 함께 찍은 남작 부인의 사진이 청년을 잠 못 들게 했지요. 일주일 뒤 리카르도가 나한테 그러더군요. '웬 정신 나간 프랑스 여자가 전화로 날 귀찮게 하네요. 만나서 귀찮게 하지 말라고 해야겠어요.' 보시듯이 나는 당사자의 말을 있는 그대로 전하고 있습니다. 이제 사랑의 첫날밤을 얘기해 드리지요. 리카르도가 앞서 말한 남작 부인의 집에 도착해서 엘리베이터를 타고 곧바로 올라갑니다. 아담한 거실로 안내를 받고 혼자 남게 됐는데 갑자기 불이 꺼졌어요. 젊은 청년은 머릿속으로 두 가지를 추측해 봅니다. 누전과 납치의 가능성 말입니다. 훌쩍이고, 울고, 태어난 것을 저주하고, 팔을 뻗어 보죠. 그 순간 지친 목소리가 감미로우면서도 강하게 그를 불러요. 그러자 어둠이 반갑고 소파가 편안하게 느껴지지요. 마침내 여명의 여신이 시력을 돌려줍니다. 무슨 일이 있었는지 얘기하지 않을 수 없네요, 친애하는 파로디 선생. 리카르도는 세르부스 남작 부인의 품에서 잠을 깬 겁니다…….

당신의 삶과 나의 삶은 앉아 있는 시간이 많고 정주적이기에 훨씬 사색적일 수 있으니 그런 상황을 피하겠지만 리카르도의 삶에는 그런 일이 부지기수였죠.

푸미타의 죽음으로 의기소침해 있던 리카르도는 남작 부인을 찾아갔습니다. 그레고리오 마르티네스 시에라[120]는 여자

120 Gregorio Martínez Sierra(1881~1948). 20세기 초 활동한 스페인의 극작가.

를 현대판 스핑크스라고 하는데, 가혹하긴 하지만 맞는 말이에요. 물론 당신이 내 기품을 고려한다면 변덕쟁이 귀부인과 그녀를 눈물 닦는 손수건으로 삼고자 한 달갑잖은 미남자 사이에 오간 대화를 하나하나 얘기해 달라고 하지는 않겠지요. 그런 풍문과 험담은 프랑스의 영향을 받은 촌스러운 소설가의 일이지 진실을 추적하는 사람에겐 어울리지 않으니까요. 더욱이 나는 그들이 무슨 얘기를 했는지 모릅니다. 중요한 건 삼십 분 후 리카르도가 풀 죽은 토끼같이 앞서 거만하게 그를 태우고 올라갔던 오티스 엘리베이터를 타고 내려왔다는 겁니다. 여기서 비극의 춤이 시작되고, 출발하고, 개시됩니다. 조심해, 리카르도, 그러다 떨어지겠어! 이봐, 광기의 심연으로 가고 있잖아! 그 이해할 수 없는 십자가의 길의 여정을 빠짐없이 말씀드리지요. 리카르도는 남작 부인과 얘기를 나눈 뒤 돌리 버배서 양의 집으로 갔습니다. 리카르도가 지방 순회 악극단의 보잘것없는 배우한테 매달릴 이유도 없는데 말입니다. 내가 알기로는 둘이 관계를 가진 적이 있어요. 별 볼일 없는 하찮은 여자 얘기를 질질 끌면 짜증만 나겠지요, 파로디 선생. 그 여자의 모든 걸 표현하는 데는 한마디면 족합니다. 전에 『모든 것은 공고가라 이미 말했다』라는 내 작품에 자필로 헌사와 서명을 적어 그녀에게 보낸 적이 있어요. 그런데 무례하게도 대답이 없더군요. 과자에 파스타에 당밀도 보내고, 거기에 덧붙여 나의 『J. 세하도르 이 프라우카의 작품에 나타난 아라곤 방언』 호화판을 그란 스플란디드 택배사를 통해 집으로 보냈는데도 대답이 없었어요. 나는 도대체 어떤 일탈이, 어떤 도덕적 파탄이 리카르도로 하여금 그 소굴에 발을 들이게 했는지 자문하고 또 자문해 보지요.

온갖 종류의 만족을 주는 곳으로 알려진 소굴에 내가 관심도 없다는 게 뿌듯할 따름이죠. 죄를 지으면 벌을 받게 마련입니다. 리카르도는 그 영국 여자와 우울한 대화를 나눈 뒤 도망치듯 길거리로 나왔지요. 좌절이라는 쓴 과일을 연거푸 씹은 탓에 지쳐 있었고 광기의 날갯짓이 그의 오만한 소프트 모자를 부채질했죠. 리카르도는 영국 여자의 집 인근에서, 도회적으로 설명하자면 훈칼 도로와 에스메랄다 도로가 만나는 곳에서 남자다운 용기를 냅니다. 주저하지 않고 택시를 타더니 한참 뒤 마우푸 도로 900번지에 있는 소박한 하숙집 앞에서 내렸습니다. 그의 배는 순풍을 받고 있었어요. 신격화된 달러 덕분에 차를 타는 사람이 많아서 남들에게 지탄받을 염려 없는 그 인적 드문 은신처에는 에이미 에반스 양이 살고 있었고 지금도 거기 살죠. 그녀는 여성스러움을 유지하면서 지평선을 넘나들며 여러 기후를 느끼고 사는 사람이에요. 쉽게 말해 어느 미주 단체에서 일해요. 단체의 지역 책임자는 헤르바시오 몬테네그로이고, 그 단체의 목적은 에반스 양이 당당하게 '우리의 라틴계 자매'라고 표현하는 남아메리카 여성이 솔트레이크나 그 주변에 있는 농장으로 이주하는 걸 장려하는 겁니다. 에반스 양에게 시간은 금과 마찬가지죠. 그럼에도 불구하고 급한 우편 업무를 미루고 '불쾌한 십오 분'을 할애해 친구를 정중하게 맞았어요. 리카르도는 약혼자를 잃는 불행을 겪은 뒤로 그녀의 열정을 회피했었죠. 에반스 양과 십 분만 얘기를 나누면 아무리 허약한 사람도 기운이 날 텐데[121] 리카르도는, 젠장, 축 처진 채 승강기로 가는데 눈에는 자살이라는 말이 아로새겨져 있었죠. 물론 예언자 같은 인내심과 시야를 지닌 자가 봤을 때 그렇다는 겁니다.

새까만 우수에 젖었을 때는 단순하고 반복적인 자연보다 나은 약이 없지요. 4월의 지저귐에 응하여 여름날이면 평원과 산길로 넘치도록 퍼지는 자연 말입니다. 잇따른 불행을 겪은 리카르도는 전원적인 고독을 찾아 아무 말 없이 아베야네다로 떠났습니다. 몬테네그로 부부의 고택이 커튼 쳐진 유리문을 열어 그를 맞았어요. 극진한 환대를 아끼지 않은 집주인은 특대 크기의 코로나 담배를 받고는 담배를 빼끔거리고 농담을 던지며 신탁을 전하는 사람처럼 자질구레한 얘기를 늘어놨지요. 그가 너무도 많은 얘기를 한 통에 짜증 나고 토라진 리카르도는 비야 카스테야마레로 가야 했습니다. 2만 마리의 몹쓸 악마가 추적했더라도 그보다 더 가볍게 달리진 못했을 겁니다.

어두운 광기의 대기실은 자살의 대기실이지요. 리카르도는 그날 밤 그에게 힘을 북돋아 줄 사람이나 동료 작가들과 얘기하려 하지 않았지요. 그 대신 장부에 적힌 숫자보다 바짝 메마른 크로체와 은밀하게 긴 대화에 몰두했어요.

우리의 리카르도는 그 해로운 장광설에 사흘을 허비하더군요. 그러다 금요일이 돼서야 정신을 차렸는지 제 발로 내 침실 겸 서재로 찾아왔더군요. 나는 그의 영혼의 짐을 덜어 주고자 재판을 준비 중인 로도[122]의 『아리엘』 교정본을 손봐 달라

121 마리오는 가끔씩 공격적이다.(도냐 마리아 루이스 비얄바 데 앙글라다가 붙인 주석)(원주)

122 호세 엔리케 로도(José Enrique Rodó, 1872~1917). 우

고 했어요. 곤살레스 블랑코[123]는 로도가 '유연성에서는 발레라[124]를, 우아함에서는 페레스 갈도스[125]를, 세련미에서는 파르도 바산[126]을, 현대성에서는 페레다[127]를, 교육적인 면에서는 바예잉클란[128]을, 비판 정신에서는 아소린[129]을 넘어선다.'라고 했죠. 내가 아니라 다른 사람이었다면 사자의 골수가 아니라 환자에게 주는 통상적인 죽을 내줬을 겁니다. 하지만 몇 분간 그 매혹적인 일을 하는 것만으로도 고인이 편안한 마음으로 기꺼이 이별을 고하기에 충분했지요. 그런데 내가 일을 계속하려고 안경을 쓰려던 찰나에 원형 광장 건너편에서 불길한 총성이 울려 퍼졌어요.

밖으로 나가면서 레케나와 마주쳤습니다. 리카르도의 침

루과이의 작가이자 사상가.

123 아드레스 곤살레스 블랑코(Andrés González-Blanco, 1886~1924). 스페인의 작가이자 비평가.

124 후안 발레라(Juan Valera, 1824~1905). 스페인의 작가이자 정치인.

125 베니토 페레스 갈도스(Benito Pérez Galdós, 1843~1920). 스페인의 사실주의 작가.

126 에밀리아 파르도 바산(Emilia Prdo Bazán, 1852~1921). 스페인의 자연주의 여류 소설가.

127 호세 마리아 데 페레다(José María de Pereda, 1833~1906). 스페인의 사실주의 작가.

128 라몬 델 바예잉클란(Ramon del Valle-Inclan, 1866~1936). 스페인 98세대를 대표하는 작가.

129 호세 마르티네스 루이스(José Martínez Ruiz, 1874~1967). 스페인 98세대 작가로 아소린(Azorín)은 그의 필명이다.

실 문은 절반쯤 열려 있었어요. 바닥엔 신의 버림을 받은 피가 부드러운 모포를 적셨고 시체는 반듯이 누워 있었습니다. 아직 식지 않은 권총이 그의 영원한 꿈을 지켜보고 있었지요.

나는 당당히 천명할 수 있습니다. 그 결정은 심사숙고한 결과라고 말입니다. 그가 남긴 애통한 유서가 그 사실을 확실하게 입증하니까요. 그의 글은 풍부한 문학적 표현을 모르는 사람이 쓴 것처럼 빈곤하고, 형용사를 쓸 줄 모르는 사람이 쓴 것 같은 날림에다 언어를 다룰 줄 모르는 사람이 쓴 듯 무미건조하더군요. 내가 강단에서 여러 차례 주장했듯이 자칭 학업을 마친 졸업생들조차 사전의 신비로움을 모릅니다. 그의 유서를 읽어 드리지요. 이걸 들으면 선생도 좋은 표현을 찾으려는 십자군의 가장 열성적인 전사가 될 겁니다."

이시드로가 본판티를 내몰기 직전에 본판티가 읽어 준 글은 다음과 같다.

> 지금까지 언제나 행복하게 살았다는 게 내게는 최악입니다. 이젠 모든 것이 달라졌고 달라질 테죠. 나는 더 이상 아무것도 이해할 수 없기에 죽고자 합니다. 내가 살아온 모든 삶이 거짓이었어요. 푸미타에겐 작별 인사도 할 수 없겠군요. 이미 죽었으니. 아버지는 세상 어떤 아버지도 못 한 일을 내게 해 주었지요. 모든 이가 그 점을 알아주기 바랍니다. 잘 있어요. 그리고 날 잊어 주세요.
>
> 1941년 7월 11일, 필라르에서
>
> 리카르도 산자코모

5

얼마 후 산자코모가의 주치의인 베르나르도 카스티요가 파로디를 방문했다. 두 사람의 대화는 길고 은밀했다. 그즈음 이시드로는 회계사인 조반니 크로체와도 길고 은밀한 대화를 나눴다.

6

1942년 7월 17일 금요일 마리오 본판티가 우중충한 레인코트에 찌그러진 소프트 모자, 색 바랜 타탄 체크무늬 넥타이, 새로 맞춘 경마용 스웨터 차림을 하고 어기적거리며 감방으로 들어섰다. 얼룩 하나 없이 깨끗한 냅킨에 덮인 큰 접시를 하나 들고 있던 탓이었다.

"입에 들어갈 보급품이에요." 그가 소리쳤다. "내가 손가락 하나를 꼽는 사이 선생은 손가락을 빨게 될 겁니다. 기가 막힙니다! 이 엠파나다[130]는 부드러운 손으로 만든 건데, 이 접시에 공주의 문장과 '여기 잠들다.'라는 제명이 새겨져 있어요."

그때 누군가 말라카나무 지팡이로 그를 제지했다. 지팡이의 주인은 세 번째 총사 헤르바시오 몬테네그로였다. 우댕[131]의

130 밀가루 반죽에 고기와 야채를 넣고 구운 요리.

131 장 외젠 로베르우댕(Jean Eugène Robert-Houdin, 1805~1871). 프랑스의 마술사.

실크해트, 체임벌린[132]의 단안경, 감상적인 검은 콧수염, 소매와 깃이 뉴트리아 가죽으로 된 바바리코트, 멘닥스 진주 한 알이 박힌 넥타이, 님보 가죽 구두, 벌핑턴 장갑을 끼고 있었다.

"친애하는 파로디 선생, 만나서 반갑습니다." 그가 우아하게 말했다. "내 비서의 객설은 용서해 주시지요. 시우다델라 도로나 산페르난도 도로에서 통용하는 궤변에 신경 쓸 필요는 없겠지요. 사려 깊은 사람이라면 아베야네다의 명예로운 평판을 인정하지요. 본판티에게 경구와 의고주의가 시대에 맞지 않는 케케묵은 것이라고 몇 번이나 말했습니다만 소용이 없군요. 아나톨 프랑스, 오스카 와일드,[133] 툴레,[134] 후안 발레라,[135] 프라디케 멘데스,[136] 로베르토 가체[137]를 열심히 읽게 했는데도 그의 완고한 사고에 침투하지 못한 것 같습니다. 본판티, 그렇게 고집부리며 버티지 말고 손에 든 엠파나다를 내려놓고 코스타리카 도로 5791번지에 있는 위생 시설 회사인 로사 포르마다

---

132 네빌 체임벌린(Neville Chamberlain, 1869~1940). 영국의 41대 총리.

133 Oscar Wilde(1854~1900). 아일랜드의 작가.

134 폴 장 툴레(Paul-Jean Toulet, 1867~1920). 프랑스의 시인.

135 후안 발레라 이 알칼라 갈리아노(Juan Valera y Alcalá-Galiano, 1824~1905). 스페인의 작가.

136 카를로스 프라디케 멘데스는 포르투갈 작가인 조제 마리아 에사 드 케이로스(José Maria de Eça de Queirós, 1845~1900)가 창조한 가공의 포르투갈 탐험가다.

137 Roberto Gache(1891~1966). 아르헨티나의 외교관이자 작가.

에 가서 할 일이 있는지 알아보게."

본판티가 조심스레 몇 마디를 중얼거리더니 깍듯이 인사를 하고 정중히 물러났다.

"몬테네그로 씨는 아주 얌전한 말을 타시는군요." 파로디가 말했다. "채광창을 열어 주시겠습니까. 냄새로 보아 돼지기름에 튀긴 엠파나다 같은데 숨이 막히네요."

몬테네그로는 결투자처럼 민첩하게 의자를 밟고 올라가 파로디의 말을 따랐다. 그리고 연극의 한 장면처럼 과장된 몸짓으로 뛰어내렸다.

"드디어 때가 왔군요." 그가 짜부라진 담배꽁초를 유심히 쳐다보며 말했다. 그러더니 커다란 금시계를 꺼내 태엽을 감고 시계를 확인했다. "오늘이 7월 17일이네요. 정확히 일 년 전에 당신이 비야 카스테야마레에서 발생한 처참한 사건의 수수께끼를 해결했지요. 당신과의 진실한 우정 관계에 기대어 당신이 바로 오늘 그 수수께끼를 허심탄회하게 밝혀 주기로 약속했다는 사실을 상기시키는 바입니다. 친애하는 파로디 선생, 몽상가로서 나는 업무와 글쓰기 중에도 틈틈이 아주 흥미롭고 신선한 이론을 생각해 냈습니다. 당신은 빼어난 사유를 하시니 나의 이론, 나의 지적 구조물에 뭔가 유익한 도움을 주실 수 있을 겁니다. 나는 폐쇄적인 건축가가 아닙니다. 손을 내밀어 당신의 귀중한 모래알을 받겠습니다. 다만, 말할 필요도 없지만, 가치가 없거나 근거가 없는 내용을 거부할 권리가 있음을 말씀드립니다."

"걱정하지 마세요." 파로디가 말했다. "당신의 모래알은 내 모래알과 똑같을 겁니다. 당신이 먼저 얘기한다면 말이지요.

당신부터 말해 보시지요, 몬테네그로 씨. 첫 번째 옥수수는 앵무새의 몫이죠."

몬테네그로가 서둘러 대답했다.

"말도 안 됩니다. 영국 신사가 먼저지요. 솔직히 내 관심이 현저하게 떨어졌다는 걸 감출 필요도 없겠네요. 코멘다토레는 내 기대를 저버렸습니다. 난 그가 아주 강인한 사람이라고 생각했습니다. 얘기가 강렬할 테니 놀라지 마세요. 그는 길바닥에서 죽었습니다. 압류 물건을 공매했지만 빚을 갚기에는 모자랐어요. 레케나의 입장이 부러웠지요. 내가 그 경매에서 싼값에 사들인 거라고는 함부르크풍의 기도실과 맥 농장이 전부였고요. 공주도 불평할 처지가 아니었습니다. 공주는 외국인 하인한테서 흙을 구워 만든 뱀의 형상을 회수했는데, 페루에서 발굴한 것으로 예전에 코멘다토레가 개인용 책상 서랍에 소중히 간직하던 겁니다. 이제는 신화적 암시를 품은 채 우리 집 대기실에 놓여 있습니다. 죄송합니다. 전에 이 꺼림칙한 뱀에 대해 얘기한 적이 있었네요. 나는 풍류인으로 내심 보초니[138]의 청동상을, 그 역동적이고 암시적인 괴물을 마음에 두고 있었습니다만 매력적인 마리아나가, 아니 앙글라다 부인이 그 작품을 점찍어 두는 바람에 품위 있게 물러서야 했지요. 나는 그 첫수에 대한 보상을 받았습니다. 우리 관계가 온화해졌으

---

138 움베르토 보초니(Umberto Boccioni, 1882~1916). 이탈리아의 미래파를 대표하는 조각가이자 화가. 여기서 말하는 보초니의 작품은 「공간에서의 독특한 형태의 연속성」을 가리킨다.

니까요. 그런데 얘기가 빗나갔네요. 이제 당신의 생각을 경청하고자 합니다만, 그에 앞서 자극이 될 만한 얘기를 해 드리지요. 나는 지금 침착하게 말씀드리고 있습니다. 악의적인 사람이라면 이런 나의 말에 웃음을 터트리겠지요. 하지만 당신도 알다시피 나는 믿을 만한 사람입니다. 나는 내 약속을 하나하나 이행했습니다. 세르부스 남작 부인, 롤로 비쿠냐 데 크루이프, 망상에 사로잡힌 비뚤어진 말라깽이 돌로레스 버배서 앞에서 내가 수행한 일을 개괄적으로 설명해 드렸지요. 나는 여러 구실과 협박을 배합하여 회계 분야의 진정한 카토[139]인 조반니 크로체로 하여금 자신의 특권이 위험해질 수 있는데도 이 감방을 찾아오게 했습니다. 이 땅에서 도망치기 전에 말이죠. 부에노스아이레스와 인접 지역에 가득 뿌려진 그 악의에 찬 팸플릿을 당신에게 가져다주기도 했죠. 팸플릿을 만든 자는 익명의 가면을 쓰고 아직 위령비가 닫히지도 않았는데 리카르도의 소설과 페만[140]의 『성스러운 총독 부인』이 유사하다는 어이없는 주장으로 조롱거리가 됐지요. 페만의 작품은 엘리세오 레케나와 마리오 본판티의 문학적 멘토로서 그들이 엄밀히 본받을 모델로 선택한 작품이죠. 다행히 세바스코 박사라는 그 가이페로스란 작자가 리카르도의 글이 페만의 작품과 유사한 부

139 마르쿠스 포르키우스 카토(Marcus Porcius Cato, 기원전 234~기원전 149). 고대 로마의 정치가.

140 호세 마리아 페만(José María Pemán, 1897~1981). 스페인의 작가. 『성스러운 총독 부인(La Santa Virreina)』은 1939에 발표된 극작품이다.

분이 있기는 하지만 그건 영감을 받으면서 나타나는 용서할 만한 우연이라며, 오히려 폴 그루삭[141]의 『복권』을 베낀 그의 작품은 시간 배경을 17세기로 바꾸고 기나피의 약효에 대한 획기적인 발견을 끊임없이 환기해 명성을 얻었다고 했지요.

이제 다른 얘기를 하지요. 친애하는 파로디 선생, 당신이 노년의 변덕을 보이는 것 같아서 흑빵과 빵을 넣어 끓인 수프에 환장하는 카스티요 박사에게 잠시 수치료 병원에서 벗어나 의사의 눈으로 당신을 진료해 달라고 했습니다."

"쓸데없는 얘기는 그만하시죠." 범죄학자가 말했다. "산자코모 사건은 생각보다 훨씬 복잡합니다. 나는 앙글라다와 바르시나 부인한테서 첫 번째 죽음이 있기 전날 밤에 코멘다토레의 집에서 있었던 논쟁에 대해 들은 그날 오후에 앞뒤를 맞춰 보기 시작했지요. 그리고 망인이 된 리카르도, 마리오 본판티, 당신, 회계사, 의사의 얘기를 듣고 내 의심을 확신했어요. 그 가련한 청년이 남긴 편지를 통해 모든 것을 알게 되었습니다. 에르네스토 폰시오[142]는 이렇게 말했지요.

> 운명이란 용의주도하여
> 하는 일마다 의도가 있구나.

---

141 Paul Groussac(1848~1929). 프랑스 태생의 아르헨티나 작가이자 비평가.

142 Ernesto Ponzio(1885~1934). 아르헨티나의 탱고 바이올린 연주자.

산자코모 노인의 죽음과 익명의 가면을 쓴 자의 팸플릿도 수수께끼를 푸는 데 도움이 됐지요. 내가 앙글라다를 몰랐다면 그가 내막을 더 잘 알았을 거라고 생각했을 겁니다. 그 이유는 그가 푸미타의 죽음을 얘기하면서 로사리오로 흘러든 늙은 산자코모 얘기까지 거슬러 올라갔다는 거예요. 하느님은 바보들의 입을 빌려 말하지요. 진짜 이야기는 그날 그곳에서 시작됐어요. 말을 꾸며 내기 좋아하는 경찰들은 아무것도 찾지 못했습니다. 그들은 푸미타와 비야 카스테야마레와 1941년만 고려했으니까요. 하지만 나는 교도소에 오래 갇혀 있다 보니 역사를 아주 중요시하게 돼서 수감되기 전 젊은 시절을 회상하는 걸 좋아하게 됐지요. 즐거움을 찾으려고 여러 곳을 돌아다닐 필요는 없지요. 역사는, 다시 말합니다만 멀리서 오는 것이니 코멘다토레는 훌륭한 단서가 되지요. 따라서 그 이주민에게 집중할 필요가 있어요. 앙글라다 말로는 1921년에 거의 정신이 나갔다고 하더군요. 대체 무슨 일이 있었을까요. 이탈리아에서 데려온 부인이 그해에 죽었지요. 그녀에 대해 아는 게 거의 없었을 겁니다. 코멘다토레가 그런 일로 미칠 사람이라고 생각하나요? 자리 좀 비켜 주시죠. 침을 뱉어야겠네요. 앙글라다에 따르면 그와 친분이 깊던 이시도로 포스코 백작이 죽었을 때도 잠을 이루지 못했다더군요. 연감에 그렇게 쓰여 있다고 해도 난 그 말을 믿지 않아요. 백작은 백만장자에 영사였고 쓰레기 수거 일을 하던 산자코모는 그에게 조언을 받은 게 전부지요. 이 표현이 당신이 보기엔 가혹할 수도 있습니다만, 그런 친구가 죽었으니 산자코모는 오히려 편했을 겁니다. 사업도 나쁘지 않았어요. 이탈리아 전군이 그가 식품으로 판 대황을 목이 멜 만큼 먹은 데다 그걸로 코멘다토레라의 휘장까지 받았으니까요. 그렇다면 무슨 일이 있었던 걸까요. 늘 그렇지만 친구 때문입니다. 이탈리아에서 온 여자가 포스코 백작과 놀아났지요. 심지어 산자코모가 그 부정을 알았을 때 교활한 두 사람은 이미 죽고 없었어요.

당신도 칼라브리아 사람들이 얼마나 지독하고 앙심이 깊은지 알겠지요. 18지구의 서기들보다 더하죠. 코멘다토레는 자기 아내에게도 자신에게 조언해 주던 위선자에게도 복수를 할 수 없었기 때문에 두 사람의 자식인 리카르도에게 복수한 겁니다.

누구든지, 예를 들어 당신이 부정으로 태어난 아들에 대해 복수를 한다 해도 약간 엄하게 대하는 걸로 끝났을 겁니다. 그런데 산자코모 노인은 아들에 대한 증오심에 불타올랐죠. 그는 미트레[143]도 생각지 못할 계획을 세웠습니다. 그에게 경의를 표하지 않을 수 없을 만큼 정밀하고 인내심을 요하는 일이었습니다. 그는 리카르도의 인생을 계획했어요. 처음 이십 년 동안은 리카르도를 행복하게 해 주고 마지막 이십 년은 폐허로 만들었지요. 믿기지 않는 얘기지만 그의 삶에서 우연은 없었습니다.

당신이 잘 아는 여자 얘기부터 시작해 봅시다. 세르부스 남작 부인, 그 자매, 비쿠냐가 있었지요. 이들과의 애정 관계는 노인이 꾸민 겁니다. 그렇다고 악의적인 건 아니었습니다. 몬

---

143 바르톨로메 미트레(Bartolomé Mitre, 1821~1906). 아르헨티나의 대통령.

테네그로 씨, 당신도 그 일에 관여해 얻은 게 있으니 굳이 얘기하지 않아도 되겠지요. 푸미타와의 만남조차 리오하의 선거처럼 조작되었습니다. 변호사 시험도 마찬가지예요. 리카르도는 아무 노력도 하지 않았지만 좋은 성적을 받았지요. 정계에 진출했어도 마찬가지였을 겁니다. 사포나로가 조정하고 있으니 실패할 리 없죠. 모든 게 그런 식이었죠. 돌리 자매의 일을 무마하려고 6000페소를 준 걸 기억해 보세요. 몬테비데오에서 갑자기 등장한 코맹맹이도 그렇고요. 아버지가 보낸 사람이었죠. 그에게 빌려준 5000페소를 받으려고 하지도 않은 게 그 증거지요. 이제 소설 얘기로 넘어가 봅시다. 조금 전 당신이 레케나와 마리오 본판티가 리카르도의 수족처럼 일했다고 했죠. 푸미타가 죽기 전날 밤 바로 그 레케나는 리카르도가 소설을 끝낼 참이라 자기가 아주 바쁘다고 말해 버리고 만 겁니다. 이제 책을 쓰던 사람이 레케나라는 사실이 명백해졌습니다. 그리고 본판티가 타조 알 크기의 서명으로 그 사실을 재확인했지요.

이 이야기는 그렇게 1941년에 이릅니다. 리카르도는 우리처럼 자유롭게 산다고 믿었지만 실은 체스의 말처럼 조종당했어요. 그리하여 어떤 면에서든 좋은 집안의 아가씨인 푸미타와 연인이 되었지요. 모든 게 순조롭게 진행되던 그때 운명을 만드는 힘이 있다고 믿었던 아버지는 자신이 운명의 손아귀에 있다는 걸 알게 됩니다. 건강이 나빠진 겁니다. 카스티요 박사는 그에게 살날이 채 일 년도 남지 않았다고 했어요. 의사가 병명이 뭔지 정확히 말해 주지 않았을 수도 있지만 내 생각엔 타볼라라섬처럼 심장에 질환이 있었을 겁니다. 산자코모는 일을 서둘렀지요. 일 년 안에 마지막 행복과 모든 불행과 빈곤을 겪게 만들어야 했으니까요. 그는 그 상황에 당황하지 않았어요. 그런데 6월 23일 저녁 식사 중 푸미타가 무슨 일이 벌어지는지 눈치챘다는 걸 알게 됩니다. 푸미타가 직접적으로 말한 건 아니에요. 둘만 있었던 게 아니니까요. 그녀는 영화 이야기를 했지요. 후아레스라는 사람이 있는데 처음에는 승승장구하다 나중엔 불행을 겪는다는 얘기였죠. 산자코모는 화제를 바꾸고 싶었지만 그녀는 아랑곳하지 않고 우연히 발생하는 일이 없는 인생도 있다고 거듭 얘기합니다. 그러다 노인의 일기가 적힌 수첩을 발설하는데 그 수첩을 읽었다는 걸 알리려는 의도였을 겁니다. 산자코모는 사실을 확인하려고 함정을 팠습니다. 한 유대인이 가방에 테라코타 파충류를 가져왔는데 그걸 서재에 보관하고 있다는 얘기를 했습니다. 수첩을 보관하는 서랍에 말이지요. 그는 그 파충류를 사자라고 거짓말을 했어요. 사자가 아니라 뱀이라는 걸 알았던 푸미타는 흠칫했을 테지요. 사실 푸미타는 질투에 사로잡혀 리카르도의 편지를 찾을 생각으로 노인의 서랍을 뒤졌거든요. 거기서 수첩을 발견했고, 워낙 탐구심이 강해 수첩을 읽고는 그의 계획을 알게 된 거지요. 그런데 그날 밤 대화에서 경솔하게 행동했어요. 다음 날 리카르도와 얘기할 거라고 한 건 가장 중대한 실수였지요. 노인은 증오심에서 공들여 세운 계획이 물거품이 되는 걸 막기 위해 푸미타를 죽이기로 마음먹었습니다. 그리고 그녀가 잠을 이루려고 먹는 약에 독을 넣은 겁니다. 리카르도가 약이 서랍장에 있다고 말했다는 걸 당신도 기억하겠지요. 침실에 들어가는 건 어렵지 않았어요. 모든 방이 조각상들이 있는 복도를 향하고 있었으니까요.

그날 밤 대화에 대한 다른 얘기도 들려드리지요. 여자가 리카르도한테 소설 출판을 몇 년 늦추라고 했지요. 그러자 산자코모는 대놓고 불만을 터트렸습니다. 그는 소설이 출간되길 바랐지요. 그 소설이 완전히 베껴 쓴 거라는 사실을 폭로할 팸플릿을 곧바로 뿌리려고 했던 겁니다. 팸플릿은 앙글라다가 썼을 겁니다. 영화사를 쓰려고 집에 남아 있었다고 했으니까요. 게다가 학식이 있는 사람이라면 리카르도의 소설이 표절이라는 걸 알 거라고도 했죠.

코멘다토레는 법적으로 리카르도의 상속권을 빼앗을 수 없어서 자기 재산을 버리기로 했습니다. 레케나의 몫은 채권으로 챙겨 뒀지요. 큰 이익이 되지는 않지만 안전하니까요. 리카르도의 몫은 지하철에 투자해 뒀는데 이자만 보더라도 위험한 투자라는 걸 알기에 충분하지요. 리카르도가 절대 그 돈을 손에 쥐지 못하도록 코멘다토레는 크로체가 리카르도의 몫을 훔쳐 가도 모른 척했지요.

머잖아 돈이 바닥나기 시작했죠. 본판티는 월급을 받지 못하게 됐고, 남작 부인은 물이 새어 나가듯이 쫓겨났고, 리카르도는 폴로 조랑말을 팔아야 했습니다.

가련한 젊은이는 여태껏 어렵게 산 적이 없었지요. 그즈음 남작 부인을 찾아갔어요. 돈도 뜯어내지 못하고 쫓겨난 탓에 분기에 젖어 있던 그녀는 그를 짓밟으며 폭로해 버립니다. 그를 사랑했던 건 아버지가 돈을 줬기 때문이라고 말이지요. 리카르도는 자기 운명이 달라졌다는 걸 알면서도 도무지 이해가 안 되었겠죠. 엄청난 혼란 속에서 뭔가를 예감하고 돌리 자매와 에반스라는 여자를 찾아가 알아보게 됩니다. 두 여자는 과거에 그와 관계했던 이유가 그의 아버지와 한 계약 때문임을 인정하지요. 그 뒤로 몬테네그로 씨, 당신을 찾아갑니다. 당신은 그 모든 여자들을 비롯해 다른 여자들도 당신이 주선한 것이라고 고백했지요. 그렇지요?"

"카이사르의 것은 카이사르에게." 몬테네그로가 하품하는 척하며 끼어들었다. "그런 신실한 합의를 조정하는 일이 나의 두 번째 천성임을 당신도 모르진 않겠지요."

"돈 문제로 걱정하던 리카르도는 크로체한테 상담을 했어요. 그의 입을 통해 리카르도는 코멘다토레가 고의로 파산시키고 있다는 걸 알게 되지요.

리카르도는 자기 인생이 전부 거짓이라는 사실에 전율하며 굴욕을 느꼈지요. 그건 마치 사람들이 갑자기 당신더러 당신이 아니라 다른 사람이라고 말하는 것과 같겠지요. 그제야 리카르도는 자신의 모든 과거와 모든 성공이 아버지의 작품임을 알게 되고, 이유야 어떻든 아버지가 그의 적이고 그를 지옥에 빠뜨리려 했다는 걸 알게 되지요. 그는 더 이상 살아야 할 가치가 없다고 생각하게 됩니다. 불평도 하지 않고 코멘다토레를 비난하지도 않았지요. 그를 여전히 사랑했으니까요. 하지만 모든 걸 버리고 떠나는 길에 그의 아버지는 이해할 수 있을 한 통의 편지를 남겼지요. 그 편지엔 이렇게 적혀 있었습니다.

> 이젠 모든 것이 달라졌고 달라질 테죠. (……) 아버지는 세상 어떤 아버지도 못 한 일을 내게 해 주셨지요.

이 큰 집에서 오랫동안 살아온 탓인지 모르겠지만 나는 이제 처벌의 가치를 믿지 않습니다. 저세상에선 우리 모두가 죄를 지은 자들이겠지요. 정직한 사람이 타인의 사형 집행인이 된다는 건 말도 안 되는 일이에요. 코멘다토레는 살날이 몇 달 남지 않았었지요. 그러니 변호사, 판사, 경찰이 그를 고발하고 벌집을 쑤시듯 해 봐야 무슨 의미가 있었겠습니까."

1942년 8월 4일
푸하토에서

타데오 리마르드도의 희생자

프란츠 카프카를 기리며

1

273호실의 수감자 이시드로 파로디는 마지못해 방문자를 맞아들였다. 그는 웬 콤파드리토가 괴롭히러 왔다고 생각했다. 파로디는 아직 성숙한 크리오요가 아니던 이십 년 전 자신이 그 남자처럼 S 발음을 질질 끌고 손짓이 많았다는 걸 잊고 있었다.

사바스타노는 넥타이를 고쳐 메고 갈색 소프트 모자를 간이침대 위에 던져두었다. 그는 갈색 피부에 미남형이었지만 약간 불쾌한 인상이었다.

"몰리나리 씨가 당신을 찾아가 보라고 하더군요." 그가 말했다. "누에보 임파르시알 호텔 사건으로 왔습니다. 똑똑하다는 사람들도 이번 사건에는 골머리를 앓네요. 부디 내 말을 이해해 주기 바랍니다. 나는 순전히 시민으로서 여기에 온 거지만 형사들은 날 의심하고 있습니다. 수수께끼를 해결하는 데 당신처럼 놀라운 능력을 지닌 분이 없다고 들었습니다. 어름거리지 않고 사건을 개괄적으로 설명드리지요. 우물거리는 건 성격상 맞지 않으니까요.

삶의 부침 끝에 최근엔 자중하며 살고 있습니다. 이제 세상이 어떻게 돌아가는지 관조하며 평온하게 지내고 있지요. 별것 아닌 일로 성내는 일도 없습니다. 사내라면 차분히 살펴본 뒤 적당한 때가 오면 공격하는 법이니까요. 내가 아바스토 시장에 가 본 지가 벌써 일 년이 넘었다면 믿으시겠습니까. 그곳 사내들이 날 보면 이렇게 묻겠지요. 저 사람 누구야? 소형 트럭을 타고 나타난 나를 보면 입이 떡 벌어질 거라고 장담하지요. 지금은 당분간 겨울나기를 하는 중입니다. 솔직히 말씀드리면 캉가요 대로 3400번지 누에보 임파르시알 호텔에 머무는데 부에노스아이레스 특유의 억양을 들을 수 있는 곳이지요. 그 지역이 좋아서 머무는 건 아닙니다. 언제든 때가 되면.

서둘러 떠나리,
순박한 탱고곡을 휘파람 불며.

현관에 '신사를 위한 숙소, 60센타보부터'라고 붙은 광고에 끌려서 들어온 사람들은 그곳이 후진 호텔인 줄 알아요. 이시드로 씨, 판단력이 흐려지시면 안 됩니다. 그곳에서 나는 특별한 방을 씁니다. 지금은 일명 '대갈쟁이'로 불리는 시몬 파인베르그와 잠시 같이 쓰는데 그는 늘 교리 문답 모임에 나간답니다. 어느 날엔 메를로 대로에 나타나고 또 어느 날엔 베라사테기 대로에 나타나는 철새 같은 떠돌이지요. 이 년 전에 내가 도착했을 때 이미 그 방을 쓰고 있었는데 앞으로도 떠나지 않을 것 같습니다. 가슴에 손을 얹고 말씀드리지만 마차를 타는 시대도 아닌데 인습적으로 사는 사람들을 보면 화가 치밀어요. 나는 자신의 지평을 넓혀 가는 여행자 같은 사람입니다. 이제 구체적으로 말씀드리지요. 파인베르그는 엉뚱한 면이 있는데다 세상이 자물쇠로 잠긴 자신의 트렁크를 중심으로 돈다고 생각하는 사람이에요. 하지만 경제적으로 힘든 시기에도 아르헨티나 사람에겐 1페소 45센타보조차 융통해 주지 않는 자지요. 많은 사람들이 놀고 즐기며 살고 밤 문화도 계속되지만 좀비처럼 돌아다니는 이들이 가진 거라고는 냉소적인 웃음밖에 없으니까요.

당신은 이 작은 벽감에서, 당신의 가늠쇠에서 내가 보여 드릴 활인화[144]를 기껍게 받아들일 겁니다. 학구적인 사람이라면 누에보 임파르시알 호텔의 분위기에 흥미를 느낄 테니까요. 정말 별의별 일이 다 있는 웃기는 곳이지요. 나는 늘 파인베르그에게 말했지요. 여기에 동물원이 있는데 뭐 하러 2페소를 내고 라티[145]를 보러 가겠냐고 말이죠. 솔직히 말해서 보잘것없는 새 테루테루의 알에 붉은 머리를 올린 것 같은 그 친구의 얼굴

144 역사나 문학의 장면이나 명화처럼 배경을 꾸미고 분장한 사람을 배치하는 것. 일종의 팬터마임이다.

145 아르헨티나의 희극 배우인 세사르 라티(César Ratti, 1889~1944)를 가리키는 것으로 보인다.

이 동물원이죠. 그러니 후아나 무산테가 그를 보고 화를 낸 것도 이상할 게 없어요. 무산테는 당신도 알다시피 여주인 격이 됐어요. 그러니까 클라우디오 사를렝가의 여자예요. 호텔은 비센테 레노발레스 씨와 방금 말한 사를렝가가 공동으로 운영하지요. 삼 년 전 레노발레스가 사를렝가를 공동 경영자로 삼았어요. 그 노인이 혼자서 이끌어 가기엔 너무 지쳐 있었고, 젊은 피를 수혈해서 누에보 임파르시알을 건실하게 만들었지요. 우리끼리 얘기니까 공공연한 비밀 하나를 알려 드리자면, 사실 호텔 사정은 전보다 나빠진 데다 예전 모습은 온데간데없고 창백한 유령 같은 꼴이 됐지요. 사를렝가가 불행을 가져왔다고 보는 이유는 그가 라팜파주에서 왔기 때문이죠. 내가 보기에 그는 도망자예요. 생각해 보세요. 사를렝가는 반데랄로에서 싸움깨나 하는 우체국 직원의 여자이던 무산테를 빼앗았어요. 그치가 분명히 정신을 딴 데 팔고 있었을 겁니다. 사를렝가는 라팜파주에서 이런 일은 순식간에 퍼진다는 걸 알고 기차를 타고 온세역에 내렸지요. 그러니까 사람들 틈에 숨어든 거란 말입니다. 반면에 나는 투명 인간 같아서 라크로세역 같은 건 필요하지 않지요. 나는 아침부터 밤까지 구멍만 한 작은 방에서 지내지요. 내 머리카락 하나 찾지 못할 거면서 아바스토 시장을 휘젓고 다니는 '고기즙' 패거리를 우롱하면서 말입니다.

사를렝가는 깔끔하게 옷을 차려입은 짐승, 그야말로 콤파드레죠. 좋게 말하자면 그렇다는 겁니다. 나를 정중하게 대해 준다는 걸 부정할 순 없지요. 딱 한 번 나한테 손찌검을 했는데 그때는 그가 취해 있었고 나도 그날이 내 생일이라 그 일에 신경 쓰지 않았지요. 소문이란 정말 무섭습니다. 내가 어둠을 틈타 식사 전에 반 블록 떨어진 타이어 수리소의 여자애를 보고 온다고 후아나 무산테가 의심하는 게 아니겠습니까. 이미 말씀드렸지만 무산테는 질투심이 강해서 분별력이 떨어지는 여잡니다. 내가 늘 방에서 꼼짝 않고 호텔 안뜰을 주시하고 있다는 걸 알면서 사를렝가한테 내가 불온한 목적으로 세탁실에 잠입했다고 말했지 뭡니까. 사를렝가가 펄펄 끓는 우유처럼 나한테 덤벼드는데 그럴 만한 이유가 있었더군요. 레노발레스 씨가 생고기 조각을 내 눈에 직접 발라 주지 않았다면 나도 화를 냈을 겁니다. 그 여자가 퍼트린 얘기는 천박한 헛소리예요. 후아나 무산테가 사내를 녹초로 만들 정도로 몸매가 좋긴 하지만 미조사가 된 여자와 연애를 해 보고 라디오의 스타가 된 어린 여자를 사귀어 본 나 같은 사람이 몸매가 매력적이라고 해서 넘어가겠습니까. 반데랄로에서는 그런 몸매가 먹힐지 모르지만 도시 사내들한테는 관심거리도 안 됩니다.

안테오히토가 《울티마 오라》[146]의 칼럼에서 말했듯이 타데오 리마르도가 누에보 임파르시알에 나타난 것 자체가 수수께끼지요. 악취 나는 물총과 물 풍선이 난무하던 카니발 중에 모모와 함께 나타났어요. 하지만 모모는 다음 카니발을 보지 못할 겁니다. 나무 외투를 입고 묘지에 묻혔으니까요. 아라곤의

---

146 1908년 창간한 아르헨티나의《울티마 오라. 석간신문(Úlima Hora, Diario Independiente de la Tarde)》을 가리킨다.

왕자들은 어떻게 됐을까요?[147]

도시가 떠들썩하다 보니 나도 흥에 휩쓸리고 말았죠. 사람을 싫어해서인지 밀롱가[148]에도 가지 않고 춤도 추지 않는 주방 종업원의 곰 의상을 훔치고 말았습니다. 그렇게 통으로 된 의상을 입으면 아무도 눈치채지 못할 거라고 생각했지요. 안뜰에서 인사를 건네고 맑은 공기를 찾아 나서는 신사처럼 밖으로 나갔답니다. 당신도 알겠지만 그날 밤 수은주가 기록적으로 올랐지요. 너무 더워서 사람들이 웃음을 터트릴 지경이었죠. 그날 오후에 일사병과 폭염으로 희생된 사람이 아홉 명이나 됐어요. 몸을 움직일 때마다 털북숭이 옷을 입고 얼마나 땀을 흘렸던지 시청 직원들이 보면 수치스러워서 얼굴을 못 들 칠흑같이 깜깜한 곳에 들어가서 곰 대가리를 벗어 버리고 싶더군요. 하지만 난 마음먹은 일은 광적으로 하는 사람입니다. 맹세컨대 온세역까지 자기 구역으로 만든 아바스토 시장 놈들 중에 어떤 놈이 갑자기 나타날지 몰라서 절대 곰 탈을 벗지 않았어요. 그러다가 즐거운 분위기의 광장에서 음식과 고기 굽는 냄새를 맡고는 광대 토니로 분장한 어느 노인 앞에서 정신을 잃고 말았지요. 템페를레이에 살면서 삼십팔 년 동안 카니발에 참여해 자기와 한동네 사는 경찰에게 물을 퍼부어 댔다는 노인은 백발이 성성한데도 아주 침착하게 내가 쓰고 있던

---

147 호르헤 만리케의 「아버지의 죽음에 바치는 애가」의 한 구절이다.

148 Milonga. 탱고의 전신이기도 하고 탱고를 즐기는 사람들이 모이는 장소이기도 하다.

탈을 단번에 벗겨 냈어요. 귀가 붙어 있기에 망정이지 하마터면 떨어져 나갔을지 모릅니다. 그 노인 아니면 보닛을 쓴 노인의 아버지가 곰 탈을 훔쳐 갔을 겁니다. 그들을 원망하는 건 아니에요. 그들이 나무 숟가락으로 수프를 내 입에 떠 넣으려고 했는데 너무 뜨거워서 내가 깨어났으니까요. 문제는 주방 종업원이 더 이상 나와 말하려 들지 않는다는 거죠. 내가 분실한 곰 탈이 사진에 찍힌 꽃수레 행렬에서 로돌포 카르보네 박사가 쓰고 있던 것과 같은 거라고 생각하더군요. 꽃수레 얘기가 나왔으니 말인데, 한 무리의 천사들을 마차에 싣고 익살스러운 사람을 마부석에 태우고 가던 사람이 날 집까지 데려다주겠다고 하더군요. 카니발을 즐기던 사람들도 자리를 뜨고 나도 두 다리로 걷기 힘들어졌을 때였어요. 그렇게 새로 알게 된 친구들이 꽃수레 안쪽으로 끌어 올려 준 덕에 웃으며 그 자리를 뜰 수 있었습니다. 나는 고관이라도 된 양 수레를 타고 가는데 철길 담벼락을 돌 때 웬 촌뜨기가 걸어가는 걸 보고 웃음이 나더군요. 굶주린 송장처럼 얼굴색이 좋지 않던 촌뜨기는 천 가방 하나에 반쯤 찢어진 상자 하나도 제대로 들고 가지 못했지요. 천사 분장을 한 누군가가 쓸데없이 끼어들어 촌뜨기더러 올라타라고 하더군요. 나는 노는 분위기에 맞춰 마부석에 앉은 사람한테 우리 수레는 쓰레기를 수거하는 수레가 아니라며 농담을 던졌죠. 그 농담에 어떤 아가씨가 웃기에 바로 우마우아카 길에 있는 공터에서 만나자고 꼬드겨 봤는데 아바스토 시장과 가까워서 나갈 수가 없었지요. 나를 병원체 같은 존재로 볼까 봐 건초 보관소 근처에 산다고 했거든요. 그런데 눈치라고는 없는 레노발레스가 인도에서 소리를 지르지 뭡니까.

파하 브라바가 안뜰에 다녀온 사이 조끼에 넣어 둔 15센타보를 도둑맞았는데 다들 내가 라포니아스에서 그 돈을 써 버렸다고 의심했던 겁니다. 심지어 반 블록도 안 되는 거리에서 힘겹게 가방을 들고 비틀거리며 걸어오는 그 송장이 눈에 들어오더군요. 작별은 늘 고통스러운 일이지만 나는 까닭 없이 인사도 하지 않고 수레에서 내려 그 지친 사람과 다툴 만한 구실을 만들지 않으려고 호텔 현관으로 들어갔지요. 늘 하는 말이지만 굶어 죽을 지경인 사람과는 말이 통하지 않으니까요. 나를 쪄 죽일 뻔한 곰 의상 덕분에 식은 콩 요리와 김빠진 수제 와인을 대접받고 60센타보짜리 방을 나와 보니 안뜰에 촌뜨기가 있었어요. 인사를 했는데 반응이 없더군요.

우연이란 게 뭔지 말씀드리지요. 그 송장은 정확히 십일 일 동안 응접실에서 지냈어요. 물론 응접실은 안뜰과 맞닿아 있죠. 알다시피 거기에서 자는 사람은 죄다 이를 데 없이 거만합니다. 파하 브라바만 봐도 그래요. 그저 소일거리로 구걸을 하지요. 그가 백만장자라고 하는 사람도 있습니다. 처음엔 촌뜨기가 그 환경에 맞지 않는 사람이라서 숨겨진 의도가 드러날 것이라고 예상하는 사람들도 있었죠. 그런데 장담하건대 그 방의 유숙객들은 불평 한마디 하지 않더군요. 험담을 하거나 남자답게 항의한 사람이 아무도 없었어요. 갓 들어온 그 친구가 방에서 처신을 잘했던 겁니다. 맛없는 스튜도 제때 먹고 모포를 빼돌려 팔아먹지도 않고 돈 문제도 없고 매트리스에서 돈이 쏟아질 거라 믿고 온 방을 털투성이로 만드는 미친놈 같은 짓도 하지 않았죠. 나는 그에게 호텔 안에서 할 수 있는 거라면 뭐든 해 줬습니다. 안개 자욱한 어느 날에는 이발소에서 노블레사 담배 한 갑을 가져다줬더니 나중에 생각나면 피우라고 한 개비 주더군요. 잊지 못할 그때를 생각하면 경의를 표하고 싶을 정도지요.

몸이 거의 회복된 어느 토요일엔가 그가 수중에 50센타보밖에 없다고 하더군요. 나는 일요일 아침 일찍 사를렝가가 그의 가방을 압류하고 방값을 내지 못하면 꺼지라며 그를 홀딱 벗겨서 쫓아낼 생각을 하니 웃음이 났습니다. 인간사가 그렇듯이 누에보 임파르시알도 흠이 있지요. 하지만 규율에서는 그 호텔이 교도소나 마찬가지라는 걸 세상이 알아야 해요. 날이 밝기 전에 나는 셋이 다락방에 기거하면서 종일 '대갈쟁이'를 놀려 대고 축구 얘기만 하던 놈팡이들을 깨웠지요. 당신이 믿건 말건 어쨌든 이 느림뱅이들이 그 구경거리를 놓쳤어요. 나를 책망할 일은 아니지요. 전날 밤에 내가 이런 문구를 종이에 적어서 돌렸으니까요. '충격적인 소식. 누가 쫓겨날까? 내일 그 답을 기대하시라.' 솔직히 말해서 그들이 큰일을 놓친 건 아니지요. 클라우디오 사를렝가는 우리의 기대를 저버렸습니다. 어디로 튈지 모르는 사람이니 무슨 짓을 할지 누가 알겠습니까. 나는 첫 번째 수프가 나오지 않는다며 요리사와 실랑이를 하면서 오전 9시가 지날 때까지 지켜보고 있었지요. 그런데 내가 널어 둔 옷을 훔치러 옥상에 갔다고 후아나 무산테가 의심하는 겁니다. 결국엔 아무 일도 없었어요. 정확히 오전 7시에 촌뜨기가 옷을 입고 안뜰로 나갔는데 사를렝가가 거기서 청소를 하고 있었지요. 사를렝가의 손에 빗자루가 들려 있다는 걸 그가 생각이나 했을까요? 전혀 아니었죠. 그는 펼쳐 둔 책을 읽듯이 술술 얘기를 했어요. 무슨 말을 하는지 들리진 않았지만 사를렝가가 그의 어깨를 토닥이더군요. 거기서 구경거리는 끝났어요. 나는 도저히 믿을 수가 없어서 이마를 쳐 댔어요. 사태가 복잡해질 것으로 기대하며 두 시간 넘게 기다렸지만 너무 더워서 포기했습니다. 아래로 내려와 보니 주방에서 부산히 움직이던 촌뜨기가 재빨리 맛있는 수프를 갖다주더군요. 나는 솔직한 사람이라 누구와도 말이 통하지요. 가볍게 넌지시 얘기를 꺼내서 최근 화제를 다룬 뒤 그가 어디 출신인지 알아냈죠. 반데랄로에서 왔다고 했어요. 그런데 내가 보기엔 무산테의 남편이 감시하라고 보낸 끄나풀 같았어요. 그 불편한 의혹을 벗어나려고 듣는 사람의 마음을 사로잡을 이야기를 하나 해 줬지요. 메리야스로 교환할 수 있는 티탄 구두의 쿠폰에 관한 얘긴데, 파인베르그가 이미 사용한 쿠폰이라는 사실을 숨기고 잡화점의 조카에게 넘겼다는 거였죠. 나의 생생한 얘기에도 촌뜨기는 흥분하는 기색조차 없었고, 파인베르그가 쿠폰을 줄 때 이미 메리야스를 입고 있었다고 해도 무덤덤하더군요. 손해를 본 여자는 부드럽고 달콤한 그의 말에 현혹돼 그 메리야스가 야기할 잔혹한 의미를 알아채지 못했어요. 나는 촌뜨기가 어떤 이유가 있어서 손발이 묶인 채 꼼짝 못 하고 있다는 걸 금세 알아챘지요. 나는 문제의 핵심을 찌를 생각으로 이름이 뭐냐고 물었지요. 거짓말로 둘러댈 틈도 없이 진퇴양난에 처한 그 친구는 박수를 보낼 만한 첫 번째 사람으로 나를 신뢰한다면서 타데오 리마르도라고 하더군요. 당신이 이해할지 모르겠지만 나중을 생각해 서둘러 그의 이름을 외워뒀습니다. 속으로 '뛰는 놈 위에 나는 놈'이라고 생각하며 나는 그가 어딜 가든 몰래 따라다녔죠. 그랬더니 얼마나 귀찮았던지 그날 오후에 그렇게 개처럼 계속 따라다니면 어금니로 끓인 스튜를 맛보게 해 주겠다고 으름장을 놓더군요. 내 계략이 성공적으로 빛을 발한 겁니다. 그 녀석은 숨길 게 있었던 거예요. 내 상황을 생각해 보세요. 비밀의 꼬리를 잡았는데 요리사가 횡포를 부릴 때처럼 방구석에 처박혀 있는 상황 말이에요.

그날 오후 호텔에는 흥미로운 일이 거의 없었어요. 후아나 무산테가 고르츠스에서 하룻밤 보내고 온다는 바람에 호텔의 여자 비율이 뚝 떨어졌거든요.

월요일에 나는 아무 일 없었다는 듯이 식당에 얼굴을 들이밀었습니다. 요리사는, 원칙의 문제이긴 하지만, 수프 통을 들고 다니면서도 나에겐 주지 않더군요. 그 폭군이 전날 밤 내가 식당에 나타나지 않았다는 이유로 날 굶겨 죽일 작정이라고 생각했죠. 그래서 식욕이 없다고 거짓말을 했더니 콧수염 난 청개구리 같은 인간이 이인분을 주지 뭡니까. 죽을 때까지 소화가 안 될 만큼 많은 양을 먹고는 배가 불러서 옴짝달싹 못 하겠더군요.

사람들이 자유로이 웃고 떠드는 중에 촌뜨기가 우울한 얼굴을 하고 팔꿈치로 수프 그릇을 밀쳐서 분위기를 깨 버렸습니다. 파로디 씨, 맹세코 말씀드리는데 요리사가 수프를 깨지락거리는 리마르도에게 호통을 치려다가 리마르도의 위협적인 얼굴을 보더니 꼬리를 내리는데 웃음이 절로 나오더군요. 그때 부리부리한 눈에 숨이 멎을 것 같은 엉덩이를 씰룩거리며 후아나 무산테가 들어왔지요. 그 여자는 늘 나를 찾지만 난 이름 없는 병사처럼 행동해요. 늘 그렇듯이 나와 눈이 마주치지 않으려고 하면서 그릇을 치우다가 '인류의 적'으로 불리는 요리사에게 리마르도와 싸우려면 나랑 붙어먹으라면서 일은 자기 혼자 해도 된다고 하더군요. 그러다 문득 리마르도와 마주쳤는데 수프를 먹지 않은 걸 보고 깜짝 놀라더군요. 리마르도는 평생 여자를 본 적이 없다는 듯이 그녀를 쳐다봤죠. 정말이에요. 그 첩자가 그녀의 얼굴을 잊지 않기 위해 자기 눈에 담아 두려고 한 겁니다. 후아나가 자기를 빤히 쳐다보는 리마르도에게 한동안 혼자 잤을 테니 신선한 시골 공기를 마시러 가는 게 낫겠다고 말하는 것으로 인간적인 소박함이 풍기던 그 장면이 막을 내렸습니다. 리마르도는 그녀의 배려에 대해 대답도 않은 채 빵 부스러기를 모아 작은 공을 만드는 데 열중하고 있었죠. 우리는 요리사 때문에 그런 볼썽사나운 버릇을 진작 고쳐야 했답니다.

몇 시간 뒤 아주 놀랄 만한 일이 있었는데, 이 얘기를 들려드리면 당신을 이곳에 가둬 둔 법에 감사하게 될 겁니다. 나는 오래된 습관에 따라 오후 7시에 응접실의 잘난 놈들이 길모퉁이 가게에 주문한 스튜를 가로채려고 첫 번째 안뜰로 나갔습니다. 당신이 영민하다고 해도 내가 누굴 봤는지는 모를 겁니다. 파르도 살리바소를 실물로 봤지 뭡니까. 챙이 좁은 소프트 모자를 쓰고 성직자 같은 옷에 프라이 모초 구두를 신고 있었어요. 아바스토 시장의 오랜 친구를 목격한 뒤로 나는 일주일 내내 방에 처박혀 있었지요. 삼 일째 되던 날 파인베르그가 방에서 나와도 된다고 하더군요. 파르도가 돈을 내지 않고 도망쳤는데 세 번째 안뜰에 있던 전구를(파인베르그가 자기 호주머니에 넣어 둔 전구를 빼고) 모조리 쓸어 갔다더군요. 나는 환기를 하지 않고는 배기지 못하는 파인베르그가 지어낸 얘기라 의심하고 주말까지 부족장처럼 방을 나가지 않았지만 결국엔 요리사 때문에 나오게 됐지요. '대갈쟁이'의 말이 맞았습니다. 그런데 나의 만족감은 야비한 일 때문에, 아니 평범한 일 때문에 어그러지고 말았는데 아주 침착하게 관찰해야 알 수 있는 일이었어요. 리마르도가 응접실에서 60센타보짜리 방으로 옮긴 거예요. 돈을 낼 수 없으니 그에게 경리를 맡겼어요. 잠귀가 밝은 나는 그게 호텔 경영에 끼어들어 호텔이 어떻게 굴러가는지 알아보려는 수작이라고 생각했죠. 촌뜨기는 장부를 핑계로 온종일 사무실에 처박혀 있었지요. 나는 딱히 해야 할 일이 없어서 어느 때는 내가 이기주의자가 아니라는 걸 보여 주려고 요리사를 돕기도 했지요. 그리고 그 촌뜨기와 다르다는 걸 보여 주기 위해 사무실 앞을 어슬렁거리다가 레노발레스 씨가 호통을 쳐서 방으로 돌아가야 했어요.

이십 일쯤 지났을 때 레노발레스 씨가 리마르도를 쫓아내고 싶어 하는데 사를렝가가 반대한다는 믿을 만한 소문이 돌았지요. 나는 문서로 본다고 해도 그 말을 믿지 않을 겁니다. 괜찮다면 '로하스가 벌인 사건에 대해 내가 재구성한 얘기'를 들려드리지요. 솔직히 말해 레노발레스 씨가 그 불쌍한 놈을 쫓아내려고 했을까요? 제 나름의 원칙이 있는 사를렝가가 한순간이나마 정의의 편에 설까요? 말도 안 되지요. 그럴듯한 포장에 속지 마세요. 진실은 정반대니까요. 촌뜨기를 쫓아내려고 한 사람이 늘 그를 모욕하던 사를렝가이고 그를 지켜 준 사람은 레노발레스 씨라는 거예요. 개인적인 해석이지만 다락방의 놈팡이들도 동의하고 있어요.

분명한 건 리마르도가 머잖아 사무실이라는 비좁은 영역

을 벗어났다는 겁니다. 기름이 흘러 스며들듯이 호텔 전역에 퍼져 가더군요. 어느 날엔 물이 새는 60센타보짜리 방을 고치고, 어느 날엔 다채로운 색으로 나무 문살을 새로 칠하고, 또 어느 날엔 사를렝가의 바지에 묻은 얼룩을 알코올로 지우고, 또 어느 날엔 첫 번째 안뜰을 매일 청소하고 응접실의 쓰레기를 치우고 거울 같은 걸 배치할 권한을 얻기도 했지요.

리마르도는 끼어들지 않아도 될 곳에 끼어드는 바람에 문제가 생겼어요. 예를 들자면 놈팡이들이 평화로이 철물점 여주인의 줄무늬 고양이를 빨간색으로 칠하고 있었지요. 난 그 자리에 없었는데 내가 에스쿠데로 박사가 건넨 파토루수[149] 만화책을 열독하고 있다고 생각했던 모양입니다. 관찰력이 있는 사람이라면 어떻게 된 일인지 쉽게 알 겁니다. 성질이 모난 데가 있는 철물점 여주인이 놈팡이들 중 한 놈에게 병마개 몇 개와 깔때기를 훔쳤다고 뒤집어씌웠지요. 마음이 상한 그들이 고양이에게 보복하려 한 겁니다. 그런데 리마르도가 예상치 못한 걸림돌이 된 거예요. 반쯤 칠한 고양이를 리마르도가 뺏어서 철물점 안으로 돌려보내 버렸어요. 고양이가 다치거나 동물 보호 협회에서 개입할 수 있는데도 말이죠. 파로디 씨, 촌뜨기가 무슨 일을 당했는지는 묻지 마세요. 놈팡이들은 대놓고 복수했어요. 리마르도를 바닥에 쓰러뜨리더니 한 놈은 배 위에 올라타고, 한 놈은 얼굴를 밟고, 나머지 한 놈은 입에 페인

149 Patoruzú. 아르헨티나의 만화가인 단테 킨테르노(Dante Quinterno, 1909~2003)가 1928년에 창조한 만화 캐릭터다.

트를 처넣었답니다. 나도 한 방 먹일 수 있었지만 촌뜨기가 두들겨 맞으면서도 날 알아볼까 봐 몸을 사렸지요. 게다가 놈팡이들은 성질이 고약해서 끼어들었다가는 내가 맞았을 겁니다. 그러던 중 레노발레스가 나타나자 모두 흩어졌습니다. 두 놈은 주방 앞에 있는 방까지 도망쳤지만 한 놈은 내가 그랬던 것처럼 닭장으로 몸을 숨겼다가 레노발레스의 묵직한 주먹에 한 방 먹었지요. 부성애 넘치는 그의 행동에 박수를 보내고 싶었지만 속으로 웃는 것에 만족했지요. 촌뜨기가 몸을 일으켰는데 꼴이 말이 아니더군요. 하지만 보상은 받았지요. 사를렝가 씨가 손수 에그노그를 가져다주고는 이렇게 말하더군요. '정신이 드나, 사내답게 들이켜게.'

파로디 씨, 고양이 건으로 호텔 생활을 부정적으로 생각하진 않았으면 합니다. 우리에게도 태양이 비출 때가 있고 싸울 때가 있습니다. 물론 싸움이 때로는 아주 고통스럽기도 하지만 나중에 곰곰이 생각해 보면 근심스럽던 지난날에 미소를 짓게 되더군요. 일례로 파란 색연필 얘기가 그렇습니다. 투숙객 중에는 철두철미하고 아는 것도 많지만 허풍도 심해서 따분한 사람들이 있어요. 하지만 새로운 뉴스를 포착하는 일은 나를 따라올 자가 없지요. 어느 화요일에 나는 종이로 하트 모양을 몇 개 오려 뒀지요. 누군가 잡화점 주인의 조카인 호세파 맘베르토가 메리야스 쿠폰을 되찾으려고 파인베르그와 어울려 다닌다고 해서 말입니다. 호텔에 있는 파리조차 그 소식을 알 수 있게 종이 하트에, 물론 누구의 글씨인지 못 알아보게 이렇게 썼지요. '충격적인 소식. 하루걸러 J. M.과 결혼하는 사람은 누군가? 답: 메리야스 입은 투숙객.' 나는 나서서 이 소문을 퍼트렸습니다. 아무도 보이지 않을 때 문 밑으로 밀어 넣었어요. 화장실도 예외는 아니었죠. 그날 난 팔꿈치에 키스를 했으면 했지 식욕이라고는 없었어요. 그렇지만 소문이 성공적으로 퍼졌는지 궁금해 안달이 난 데다 스튜를 놓칠까 봐 식사 시간 전에 긴 탁자에 앉았지요. 반팔 메리야스를 입고 내 자리에 폼 나게 앉아 식사 시간을 준수하라는 의미에서 숟가락을 탁탁거리고 있었습니다. 그때 요리사가 나타나서 나는 종이 하트 전단지를 읽는 척했습니다. 그런데 사람이 얼마나 민첩한지 아시나요. 바닥으로 몸을 피하기도 전에 요리사가 오른손으로 일으켜 세우더니 내 코앞에서 왼손으로 하트 전단지를 완전히 구겨 버리더군요. 파로디 씨, 그 성난 인간에게 죄를 묻지는 마세요. 내가 잘못한 거니까요. 그런 전단을 돌려 놓고 메리야스 바람으로 나타났으니 헷갈릴 만도 했겠지요.

5월 6일 정확한 시간은 모르겠지만 나폴레옹상이 붙은 사를렝가의 잉크병 가까이에 국산 시가가 하나 있었습니다. 고객을 구슬릴 줄 아는 사를렝가는 이 호텔이 건실하다며 진중해 보이는 사람을 설득하고 있었죠. 그는 프리메로스 프리오스[150] 구호 협회의 오른팔이라는데 이미 운수에 보호소가 호텔에서 파티를 열기로 했더군요. 사를렝가는 수염이 텁수룩한 그 사람으로 하여금 방을 쓰게 하려고 시가를 권했습니다. 행색은 초라해도 몸은 멀쩡해 허공에서 시가를 받아 들고 바로 불을 붙이더군요. 자기가 교황이라도 되는 것처럼 말이죠. 그

150 프레메로스 프리오스는 '첫 추위'를 의미한다.

런데 이기적으로 혼자 시가를 피우려고 한 모금 빨아들이는 순간 시가가 폭발하자 지저분하던 그의 얼굴에 새로이 숯검정이 묻었지요. 참 딱해 보이더군요. 그걸 보고 있던 우리는 배꼽이 빠져라 웃어 댔습니다. 그렇게 한바탕 웃고 난 뒤에 보니 털보가 현금 상자를 훔쳐서 달아났지 뭡니까. 사를렝가는 화가 나 펄펄 뛰며 누가 시가를 가져다 놨냐고 묻더군요. 화를 잘 내는 사람은 멀리하는 게 낫다는 신조에 따라 내 방으로 가려는 순간 하마터면 촌뜨기하고 정면으로 부딪칠 뻔했는데 교령술사처럼 눈이 휘둥그랬지요. 그 자식은 얼마나 겁에 질렸으면 반대편으로 도망치고 있었던 겁니다. 그러더니 늑대의 입으로, 그러니까 성난 사를렝가의 사무실로 들어가고 말았죠. 무례하게 노크도 없이 들어가 사를렝가를 마주 보고 말했지요. '놀이용 시가는 제가 갖다 놨습니다. 어쩌다 보니 그렇게 됐습니다.' 나는 리마르도가 오만함 때문에 무너지고 있다고 속으로 생각했지요. 그렇게 그의 결점이 드러난 겁니다. 그러니까 그는 왜 다른 사람이 잘못을 뒤집어쓰게 놔두지 않았을까요? 그런 상황에선 누구도 자백하지 않을 텐데……. 그런데 사를렝가의 이상한 행동을 보셨어야 합니다. 그는 어깨를 으쓱하더니 남의 집인 양 침을 퉤 뱉지 뭡니까. 그러더니 순식간에 화를 누그러뜨리고 생각에 잠기더군요. 예상컨대 리마르도를 두들겼다가는 그날 밤 그가 지쳐 잠든 사이 우리 중 누군가가 주저 없이 나가 버릴까 봐 걱정됐을 겁니다. 리마르도는 팔리지 않은 빵 같은 얼굴이었고 성난 사를렝가는 우리 모두를 포용하는 도덕적 승리를 거뒀지요. 사실은 수상한 냄새가 났습니다. 그 장난은 촌뜨기가 벌인 게 아니었어요. 파인베르그의 여동생이 푸에이레돈 대로와 발렌틴 고메스 대로가 만나는 곳에 있는 장난감 매장 주인과 어울려 다녔으니까요.

파로디 씨, 이 소식을 들으면 마음이 상하시겠지만 그 폭발 사건이 발생한 이튿날 우리의 평화를 어지럽히는 위기가 닥치면서 먹고 노는 걸 가장 좋아하는 놈들까지 근심에 빠졌습니다. 말이 쉽지 경험해 보지 않으면 모릅니다. 사를렝가와 무산테가 싸운 거예요. 누에보 임파르시알에서 그런 싸움이 벌어질 거라고는 생각지도 못했습니다. 어느 땅딸보 터키 놈이 수프가 나오기도 전에 무딘 가위를 하나 들고 나타나 버릇없이 수퇘지마냥 괴성을 지르며 '벵골 호랑이'를 제거해 버린 사건 이후에 어떤 대립이나 분란도 공식적으로 금지되었으니까요. 그래서 요리사가 소란을 피우는 놈을 손볼 때 다들 그의 편에 서는 겁니다. 소란을 피우면 안 된다는 데 익숙한 우리 입장에선 윗선에서 모범을 보이는 게 당연하지요. 경영진이 혼란스러운 행위를 하는데 하숙을 하는 우리더러 어쩌라는 건지. 말씀드리지만 나도 방향을 잃고 바닥을 전전하며 살았던 적이 있습니다. 나에 대해 뭐라 할지는 모르지만 난 시련이 닥친다고 패배주의에 빠지진 않았어요. 다른 사람들까지 겁먹게 할 필요도 없죠. 그래서 입에 자물쇠를 걸었습니다. 난 오 분마다 이런저런 핑계로 사를렝가와 무산테가 서로 화가 나 맞서고 있는 사무실 복도를 왔다 갔다 했지요. 대놓고 욕지거리를 하진 않더군요. 나는 60센타보짜리 다락방에 돌아가 '뉴스야, 뉴스!'라고 씩씩하게 외쳤지요. 어리석은 놈들은 카드놀이에 빠져서 들으려고도 하지 않더군요. 하지만 집요한 개가 뼈다귀를 얻는 법이지요. 그래서 파하 브라바의 빗살로 손톱에 낀 때를 빼고 있던 리마르도를 붙잡고 얘기를 해 줬지요. 얘기가 끝나기도 전에 소젓을 짤 시간이라는 듯이 벌떡 일어나 사무실 쪽으로 향하더군요. 나는 성호를 긋고 그림자처럼 그를 따라 갔습니다. 그런데 갑자기 돌아서더니 강압적인 어조로 이렇게 말하더군요. '뭐라도 하실 거면 투숙객들을 전부 여기로 데려 오세요.' 나는 군소리 없이 그의 말에 따라 쓰레기들을 모으러 갔습니다. 다 모였는데 '대갈쟁이'가 안 보이더군요. 그 녀석은 첫 번째 안뜰에서 사라졌는데 나중에 보니 변기 덮개가 없어졌어요. 그렇게 모인 사람들은 다양한 부류가 섞여 있었지요. 세상이 싫은 사람들과 즐기는 사람들, 95센타보짜리 방을 쓰는 사람들과 60센타보짜리 방을 쓰는 사람들, 건달과 파하 브라바, 걸인과 동냥아치, 경험이 일천한 좀도둑과 대도가 한자리에 있었어요. 낡은 호텔이 잠시나마 되살아난 것 같았죠. 프리즈[151]라고 할 만큼 한 폭의 그림 같았습니다. 백성이 목자를 따르듯 그 혼란 속에서 모두가 리마르도를 우두머리로 생각했지요. 리마르도는 앞장을 서더니 사무실에 도착하자 노크도 없이 문을 열었어요. '사바스타노, 방으로 돌아가는 게 좋겠어.'라고 난 혼잣말을 했습니다. 이성의 목소리가 사막에서 애원했지만 흥분한 사람들의 벽에 막혀 빠져나갈 수가 없었지요.

너무 긴장한 나머지 눈이 흐려졌어도 로루소[152]조차 형언하

---

151 서양 건축에서 그림이나 조각으로 장식한 띠 모양의 장식물을 가리킨다.

152 아르투로 로루소(Arturo Lorusso, 1884~1947). 이탈

지 못할 장면을 기억하고 있습니다. 사를렝가는 '나폴레옹'에 가려 잘 보이지 않았지만 후아나 무산테의 풍만한 몸매는 시각적으로 흠씬 만끽할 수 있었죠. 붉은색 가운에 장식이 달린 샌들을 신은 그녀를 보자 95센타보짜리 방을 쓰는 녀석에게 기대지 않을 수 없더군요. 리마르도는 구름처럼 한껏 위협적인 태도로 사무실 중앙을 점령했지요. 그 순간 누구라고 할 것도 없이 임파르시알의 주인이 바뀔 거라고 생각했습니다. 우리는 리마르도가 사를렝가에게 퍼부을 주먹질에 등골이 오싹했습니다.

그런데 말을 시작하는 게 아니겠어요. 문제를 해결하는 데 말은 도움이 안 되는데 말이죠. 아직도 그의 말이 뇌리에 남아 있을 만큼 화려한 말솜씨를 보여 주더군요. 이런 경우엔 입에 발린 소리를 하는 게 보통인데 리마르도는 고리타분하고 정중한 표현들을 과감히 무시하고 일상적인 표현으로 대립과 불화에 대한 얘기를 늘어놓았지요. 부부란 화합을 이뤄야 하며 그 화합이 깨지지 않게 해야 한다면서 무산테와 사를렝가한테 두 사람이 사랑한다는 걸 모든 투숙객이 알 수 있도록 모두가 보는 앞에서 입을 맞추라고 하더군요.

당신도 사를렝가의 얼굴을 봤어야 하는데! 그 좋은 충고에도 사를렝가는 어찌할 바를 모르고 얼어붙어 있었어요. 반면에 무산테는 확고한 자기주장이 있는 사람이라 그 장단에 놀아날 리 없었죠. 자기가 만든 카르보나다[153]에 불평을 늘어놨

리아 태생의 아르헨티나 작가.

153 남아메리카에서 즐겨 먹는 스튜의 일종이다.

다는 듯이 벌떡 일어서더군요. 그녀가 어찌나 분기탱천하던지 그 자리에 의사가 있었다면 나를 재빨리 비야 마리라의 병원으로 옮겼을 겁니다. 무산테는 에둘러 말하지 않았지요. 결혼을 했는지는 모르지만 자기 결혼 생활이나 신경 쓰라면서 또다시 주둥이를 놀리면 돼지 멱따듯이 주둥이를 잘라 버리겠다고 촌뜨기를 공격했지요. 사를렝가는 다툼을 막아 보려고 타데오 리마르도를 쫓아내자던 레노발레스의 말이 옳았다고 인정했어요. 그때 레노발레스는 페를라 과자점에서 킬메스 복[154]을 마시느라 자리에 없었죠. 그러더니 이미 8시가 넘었는데도 당장 나가라고 하더군요. 멍청하고 불쌍한 리마르도는 서둘러 가방을 싸고 짐을 챙겨야 했지만 손을 부들부들 떨어서 시몬 파인베르그가 거들어 줬습니다. 혼란한 와중에 촌뜨기는 손잡이가 뼈로 된 주머니칼과 플란넬 재질의 멜빵바지를 잃어버리고 말았습니다. 그에게 보금자리가 된 그곳을 마지막으로 둘러보는 촌뜨기의 눈에 눈물이 글썽거리더군요. 그리고 우리한테 머리 숙여 작별을 고하고 어둠 속으로 걸어 들어가더니 어딘지 모를 곳으로 사라졌어요.

다음 날 첫닭이 우는 시간에 리마르도가 우유를 탄 마테차를 들고 와서 나를 깨웠는데, 나는 어떻게 허락도 없이 호텔로 돌아왔는지 묻지도 않고 허겁지겁 차를 받아 마셨습니다. 쫓겨난 놈이 준 마테차를 마시다 데어서 아직도 입이 타는 것 같아요. 호텔 주인의 명령을 그런 식으로 거부했을 때는 그를 무

---

154 아르헨티나 맥주.

정부주의자라고 할 수 있겠죠. 하지만 주인들 때문에 골머리를 썩은 데다 이제 그것이 몸에 배어 버렸는데 그렇게 얻은 보금자리를 빼앗긴다는 게 어땠을지도 생각해 봐야죠.

차를 벌컥벌컥 마시고 나니 미안한 마음이 들더군요. 그래서 아픈 척하며 방에 있기로 했습니다. 며칠 지나 복도에 나갔을 때 한 놈팡이가 말하기를 사를렝가가 문밖으로 쫓아내려고 했는데 리마르도가 바닥에 들러붙어 있다가 발길질에 두들겨 맞기까지 했다더군요. 그렇게 참고 버텨서 사를렝가를 누그러뜨렸다는 거예요. 파인베르그는 남들이 다 아는 소문도 내가 모르게 하려고 숨기는 이기주의자여서 내게 그런 얘기를 하지 않았어요. 난 95센타보짜리 방을 쓰는 사람들과 가깝게 지내서 그런 일엔 웃어 버리지요. 하지만 그들에게 물어보진 않았어요. 지난달에 그들한테 들은 게 많아서 말이죠. 개인적인 경험으로 볼 때 리마르도를 빗자루와 청소 도구를 두는 계단 밑에 있는 방에 처넣고 접이식 침대와 기름통만 줬을 게 분명했죠. 좋은 점이라면 사를렝가의 방과 나무판자로 막혀 있기 때문에 그곳에서 벌어지는 일이 다 들린다는 겁니다. 손해를 본 사람은 나였어요. 번호를 매겨 목록을 작성한 빗자루들을 파인베르그의 마키아벨리적인 술수로 내 방에 보관하게 됐거든요. 그 빗자루를 내 자리로 밀어 넣은 거예요.

이는 파인베르그가 무엇을 좋아하는지 보여 주죠. 빗자루 건만 봐도 파인베르그가 광적이라는 걸 알 수 있죠. 호텔의 평화와 안정에 대해 말하자면 놈팡이들과 리마르도를 도발했다가 그다음에는 화해하라고 했어요. 고양이를 빨갛게 칠한 사건만 하더라도 이미 잊어버린 오래전 일인데 파인베르그가 신랄한 욕설과 야유를 해 대면서 당시 싸우던 사람들의 기억을 환기한 겁니다. 그로 인해 그들이 신발을 벗어 던지거나 서로 발길질을 하게 될 상황이 됐는데 파인베르그가 그들의 관심을 약용 포도주 얘기로 돌리지 뭡니까. 그가 사람의 주의를 쉽게 끌었던 건 사실이지만, 그건 며칠 전 페르티네 박사가 아파체 포도주(페르티네 박사가 보증하는 훌륭한 건강 포도주) 한 병짜리와 반병짜리를 주문받으라고 그에게 전단지를 건네줬기 때문이에요. 나는 늘 마음을 푸는 데 술만 한 게 없다고 생각해요. 물론 술이 과하면 누에보 임파르시알 호텔의 제재를 받지요. 파인베르그는 3대 I의 싸움이지만 그 한 명한테 총이 있다면서 뭉치는 게 힘이니 한잔 들겠다고 하면 자기가 아주 싼 값에 포도주를 내놓겠다고 했습니다. 사람이란 횡재를 좋아하죠. 그래서 열두 병을 사서는 여덟 병째를 마시다가 주정뱅이 사총사가 됐지요. 지독하게 이기적인 놈팡이 놈들은 내가 작은 컵을 들고 주위를 돌아다녀도 신경 쓰지 않더군요. 심지어 촌뜨기가 그들더러 자기도 개 같은 처지에 있으니 나도 무시하지 말라고 농담을 던졌어요. 나는 다들 웃는 틈을 타 염치없이 한 모금 마셨는데 겨우 입을 축이는 정도였어요. 포도주는 음미하는 데 시간이 걸리니까요. 그런 뒤에 마셔야 진짜 단맛이 느껴지고 마시는 사람의 혀에 알알한 느낌이 오지요. 마치 당밀 한 단지를 맛보는 것처럼 말이지요. 파인베르그는 대출은행도 좋아하지만 총기류에도 관심이 있었죠. 그래서 리마르도가 허리에 찬 총을 보더니 오줌을 지릴 정도로 싸게 사긴 했지만 자기가 똑같은 걸 조금 더 싸게 살 수 있다고 했어요. 이미 분위기가 후끈 달아올랐는데 '대갈쟁이'가 그 얘기를 던졌을 땐 어땠을지 상상이 될 테지요. 여기저기서 말들이 난무하게 쏟아졌지요. 파하 브라바에 따르면 새로 무기를 사면 경찰서에 등록이 된다더군요. 한 놈팡이는 자기가 티로 수이소 사격 클럽 대 티로 페데랄 사격 클럽의 경기에서 결정된 애국자라고 했죠. 나도 끼어들어서 총을 장전하는 건 악마의 짓이라며 일침을 가했죠. 고주망태가 된 리마르도는 한 남자를 죽이기 위해 총을 갖고 다닌다고 했어요. 파인베르그는 한 유대인이 총을 사지 않겠다고 해서 밤에 초콜릿 총으로 식겁하게 만들었던 얘기를 하더군요.

이튿날 내가 무관심한 사람이 아니라는 걸 보여 주려고 시원한 첫 번째 안뜰에서 마테차를 마시며 업무 계획을 세우고 있던 호텔 운영자들을 찾아갔지요. 정식으로 진행되는 일과인데 아무리 거만한 투숙객도 몇 가지 사실을 흘려주고 새로운 정보를 얻어 갈 수 있죠. 누가 엿듣기라도 하면 부서진 메카노 장난감 꼴이 될 겁니다. 거기에 바로 삼위일체, 그러니까 놈팡이 세 놈이 말하듯이 사를렝가, 무산테, 레노발레스가 있었죠. 나를 쫓아내지 않는 것 같아 약간 용기를 내 봤죠. 난 아주 자연스럽게 행동하면서 쫓겨나지 않을 심산으로 놀라운 얘기를 들려줬습니다. 전날 있었던 화해의 자리를 아주 허심탄회하게 얘기해 버렸죠. 리마르도의 권총과 파인베르그의 약용 포도주 얘기도 빼놓지 않고 말이죠. 쓰디쓴 오렌지를 씹은 얼굴로 날 보더군요. 나는 행여나 입이 싼 놈이 내가 별의별 얘기를 호텔 측에 알리고 다닌다고 할까 봐 얼른 자리를 떴어요. 난 그런 사람이 아니니까요.

늘 그러듯이 나는 세 사람의 움직임을 주시하면서 조심스레 빠져나왔어요. 얼마 지나지 않아 사를렝가가 촌뜨기가 머무는 청소 도구 보관실로 성큼성큼 걸어가더군요. 나는 원숭이처럼 단숨에 계단을 올라가 밑에서 하는 얘기를 한마디도 놓치지 않으려고 계단에 귀를 붙였지요. 사를렝가가 촌뜨기한테 권총을 내놓으라고 하더군요. 촌뜨기는 단호히 거절했고요. 그러자 사를렝가가 그를 협박했는데 파로디 씨, 촌뜨기를 처참하게 만든 그 협박 얘기는 기억하고 싶지 않네요. 리마르도는 고요하고 묵직하게 자기는 방탄복을 입은 사람처럼 다칠 일이 없으니 협박은 통하지 않는다면서 사를렝가가 몇 명이더라도 겁나지 않는다고 하더군요. 우리끼리 얘기지만 그가 정말 방탄복을 입었는지는 몰라도 그다지 소용없었어요. '결정적인 날'이 오기도 전에 내 방에서 주검으로 발견됐으니까요."

"두 사람의 다툼은 어떻게 되었나요?" 파로디가 물었다.

"별 볼일 없이 끝났습니다. 사를렝가는 그렇게 발광하는 불쌍한 놈한테 시간을 허비할 사람이 아니에요. 그는 왔을 때처럼 슬그머니 돌아갔습니다.

이제 불길한 일요일에 다다랐군요. 이렇게 말하는 게 안타깝지만 일요일은 호텔이 맥없이 죽어 있는 날입니다. 성직자처럼 지루해진 나는 파인베르그의 무지함을 깨려고 트루코 카드놀이를 가르쳐 줬습니다. 그러면 길모퉁이마다 자리한 바에서 풀 죽은 상태로 있지는 않을 테니까요. 파로디 씨, 나는 가르치는 데 소질이 있나 봅니다. 제자가 나한테 2페소를 땄다는 사실이 그 증거지요. 내가 그중에서 1페소 40센타보를 동전으로 줬더니 나머지 빚은 엑셀시오르 극장에서 하는 낮 공연에 초대하는 걸로 갚으라기에 같이 극장에 갔지요. 로시타 로젠

버그가 웃음의 여왕이라는 말이 맞았습니다. 관객들이 간지럽기라도 한 듯 웃어 대더군요. 물론 나는 하나도 못 알아들었습니다. 러시아 사람들이 쓰는 말 같은 것이었으니까요. 유대인이라도 재빨리 그 말을 알아먹지는 못할 겁니다. 그래서 나는 호텔로 돌아가 파인베르그한테 그 웃긴 얘기를 듣고 싶어서 안달했죠. 방에 안전하게 돌아와서 재밌는 얘기를 들을 참이었습니다. 그런데 침대가 엉망이더군요. 모포와 침대보는 얼룩으로 뒤덮였고 베개도 나을 게 없었습니다. 피가 매트리스까지 스며들어 그날 밤 어디서 자야 하나 생각했답니다. 죽은 타데오 리마르도가 살라미 소시지보다 딱딱하게 굳은 채 침대 위에 뻗어 있었지요.

나는 자연스럽게 제일 먼저 호텔의 입장이 어떨지 생각하게 되더군요. 누군지 모를 적이 내가 리마르도를 죽이고 침대를 더럽혔다고 생각할 수도 있으니까요. 시체를 보고 사를렝가가 좋아할 리 없다는 생각이 번뜩 들었지요. 실제로도 그랬고요. 경찰들은 11시가 넘도록 사를렝가를 취조했죠. 그 시간이면 누에보 임파르시알은 불이 꺼졌어야 하는데 말이죠. 나는 그런 생각을 하면서 술 취한 놈처럼 소리를 질러 댔습니다. 나는 나폴레옹처럼 여러 가지 일을 동시에 할 수 있으니까요. 내 비명 소리를 듣고 정말 헛소리가 아니라 호텔의 모든 사람들이 왔어요. 심지어 주방 종업원까지 왔는데 그 녀석이 내 입을 걸레로 틀어막았지요. 하마터면 시체가 하나 더 생길 뻔했지요. 파인베르그, 무산테, 놈팡이들, 요리사, 파하 브라바, 레노발레스까지 왔었죠. 이튿날 우리 모두 경찰서에 갔습니다. 나는 내 할 일을 했어요. 많은 질문에 만족할 만큼 대답해 주고 생생한 묘사로 경찰들을 놀라게 했죠. 그러면서 이것저것 캐본 덕에 리마르도가 오후 5시경 자신이 지니고 다니던 손잡이가 뼈로 된 주머니칼에 살해됐다는 걸 알아냈죠.

이번 사건이 설명할 수 없는 미스터리라고 생각하는 사람들은 핵심을 모르는 겁니다. 왜냐하면 그 사건이 밤에 발생했을 경우에 훨씬 혼란스러웠을 테니까요. 밤에는 호텔이 낯선 이들로 빼곡한데 난 그들을 투숙객이라고 부르지 않아요. 그들은 잠자리값만 내고 떠나는 데다 마주쳤다 해도 기억에 남지 않으니까요.

파인베르그와 나를 빼고는 그 유혈 사건이 터졌을 때 거의 모두 호텔에 있었습니다. 나중에 보니 사를렝가도 없었다는데 사베드라에서 열린 투계 판에 아르가냐라스 신부님의 바타라스종 수탉을 내보냈다더군요."

2

팔 일 후 툴리오 사바스타노가 들뜬 마음에 즐거워하며 감방을 찾아왔다. 그리고 버벅거리면서 힘겹게 입을 열었다.

"약속대로 했습니다. 여기 우리 보스를 데리고 왔어요."

그를 따라 천식 환자 같은 신사가 들어왔다. 말끔히 면도한 얼굴에 희뜩희뜩한 긴 머리와 푸른 눈의 신사였다. 어두운색 옷을 깔끔하게 차려입었고 비쿠냐 스카프를 하고 있었다. 파로디는 그의 손톱이 깨끗하게 정리됐다는 걸 알아챘다. 두 사람은 자연스럽게 두 개의 의자에 나눠 앉았다. 노예근성에 젖은 사바스타노는 작은 감방을 둘러보고 또 둘러봤다.

"42호에 머무는 이 친구가 당신의 메시지를 전해 주더군요." 머리가 희끗희끗한 신사가 말했다. "리마르도의 사건에 대한 얘기라면 난 아무 상관이 없소. 죽은 그 친구 때문에 지칠 대로 지친 데다 호텔에서도 그 얘기뿐이지요. 당신이 뭔가 아는 게 있다면 이 사건을 맡은 파골라라는 젊은 친구와 얘기를 해 보세요. 짙은 안개에 갇혀 헤매고 있으니 틀림없이 당신에게 고마워할 겁니다."

"사를렝가 씨, 나를 어떻게 보고 그러십니까? 나는 그 마피아 같은 놈들과는 만나지 않습니다. 내가 알아낸 사실들이 몇 가지 있는데 그다지 어려운 일은 아닐 테니 들어 주시기 바랍니다.

먼저 리마르도 얘기부터 시작해 보지요. 이 친구는 영리해서 그를 후아나 무산테 부인의 남편이 보낸 첩자로 생각하더군요. 그의 생각을 존중하지만 이 이야기에 첩자를 끌어들일 필요가 있을까요?[155] 리마르도는 반데랄로의 우체국 직원이었습니다. 직접적으로 말해 부인의 남편이었죠. 당신도 부정하지는 않겠지요.

내가 파악한 사건의 전말을 얘기해 드리지요. 당신은 리마르도의 부인을 빼앗았고, 그는 반데랄로에서 괴로워했죠. 버림받은 채 삼 년을 지내다가 더 이상 참지 못하고 부에노스아이레스에 오기로 결정합니다. 그의 여행이 어땠는지는 아무도

---

155 "존재는 필요 이상으로 증대되어서는 안 된다."(윌리엄 오컴 박사의 명제)(원주)

모르지요. 우리가 아는 건 그가 카니발이 한창이던 때 완전히 기진맥진한 상태로 도착했다는 겁니다. 고된 여행길에 건강도 돈도 잃어버린 상황에서 한술 더 떠 열흘이나 갇혀 지내야 했죠. 힘들게 먼 길을 와서 아내를 보기 직전에 말입니다. 그 열흘 동안 매일 90센타보를 내느라 가진 돈이 바닥났지요.

당신은 한편으로는 부끄러움 때문에 다른 한편으로는 동정 때문에 리마르도가 아주 사내답다는 말이 돌게 만들었어요. 심지어 한주먹 하는 싸움꾼이라고 했지요. 그가 땡전 한 푼 없이 호텔에 나타난 걸 보고 당신은 기회를 놓치지 않고 호의를 베풀었지만 그에겐 또 다른 모욕이었지요. 거기서 당신과 리마르도의 대위법이 시작됩니다. 당신은 그를 멸시했고, 리마르도는 자신을 멸시했습니다. 당신은 그를 60센타보짜리 다락방에 집어넣었고, 그에게 경리 업무를 시켰죠. 그것으로 모자랐는지 며칠 뒤 리마르도는 지붕을 고치고 당신의 바지까지 빨았지요. 부인은 그를 보자마자 화를 내며 나가라고 했고요.

레노발레스도 그를 쫓아내는 데 동의했지요. 리마르도의 행동도 거슬렸고, 당신이 그를 무례하게 대하는 것도 거슬렸으니까요. 리마르도는 호텔에 남아 또 다른 굴욕을 찾아다녔죠. 어느 날 놈팡이들이 고양이를 색칠하고 있을 때 리마르도가 끼어들었는데 그건 고양이가 가여워서라기보다 두들겨 맞을 일을 찾고 있었기 때문이죠. 그렇게 얻어맞은 그에게 당신은 에그노그를 정신없이 먹어 치우게 해 그를 더욱 능욕했지요. 그 뒤에 시가 사건이 있었죠. 유대인의 장난에 당신은 투숙객이 될 수 있었던 믿을 만한 걸인을 놓쳤지요. 리마르도가 범인을 자처했지만 이번엔 그를 처벌하지 않았어요. 리마르도가 계속해서 굴욕을 느끼며 뭔가 나쁜 일을 꾸미는 게 아닌지 의심하기 시작했으니까요. 그런데 그때까지 두들겨 맞거나 욕을 먹는 게 전부였던 리마르도는 결정적인 굴욕을 경험할 기회를 엿봤습니다. 당신이 부인과 다툴 때 리마르도가 모두를 모아 놓고 두 사람에게 화해하고 입을 맞추라고 요구한 건 그래서죠. 이게 뭘 의미하는지 생각해 보세요. 남편이 구경꾼을 모아 놓고 자기 부인과 정부에게 다시 사랑하는 사이가 되라고 하다니요. 당신은 그를 내쫓았죠. 그는 다음 날 돌아와 호텔에서 제일 불행한 사람에게 마테차를 먹였지요. 그 이후 소극적인 저항이 시작됐지만 결국 발길질을 당하게 됐습니다. 당신은 그를 지치게 만들기 위해 사무실에 딸린 창고 방에 집어넣고 당신들 두 사람의 애정 표현이 잘 들리도록 했지요.

그 뒤로 리마르도는 유대인이 자기와 놈팡이들을 화해시키려는 것까지 용납했지요. 그가 그 일을 받아들인 건 모든 사람으로부터 모욕받는 게 그의 계획이었기 때문이에요. 심지어 자신을 욕했지요. 이 신사분과 자신을 같은 수준으로 놓고 자신을 개라고 했습니다. 그날 저녁 그는 한 남자를 죽이기 위해 총을 가져왔다고 술김에 얘기하고 말았습니다. 한 고자질쟁이가 호텔 측에 이 얘기를 전했고, 당신은 그를 다시 내치려고 했지만 이번엔 리마르도가 누구도 자기를 해할 수 없다고 저항했습니다. 당신은 그 말의 의미를 정확히 알지 못한 채 겁을 먹었고요. 이제 까다로운 부분을 말씀드리죠."

사바스타노는 귀를 기울이기 위해 웅크리고 앉았다. 파로디는 얼핏 그를 보고서 나머지 얘기는 듣지 않는 편이 나을 듯하니 자리를 비켜 달라고 했다. 사바스타노는 바보처럼 허둥

대며 문을 찾았다. 파로디는 차분하게 말을 이었다.

"방금 전 자리를 피해 준 저 젊은이가 며칠 전 유대인 파인베르그와 잡화점의 호세파 맘베르토 아가씨 사이에 모종의 관계가 있다는 걸 눈치챘지요. 그가 그 헛소리를 종이 하트에 썼는데 이름을 대신해서 머리글자만 썼어요. 당신 부인은 그 글을 보고 J. M.이 후아나 무산테라고 생각했지요. 그래서 요리사를 시켜서 저 모자란 놈을 혼내 줬지만 분이 풀리지 않았죠. 부인 또한 리마르도가 고의로 능욕을 당하는 데는 목적이 있을 거라고 의심했고요. 그가 한 남자를 죽이기 위해 총을 들고 왔다는 걸 알았을 때 당연히 자기가 아니라 당신이 위협받고 있다고 생각했지요. 그녀는 리마르도가 겁쟁이라는 걸 알았어요. 누군가를 죽일 수밖에 없는 상황을 만들기 위해 굴욕을 당하고 또 당했다고 생각한 겁니다. 부인의 생각이 맞습니다. 한 남자를 죽일 작정이었지요. 하지만 당신이 아니라 다른 사람이었습니다.

함께 온 저 친구 말에 따르면 일요일은 호텔이 죽은 듯이 조용하다더군요. 당신은 자리를 비우고 사베드라에서 아르가냐라스 신부의 수탉으로 투계를 하고 있었죠. 그때 리마르도는 손에 총을 들고 당신들 방으로 들어갔어요. 무산테 부인은 그가 들어오는 걸 보고 당신을 죽이러 왔다고 생각했죠. 그를 너무나도 경멸했기에 부인은 그가 쫓겨나게 됐을 때 손잡이가 뼈로 된 그의 주머니칼을 서슴없이 훔쳤지요. 그러고는 그를 죽이는 데 그 칼을 사용했습니다. 리마르도는 손에 총을 쥐고 있었지만 저항하지 않았습니다. 후아나 무산테는 사바스타노의 침대에 시체를 옮겨 뒀지요. 종이 하트에 대한 복수로 말이지요. 당신도 기억하겠지만 사바스타노와 파인베르그는 영화관에 있었습니다.

리마르도는 목적을 달성했습니다. 한 남자를 죽이려고 총을 가져온 건 분명합니다. 다만 그 남자는 바로 자신이었지요. 먼 길을 와서 몇 달 동안 불명예와 굴욕을 구걸했던 건 자살할 용기를 얻으려는 것이었어요. 그가 바라던 건 죽음이었으니까요. 더불어 죽기 전에 아내를 한 번 더 보고 싶었을 테지요."

1942년 9월 2일
푸하토에서

타이안의 기나긴 추적

어니스트 브라마를 기리며

1

'이건 너무 심하군! 눈이 네 개인 일본인이라니.' 파로디는 속으로 생각했으나 거의 말로 한탄할 정도였다.

주요 대사관의 통상적인 예절에 익숙한 수퉁 박사는 밀짚 모자와 우산을 든 채 273호 감방 수인의 손에 입을 맞췄다.

"이 외국인의 몸이 이 명예로운 의자에 앉아도 될는지요?" 그가 새 같은 목소리에 완벽한 스페인어로 물었다. "이 사족수는 나무로 된 것이니 불평하지 않을 테지요. 보잘것없는 나의 이름은 수퉁이라고 하며 악평을 듣는 불건전한 소굴인 중국 대사관에서 만인의 조롱을 받으며 문화 공보관으로 일하고 있습니다. 앞서 두서없는 얘기로 몬테네그로 박사의 지혜로운 귀를 귀찮게 한 바 있지요. 범죄 수사의 불사조라 할 그분은 거북이처럼 오류가 없으시지만 무익한 사막의 모래에 감탄스럽게 세워진 천체 관측소처럼 장엄하고 더디시더군요. 쌀 한 톨을 집으려면 한 손에 아홉 개의 손가락이 있어도 모자라다고 하지요. 이발사들과 모자 장수의 암묵적 합의로 내게는 머리가 하나뿐이라 현명하신 두 분의 머리를 내 머리에 씌우고자 합니다. 고려할 만한 몬테네그로 박사의 머리와 돌고래처럼 큰 선생의 머리를 말이지요. 황제[156]는 많은 글방과 서고가 있었지만 바다를 떠난 도미는 장수하기도 어렵고 제 자손의 존경을 받기도 어렵다는 걸 인정해야 했지요. 나는 늙은 도미라기보다는 청년이라고 해야겠지요. 속이 꽉 찬 굴처럼 심연이 아가리를 벌리고 나를 집어삼키려는 지금 내가 어떻게 해야 할까요? 게다가 이 문제는 해롭고 엉뚱한 나에게만 한정된 문제가 아닙니다. 법을 비호하는 자들의 지치지 않는 불면 때문에 그 훌륭한 마담 신이 밤낮으로 베로날을 복용하고 있지요. 그들이 마담 신을 절망에 빠뜨리고 불편하게 하고 있습니다. 경찰들은 부인의 보호자가 전혀 예사롭지 않은 상황에서 살해됐다는 걸 고려하지 않는 것 같습니다. 이제 그녀는 보호받지 못하는 고아가 되어 레안드로 알렘 길과 투쿠만 길이 만나는 곳에 있는 그녀 소유의 '정신 잃은 용'이라는 무도장을 맡게 되었지요. 마담 신은 정말 헌신적이고 능소능대하답니다. 오른쪽 눈은 친구를 잃은 슬픔에 울지만 왼쪽 눈은 뱃사람들을 자극하려고 웃어야 하지요.

156　중국 신화에 등장하는 제왕으로 오제(五帝)의 첫 번째 왕을 가리킨다.

선생의 귀에 송구할 따름입니다. 내 입에서 달변과 정보를 기대하셨다면 벌레가 단봉낙타처럼 침착하게 말하기를 기대하거나, 열두 가지 색으로 칠해진 상자에 갇힌 귀뚜라미가 다채롭게 이야기하기를 기대하는 것과 같습니다. 나는 새로운 달의 출현을 이십구 년간 줄곧 역술학자들에게 알리려 했고 자식들이 그 일을 물려받은 저 경이로운 맹자가 아닙니다. 이렇게 부정해 봐야 무의미하겠지요. 지금으로서는 시간이 얼마 없으니까요. 나는 맹자가 아니며 선생의 사려 깊은 귀도 땅을 파고 사는 부지런한 개미들의 숫자에 미치지는 못하지요. 나는 웅변가가 아닙니다. 내 얘기는 마치 난쟁이가 말하는 것처럼 간결할 겁니다. 오현금이 없으니 내 얘기는 부정확하고 단조로울 것입니다.

만약 내가 당신의 뛰어난 기억력 앞에서 '가공할 각성의 선녀' 숭배에 대한 신비나 상세한 내용을 재차 언급한다면 이 만능 궁전에 있는 절묘한 고문 도구로 나를 굴복시켜도 좋습니다. 당신도 알다시피 내가 언급한 건 도교의 신비로운 종파인데 걸인들과 연기자들의 단체에서 신자를 모으고 있습니다. 이 종파에 대해서는 찻잔과 더불어 사는 선생 같은 서양인 중국학자만이 알고 있지요.

십구 년 전 증오스러운 사건이 발생해 세상의 지축이 흔들리고 그 여파가 이 도시에 미쳐 비탄에 잠기게 했지요. 내 표현이 벽돌처럼 딱딱하지만 여신의 부적이 도난당한 사건을 말씀드리지요. 윈난성 한가운데 비밀 호수가 있는데, 그 호수 중앙에 섬이 하나 있고, 그 섬 중앙에 성전이 있고, 성전 중앙에는 여신의 우상이 빛나고, 그 우상의 후광에 부적이 있었습니다. 이 네모난 방에서 그 보석을 묘사하는 건 경솔한 일입니다. 다만 그 보석이 경옥으로 만들어졌고 그림자가 없으며 정확히 호두알 크기에 지혜와 마력이 근본적인 속성이라는 것만 말씀드리지요. 선교사들에 의해 타락해 버린 사람들은 그 이치를 반박하는 척하지만, 누군가 부적을 손에 넣고 사원 밖에서 이십 년이 지나면 세상의 비밀스러운 왕이 된다고 하지요. 하지만 이런 억측은 무의미합니다. 시간의 첫 순간부터 마지막 순간까지 보석은 영원히 성전에 있을 겁니다. 비록 십팔 년 전 어느 도둑이 훔쳐 가 현재 아주 잠시 보석을 숨겨 두고 있지만 말입니다.

교주는 보석을 되찾는 일을 주술사 타이안에게 맡겼습니다. 고명하다는 타이안은 행성들이 적절히 결합할 때를 찾아내 그에 필요한 절차를 진행하고 땅에 귀를 댔다고 합니다. 세상 모든 사람들의 걸음 소리가 선명하게 들렸으며 그중 도둑의 움직임을 분간해 냈습니다. 아득하게 들리는 그의 발걸음은 머나먼 도시를 걷고 있었지요. 그곳은 진흙과 멀구슬나무의 도시였으며 목침과 자기 탑은 없고 황량한 초지와 빛깔이 어두운 물에 둘러싸여 있었습니다. 그 도시는 수많은 일몰 너머 서양에 숨어 있었지요. 타이안은 그곳에 가려고 연기를 뿜는 증기선을 타는 것도 마다하지 않았습니다. 그는 마취된 돼지 떼와 함께 스마랑에 내렸습니다. 밀항자로 변장하고 이십삼 일 동안 덴마크 선박의 밑창에서 끝없이 나오는 네덜란드 치즈 외에는 먹지도 마시지도 못한 상태였습니다. 케이프타운에서는 환경미화원의 명예로운 조합에 가입하여 '악취 주간'의 파업에 기꺼이 참가했지요. 일 년 뒤 무지한 사람들이 몬테비데오의 거리와 골목에서 외국인 복장을 한 젊은이에게 소박한 옥수수 오블레아[157]를 달라고 쟁탈전을 벌였지요. 그 과자를 팔던 청년이 타이안이었습니다. 육식주의자들의 무관심에 맞서 처절히 싸운 끝에 주술사는 부에노스아이레스에 도착했지요. 오블레아의 교리가 더욱 잘 받아들여질 것으로 생각했던 겁니다. 그리고 얼마 되지 않아 건실한 석탄 공장을 차렸답니다. 이 시커먼 공장이 그를 오래도록 텅 빈 가난의 식탁에 앉혔지요. 타이안은 굶주림의 연회에 지쳐 이렇게 말했습니다. '탐욕스러운 첩에게는 문어의 포옹을, 까다로운 입맛에는 개고기를, 사람에게는 천상의 제국을.' 그러고는 서둘러 사려 깊은 가구공인 사무엘 네미롭스키와 동업을 시작했습니다. 온세 광장 중심가에서 별의별 가구와 병풍을 만들었는데 그의 솜씨를 찬미하던 사람들은 베이징에서 직수입한 것으로 알았지요. 보잘것없던 가구점이 번창하자 타이안은 석탄을 취급하던 작은 방에서 데안 푸네스 대로 347번지에 있는 가구가 비치된 아파트로 옮겼습니다. 병풍과 가구가 꾸준히 팔렸지만 보석을 찾아야 한다는 본연의 목적을 망각하지는 않았어요. 그는 섬의 성전에서 마술적인 원형과 삼각형이 그에게 보여 준 부에노스아이레스에 도둑이 있다는 걸 확신했지요.

읽고 쓰기에 통달하려면 신문을 열심히 읽으며 실력을 키워야겠지요. 타이안은 썩 행복하지도 여유가 있지도 않았기에 강과 바다의 선박에 관련한 소식에 집중했습니다. 도둑이 달

---

157 얇은 과자이며 보통 밀가루로 만든다.

아나거나 배를 타고 온 공범자에게 부적을 넘길지도 모른다고 생각했으니까요. 물에 돌을 던지면 동심원이 생기듯 타이안은 집요하게 도둑에게 다가가고 있었습니다. 몇 번이고 이름을 바꾸고 이사도 했습니다. 정밀한 과학이 그렇듯이 주술이란 어두운 밤을 더듬거리며 걸어가는 우리를 이끄는 한 마리 반딧불에 지나지 않지요. 그의 주술은 도둑이 숨은 곳을 알려 줬지만 그가 사는 집도 얼굴도 알려 주지 않았어요. 그럼에도 주술사는 본연의 목적을 끈질기게 추구했습니다."

"살론 도레의 베테랑도 지칠 줄 모르죠. 끈기도 있고요." 웅크리고 앉아서 고래 뼈로 만든 지팡이를 이 사이에 문 채 열쇠 구멍에 눈을 대고 훔쳐보던 몬테네그로가 즉흥적으로 끼어들었다. 그는 더 이상 참지 못하고 하얀 옷에 낭창한 밀짚모자 차림으로 벌컥 감방에 뛰어들었다. "'모든 일은 순서가 있는 법.' 과장이 아닙니다. 아직 살인자의 거처를 알아내진 못했지만 이 우유부단한 의뢰인의 거처는 알아냈지요. 친애하는 파로디 씨, 이 사람에게 기운 내라고 해 주시죠. 내가 허락할 테니 헤르바시오 몬테네그로라는 탐정이 어떻게 특급 열차에서 공주의 위태로운 보석을 구하고 나중에 공주의 손을 잡게 되었는지 얘기해 주세요. 다만 지금은 우리의 강력한 초점을 우리를 집어삼키고 있는 미래에 맞춰야지요. 여러분, 게임을 해 볼까요. 나는 우리의 외교관 친구가 단순히 경의를 표하려고, 물론 이 또한 격찬받을 일이지만, 그러려고 이 감방에 온 게 아니라는 데 두 배를 걸지요. 나의 믿을 만한 직관이 퉁 박사가 이 자리에 온 게 데안 푸네스 대로에서 벌어진 살인 사건과 모종의 관계가 있다고 나지막이 속삭이거든요. 하하하! 명중이군요. 하지만 나는 월계관에 그치지 않습니다. 이제 첫 번째 공격이 성과가 있을 때부터 준비해 둔 두 번째 공격을 해 보지요. 나는 퉁 박사가 동양의 신비로움이라는 양념을 뿌리며 얘기했다는 데 걸겠습니다. 흥미로운 단음절의 말부터 피부색과 외모에 이르기까지 동양의 신비가 그의 무기니까요. 설교와 비유가 가득한 성서적 언어를 비난하려는 건 아닙니다. 그렇지만 나는 당신이 내 고객의 엄숙하고 지루한 은유보다 신경과 근육과 골격을 갖춘 나의 논평을 더 좋아할 거라고 생각합니다."

수퉁 박사가 입을 떼더니 겸허하게 말했다.

"선생의 다식한 동료분은 금으로 된 두 개의 치열을 뽐내는 설교자처럼 능변이십니다. 그럼 내 보잘것없는 이야기의 끈을 이어 가면서 소상히 말씀드리지요. 태양은 모든 것을 비추지만 그 빛으로 인해 제 모습이 보이지 않듯이 충실하고 끈기 있는 타이안은 가열하게 추적하며 모든 중국인의 동정을 파악했지만 정작 그를 아는 사람은 거의 없었습니다. 하지만 인간은 결점이 있을 수밖에 없지요. 대모갑 속에서 명상하는 거북이도 완벽하게 숨지는 못하지요. 조심했지만 주술사가 실수를 저지르고 말았습니다. 1927년 어느 겨울밤 온세 광장의 아치 아래서 한 무리의 부랑자와 거지들이 허기와 추위에 지쳐 돌바닥 위에 쓰러져 있던 불쌍한 사람을 조롱하는 걸 보게 되지요. 멸시당하던 이가 중국인이라는 사실에 동정심은 배가되었지요. 황금 같은 사람이 찻잎 한 장을 베푼다고 위신에 문제가 되진 않지요. 타이안은 팡쉬라는 그 낯선 사람을 네미롭스키의 가구점에 재워 줬습니다.

팡쉬라는 사람에 대해선 만족스러울 만큼 세세한 설명을

드릴 수 없을 것 같습니다. 가장 유력한 일간지가 틀리지 않았다면 윈난 출신이고 주술사보다 일 년 앞선 1923년에 이 항구로 들어왔다고 합니다. 나는 데안 푸네스 대로에서 몇 번쯤 그를 만났는데 정중히 나를 맞아 줬습니다. 안뜰에 있는 버드나무 그늘 아래서 함께 서예를 했습니다. 그가 말하길 버드나무의 섬세함이 잔물결 넘실대는 링강의 강둑을 장식하고 있는 울창한 숲을 떠올리게 한다더군요."

"내가 당신이면 서예니 장식이니 하는 말은 그만하겠소." 탐정이 말했다. "그 집에 있던 사람 얘기를 해 주시겠습니까."

"훌륭한 배우는 극장을 세우기 전에 무대에 서지 않는 법입니다." 수퉁이 대꾸했다. "먼저 대략적으로 집을 묘사하고, 뒤이어 미약하고 조악하겠지만 그곳에 사는 사람들의 얘기를 해 보겠습니다. 성공적이진 못할 테지만 말입니다."

"나도 격려의 말을 하나 하지요." 몬테네그로가 불쑥 끼어들었다. "데안 푸네스 대로에 있는 건물은 20세기 초에 지어진 흥미로운 고옥으로 우리의 본능적 감각이 담긴 건물에 속하지요. 그 건물엔 이탈리아인 십장의 풍부한 솜씨가 두드러지게 나타난 반면에 르코르뷔지에[158]의 근엄한 라틴식 정전의 영향을 거의 찾아볼 수 없어요. 확실합니다. 당신이 그 집을 봐서 알겠지만 지금 건물 정면은 예전의 하늘색이 아니라 흰색으로 깔끔하게 칠해 놓았죠. 안으로 들어가면 어린 시절에 흑인 노예 소녀가 은제 마테차 그릇을 들고 돌아다니던 평화로운 안뜰

---

158 Le Corbuisier(1887~1965). 프랑스 현대 건축을 대표하는 건축가.

이 진보의 물결을 힘겹게 견뎌 내고 있지요. 네미롭스키의 붓이 다량으로 위조하고 있는 이국적인 용과 천년 묵은 칠기들이 넘쳐 난다는 말입니다. 집 안쪽으로는 팡쉬가 거주하는 작은 판잣집이 있고 그 옆으로 우수를 자아내는 푸른 버드나무가 있는데 나뭇잎들이 제 손으로 그 이주민의 향수를 어루만져 주지요. 1.5미터 정도 되는 튼튼한 가축용 철조망이 그 집과 바로 옆 공터를 가르죠. 그곳은 아르헨티나의 고유한 말로 발디오[159]라고 하는데, 그림 같은 곳으로서 아직까지 도시의 심장부에 버티고 있어요. 동네 길고양이가 지붕 위 외로운 독신자의 아픔을 달래는 약초를 찾으러 오기도 하죠. 1층에는 판매장과 아틀리에가 있어요.[160] 당연히 화재가 나기 전 얘기지만 2층은 가정집이었고요. 자신의 특수성과 위험성을 온전히 지닌 채 극동에서 부에노스아이레스로 건너온 범접할 수 없는 그의 집이었지요."

"선생의 신발을 제자인 내가 신어 보지요." 수퉁 박사가 말했다. "꾀꼬리의 노래를 듣고 나면 귀도 오리의 거친 멜로디를 용서하고 들어 주지요. 몬테네그로 박사가 집을 지으셨으니 자격 미달에 둔감한 내가 사람들을 얘기해 보겠습니다. 먼저 첫 번째 옥좌는 마담 신에게 바치지요."

---

159 baldío. 불모지라는 의미다.

160 천만의 말씀. 기관총과 이두박근을 쓰는 우리 현대인은 이런 부드러운 표현을 거부한다. 나라면 총성처럼 다음과 같이 확고하게 말하겠다. "1층에는 판매장과 아틀리에가 있다. 위층에는 중국인들을 가둬 둔다." (카를로스 앙글라다가 자필로 쓴 주석)(원주)

"그 얘기라면 내가 제격이지요." 몬테네그로가 때마침 끼어들었다. "친애하는 파로디 씨, 나중에 후회할 실수를 저지르면 안 되지요. 마담 신과 사치스러운 여자들을 혼동하면 안 됩니다. 당신도 리비에라 대로에 있는 고급 호텔을 드나들며 중국의 모조품과 40마력의 완벽한 차로 경박하게 과시하고 다니는 여자들을 보면 불쾌하면서도 좋아할 겁니다. 그에 비해 마담 신은 전혀 다른 사람이지요. 기막힌 사교계의 여인과 동양적인 암호랑이를 제대로 결합한 여자지요. 갸름한 눈을 찡긋하면 불멸의 비너스처럼 매혹적이고요. 입은 한 떨기 꽃과 같고 손은 비단과 상아 같지요. 허리선이 빼어나기 그지없는 몸매는 교태를 부리는 황화의 첨병[161]과도 같으며, 이미 잔 파캥[162]의 천과 스키아파렐리[163]의 모호한 선을 정복했어요. 참으로 송구하게 됐습니다. 내 안의 시인이 역사가를 능가하고 말았네요. 마담 신의 외모를 묘사하는 데 파스텔 톤을 썼습니다만 타이안의 모습은 남성적인 판화로 그려 보지요. 편견이 있을지 모르지만 그 편견으로 인해 나의 시각이 흐트러지진 않을 겁니다. 신문에 실린 사진처럼 사실에 근거해 말하지요. 어쨌든 민족이라는 말은 개인을 제거하는 법이죠. 우리는 '중국인'이라고 대충 얼버무리고 황금빛 환영을 정복하는 길에 열심이지요. 그 외국인의 허망한 혹은 엽기적인, 그러면서도 지극히 인

161 19세기 유럽에서 대두된 황인종 경계론을 가리킨다.
162 Jeanne Paquin(1869~1936). 프랑스의 디자이너.
163 엘사 스키아파렐리(Elsa Schiaparelli, 1890~1973). 이탈리아의 디자이너.

간적인 비극에 대해서는 생각지도 못한 채 말입니다. 팡쉬에 대한 묘사도 마찬가지죠. 난 그의 외모를 완벽히 기억하고 있어요. 그는 아버지 같은 나의 충고를 귀담아들었으며 내 가죽장갑과 악수를 했지요. 이와 대조적인 인물이 있지요. 내 화랑에 있는 네 번째 부조 장식에 동양적인 인물이 나타나는군요. 나는 그를 부르지도 지체하라고도 하지 않았습니다. 그는 외국인, 유대인으로 내 이야기의 저 깊은 어둠 속에 숨어 있었으며, 현명한 법률로 쫓아내지 않는 한 모든 역사의 교차로에 숨어 있을 겁니다. 그 불청객의 이름은 사무엘 네미롭스키입니다. 천박하기 짝이 없는 이 목공에 대한 자세한 설명은 아껴 두기로 하고 훤히 트인 이마, 서글픈 위엄이 느껴지는 눈, 예언자 같은 검은 턱수염, 나와 비길 만한 키 정도만 얘기하죠."

"코끼리 장사를 계속하다 보면 예리한 눈이라도 아주 작은 파리를 식별하지 못하지요." 갑자기 수퉁 박사가 끼어들었다. "나의 볼품없는 초상화가 몬테네그로 씨의 화랑을 곤란하게 하지 않은 게 정말 다행스럽습니다. 하지만 갑각류의 목소리에도 뭔가 의미가 있다면 나 또한 데안 푸네스 대로의 그 건물에 나타나 그곳을 어지럽힌 적이 있지요. 감지하기도 어려운 내 거주지가 비록 리바다비아 대로와 후후이 대로가 만나는 모퉁이에 신도 인간도 찾지 못하게 숨어 있지만 말입니다. 나는 따분할 때면 심심풀이로 네미롭스키가 지치지 않고 무수히 만들어 내는 콘솔, 병풍, 침대, 찬장을 방문 판매합니다. 그 공예가가 허락해 준 덕에 가구가 팔리기 전까지는 내가 보관하며 사용하지요. 지금은 송나라 시대의 모조 화병처럼 좁은 데서 자는데, 더블 침대가 너무 많아져서 침실에서 쫓겨난 데다 접이식 옥좌가 식당을 차지해 버렸기 때문입니다.

내가 감히 명예로운 데안 푸네스 대로의 일원이 될 수 있었던 것은 마담 신이 나한테 다른 사람들의 정당한 악담은 무시하고 안문으로 드나들어도 된다고 에둘러 얘기했기 때문이죠. 그 불가해한 관대함이 타이안의 무조건적인 지지를 받은 것은 아닙니다. 타이안은 낮에도 밤에도 마담 신의 스승, 주술의 스승이었지요. 어쨌든 낙원 생활은 거북이나 두꺼비의 수명에도 미치지 못할 만큼 짧았습니다. 마담 신은 주술사의 이익에 충실하고자 네미롭스키의 비위를 맞추기 위해 애썼어요. 네미롭스키를 확실히 즐겁게 하고, 동시에 한 사람이 앉아 볼 수 있는 가구의 수보다 생산되는 가구의 수가 많게 하려는 것이었죠. 턱수염을 기른 그 서양인의 옆에 있는 걸 혐오와 권태와 싸우며 헌신적으로 감수했습니다. 순교의 고통을 달래려고 어두운 곳이나 로리아 영화관에서 그를 만났지요.

그 고귀한 희생으로 공장은 지네처럼 번창했습니다. 경탄할 만큼 인색하던 네미롭스키는 수퇘지만큼 두꺼워진 지갑의 돈을 반지와 모피를 사들이는 데 낭비하게 됐지요. 악독한 평자로부터 너무 단순하다고 비난받겠지만 그는 수시로 마담 신의 손가락과 목에 걸칠 선물을 쌓아 갔습니다.

파로디 씨, 말을 잇기에 앞서 미욱한 내가 한 가지 밝히고 가지요. 주로 밤에 벌어지는 이 괴로운 일로 인해 타이안과 훌륭한 몸매를 지닌 그 제자 사이가 멀어졌다고 생각할 사람은 목이 잘린 자뿐일 겁니다. 내 말에 반론을 제기하는 뛰어난 분들에게 마담 신이, 당연한 이치지만, 주술사의 집에만 머무르진 않았다는 것을 실토하겠습니다. 두 사람은 몇 블록 떨어져 있었기 때문에 직접 그를 만나 돌볼 수 없을 때는 그 일을 아주 못생긴 사람, 겸손하게 고개를 들고 웃으면서 당신에게 인사를 건네고 있는 이 사람에게 맡겼습니다.[164] 나는 그 세밀한 임무에 정말 순종적으로 임했습니다. 주술사를 번거롭게 하는 일이 없도록 찾아가는 일을 자제하고, 그가 지루하지 않게 변장을 하곤 했지요. 어떤 때는 옷걸이에 매달려 숨은 채 양털 외투인 척한 적도 있습니다. 때로는 재빨리 가구로 위장하여 복도에 나타난 적도 있는데 꽃병을 등에 올리고 네 발로 기어야 했지요. 불행히도 늙은 원숭이는 썩은 막대기에 오르지 않는 법이죠. 목공이 다 되어 버린 타이안이 발로 차기 직전에 저를 알아보는 바람에 다른 무생물로 변장해야 했습니다.

하지만 하늘은 자기 이웃이 백단향으로 만든 목발을 손에 넣었다거나 대리석 눈을 갖게 됐다는 사실을 알게 된 사람보다 질투심이 강한 법이지요. 우리가 리본초 씨앗 하나를 인지하는 순간이 영원하지 않듯이 그 큰 행복도 끝이 있게 마련입니다. 10월 7일 팡쉬의 육신을 위협하고 우리의 그리운 회합을 영원히 깨뜨린 화재가 발생했습니다. 집이 완전히 소실되진 않았지만 무수히 많던 목조 등이 불에 타 버렸지요. 파로디 선생, 물을 찾아 땅을 파거나 귀한 몸에서 물을 빼지 않아도 됩니다. 불은 꺼졌으니까요. 참, 우리 회합의 교육적 열기도 꺼지고 말았습니다. 마담 신과 타이안은 자동차를 타고 세리토 대로로 옮겨 갔습니다. 네미롭스키는 보험금으로 폭죽 회사를 설

164 실제로 박사는 웃으면서 인사를 건넸다.(원주)

립하려고 했죠. 팡쉬는 끝없이 늘어선 똑같은 모양의 찻주전자처럼 고요히 한 그루 버드나무 옆 판잣집에 남았지요.

내가 불이 꺼졌다고 말씀드렸는데 그게 진실에 관한 서른아홉 가지 새로운 부속 조항을 위배한 것은 아닙니다. 하지만 빗물을 담을 값비싼 그릇만은 그 기억을 껐다고 자만할 수 있겠지요. 네미롭스키와 주술사는 아침 일찍부터 무른 대나무로 무한할 만큼 많은 수의 등을 만들고 있었지요. 나는 내 작은 집에 가구가 끝없이 쌓이고 있다는 정당한 사실에 근거해 장인들의 밤샘 작업은 부질없으며 그 많은 등 중 절대 불이 밝혀지지 않을 등도 있을 거라는 생각이 들었습니다. 그런데 날이 밝기 전에 내 실수를 알아차렸지요. 밤 11시 15분 모든 등이 톱밥 보관 통과 녹색으로 대충 칠한 목조 격자와 더불어 불타고 있었습니다. 용기 있는 자는 호랑이의 꼬리를 밟은 자가 아니라 밀림에 잠복해 치명적인 공격을 가하기 위해 태초에 예정된 순간을 기다리는 자입니다. 내가 그렇게 행동했지요. 집 안쪽에 있는 버드나무에 기어올라 마담 신의 비명이 들리자마자 불도마뱀처럼 불 속으로 뛰어들 준비를 했지요. 지붕 위의 물고기가 바닷속에 있는 독수리 한 쌍보다 잘 본다는 말이 있지요. 내가 물고기 같은 입장이었다고 말하고 싶진 않지만 그곳에서 괴로운 장면을 목격한 건 사실입니다. 하지만 훗날 선생에게 과학적으로 얘기를 들려드려야겠다는 기꺼운 생각에 떨어지지 않고 버텼습니다. 나는 불길의 목마름과 배고픔을 봤습니다. 비탄에 빠진 네미롭스키도 봤습니다. 톱밥과 신문으로 불길을 잡으려 했지만 헛수고였지요. 예의를 중시하는 마담 신이 폭죽을 즐기는 사람처럼 줄곧 주술사를 따라다니는 것도 봤습니다. 마지막으로 네미롭스키를 도와주고는 안쪽 판잣집에 달려가 팡쉬를 구한 주술사도 봤습니다. 팡쉬는 그날 밤 건초열 때문에 그 일의 기쁨을 느끼지 못했지요. 그 구조는 세부적으로 봤을 때 스물여덟 가지 특별한 점에서 참으로 탄복할 만한 일이었는데 이 자리에선 인색하게도 네 가지만 밝히겠습니다.

하나. 팡쉬가 고열로 인해 맥박이 빨라지긴 했지만 침대에서 몸을 움직이지 못하거나 우아하게 탈출할 수 없을 정도는 아니었습니다.

둘. 지금 이 이야기를 들려 드리는 몰풍스러운 나는 팡쉬가 불길의 위협을 받는 순간 버드나무 위에서 그와 함께 탈출할 준비를 하고 있었습니다.

셋. 팡쉬가 화재에 희생된다고 해서 그를 먹이고 재워 주는 타이안에게 해가 되진 않습니다.

넷. 사람의 몸에서 치아는 보지 않고, 눈은 긁지 않고, 발톱은 씹지 않지요. 그 몸을 국가라고 했을 때 한 개인이 다른 이의 역할을 빼앗는 것은 정직하지 않은 일입니다. 황제는 권력을 남용하지 않고 길거리를 청소합니다. 죄수들은 부랑자와 경쟁하지 않으면서 아무 데나 돌아다닙니다. 타이안은 팡쉬를 구출하면서 소방관의 역할을 빼앗았습니다. 소방관들이 그것을 모욕이라고 여겨 소방 호스로 그에게 물을 퍼부을지 모를 심각한 위험이 있는데도 말입니다.

소송에서 패하면 사형 집행인에게 돈을 줘야 한다는 말이 있지요. 화재가 난 뒤 다툼이 시작됐습니다. 주술사와 목공은 적이 되었습니다. 수우 장군은 길이 남을 짧은 표현으로 곰 사냥을 지켜보는 즐거움을 찬미했지만 정작 본인이 백발백중의 궁수들이 쏜 화살을 등에 맞고 쫓기던 성난 사냥감에 의해 찢어발겨졌다는 걸 모두 알고 있죠. 완벽하게 일치하진 않지만 마담 신에게도 이 아날로지[165]가 적용될 겁니다. 장군과 유사하게 해를 입었으니까요. 그녀는 두 사람을 화해시키려 했지만 소용없었습니다. 그녀는 폐허가 된 신전을 지키는 여신처럼 잿더미가 된 타이안의 침실과 벽이 없어진 네미롭스키의 작업장을 오갔습니다. 『역경』에는 아무리 많은 폭죽을 쏘고 수없이 가면극을 보여 줘도 분노한 자를 즐겁게 할 수는 없다고 하지요. 마담 신의 매혹적인 말도 그 이해할 수 없는 싸움을 말리지 못했습니다. 내 생각엔 오히려 싸움에 불을 질렀지요. 그런 상황으로 인해 부에노스아이레스 지도에 삼각형 구도라는 흥미로운 모양이 그려졌지요. 타이안과 마담 신은 세리토 대로에 있는 아파트로 옮겼고 네미롭스키는 카타마르카 대로 95번지에 폭죽 회사를 세워 새롭고 화려한 지평을 열었습니다. 팡쉬는 변함없이 판잣집에 남았고요.

목공과 주술사가 삼각 구도를 유지했다면 내가 이 순간 두 분과 얘기 나누는 즐거움을 누리지는 못했을 것입니다. 불행히도 네미롭스키는 콜럼버스의 날에 오랜 동료를 만나야겠다고 생각했지요. 경찰이 도착했을 때는 구급차를 불러야 할 상황이었습니다. 두 사람 모두 정신적 균형이 지나치게 무너졌기 때문에 네미롭스키는 코피가 나는데도 개의치 않고 『도덕

165 두 개의 사물이 지닌 유사성을 근거로 다른 속성의 유사함을 추론하는 일.

경』[166]의 교훈적인 구절을 읊었고 주술사는 송곳니 하나가 빠진 것도 모른 채 주구장창 유대인식 욕설을 퍼부어 댔지요.

마담 신은 두 사람의 불화에 너무나도 상심하여 내가 자기 집에 드나드는 걸 금했지요. 개집에서 내쫓긴 거지는 기억의 궁전에 머문다는 격언이 있습니다. 나는 쓸쓸함을 달래 보려고 데안 푸네스 대로의 폐허가 된 집을 향해 순례를 떠났지요. 근면하던 어린 시절에도 그랬듯이 버드나무 뒤로 해가 지고 있었습니다. 팡쉬는 정중히 나를 맞이하고 차 한 잔과 잣, 호두, 식초를 대접해 주더군요. 여기저기 짙게 배어 있던 마담 신의 이미지를 느끼던 중 아주 큰 옷가방 하나를 발견했는데 겉보기엔 존경받던 증조부가 썩어 가는 것 같았습니다. 트렁크가 드러난 걸 본 팡쉬는 이 낙원 같은 나라에서 보낸 십사 년의 세월은 견딜 수 없는 단 일 분의 고문에 비하기 어렵다고 고백하더니 다음 주에 상하이로 출항하는 옐로피시호를 타고 귀향할 거라고, 벌써 영사로부터 사각 판지 모양의 승선권을 받아 뒀다고 하더군요. 기쁨에 겨운 화려한 용에게도 한 가지 결점은 있지요. 타이안이 반대할 게 확실했다는 겁니다. 사실 가장 명망 있는 감정가라면 바다코끼리 가죽을 곁들인 수달 가죽 코트의 엄청난 가격을 정할 때 그 속에 있는 좀나방의 수를 세어 보지요. 마찬가지로 사람의 역량은 그를 좀먹는 거지들의 정확한 수로 평가되지요. 팡쉬가 떠나면 타이안의 확고한 신용이 깨질 게 뻔했지요. 타이안은 위험을 막기 위해서라면 빗

166 『道德經』. 춘추시대 말기 노자가 도를 설파한 책으로 전해진다.

장이든 파수꾼이든 밧줄이든 마약이든 뭐든 이용할 사람입니다. 그런데 팡쉬는 흐뭇한 표정으로 내 얘기를 물리치고는 내 외가의 모든 조상님을 걸고 자기가 떠난다는 별것 아닌 소식을 타이안에게 전해서 그를 슬프게 하지 말아 달라고 청하더군요. 『예기』[167]에서 말하듯이 나는 미덥지 못한 친가를 건 맹세도 더했습니다. 우리 두 사람은 버드나무 아래서 서로를 껴안았습니다. 눈물이 흐르지 않을 수 없었지요.

몇 분 뒤 택시가 세리토 대로에서 나를 내려 주었어요. 마담 신과 타이안의 도구에 지나지 않은 허드레꾼의 독설이 날 막을 수 없다는 생각에 약국으로 몸을 숨겼습니다. 돈이면 다 되는 그곳에서 한쪽 눈을 검진하고 전화를 빌렸지요. 다이얼을 돌렸는데 마담 신이 받지 않아 타이안이라 생각하고 그의 피보호자가 달아나려 한다고 말했어요. 나에게 돌아온 보답은 침묵이었습니다. 약국에서 쫓겨날 때까지 말이 없더군요.

우편물에 불을 지피고 그 옆에서 잠을 자는 우편배달원보다는 우편물을 배달하려고 발 빠르게 뛰어다니는 우편배달원이 찬사와 상찬을 받아야 한다고 하지요. 타이안은 기민하고 효과적으로 움직였습니다. 피보호자가 탈주할 가능성을 뿌리 뽑으려고 마치 하늘의 별들이 그에게 많은 발과 노를 달아 줬다는 듯이 데안 푸네스 대로로 갔습니다. 집에 도착했을 때 두 가지 놀라운 일이 그를 맞았지요. 첫 번째는 팡쉬가 없었다는 것이고, 두 번째는 네미롭스키가 있었다는 겁니다. 네미롭스

167 『禮記』. 유학 오경의 하나로 공자와 그 후학들이 엮었다고 전해진다.

키는 팡쉬가 여행 가방을 들고 마차에 올라 빠르지 않은 속도로 북쪽을 향해 떠나는 걸 동네 상인들이 봤다고 그에게 전했습니다. 두 사람은 그를 찾아봤지만 허사였지요. 두 사람은 헤어졌습니다. 타이안은 마이푸 대로에 있는 가구 경매장에 갔고, 네미롭스키는 웨스턴 바에서 나를 만났습니다."

"이제 그만!" 몬테네그로가 소리쳤다. "이 주정뱅이 예술가가 말해 보죠. 파로디 씨, 그림을 잘 봐야 합니다. 두 결투자는 진중하게 무기를 내려놨습니다. 상실감을 공유하게 되어 형제애가 생겼는지 모르지만 상심한 건 사실이죠. 그런데 거기엔 독특한 점이 있지요. 그들을 이어 주는 모토는 동일합니다. 다만 성격은 완전히 다르지요. 타이안의 이마에 불길한 예감이 엿보인다면 네미롭스키는 저승의 목소리엔 신경 쓰지 않고 탐색하고 조사하고 물어보지요. 내가 흥미를 느끼는 건 세 번째 인물이에요. 우리의 대화에서 오픈카를 타고 멀어지고 있는 그 무심한 사람은 대단히 흥미로운 미지의 인물이지요."

"여러분," 수퉁 박사가 온화하게 말을 이었다. "나의 진창 같은 이야기는 이제 잊을 수 없는 10월 14일 밤에 이릅니다. 잊지 못한다고 한 이유는 내 위장이 촌스럽고 구식이어서 네미롭스키의 식탁에 차려진 유일한 음식이자 그의 품격인 옥수수죽 이인분을 제대로 소화하지 못했기 때문입니다. 솔직히 내 계획은 이것이었습니다. 하나, 네미롭스키의 집에서 저녁 식사를 한다. 둘, 네미롭스키가 마담 신이 만족하지 못했다고 한 세 편의 뮤지컬 영화를 온세 영화관에 가서 보고 비난한다. 셋, 라페를라 카페에서 아니스 술을 한잔한다. 넷, 귀가한다. 옥수수죽의 기억이 너무나 생생하고 어쩌면 고통스러워서 두 번째

와 세 번째는 이행하지 못한 채 원래 순서를 어기고 첫 번째에서 네 번째로 건너뛰어야 했습니다. 부차적인 결과로는 불면증에도 불구하고 밤새 집을 나서지 못했다는 겁니다."

"그렇게 밝혀 주니 존경스럽습니다." 몬테네그로가 말했다. "우리가 어린 시절에 먹었던 전통 요리는 아르헨티나의 유산에서 유래한 귀중한 발상이었지만 박사의 말에 전적으로 동의합니다. 고급 요리의 최고봉이라면 프랑스를 따라갈 적수가 없지요."

"15일에 경찰 두 명이 찾아와 날 깨우더니 경찰청까지 동행해 달라고 하더군요." 수퉁이 말을 이었다. "그곳에서 두 분도 알고 있을 사실을 알게 되었지요. 정이 많은 네미롭스키가 날이 밝기 전 팡쉬의 갑작스러운 도주에 불안했는지 데안 푸네스 대로에 있는 집으로 갔다고 합니다. 『예기』를 보면 너의 고결한 첩이 무더운 여름에 천한 사람들과 지내면 네 자식 중에 사생아가 있을 것이라고 합니다. 또한 예기치 않은 시간에 친구의 집을 들락거리면 문지기가 수수께끼 같은 미소를 지을 것이라고 합니다. 네미롭스키는 그 격언을 온몸으로 느끼게 됩니다. 팡쉬는 보이지 않았지만 버드나무 밑에 반쯤 묻힌 주술사의 시체를 발견한 겁니다."

"친애하는 파로디 씨." 몬테네그로가 갑자기 끼어들었다. "원근법은 위대한 동양화가들의 아킬레스건이지요. 담배 두 모금을 피울 동안 재빨리 요약해서 당신의 마음속 앨범에 넣어 드리지요. 타이안의 어깨에 죽음이 장엄한 제 입맞춤 자국을 남겼습니다. 10센티미터 정도 되는 칼에 찔린 상처가 있었지요. 흉기는 흔적도 없이 사라졌어요. 사라진 칼을 땅을 팠던

삽으로 대체하려 했지만 소용없었지요. 삽이 가장 흔한 원예 도구인 데다 바로 옆에 떨어져 있었으니까요. 천재적인 상상을 할 능력은 없으면서 사소한 것에만 집요하게 집착하는 경찰은 거친 삽의 손잡이에서 네미롭스키의 지문을 발견했다고 합니다. 현자나 직관의 능력이 있는 사람이라면 그 과학적 방식을 비웃을 겁니다. 그런 사람의 역할은 파편들을 하나씩 쌓아 가며 견고하고 간결한 구조를 만드는 것이죠. 그럼 이쯤에서 자제하고 내 추론은 내일 개진하기로 하지요."

"언제나 당신의 내일이 밝아 오길 기원하겠습니다." 수퉁이 끼어들었다. "그럼 다시 나의 보잘것없는 얘기를 이어 가지요. 죽기 전에 타이안이 데안 푸네스 대로에 있는 집에 언제 들어갔는지는 모릅니다. 무관심한 이웃들은 반듯반듯한 서고의 고전처럼 잠들어 있었으니까요. 하지만 11시 이후로 예상되고 있습니다. 10시 45분에 언제나 부산한 마이푸 대로의 경매장에 들어가는 게 목격됐으니까요."

"내가 덧붙이지요." 몬테네그로가 말했다. "우리끼리 얘기지만, 부에노스아이레스에 돌고 있는 소문에 따르면 이국적인 인물이 나타났다가 사라졌다고 하더군요. 어쨌든 체스 말의 위치를 정리하면 이렇게 되지요. 오후 11시경 마담 신이 갸름한 눈과 뛰어난 외모를 드러내며 '정신 잃은 용'의 떠들썩한 사람들 속에 있었습니다. 10시에서 12시 사이에는 집에서 손님을 맞았지만 누군지 알려지지 않았습니다. 마음은 끌리는 대로 가는 법이니……. 어디에 있을지 모르는 팡쉬에 대해서 경찰은 오후 11시 전에 빈민가의 달갑잖은 소굴인 누에보 임파르시알 호텔의 유명한 '응접실'인지 '백만장자의 방'인지에 투숙했다고 밝혔습니다. 그 호텔에 대해선 당신도 나도 이렇다 할 소식을 들은 게 없지요. 10월 15일 그는 불가해하고 매혹적인 동양으로 향하는 옐로피시호에 올랐어요. 하지만 몬테비데오에서 체포되어 지금은 모레노 대로의 어두운 곳에서 당국의 감시하에 지내고 있죠. 호기심 있는 사람이라면 타이안은 어떻게 됐냐고 물어보겠지요. 그는 경찰의 천박한 호기심을 외면하고 색이 선명한 전형적인 관에 단단하게 밀봉되어 옐로피시호의 고요한 화물칸에서 노를 저으며 유구한 역사와 의식을 지닌 중국을 향해 영원한 항해 중이지요."

2

넉 달 후 팡쉬가 이시드로 파로디를 방문했다. 키가 크고 살집이 있는 체구에 동그란 얼굴엔 표정이 없어서 비밀스러워 보였다. 검은 밀짚모자에 하얀 작업복을 입고 있었다.

"선생께서 나한테 할 말이 있다고 수퉁이 그러더군요." 그가 말했다.

"맞습니다."[168] 파로디가 대답했다. "괜찮으면 데안 푸네스 대로 사건에 대해 내가 아는 것과 모르는 걸 얘기해 드리고 싶은데요. 이 자리엔 없지만 당신의 동포인 수퉁 박사가 우리에

---

168 결투가 시작됐다. 독자는 두 사람의 칼이 부딪치고 있음을 이미 알 것이다.(헤르바시오 몬테네그로가 여백에 기입한 주석)(원주)

게 복잡하고 긴 이야기를 해 줬는데, 그의 말에 따르면 1922년 한 파렴치한이 당신네 나라의 당신들이 숭배하는 불가사의한 힘을 지닌 상에서 성물을 훔쳤다고 하더군요. 사제들은 그 소식에 아연실색하여 성물을 되찾고 이단자를 벌하는 임무를 수행할 사람을 보냈지요. 박사가 말하길 타이안이 그 사람인데 그가 그렇게 밝혔다더군요. 하지만 지금까지 있었던 일만 생각해 봅시다. 현자 멀린[169]도 이렇게 했을 겁니다. 타이안은 임무를 수행하면서 이름과 주소를 바꿨으며, 신문을 읽고 부에노스아이레스에 들어오는 무수한 선박에 대한 정보를 얻고 하선하는 수많은 중국인을 감시했어요. 이는 뭔가를 찾는 사람의 행동이라고 하겠지만 뭔가를 숨기려는 사람의 행동일 수도 있습니다. 부에노스아이레스엔 당신이 먼저 왔고 타이안은 그 뒤에 왔지요. 누구든지 당신이 도둑이라고 생각했을 테고 타이안이 추적자라고 여겼을 겁니다. 하지만 수퉁 박사가 얘기했듯이 타이안은 우루과이에서 오블레아를 팔면서 일 년을 지체했습니다. 따라서 남아메리카에 먼저 도착한 사람은 타이안입니다.

이제 내가 분명하게 알아낸 사실을 얘기해 보죠. 행여 내가 틀렸다면 '틀렸어요.'라고 지적하여 오류를 바로잡아 주기 바랍니다. 나는 타이안이 도둑이고 당신이 추적자라고 확신합니다. 그렇지 않으면 앞뒤가 맞지 않으니까요.

친애하는 팡쉬 씨, 오랫동안 타이안은 당신을 피해 몸을 숨

---

169 아서왕 이야기에 나오는 마법사다.

겼습니다. 그래서 계속 이름과 주소를 바꿨지요. 그러다 결국 엔 지쳐 버렸습니다. 그는 저돌적으로 용의주도한 계획을 세웠고, 그 계획을 실현할 결단력과 배짱이 있었지요. 그는 당신의 보호자를 자처하며 당신을 자기 집에서 지내게 했습니다. 그 집엔 그의 정부인 중국인 여자와 유대인 가구공도 살고 있었지요. 여자도 보석을 쫓고 있었습니다. 유대인과 나갈 때는 능력이 출중한 수통 박사를 파수꾼으로 남겨 두었죠. 수통 박사는 필요에 따라선 엉덩이에 꽃병을 올리고 가구로 위장까지 했어요. 유대인은 영화관과 이런저런 가게에서 돈을 헤프게 쓴 나머지 빈털터리가 됐습니다. 그래서 보험금을 노리고 가구점에 불을 지르는 고전적인 방법을 썼지요. 타이안도 그 방안에 동의해 화재의 불쏘시개가 될 등을 만드는 걸 도왔던 겁니다. 버드나무에 도마뱀처럼 붙어 있던 수통 박사는 그들이 헌 신문과 톱밥으로 불을 키우는 걸 봤지요. 그럼 화재가 났을 때 사람들이 어떻게 했는지 봅시다. 부인은 그림자처럼 타이안을 따라다녔죠, 타이안이 보물을 숨겨 둔 곳에서 보물을 꺼낼 순간을 기다렸던 겁니다. 그런데 타이안은 보석을 걱정하지 않았어요. 오히려 당신을 구해 줬죠. 그의 도움은 두 가지로 해석 가능합니다. 하나는 당신이 도둑이고 당신이 죽으면 보물을 찾을 수 없어서 당신을 구했다는 건데 이건 설득력이 없습니다. 내 생각으로는 추후 당신이 그를 추적하지 않기를 바라는 마음에서 그랬을 겁니다. 정확히 말하자면 도덕적으로 당신을 매수하려고 했던 거죠."

"맞습니다." 팡쉬가 간결하게 말했다. "하지만 나는 매수되는 사람이 아닙니다."

"첫 번째 가설은 나도 맘에 들지 않더군요." 파로디가 말을 이었다. "당신이 도둑이라 치더라도 비밀을 안고 죽을까 봐 걱정했을 사람이 있을까요? 게다가 당신이 정말로 위험한 상황에 처했더라면 꽃병과 물건을 가득 든 수퉁 박사가 전보처럼 재빨리 당신을 구하러 나타났겠지요.

이튿날이 되자 모두 떠났지만 당신은 유리 눈알처럼 홀로 남았지요. 타이안은 네미롭스키와 싸운 척 위장했죠. 거기엔 두 가지 이유가 있을 겁니다. 하나는 자신이 유대인과 한통속이 아니며 불을 지르는 데 동의하지 않았다고 믿게 하려는 것이고, 다른 하나는 유대인한테서 부인을 떼어 놓으려는 심산이었을 겁니다. 이후 유대인이 그녀에게 계속 구애하는 바람에 정말로 싸우게 됐지요.

당신은 어려운 문제에 직면했습니다. 부적이 어디에 숨겨져 있는지 몰랐으니까요. 그런데 잘 생각해 보면 모든 의심으로부터 자유로운 곳이 한 군데 있고, 집이 바로 그곳이죠. 집이 제외된 데는 세 가지 이유가 있어요. 당신이 살고 있다는 것, 화재가 난 뒤 당신 혼자 집에 남겨졌다는 것, 그 집에 불을 지른 사람이 다름 아닌 타이안이었다는 것. 당신이 그걸 놓친 것 같네요. 내가 당신이었다면 입증할 필요가 없는 일을 입증하는 증거들을 믿지 않았을 겁니다."

팡쉬가 자리에서 일어서더니 심각하게 말했다.

"당신 말이 맞습니다. 하지만 당신이 알 수 없는 일도 있어요. 그걸 말씀드리지요. 모두가 떠났을 때 나는 부적이 집에 있다고 확신했지요. 찾으려 하지는 않았습니다. 나는 우리나라 영사에게 송환을 청해 두고 수퉁 박사에게 내가 떠난다는 소식을 전했지요. 수통은 기다렸다는 듯이 타이안에게 곧바로 알렸지요 나는 집을 나서서 옐로피시호에 가방을 내려 두고 다시 집으로 왔습니다. 공터를 통해 집에 들어가 숨어 있었지요. 곧 네미롭스키가 오더군요. 이웃들이 내가 떠났다고 했겠지요. 뒤이어 타이안이 왔어요. 둘은 나를 찾는 척하더군요. 타이안은 마이푸 대로에 있는 가구 경매장에 가야 한다고 했죠. 그렇게 두 사람은 제 갈 길을 갔습니다. 하지만 타이안의 말은 거짓이었습니다. 그는 몇 분 뒤 돌아왔죠. 그리고 판잣집에 들어가서는 내가 정원에서 일할 때 자주 쓰던 삽을 들고 나왔지요.[170] 그러더니 달빛 아래서 몸을 구부리고 버드나무 옆을 파더군요. 얼만지는 모르지만 한참 후 반짝이는 물건을 꺼냈지요. 마침내 나는 여신의 부적을 봤습니다. 그 순간 도둑을 덮쳐 그를 벌했습니다.

나는 조만간 체포될 거라는 걸 알았습니다. 그렇지만 부적을 구해야 했지요. 나는 부적을 망자의 입에 숨겼습니다. 이제 보석은 조국으로, 여신의 신전으로 가고 있지요. 나의 동료들이 시체를 화장하고 나면 발견될 겁니다.

그 뒤로 난 신문에서 경매란을 찾아봤습니다. 마이푸 대로에서 가구 경매가 두세 건 있더군요. 그중 한 곳에 갔지요. 그리고 11시 5분 전에는 이미 누에보 임파르시알 호텔에 있었지요.

이게 전부입니다. 나를 당국에 넘겨도 좋습니다."

"그런 건 기대하지 마시지요." 파로디가 말했다. "요즘 사

---

170 목가적인 필치.(호세 포르멘토의 주석)(원주)

람들은 정부가 모든 걸 해결해 주길 바라지요. 가난하면 정부가 일자리를 줘야 하고, 건강이 좋지 않으면 정부가 병원에서 치료받게 해 줘야 하고, 사람을 죽이면 스스로 속죄할 기회도 주지 않고 정부에 처벌해 달라고 요구하지요. 내가 나랏밥으로 연명하니 이렇게 얘기하면 안 된다고 생각할 수도 있겠네요. 하지만 나는 여전히 사람은 스스로 알아서 해야 한다고 믿습니다."

"나 또한 그렇게 생각합니다, 파로디 씨." 팡쉬가 느릿하게 말했다. "지금도 세상의 많은 사람들이 그 믿음을 지키려다 죽어 가고 있지요."

1942년 10월 21일
푸하토에서

2부 두 가지 놀라운 환상

수아레스 린츠

증인

『이사야서』 6장 5절[171]

말씀 잘하셨습니다, 룸베이라 씨. 그야말로 고집불통인 사람들이 있지요. 그들은 자기들이 좋아하는 얘기만 하는데, 눈시오조차 그들의 얘기를 1000번쯤 듣고 하품을 할 정도죠. 그들은 내가 주저 없이 아주 수준 높다고 간주할 만한 주제에 대해서는 논전을 벌이지 않습니다. 당신이 바닷게의 불멸성에 관해 결함이 있는 현상을 입에 올렸다가는 자칫 목이 꺾일 수도 있는 데다 그 집요한 사람들을 굴복시키기도 전에 당신 입에 엠파나다를 쑤셔 넣듯이 말을 퍼부을 겁니다. 들어 보면 알

171 "그때에 내가 말하되 화로다! 나여 망하게 되었도다. 나는 입술이 부정한 사람이요, 나는 입술이 부정한 백성 중에 거주하면서 만군의 여호와이신 왕을 뵈었음이로다 하였더라."

겠지만 낙농에 관계된 사람들한테서 그런 얘길 많이 들을 겁니다. 남의 말을 안 듣는 사람이 있어요. 콤플레토[172]를 한 번 더 채워 올 테니 여기 잠자코 계세요. 당신이 재촉하지 않으면 구체적인 사례를 얘기해 드리죠. 혹여 당신이 그 얘기에 나자빠지지 않는다면 당신도 익히 알고 있기 때문이겠죠. 그래도 내가 말하려는 이유는 당신이 존스턴 파스타에 흠뻑 젖어 보지 않았다고 해서 당신을 아르헨티나인이 아니라고 할 순 없기 때문이죠. 아무리 인정하는 게 고통스럽더라도 살충제를 집어 먹고 퇴보해 버린 아르헨티나의 상황이 호전되지 않으리라는 걸 먹을 젖이 없는 젖먹이처럼 소리쳐 알려야 합니다. 어떤 놈이 얘기해 준 건데 내 사위가 친인척 관계 덕분에 '디오고 수의학 예방 센터'[173]에 들어가 수감자처럼 참을성 있게 견고한 기존 세력에 균열을 내면서 점차 내 이름이 구체적으로 사람들의 입에 오르내렸다고 하더군요. 당신도 알다시피 쿠리아의 호랑이로 불리는 룬고 카차사한테 내가 늘 하는 얘기지만, 우울한 사람은 믿을 수 없는 자를 제거하기 위해 왕아르마딜로 옆에 자리 잡고 붙어먹는 사람을 본의 아니게 발설하기도 하지요. 그로 인해 나는 불한당들을 몰아내려던 시절, 그러니까 마피아 치카 데 라파엘라의 사망 진단서 발급이 실패로 돌

172　커피, 빵, 버터 등으로 구성된 아르헨티나의 아침 식사를 가리킨다.

173　이 작품에서 룸베이라는 청자에게 자신의 얘기를 들려주는 마스카레나스가 일한 가상의 업체 인물이다. 「증인」에서 마스카레나스는 방문 판매자로 등장했다가 「증거」에서는《울티마 오라》의 신문 기자로 나온다.

아간 시절에 지역 방문 판매에 내몰렸지요. 세월이 참 빠르죠. 그 시절엔 챈들러 식스의 액셀러레이터를 한번 밟아 주고 망가진 괘종시계의 설계도를 보여 주면 짐마차를 고치는 환상에 사로잡혀 파리 떼처럼 모인 내륙의 정비사들이 깔끔하게 만들어 놓을 때까지 웃고만 있었는데. 때로는 마부들이 길가나 진흙탕에 빠진 내 차를 꺼내려고 땀을 뻘뻘 흘리며 무진히 애쓰기도 했었죠. 나는 넘어지면 바로 일어나는 사람입니다. 800킬로미터를 달려갈 줄 아는 사람이었죠. 다른 동료들은 늙은 팔로메케의 작품을 두고 도박에 참여할 생각도 못 하고 그 길을 포기했죠. 늘 앞서가는 사람으로서 내 임무는 돼지에 들러붙은 빈대 같은 우리의 오랜 친구 '포장된 타피오카[174] 가루'를 담당한 우리 부서를 위해 시장을 조심스럽게 조사하는 것이었어요.

부에노스아이레스 남서부 지대에서 원인 모를 전장염 때문에 돼지의 10분의 1이 줄어든 것을 구실 삼아 레우부코에서 수확이 한창이던 챈들러를 놔두고 타피오카 가루로 돈을 벌어 볼 심산으로 야단법석을 떠는 사람들과 함께 수의사 무리에 끼어 푸안에 무사히 들어갈 수 있었죠. 나의 슬로건은 늘 시대를 읽을 줄 아는 사람이 영리한 투사가 되어 치료제와 적절한 음식으로 돼지를 키움으로써(박멸 디오고와 비타민 정액 디오고[175]가 있으니) 뼈와 지방이 적은 뒷다리를 가지고 높은 수익을

---

174 카사바에서 채취한 녹말.

175 디오고 수의학 예방 센터에서 판매하는 약품으로 보인다. '포장된 타피오카 가루'도 그런 부류인 듯하다.

올리는 지역이 척 보기에도 낙관적이고 고무적이라는 것이었습니다. 하지만 그 여행은 가난한 납세자를 대상으로 하듯 아무것도 얻을 게 없었지요. 돼지 사체의 혐오스러운 악취가 풍기는 밀짚 덮인 평원에 황혼이 내리는 순간 그 광경을 보는 사람을 비탄에 빠뜨리는 풍경을 내가 암울하게 그려 낸다 해도 당신은 믿을 겁니다.

배꼽이 빠질 정도로 날이 추워서 리넨 남성복을 덧입었지요. 하지만 두록저지종 돼지의 멱을 딸 때 씌우는 자루나 작업복을 입을 순 없었지요. 작업복은 비계가 붙은 뼈를 싣고 있던 사포니피카도라 실베이라의 중개업자에게 농업용 트럭에 태워 준 대가로 줘 버렸으니까요. 나는 고우베이아 식당 겸 호텔에 들어가 따뜻한 콤플레토를 주문했어요. 밤 근무자가 9시가 지났다며 시포나소 소다수 한 병을 내왔는데 날이 추워서 최악이었죠. 한 잔 두 잔 마실수록 걱정이 밀려오더군요. 그래서 야간 근무자한테 엠팔메 로보스로 가는 첫 기차 시간을 알아봤죠. 보통 그런 근무자들은 말이 없지만 한번 말을 시작하면 디오고 탈곡기보다 말이 많아지는 법이죠. 이제 여덟 시간만 기다리면 된다고 하더군요. 그 순간 찬 바람이 몰아쳐 몸을 바짝 웅크렸지요. 배불뚝이 삼파요가 들어오면서 열린 문으로 바람이 새어 들었던 겁니다. 그 배불뚝이의 정체가 뭔지는 모릅니다. 삼파요는 서글서글한 성격도 아니고 별의별 쓰레기들과 어울리는 사람이니까요. 내가 추위에 떠는데 내가 있던 대리석 탁자에 붙어 앉더니 밤 근무자한테 바닐라 넣은 코코아와 진한 수프가 좋은지를 놓고 삼십 분을 얘기하더군요. 결국엔 코코아를 마셨고요. 밤 근무자가 시포나소 소다수를 제공하면서 제 나름대로 설득을 했던 겁니다. 그 겨울에 삼파요는 목덜미까지 내려오는 밀짚모자에 짧은 코트를 입었는데 문학적 호기심을 채울 적절한 길을 발견하고는 로우렌소 전화번호부 개정판에 실을 생각으로 양돈가, 돼지 종축장, 월동장의 목록을 작성하고 있었어요. 거추장스럽게 멋을 낸 글자로 엄청나게 긴 목록을 작성했더군요.

우리는 추위에 오들거리고 이가 달그락거리는데도 그 폐쇄적이고 어두운 곳의 타일 바닥, 철재 기둥, 커피 메이커가 있는 진열대 등을 둘러보면서 호시절을 추억했죠. 서로 손님을 뺏으려 싸우고 입 안에 흙이 씹히도록 산루이스의 흙먼짓길을 돌아다니다가 로사리오로 돌아가면 양탄자 빨래터의 배수관이 막히곤 했던 때를 말이지요. 어느 열대 국가 출신인지 모를 그 뚱뚱이가 수첩에 적은 자신의 역작을 읽어 주겠다고 하더군요. 나는 사십오 분 정도 모른 척하고는 아발로스, 아바라테기스, 아바티마르코스, 아바그나토스, 아바탄투오노스가 나의 행동반경 안에 있는 회사라는 얘기를 했지요. 그런데 삼파요가 다짜고짜 그 회사들을 그 지역 북서부의 가축 사육사들이라면서 그 지역이 인구는 많지만 불행히도 경쟁에서는 무료한 반계몽주의 선전에 빠져 있다고 하더군요. 배불뚝이 삼파요를 몇 해 전부터 알긴 했지만 뒤룩뒤룩한 몸에 문필가의 기질이 있을 거라고는 생각도 못 했었죠. 약간 경탄하면서 학식 있는 그를 기민하게 이용해 대화를 이어 갔습니다. P. 카르보네가 황금 같은 청년기에 나를 부러워했다는 딴죽도 걸며 말이지요. 나는 그 쓸 만한 배불뚝이가 교리 문답의 집에 머리를 들이밀게 하려고 중차대한 삶의 문제로 주제를 돌렸지요. 나는 P.

파인버그 교본의 지침을 대충 요약하면서 어디로 가는지 모를 기차처럼 여행하는 인간이 소년 복사도 아는 빵과 물고기,[176] 그리고 삼위일체가 완전한 거짓에 광기라는 것을 어찌 알겠냐고 했지요. 룸베이라 씨, 나의 강력한 한 방에 삼파요가 백기를 들 기색조차 보이지 않았다면 놀라서 잠도 안 올 겁니다. 그가 냉커피보다 맑은 정신으로 말하길 삼위일체와 관련하여 미신과 무지의 슬픈 결과를 자기만큼 경험한 사람이 없다고 하더군요. 그러니 내가 무슨 말을 하든 헛수고라면서 천한 물질주의라는 죽음의 길에서 그를 멈춰 세운 개인적 경험을 내 머릿속에 넣어 주겠다고 했지요. 룸베이라 씨, 내가 맹세하고 맹세하건대 나는 그 배불뚝이의 이야기를 안 들으려고 당구대 위에서 한숨 자야겠다고 했지만 강압적으로 나를 붙들고 이야기를 들려주었어요. 지금 내가 먹는 버터와 빵 부스러기 정도의 과장은 있겠지만 하나도 빠뜨리지 않고 당신에게 얘기해 주지요. 내가 하품을 하며 드러내 보인 목젖에 눈을 고정하고는 이렇게 얘기했지요.

"내가 낡은 파나마모자에 허름하게 차려입고 다닌다고 해서 돼지 냄새 나는 평원과 사람들이 술을 마시는 여관을 번갈아 가며 돌아다닌다고 생각하진 마세요. 언젠가 말씀드렸지만 나의 요람은 저 먼 푸에르토 마리스칼리토랍니다. 그곳은 언제나 신비로운 해안이었어요. 내 땅의 소녀들이 말라리아를 치유하려고 찾아가는 곳이니까요. 내 부친은 6월 6일에 권력

176 오병이어의 기적을 가리킨다.

을 잡은 열아홉 포병 중 한 사람이었습니다. 온건파가 복귀하면서 모든 정계 인사들과 더불어 행정부 대령에서 하급 집행관 신세가 되었지요. 대포를 휘두르던 손이 이젠 길쭉한 봉투와 밀봉된 꾸러미를 돌리는 일을 하게 된 겁니다. 물론 부친이 인지대를 라임, 치리모야, 파파야나 과일 몇 개로 받던 우편배달부는 아니었어요. 예전엔 경비원이자 농장 관리자로 일하는 원주민이 통신문을 받으면서 싸구려 물건을 주곤 했지요. 마스카레나스 씨, 그 애국주의 속에서 그를 보좌하던 초년병이 누군지 아십니까? 지금 당신에게 이 믿음직한 얘기를 하고 있는, 콧수염이 말려 올라간 내가 그 소년이었습니다. 어린 시절 내 첫 번째 기억은 나뭇잎과 득실거리는 카이만의 그림자가 비치는 초록빛 물결 속에서 카누를 붙잡고 물속을 허우적대던 일이에요. 나는 물에 들어가길 거부했는데 카토[177] 같던 아버지가 두려움을 이겨 내라며 느닷없이 날 빠뜨렸습니다.

하지만 두 발 달린 배불뚝이[178]가 '영원히' 싸구려 물건을 좋

---

177 마르쿠스 포르키우스 카토(Marcus Porcius Cato, 기원전 234~기원전 149). 로마의 집정관.

178 멋지고 적절한 제유법이다. 이로써 추측하건대 삼파요는 프랑스풍을 좋아하여 멋들어지게 말하려고 간사하게 작은 『라루스 사전』에 손을 뻗는 부류는 아니다. 오히려 어릴 때부터 풍부하고 대범한 세르반테스의 젖을 먹은 게 분명하다.(마리오 본판티의 주석)*
*베르나르도 삼파요의 걱정스러운 지지를 받던 마리오 본판티는 자기 주석이 교정자의 예리한 통찰력을 뛰어넘는다는 이유로 위임 전보, 등기 서신, 자전거 전령, 청원, 위협으로 우리를 곤혹스럽게 하면서 마지막

아하며 오두막집에 사는 소탈한 사람이 될 팔자는 아니었지요. 나는 내 신발 밑창을 새로운 풍경을 찾는 데, 얼굴에 사마귀가 있는 어린 여자애가 아니라 말하자면 '몬테비데오의 언덕' 같은 걸 찾는 데 쓰고 싶었으니까요. 내 기억의 앨범에 강력한 빛깔의 엽서를 간직하려 안달이 난 나는 좋은 것을 찾아가듯 나를 찾아가는 '자발적 체포'를 감행했지요. 그렇게 내 나라이자 조국이며 내 아름다운 향수인 온화하고 짙푸른 평원, 열대의 초목, 얼룩덜룩한 방울새풀에 이별을 고했지요.

사십 일 밤낮을 그야말로 다채로운 풍경 속에서 물고기와 별들을 헤치며 바다를 횡단했습니다. 한 갑판원이 뱃멀미에 힘들어하며 내려와서 내게 들려준 그 엄청난 풍경을 잊을 순 없을 겁니다. 하지만 낙원에도 끝이 있지요. 마침내 그날이 도래하여 말아 둔 카펫이 깔리듯 부에노스아이레스 항구에 내려 담배 연기와 플라타너스 나뭇잎 사이로 들어갔지요. 부에노스아이레스에서 보낸 처음 몇 해 동안 내가 얼마나 많은 일을 전전하고 다녔는지는 일일이 밝히지 않겠습니다. 하나씩 세다 보면 이 건물의 기와 숫자보다 많을 겁니다. 다만 내가 직원으로 일했던 메이농 이 시아라는 회사에서 있었던 일만 간략히 얘기하지요. 벨그라노 대로 1300번지의 넓고 휑한 건물이었죠. 저급 담배를 수입하는 회사였는데 녹초가 되어 밤에 눈을 감으면 알토레돈도의 담배밭에서 담뱃잎을 따는 생각이 날 정도였습니다. 회사엔 고객을 응대할 책상이 하나 있었고 지하

순간에 이 주석을 삭제하려 했다.(원주)

실은 창고로 썼어요. 힘겹던 그 시절에 나는 혈기 왕성한 청년이었기에 파누코산 석유를 다 주는 한이 있어도 작은 탁자의 위치를 바꾸고 싶었지만 알레한드로 메이농 씨는 가구 배치를 바꾸는 걸 용납하지 않았지요. 그가 앞을 못 보는 탓에 기억에 의존해 집을 돌아다녔으니까요. 절대 나를 볼 수 없었던 그를 다시 떠올려 보면 두 개의 밤(夜)처럼 새까만 안경을 쓰고 목동 같은 수염에 피부는 부슬거렸는데 키가 상당히 컸지요. 난 그에게 늘 이렇게 말했어요. '알레한드로 씨, 무더운 날씨에 얼굴이 누렇게 떴어요.' 그런데도 그는 우단으로 만든 둥근 모자를 쓰고 있었죠. 심지어 잠을 잘 때도 썼어요. 그가 거울 같은 반지를 끼고 있어서 내가 그의 손가락에 대고 면도를 했던 게 아직도 기억나는군요. 나도 그렇지만 알레한드로 씨는 근래에 이주한 사람에 속했지요. 헤렌가세[179]에서 맥주를 마셔 본 지 반세기 정도 됐으니까요. 그는 거실 겸 침실에 별의별 언어로 된 성서를 쌓아 뒀지요. 그는 성서를 미화하는 부차적인 연대기에 지질학적 지식을 맞춰 보려는 기획자들 단체에 속해 있었어요. 빈곤한 사람은 아니어서 그 미치광이 단체에 기부도 하고, 그 일을 황금 외투보다 더 가치 있는 것이라 생각하여 손녀인 플로라에게 성서의 연대기에 대한 애착을 유산처럼 물려주려고 했지요. 손녀는 기껏해야 아홉 살 정도 먹은 소녀였어요. 먼 바다를 응시하는 것 같은 눈에 금발이었고 동틀 녘 프레시덴테 언덕의 목장과 벼랑에서 볼 수 있는 암소의 혀처럼 얍

179 오스트리아 빈에 있는 도로 이름.

전하고 순한 아이였죠. 소녀는 어린 나이에 어울리지 않게 내가 짬짬이 탬버린을 들고 부르던 내 나라의 국가를 듣고 즐거워했지요. 하지만 원숭이가 늘 원숭이처럼 귀여운 것은 아닙니다. 내가 고객과 입씨름을 하거나 잠시 쉬려고 하면 플로라는 지하실에서 '지구 속 여행'을 하며 놀곤 했지요. 그 탐험을 탐탁지 않게 생각한 할아버지는 지하실이 위험하다고 나무랐습니다. 집 안 전체를 집배원처럼 돌아다니는 그의 입장에선 물건의 위치가 바뀌는 바람에 길을 잃어버리는 것 같았다고만 해도 충분했지요. 솔직히 그런 불평은 지나친 헛소리였어요. 고양이 모뇨조차 그곳엔 켜켜이 쌓인 저질 담뱃잎과 알레한드로 씨 이전에 운영되던 EKT 잡화점의 잡동사니밖에 없다는 걸 알았으니까요. 모뇨 얘기가 나왔으니 하는 말인데, 그 고양이도 지하실을 싫어했어요. 언젠가 100번째 계단을 내려가다가 악마를 보고 경악하듯 도망쳐 나온 적이 있었거든요. 고양이가 보여 준 사기 같은 돌발적인 행동이 쓸데없는 걱정을 자극했을 수도 있었겠죠. 하지만 난 늘 자석처럼 똑바로 행동했습니다. 물론 위태로운 상황에 처한다면 버새를 붙잡고 있는 게 나을지 모르겠지만 말입니다. 나중에서야 모든 걸 이해하게 됐어도 그땐 이미 늦은 데다 사기라고 치부하기엔 너무나도 큰 불행이었습니다.

당신이 다른 얘기로 말을 돌릴 수도 있겠지만 이젠 내 얘기에서 벗어나기 힘들 겁니다. 이제 당신에게 시련의 시간이 왔습니다. 알레한드로 씨가 라플라타에 가려고 작은 가죽 가방에 짐을 챙겼어요. 신앙심이 넘쳐 보이는 누군가가 그를 보러 오더니 함께 다르도 로차 영화관에서 열리는 성서 연구 모임에 가는 걸 봤습니다. 현관을 나서면서 다음 주 월요일에 커피 끓는 신호음이 잘 들리는 주전자를 가져올 거라고, 그때까지 기다리라고 하더군요. 사흘 정도 출장을 다녀와야 하니 손녀인 플로라를 천에 황금을 싸듯 잘 돌봐 달라고도 했지요. 그는 그렇게까지 말할 필요가 없다는 걸 알았어요. 여기선 내가 새까만 거구로 보이겠지만 나의 주요 역할은 개처럼 소녀를 보호하는 것이었으니까요.

어느 오후에 레체 아사다[180]를 거의 준비해 두고 소를 치는 사람도 어쩌지 못할 잠에 살짝 빠졌는데, 플로라가 성가신 감시가 느슨해진 틈을 타 지하실에 들어가 놀았나 봅니다. 식사 시간이 되어 소녀가 인형을 눕혀 두던 그때 나는 소녀가 열이 나고 몽환과 공포에 사로잡혀 있다는 걸 알았지요. 오한이 심해지는 걸 보고 담요를 걸치게 하고 민트 차를 끓여 줬지요. 그날 밤엔 평온하게 쉴 수 있도록 침대 끝에 있는 종려나무로 만든 발판에서 그녀를 돌봐야 했습니다. 소녀는 아침 일찍 잠에서 깼지만 여전히 몸이 좋지 않았어요. 열이 문제가 아니었죠. 열은 내렸는데 여전히 공포에 휩싸여 있었던 겁니다. 한참 후 커피로 기운을 북돋아 주고 무엇 때문에 그리 무서워하느냐고 물었지요. 그랬더니 전날 밤에 지하실에서 아주 이상한 걸 봤는데 수염이 있는 걸 빼고는 도저히 설명할 수가 없다더군요. 나는 수염이라는 환상이 열의 원인이 아니라 노련한 사람이 징후라고 일컫는 그것이라고 생각하고는 원숭이들이 촌놈

180 우유에 설탕, 바닐라 등을 넣고 졸여 만든 음식.

을 의회 의원으로 선출했다는 이야기로 기분을 풀어 줬지요. 이튿날 소녀는 온 집 안을 염소처럼 돌아다녔습니다. 나는 때때로 계단을 견디지 못하는 성질이어서 소녀에게 지하실에 내려가서 잘 살펴보고 손상된 담뱃잎 하나를 가져오라고 시켰지요. 씩씩한 아이라는 걸 알았기에 딴청 부리지 말고 지체 없이 해 달라고 했어요. 카누에서 나를 물에 빠뜨린 아버지가 불현듯 떠올라 측은함에 무너지지 않으려고 그랬지요. 나는 아이가 서러워할까 봐 계단이 시작하는 곳까지 같이 갔다가 아이가 표적지에 그려진 군인처럼 아주 굳세고 꿋꿋하게 내려가는 걸 확인했습니다. 눈을 감고 내려간 뒤 담배 무더기 틈새를 뚫고 오른쪽으로 들어갔지요.

몸을 돌리려던 찰나에 비명 소리가 들렸어요. 강하진 않았지만 돌이켜 보면 아주 작은 거울 같던 그 비명은 소녀가 뭔가에 기겁했다는 걸 의미했지요. 실내화 바람으로 뛰다시피 내려가 봤더니 소녀가 바닥에 쓰러져 있었어요. 소녀가 물에 잠긴 선저를 찾듯 가느다란 두 팔로 날 안았고 나는 몇 번이고 (소녀가 나한테 붙여 준 별명인) 산베르나르도[181]를 홀로 남겨 두지 말라고 애원했습니다. 하지만 소녀는 숨을 거두고 말았지요.

내가 누구도 아닌 것 같고 그 일이 벌어진 순간까지의 내 모든 삶이 완전히 다른 삶처럼 느껴지더군요. 계단을 내려가던 순간에 나는 내가 아닌 내가 되고 싶었던 겁니다. 나는 바닥에 앉아 있었어요. 내 손이 저절로 담배를 말고 있더군요. 눈도 초

181 영리하고 큰 사냥개의 일종이다.

점 없이 주위를 돌아보고 있었지요.

그 순간 소녀가 공포를 느낀 원인, 즉 소녀의 죽음을 불러온 원인이 부드러이 흔들거리는 버드나무로 만든 흔들의자에 앉아 있는 걸 어렴풋이 확인할 수 있었습니다. 이젠 내가 정신 나간 사람처럼 보일 겁니다. 하지만 그 불행이 내게 보여 준 명쾌함이 날 미소 짓게 하더군요. 당신은 아직 그걸 모르니 모든 걸 깨뜨리고 비상하듯 돌진해 보세요. 일시에 세 가지가 고요하게 뒤섞이며 흔들의자를 움직이는 걸 그려 보세요. 과학적으로 그 세 가지가 한 지점에 있었습니다. 어느 것 하나 앞서거나 뒤서거나 위에 있거나 아래에 있지 않았어요. 처음 볼 때는 그 특별함에 눈이 약간 아프더군요. 성부를 봤습니다. 무성한 수염을 보고 알아봤지요. 성부는 몸에 상흔을 지닌 성자이자 기독교도의 몸집처럼 큰 비둘기로 나타난 성령이었어요. 얼마나 많은 눈이 날 감시했는지 모릅니다. 사람마다 지닌 두 개의 눈이 자세히 보면 하나의 눈이었고 동시에 여섯 면에 있었으니까요. 입과 부리에 대해선 말하지 마세요. 그건 자살행위니까요. 하나가 다른 하나에서 나오고 그것이 쉼 없이 순환하니 내가 소용돌이치는 물에 빨려 들어갈 듯 아찔한 현기증을 경험했다는 게 놀랄 일은 아닐 겁니다. 빛을 발하며 움직이다가 몇 개의 빛줄기가 만들어졌는데, 거기에 홀려 손을 내밀었다면 아마 그 소용돌이에 휘말려 들어갔을 겁니다. 그 속에서 난 산티아고델에스테로를 달리는 38번 전차 소리를 들었어요. 그리고 지하실에서 흔들의자 소리가 나지 않는다고 생각했지요. 자세히 살펴보니 웃음이 나더군요. 흔들의자는 움직이지 않았으니까요. 내가 흔들린다고 생각했던 건 흔들의자에 앉아 있던 존재였던 겁니다.

천상과 지상의 창조자이신 성스러운 삼위일체를 목도했는데 알레한드로 씨는 라플라타에 있다니! 그런 생각이 들더군요. 그 생각만으로도 무력감에서 벗어나기에 충분했지요. 하지만 그렇게 기꺼운 명상을 하고 있을 때가 아니었습니다. 알레한드로 씨는 구시대적인 사람이라 소녀를 소홀히 한 데 대한 나의 설명을 호의적으로 들어 줄 리 없었으니까요.

소녀는 죽었지만 흔들의자 근처에 놔둘 수는 없는 노릇이어서 소녀를 들쳐 안아 침대에 누이고는 인형도 곁에 놔뒀습니다. 이마에 입맞춤하고 집을 나섰지만 너무나 공허하면서도 너무나 거주자가 많은 그 집에 소녀를 두고 떠나는 게 마음 아팠습니다. 알레한드로 씨와 마주치지 않으려고 온세역에서 도시를 빠져나왔지요. 언젠가 벨그라노 대로의 그 집이 재개발로 철거됐다는 소식을 들었습니다."

1946년 9월 11일

푸하토에서

증거

『창세기』 9장 13절[182]

룸베이라 씨, 당신이 제때 왔으니 콤플레토를 한 번 더 해야겠군요. 계산서가 힘을 돋우는 법이지요. 내가 작은 버터 빵 두어 개와 기름기 많은 엔사이마다 과자를 마다할 사람은 아닙니다. 손가락이 보이지 않을 정도로 코를 후비며 밀크 커피 한 잔을 마시고 설탕 뿌린 말랑한 빵 한 접시를 다 먹을 겁니다. 아무 말 말고 계산하시지요. 목구멍을 터놔야 말을 할 테니 말입니다. 당신의 두 귀에 아주 긴 얘기를 해 줄 테니 종업원을 불러 그 많은 메뉴를 그의 머릿속에 넣어 주세요. 그러면 주변 2레구아 안에 지방 덩어리가 남지 않을 겁니다.

세월 참 무상하지요, 룸베이라 씨! 당신이 이 영국식 푸딩

---

182 "내가 내 무지개를 구름 속에 두었나니 이것이 나와 세상 사이의 언약의 증거니라."

에 어금니를 찍어 넣기도 전에 모든 게 급변했지요. 어제 말 많은 남자가 당신을 기겁하게 한 이곳 탁자에서 이젠 당신이 그 수다쟁이를 놀래는군요. 내가 병마개보다 고지식하게 '디오고 수의학 예방 센터' 얘기를 고수했다고 해도 틀린 말은 아닐 테지요. 나한테는 기차처럼 빠른 얘기지만 개한테는 잠자리처럼 지루했을 테고 당신한테는 라크로세[183] 같았겠지요. 그러니까 내 말은 내가 여행자로서 기찻길처럼 반듯하게 얘기했다는 말입니다. 밤낮으로 일 년 육 개월 동안 이어진 조사 과정에 대한 얘기를 서두로 땅을 흔들며 가감 없이 솔직하게 얘기했지요. 마침내 나는《울티마 오라》에 내 44 치수의 발을 집어넣었지요. 한데 형편없이 멍청한 편집장이 나를 취재 기자로 파견을 보내는 바람에 카뉴엘라로 가는 일반 열차를 타거나 베라카테기로 가는 완행열차를 타곤 했지요.

여행하는 사람은 교외 지역에 사는 사람들과 표면적으로나마 접촉하게 마련이라 낯선 사람들의 얘기에 놀라는 건 당연합니다. 당신도 그런 얘길 들으면 다래끼가 날지도 모릅니다. 입을 열 생각은 하지도 마세요. 우유에 들러붙은 파리조차 내가 코가 납작한 개보다 신문 기삿거리가 될 냄새를 잘 맡는 베테랑이라는 걸 알고 있으니 말입니다. 어제도 나를 크라프트지에 싼 빵 조각처럼 부르사코[184]로 보내더군요. 12시 18분

---

183 1870년 부에노스아이레스에 처음으로 도입한 전차. 이 말이 끄는 노선을 신설한 페데리코 라크로세(Federico Lacroze, 1835~1899)에서 유래했다.

184 Burzaco. 아르헨티나 부에노스아이레스 주의 도시 이름.

의 태양이 이마의 지방을 태우는데 차창에 붙은 치즈같이 아스팔트가 깔린 도시에서 양철 지붕을 얹은 집들이 있는 교외로, 교외에서 벌판으로, 벌판에서 양돈가의 목장으로 건너갔지요. 길을 헷갈리지 않으려고 부르사코에 도착하자마자 바로 그 역에서 내렸어요. 맹세컨대 질식할 것 같은 그날 오후 내게 닥칠 사건에 대해선 전혀 예감하지 못했지요. 수차례 자문해 봤지만 내가 부르사코 한복판에서 그 경이로운 사건을 떠맡게 될 거라고 누가 생각이나 했겠습니까. 당신도 들어 보면 놀라서 얼어붙을 겁니다.

나는 자연스럽게 산마르틴 대로에 들어섰지요. '노블리스 오블리주'라는 상표의 마테차 광고판을 돌아가니 이스마엘 라라멘디의 집을 찾아가고 싶더군요. 무너져 가는 건물, 세우다만 괜찮은 주택을 떠올려 보세요. 쉽게 말해 잠을 청해야 할 상황이면 개미집조차 불쾌해하지 않는 룸베이라 씨 당신이라도 목도리와 우산 없이는 들어가지 않을 그런 집 말이에요. 풀이 무성한 돌무더기 사이를 지나 현관에 들어서는데 프리모 카르네라[185]처럼 엄청 큰 세계 성체 대회[186]의 문장 아래로 머리가 반쯤 벗어진 노인이 나오더니 호주머니에 있던 솜털로 작업복에 묻은 먼지를 깔끔하게 털어 내더군요. 일명 마테시토로 불리는 이스마엘 라라멘디가 재봉용 안경을 끼고 물개 같은 수염에 호주머니용 손수건으로 목덜미를 감싸고 있었죠. 그가 허리를 약간 굽히며 인사하기에 이 명함을 건넸죠. 당신 배꼽 앞

---

185 Primo Carnera(1906~1967). 이탈리아의 권투 선수.
186 아르헨티나에서는 1934년에 개최된 바 있다.

에 둔 내 명함의 앞면을 보면 비트로플렉스사의 종이에 폴랑코체[187]로 "T. 마스카레나스, 울티마 오라 신문사"라고 쓰여 있을 겁니다. 그가 집에 없다는 핑계를 댈까 봐 나는 서둘러 그가 범죄 사건에 연루되었다는 거짓말로 그의 입을 틀어막았지요. 콧수염으로 변장했다 해도 관련성을 찾아낼 심산이었으니까요. 식당을 보니 조금 좁을 것 같아서 허름한 풍로를 마당 빨래터에 빼놓고 모자를 침실에 걸어 두고는 흔들의자에 앉아 가야츠 출판사[188]의 편람이 있는 미송으로 만든 작은 선반에 발을 올리고 그 노인이 접대용으로 건네준 랄루타리스 담배에 불을 붙였지요. 그러고는 노인에게 바닥에 앉아 그의 멘토로서 고인이 된 벤세스라오 살두엔도에 대한 얘기를 축음기처럼 들려달라고 했죠.

이제 얘기를 해 보죠. 그가 입을 열어 귀청을 울리는 오카리나 악기 같은 소리로 말을 늘어놓더군요. 저기 있는 샌드위치 보관용 유리 용기를 두고 맹세컨대 우리가 보에도의 유제품 가게에 있어서인지 이젠 그 오카리나 소리가 들리지 않네요. 그는 결정적인 순간에 초점을 맞출 틈도 주지 않고 이렇게 얘기했지요.

"저 작은 창문으로 보이는 마테 광고판 너머로 작은 주택이 하나 있네. 있긴 있는데 이런, 미장이 안 되어 있지. 나를 믿고

---

187 스페인의 후안 클라우디오 아스나르 데 폴랑코(Juan Claudio Aznar de Polanco, 1663~1736)의 서체를 가리킨다.

188 1899년 스페인 바르셀로나에 설립된 출판사.

성호를 그은 뒤 그 집에서 세 가지 소원을 빌어 보게. 불쌍한 사람과 부르주아의 피를 가리지 않는 진짜 뱀파이어라고 할 만한 사람이 거기 살았으니 말이네. 살두엔도 말이야, 기자 양반!

벤세스라오를 알게 된 그 잊지 못할 저녁, 어쩌면 새벽녘일 수도 있는 그날 이후로 삼십 년, 정확히 삼십 수년이 이 동그라미[189] 앞을 지났지. 누구에게나 시간은 깊은 향 같은 망각을 부르는 법이라 누구든 콘스티투시온역에 있는 바에서 과거에 누구와 간식을 먹었는지 소화가 잘되는 맥아음료를 먹었다고 해도 잊어버리게 마련이지. 그 멋진 사람을 만나서 별의별 얘기를 다 했지만 그중에도 산비센테와 콘스티투시온을 오가는 노선 얘기를 많이 했어. 어쨌든 나는 챙 있는 모자와 작업복을 입고 매일같이 6시, 19시에 콘스티투시온 노선을 탔지. 벤세스라오는 더 일찍 다녔는데 그날은 5시, 14시 기차를 놓친 게 뻔했지. 멀리서 그가 얼어 버린 물웅덩이를 피하며 협동조합의 흔들리는 가로등 불빛 아래로 다가오고 있었어. 그는 나처럼 작업복을 신봉하다시피 하는 사람이었는데 몇 년 후엔 똑같은 작업복을 입고 사진을 찍기도 했지.

기자 양반, 나는 다른 사람들의 삶에 끼어드는 걸 아주 싫어하던 사람이었네. 그래서 그가 왜 파버 펜과 인쇄용지 한 통과

---

189 의심의 여지 없이 외알 안경을 가리킨다. 화자가 즉흥적으로 엄지와 검지로 안경을 쓰고 한쪽 눈을 찡긋하며 자애로이 웃었다. "완전한 이해는 완전한 용서다." (헤르바시오 몬테네그로 박사가 흘려 쓴 주석)(원주)

두꺼운 로케 바르시아의 사전[190]을 전집으로 들고 다니는지 묻고 싶은 마음을 억누르고 있었지. 솔직히 얘기하겠네. 이해하겠지만, 내가 궁금해 답답할 지경이 되어 그에게 이유를 물어봤지. 바로 대답해 주더군. 벤세스라오는 오포르테트 헤레세스 출판사의 교열자라고 했어. 기차에서 아주 집요하게 교정을 보고 있었는데 나한테 도와달라더라고. 솔직히 난 아는 게 별로 없어서 처음엔 그런 종류의 일을 같이 하기가 망설여졌지. 그런데 호기심에 이끌려 검표원이 오기도 전에 아만시오 알코르타[191]의 『중등 교육 지침서』 교정쇄에 빠져 버리고 말았지. 그날 아침에 별의별 교육 문제를 다루는 그 책에 매달려 봤지만 도움이 될 만한 건 거의 없었네. 심각한 오탈자도 뒤로 밀린 행도 누락되거나 뒤섞인 페이지도 눈치채지 못하고 읽고 또 읽었지. 콘스티투시온 광장에 내리면서 그에게 '잘되길 바랍니다.'라고 말할 수밖에 없더군. 하지만 다음 날 새벽에 나는 플랫폼에서 유럽 서점의 큰 지점에서 얻은 연필을 들고 교정을 보며 새로 사귄 친구에게 놀라움을 선사했지.

교정을 보는 데 어림잡아 한 달 반 정도 걸렸는데, 그 정도 시간이면 스페인어 정서법과 구두법의 기초를 제대로 배우기

---

190 로케 바르시아 마르티(Roque Barcia Martí, 1823~1885). 스페인의 언어학자이자 철학자로 총 다섯 권의 『스페인 어원학 사전(Diccionario general etimológico de la lengua española)』(1880)과 『동의어 사전(Diccionario de sinónimos)』(1863)을 펴냈다.

191 Amancio Alcorta(1842~1902). 아르헨티나의 정치인이자 음악가.

에 충분하다고 하더군. 아만시오 알코르타의 책을 끝내고 라켈 카마냐[192]의 『사회 교육법』을 교정했지. 페드로 고예나[193]의 『문학 비평』도 교정을 봤는데 이 책으로 기운을 얻어 호세 데 마투라나[194]의 『만개한 오렌지나무』나 라켈 카마냐의 『감상적인 딜레탕티슴』도 마주할 수 있었네. 그 외 다른 작품은 없었네. 마지막 작품을 벤세스라오에게 건넸을 때였어. 그가 더 이상 폐를 끼치지 않겠다면서 내가 한 일은 높이 평가하지만 본의 아니게 나는 그만둬야 할 것 같다고 하더군. 출판사 사장인 파블로 오포르테트가 그에게 승진으로 더 나은 보수를 받을 수 있을 거라고 제안했기 때문이었지. 어찌해야 할지 모르겠더군. 벤세스라오는 자신의 경제 사정을 얘기했고, 나는 완전히 의욕을 상실한 채 그를 바라보았지. 일주일 후 부르사코에서 약국을 운영하는 마르굴리스의 손녀들에게 주려고 옥수숫가루로 만든 로스카 빵을 사 들고 콘스티투시온의 바를 나서려다 운 좋게 벤세스라오를 보게 됐지. 그로그 칵테일 두 잔에 큰 토르티야를 구워 먹는데 연기 때문에 기침을 하는 것 같더군. 올리브색 옷에 질 좋은 가죽 코트를 입은 사업가와 함께였고, 그 사업가가 그의 시가에 불을 붙여 줬지. 사업가가 콧수염을 만지작거리며 경매인처럼 말을 하는데 벤세스라오의 얼

192 Raquel Camaña(1883~1915). 아르헨티나의 교육학자이자 작가.

193 Pedro Goyena(1843~1892). 아르헨티나의 정치인이자 작가.

194 José de Maturana(1884~1917). 아르헨티나의 작가.

굴은 죽은 사람처럼 창백해 보였지. 다음 날 타예레스에 도착하기에 앞서 그가 전날 밤 얘기를 나눈 사람이 몰로츠 이 몰로츠라는 회사의 몰로츠라고 얘기해 주더군. 파세오 데 훌리오 거리와 리베라 거리에 있는 모든 서점들을 쥐락펴락한다고 했어. 그리고 그 사람하고 과학적 작품들과 우편엽서를 공급하는 계약에 서명했는데, 당시 그는 과도하게 투자한 증기탕 체인점과 공식적인 관계를 맺으려고 했다더군. 그 어진 친구가 이사회에서 출판사의 책임 경영자로 선임됐다는 소식도 알려줬지. 새로운 직책을 맡으면서 인쇄소에도 갔는데 의자에 앉아 있지도 못할 만큼 정신없이 일을 했다더군. 나는 감탄하며 얘기를 듣고 있었는데, 순간적으로 기차가 흔들리면서 벤세스라오가 교정 중이던 종이 뭉치에서 낱장 하나가 바닥에 떨어졌어. 나는 내 의무라도 되는 듯 즉시 고개를 처박고 종이를 집으려 했지. 차라리 그러지 말았어야 했는데. 그 종이에서 정말 낯부끄러운 걸 보고는 얼굴이 시뻘게졌으니까. 나는 최대한 모른 체하면서 귀중한 인쇄물을 건네듯이 돌려줬어. 운이 좋았는지 벤세스라오는 트리스탄 수아레스[195]처럼 무슨 일이 있었는지 정말로 모르더군.

다음 날은 토요일이었는데 함께 가지 않았어. 누군가는 먼저 가고 누군가는 늦게 갔겠지.

낮잠을 즐기고 나서 달력을 보다 일요일이 내 생일이라는

---

195 Tristán Suárez. 부에노스아이레스주에 속한 도시이자 1885년 그 지역에 철길이 놓일 때 부지를 기부한 농장주의 이름이다.

게 생각나더군. 내 어머니와 산파로 일하면서 극진히 날 챙겨 주던 아키노 데리시 부인이 선물로 준 엠파나다가 그 사실을 확인해 주었지. 너무나도 우리 식으로 만든 그 음식 냄새를 맡으니 살두엔도와 저녁을 함께하는 게 좋겠다는 생각이 들었지. 부엌에 있는 작은 의자에 앉아 해가 지기를 기다렸네. 경비원들이 일사병으로 쓰러지곤 하던 때였으니까. 란세로스 설탕 상자로 만든 장식장에 검은색 페인트를 칠하면서 8시 15분까지 기다렸지. 찬 바람은 질색이라 스카프를 칭칭 동여매고 길을 나섰지. 모퉁이를 돌아 선생이자 친구의 집으로 걸어갔어. 강아지처럼 그 집에 들어갔네. 살두엔도의 집 대문은 그의 마음이 그렇듯 늘 열려 있으니까. 그런데 집주인이 없는 거야! 헛걸음을 할까 봐 곧 돌아올 거라 생각하고 거기서 잠시 기다리기로 했네. 세면기 옆의 비누통과 물병 쪽으로 책이 높이 쌓였기에 살펴봤어. 재차 말하지만 오포르테트 헤레세스 출판사의 책들이었는데 차라리 보지 말았어야 했어. 아는 게 병이라고 하지. 벤세스라오가 출판한 책들이 지금까지도 잊히지가 않아. 책 표지에 옷 벗은 여자의 모습이 다채로운 색으로 그려져 있었는데 『향기로운 정원』,[196] 『중국 스파이』,[197] 안토니오 파노르미타노[198]의 『자웅동체』, 『카마수트라』, 『아낭가랑가』, 『우수

196 아랍의 성 지침서로 알려진 작품이다.

197 프랑스의 모험가인 피에르 앙주 드 고다르(Pierre Ange de Goudar, 1708~1791)가 1765년에 발표한 『L'Espion chinois ou l'envoyé secret de la cour de Pékin, pour examiner l'état présent de l'Europe』을 가리킨다.

198 안토니오 베카델리(Antonio Beccadelli, 1394~1471).

에 젖은 후드 달린 외투』[199]를 비롯해 에레판티스의 작품들과 베네벤토스 대주교[200]의 작품들이 있었어. 그게 뭐든지 난 엄청난 도덕군자도 아니고 즐겨 타는 기차에서 투르데라의 주임 사제도 낼 줄 아는 부끄러운 수수께끼에 통명스럽게 대답하는 사람도 아니네. 다만 자네도 알듯이 극단적으로 도를 넘는 것도 있었네. 그래서 나는 집에 돌아가기로 하고 시간을 확인하고는 나왔네. 정말이네.

며칠이 지났지만 벤세스라오에 대한 소식을 듣지 못했어. 나중에 충격적인 소식이 돌았고, 뒤늦게 내 귀에도 들어오더군. 어느 오후에 이발사가 벤세스라오의 사진을 보여 줬는데 짙은 밤색의 흑인 같아 보였네. 그 아래로 이런 글이 있더군. '포르노 제작자가 사기 혐의로 복잡한 상황에 휘말리다.' 다리에 힘이 빠지고 눈앞이 흐려지더군. 뭔 소린지도 모르고 그 신문 기사를 다 읽었네. 가장 안타까웠던 건 살두엔도에 대한 기자의 어조가 굉장히 무례했다는 거야.

이 년 후 벤세스라오가 교도소에서 출감했어. 그런 성격도 아니지만 으스대지 않았고, 부르사코로 돌아왔지. 비쩍 말랐

시칠리아의 시인으로 1425년 『자웅동체(El hermafrodita)』를 발표했다.

199 보르헤스가 리처드 프랜시스 버턴(Richard Francis Burton, 1821~1890)이 번역한 『천일야화』 7권에 있는 구문을 도서명으로 활용한 듯 보인다. 버턴은 『카마수트라』, 『아낭가랑가』, 『향기로운 정원』을 출판했다.

200 시인이자 사제인 조반니 델라 카사(Giovanni della Casa, 1503~1556)를 가리킨다.

어도 기품이 있었지. 기찻길에 작별을 고하고는 집에 틀어박힌 채 주변 마을로 산책도 가지 않았지. 그즈음 그에게 '늙은 거북이'라는 별명이 붙었네. 집을 나서지 않았고 부라티 곡물 판매소에서도 레이노소 가금류 사육장에서도 볼 수 없었으니까. 자기 불행의 원인을 기억하려 하지 않았던 거지. 그런데 가만히 생각해 보니 오포르테트가 선한 벤세스라오를 이용해 먹었다는 걸 알겠더라고. 사정이 안 좋아지니 서점 사업의 책임을 그에게 덤터기 씌운 거지.

나는 그가 기분 전환이라도 하게끔 어느 일요일에는 어릿광대로 꾸민 모르굴리스 박사의 아이들을 보러 가자고도 해 보고, 월요일에는 단출하게 저수지에 가서 낚시나 하자고도 해 봤지. 낚시도 애들과 노는 것도 그의 관심을 끌기에는 역부족이었네. 오히려 나만 넋 빠진 멍청이 꼴이 됐지.

거북이는 부엌에서 마테차를 마시고 있었어. 나는 창을 등지고 앉았네. 그 창 너머로는 텅 빈 들판이었는데 지금은 우니온 스포츠 클럽의 운동장이 있지. 낚시를 가자는 말에 그가 최대한 예의를 나타내면서 고민하더니 대법원이 명확한 증거를 제시하며 판결을 내린 뒤로는 더 이상 즐길 필요를 느끼지 못한다고 매 순간 자기반성적인 선량한 마음으로 말하더군.

그를 귀찮게 하는 것일 수도 있었지만 나는 그게 무슨 말이냐고 설명을 해 달라고 했지. 그는 검게 그을린 주전자를 손에서 내려놓지도 않고 이렇게 대답했네.

'사기와 불온서적을 유통한 혐의로 교도소 272번 감방에 갇혀 있었네. 그 네모난 방에서 유일한 고민은 시간이었지. 첫날 아침에 인생에서 가장 힘든 날이라고 생각했지만 다음 날에는 두 번째가 될 거라고 생각했지. 그렇게 마지막 날이 되면 730번째 힘든 날이 될 거라고 말이네. 문제는 그런 생각을 하면서도 시간은 가지 않았고 나는 여전히 첫날 아침을 시작하고 있었어. 느낄 수 있을 정도로 시간이 경과하기도 전에 내가 지닌 모든 것이 바닥나 버렸던 거네. 그래서 나는 노래를 했네. 헌법 전문을 낭독하기도 했고. 발카르세 대로와 아베니다 라 플라타 대로, 리바다비아 대로와 카세로스 대로 사이에 있는 길거리를 읊어 보기도 했지. 그 뒤 노르테로 달려가 산타페 대로와 트리우비라토 대로 사이에 있는 도로 이름을 읊었고. 운 좋게 코스타리카 대로 근처에서 그만 헷갈려 버렸지. 그건 내가 약간 시간을 벌었다는 의미였어. 난 아침 9시까지 그러고 있었지. 아마도 그때 신성한 성자가 내 마음에 깃든 것 같아서 기도를 했네. 그렇게 넘치도록 상쾌함을 맛보고 있으면 어느새 밤이 왔지. 일주일이 지나자 내가 더 이상 시간을 생각하지 않는다는 걸 알게 됐어. 라라멘디, 수감된 지 이 년이 됐는데 그야말로 찰나 같더군. 하느님이 내게 무수히 많은 비전을, 정말로 귀중한 비전을 주셨음이 분명하네.'

그렇게 말하는 벤세스라오의 얼굴이 평온해 보였네. 나는 그가 느끼는 행복감이 기억에서 비롯한 것이라고 생각했는데 잠시 후에야 내 뒤로 뭔가 지나가고 있다는 걸 알았어. 나는 몸을 돌렸네. 그리고 벤세스라오의 눈을 가득 채우고 있는 그것을 봤지.

하늘에 무수히 많은 움직임이 보였어. '마난티알레스' 농장이 있는 산에서, 굽은 기차에서 거대한 것들이 위로 떠오르고 있었네. 줄지어 정점을 향하고 있었지. 어떤 것들은 다른 것들 주위로 나아갔지만 전체적인 움직임을 깨뜨리지 않고 모두 위로 올라가고 있었어. 눈을 뗄 수가 없더군. 나도 그것들과 함께 떠오르는 것 같았네. 대체 그것들이 무엇인지 처음엔 종잡을 수가 없었지만 어느새 내 마음에 평화가 깃들더군. 나는 뒤늦게 그것들이 제 빛을 발하는 건 아닌지 생각해 봤네. 이미 늦은 시간이었지만 나는 머리카락 한 올도 잃지 않았으니까. 내가 처음으로 알아볼 수 있었던 건 그 형태가 명확하지 않았으니 기묘했다고 인정하는 한에서 속이 꽉 찬 가지였는데 어느새 회랑 처마에 가려 시야를 벗어나 버렸지. 그 가지 끝이 거대한 케이크에 닿아 있었고 족히 열두 블록 크기였을 거네. 오른편에도 엄청나게 놀라운 일이 이어지고 있었는데, 상당히 높은 곳에 생선 토막들이 순대와 돼지고기가 담긴 스페인식 전골 요리를 호위하고 있었어. 자네도 어디에 눈을 돌려야 할지 몰랐을 거야. 서쪽은 리소토가 덮고 있었지. 수르 지역은 고기 완자, 호박으로 만든 맛탕, 레체 아사다가 차지했어. 술 장식이 달린 엠파나다[201]들의 우현에는 우루과이식 소갈비가 몇 개의 반숙 오믈렛 아래로 줄지어 있었고. 내가 기억하는 것 중에는 섞이지 않고 교차하던 무리도 있었는데 기름기를 뺀 닭고기 수프와 껍질을 제거하지 않은 큰 고깃덩어리가 그랬지. 그걸 본 이상 무지개라고 둘러댈 수는 없는 노릇이네. 이 개 같은 기침에 눈이 감기곤 해서 시금치 크로켓을 빠뜨렸네만 엄청나

---

201 엠파나다는 음식을 가리키지만 원문의 "술 장식이 달린 엠파나다(empanada con flecos)"는 여성의 음부를 의미하기도 한다.

게 큰 바비큐가 순간적으로 그 크로켓을 지워 버렸네. 부채꼴로 펼쳐지면서 하늘에 제 위치를 잡은 카넬로니 파스타를 알아보지 못하게 말이야. 거기에 신선한 치즈가 덮이면서 치즈의 푹신한 표면이 온 하늘을 뒤덮었어. 그 음식이 세상 위에 박히듯 견고해졌네. 나는 별들과 하늘이 그러듯이 그걸 영원히 간직하려고 했지. 잠시 후 그 음식점은 흔적도 남지 않고 사라져 버렸어.

벤세스라오에게 작별 인사도 못 했네. 후들거리는 다리로 0.5레구아[202]를 걸어 재빨리 역에 있는 선술집에 들어가 튼튼한 이로 저녁 식사를 했는데 내 꼴이 볼만했지.

그게 다야. 거의 전부라고 할 수 있지. 벤세스라오의 다른 비전은 보지 못했어. 하지만 그는 다른 비전도 경이롭다고 하더군. 난 그 말을 믿네. 살두엔도는 아주 품격 있는 분이라네. 어느 오후에 그의 집을 지나는데 평원에서 온통 튀김 냄새가 났다네.

이십 일 후 살두엔도는 주검이 되어 있었네. 그의 올곧은 영혼이 천상으로 올라갔으니 이제 모든 메뉴와 후식이 그와 함께하고 있겠지.

내 얘기를 들어 줘서 고맙네. 이제 작별 인사만 남았군. 잘 가게."

1946년 10월 19일

푸하토에서

---

202 1레구아는 통상적으로 4~6킬로미터 정도며 국가마다 다르다.

3부 죽음의 모범

수아레스 린츠

이 벌레들에겐 그들보다 하찮지만
그들을 괴롭히는 다른 벌레들이 있다.

데이비드 흄, 『자연 종교에 관한 대화』 10장

하찮은 모래알 하나도 돌고 도는 구체
지구처럼 무수한 음울을 끌고 간다
끝없이 서로 미워하고 분노하고 저주하면서
이 미세한 구체는 거대한 구체와 마찬가지,
서로를 집어삼키네, 굶주림 속에 증오가 도사린다
귀를 열고 들어 본 몽상가는 알겠지
범처럼 잔인한 분노와 사자 같은 아우성이
그 작은 세계 깊숙이 포효하고 있음을

빅토르 위고, 『신』

서문에 부쳐

이리 뒤늦게 서문을 써 달라고 해서야. 뒤로 물러난 힘없는 늙은이 작가 주제에 공연한 일을 하는 건 아닌지 모르겠습니다. 아무래도 젊은 친구의 희망을 단번에 부숴 버려야 할 것 같습니다. 이 신출내기 작가는 좋든 싫든 희망이 없다는 것도, 나의 펜이 세르반테스의 펜처럼 빌어먹을 에스페테라[203]에 걸렸다는 것도, 내가 유쾌한 문학에서 아르헨티나 곡물 창고로, 소식 연감에서 농업부 연감으로, 종이에 시를 쓰다가 이제는 베르길리우스의 쟁기로 팜파스를 가는 신세로 밀려났다는 것도 알아야 하지요. 어쨌거나 수아레스 린츠는 침착하고 차분하게 바라던 바를 이뤘습니다. 주해자라는 동료 앞에서 내가 민머리를

203 펜을 걸어 두는 갈고리 달린 판.

긁적거리고 있으니 말입니다.

(그 늙은이가 우리를 괴롭히는군요. 괴로워 말고 그가 시인이라는 걸 인정합시다.)

더욱이 이 풋내기 작가더러 재능이 없다고 할 사람이 있을까요? 19세기의 모든 글쟁이가 그랬듯이 그도 지울 수 없는 불도장을 온전히 손에 넣었으니 그의 글을 읽으면 영원히 머릿속에 남을 겁니다. 그의 글에서 정통한 문인의 모든 울림, 즉 토니 아히타 박사[204]를 보게 될 것입니다. 이 가련한 젖먹이는 서정에 취해 버렸습니다. 처음엔 모든 것을 파괴하면서 일방적인 장광설을 쓰는 그를 보고 굉장히 놀랐지요. 달필에 전문인 바실리오 박사도 제정신이 아니거나 믿음직한 소네켄 만년필 덕이라고 할 정도였으니까요. 뒤이어 걸출하게 세공된 작가의 보석을 확인하는 일은 일사천리로 진행되었지요. 신은 부지런한 자를 돕는 법입니다. 그해 몬테네그로의 회사에서 출판을 기다리는 사이 『라몬 S. 카스티요[205] 박사의 생애에 관한 묘사』라는 유익한 책이 그의 손에 들어갔지요. 그 책 135쪽을 펴니 정확히 이런 말이 있었는데, 그가 서둘러 만년필로 옮겨 적었답니다. "코르테스 장군이 말하길 현시대에 군사학은 더 이상 독점적 전문 영역이 아닌 바 나는 군사학에 관련한 문제가 민간 지식계에 도달할 수 있도록, 폭넓은 일반 질서의 문제로 변

204 아르헨티나 펜클럽 회장이자 교육자였던 안토니오 아이타(Antonio Aita, 1891~1966)를 가리킨다.

205 Ramón Antonio Castillo(1873~1944). 아르헨티나의 23대 대통령(1942~1943).

환될 수 있도록 이 나라 고등 군사학의 언어를 가져왔다." 그는 이 멋진 글을 읽고 인간 어뢰인 라울 리간티[206]처럼 하나의 강박에서 벗어나 다른 강박으로 들어가려고 문을 박차고 나갔습니다. 중앙 시장[207]의 시계가 스페인식 내장탕인 몬동고가 나올 시간을 가리키기도 전에 그 청년은 이미 라미레스 장군[208]에 관한 거의 동일한 묘사를 호방하게 그려 냈지요. 작품은 금세 완성했지만 교정을 하려니 풍부한 독창성은 온데간데없고 앞서 언급한 135쪽을 모방한 거나 마찬가지라는 생각이 들어 이마에 식은땀이 맺혔어요.

그렇지만 그는 성실하고 건설적인 비평의 향연에 취하지 않았습니다. 현 시간이라는 모토가 건실한 개성이라고 되뇌었지요. 정말 악마 같지요! 뒤이어 그는 시몬 부츠를 신기 위해 사람들의 요구에 가장 적합한 산문에서 자전적 스타일이라는 네소스의 튜닉[209]을 강탈해 알프레도 두아우[210]의 『용을 죽인 왕

---

206 Raúl Riganti(1893~1970). 아르헨티나의 자동차 경주 선수.

207 1889년 부에노스아이레스에 설립된 아르헨티나 최대의 시장인 중앙 농산물 시장(Mercado Central de Frutos)을 가리킨다.

208 페드로 파블로 라미레스(Pedro Pablo Ramírez, 1884~1962). 군부 출신의 아르헨티나 독재자. 1943년부터 1944년까지 실질적으로 대통령직을 수행했다.

209 네소스가 헤라클레스의 화살에 맞아 죽으면서 데이아네이라에게 자기 옷을 헤라클레스에게 입히면 영원히 헤라클레스의 사랑을 받을 것이라고 한다.

210 베르나르디노 알프레도 두아우(Bernardino Alfredo Duhau, 1862~1938). 우루과이의 작가.

자』에서 중추적인 단락을 써먹었지요. 이제 핵심을 말씀드릴 테니 정신 차리고 잘 들으세요. "생동감 있게 움직이는 화면을 만들려면 우리가 사는 대도시의 중심에서 생성되어 발전한 작은 이야기, 심장이 두근거리고 감동적인 사랑 이야기가 반드시 들어가야 한다. 성공한 영화가 그렇듯이 그것이야말로 생각지도 못한 심오한 관점이다." 그가 제 손톱으로 이 금괴 같은 구절을 파냈다고 생각하지는 마십시오. 우리 문학계를 대표하는 비르힐리오 기예르모네[211]가 그에게 전수한 거니까요. 비르힐리오 기예르모네는 개인적으로 써먹으려고 그 구절을 기억해 뒀는데 시인 공고[212]의 세력이 불어나면서 정확하게 기억하지 못하게 됐다지요. 그야말로 그리스의 선물[213]입니다! 이 구절은 시간이 흘러 마침내 화가가 마주했다가 포기할 정도의 위대한 풍경 중 하나가 됐으니까요. 청년은 첫 소설에서 그 사례가 보여 주는 정교함을 되살리려고 진력을 다했습니다. 그리하여 소설은 지칠 줄 모르는 브루노 데 구베르나티스의 서명을 받게 되지요. 그런데 그 뒤 칸그레호 씨가 네그로 팔루초[214]의 담화문에 관한 보고서 같은 소설을 냈고, 그걸로 발바네로의

211 아르헨티나 작가인 오메로 구글리엘미니(Homero Guglielmini, 1903~1968)를 가리킨다.

212 스페인의 과식주의 시인 루이스 데 공고라(Luis de Góngora, 1561~1627)를 가리키는 것으로 보인다.

213 아주 비싼 선물을 의미한다.

214 Negro Falucho. 아르헨티나 독립 전쟁의 영웅으로 평가되는 아프리카계 아르헨티나인인 안토니오 루이스(Antonio Ruiz, ?~1810)를 가리킨다.

모레노스라는 모임에 들어간 데다 역사 학술원의 표창도 받았지요. 불쌍한 친구! 그는 행운에 취해 재향 군인의 날이 밝기도 전에 아르헨티나에 잘 알려지지 않았지만 가톨릭 신자이던 릴케의 "자기 죽음"에 관한 글을 발표했습니다.

나한테 냄비 뚜껑에 그릇까지 던지지는 마십시오. 목이 컬컬하니 더는 말하지 않겠지만 그런 일이 있었지요. 대령들이 빗자루를 들고 위대한 아르헨티나 집단의 질서를 살짝 바로잡기 전에 말입니다. 기억하겠지만 바로 6월 4일[215]을 얘기하는 겁니다.(잠시 멈추세, 내가 박엽지와 빗을 챙겨 오면 출발하자고.) 그날이 밝았을 때 의지가 박약한 사람조차 한목소리로 들썩이는 이 나라의 물결을 피할 수 없었지요. 굼뜨지도 게으르지도 않은 수아레스 린츠는 나를 안내인으로 삼아 제가 뿌리박고 사는 곳으로 돌아왔습니다.[216] 내 작품인 「이시드로 파로디에게 주어진 여섯 가지 사건」이 그를 진정한 독창성의 길로 인도했지요. 예기치 않은 어느 날 마테차를 홀짝이면서 사건 소식란을 읽고 있었는데 산이시드로에서 발생한 사건에 대한 첫 소식에 인상이 찌푸려지더군요. 이 사건도 파로디의 견장에 걸릴 장식이 될 터였습니다. 그런 일에 관한 소설을 쓰는 게 나의 절대적 책무니까요. 하지만 내 형제가 쓴 대통령에 관한 전기적 묘사에 입이 벌어질 정도라 그 수수께끼를 초심자에게 양보하기로 했습니다.

나는 누구보다 먼저 이 청년이 칭찬받을 만한 작업을 했다

215　43혁명으로 불리는 1943년 군부 쿠데타를 가리킨다.
216　그건 늙은이가 잘 알지요!(서문 저자의 주석)(원주)

는 걸 인정합니다. 물론 긴장한 견습생의 손이 저지른 흠도 있습니다. 풍자도 있고 애도 많이 썼지요. 세부 사항에서 실수를 범하는 심각한 문제도 있을 겁니다. 법적 문제에 저촉될 게 없으니 마지막으로 서문을 마치기 전 쿠노 핀헤르만 박사가 반유대교 지원단의 단장으로서 '5장에 나온 환상적이고 어찌할 수 없는 의상'이 가짜라고 말해 달란 사실을 부득이 밝혀 둡니다.

그럼, 안녕하시기를.

1945년 10월 11일
푸하토에서
오노리오 부스토스 도메크

등장인물

마리아나 루이스 비얄바 데 앙글라다: 아르헨티나인 부인.

라디스라오 바레이로 박사: 아르헨티나 원주민 협회의 법률 고문.

마리오 본판티 박사: 문법학자, 아르헨티나 정통주의자.

브라운 '신부': 사이비 사제, 국제 절도단 수장.

빔보 데 크루이프: 롤로 비쿠냐의 남편.

쿠노 핀헤르만 박사: 아르헨티나 원주민 협회의 회계사.

클라우디아 표도로프나 공주: 아베야네다의 건물 소유주. 헤르바시오 몬테네그로의 부인.

마르셀로 N. 프로그만: 아르헨티나 원주민 협회의 집사.

해럽 '대령': 브라운 '신부'의 도적단원.

토니오 르 파누[217] **박사**: '가진 게 많은 젊은이' 또는 오스카 와일드에 따르면 '메피스토펠레스의 축소판으로 거의 모든 이를 속이는 인물.'

헤르바시오 몬테네그로: 아르헨티나인 신사.

오르텐시아 몬테네그로, 라 팜파: 부에노스아이레스 사교계의 여인. 르 파누 박사의 연인.

이시드로 파로디: 수르 지역에 살던 전직 이발사로 현재는 교도소에 수감 중이며 감방에서 미제 사건을 해결하고 있음.

바울리토 페레스: 유력한 가문 출신의 건달. 오르텐시아 몬테네그로의 옛 연인.

바로네사 푸펜도르프-뒤베르누아: 국제적 귀부인.

툴리오 사바스타노: 부에노스아이레스의 콤파드레. 누에보 임파르시알 호텔의 장기 투숙객.

1

"선생은 아르헨티나 사람인가요?" 콜리케오 프로그만, 페로 모하도 프로그만, 앳킨슨 프로그만으로도 불리며 월간지 《엘 말론》[218]의 편집과 인쇄와 배급을 담당하는 마르셀로 N. 프

---

217 Tonio Le Fanu. 아일랜드의 고딕 소설 작가인 셰리던 르 파누(Sheridan Le Fanu, 1814~1873)에 대한 패러디로 보인다.

218 말론(malón)은 원주민의 기습을 의미한다.

로그만이 기어들어 가는 목소리로 소곤거렸다. 그는 273호 감방의 북서쪽으로 가더니 책상다리를 하고 앉아 니커보커스 바지 주머니에서 사탕수수 한 토막을 꺼내 침을 흘려 가며 빨아먹었다. 파로디는 달갑지 않은 표정으로 그를 쳐다봤다. 그 금발의 방해꾼은 포동포동한 작은 체격에다 민머리에 주근깨가 많았으며 구린내가 났지만 웃는 상이었다.

"그러시다면," 프로그만이 말을 이었다. "병적으로 솔직한 나의 얘기를 들려드리지요. 고백하건대 나는 외국인이라면 카탈루냐 사람이라고 해도 견디질 못합니다. 지금은 어두운 곳에 몸을 숨기고 있습니다만 기사들이 논쟁을 벌이는 중에도 콜리케오에서 핀센으로, 카트리엘에서 칼푸쿠라로 신속하게 이름을 바꾸며 과감히 얼굴을 내밀고 있습니다. 나는 선을 넘지 않으려고 만전을 기하지요. 언젠가 팔랑헤[219]가 무너져서 놀이 기구를 타는 뚱보보다 기분 좋은 날이 오면 자료를 건네 드리겠습니다. 내가 이곳에 온다는 얘기를 아르헨티나 원주민 협회 본부에 퍼트렸습니다. 아시다시피 우리 같은 인디오는 비공식적으로 그 협회에 모여 아메리카의 독립을 도모하고 고집불통에 광적인 카탈루냐인 문지기를 몰래 비웃지요. 보아하니 우리의 선전이 이 교도소 담장도 뚫고 들어온 모양입니다. 내가 애국주의에 눈이 멀진 않았지만 선생이 마테차를 드신다는 건 알겠습니다. 마테차는 원주민 협회의 공식 음료지요. 파라과이나 브라질 것이 아니라 미시오네스 마테가 가우

219 1930년대에 대두된 스페인의 전체주의 운동 세력을 가리킨다.

초풍이 됐다고 확신합니다. 내가 잘못 알고 있더라도 나무라지 마십시오. 인디오 프로그만이 부풀려 말하더라도 건실한 지역주의, 그러니까 가장 협소한 민족주의를 벗어나지는 않을 겁니다."

"이 감기도 날 지켜 주지 못하니 의회 의원을 당신에게 보내야겠소." 범죄학자가 손수건으로 코를 가리며 말했다. "서두르세요. 청소부들이 당신을 눈치채기 전에 할 말은 해야 하니."

"살짝 눈치만 주셔도 내가 어찌해야 하는지 알고 있습니다." 페스카다스 프로그만이 진지하게 화답했다. "바로 본론으로 들어가지요.

1942년까지 아르헨티나 원주민 협회는 변변찮은 천막촌이나 다름없었지요. 수많은 요리사 중에 경험이 일천한 사람들을 모았는데 아주 드물게는 진보의 물결을 타고 변방으로 전파된 침구와 사이펀 제조업에 종사하는 사람도 있었지요. 내가 가진 거라곤 젊다는 것밖에 없었습니다. 그런데 우리는 일요일 오후 1시부터 9시까지 이 동네 아이스크림 가게에서 아무 탁자나 차지하고 있었죠. 아시겠지만 그 동네가 예전 같지는 않습니다. 둘째 주 일요일엔 종업원이 주방 일을 보고 있을 때가 아니면 금세 우리를 알아봤지요. 우리는 별일이 없어도 그 복잡하고 시끄러운 곳에 갔는데, 그곳에선 아르헨티나 토박이들이 모이면 성모 마리아의 설교도 상대할 수 있다는 걸 모르고 소란을 피우며 욕하는 자들을 막아 낼 수 있었어요. 밤늦게까지 있었지만 벨그라노 탄산음료 반병이면 충분했습니다. 세월이 약속할 따름입니다. 토박이인 나는 산페드리토 도로나 히리보네 도로를 서둘러 지나면서 아름다운 표현을 듣고 기억해 뒀다가 나중에 양장 노트에 기록했지요. 그런 식으로 어휘가 풍요로워졌습니다. 이미 지나 버린 그 시절의 수확이 바로 그 토착어입니다. 멍청이, 머저리, 돌대가리, 멍텅구리, 맹추, 등신, 미친놈, 돌아이, 화상 같은 게 그렇지요. 이런! 쓸고 닦는 청소부가 이런 말을 들으면 엄청나게 화를 낼 텐데! 우리 인디오들은 기민합니다. 일종의 체계로서 언어를 탐구할 때면 아무리 그 언어가 뛰어나도 우리에겐 별거 아니었습니다. 우리는 이웃의 눈을 피해 3학년 아이에게 작은 모형 장난감을 주면서, 악마 모형 말이죠, 어린애들에게 어울리지 않는 말을 가르쳐 달라고 했지요. 그렇게 우리는 이젠 꿈에서조차 기억나지 않을 상당량의 말을 모았답니다. 한번은 함께 축음기로 탱고를 듣고 노래에 담긴 토착어를 대략적으로 찾아보기도 했지요. 우리는 단번에 페르칸타, 아무라스테, 에스피나스, 엔, 캄파네안도, 카테라, 불린[220] 같은 말을 찾아냈습니다. 다른 말도 있는데 내키실 때 우리 바리오 파르케 지점에 있는 철제 보관함을 살펴보시기 바랍니다. 하지만 신선한 대팻밥[221]이 있으면 깊은 바다도 있는 법이죠. 마리오 본판티 박사가 포모나의 무료 전단지에 외국어에서 차용한 말의 목록을 첨부하면서 이 나라의 고요함을 누리고 있을 때 우리 협회의 몇몇 전문가

---

220 순서대로 percanta(여자), amuraste(네가 버렸어), espinas(가시, 침, 근심, 넥타이핀 등), en(~에), campaneando(종을 치며, 엿보며, 망보는 도둑 역할을 하며 등), catera, bulín(예약한 방).

221 신선한 대팻밥은 침대 매트리스에 대팻밥을 넣었던 데서 유래한 표현이며 편안함과 즐거움을 의미한다.

는 주저하지 않고 박차고 일어섰지요. 그 강력한 반발에 뒤이어 정말 인정사정없이 대항했는데, 예컨대 이런 게시 글이 그렇습니다.

> 에티케타라고 하지 마세요,
> 내 이름은 마르베테니까.[222]

그리고 우리 모두에게 상처를 안겨 준 영악한 대화도 있었지요.

> 당신이 관리(controla)합니까?
> 내가 회계 감사(contraloreo)를 합니다!

나는 오롯이 양털 세척실 같은 이 나라에 이득이 되는 일에 온몸을 바칠 생각으로 반연간지에 칼럼을 써서 토착적 언어 습관을 수호하려 했습니다. 하지만 나의 울분은 외국 국적인 인쇄업자의 손에 무너지고 말았습니다. 그자가 안과 의사 협의회를 위해 고의로 잡지를 훼손하여 출판한 겁니다.

별의별 일에 간섭하는 대갈쟁이가 우연히 들었다며 해 준 얘기가 있는데, 오바리오 대로에 있는 사포나로 박사의 저택

---

222 스페인어로 에티케타(etiqueta)와 마르베테(marbete)는 모두 라벨을 의미한다. 하지만 에티케타는 프랑스어 étiquette(명찰, 짐표)에서 차용한 말이고, 마르베테는 스페인어화된 아랍어 mirbaṭ(끈)에서 유래했다.

이 브레멘에서 돌아온 어느 애국 동포가 공매를 통해 얻은 것이라더군요. 그 사람은 스페인 사람을 신뢰하지 않았고, 심지어 아르헨티나 도서 협회의 협회장직을 고사했다고 하더군요. 나는 용기를 내어 우리 중 누군가 외교관 같은 예복을 입고 그 집에 들어가서 그가 우리에게 이득이 되도록 꾀어야 한다고 제안했지요. 사람들이 저어했으리라는 건 선생도 상상이 되시겠지요. 그러자 그 대갈쟁이가 모임이 깨지는 걸 막을 생각으로 집주인의 얼굴도 못 보고 쫓겨날지라도 저택에 들어가 밀사 역할을 할 사람을 운에 맡겨 보자고 제안했지요. 나는 다른 사람들과 마찬가지로 그 의견에 동의했습니다. 내가 걸릴 거라고 생각지도 못했으니까요. 그런데 이 프로그만이 하고많은 빨대 중 제일 짧은 걸 뽑고 말았습니다. 화가 치밀었지만 받아들여야 했습니다. 난 위급한 상황에 처해도 흔적을 남기지 않고 빠져나올 준비가 되어 있었지요.

정신적 충격이 얼마나 컸을지 생각해 보세요. 어떤 사람들은 르 파누 박사가 — 그 동포의 이름이 그렇습니다만 — 짓밟힌 사람을 동정하지 않는다 하고, 또 어떤 사람들은 그가 소심한 사람의 적이라 하고, 또 어떤 사람들은 평균 키도 안 되는 난쟁이라고 하더군요.

경찰도 어찌할 수 없는 어느 교수의 보좌를 받으며 펜싱 검을 들고 입구에서 날 맞는 순간 모든 근심을 확인할 수 있었지요. 내가 들어가자 그 동포가 서양배 모양의 초인종을 눌러 바야돌리드 출신 청소부 두 명을 부르더군요. 그들에게 창문과 커튼을 걷으라고 한 덕에 나는 곧 안정을 찾았습니다. 나는 내 안에 있는 프로그만에게 말했지요. 총알처럼 빠져나가는 데

틈새가 모자라진 않겠다고 말입니다. 그런 헛생각에 대담해진 나는 그저 호기심 많은 사람인 척하면서 그를 속일 심산으로 그에게 다가갔지요.

그는 내 말을 정중히 들어 주더군요. 그러고는 얼굴을 가린 지저분한 새장 모양의 마스크를 벗었는데 얼굴이 십 년은 젊어 보였지요. 발로 바닥을 내리치더니 광대라도 본 것처럼 웃더군요. 그리고 이렇게 얘기했어요.

'당신은 거슬리는 말과 거짓을 흥미롭게 섞어서 말하는군요. 속으로 화내지는 마세요. 악취가 당신을 제대로 원호하고 있으니. 불같은 본판티 말인데, 나는 그가 언어를 뒤섞는 것으로 이름을 날렸지만 그 분야에서 절멸했다는 걸 알고 있지요. 나 또한 신들과 마찬가지로 어리석음을 고무하고 옹호합니다. 절망하지 마세요, 딜레탕트 원주민 씨. 깔끔한 차림의 헌신적인 회계사가 내일 당신의 협회로 갈 겁니다.'

그토록 기쁜 약속을 받은 탓에 내가 하인들한테 떠밀려 나왔는지 내 발로 걸어 나왔는지도 모르겠더군요.

다음 날 회계사가 와서 보여 준 굉장한 계획에 깜짝 놀란 우리는 울혈을 없애려고 좌욕을 하지 않을 수 없었죠. 뒤이어 차를 타고 협회 본부에 갔더니 그라나다, 세고비아, 가르손[223]과 루이스 비야마요르[224]의 사전들이 있더군요. 파인버그에게 넘

223 『아르헨티나 언어 사전(Diccionario argentino)』(1910)의 저자 토비아스 가르손(Tobías Garzón)을 가리킨다.

224 『밑바닥 언어(El lenguaje del bajo fondo)』(1915)의 저자인 루이스 콘트레라스 비야마요르(Luis Contreras

겨 버린 타자기와 몬네르 산스가 엉겁결에 내뱉은 헛소리에 대해선 말하지 않았지요. 고양이상이 달린 청동 잉크병과 작은 두상이 달린 만년필 세트와 오토만 의자 얘기를 꺼내고 싶지는 않았으니까요. 벌써 오래전이군요! 내가 본 사람 중에 가장 머리가 큰 그 사람이 회계사를 시켜서 외상으로 중간 크기의 바스콜레트 초콜릿 우유를 내왔지만 병뚜껑도 제대로 따지지 않더군요. 르 파누 박사가 내용물을 다 버리라고 해서 분위기도 망치고 유감스러웠죠. 그러더니 듀센버그 자동차에서 샴페인 한 상자를 가져오라고 시켰어요. 그렇게 첫 번째 샴페인 거품을 맛보는데 그 자리에 있던 우리가 가우초라는 사실에 마음이 쓰였는지 르 파누 박사가 큰 소리로 샴페인이 원주민 음료인지 자문하더군요. 우리가 그를 진정시키기도 전에 샴페인은 엘리베이터로 실려 가고 말았습니다. 그런데 곧바로 운전기사가 진짜 산티아고산 포도주가 담긴 통을 들고 오는 게 아니겠습니까. 아직도 눈이 아플 지경입니다.

내가 늘 따뜻하게 대하는 룽고 비시클레타는 독서광이라 술자리를 이용해 술통을 옮기던 르 파누 박사의 평범한 운전사에게 정신 이상자도 이해하지 못할 말로 된 시 중에 멋진 시구를 하나 들려달라고 했지요. 하지만 박사는 아르헨티나 원주민 협회의 회장을 누구로 선출할 거냐며 우리를 다그쳤지요. 우리는 투표를 하자고 했고, 르 파누 박사가 회장으로 선출됐는데 비시클레타만 반대표를 던지면서 자기 몸에 그려 넣

Villamayor, 1876~1961)를 가리킨다.

은 자전거 모양을 보였지요.[225] 귀화한 아르헨티나인이자 르 파누 박사의 회계사인 쿠노 핀헤르만이 그 소식을 모든 일간지에 총알처럼 알렸고, 다음 날 우리는 아르헨티나 원주민 협회의 첫 소식을 보고 깜짝 놀랐습니다. 거기엔 르 파누 박사의 경력도 실려 있었어요. 그 뒤로 우리는 협회장의 지원을 받아《엘 말론》이라는 기관지를 출판하게 되었지요. 선생께서 여기 실린 칼럼을 통해 진정한 아르헨티나인이 되시도록 한 부를 무료로 드리겠습니다.

원주민에겐 정말 좋은 시절이었죠! 하지만 오래가진 못했습니다. 흔히 말하듯 카니발은 진작 끝났어요. 르 파누 박사는 내륙의 몇몇 인디오를 데리고 가축 운반용 차량 정도도 안 되는 점포를 냈는데, 그들은 우리가 쓰는 은어를 이해하지 못하지요. 솔직히 이젠 우리도 우리가 쓰는 은어를 이해하지 못하게 됐습니다. 르 파누 박사가 본판티 박사와 계약을 해서 우리가 부지불식간에 문법에 어긋난 말을 하면 입을 놀리지 못하게 했으니까요. 그의 계략에 완전히 휘둘리고 말았어요. 반대하던 사람들이 그 대의를 따랐거든요. 본판티 박사는 우아시풍고 라디오에서 어두운 그림자를 드리우며 이렇게 말했지요. '금년엔 충만하고 활력이 넘칩니다. 인디아의 옛 스페인어를 인습적으로 모방하는 깃발을 건실하게 세웠으며 새것을 좋아해 프랑스식 스페인어를 쓰는 사람들과 세르반테스, 몰리나, 오르테가를 비롯해 죽어 가는 번설의 거장들을 모방하는 데

225 스페인어로 비시클레타(bicicleta)는 자전거를 뜻한다.

물든 케케묵은 순수주의자들을 강력하게 밀어냈습니다.'

이제 선생께 어느 훌륭한 사내에 대해 말씀드리지요. 대체 불가한 인물이지요. 물론 그가 던진 농담에 배꼽 빠지게 웃은 적도 있습니다만. 코리엔테스 출신인 그 사람이 포트란코[226] 바레이로 박사라는 걸 선생도 이미 아시겠지요. 우리는 그 사람 몰래 그렇게 부릅니다만 그는 심각하게 받아들이지 않지요. 나를 애완견 정도로 여기는 데다 나를 재스민으로 부르면서 멀리서라도 내가 보이면 코를 막는답니다. 친애하는 선생, 엉뚱한 곳으로 빠지면 안 됩니다. 법학 박사인 바레이로가 곤돌라를 탄 재담꾼이라는 기대에서 죽음의 길로 들어서면 안 되니까요. 그는 청동 배지를 단 변호사고 몇몇 지인들과 도쿄 카페 바에서 만났지요. 그는 영역 분쟁 문제로 파타고니아 출신 건달패를 비호할 참입니다. 내 입장에선 그 고약한 자들이 우리의 카를로스 페예그리니 광장[227] 지점을 부당하게 차지하지 않고 최대한 빨리 사라지면 좋겠지만 말입니다. 사람들은 웃으면서 왜 그를 포트란코라고 하는지 궁금해하지요. 아르헨티나인이 하는 말장난의 꽃이죠! 외국인조차 포트란코의 얼굴이 말을 닮았다는 걸 눈치채고 라플라타에 오자마자 그를 놀리고 싶어 하지요. 그런데 늘 생각하는 거지만 누구든 닮은 동물이

---

226 어린 망아지를 의미한다.

227 아르헨티나 대통령을 역임(1890~1892)한 카를로스 엔리케 호세 페예그리니(Carlos Enrique José Pellegrini, 1846~1906)의 기념비가 있는 부에노스아이레스의 광장이다.

있는 것 같아요. 나는 양을 닮았으니까요."

"양이라고요? 순진한 당신은 스컹크를 닮았어요." 이시드로가 거리낌 없이 말을 던졌다.

"선생, 사는 걸 즐겨 보시지요." 프로그만이 얼굴이 벌게지며 말했다.

"내가 당신이라면 소독약에 몸을 담그겠소." 파로디가 말을 이었다.

"이웃 사람들이 수도관을 설치하면 선생의 무심한 충고를 따르겠다고 약속하지요. 내가 뭐라 하겠습니까. 목욕을 하고 선생을 만나러 오면 내가 가면을 쓴 줄 아실 겁니다."

푸키에흐 넥타이에 기트리 줄무늬 외투, 포춘 앤 베일리스 바지, 환절기용 벨세부 각반, 수제 굽을 넣은 벨페고르 신발을 신고 살짝 은빛이 도는 부드러운 콧수염을 한 헤르바시오 몬테네그로가 너털웃음을 터트리며 가벼운 걸음으로 씩씩하게 들어왔다.

"친애하는 선생, 내가 도와드리지요." 그가 큰 소리로 말했다. "내가 적중한 것 같은데, 만만찮은 코티[228]의 적수가 난입했다는 걸 길모퉁이부터 내 후각이 알려 주더군요. 이제 소독을 해야 할 시간이군요."

그는 바카라 담뱃갑에서 캐러웨이 향이 짙게 나는 커다란 마리아노 브룰 한 개비를 꺼내서 은색 라이터로 불을 붙였다. 그러더니 잠시 동그랗게 말려 올라가는 연기를 즐겼다.

---

228 프랑스의 조향사이던 프랑수아 코티(François Coty, 1874~1934)를 가리킨다.

"다시 육지를 밟아 봅시다." 마침내 그가 입을 열었다. "귀족적이고 수사에 뛰어난 내 후각에 기대어 보건대 어찌할 바 모르는 원주민주의자는 이 골방에서 어려운 일을 호소했을 뿐 아니라 산이시드로에서 발생한 범죄를 희화화하고 일그러뜨렸습니다. 파로디 선생, 당신과 나는 저런 옹알거림을 뛰어넘어야 하지요. 시간이 촉박합니다. 나의 고전적인 이야기를 들어 보시지요.

당신은 잠자코 계세요. 사건의 위계질서를 잡아야 하니까요. 우연의 일치로 그날은 바다의 날이었습니다. 나는 여름의 정면 공격을 피하기 위해 모자에 민소매 상의, 영국산 플란넬로 지은 하얀 바지, 샌들을 신고 조만간 돈 토르쿠아토에 사들일 별장에서 무뚝뚝하게 인부들에게 작업을 지시하고 있었지요. 고백하건대 그런 종류의 원예 작업은 한순간에 지나지 않을지라도 괴로운 문제를 털어 낼 수 있게 해 주지요. 사실 현대 정신은 괴로운 문제를 혐오합니다. 째질 듯한 20세기의 자동차 경적이 별장의 전원풍 대문을 두드렸을 때 놀라움을 금치 못했지요. 나는 욕을 퍼부으며 담배를 집어 던지고는 꼿꼿하게 몸을 세우고 유칼리나무 사이로 나아갔지요. 화려하고 늘씬한 사냥개와 함께 캐딜락 한 대가 천천히 내 땅으로 들어오더군요. 구과 식물들의 짙은 녹음과 12월의 부드러운 푸른빛 하늘이 배경이 되어 주었지요. 운전기사가 문을 엽니다. 근사하게 차려입은 여자가 내리지요. 좋은 신발에 비싼 스타킹을 신은 명문가 여자입니다. 몬테네그로 가문이라고 예상했는데 적중했지요. 내 사촌 오르텐시아, 고상한 우리 가문에서 빼놓을 수 없는 팜파 몬테네그로가 내게 향기로운 손을 내밀며 사랑스러운 미소를 지었지요. 친애하는 선생, 위트콤[229]이 필요 이상으로 숨김없이 그려 낸 바를 되풀이한다면 고상한 일은 아니겠지요. 선생은 일간지와 잡지에 등장하는 무수한 인물에 대해 읽으시니 그녀의 집시풍 머리와 깊고 어두운 눈, 콩가를 위해 태어났다고 할 정도로 격정적인 몸매, 어린 악마가 구상하여 생직물로 만든 여성용 투피스, 페키니즈, 멋스러움 등에 대해 알고 계시겠지요.

친애하는 파로디 선생, 이야기를 계속하지요. 그 멋진 숙녀 뒤로 머슴 같은 사내가 있었습니다. 작은 키에 이름은 르 파누, 토니오 르 파누였습니다. 그는 사람을 끄는 매력이 있었습니다. 비엔나식 무례함, 그러니까 표현이 잔학한 반면에 성격이 부드러운지는 모르지만 싸우지 않고 싸우는 사람으로 레기사모[230]와 다르타냥이 매력적으로 섞인 것 같았지요. 어딘지 모르게 무도를 가르치는 교사의 느낌이었고 학식 있는 멋쟁이 같았습니다. 프러시아의 외알 안경으로 자신을 감추고 짧은 보폭으로 걸어오면서 어정쩡하게 인사를 하더군요. 앞머리 사이로 넓은 이마가 드러났고 가무잡잡한 턱이 길게 내려와 있었지요.

오르텐시아가 웃으면서 내 귀에 대고 말하더군요.

'귀 좀 빌려주세요. 날 따라온 이 멍청이가 마지막 희생자예요. 허락해 주시면 결혼할 거예요.'

---

229 알렉산더 위트콤(Alexander Witcomb, 1838~1905). 아르헨티나에서 활동한 영국 사진가.

230 우루과이 출신의 기수인 이리네오 레기사모(Irineo Le Guisamo, 1903~1985)를 가리키는 것으로 보인다.

다정하게 표현한 그 선언은 스포츠인이 쓰는 '로 블로'라는 말처럼 충격이었지요. 사실 그 몇 마디 말로 오르텐시아가 바울리토 페레스와 혼인을 파기했다는 걸 알 수 있었으니까요. 나는 검투사처럼 충격을 받아들였습니다. 그렇지만 세심한 관찰자라면 순간적으로 내 모든 신경이 전율하고 이마에 식은땀이 흐르는 걸 봤을 겁니다.

나는 그 상황을 지배해야 했지요. 나는 행복할 수도 있고 어쩌면 불행해질지도 모르는 커플을 다독여 주려고 별장에 만찬을 준비하겠다고 했지요. 오르텐시아가 꾸밈없이 내 볼에 입맞추며 고마움을 표현하더군요. 르 파누는, 이 자리에서 말하기도 민망하지만, 무례하게 '식사와 결혼, 소화 불량과 무력증 사이에 무슨 관계가 있을까요?'라고 묻더군요. 나는 대담하게 화답을 생략하고 집에 있는 물건들을 하나하나 보여 줬습니다. 이루르티아[231]의 청동 황소와 구아나코사(社)가 만든 풍차도 빼놓지 않았지요.

지루한 방문이 끝나 갈 즈음 링컨 제퍼 자동차의 문을 열고 차에 올라 예비 신혼부부의 차가 있는 곳까지 데려다주고 돌아왔습니다. 나는 승마 모임에서 오르텐시아 몬테네그로가 바울리토와 혼인을 파기했다는 충격적인 소식을 감춰야 했습니다. 당연한 말이지만 그 충격에 땅속으로 들어가고 싶은 심정이었지요. 선생도 그 일이 얼마나 심각한지 가늠할 수 있을 겁니다. 오르텐시아는 내 사촌입니다. 나는 그런 방식으로 엄밀

---

231 로헬리오 이루르티아(Rogelio Yrurtia, 1879~1950). 아르헨티나의 조각가.

하게 친족과 가문을 규정하지요. 바울리토는 최고의 배경을 지녔어요. 모계로 보면 벤고체아 가문이니 늙은 토크만의 쇄광기들을 물려받게 됩니다. 혼인은 기정사실이었어요. 얘기도 돌았고 신문에 사진도 실렸으니까요. 결혼은 상이한 견해를 지닌 파벌들이 화해하는 계기이기도 했지요. 나 또한 데 구베르나티스[232] 주교님이 예식을 집전할 수 있도록 공주에게 도움을 청했습니다. 그런데 이제 하루아침에, 바다의 날에 오르텐시아가 바울리토와의 약속을 깨뜨렸습니다. 아주 몬테네그로 집안답다는 건 인정할 수밖에요!

가문의 어른으로서 내 상황은 미묘했습니다. 바울리토는 신경질적이고 폭력적입니다. 마지막 모히칸족이라고 할 만하지요. 어쨌든 아베야네다에 머물 때 자주 만났지요. 친구이자 단골처럼 날 찾아온 손님이었는데 그를 잃게 되다니 쉽게 받아들여지지 않더군요. 선생도 내 성격을 잘 알잖습니까. 나는 즉각 전투에 임했습니다. 승마장 흡연실에서 바울리토에게 장문의 편지를 보냈지요. 나는 그간 일어난 일에 대해 모른 척하고 가련한 토니오 르 파누에 대해 풍부한 풍자를 뽐냈지요. 사본도 챙겨 뒀습니다. 모두에게 그 불행은 수치였어요. 그날 밤이 혼란을 일소할 부적이 날아들었습니다. 토크만이 뒤이어 확인해 줬는데, 셜리 템플[233]이 전보를 보내 사랑하는 아르헨

---

232 De Gubernatis. 이탈리아의 작가이자 언어학자인 안젤로 데 구베르나티스(Angelo de Gubernatis, 1840~1913)에 대한 패러디다.

233 Shirley Temple(1928~2014). 미국의 여배우.

티나 여자 친구의 결혼에 거부권을 행사했다는 소문이 돌았지요. 셜리 템플이 어제 조카와 산레모 국립공원을 방문했다고 합니다. 어린 여배우의 최후통첩에 어쩔 도리가 없었지요. 알아보니 바울리토도 백기를 들었다고 하던데, 어쩌면 머잖아 그 매정한 여자와 르 파누의 결혼을 거부한다는 전보가 올 거라고 기대해도 될 테지요. 우리 사교계는 신뢰할 만합니다. 공감할 만한 파혼의 원인이 널리 퍼지자 모두 이해와 관용을 베풀더군요. 나는 그 분위기를 이용해 내 말을 실천하기로 결정하고 바리오 노르테 사람들이 팜파와 토니오의 약혼을 축하하기 위해 별장 문을 열고 만찬을 준비하기로 했습니다. 우리에겐 파티가 절실했어요. 요즈음 부에노스아이레스 사람들은 즐거운 일에 잘 모이지도 가지도 않지요. 계속 이 모양이라면 감히 예단하건대 서로 얼굴도 모르고 살 날이 올 겁니다. 클럽의 영국풍 안락의자들이 우리의 시선에서 전통적인 사교 모임을 밀어내선 안 되지요. 우리는 모여야 합니다. 분위기를 바꿔야 해요.

나는 깊이 고민한 끝에 파티 날을 12월 31일 밤으로 정했습니다."

2

12월 31일 밤 라스 베고니아스 별장에 늦게 도착한 르 파누 박사는 그럴듯한 변명을 해야 했다.

"네 애인이 널 보고 싶어 하지 않는 것 같은데 화냥년이랑 도망칠 생각인지 누가 알겠어." 마리아나 루이스 비얄바 데 앙글라다가 허풍조로 얘기했다.

"당신이나 그렇지요. 당신은 일부러 거들도 안 입었잖아요." 몬테네그로 가문의 아가씨가 대꾸했다. "내가 그 나이면 차분하게 기다릴 줄도 알 텐데요. 날 보고 배워 보시죠. 난 이렇게 만족스러운데. 물론 토니오가 오는 길에 죽을 거라고 상상하진 않지만 그런 얘긴 헛소문일 거예요."

"십오 분 정도라면 기다릴 수 있죠." 피부가 새하얗고 머리와 눈은 까맣고 손이 정말 아름다운 어느 기품 있는 여인이 말했다. "우리의 규칙에 따르면 산페르난도에서도 그렇게 한다는데, 택시 미터기로 십오 분이 지나면 밤새 머무른 것처럼 숙박료를 내야 해요."

공주의 말에 무거운 침묵이 흘렀다. 마침내 앙글라다 부인이 중얼거렸다.

"청서(靑書)[234]보다 아는 게 많은 공주 앞에서 말을 한 내가 미쳤지."

"당신 말은 지극히 개인적인 우아함과 고귀한 억양을 훼손하지 않으면서 공주가 여기 모인 우리의 모든 생각을 대변한다는 걸 인정하는군요." 본판티가 피력했다. "그 바보스러운 말, 무례한 표현은 모든 사람이 나면서부터 지닌 마음의 본성과 모든 지식이 공주에게 집약된다는 것에 반하지요."

"당신은 지식을 얘기할 만한 사람이 아닌데요." 공주가 정

234 영국 의회나 추밀원의 보고서. 표지가 청색인 데서 유래했다.

정했다. "세 번째 안뜰에 있는 관리실에서 《빌리켄》[235] 지난 호를 읽다가 점박이 말 파스만을 보고 깜짝 놀라시던데."

"코끼리는 절대 잊는 법이 없어요." 몬테네그로 아가씨가 박수를 쳤다.

"불쌍한 본판티, 이젠 도와주는 사람도 없이 우리가 아는 누구처럼 무너지네요." 마리아나가 말했다.

"숙녀 여러분, 질서와 발전을 위해." 몬테네그로가 청했다. "험악하게 그러지 말고 즐겁게 즐기시지요. 내 안에 있는 날 선 검객은 어떤 논쟁에도 일제히 들고 일어설 수 있지만 활기 넘치는 화합의 모임에 무감각하지 않습니다. 반어적일 수 있어도 감히 말씀드리건대 우리 새신랑의 부재가 향락적이면서 회의적인 예감이 들게 하네요."

"스테이크! 난 이만큼 두꺼운 갈비 스테이크였으면 좋겠어요." 롤로 비쿠냐 데 크루이프가 넓적다리를 감싸며 강한 칠레식 억양으로 말했다. 그녀는 금발의 백인에다 멋들어지게 차려입고 있었다.

"당신 입에선 정말 독창적이고 기발한 말이 솟아나는군요." 본판티가 말했다. "여기 여성들의 우월성을 모독하는 건 아닙니다만 정신 문제에서 여기 저돌적인 여성이 안데스 산맥 너머의 숙녀와 불공평한 싸움에 뛰어들려면 무척 애를 써야 할 겁니다."

공주가 끼어들었다.

---

235 《Billiken》. 1919년 창간된 아르헨티나의 아동 잡지.

"본판티, 당신은 늘 정신 얘기군요. 손님이 지불하는 건 건실하고 튼튼한 육신이라는 걸 언제쯤 이해할는지."

근사하게 입은 데 크루이프 부인이 그 힐책에 가세했다.

"저 후줄근한 남자는 우리 칠레 여자한테 몸이 없다고 생각하는 건가?" 부인이 옷깃을 내리며 항변했다.

"사람들은 다 지나가 봤는데 자기는 아직 너의 둥근 정원을 지나지 않았다고 생각하게 하려는 거겠지."(데 크루이프 부인이 베누스적 경험[236]을 위해 자신의 별장에 둥근 정원을 배치했다는 걸 모르는 사람은 없었다.) 마리아나가 말했다.

"롤로, 당신이 실수한 거야." 말처럼 생긴 얼굴에 거칠고 흰 머리가 많은 한 사내가 말했다. "저 가련한 친구는 당신을 상찬하려고 그런 거야."

"계속해, 계속하라고, 포트란코." 후안 라몬 히메네스[237]를 꼭 닮은 남자가 끼어들어 그를 고무했다. "내가 없는 셈 치고 내 부인과 편히 얘기하게."

"미련한 당신이 여기에 있잖아요." 아름다운 롤로가 애매하게 말했다.

"여자들은 편하게 얘기해야죠." 공주가 거드름 피우며 말했다. "고객은 편하게 얘기하는 데 익숙하다고 늘 생각했어요. 비용이 드는 것도 아니고."

---

236 베누스적 경험은 사랑, 성, 출산과 관련된 여성적 경험을 가리킨다.

237 Juan Ramón Jiménez(1881~1958). 1956년 노벨 문학상을 수상한 스페인의 시인.

"남자가 철이 없어요!" 롤로가 충동적으로 말했다. "얼굴을 들고 다니려면 지금 즉시 무릎을 꿇고 공주의 면전에서 당신의 지나친 행동에 대해 사과하세요."

볼리비아 케나의 합주, 자전거 벨소리와 거센 웅성거림이 뒤섞인 소리가 드 크루이프를 구해 냈다.

"내 사냥꾼 같은 귀에 뭔가 들리는 것 같습니다." 몬테네그로가 말했다. "트리톤[238]이 불평하는 소리 같은데요. 베란다에 나가 봅시다."

그가 거만하게 밖으로 나갔다. 공주와 본판티만 남고 모두 그를 따라나섰다.

"여기 있어 봐야 별게 없어요." 공주가 말했다. "돼지고기 편육은 내가 이미 눈독을 들여 놨지요."

몬테네그로와 초대 손님들은 회랑에서 심상치 않은 광경을 목격했다. 판초를 입고 자전거를 탄 사람들 무리 사이로 두 마리 흑마가 장례풍의 조용한 이륜마차를 끌고 미루나무 가로수 길을 따라 다가오고 있었다. 도랑에 빠질 위험이 있었지만 자전거를 탄 사람들은 핸들을 놓고 비틀대면서 볼리비아 케나를 가지고 어렵사리 서글픈 합주를 하고 있었다. 마차가 입구 계단 앞에 멈췄다. 소란이 이는 가운데 르 파누 박사가 마차에서 내리며 호위해 준 사람들의 박수에 감동스러워하며 고마움을 표시했다.

나중에 몬테네그로가 밝힌 바에 따르면 판초를 입고 자전

---

238 바다의 신인 포세이돈의 아들.

거를 탄 사람들의 정체는 아르헨티나 원주민 협회 회원들이었다. 악취를 풍기는 뚱보가 그들을 통솔했는데 이름이 마르셀로 N. 프로그만이었다. 이 집사는 툴리오 사바스타노의 직접적인 지시를 받고 있었으며 르 파누 박사의 비서인 마리오 본판티의 허락 없이는 입도 뻥긋하지 않았다.

"기발한 발상이네." 몬테네그로가 일갈했다. "예의 위엄과 중후한 외양은 아니지만 저 마차는 시공간의 제약을 받는 진부한 족쇄들을 흥미롭게 경멸하는군. 더욱이 여기 계신 숙녀분들의 베고니아가 예술을 사랑하는 아르헨티나인이자 새신랑인 그대에게 인사를 건네는군. 그렇지만 친애하는 토니오, 식후 편안한 휴식과 담소를 서두르지는 마세나. 바카라를 할 때는 어떤 연회에서도 빠지지 않는 콩소메 같은 클레리코[239]가 있어야지. 자네가 말은 하지 않지만 사교가로서 고상한 유락과 대화를 나누며 만찬을 즐겨야 하지 않겠는가."

팍톨로스가 장식한 거실에서 나눈 식후의 대화는 몬테네그로의 기대에 어긋나지 않았다. 비단 같은 머릿결을 풀어헤치고, 초췌한 눈에 콧구멍을 벌렁거리던 앙글라다 부인은 우격다짐으로 젊은 고고학자에게 들러붙어 식사와 술과 자리를 함께하며 질문을 쏟아 냈다. 싸움에 능한 청년은 거북이처럼 볼그레한 대머리에 방수가 되는 판초를 뒤집어썼다. 그는 절망적으로 장단을 맞추며 자기 이름이 마르셀로 N. 프로그만이 아니라면서 라톤 페루츠 데 아찰라[240]에 대한 얘기로 시간을 보

239 과일과 포도주를 섞어 만든 음료.

240 스페인 작가인 라몬 페레스 데 아얄라(Ramón Pérez de

내려고 몇 가지 수수께끼를 내며 그녀를 떼어 내려 애썼다. 포트란코 바레이로가 큰 소리로 "적당히 하시죠, 부인." 하고는 데 크루이프 부인의 위엄 있는 무릎에는 무신경한 채 "내가 바로 완력을 쓸 줄 아는 남자지요."라고 말했다. 푸펜도르프-뒤베르누아 남작 부인의 오른편에 부베 핀헤르만 혹은 장보노로 불리는 쿠노 핀헤르만 박사가 있었는데 즉흥적으로 반질반질한 과일, 설탕에 절인 밤, 수입산 담배의 꽁초, 가루 설탕, 데 구베르나티스 주교한테 잠시 빌린 빌리켄상을 가지고 제혁소의 초석이 놓이게 되면 값이 폭등할 땅에 세울 보호 시설의 축소판을 만들었다. 그 주제에 푹 빠져 있던 그는 화가 난 대화 상대자가 여성이라는 점을 눈곱만큼도 고려하지 않았다. 프리메로스 프리오스 협회의 명예 설립자이자 협회장이던 여자는 지나치게 유토피아적인 그의 끈적거리는 모형 건물보다 공주와 주교와 사바스타노의 대화에 끌렸다.

"난 개방적인 형식의 건물은 별로예요." 장보노가 만든 모형을 꼼꼼히 살펴보던 공주가 진중하게 말했다. "난 새로운 것에 눈이 가질 않더군요. 오히려 팬옵티콘[241]에 익숙하죠. 최종적인 단어인 팬옵티콘은 첨탑에 있는 마멋 같은 코토네가 쌍안경으로 모든 눈동자의 움직임까지도 감지하게 해 주지요. 당신들이 깜짝 놀랄 만한 전문가가 있어요."

Ayala, 1880~1962)를 가리키는 것으로 보인다.

241 Panopticon. 영국의 철학자 제러미 벤담(Jeremy Bentham, 1748~1832)이 제안한 감옥 양식. 원형 감옥 형태로 중앙에 죄수를 감시하는 탑이 있다.

"만세, 만세, 만만세!" 데 구베르나티스 주교가 중얼거렸다. "물속을 보시는 공주님이 우리 흥미로운 코토네의 활동과 이타주의에 커다란 고랑을 내셨군요. 정말 적재적소의 말씀입니다. 하지만 나는 매복한 유대인에 맞설 수 있도록 코톨렝고에 훨씬 엄격한 건축물을 지어야 한다고 생각해요. 유대인들이 알랑거리는 미끼로, 수염을 기르는 유대 교회의 유토피아적 미끼로 우리 교회의 몇몇 주요 인물들을 회유했으니까요."

사바스타노가 조심스레 끼어들었다.

"다 부숴 버리지는 마시지요, 주교님. 나중에 청소부조차 감당하지 못하면 어쩌려고요. 공주마마는 사실을 얘기했는데 주교님이 지나치셨네요. 아직 긴바지를 제대로 입지 못하는 어린애들도 아베야네다의 건물 형태가 어떤지 알고 있지요. 경찰의 날에 맞춰 탑이 세워질 테고, 거기에 코토네가 있겠지요. 호텔의 형태와 별개라고 반박하는 것 말고는 주교님에겐 다른 수가 없으시겠죠. 백만장자들의 거실은 첫 번째 안뜰을 향해 있어서 주교님이 들어올 때 내 코가 레노발레스의 책상에 부딪혔으니까요."

포트란코 바레이로가 파르타가스 시가 재를 프로그만의 왼쪽 귀에 털며 물었다.

"르 파누, 탑 같은 거라곤 찾아볼 수 없는 후미진 베르사유 도로의 칼사디야 도서관 기억나나? 하지만 자넨 규제에 미친 사람이 되려고 도서관을 필요로 한 게 아니었어. 자넨 파르도 로이아코모를 가정의 품으로 보내 버렸지. 그가 '뭔가'를 놓쳤다면서. 로타스 카데나스 프로그만도 알지만, '사례 구체화'를 이유로 나를 도서관장직에서 끌어내렸어. 그런데 고작 도롱이 벌레한테 원한을 품을 사람이 있겠는가."

그의 강한 가슴과 꼿꼿한 목에서 오는 공격을 르 파누 박사는 이렇게 받아넘겼다.

"이름 모를 그 도서관과 당신에 대한 유일한 기억이라면 아무것도 기억에 없다는 겁니다. 공공 변소의 부속물 같은 건 잊어버렸죠. 당신도 당신 동료도 내가 기억을 못 한다고 불쾌해하고 헐뜯을 순 있겠지요."

"아주 상업적인 척도가 내 관점을 방해했을 수도 있겠지만," 핀헤르만 박사가 거드름을 피우며 튜턴인처럼 묵직하게 말했다. "르 파누 박사, 당신의 두뇌가 아무리 망각에 뛰어나다고 하더라도 연휴에 당신과 내 누이인 에마와 내가 동물원에 가려고 각자 1페니히를 냈고 그곳에 있는 동물이 남아메리카 동물이라고 당신이 설명했다는 걸 모르진 않겠지."

"부베 씨, 말도 안 됩니다. 그런 경우라면 가장 해설적인 동물학자라도 침묵을 지켰겠지요. 후회하고 도망치지 않으려면 말이죠." 르 파누가 퉁명스럽게 말했다.

"화낼 게 뭐 있나, 뺏뺏이,[242] 야채 먹다가 목이 막히겠네. 주근깨가 범벅인 유대인도 나도 자네를 지하철 바닥의 가래 신세가 되게 놔두진 않을 걸세." 포트란코가 그를 진정시키고 불쌍한 결핵 환자처럼 기침을 해 대는 그의 등을 사이좋게 두들겨 줬다.

사바스타노는 그 일이 벌어지는 틈을 이용해 오만한 데 크

242 목(cuello)을 두고 하는 말이다.(마리아나 루이스 비얄바 데 앙글라다 부인의 주석)(원주)

루이프 부인에게 귓전에 대고 얘기했다.

"누가 그러는데, 부인이 별장 키오스코를 관리한다고 하던데. 세상에나, 그럼 키오스코 사내를 알아보시겠네!"

롤로는 천문학이라도 되는 양 무관심하게 등을 돌렸다.

"장난치지 말고 파커 펜이나 건네주세요." 데 구베르나티스 주교가 그에게 명령했다. "아주 친절한 사바스타노 박사에게 주소를 하나 줘야겠어요."

반쯤 감은 눈, 긴장해 드러난 치아, 바짝 올라간 턱 끝, 정상적인 호흡, 꽉 쥔 주먹, 구부린 팔, 정해진 높이에 가뜬히 놓인 팔꿈치. 마리오 본판티 박사가 몇 미터 떨어져 있던 헤르바시오 몬테네그로에게 체조식 걸음으로 어렵지 않게 다가갔다. 거의 그를 지나갈 즈음 데 구베르나티스 주교의 발에 걸렸다가 몸을 일으켰다. 누군가 헐떡거리면서 몬테네그로의 오른쪽 귀에 무거운 어조로 소곤거렸는데 모든 이가 그 말을 냉담하게 듣고 있었다.

몬테네그로는 침착하게 그 말을 듣고 아주 납작한 모바도 시계를 보더니 자리에서 일어났다. 위대한 연설가에게 샴페인이 빠지지 않듯이 잔을 들고 우아하게 말했다.

"말 그대로 가상한 노력의 노예이자 우리의 박식한 집사가 방금 제게 알려 준 바에 따르면 1944년 새해가 밝기까지 몇 분 남지 않았답니다. 회의론자도 웃을 겁니다. 선전용 여론 조사에 대항하여 늘 펜싱 검을 내두르는 나도 주저 없이 시계를 봤습니다. 놀랐다는 말은 여기까지 하죠. 12시까지 정확히 십사 분 남았습니다. 집사 말이 맞았네요. 가련한 인간의 본성에 우리를 맡겨 봅시다.

몇 년에 걸친 힘겨운 일에도 불구하고 1943년이 얼마 남지 않은 마지막 몇 분을 버티며 뭔지 모를 나폴레옹 시대의 근위병처럼 냉정하고 늠름하게 물러나고 있습니다. 훨씬 새롭고 민첩한 1944년이 제 동개에 든 화살로 1943년을 끈질기게 위협하네요. 여러분, 나는 백발의 노인도 아니고 젊은이들의 신심을 받고 있지만 내 자리를 앞날에 맡기기로 했습니다.

다가오는 내년 1월 1일. 이날은 곡괭이가 아니라 지하 광부들의 노력으로 만들어질 갱도들을 떠올리게 합니다. 모든 갱도가 각별할 겁니다. 학생들은 내년에 긴바지를 입으리라고 기대할 겁니다. 건축가는 자신의 노력으로 훌륭한 원형 지붕을 세우길 기대하겠지요. 군인은 공적인 일을 수행하는 희생적인 삶을 상징할 멋진 양모 견장을 기대하지요. 그 견장은 사랑하는 여인을 기쁨에 넘쳐 울게 할 겁니다. 이 용사는 조부모의 이기심으로 강요된 정략결혼에서 여인을 구해 낼 겁니다. 대식가 은행원은 인생 열차를 화려하게 치장하는 특급 암탉의 충직함을 기대하고 있지요. 목자들은 자신들의 의지와 상관없이 누군지 모를 현대판 카르타고인이 강요한 배반의 전쟁을 승리로 끝내려고 할 겁니다. 마술사는 물건이 부딪치는 틈에 수많은 토끼를 꺼내고 싶겠지요. 화가는 학계의 인정을 받고 특별 전시회에 초대되길 기대할 겁니다. 축구 팬은 페로 카릴 오에스테 클럽의 승리를 기대할 테지요. 시인은 원고에 장미를 그려 내려 하고 사제는 「테 데움」을 부르려 할 겁니다.

여러분, 오늘만큼은 현재 시간을 물어보는 습관과 해로운 강박에서 벗어나 거품에 입을 적셔 봅시다.

이상으로 얘기를 마치는 게 좋을 것 같습니다. 비판적인 확대경으로 오늘날의 파노라마를 살펴보면 참으로 막연합니다. 하지만 어딘가 주의를 기울여야 할 오아시스가 있다는 걸 경험 많은 관찰자에게 계속해서 알려야 합니다. 그 오아시스가 사막 같은 자연이 정열에 불타고 있음을 겨우 확언해 주는 예외더라도 말입니다. 예절도 어찌하지 못하는 그대들의 눈짓 때문에 빨리 결론을 내야겠네. 정말로 소중한 우리의 오르텐시아와 그녀에게 사랑을 맹세한 기사 르 파누 박사 말입니다.

신경 쓰이는 단점을 가려 주는 장밋빛 면사포도 그 단점을 크고 두드러지게 보여 주는 현미경도 모두 버리고 열린 마음으로 여기 있는 한 쌍의 특징적 면면을 말씀드리지요. 여기 숙녀분을 위한 자리에 그녀가 있습니다. 향기롭고 풍성한 머릿결, 온화한 속눈썹 아래에서 여린 시선을 보내는 눈, 아직까지는 지저귐과 사랑, 과자와 립스틱밖에 모르지만 내일이면 눈물을 알게 될, 아차, 그녀의 입, 그런 그녀 앞에서는 어떤 묘사도 초라해 보일 겁니다. 죄송합니다. 뛰어난 판화가가 몇 번의 획으로 실루엣과 그림을 그려 내는 유혹을 다시 한번 양도해 주는군요. 여러분은 몬테네그로 가문과 그 가문의 여자를 묘사하려고 속삭이시겠지요. 이제 그녀의 연인으로 옮겨 가 봅시다. 유일무이한 이 인물에게 다가가려면 우리를 둘러싼 가시덤불과 주변의 무성한 잡초를 치워야 합니다. 고전적 정전의 가장 초보적인 요건을 무시하는 것에 만족하는 번거로운 서설을 대신해 말씀드리자면, 르 파누 박사는 신랄한 문장과 대인적(對人的)인 논법이 마르지 않는 샘이며 훌륭한 품성의 아이러니로 무르익은 사람입니다. 그는 '열려라 참깨'를 말할 능력 있는 애호가들 가까이 있으니 개폐교를 내리고 소박함과 다정함이라는 보물을 우리에게 선사할 것입니다. 그 보물이 아무리 많아도 상거래에서는 쓸모가 없지만 말입니다. 나는 온실의 산물이자 학자로서 튜턴인의 견고한 회반죽에 비엔나의 불멸의 미소를 하나로 이은 사람에 대해 말하고 있습니다.

하지만 우리가 마음에 품은 이 사회학자는 머잖아 유력한 위치에 오를 것입니다. 최근 봉사 활동의 가교 역할로 피곤한 이 행복한 한 쌍의 결혼식엔 여기 오신 이상적인 하객분들과 훌륭하지만 잠시 보러 오시는 분들 외에 더 많은 분을 모시지는 않을 겁니다. 실로 이 정략결혼은 산마르틴 데 토우르스 교회에서 치러질 것입니다. 데 구베르나티스 주교님의 권위 있는 예식을 치르고 저명한 가문의 오랜 계보 속에 혼혈에서 온전히 자유롭지는 못했지만 제 혈통의 활기를 느낄 새로운 조류의 지표로 삼으려고 합니다. 엄격히 보존된 그 씨앗이 순수하고 진정한 아르헨티나성이 담긴 상자를 보관하고 있지요. 그 나무 상자 안에서 토니오 르 파누 박사는 속간(束桿)의 힘찬 새순을 접목하는 일을 맡게 될 것입니다. 맹세코 정통 원주민주의의 유용한 교훈을 배제하지 않으면서 말이지요. 이는 늘 그랬듯이 공생을 의미합니다. 이번 결혼과 관계 있는 분들이 거부하진 않으실 겁니다. 우리의 주요 가족들은 극도로 절망적인 자유주의로 쓰러졌을지도 모르지만 미래를 위한 이 세례를 기꺼이 받아 줄 것입니다. 그런데(설교자가 음색을 바꿨다.) 결정적으로 매혹적인 현재는 바로 여기에 있습니다."

다부지고 혈기왕성하며 성난 표정에 강인해 보이는, 보통 키에 팔이 짧은 신사가 발코니로 들어가더니 격정적이고 단조롭게 상스러운 말을 내뱉었다. 그 훼방꾼이 하얀 옷을 입었다는 걸 모두 눈치챘다. 자세히 보지 못한 몬테네그로는 그가 매듭이 있는 방망이를 들고 있다고 생각했다. 자연과 예술의 모든 힘에 민감한 롤로 비쿠냐 데 크루이프는 목을 꼿꼿이 세우고 어깨 위에 똑바로 박힌 그의 머리에 찬탄했다. 핀헤르만 박사는 편자 모양의 커프스단추를 322페소로 평가했다.

"침 삼켜, 마리아나, 침 삼켜." 몬테네그로의 딸이 황홀해하며 소곤거렸다. "바울리토가 날 위해 싸우러 온 거 보이지. 널 위해서라면 갈리시아인도 싸우러 오지 않아."

그 말에 자극받을 수밖에 없던 마리오 본판티 박사가 대갈쟁이에다 스포츠형에 털이 많은 그 성난 자를 막아서더니 흑인 권투 선수 잭 존슨[243]의 경호원을 자처했다.

"무례한 자와 억지 부리는 자는 같은 부류죠." 그가 현학적으로 말했다. "소동을 일으키면 기사답게 조용히 만들겠소. 소란을 피우면 엄중히 꾸짖을 것이고, 욕을 한다면 과감히 싸울 것이며, 참견한다면 내가……."

마리오 본판티가 아르헨티나식으로 도발하며 던진 말의 몇 구절을 수첩에 적고 있던 프로그만은 그의 마지막 말을 받아쓸 수 없었다. 그 문장은 바울리토의 몽둥이질에 어쩔 수 없이 미완으로 남았다.

"페스토 씨가 풀려났네." 사바스타노가 말했다. "내 경우엔 코를 비틀면 아데노이드염이 낫던데."

그 알랑거림을 이해하지 못한 바울리토가 대꾸했다.

---

243 Jack Johnson(1878~1946). 미국의 프로 권투 선수로 흑인 최초의 헤비급 세계 챔피언이다.

"한마디만 더 하면 그 껑거리끈 같은 얼굴을 뭉개 주지."

"그처럼 비관적이어서야 되나." 사바스타노가 재빨리 물러나며 대꾸했다. "그렇게 슬픈 일이 있으면 안 되니 난 이만 빠지겠소."

충격적인 그 말을 던지더니 평판 있는 롤로와 다시 얘기를 나눴다.

르 파누 박사가 자리에서 일어났다.

"가래 뱉는 통 같은 이 사람이나 프로그만을 집어 던질 수 있는 물건인 양 모욕하면 안 되지." 그가 소리쳤다. "도망치시오, 마탈디. 내 대부들이 내일 당신이 사는 마구간에 갈 거요."

바울리토가 탁자를 내리치자 잔 몇 개가 깨졌다.

"잔이 깨졌어!" 쿠노 핀헤르만 박사가 공포스러운 분위기를 풍기며 말했다. 그러더니 자리에서 일어나 "깨졌어!"라고 되풀이하면서 바울리토의 팔꿈치를 잡아 발코니로 내던졌다.

자갈 위에 고꾸라진 바울리토가 힘겹게 몸을 일으키더니 협박하는 말을 지껄이며 자리를 떴다.

"이거야 원, 여름 폭풍 같군!" 그 구제 불능 망상가가 잠시 테라스에 와서 인사를 건네고 담배를 피운 뒤 몬테네그로는 테라스에서 돌아오며 말했다. "교양 있는 사람이 보기에 이 소란이 낳은 우스꽝스런 결말은 그게 얼마나 무용하고 하잘것없는지 충분히 변설하고도 남을 정도군요. 강한 감동을 좋아하는 사람이라면 나무랄 데 없는 내 가슴에 숨겨진 검객이 미리 나서지 않은 것을 한탄할 겁니다. 하지만 인습적인 분석가라면 그런 사소한 일에는 아랫사람 몇 명이면 충분하다고 할 테지요. 어쨌든 여러분, 바울리토는 퇴장했습니다. 유치하기 짝이 없는 어린애 같은 행동은 잊어버리고 올해를 기리고 우리의 커플을 축하하고 미소를 짓고 계신 이 자리의 숙녀분들을 위해 잔을 들어 부드러운 턱수염을 적셔 봅시다."

롤로가 풍성한 머리를 사바스타노의 어깨에 올리며 몽환적으로 중얼거렸다.

"세르부스 남작 부인의 농담을 듣자 하니 부베 장보노가 아주 건강한 사람이라던데. 그 주소를 나한테 돌려주세요. 저 유대인에게 줘야겠어요."

3

"우리가 목격한 장면, 두 개의 톨레도산 검과 두 기사단의 조금은 위험한 충돌이 과장된 평화와 월스트리트 때문에 발생한 지난 몇 년 동안의 전쟁 중 가장 강력한 사건에 해당한다는 걸 기분 좋게 받아들입시다." 몬테네그로가 그날 아침 세 번째 담배에 불을 붙이며 말했다. "평론가도 아연실색하며 다채롭게 평가할 변화무쌍한 삶을 살아오면서 나는 닭 날갯짓처럼 보잘것없는 우리의 환상이 겨우 일궈 낸 앙시앵 레짐 시절의 중대한 결투에서 불가피하게 칼을 든 적이 있었지요. 솔직히 가장 경험이 풍부한 자가 이 사건에서 공론의 칼자루를 쥐어야 하지 않겠습니까."

"그 입 좀 다무세요, '염수콧' 씨. 당신 '밀크 커피'가 식고 있잖습니까." 바레이로 박사가 다정하게 소리쳤다.

"널리고 널렸네!" 몬테네그로가 부드럽게 대꾸했다. "하수체가 그 모카라는 악마를 절실히 찾는군."

그가 상석에 앉았다. 핀헤르만, 데 크루이프, 바레이로, (파스를 붙인) 바울리토, (찜질 붕대를 감은) 르 파누, 토크만이 베라사테기[244]라는 별명이 있는 수수한 청소부 같은 마르셀로 N. 프로그만이 잔뜩 가져온 크루아상을 먹으며 이야기를 나눴다.

포트란코가 르 파누 박사의 식탐을 막으려고 손으로 쳐냈으나 실패하자 이렇게 말했다.

"모르폰[245]같이 테라부시[246]를 전부 당신 배 창고에 넣을 판이로군."

"모르폰?" 장보노 핀헤르만이 아리송하게 말했다. "모르폰 말고 모르몬[247]이 낫겠는데. 하하하."

"쓸데없는 소리만 하는군, 핀헤르만. 당신 수준에 맞게 날 괴롭히려면 찜질 붕대 하나와 따끔거림으로는 모자라겠는데." 르 파누 박사가 말했다. "그 역설에 제안하건대 전장에 나가 싸우든지 아니면 도망치는 것으로 그 멍청한 하하하 소리를 고치시죠."

"보아하니 당신은 증권 거래와 담을 쌓고 사는 것 같은데." 장보노 핀헤르만이 하품을 하며 말했다. "당신의 제안은 동결됐습니다."

수영 초보자처럼 예민한 독자라면 짐작했겠지만 우리가

244 부에노스아이레스주의 행정 구역이기도 하다.
245 대식가, 식충이를 의미한다.
246 1911년 설립된 아르헨티나의 과자 회사.
247 모르몬교도를 가리킨다.

보고 있는 내용은 헤르바시오 몬테네그로의 '안 될 것도 없죠?'라는 요트의 선내에서 벌어진 일이다. 몬테네그로는 다양한 색채와 피서객이 넘쳐 나는 우루과이의 시건방진 해안을 도도하게 등지고 뱃머리를 부에노스아이레스로 돌렸다.

"얼간이 같은 인신공격은 그만둡시다." 몬테네그로가 제안했다. "'결투 감독자'로서, 사브르를 다룰 줄 아는 검객이자 사교계의 귀족으로서 쉽지 않은 내 역할에 집중해 주시죠. 나도 건강을 위한 빵을 먹을 권리가 있어요."

"대단한 감독에 대단한 빵이네요." 바울리토가 투덜거렸다. "별것 아닌 일에 우유 탄 마테차처럼 낯빛을 바꾸시더니."

"그래요." 르 파누 박사가 동의했다. "나는 당신이 도피적인 성격이라고 확신하지 못했는데 브라질 국경으로 신나게 가버리더군요."

"헛소리에 중상모략입니다." 바울리토가 항변했다. "공이 울리기 전에 바퀴벌레 같은 당신을 퓌레로 만들어 주죠."

"퓌레?" 토크만이 흥미로운 듯 되물었다. "난 가루로 만든 거라면 언제든 환영입니다."

그 순간 바레이로가 신중하게 끼어들었다.

"그만하지, 좀팽이들. 이해가 안 되니 지루한가 보죠?"

"단물에 풍덩 빠져 좌욕을 한다면 더 지루할 거요." 바울리토가 말했다. "내가 개 같은 얼굴을 하고 짖어 볼 테니 놀라 보시죠."

"개 얘기를 하니 다른 얘기가 생각나는군." 포트란코가 말했다. "지난번에 꾸며 볼 생각으로 이발소에 갔는데 울화통이 터질 것 같아 컬러판 신문 부록에 있는 이야기 하나를 읽었지.

거기에 「예언하는 개」[248]가 실렸는데 별로 재미가 없더라고. 흰 색 옷을 입은 사내가 정원에서 사체로 발견됐다는 얘기였지. 마테차를 마시면서 범인이 범행 장소에서 어떻게 도망쳤을지 생각해 보게. 범행 장소로 가는 길은 하나뿐인데 그 길을 빨간 머리의 미국인 비서가 감시하고 있었으니 말이네. 결국엔 자네가 변변찮은 사람이라는 걸 인정하게 될 거야. 한 신부가 모든 계략을 찾아내고 자넨 할 말을 잃을 테니."

르 파누가 대답했다.

"그 이야기의 가정적 미스터리에 우리의 켄타우로스는 태생적 설명과 사지동물의 구조에 대한 진정한 미스터리를 더하지요."

"사지동물?" 토크만이 흥미를 느끼며 물었다. "나는 늘 동물원의 작은 기차 때문에 동물이 끄는 수레가 결정적으로 패배했다고 생각했지."

"그래요. 그렇지만 동물이 길게 줄을 지어 끈다면 석유를 아낄 수 있겠죠." 핀헤르만이 피력했다. "그렇게 해도 10센타보겠지!"

바레이로 박사가 말했다.

"10센타보는 잊어버려요, 유대인 씨. 그러니 아직도 당신을 유대인으로 보잖소. 하여간 돈 만드는 기계하고는 떨어질 줄 모른다니까."

그러면서 르 파누 박사를 부드럽게 바라봤다. 르 파누 박사

248 영국의 언론인이자 소설가인 길버트 키스 체스터턴(Gilbert Keith Chesterton, 1874~1936)의 『브라운 신부의 불신』에 포함된 단편이다.

가 말했다.

"누차 얘기하지만 노력하는 법률가로서 보건대 당신들은 은어와 파격 어법을 포기하지 않는군요. 혈기 넘치는 목 좀 자제하세요. 당신이 저 몽땅한 부베의 그림자가 되기를 고집한다면 내가 당신의 그림자가 되는 건 그만두지요."

"검은 행운이군, 친구들." 바레이로가 말했다. "나한테는 단안경 쓴 그림자가 걸렸군."

몬테네그로가 끼어들어 몽상가처럼 말했다.

"때로는 아주 민첩한 달변가가 토끼를 놓치지. 그대들의 우아하지만 산만한 대화에는 용서할 만한 경멸과 아주 똑똑한 머리에서 나온 깊은 생각이 들었지만 그로 인해 나는 우리 회합의 열띤 대화 중 몇 가지 내용을 놓쳐 버렸네."

그 자리의 모든 사람이 열띤 대화를 한 것은 아니었다. 독자조차 빔보 데 크루이프가 비둘기 모양의 마르멜로 젤리에 빠져서 입도 뻥긋하지 않았다는 걸 눈치챘을 것이다.

"아이고, 데 크루이프." 바레이로가 안타깝다는 듯 말했다. "입을 채웠으면 얘기를 해야지. 무성 영화라도 찍는 건가, 유랑자 씨. 우린 현대인이잖나."

몬테네그로가 그를 지원했다.

"내가 말로 다독여 보지." 네 개째 브리오슈[249]를 집어 먹으며 그가 말했다. "지나친 침묵은 멋진 사내가 고독 속에서 취하는 일종의 가면이야. 하지만 사랑하는 친구들의 모임에선 서

---

249 곡분, 계란, 버터, 크림 등으로 만든 프랑스 빵.

둘러 내던져 버려야지. 친애하는 빔보 씨, 농담이든 험담이든 쌍욕이든 해 보라고!"

"뿔이 무거워서 대가리를 처박은 벙어리 투우로세." 핀헤르만 박사가 대놓고 조롱했다.

"그런 메타포로는 아니죠." 르 파누가 제안했다. "투우를 수소[250]로 바꿔야죠. 그래야 훨씬 더 정확해요. 상스럽게 말입니다."

창백한 얼굴에다 무신경하던 데 크루이프가 냉담하게 말했다.

"내 마누라를 욕보이는 말을 한마디만 더 하면 돼지 멱따듯 해 주지."

"돼지라고?" 토크만이 흥미로운 듯 물었다. "내가 늘 하는 말이지만, 콘피테리아 델 가스 제과점에서 상추 샌드위치가 많이 팔린다는 것으로 돼지고기를 평가하기엔 부적절하단 말이지."

4

이 시대의 핵심 파노라마에 대한 냉소적인 시선으로 앞서 벌어진 일을 언급한 몬테네그로는 프로그만의 마지막 남은 라신봄보 담배를 피우는 걸 사양하고 목이 아프다면서 프로그만에게 말을 넘겼다.

---

250 buey. 스페인어로 buey는 거세된 수소를 가리킨다.

"파로디 선생, 내 입장에서 생각해 보시죠." 카뇨 마에스트로라는 별칭이 있는 마르셀로 N. 프로그만이 낮은 목소리로 말했다. "카체우타 온천[251]에 걸고 맹세하건대 그날 밤 그들은 나한테서 치즈 냄새가 나는 것보다 더 만족스러워하더군요. 자전거족이 분명한 비시클레타가 서류를 넘겼고, 잠시 후 젓니가 서명했지요. 그렇게 젓니가 비시클레타의 모든 밀라노 여자들을 관리하지요. 사건이 벌어진 그날 밤 르 파누 박사는 발네아리오 대로에서 가우초 퍼레이드가 있을 때 상영될 애국적인 영화를 보러 셀렉트 부엔 오르덴 극장에 간다면서 산이시드로에서 레티로로 갈 참이었지요. 우리는 정말 들떠 있었어요. '내부' 밀고자들이 우리가 명예로운 회합을 이탈해 가우초에 관한 영화를 보는 르 파누 박사를 가까이서 보기 위해 무더기로 부엔 오르덴 극장에 가려 한다고 퍼트릴까 봐 몇몇은 조바심을 냈지요. 그저 골탕 먹이려고 「중산층 성인을 위한 체조」라는 작품을 미끼 삼아 그 영화를 몰래 끼워 넣었으니까요. 물론 야유를 한 사람도 있었죠. 내가 거기 있었다면 내 악취에 자리를 떴을지도 모르겠네요. 뒷일은 뻔했어요. 오만불손한 매표소 직원 때문에 대다수가 가기를 꺼렸습니다. 물론 몇몇은 결정적인 이유를 대며 나서지 않았죠. 젓니는 트롬파가 참여할지에 대해 공식적으로 확인하지 못했다고 했고, 순진하게 규율을 따르는 성격인 골페 데 푸르카는 로페 데 베가 대로와 가우나 대로가 만나는 모퉁이에 가면 세몰리나 밀가루를 나눠

251 아르헨티나 북서부에 위치한 온천 공원.

준다는 (매혹적인 내용이 담긴 마분지 초대장의) 신기루에 현혹되어 있었죠. 네오나르도 L. 로이아코모라는 별명이 있는 토르투고 비에호는 누군가 귀찮게 전화를 걸어 성직자회가 특별히 전세 낸 견인차 없는 전차에서 가예가나 신부가 손수 네그로 팔루초의 초상이 담긴 우편엽서에 서명할 거라고 전해 줬다는 것이 이유였지요. 나도 핑곗거리가 있어서 굼뜬 원숭이처럼 아우토모토[252] 자전거 페달을 밟아 산이시드로에 가야 한다고 했죠. 나는 자전거로 승합차를 비껴 다니기도 하고 스케이트 타는 어린애들과 경주를 하기도 하는데 외투 속으로 굵은 땀방울을 쏟아 봤자 금세 꼬리를 내리고 말지요. 난 어느새 녹초가 됐지만 핸들을 놓지 않았어요. 조국의 위대함과 아르헨티나인이라는 자긍심을 온몸으로 느끼며 엉금엉금 비센테 로페스 대로에 들어서고 있었으니까요. 거기서 나는 기운을 내려고 재빨리 고기구이로 유명한 엘 레케테 식당에 들어갔어요. 노점상이 하나도 없었으니까요. 그곳에서 수프를 만들어 먹을 옥수수죽과 빵을 달라고 했더니 교활하게도 이집트콩 스튜를 주지 뭡니까. 종업원을 자극하지 않으려고 거칠게 항의하진 않았어요. 꽤 험하게 굴 것 같았거든요. 게다가 로스피탈레트 반병을 마시게 하는 바람에 술값을 치른 뒤에야 길을 나섰지만 아주 힘들었어요. 내 티셔츠가 이젠 주인장을 따뜻하게 해 주고 있다니까요."

"그 음식점 주인 하는 짓이 역겹군." 몬테네그로가 말했다. "당신의 그 매력적인 티셔츠는 네소스의 현대판 튜닉이라 할

252 1902년에 설립된 프랑스의 자전거, 오토바이 생산 회사.

터, 이 지역 스컹크의 확실한 특권인 고독을 그자에게 심은 것이오, 영원히!"

"그 주먹만 한 진실이 재밌네요." 프로그만이 말했다. "원주민은 항의할 때 아주 불같아요. 나는 복수를 할 때는 망설이지 않지요. 지금 내가 한 복수 얘기에 여러분이 뚱뚱보처럼 날 비웃을 수도 있지만 말입니다. 맹세컨대 아르헨티나의 위대한 발명품인 지문 인식기가 없다면 어떤 바스크인한테도 맞설 수 있습니다. 식당에서 다시는 날 건드리지 못하게, 그 폭군 같은 놈들이 내 자리를 마음대로 하지 못하게 말이죠. 나는 그런 마음으로 비센테 로페스 대로에서 있었던 일에 신경 쓰지 않고 자전거로 산이시드로에 갔습니다. 나무 옆에다 몰래 소변도 보지 못했지요. 어린놈이 나의 장탄식을 무시하고 자전거를 가져가 버릴 수도 있었으니까요. 어쨌든 나는 둥근 정원이 있는 데 크루이프 부인의 별장에 미끄러지듯이 다다랐지요."

"그런데 그 시간에 산이시드로에서 뭘 한 거요, 굼뜬 원숭이 씨?" 파로디가 물었다.

"정곡을 찌르시네요, 파로디 선생. 나는 해야 할 일이 있었어요. 쿠노 씨에게 협회장이 보낸 선물용 도서를 직접 전해야 했지요. 말장난 같은 제목이 있긴 했지만 무슨 말인지 모르겠더군요."

"잠깐만요, 잠깐만요." 몬테네그로가 청했다. "삼 개국 언어를 쓰는 내가 포문을 열죠. 그 문제적 작품은 앵글로색슨의 작품 중 가장 이해하기 힘든 『브라운 신부의 불신』입니다."

"나는 기분을 풀려고 입으로 기차 소리를 내면서 갔는데 얼굴은 땀으로 범벅이었고 갓 만든 치즈같이 다리가 풀려 있었죠." 프로그만이 계속했다. "나는 칙칙폭폭 소리를 내며 가다가 그 순간 고꾸라질 뻔했어요. 만차 놀이[253]를 하듯이 한 남자가 위태롭게 벼랑을 기어오르는 게 보였거든요. 투팍 아마루[254]가 누군지조차 잊어버릴 정도로 난감한 상황에서 나는 들을 가로지르며 급류처럼 막을 수 없는 탈주를 감행하고 싶은 마음이 간절하더군요. 하지만 르 파누 박사가 책을 전하지 못했다며 나를 비난할 게 뻔한데 어떻게 그랬겠어요. 나는 용기를 내 두려움을 이겨 내고 온순한 동물처럼 그에게 인사를 건넸고, 그제야 누군지 모를 그 사람이 데 크루이프 씨라는 걸 알았습니다. 달빛에 붉게 변한 그의 수염이 보였으니까요.

인디오는 영악합니다, 파로디 선생. 데 크루이프 씨가 인사는 하지 않았지만 날 알아봤을 거라고 생각했죠. 그가 인사도 하지 않는 무례한 사람이라면 사람들이 콧수염이고 턱수염이고 단번에 잡아 뽑아 버렸을 테니까요. 내 경우는 달랐어요. 두려움은 단순하지도 않지만 화를 부르지도 않지.

나는 무슨 일이 있을까 싶어서 칙칙폭폭을 멈추고 사내답게 처신했습니다. 시끄럽게 굴었다가 그 수염 기른 사람이 나한테 화를 낼까 봐 말이지요. 나는 시간을 재촉하며 출발했지요. 차라리 박제된 토끼처럼 가만있는 편이 나았을 텐데. 낮은 산을 오르기도 하고 나중엔 진흙과 도랑을 빠져나와야 했죠, 날 보았다면 칸돔베 북[255]으로 오해했을 겁니다.

---

253 앉은뱅이놀이나 얼음땡놀이와 유사하다.

254 Thupaq Amaru(1545~1572). 잉카 제국의 마지막 황제였다.

255 Candombe. 아프리카에서 유래한 것으로, 아르헨티

어찌나 겁이 나던지! 그 작은 산이 이번엔 르 파누 박사의 배가 됐는데 나도 모르게 밟고 말았지요. 하지만 아무 반응이 없는 겁니다. 감자튀김을 곁들인 스테이크처럼 죽어 있었으니까요. 이마에 엄지손가락만 한 구멍이 난 채 공도에 벌러덩 누워 있었어요. 거기에서 시커먼 피가 흘러나와 얼굴이 피딱지로 범벅이었어요. 그때 트롬파를 목격하고 작은 공처럼 몸을 웅크렸는데 그 건달이 흰색 조끼에 각반, 판타시오 상표의 신발을 신고 있더군요. 하마터면 '식물에게 개흙과 퇴비를'이라는 흥겨운 탱고 가사를 외칠 뻔했지요. 그 조악한 신발을 보고 우잉코의 진흙에 들어가 거물처럼 서 있는 얌비아스 씨의 사진이 떠올랐다니까요.

나는 무시무시한 이야기를 읽는 것보다 무서웠습니다. 하지만 가만있을 수는 없었죠. 범죄자가 그 주위를 배회하고 있어서 총알처럼 그곳을 빠져나왔다는데 크루이프 박사의 말이 기억났지요. 주위를 살피다 로터리 키오스크에 시선이 멈췄습니다. 데크루이프 부인이 머리가 풀린 채 달아나는 게 보였거든요."

"훌륭한 화가의 붓놀림이 필요할 때로군요." 몬테네그로가 말했다. "당신의 그림에서 대칭에 주목해 봅시다. 위에 두 인물이, 아래에도 두 인물이 두드러지게 그려졌지요. 맨 위로 롤로 비쿠냐가 달빛에 아주 극명히 드러나 있지만, 사건에 아무 도움

나와 우루과이에서 즐겨 추던 축제의 춤과 그 음악. 1930년대부터 점차 쇠퇴했으나 밀롱가와 탱고에 영향을 미쳤다. 칸돔베 북은 칸돔배 춤곡에 쓰이는 길고 볼록한 북을 가리킨다.

도 주지 않고 무감각하게 물러나지요. 남편은 당당하겠죠. 그녀가 뭘 염려했는지 모르지만 어둠 속에 숨어 산자락으로 도주했으니까요. 친애하는 파로디 선생, 기반이 둥근 지붕에 상응하기를 기대할 순 없겠죠. 불순한 진흙탕에서 아직 제대로 빠져나오지 못한 두 인물이 그 지붕을 흐리게 만들고 있지요. 더 이상 맥박을 기대하기 힘든 시체, 그리고 바르샤바 대로의 시궁창이 우리에게 '그리스 선물!'이라고 알리는 유치한 사내. 자전거 타는 아스테카인 혹은 호로 놈이 그림에 도장을 찍는군요. 하하하!"

"말씀이 심하십니다, 선생!" 엘 폰도 알 라 데레차라는 별명이 있는 마르셀로 N. 프로그만이 손사래를 치며 말했다. "말씀드리건대 난 썩은 우유 꼴이었어요. 내가 정말 유쾌하고 사욕 없이 자전거를 타는 사람으로서 아우토모토를 몰고 밤중에 해가 될 것도 없는 칙칙폭폭을 중얼거리며 변두리 마을을 지나고 있었다는 걸 누가 알아주겠습니까?

나는 편히 자는 사람을 깨우거나 범인이 들을 정도는 아니었지만 소리 지르며 도움을 청했습니다. 그랬더니 겁이 나더군요. 여기 앉아 있는 지금 그 일을 떠올리면 웃음이 나지만 말이지요. 쿠노 핀헤르만 박사가 레인코트에 중절모를 쓰고 카피바라 가죽 장갑에 환절기용 지팡이를 들고서 「나는 더러운 놈한테 물린 적이 없다네」[256]라는 탱고곡을 휘파람으로 불며 평온하게 나타났어요. 망자에 대한 예의도 없이 말이죠. 애초에 망자를 이해하려 한 적도 없었어요. 통통한 얼굴의 그 사람

---

256 작곡가 안토니노 시포야(Antonino Cipolla, 1889~1969)의 탱고곡이다.

이 멍청이같이 범행 장소에 나타났고, 그 발걸음 뒤로 나를 해할 수도 있는 건달이 잡풀 뒤에 숨었던 거라면 성호를 긋고 성수로 샤워를 해야겠지요. 물론 그때는 제대로 판단할 겨를이 없었지요. 그가 불구자처럼 위장해 짚고 있던 지팡이만 보았으니까요. 유치한 바울리토를 발코니에 내던지기 전만 해도 마차 타는 신사보다 그를 존경했었지요. 거저 일하지 않게 했거든요. 형평성을 잃으면 안 됩니다, 파로디 선생. 내 얘기를 잘 들으세요. 그 대형 소시지 같은 인간이 나타나 쏟아 냈을 상스러운 말을 대신해 간명하게 말씀드리죠. 그 유제품 대식가가 내 KDT[257] 경주 클럽 색깔의 넥타이를 움켜쥐더니 거울에 비친 이마를 살피듯이 얼굴을 바짝 들이대고 말하더군요. '이봐, 멍청이, 아니 돌대가리, 날 감시하는 대가로 받은 돈을 내놓으시지. 나한테 현행범으로 딱 걸렸어.' 난 그런 몹쓸 목적에서 그의 주의를 돌릴 생각으로 공병대 소위 감사관 계급에 어울리는 생도의 노래를 불렀지요. 하지만 집요한 개가 빵을 얻는 법입니다. 처음엔 넥타이에서 손을 빼더니 이미 관심 밖이 돼 버린 망자를 쳐다보더군요. 자기 장례식처럼 무겁고 겁에 질린 얼굴을 보셨어야 하는데. 그가 했던 말을 들으면 내가 나를 때리는 걸 보는 것처럼 웃음이 날 겁니다. 포틀랜드 시멘트 같은 목소리로 그가 말하더군요. '불쌍한 친구, 주가가 반 포인트 오른 날 죽다니.' 그가 힘없이 흐느끼는 사이에 나는 어둠 속에서 두 번이나 그를 몰래 조롱했지요. 눈물도 흘리는 둥 마는 둥이

257 부에노스아이레스에 있는 사이클 경기장.

고 엄중한 예의를 지키지도 않는다고 말이지요. 내 개인의 안전에 관해서라면 갓 페인트칠을 한 것처럼 조심스럽게 처신합니다. 하지만 나와 상관없는 불운 앞에서 나는 군인 같지요. 나는 그런 일을 당하지 않는다는 듯이 싸우면서도 웃음을 잃지 않아요. 그런데 그런 극기심도 별 소용이 없더군요. 즐거이 칙칙폭폭을 웅얼거리며 집으로 출발하려고 자전거에 오르기도 전에 쿠노 핀헤르만 박사가 내 한쪽 귀를 잡고 있었으니까요. 손에 파리가 들러붙는데도 신경 쓰지 않더군요. 결국엔 꼬리를 내렸습니다. '이해하네.' 그가 말했지요. '그대를 신발 밑창처럼 대하는 게 지겨웠겠지. 그래서 권총으로 그의 머리에 총을 쐈겠지. 탕, 탕, 탕. 그리고 총을 이 동네 어디엔가 버렸겠지.' 속옷에 오줌을 지릴 틈도 없이 『플라테로와 나』[258]처럼 나를 네발짐승 취급하면서 우연히 권총을 주웠다고 우쭐대더군요. 자기가 산티아고 경찰서장이라도 되는 양 말이지요. 나는 정신을 가다듬기 위해 플란넬로 만든 나만의 파토루수[259]를 생각하며 최대한 그 말에 신경 쓰지 않으려고 했지요. 하지만 그사이에도 난 그가 발견한 총이 초콜릿이기를, 은박지에 싸인 그 초콜릿을 조금이라도 나눠 주기를 바라며 그를 주시하고 있었습니다. 그런데 초콜릿이든 총이든 그 식충이가 길거리에서 그런 걸 손에 넣었다는 게 말이나 됩니까! 그가 찾아낸 건 칼이 숨겨진

---

258 스페인 작가 후안 라몬 히메네스의 작품이다. 플라테로는 당나귀를 의미한다.

259 1928년에 단테 킨테르노(Dante Quinterno)가 만든 만화 캐릭터다.

93센티미터 길이의 지팡이였는데, 눈먼 봉사가 아니고서야 죽은 르 파누 박사의 지팡이라는 걸 모를 리가 없지요. 나는 지팡이를 든 그 유대인을 보고 깜짝 놀랐지요. 내가 대들면 막기 위해 들고 왔다고 했으니까요. 그런데 난 망자가 한 발의 총탄에 죽었다고 확인해 줬죠. 인디오는 여우 같지요. 내 대답을 듣더니 생각에 잠기더군요. 용감하게 그에게 물어봤어요. 내가 대놓고 공격할 사람처럼 보이냐고 말이죠. '운 좋은 겁쟁이 같으니라고!' 그는 내 눈물에도 그때 내린 소나기가 만들어 낸 9밀리미터 깊이의 수상 서커스 같은 모양새에도 누그러지지 않더군요. 나는 귀가 떨어질 것 같아서 가만히 있었습니다.

그는 전문가처럼 아우토모토에 타더니 붙잡고 있던 내 귀를 핸들에 붙이더군요. 그 바람에 나는 경찰서 불빛이 희미하게 보일 때까지 첨벙거리며 그 사람 옆에 달라붙어서 가야 했지요. 경찰서에선 경찰들이 나무라는 소리를 한 바가지나 얻어들었습니다. 다음 날 아침에 식은 마테차를 주었어요. 그리고 다시는 경찰서에 오는 일이 없도록 맹세하라더니 탈취제로 온 경찰서를 청소하더군요. 나는 경찰서에서 레티로로 돌아가는 허가증을 받아야 했지요. 경찰회관이 발행하는 일간지에 나올 거라며 자전거를 압수했으니까요. 난 어떻게 나왔을지 궁금했지만 5센타보나 하는 일간지를 살 순 없었죠.

경찰서에서 감기 걸린 경비원이 목욕하러 가기 전에 내 호주머니를 뒤졌다는 얘기를 안 한 것 같은데요. 내용물을 조사하더군요. 기분은 나빴지만 조사해 봐야 혼란스럽기만 할 뿐 알아낼 게 없었죠. 꺼낸 물건이 어찌나 많던지. 난 내가 캥거루나 족제비가 아닌지 궁금하다니까요. 족제비라면 종이 포장지에 땅콩을 넣어서 파는 키오스코 근처의 아르헨티나 족제비 일 겁니다. 처음엔 제과점에서 음료수를 먹을 때 쓰는 빨대를 보고 놀라더군요. 다음에는 초고와 수정된 내용이 담긴 우편 엽서가 나왔는데 젖니에게 줄 엽서였어요. 다음엔 원주민 협회의 회원증이 나왔고, 외국인과 내통하는 게 아니냐는 의심을 몇 번이나 부정해야 했지요. 다음엔 크림이 범벅인 게 싫어서 말려서 넣고 다니는 메렝게 과자. 다음엔 오래 써서 닳아 버린 동전. 마지막으로 르 파누 박사가 찬초 로시요 핀헤르만 씨에게 보내는 크리스마스 선물용 책이 있었는데 르 파누 박사의 서명이 있었지요. 웃긴 소리지만 선생은 내 거동을 보고 엄청나게 큰 플란[260]이라고 하시겠지요. 내가 입술은 터지지 않은 모양입니다. 이런 말을 하는 걸 보니 말이지요. 그 멍청한 놈들이 나를 두들겨 패서 조금은 몸이 따뜻해지긴 했습니다만 이젠 거의 몸을 쓸 수 없을 지경이 됐습니다. 그래도 신도 신 나부랭이도 이해할 수 없는 언어로 쓰인 수수께끼 같은 그 책을 내가 배달 중이었다는 증거는 받아들였지요."

5

며칠 뒤 포트란코 바레이로, 에스타투아 데 가리발디 바레이로라는 별칭이 있는 라디스라오 바레이로 박사가 탱고 밀롱

---

260 스페인어로 플란(flan)은 커스터드에 캐러멜 시럽을 둘러 오븐에 구운 디저트를 가리킨다.

가[261] 음악「교황은 다크호스」를 흥얼거리며 273호실에 들어갔다. 담뱃불을 끄고 침을 뱉은 뒤 하나밖에 없는 의자에 앉아서 간이침대에 발을 뻗고 그날 밤 우리가 사라졌다고 생각했던 주머니칼로 손톱을 청소했다. 그러고는 두 번 하품을 하고 큰 소리로 목을 가다듬더니 이렇게 부르댔다.

"안녕하세요, 파로디 선생. 여기 있는 나는 바레이로 박사라고 합니다. 고인이 된 르 파누 박사 일와 관련해 나를 그의 아버지로 보셔도 될 것 같습니다. 선생이 날 가리보토에서 나오게 만들었지요. 그곳에선 새까맣고 따뜻한 커피를 직접 내주면 손님이 팁을 주는 곳이지요. 본론을 말씀드리지요. 경찰들이 나를 옥죄고, 나는 난관에 봉착해 있습니다. 하지만 난 이렇게 말하지요. 웃어라, 리골레토, 아래 서명자가 영예를 차지하진 못할 거야. 모자와 코트를 들고 8번 좌석에 앉아 보카네그라의 여행자는 빼고 모든 방문을 받아 보자. 그리하여 선생은 상당한 자료를 모았겠지만 그건 나약한 어린애들의 패거리에 지나지 않아 어떻게 할지 파악도 못 하고 있죠. 내가 이미 많이 애썼으니 나머지는 바보라도 할 수 있을 겁니다. 당신에게 드리는 자료를 냄비에 넣으면 황갈색 오펑턴 요리가 될 겁니다. 유대인부터 시작해 보죠. 그는 늘 골치 아픈 사람이에요. 유대인 장보노를 소홀히 넘기면 안 되지요. 그 패거리 중에 가장 큰 놈이니까요. 걸어 다닐 때 이집트콩이 아니라 타피오카

---

261 tango-milonga. 탱고를 즐기기 위해 사람들이 모이는 장소.

냄새를 풍기는 페두토 같은 부류가 아니에요. 토레하[262]나 빵가루 냄새는 차치하고 우유 식빵 냄새를 풍기며 스카나피에코 약국에 들어가면 뚱보로 보인 탓에 체중계도 사용하지 못했던 걸 보셨어야 하는데. 증명사진으로 본 적이 있습니다만, 유대인 누이인 에마도 먹는 걸 좋아하는데 르 파누를 부싯돌이라고 불렀죠. 그 시절에 르 파누는 운터 덴 린덴[263]을 주름잡던 양아치였어요. 이젠 파이를 넘겨줬지만 말이죠. 그녀에겐 세쌍둥이가 있었는데 조부모의 즐거움이었지요. 아이들 덕분에 그 멍청이가 하지도 못할 이민 절차를 건너뛰고 쉽게 등록할 수 있었던 겁니다. 이 녀석이 프리차에게 성(姓)을 주고 빈민가 한복판에 살 곳도 마련해 주고 농아 가족과 함께 살게 했는데, 이 농아들은 인조 대리석을 청소하고 친척의 접근을 차단하는 역할을 했지요. 그리고 그녀에게 엿새 동안 열리는 사이클 경기의 입장권을 끊어 주고 경기가 끝나기도 전에 슬며시 네덜란드 키르케고르 마술 아카데미에 들어갔습니다. 하지만 과정을 그만두고 모조 가죽 가방에 다 넣지도 못할 재산을 담아 부서져 가는 배를 타고 아르헨티나로 돌아왔죠. 몸이 만신창이가 되어 알베아르에 도착했을 때 정형술에 뛰어난 마사지사들의 도움으로 회복했는데, 나를 만났을 때는 그야말로 뱀 같은 인간인 아스플라나토가 되어 있더군요. 거짓말과 허풍은 차치하고, 정상인이라면 사기꾼이 우쭐거리며 자기 누이한테 순수한

262 달걀과 소금을 뿌려 튀긴 빵.

263 '린덴나무 아래'라는 의미로 독일 베를린의 거리 이름이다.

올리브를 먹여 그 누이가 몸 파는 리베카스라고 해도 배를 호박처럼 만들어 놨다면 어떻게 하겠습니까? 장보노는 함부르크에서 증기선에 올라 가짜 선조의 이름을 따고 짐승이 되어 각반을 차고 라구사 호텔에 도착했지요. 그곳에서 무위도식하다 어느 얍삽한 놈이 그에게 몰래 처남을 등쳐 먹자고 하지요. 그리고 일 년 만에 복권에 당첨됩니다. 처남 르 파누가 팜피타와 결혼을 하게 된 겁니다. 르 파누가 이중 결혼으로 그 바닥에서 새로운 활동의 장을 연 거예요. 그는 넘치는 행운에 머리가 복잡해졌죠. 너무 많은 청원에 통제할 수 없을 지경이 된 데다 황금 달걀을 낳는 인큐베이터와도 마찰이 생기게 되지요."

"당신의 갈색 말을 멈추시오." 범죄학자가 말했다. "날 비곗덩이에 빠진 빵쯤으로 생각하지 마세요. 이건 설명해 줘야겠는데, 당신이 점쟁이 같은 예감으로 말하는 거요, 아니면 그 노래 같은 이야기가 이 사건과 관련이 있는 거요?"

"우수아이아[264] 선생, 어찌 관계가 없겠습니까. 결정적인 결말을 맞은 고인과 관련된 겁니다. 내 말을 꼭 믿어 주십시오. 인디오 프로그만은 영양가 없는 증인이자 먼저 간 르 파누와 맞닥뜨린 사람으로 골을 제대로 넣으라고 진술했지요. 하지만 부적절한 침입자에 대해선 무시했어요. 망자를 본 뒤 그의 첫 번째 행동은, 그날의 가장 충격적인 일입니다만, 장보노와 마주친 겁니다. 내가 보기에 선생은 연세가 있어서 셔츠 입은 섹

---

264 아르헨티나 남단에 위치한 도시로 '세상 끝에 있는 도시'라고 불리며 세상의 끝이자 모든 것의 시작점을 의미한다.

스턴 블레이크[265] 같으시니 그 유대인이 우연히 길을 지나던 행인이었다는 시답잖은 말을 믿진 않으시겠죠. 나한테 그 거짓말을 믿으라 하지는 마세요. 이제 르 파누를 죽인 살인자가 이스라엘인이라는 충격적인 말을 하실 참이군요. 선생은 날 미치광이로 보시겠지만 그 점엔 동의할 수 없습니다. 살인자는 쿠노 핀헤르만입니다. 하하하."

바레이로 박사가 참을 수 없다는 듯이 검지로 그럴싸하게 파로디의 배를 찌르는 시늉을 했다.

"아이고, 중산모 씨가 오셨네, 아이고!"

바레이로의 이 마지막 말은 미동도 없던 탐정이 아니라 뚱뚱하고 주근깨 많은 다부진 신사를 향했다. 신사는 깔끔한 중산모에 정해진 시간에 반환해야 할 도고 상표의 목도리, 피우다 만 카카세노 담배, 렐람파고 상표의 외투와 바지, 이누르바누스 펠트로 만든 각반, 페쿠스 반장화를 신고 있었다. 마르소파 핀헤르만, 카다 레촌이라는 별칭이 있는 회계사 쿠노 핀헤르만이었다.

"그만하시죠, 여러분." 그가 묵직하게 말했다. "상거래의 관점에서 이번 방문은 최고의 입찰자에게 손해를 끼치겠군요. 시장이 열렸으니 당신들은 주식 시장에 대한 직감이 뛰어난 나에게 손실에 대한 최소 비용을 계산해야 할 겁니다. 나는 앞만 보는 탱크지요. 크게 손실을 볼 때도 있지만, 아이쿠! 반드시 이득을 얻지요. 나는 망상가가 아닙니다, 파로디 선생. 이미

265 1893년 영국에서 처음 등장한 허구적 인물이며 다양한 장르에서 탐정으로 나온다.

아시는 바에 한 가지를 더해 드리지요. 허심탄회한 성격이다 보니 알게 된 겁니다. 별 절차 없이 알게 된 건데, 바레이로 박사가 나의 올곧음을 덮치지, 아니 훔치지는 못할 테지요."

"훔치긴 내가 뭘 훔친다고." 법률가가 투덜댔다. "비듬 천지라서 프랑카토 헤어 젤을 바르지도 못하면서."

"내 자산을 불리는 데 도움이 안 되는 논쟁을 걸어온 건 당신이 날 오판해서요. 본론으로 들어가지요. 우리의 능력을 모아 봅시다, 파로디 선생. 선생은 현명하고 난 현금이 있으니 현대적인 설비를 갖추고 은밀하게 수사할 사무실을 차립시다. 먼저 비용 문제가 있겠네요. 임대 문제는 내가 해결하지요. 선생은 이곳에 머물면서 있는 그대로 지휘만 하세요. 행동은 내가……."

"발이 바쁘겠네……." 바레이로가 말을 가로챘다. "치즈 사업이 아니라면 말이지."

"당신 차를 쓰면 되지. 바레이로 박사, 당신이 바르네스에서 수확에 들어갔으니 말이지. 지금은 두꺼운 옷을 입고 빼기지만 다시는 스스로 나체주의자들의 대열에 끼지 않게 조심하라고."

바레이로가 관대한 태도로 끼어들었다.

"밀고는 하지 말게, 바르샤바 씨.[266] 만성적인 사고뭉치라던데 지킬 건 지켜야지, 이 형편없는 친구야."

"내가 우리의 사회적 사명에 기여할 최선의 방법은 공식적으로 범죄를 고발하는 겁니다." 핀헤르만이 신경 쓰지 않고 이

266 유대인을 의미한다.

시드로를 향해 말했다. "파로디 선생, 솔직히 신문에 엄청나게 보도된 내용을 보셨겠지요. 사건이 있던 그날 밤 내가 망자 주위에서 마주친 사람이 누굴까요? 잔인한 살인자 프로그만이었죠. 나는 그를 혐의자로 생각해 경찰서에 데리고 갔어요. 내 알리바이는 빈틈이 없습니다. 난 바호 지역으로 걸어가던 중이었지요. 빔보 데 크루이프 부인의 공짜 키오스코를 놓치지 않으려고 말이지요. 선생이라면 프로그만의 알리바이가 아주 이상하다는 걸 아실 테지요. 나는 선생이 프로그만을 범인으로 생각해도 반박할 생각은 없습니다. 그 오줌싸개 놈은 망자가 자신을 신발 밑창으로 취급한 것에 진절머리가 나 있었죠. 경찰이 그 동네에서 아직 찾아내진 못했지만, 그래서 권총으로 그의 이마를 쏴 버린 거죠. 빵, 빵, 빵."

"유대인 친구, 자네가 적중했군." 바레이로가 환영하듯 말했다. "그래서 내가 어깨라도 두드려 주려고 온 걸세. 자네 살 좀 빠지라고."

그때 세 번째 손님이 감방에 들어왔다. 세보야 티베타나라는 별칭이 있는 마르셀로 N. 프로그만이었다.

"아이고, 파로디 선생." 그가 아주 다정하게 말을 건넸다. "인디언 서머에는 내 몸 냄새가 고약한데 이렇게 찾아왔다고 나무라진 마십시오. 바레이로 박사님, 쿠노 박사님, 내가 악수를 청하지 않은 것은 아시다시피 선생님들의 손을 끈적이게 하고 싶지 않아서입니다. 그렇지만 거리를 두고 선생님들의 축복을 청합니다. 잠시만 자리에 앉겠습니다. 이제 파로디 선생의 숙소인 교도소에 오는 것도 두려운데 내게 충고와 더불어 알밤을 쥐어박으며 도움을 주시는 이 두 분 앞에서 말을 하려니 긴장을 풀어야겠습니다. 나는 매를 기다리기보다 먼저 맞는 게 낫다고 늘 생각했으니까요."

"애원하지 않아도 자넬 멀쩡하게 만들어 줄 수 있는데." 바레이로가 말했다. "나를 두고 괜히 페스탈로치[267]의 자식이라고 하겠어."

"그렇게 전투적으로 말씀하시면 어떡합니까, 박사님." 인디오가 말했다. "내 피를 보고 싶으신 거면 단번에 본판티 박사님에게 코를 박아 버리는 게 어떨지요."

"이제 보니 내가 짐승들과 얘기하는 우화 작가였네요." 파로디가 피력했다. "성지(聖地)님께 묻건대 당신도 누가 망자를 죽였는지에 대한 증거가 있으신가요?"

"침을 흘리며 말할 기회가 와서 너무 좋군요." 프로그만이 박수를 쳤다. "그래서 두 발로 여기까지 단숨에 온 겁니다. 지난번에 살라미를 먹다가 잠이 들어서 침대에 옮겨져 숨소리도 없이 잔 적이 있는데 그때 웃긴 꿈을 꿨어요. 안경잽이도 보일 정도로 모든 범죄 수법을 글자 보듯 확인하고는 젤라틴 똥배처럼 부들부들 떨며 꿈에서 깼습니다. 분명히 차루아족[268]은 나도 그렇지만 꿈과 상상 동물 연구에는 관심이 없어요. 언제부터인가 갈리시아 놈들의 움직임을 조용히 엿보고 있지요. 파로디 선생께 간곡히 청합니다만 내가 드리는 풍성한 말을 마음껏 드세요. 더불어 뼈를 발라낸 닭처럼 우리 집단에 변절자

---

267 요한 하인리히 페스탈로치(Johann Heinrich Pestalozzi, 1746~1827). 스위스의 교육자이자 사상가.

268 우루과이와 아르헨티나 지역에 살던 아메리카 원주민.

가 있었다는 핵심적인 사실을 말씀드리지요. 늘 그렇지만 원뿔 선물에서 문제가 불거졌습니다. 아시다시피 비시클레타는 변함없이 5월 9일에 파티를 열어요. 그날이 생일이니까요. 매번 여러 가지 물건을 넣은 원뿔 봉지를 선물했지요. 우리는 카드놀이를 해서 2시부터 4시 사이에 누가 용감하게 회계사를 찾아가 과자 살 돈을 달라고 할지 정했어요. 그렇게 한 명이 뽑혔죠. 그 증인이 바로 회계사, 여기 있는 쿠노 핀헤르만 씨입니다. 그러니 그가 선전용 간행물을 채색할 돈은커녕 모두에게 나눠 줄 돈은 더더욱 없다면서 날 끌어냈다는 게 거짓말이 아니라는 걸 아실 겁니다. 여러분과 설문 조사를 해 보지요. 누가 공금을 유용했을까요? 양키 소년이라도 마리오 본판티라는 걸 알 겁니다. 여러분은 본판티가 원주민 보호주의의 선봉이라는 손쉬운 핑계로 빨간 우체통보다 내가 말을 못 하게 하시겠지요. 우리가 매주 신물 나게 보는 《엘 말론》에서 임의로 잘라 낸 이 스크랩이 가리키고 있듯이 말입니다. 여기 보면 나노 프람부에사가 이렇게 말하지요. '신흥 건달들이 최근에 쓰는 원주민식 스페인어 표현을 남발하며 우쭐댄다고 열심히도 투덜대는 사람들은 스스로 야위었거나 힘이 없거나 혹은 늙었다는 서글픈 조건을 아주 극명히 드러낸다.'

여러분은 본판티가 내복을 입어 털이 무성한 양 같으니 횡령을 할 이유가 없다면서 나를 포위해 쉽게 욕보일 수도 있겠지요. 하지만 나는 기적적으로 여러분으로부터 벗어나 멀리 도망치기 전에 정중히 대꾸하렵니다. 더 이상은 한 시종을 눈물바다에 빠뜨리거나 그 시종이 목구멍이 뽑히도록 오열하게 하지 마십시오. 길을 지나다가 새 모이로 주는 빵 조각을 주워서 수프를 해 먹었지만, 그조차 없어서 갈리시아 놈이 치즈나 사 먹으라고 내게 동전을 적선하는 일이 없도록 말입니다. 자물통에 열쇠를 끼우는 건 백발백중 멀쩡히 제자리를 지키고 있는 눈을 스스로 할퀴거나 스스로 백내장에 걸릴 위험에 빠지는 거라고 늘 생각했습니다. 몇 푼 안 되는 돈에, 치즈값 정도의 돈에도 전차를 타고 여행하는 것처럼 흐뭇했다는 걸 부정하진 않겠습니다. 다만 나는 남의 돈을 탕진한 사람의 정체를 밝히려고 애썼지요. 정직하게든 부정하게든 한 푼이라도 벌려고 땀 흘려 일하는 사람은 허세 부리는 건달들과 돈을 탕진하지 않는다는 입바른 얘기는 하지 마십시오. 내가 보기엔 레콜레타[269]에 잠자리가 있는 분들이 그런 짓을 하지요. 프랑코주의자는 그런 사람을 총살했답니다. 배신자가 경찰에 신고하지 못하도록 말이지요."

비좁은 감방의 문이 열리더니 사람들이 연달아 들어왔다. 안에 있던 사람들은 얼핏 건장한 유인원이 들어오는 것처럼 보였다. 잠시 후 가련한 내 사랑스러운 코라는 별명이 있는 마르셀로 N. 프로그만이 그 가벼운 착각을 바로잡았다. 마리오 본판티 박사가(그의 고상한 말에 따르면 "떠돌이 여행자 같지는 않지만 운전기사의 차양 있는 모자에 쇠약한 독서광의 질질 끌리는 작업복을 입고") 왼쪽 어깨는 들어오지도 못하고 오른팔로 흙을 구워 만든 돈궤처럼 튼실한 상체를 꼭 감싸 쥔 채 그 고뇌에 찬

269 부에노스아이레스 북동쪽에 있으며 역사 명소가 많고 가장 부유한 지역이다.

방에 끼어들었다. 호르헤 카레라 안드라다[270]의 이름에 어울리는 넓은 이마를 떠올리게 하는 혼돈과 불쾌한 음조의 주인공이 다채로운 페데리코 데 오니스[271]를 데리고 첫 전투에 나선 것이다!

"안녕하십니까. 내가 똥물을 뒤집어썼군요." 때마침 본판티가 말했다. "소리 소문도 없이 이 자리에 불쑥 끼어들었으니 파로디 선생께서 성난 황소보다 더 씩씩거리실지도 모르겠군요. 내 의지와 상관없이 난장판이 된 비좁은 방에 나를 집어넣은 사람이 허황된 근심을 한 건 아닌 모양이네요. 존경받을 만한 체면, 명예가 내린 중대한 명을 따라 이렇게 오게 됐습니다. 우쭐대려고 하는 말은 아니지만 나는 헛소리 같은 거친 공격으로부터 삼자를 보호하려고 교수로서 해야 할 정신적 노동을 미루고 주저 없이 시간을 냈습니다. 호세 엔리케 로도[272]가 말했듯이 산다는 건 일신하는 것입니다. 며칠 전부터(정확히 말해 성난 르 파누가 보복을 당한 바로 그날부터) 나는 상식이 미라화되는 걸 막고 고물을 치우고 거미줄을 걷어 내고 허드레를 없애고 변덕스러운 형식의 긴 잡담의 첫마디를 던지고 싶었죠. 그 유려한 잡담이 신중한 자의 경계심을 무너뜨리고 훌륭한 가르침이라는 떫은 알약을 구역질하지 않고 집어삼키게 할 겁니

270 에콰도르의 시인인 호르헤 카레라 안드라데(Jorge Carrera Andrade, 1903~1978)를 가리킨다.

271 Federico de Onis(1885~1966). 스페인의 철학자이자 비평가.

272 José Enrique Rodó(1871~1917). 우루과이의 지식인.

다. 그날 오후에 나는 셀렉트 부엔 오르덴 극장의 줄지은 의자에 편히 앉아 꾸벅거리며 잠을 즐기고 있었죠. 프로크루스테스[273]라도 의자를 그렇게 준비하진 못할 겁니다. 그런데 뭔가를 알리는 전화 전보 때문에 후광 같은 꿈에서 깼을 때 잘되지 않던 일이 순식간에 폭발했지요. 사마니에고[274]라고 해도 그 기쁨을 화폭에 정교하게 묘사하진 못할 겁니다. 나는 목소리만으로 누군지 알 만한 프란시스코 비히 페르난데스와 통화를 했지요. 그는 사마니에고 문예회 청소 직원이었는데, 내가 그날 밤 발메스[275]의 작품에 나타난 격언학 관련 콘퍼런스에서 강연하는 데 대부분 동의했다고 하더군요. 그는 강연이 열리는 연구 기관의 강당이 꽉 찰 거라고 했습니다. 그들은 도시가 술렁거리는 것에도 개의치 않고 장차 남부의 숲이 될 곳의 끝자락에 성공적으로 건물을 세웠지요. 다른 사람 같았으면 기한이 변경될 여지가 없다는 사실에 소리쳐 흐느꼈겠지만 그런 활동에 적응한 철학자는 그렇지 않지요. 미리 카드 목록을 정리해 두고 J. 마스폰스 이 카마라사[276]에 관한 두꺼운 책을 처음부

273 그리스 신화에서 강도로 등장하는 프로크루스테스는 자신의 침대에 맞춰 사람을 자르거나 늘여서 죽였다.

274 스페인 작가인 펠릭스 마리아 데 사마니에고(Félix María de Samaniego, 1745~1801)를 가리키는 것으로 보인다.

275 하이메 발메스(Jaime Balmes, 1810~1848). 스페인 비크 태생의 철학자이자 작가.

276 J. Maspons y Camarasa(1872~1934). 스페인의 작가이자 농학자.

터 끝까지 순식간에 훑어보지요. 경박한 자는(데 구베르나티스가 그렇듯) 성명과 주소를 적은 표, 꼬리표, 인지, 딱지나 표딱지 같은 주변부 말을 비웃곤 하지요. 하지만 경우에 따라선 교활한 자들이 레페[277]보다 아는 게 많다는 걸 인정해야 합니다. 그들은 하지 않으려고 할 줄 모른다고 합니다. 그래서 좋은 웅변가를 뽑아야 하는 결정적인 순간엔 이견 없이 내게 미끼를 던지지요. 나는 못생긴 하녀가 라비코테 소스로 양념한 카요스 요리와 소금, 양파, 페레힐을 넣은 레온풍 카요스 요리를 내 책상에 내오기도 전에 세 번째 음식(마드리드풍 카요스)보다 훨씬 영양가 있는 교육, 뉴스, 세미나의 재담이 담긴 80쪽의 글을 정리했지요. 그걸 재독하고 아리스타르코스[278]나 조일루스[279]의 우거지상을 펴려고 바스크식 조롱으로 수정했어요. 그렇게 생선 수프 4리터를 처리하고 질 좋은 따뜻한 초콜릿 몇 잔을 마시고는 스카프를 하고 여름 더위가 누그러진 길에 멈춘 북적대는 전차를 타고 출발했지요.

우리는 생활 쓰레기 선별 부산물 처리를 위한 모금 사무소의 안쪽에서 엉덩이도 제대로 붙이지 못하고 있었지요. 수많은 청소부들이 좌석에도 플랫폼에도 복도에도 각자 자리를 차지하고 있었습니다. 가금과 알을 모으는 무질서한 군중이 몰

277 돈 페드로 데 레페 이 도란테스(Don Pedro de Lepe y Dorantes, 1641~1700). 스페인의 주교이자 신학자.

278 Aristarchos(기원전 310~기원전 230). 고대 그리스의 천문학자.

279 Zoilus(기원전 400~기원전 320). 호머의 시를 혹평한 고대 그리스의 수학자이자 철학자.

렸는데 닭장도 꽤 있었지요. 옥수수와 깃털과 새똥이 넘쳐서 통행할 틈이 없더군요. 여기저기 흩어져 있던 칠면조가 자연스레 내 허기를 깨웠지요. 카브랄레스산 치즈, 부리아나산 치즈, 파타 데 물로 치즈를 가방에 넣어 오지 않은 게 아쉬웠지요. 그렇게 혹하는 게 있다 보니 군침이 돌지 뭡니까. 그래서 전차에서 미리 내려 버렸는데 잘한 일은 아니었지요. 다행히 멀지 않은 곳에 싸구려 식당이 있었고 피자 전문 식당이라는 이탈리아식 상호에 기분이 나아졌죠. 그곳에서 값을 치르고 모차렐라 치즈와 피자를 먹었는데, 이탈리아에서 차용한 모차렐라와 피자라는 말은 경험이 풍부한 언어학자도 언어 사전을 앞에 두고 자유로이 쓰고 있지요. 그곳인지 비슷한 곳인지는 모르지만 잠시 후에 술도 한잔하고 달달한 치소티 반병에다가 거기에 필히 따라오는 투론, 파이, 생과자도 곁들였지요. 한 입, 한 입 (간식을) 먹다가 아이고, 불량배들한테 문예회에 가는 정확한 길을 물어봤지요. 불량배들은 소심하게 미적거리지 않고 입으로 뿡뿡거리며 전혀 모르겠다고 대답하더군요. 사악한 이구아나에게 은혜를 베푸는 데 너무 인색해서 그 사악함을 머리에 쓰지 않으면 안 됐던 거죠. 어휘는 어찌나 가난하고 성량은 어찌나 빈약하던지! 확실히 짚고 넘어갈 게 있는데 감칠맛 나는 문체를 쓰는 『성직자의 독신』의 저자, 바로 비크 출신 철학자에 대해 내가 발표하게 될 문예회를 모른다는 게 추해 보이더군요. 그들이 공손히 낙심에 빠져 있을 때 나도 식당을 나와 고된 어둠 속으로 들어갔지요."

"만약 적당한 때에 벗어나지 않았으면 술집 애들이 당신을 등쳐 먹었을 거요." 바레이로 박사가 말했다.

철학자가 대꾸했다.

"하지만 술집 주인이 지켜보고 있었고 난 불시에 나왔지요. 기분 좋게 1.5레구아를 가는데 도중에 작은 밭도 있고 바위로 덮인 곳도 있고 진창도 지나야 했지요. 술에 취했지만 박식한 사람한테 배울 생각에 성급하게 굴지 않고 내가 올 거라고 믿으며 문예회에서 기다리는 학구파들의 열망도 알고 있었지요. 경쾌하고 품위 있게 걸어가다 물도랑에 넘어졌는데 즐거운 기억으로 남아 있던 몬테시노스 동굴[280]보다 깊다는 생각이 들었어요. 여름이 날 방치하더군요. 강하고 시커먼 북풍이 모기와 파리를 몰고 내 둥근 얼굴에 들이쳤지요. 하지만 시간이 지나면 나아지는 법. 그렇게 넘어졌다 일어나기를 되풀이하며 꽤 먼 길을 갔지요. 물론 철조망에 걸리기도 하고 구렁에 빠지기도 하고 쐐기풀에 걸음을 재촉하기도 하고 짖어 대는 개들에 쫓기기도 하고 완전한 고독이라는 무서운 얼굴을 마주하기도 했지요. 고백하건대 용기를 내어 목적을 이룰 때까지 후퇴하지 않은 덕에 바로 그 길, 그 촌뜨기가 전화로 일러 준 그 번지에 도착했지요. 그런데 황량하고 외진 곳에선 무한 수가 그 번지수였고 세상이 그 길이었지요. 이내 나는 알게 됐지요. 그 문예회, 문예회의 좌석, 그들의 비그이 페르난데스[281]와 강당이 다름 아닌 내 얘기에 관심을 보이면서 좋든 싫든 나를 중요한 일에 끌어들이려고 일련의 거짓말을 모의한 자들의 자비로운

280 세르반테스의 『돈키호테』에 나오는 동굴이다.

281 프란시스코 비그이 페르난데스(Francisco Vighi Fernández, 1890~1962). 스페인의 시인.

훙계였다는 것을 말이지요."

"농담도 참, 참으로 재밌는 농담입니다!" 부드러운 콧수염에 회색 진홋빛 각반을 찬 신사가 중얼거렸다. 그는 곡예사만큼은 아니지만 능숙하게 사람들의 호기심을 끌며 그 방에 들어왔다. 사실 몬테네그로는 아바나풍의 푸른빛 숄을 걸치고 구 분 전부터 끈기 있게 이야기를 듣고 있었다.

"당신이 올 걸 예상했지요. 웃음보가 터질 지경이네요." 본판티가 대답했다. "치사한 사람 같으니. 나는 십자가의 길을 재개하면서 더위에 살이 녹을까 걱정했는데 운이 좋아 그런 일은 없었지요. 여름 구름이 평원을 바다로, 내 실크 모자를 간소한 종이 모자로, 내 목도리를 돗자리로, 내 삭신을 젖은 옷으로, 신발을 발로, 내 발을 거품으로 만들어 줬으니까요. 그렇게 드넓은 평원에서 마침내 여명이 내 이마에 입맞춤해 줬죠. 양서류 꼴이 된 내게 말입니다."

"아기 기저귀보다는 더 젖어 있었지요." 프로그만이 믿지 못하겠다는 듯 토를 달았다. "우리가 전화를 걸어 선생을 괴롭히는 건 일도 아니겠네요. 흠뻑 젖어서 돌아왔을 때 선생이 얼마나 비난을 하셨는지 기억하시겠지요."

바레이로가 동의했다.

"그 말이 맞네, 냄새 나는 친구. 결론을 들으려고 지루한 얘기를 청할 사람은 없겠네."

"거기에 덧붙여 말하자면," 몬테네그로가 속삭였다. "정신적으로 문제가 있다는 건 분명하군."

"이봐요, 이해를 못 하시네." 본판티가 분개해 가볍게 불평했다. "그 말도 안 되는 문예회의 하찮은 놈들이 내 젖을 빨아먹으려고 그런 게 아니란 생각이 든단 말이오. 앞서 그들은 사람을 모으고, 소리를 지르고, 출발도 진행도 결말도 좋고 등등 교활한 욕심쟁이가 되려고 안달이었단 말이오."

바레이로 박사가 피력했다.

"갈리시아인이 입으로 마라톤을 하는 거라면 난 그만두겠습니다."

"맞습니다." 몬테네그로가 동의했다. "나의 의지를 존중하여 내가 사회자 입장에서 집주인에게 잠시 말씀드리겠습니다. 주저 없이 예측하건대 이 집 주인이 조만간 완전한 침묵에 휩싸이게 될 이 상아탑을 피할 것 같군요."

"내 입장에선 상아탑이 서둘러 해결됐으면 좋겠습니다만." 이시드로가 말했다. "하지만 장광설을 계속하실 거라면 그날 밤에 당신이 무슨 일을 했는지 얘기해 주시지요."

"잡담꾼을 넘어선 전문가의 귀를 솔깃하게 하는군요." 몬테네그로가 말했다. "화려한 레토릭을 불가피하게 단념하기에 앞서 내 과학적인 설명이 화려함과 우아함을 갖춘 노블레스 오블리주로 미화된 엄정한 진실의 아름다움을 뽐낼 겁니다."

프로그만이 낮은 소리로 끼어들었다.

"열기구를 죄다 띄운다고 산투스두몽[282]이 될까."

"사건이 발생하기 전에 흉조 한 마리가 친구의 죽음을 알렸다는 허튼소리로 정신을 기만하는 건 쓸데없는 짓이죠." 몬테네그로가 말을 계속했다. "(신월도처럼 휘어진 부리와 잔인한 발

---

282 아우베르투 산투스두몽(Alberto Santos-Dumont, 1873~1932). 브라질의 비행사이며 비행술의 선구자.

톱을 하고 청록색 하늘 위로 음산한 날개를 넓게 펼친) 그 가정적 괴조를 대신해 체스터턴의 우편배달원이 우리 집 문을 두드리더니 비밀스러운 봉투를 건네주더군요. 봉투는 하운드처럼 길고 소용돌이처럼 푸른색이었죠. 봉투에는 64부대의 문장과 갈매기 문양과 테두리 장식이 있었는데 지칠 줄 모르는 독서광의 호기심을 채우기엔 충분치 않았지요. 나는 그 해묵은 문양을 슬쩍 보고 내용을 읽어 보기로 했지요. 번지르르한 봉투보다는 뭔가 암시하는 게 있을 테니까요. 하품을 하고 나서 보니 맙소사, 편지를 보낸 이가 푸펜도르프-뒤베르누아 남작 부인이지 뭡니까. 남작 부인은 그날 밤 내가 (영화에 가우초식 행진을 당차게 집어넣은 '아르헨티나 뉴스'를 통해) 조국에 봉헌할 일이 있다는 것을 모른 채 폴 엘뤼아르[283]의 출처가 의심스러운 마지막 두 번째 작품을 전문가로서 평가해 달라고 초대하더군요. 부인은 허심탄회하게 얘기하며 두 가지 상황을 빠뜨리지 않았지요. 하나는 그녀의 별장이 멀다는 거였어요. 아시다시피 미라도르 동네는 메를로[284]에 있으니까요. 또 하나는 1891년산 토카이 와인 한 잔밖에 줄 게 없다는 거였죠. 하인들이 일제히 뭔지 모를 국내 영화 촬영을 위해 나가 버렸으니까요. 여러분이 긴장하는 게 느껴지네요. 딜레마의 뿔이 솟았습니다. 책이냐 영화냐, 어둠 속의 구경꾼이 될 것인가, 아니면 파르나소스의 라다만티스[285]가 될 것인가. 여러분은 믿기지 않겠지만 나는 기

283 Paul Éluard(1895~1952). 프랑스의 아방가르드 시인.

284 부에노스아이레스의 행정 구역.

285 그리스 신화에 나오는 왕.

지의 즐거움을 포기했지요. 하얀 콧수염을 달고 카우보이를, 카를리토스[286]를, 그리고 초콜릿 장사꾼을 따른 소년은 그날 밤 승리를 쟁취했지요. 마침내 밝힐 시간이 됐군요. 나는, 인간으로서, 영화관을 향해 길을 나섰지요."

이시드로가 흥미로워하는 것 같았다. 늘 그렇듯 다정하게 말했다.

"벌레가 날아다니네요. 이곳 탁자가 깨끗해지지 않으니 프로그만 씨에게 해결해 달라고 해야겠어요."

이 말에 프로그만이 끼어들어 자리를 잡고 손을 모아 인사했다.

"나를 마음껏 쓰셔도 좋습니다." 흡족해하며 그가 말했다.

자리에서 일어난 사람들이 하나같이 그를 넘어뜨렸다. 본판티는 멈추지 않고 어깨 너머로 소리쳤다.

"이건 아니죠, 이시드로 선생, 이러면 안 돼요! 아이고 분해라! 이런 상황으로 보건대 선생은 『돈키호테』 I부 20장을 꿰고 있는 게 분명하네요!"

성급히 나가던 몬테네그로가 '날아다니는 새들'이라는 별명이 있는 쿠노 핀헤르만 박사의 처진 군턱을 지나려던 순간에 '혈통으로 당기기'라는 별명이 있는 포트란코 바레이로가 몬테네그로에게 발을 걸려던 걸 이시드로가 제지했다.

"몬테네그로 씨, 날 두고 가면 안 되지요. 이 상황이 마무리되면 둘이 얘기합시다."

---

286 아르헨티나 탱고 발전에 지대한 공헌을 한 카를로스 가르델(Carlos Garde, 1890~1935)을 가리킨다.

어지럽던 방문객 중 몬테네그로와 '신사들'이라는 별명이 있는 프로그만만 남았다. 프로그만은 여전히 우거지상이었다. 파로디가 그에게 자리를 비켜 달라고 했다. 남은 사람은 파이프 담배를 물고 있던 몬테네그로뿐이었다.

"이제야 옴이 줄었네." 수인이 말했다. "당신이 했던 이야기는 잊어버리고 그날 밤 정말 일어났던 일을 얘기해 주시죠."

그 말에 현혹된 몬테네그로는 페르남부쿠산 엑스트라코르토 담배에 불을 붙이고 두 번째 웅변가 호세 가요스트라 이 프라우[287]가 될 준비를 했다. 그는 적절히 핵심을 짚으며 얘기하고 있었는데 청자가 슬며시 개입하면서 완전히 깨져 버렸다.

"그 외국인 부인의 편지는 문제를 처리해 달라는 초대였지요. 솔직히 당신은 늘 뭔가를 얻으려고 하는 사람이니 그 초대를 묵살했을 거라고 생각지 않아요. 게다가 내 기억으론 해럽이 당신을 화장실에 가뒀던 그날 밤부터 당신은 그녀에게 마음이 있었으니까요."

"내 얘기를 들어 보시죠." 몬테네그로가 예고했다. "사실 사교계 남자는 회전 무대와 같아요. 한편으로는 이동하는 새, 지나치는 새를 위해 준비한 화려한 진열창과 같지요. 다른 한편으로는 친구를 위한 참회소와 같아요. 그날 밤 실제 있었던 일을 순서대로 솔직하게 말씀드리지요. 선생이 육감으로 알아냈듯이 나는 결국 감정의 추동을 받아 행동하지요. 감동에 휩싸여 온세역으로 갔습니다. 우리끼리 얘기지만 그 역은 이웃

---

287 José Gallostra y Frau(1833~1888). 스페인의 법학자이자 정치인.

지역인 메를로로 곧장 건너갈 수 있는 구름판이지요. 12시가 되기 조금 전에 도착했어요. 파나마모자와 가벼운 옷으로 찌는 더위에 능숙하게 대처했죠. 그 더위가 피할 길 없는 한밤의 사랑을 앞당기고 있었지요.

동개를 걸친 아이[288]는 자기를 믿는 자를 지켜 주지요. 한 쌍의 야윈 말이 끄는 덜걱거리는 마차를 타게 됐는데 바나나나무 아래 있는 것 같더군요. 평범한 마부가 아니라 법의를 입고 기도서를 든 귀하신 사제가 마차를 몰았어요. 우리는 미라도르를 향해 중앙 광장을 가로질렀습니다. 밝은 불빛, 깃발과 꽃 장식, 위험한 음악단, 군중, 나무로 만든 축제 무대 위의 군인들이 잠들지 않은 내 눈을 피하지 못했지요. 그게 뭐였는지 알아내는 건 질문 하나면 족했어요. 그 마부-사제가 어쩔 수 없이 고백하기를 보름간 야간 마라톤이 열리는 중이고, 그날이 끝나기 이틀 전이라더군요. 친애하는 파로디 선생, 너털웃음이 나는 걸 참을 수 없더군요. 뒷일은 뻔하죠. 군인들이 경직된 자세를 풀고 주권의 성화를 전달하는 순간 촌뜨기들이 평정심을 잃고 분간하기 힘든 미로와 길에서 시간을 보낼 테지요.

하지만 승리의 커튼 뒤로 미라도르의 탑이 보이자 내가 탄 마차가 멈췄습니다. 나는 날 초대한 연애편지에 입을 맞추고 문을 열고는 '비너스가 여기에 있구나.'라고 중얼거린 뒤 역청 같은 물웅덩이를 민첩하게 건너뛰다가 거기에 빠지고 말았지요. 그런데 거기서 어떻게 금세 빠져나올 수 있었는지 아십니

288 큐피드를 가리킨다.

까? 누군가 힘센 두 팔로 나를 끌어냈는데 그 꺼림칙한 사마리아인이 바로 해럽 대령이지 뭡니까. 물론 사바트[289] 마법사의 가공할 반응에 겁이 났지요. 해럽과 가짜 마부(다름 아닌 내 주지의 적인 브라운 신부[290])가 나를 요정 푸펜도르프의 침실로 끌고 갔지요. 부인의 손에 살벌한 마편이 들려 있더군요. 창문은 열려 있었고 창문 밖으로 달과 소나무 숲이 보였지요. 나는 그 광대한 대기의 유혹에 끌렸어요. 작별의 말도, 실례한다는 말도, 잔인하든 부드럽든 빈정거리는 말도 내뱉지 못한 채 어두운 정원으로 뛰어내려 밭 사이로 도망쳤습니다. 거세게 짖어대는 한 무리의 개들에게 쫓겨 온실과 묘상, 빈 벌집, 도랑과 수로, 철조망을 지나 마침내 길에 들어섰지요. 그날 밤 운명이 내게 호의적이었다는 건 부정할 수 없겠네요. 과도하게 옷을 차려입은 그자가 나보다 민첩하게 움직이지는 못했을 테니까요. 나도 지나치게 멋을 냈지만 나를 쫓는 개들이 물어뜯는 바람에 점점 가벼워졌지요. 별장들의 고전적인 울타리를 넘으니 그란데스 파브리카스 페쿠스가 나왔고, 그란데스 파브리카스를 지나니 오스티아 알 파소 술집들이 나왔고, 그 술집들을 지나니 변두리의 유곽이 나왔고, 유곽을 지나니 석공업장이 나왔지만 넘어지지 않고 맹렬한 개들에게 쫓기고 있었지요. 난 도망치는 중에도 사람들의 왁자한 소리가 내 뒤를 쫓는 짐승 같은 소란에 더해졌다는 걸 확신했어요. 그래서 정말 싫었지

---

289 프랑스의 격투기.

290 체스터턴의 작품에 나오는 브라운 신부가 아니다.(헤르바시오 몬테네그로의 주석)(원주)

만 그 짐승 같은 굉음이 대령과 마부-신부일 수도 있다고 생각했던 겁니다. 빛을 따라 어둠 속을 뛰었습니다. 환호와 갈채를 받으며 뛰었지요. 그렇게 결승선을 지나칠 때까지 뛰었어요. 사람들의 팔이 날 제지하더니 메달을 걸어 주고 살진 칠면조를 주더군요. 잊을 수 없는 후안 P. 페스[291]의 회합에 관련한 희한한 사건을 직권으로 주재했던 심사단은 다른 참가자들의 항변과 챔피언의 이마를 씻어 준 갑작스러운 소나기를 무시하고 우레와 같은 비가 쏟아지기 전에 만장일치로 나를 마라톤 우승자로 천명했지요."

6

다음은 라디스라오 바레이로 박사가 몬테비데오에서 보낸 편지 내용 중 일부다. 이시드로 파로디는 1945년 7월 1일에 편지를 받았다.

> 이 글을 빌려 선생께 내가 병원 침대에 있음을 알려 드립니다. 뇌질환을 앓고 있지만 이 상황에 굴하지 않고 이곳에서 신사로서 말하는 능력을 잃진 않았습니다. 이 글이 안부를 전하려는 것이라고 오해하지 마십시오. 뒤이어 말씀드릴 것은 몹쓸 짓에 대한 고백입니다.

291 장/후안 P. 페스(Jean/Juan P. Pees)는 「부스토스 도메크 연대기」(1967)에 등장하는 인물이다.

이 글을 쓰는 나는 치커리 음료[292]가 없는 시장에 나온 브라질의 녹색금[293]을 보며 책상에서 그 몹쓸 짓을 고백하고 있습니다.

선생과 얘기를 나눈 뒤 이곳으로 왔습니다. 선생의 말을 시계처럼 따랐지요. 나는 선생이 지저분한 일을 휘젓지 않으리라는 걸 알았습니다. 위태로운 상황에서 선생을 만났을 때 그 참담한 사건에 내가 개입되어 있다는 걸 솔직히 말씀드렸지요. 이제 글자 그대로 적어 보내니 간이침대에서 떨어져 몸을 더럽히는 일이 없길 바랍니다.

세밀한 분이라 알아채셨을 테지만 모든 소란은 둥근 정원에서 살해된 영국인과 관련된 것이지요. 내가 그 불쌍한 망자를 위태로운 상황에 몰아넣었습니다.

1막. 막이 오르면 보잘것없는 도서관이 등장합니다. 나는 도서관을 운영하며 도서 대금 받는 일을 하고 있지요. 그런데 르 파누라는 자가 나타나 나를 모략해 정부에 적대적인 인물로 만듭니다. 누군지도 모르는 사람을 모함하여 발생한 비참한 결과가 무엇일까요? 말씀드리자면 내가 거지꼴로 쫓겨난 겁니다.

치욕을 기억하는 데 암기 교육 따위는 필요 없다는 걸 아실 겁니다. 증오에 사로잡히면 코트를 입고도 파보 누르미[294]

---

292 치커리 뿌리로 만든 음료이며 커피 대용으로 마시기도 한다.

293 커피를 가리킨다.

294 Paavo Nurmi(1897~1973). 1920년대에 가장 뛰어났

처럼 달리게 되지요. 선생은 이해하지 못할 수도 있지만, 산후안 길의 돈을 걸고 맹세하건대 르 파누에게 복수하기 전에는 페로시오 대로에 발을 들이지 않겠노라고 맹세했습니다. 내가 파면됐을 때 하마터면 그 소식을 전해 준 사람한테 치펀데일 방식[295]으로 화려하게 환송해 줄 거냐고 물어볼 뻔했지요.

하지만 열을 내지는 마십시오. 나는 심판보다 더 침착하게 지켜봤습니다. 어찌나 앉아서 기다렸던지 몸에서 잎이 날 지경이었지요. 그때 주근깨투성이의 배불뚝이 유대인을 알게 됐는데 구아노[296] 문제로 함부르크에서 왔다더군요. 나를 위협적인 사람으로 느끼지 않도록 행동하니 그 모세가 신사처럼 행동하며 르 파누가 팜피타와 함께 살려고 주교와 약속을 잡았다는 한없이 기쁜 소식을 전해 주었지요. 르 파누는 떠들썩한 청년기에 베를린에서 살았고, 자기 누이의 남편이었다고요. 그 누이는 몸 파는 히브리인으로 이름은 에마 핀헤르만 데 르 파누였지요. 나는 비밀스러운 얘기에 보답할 생각에 유대인이 돈을 만질 수 있는 메피스토펠레스적 계략으로 그 모르몬교도 같은 자를 등치자고 넌지시 암시했지요.

유대인의 덫이 내게 제안한 도덕적 승리로 나는 곧 내 역할에 들어갔습니다. 이를 데 없이 호기심이 많은 르 파누는 핀헤르만이 원주민 협회에서 회계사로 일하며 횡령을 했다는 사실을 알아냈지요.

던 핀란드의 육상 선수.

295 19세기 중반에 유행한 영국의 정통 가구 양식.

296 바닷새의 배설물 덩어리이며 비료로 쓰인다.

그 얘기를 듣고 내가 마음을 바꿨을 거라고 생각지는 마십시오. 나는 죽으러 가는 자들이 경의를 표한다는 동아줄을 부여잡고서 회계사의 목을 바짝 조일 거라고 똥구멍 같은 르 파누의 얼굴에 대고 맹세했지요. 부사관의 날을 이용해서 아카수소 동네로 갔습니다. 모자도 없는 유대인이 잠을 자는 합법적인 거주지였지요. 그에게 아주 매력적인 상황에 대한 징후를 흘리자 소스라치게 놀라더군요. 나는 흠씬 두들겨 패서 횡령한 사실을 불게 만들었지요. 뒤이어 그에게 침묵이 금이라고 했더니 내 입을 막기 위해 내가 시키는 일이면 무엇이든 하겠다고 하더군요. 그렇게 매달 대령 계급에 해당하는 수입이 생겼지요. 먹보 유대인은 별수 없이 르 파누의 이중 결혼에 대한 갈취로 얻은 돈을 나한테 보내야 했지요. 그 탐욕스러운 기생충이 매달 30일이나 31일에 착실하게 송금하더군요. 내가 르 파누를 찾아가 횡령을 말하지 않기를 바라는 마음에서 말입니다. 사실 그가 횡령한 사실을 알려 준 사람이 바로 르 파누였습니다.

그 호시절의 즐거움이 끝날 때가 왔습니다. 르 파누는 쓸데없는 곳에 발을 들인 자기가 소시지에 눈이 먼 개보다 못하다고 생각했는지 뭔지 모를 더러운 헛소리를 믿고 내가 유대인을 빨아먹고 있다며 면전에서 나를 비난하더군요. 나는 그 일을 덮으려고 영국인처럼 빨아들인 수입을 그에게 주기로 했습니다. 결국 돈이 돌고 도는 꼴이 됐지요. 르 파누가 유대인에게 돈을 넘기고, 유대인이 그 돈을 내게 넘기고, 내가 르 파누에게 다시 돈을 넘겨야 했으니까요.

뻔한 얘기입니다만 유대교도가 그 민감한 균형을 혼란스

럽게 만들었습니다. 탐욕스러운 핀헤르만이 르 파누에게 받던 돈을 올린 겁니다. 내가 뒤에 있다는 걸 말하지 못하도록 나도 금액을 올렸지요. 그 순환을 잘라 내기에 적절한 때였죠.

나는 르 파누를 땅속으로 보냄으로써 내 오랜 복수를 완성하기로 마음먹었습니다. 이발소에서 정원 살인 사건을 읽었을 때 롤로의 정원을 떠올리고 그곳에서 르 파누를 제거할 수 있겠다고 생각했지요. 그런데 그즈음 롤로가 그를 만나지 않고 유대인과 어울리더군요. 뜻밖의 변화에서 나는 기막힌 계획을 찾아냈어요. 토니오 르 파누에게 칼과 정원에 대한 이야기를 대충 들려줘 부베 핀헤르만을 죽일 확실한 방법을 알려 줬지요. 르 파누에게 부베는 팜피타와 결혼 생활을 함으로써 사교계에서 성공할 수 있는 길을 막는 방해꾼이었으니까요. 그는 내 암시를 바로 이해하더군요. 하지만 자신을 위한 알리바이를 조건으로 달았는데 나는 마지막 순간에 그 알리바이를 이용했지요. 그는 자기 추종자들과 약속을 했어요. 그 뒤에 익명으로 그들을 네 방향으로 보냈습니다. 어떻게 된 일인지도 모른 채 그들이 분명히 그와 영화를 보기로 약속했다는 알리바이를 지껄일 게 뻔했으니까요. 모든 일이 착착 진행됐습니다. 토니오 르 파누는 물떼새처럼 그 불쌍한 셈의 자손을 제거할 사악한 생각에 빠져들면서 지팡이 검을 들고 꼬치구이식으로 범죄 구성 요건을 준비했지요. 하지만 신은 그가 악행으로 더럽혀지는 걸 바라지 않았지요. 내가 나무 뒤에 숨어 45구경 마타가토스 권총으로 그의 관자놀이를 뚫어 버렸으니까요. 르 파누가 프로그만을 시켜서 자기가 죽이려던 피해자에게 보낸 책 문제에 관한 내 생각은 선생의 추론과 분명히 다를 겁니다.

르 파누는 우쭐대려고 그 책을 보낸 게 아닙니다. 수사당국이 책을 살펴보고 무시하게 하려는 것이었지요. 뒤집어 보면 그가 책을 보낸 건 키 작은 시종을 경계한 겁니다. 범죄자가 스컹크처럼 냄새나는 놈을 통해 경찰에게 사건의 해결책을 보냈다고 그 누가 생각할 수 있겠습니까?

신중함, 알리바이, 계략을 모두 희생자가 기획했다는 점에서 선생도 일반적인 살인 사건이 아니라는 건 인정하시겠지요.

1943~1945년

푸하토, 캘리포니아, 케켄, 푸하토.

4부 변두리 사람들

믿는 자들의 낙원

수아레스 린츠

서문

이 책에 실린 두 편의 시나리오는 영화에 활용되는 다양한 관례를 바탕으로 쓰였다. 영화를 쇄신하려고 이 시나리오를 쓴 것은 아니다. 하나의 장르를 선정해 그 장르를 쇄신하는 것은 너무 무모한 일이었다. 이 작품의 독자라면 '소년이 소녀를 만나다', '해피엔딩' 또는 '위대한 칸그란데 델라 스칼라'에게 보내는 서간문[297]의 '비극적 시작과 희극적 결말', 대담한 급전과 행복한 결말을 예상할 수 있을 것이다. 이런 관례적 방식이 별 의미가 없어 보일 수도 있다. 하지만 우리는 스턴버그[298]와

297 단테가 베로나의 영주 칸그란데 델라 스칼라에게 보낸 편지를 가리킨다. 이 편지에서 단테는 자신의 작품인 『신곡』을 다양하게 해석할 수 있다고 밝힌다.

298 요제프 폰 스턴버그(Josef von Sternberg, 1894~1969).

루비치[299]의 영화가 감동을 이끌어 내듯 그런 관례가 영화에서 무리 없이 수용되고 있음을 확인했다.

또한 이런 희극에는 남자든 여자든 관례적으로 영웅이 등장한다. 훌리오 모랄레스와 엘레나 로하스, 라울 안셀미와 이레네 크루스는 온전히 행위를 통해 사건에 개입하는 인물들이다. 관객 역시 단조롭고 구체적으로 표현된 이 인물들의 행위를 쉽게 이해할 수 있을 것이다. 기이한 특이점이 전혀 없는 인물들이니 누구든 자신을 인물에 대입해 볼 만하다. 이들은 아름다운 청년이며 품위 있고 대담하다. 심리적 콤플렉스를 지닌 인물도 있다. 「변두리 사람들」의 경우 불행한 페르민 소리아노가, 「믿는 자들의 낙원」에서는 쿠빈이 그러하다.

첫 번째 작품인 「변두리 사람들」의 시대 배경은 19세기 말이다. 두 번째 작품은 어느 정도 현재를 배경으로 한다. 지역색과 시대색이 차이의 기능을 수행한다는 점을 고려하면 첫 번째 작품의 지역색과 시대색이 두드러지고 효과적이다. 1951년 지금의 우리가 1890년과 어떤 차이가 있는지를 아니까. 물론 다가올 1951년과의 차이는 알지 못한다. 어찌 보면 과거는 아주 그림처럼 보이거나 감동적으로 느껴지기도 하지만 현재라는 것은 절대 그렇지가 않다.

「믿는 자들의 낙원」의 핵심 인자가 이익 문제라면 「변두리 사람들」의 경우엔 경쟁심이다. 그 경쟁심이 도덕적으로 훌륭

오스트리아 출신의 영화감독.

299 에른스트 루비치(Ernst Lubitsch, 1892~1947). 독일 출신으로 미국에서 활동한 배우이자 영화감독.

한 인물을 만들어 낸다. 하지만 우리는 그 인물을 이상화할 생각은 없었다. 예컨대 외지인과 비보리타의 수하가 만나는 장면에 잔인함과 비열함이 배제되지 않듯이 말이다. 두 시나리오는 스티븐슨[300]의 작품이 그렇듯이 낭만적인 면도 있다. 열정적인 모험과 더불어 미세하게나마 서사시의 흔적도 느낄 것이다.「믿는 자들의 낙원」은 사건이 전개될수록 낭만적 어조가 더해질 것이다. 우리는 대단원을 아주 격하게 고양함으로써 작품 서두의 받아들이기 힘든 비현실성을 완화하려고 했다.

탐색은 영화에서 되풀이되는 주제다. 또한 예부터 작품을 쓰기에 적절한 소재였다. 황금 양털을 찾아 길을 떠난 아르고 원정대[301]가 양털을 얻고 갤러해드[302]가 성배를 얻듯이 말이다. 반면 이제는 무한한 탐색 혹은 추구하는 대상을 찾아내지만 불길한 결과를 초래하는 탐색도 있다. K라는 측량 기사가 성에 들어가지도 못한다거나[303] 백경의 발견이 마침내 그 백경을 발견한 자의 파멸을 낳듯이 말이다.[304] 그런 점에서「변두리 사람들」과「믿는 자들의 낙원」은 이 시대의 양식에서 벗어나지 않는다.

---

300 로버트 루이스 스티븐슨(Robert Louis Stevenson, 1850~1894).『보물섬』,『지킬 박사와 하이드 씨』 등을 쓴 영국 작가.

301 그리스 신화에서 영웅 이아손과 함께 황금 양털을 찾아 모험을 떠난 쉰 명의 영웅을 가리킨다.

302 아서왕 전설에서 성배를 찾아 길을 떠난 기사다.

303 카프카의『성』에서 성에 들어가려 할수록 성에 이르지 못하는 측량 기사 K를 가리킨다.

304 미국의 소설가 허먼 멜빌(Herman Melville, 1819~1891)의『모비 딕』을 가리킨다.

작가는 폐습에서 도망치듯 플롯에서 탈주해야 한다는 쇼[305]의 견해와 달리, 우리는 오랫동안 근본적으로 플롯이 중요하다고 생각해 왔다. 문제는 어떤 복합적인 플롯도 관습적인 면이 있다는 거다. 따라서 행위를 이끌고 설명하는 에피소드는 불가피하지만 그게 다 매혹적이지는 않다. 우리가 쓴 두 편의 시나리오는 어쩔 수 없이 이 서글픈 의무를 짊어지고 있다.

언어와 관련하여 우리는 대중성을 감안해 어휘보다 어조와 구문에 신경 썼다.

독서가 용이하도록 '프레이밍' 같은 기술 용어를 축소하거나 제거했으며 단을 나눠 구성하지도 않았다.

지금까지 우리가 이 작품을 쓰게 된 계기를 논리적으로 설명했다. 하지만 감성적인 면도 있었다. 사실 논리적인 문제보다 감성적인 면이 훨씬 강했다. 우리가 「변두리 사람들」을 기획하게 된 결정적 동인은 변두리 지역, 밤과 황혼, 용기에 얽힌 구전 설화, 기타로 되살아나는 소박하고 가치 있는 음악을 어떤 식으로든 완성하고 싶은 열망이었다.

호르헤 루이스 보르헤스, 아돌포 비오이 카사레스

1951년 12월 11일
혹은 1975년 8월 20일
부에노스아이레스에서

---

305 조지 버나드 쇼(George Bernard Shaw, 1856~1950년)는 아일랜드의 작가이자 비평가다.

변두리 사람들

카메라가 불량배 같은 인물의 얼굴에 집중하며 화면을 채운다. 약간 포동포동한 체격에 머리는 젤을 발라 빗어 넘겼고 옷깃을 세우고 단춧구멍에 배지를 달았다. 카메라를 돌려 다른 얼굴을 잡는다. 호리호리하고 지적이지만 인색해 보이고 곱슬머리에 안경을 꼈다. 카메라를 다시 돌려 훌리오 모랄레스의 얼굴을 잡는다. 그의 얼굴은 앞선 두 사람과 대조적으로 옛 시절의 품위가 있다. 잿빛 머리에 점잖은 노인의 얼굴이다.

이 세 인물이 1948년 어느 바에 모여 있다. 뭔가 지나가는 진동이 느껴지고 날카로운 말소리가 들린다. 통통한 불량배가 궁금한 듯 밖을 내다본다. 밖으로 보이는 거리에 승합차, 자동차, 트럭이 지나가는데 그중 확성기를 단 차에서 음악이 터져 나오고 있다.

모랄레스의 목소리: (고요하고 단호하게) 옛날엔 저렇게 소란하지 않았는데. 그땐 평온하게 살았어. 다른 동네 사람들이 저리 주의를 끄니 세상이 어찌 될라고. 수르 출신의 페르민 소리아노가 왔던 때가 기억나는군. 난 잡화점에서 시간을 죽이고 있었지. 클레멘시아 후아레스와 산책이나 하려고 말이야.

카메라가 상그리아 잔을 만지작거리는 훌리오 모랄레스의 손을 잡는다. 카메라가 잔을 포착하면서 화면이 1890년대 어느 잡화점으로 넘어간다. 짙은 색 옷에 손수건, 소프트 모자를 쓴 스무 살가량의 청년 모랄레스가 계산대에 잔을 건네고 거리로 나간다.

과거로 돌아가는 순간 배경음을 자동차 소리에서 밀롱가 음악으로 바꾼다.

모랄레스가 도랑을 끼고 있는 비포장도로를 걸어간다. 단층집, 토담, 여기저기 빈 땅이 있다. 낮잠 시간이다. 개 한 마리가 그늘에서 자고 있다. 길모퉁이에 싸움꾼 비보리타[306]와 그를 따르는 무리가 있다. 하나같이 후줄근하고 촌스러운 옷차림이다. 개중에는 봄바차[307]에 샌들을 신은 사내도 있고 맨발인 사내도 있다. 메스티소[308] 아니면 물라토다.(이 과거의 첫 장면에서 전형적인 아르헨티나인을 보여 줘야 한다.) 맞은편 길모퉁이에는 한 흑인이 버드나무 가지로 만든 등 높은 의자에 앉아 햇볕을

306 독사, 음흉한 사람을 가리킨다.

307 아르헨티나 가우초가 입던 통 넓은 바지.

308 백인과 아메리카 원주민의 혼혈인.

쬐고 있다. 범죄를 저질러 봤을 듯한 그는 성치 않은 몸에 실성한 얼굴이다.

모랄레스가 그곳을 지나간다.

어느 청년: 훌리오, 우리 안 보여?

비보리타: 너랑 놀려고 왔는데, 잠깐만 말이야.

모랄레스: 잠깐이면 괜찮지, 비보리타.

포스테미야: (불량한 패거리의 모자란 청년. 둥그런 소프트 모자를 푹 눌러쓰고 있다. 어린애처럼 히죽거리며 말한다.) 저기 놀아 볼 만한 놈이 오네.

다른 길모퉁이에서 다가오는 페르민 소리아노를 손가락으로 가리킨다. 소리아노는 괴팍한 청년이다. 챙을 구부린 검은색 소프트 모자, 목에 감은 손수건, 정장 상의, 끈으로 묶는 프랑스풍 바지, 굽 높은 신발을 멋지게 차려입었다.

모랄레스: (포스테미야의 말에 개입하고 싶지 않다는 듯) 포스테미야, 악마 같은 너나 가서 저치하고 놀아.

비보리타: (그 말에 자극받아 바로 응수한다.) 그렇지, 저기 보이네, 포스테미야가 제일 세다니까.

어느 청년: 네가 맡아, 포스테미야.

다른 청년: 포스테미야 만세!

다른 청년: 비보리타 말이 맞아. 포스테미야가 딱이지.

다른 청년: 파이팅, 포스테미야! 우리는 잠자코 여기 있다가 네 뼈나 추려야겠다.

포스테미야: (걱정스러운 표정으로) 저놈이 안 쫄면 어쩌지?

모랄레스: 목수한테 가서 칼이라도 달라고 해 봐.

비보리타: 입으로 "빵, 빵." 하고 한 방 먹여 버려.

어느 청년: (그 말을 지지하며) 이제 포스테미야를 '거친 악당'이라고 불러야겠네.

포스테미야: (거만하게) 내가 나가지, 친구들. 두고 보라고.

청년들: 포스테미야한테 판 깔아 주자고!

포스테미야가 외지인에게 다가간다. 그와 마주 선다.

포스테미야: 여긴 내 관할이니 지나가려면 허가가 있어야 하는데.

외지인이 흥미롭다는 듯 그를 쳐다보고는 그의 소프트 모자를 돌려 씌운다.

페르민 소리아노: (고압적으로) 방향이 바뀌었네. 네가 온 길로 돌아가지그래.

포스테미야: (설복되어) 그렇게 살벌할 필요야.

포스테미야가 천천히 돌아온다. 페르민 소리아노가 패거리와 맞닥뜨린다. 사내들이 웃으면서 난투를 벌일 것처럼 그를 에워싼다.

비보리타: 아이고, 선생님, 미안합니다. 저 친구가 무례하게

굴었습니까?

소리아노: (진중하게) 그럴 뻔했죠. 그래서 내가 기를 꺾어 놓았지요.

비보리타: (정중하게) 지당하십니다. 잘하셨어요.

그에게 손을 내민다. 한 청년이 그를 따라 한다.

비보리타: 저 녀석은 잘못이 없어요. 외지인을 보면 바짝 긴장하는 친구예요. (재빨리 얼굴을 들이밀며) 다른 데서 오셨죠?

소리아노: (거만하게) 그래요, 산크리스토발 수르에서 왔지요.

비보리타: (놀란 듯) 수르라고요! (모랄레스를 향하며) 수르에서 왔대! (소리아노를 보며) 동네가 이렇다고 나쁘게 생각지는 마세요. 다 여기서 살고, 존중할 줄도 압니다. 이 나라의 자식들이 번영하는 곳이죠.

모랄레스가 가겠다는 손짓을 한다. 비보리타가 그를 붙잡는다. 모랄레스가 건너편 집의 창문을 바라본다. 카메라가 창문을 비춘다. 발 너머로 움직이고 있는 한 여자(클레멘시아)의 얼굴이 보인다. 뒤이어 카메라가 의자에 앉아 무심하게 지켜보는 흑인을 잡는다.

소리아노에게 손을 내민 청년: 노르테에 비하면 뭐 좋을 게 있다고. 여긴 전부 창피할 정도잖아.

비보리타: 맞는 말이야. 간결하고 나쁘게 말해서 다 철면피 같은 사람들이지. 당신은 성냥불 하나 켜지 않고 행인을 겁주

고 괴롭히는 건달이 없는 골목에 온 겁니다. (소리아노에게 손을 내밀었던 청년을 향하며) 이분은 달라. 존중할 줄 아는 분이니까 말이야.

소리아노: (오만하게) 물론 존중하지요. 그런데 그 말은 얼굴에 칼자국을 내겠다며 덤비는 놈과 싸우지 말라는 거겠네요.

비보리타: 그렇죠. 사내는 신중히 행동해야지요. 특히 수르의 당신들은 엘리세오 로하스의 멍에를 쓰고 있는 데다 그의 허가 없이는 재채기도 못 한다던데.

소리아노: 엘리세오 로하스가 내 대부죠.

소리아노가 길을 트려 한다. 사내들이 그를 에워싼다. 포스테미야가 놀라 달아난다.

비보리타: (굽실거리듯) 말했잖습니까. 저 친구를 생각해서 길도 없는 곳에 발 담그지 말고 조용히 집에 처박혀 있으면 당신의 진중함이 높이 평가될 거라고 말이죠. 여기서는 어느 놈이고 날 따르니 말입니다.

소리아노에게 손을 내민 청년: 눈으로 봐야 믿지. 엘리세오 로하스가 이 쓰레기의 대부인지 누가 알겠어?

비보리타: 그렇군. 이 친구가 말이 좀 지저분합니다.

말이 없던 청년: 수르의 쓰레기구만. 거기엔 쓰레기밖에 없다니까.

다른 청년: (얼굴을 가까이 대고) 쓰레기! 쓰레기!

비보리타가 흑인을 향해 휘파람을 불자 흑인이 아주 즐거운 듯 칼을 던져 준다. 비보리타가 허공에서 칼을 잡는다. 모랄레스를 포함해 모두 소리아노를 덮친다. 칼이 소리아노의 얼굴에서 번쩍인다. 소리아노가 길옆 도랑으로 떨어진다.

익명의 목소리: 노르테 만세!

포스테미야는 반대편 길모퉁이에서 위험이 닥쳐오는 걸 목격한다. 손을 입에 넣고 휘파람을 세 번 분다. 말발굽 소리가 들린다. 청년들이 뿔뿔이 흩어진다.(누구는 흙담을 넘고, 누구는 현관 안으로 들어가고 등등) 길에는 모랄레스만, 도랑에는 소리아노만 남았다.

모랄레스: (경찰 1을 향하며) 놔둬, 비센테, 애들은 잘못 없어.

경찰 1: (고심하듯) 애들?

경찰 2: (얼굴에 상처가 난 소리아노를 가리키며) 이 친구는 도랑에서 면도를 했나?

모랄레스: 불평할 사람은 피해자 아닌가.

소리아노: (침착하지만 주저하듯) 난 불평 같은 거 안 해, 뒷배도 필요 없고. (목소리를 키우며) 경찰하고는 섞을 말 없어. (자리를 뜬다.)

모랄레스: (차분하게) 봤지. 저치가 알아서 한다잖아.

경찰 2: (경찰 1을 향해) 비센테, 비보리타와 할 얘기가 많을 것 같은데.

모랄레스: 비보리타? 걔가 무슨 상관인데?

비센테: 얘기해 보면 알겠지. 네 입으로 애들이라고 했잖아.

기억해 봐.

모랄레스: 애들? 널린 게 애들이지……. 생각해 보라고, 노인네들 사건에선 수다쟁이를 잡잖아.

비센테: (진지하게) 어디 보자. 저 친구 얼굴의 상처는 누가 그런 건데?

모랄레스: 누구긴, 저 성질 급한 포스테미야지.

그 농담에 비센테가 웃는다.

경찰 2: (고심하며) 저 머저리가 뭘 알겠어.

모랄레스가 멀어지는 경찰들을 보고 있다. 긴 머리칼을 수건으로 묶는다. 담배를 내던지고 클레멘시아의 집으로 향한다. 현관에 손 모양의 청동 노커가 있다. 모랄레스가 두드린다. (클레멘시아의 개) 재스민이 짖는다. 정숙한 여자인 클레멘시아가 주름 장식이 많은 옷을 입고 나타난다. 안문은 없다. 안뜰 뒤로 항아리에 심은 식물들이 보인다. 대화를 나누는 동안 모랄레스가 개를 몇 번 쓰다듬는다.

클레멘시아: 이렇게 보니 좋네. 그런데 도랑에 빠진 사람은 누구야? 나도 보고 있었어.

모랄레스: (마지못해) 알 게 뭐야. 수르 놈인데 엘리세오 로하스가 자기 대부래.

클레멘시아: 엘리세오 로하스?

모랄레스: 알아?

클레멘시아: 비보리타가 동생한테 얘기해 줬어. 옛날에 잘 나가던 사람이라던데. 이제 그런 사람이 얼마 안 된다더라고.

모랄레스: 이젠 배짱 있는 사내가 없지.

두 사람이 세탁실에 들어간다. 탁자와 화로, 옷이 담긴 바구니가 있다. 클레멘시아가 화로의 다리미를 꺼내 달궈졌는지 확인하려고 물에 적셔 본 뒤 다리미질을 한다.

클레멘시아: 그나저나 어떻게 된 거야?

모랄레스: 아무것도 아냐. 사내들 일이지 뭐.

클레멘시아: (의젓하게) 비보리타도 정말 정신이 나갔지.

모랄레스: 잘 봤어. 비겁했지. 내가 끼어드는 게 아닌데. 한 놈한테 떼거리로…….

클레멘시아: 그럴 만했겠지.

모랄레스: 피곤해, 클레멘시아. 오늘은 쓸데없는 일을 했네. 경찰하고도 말이 너무 많았고.

클레멘시아: 네가 애들한테 해를 끼친 건 아니잖아.

모랄레스: 그런 건 아니지. 하지만 경찰이 나랑 얘기하지 않았으면 패거리 문제인지도 몰랐을 거야.

클레멘시아: (무뚝뚝하게) 그래, 입 다무는 편이 낫지. 네가 그치들한테 휩쓸리니까 사고가 나는 거야.

모랄레스: (생각에 잠겨) 엘리세오가 어쨌다고 했지?

클레멘시아: 내가 뭘 알겠어. 그 사람한테 맞선 사람이 없었대. 그런데 네가 애들한테 해가 될 일을 했다고 생각진 않아.

화면이 흐려진다.

어느 장례식 밤. 여러 사람이 슬퍼하며 심각하게 얘기를 나눈다.

그들 중 한 사람: (콧수염이 귀 쪽으로 뻗었다.) 불쌍한 파우스티노! 좋을 때든 안 좋을 때든 언제나 배짱 두둑한 놈들과 의리를 지켰는데.

다른 사람: (앞사람과 비슷한 외모) 눈을 감으니 그가 호주머니에 호두를 잔뜩 넣고 다니던 생각이 나네.(눈을 감는다.)

다른 사람: (마찬가지로 비슷한 외모) 조국을 위해 이런 사람이 있어야 하는데. 더 이상 이 땅엔 선지자가 없는 것 같군.

다른 공간에 포스테미아가 있다. 여러 사람이 그를 둘러쌌다. 그중 몇몇은 비보리타의 패거리다.

그들 중 한 사람: 다시 얘기해 봐, 포스테미아. 이 친구가 듣고 싶다고 하잖아.

다른 사람: (잔을 그에게 가져가며) 이 친구야, 놀라지 말고. 못 들은 걸로 할 테니 어떻게 얼굴에 칼자국을 냈는지 얘기해 봐.

포스테미아: (들뜨고 얼떨떨한 표정으로) 그러니까 오늘 낮잠 시간에, 그 더운 날씨에 순찰을 나갔지…….

다른 사람: 머리 좋고 빈틈없는 친구네. 해가 뜨니 동굴을 나갔어.

포스테미아: 내가 무슨 얘기까지 했지…… 다시 시작할

게……. 그러니까 오늘 낮잠 시간에 그 더운 날씨에 순찰을 나갔지. 언제부턴가 동네에 낯선 놈들이 들어오기 시작하면서 세상이 뒤집혀서 거꾸로 가고 있잖아. 오늘 오후에 여기 들어오려던 놈도 침입자였어……. 가죽 시계를 찬 놈들처럼 번지르르하더라고. 그 불쌍한 당근이 사자 아가리에 들어온 거지……. 내가 그 멍청한 놈한테 허가를 받았느냐고 했지. 그런데 내 동정심에 호소하더라고……. 그래서 내가 불같이 성질을 부리며 상판대기에 기막힌 칼집을 내 놨지. 그러면서 간사한 계략에 내가 넘어갈 것 같으냐고 했지……. 그러고는 그놈을 밀쳐서…… 밀쳐서…… 그 수르에서 온 놈을 단번에 밀쳐서 도랑물에 빠뜨려 버렸지.

비보리타: 말솜씨가 청산유수로세.

패거리 중 한 청년: 그 수르에서 온 놈의 대부가 엘리세오 로하스야.

다른 청년: (신중하고 역설적으로) 엘리세오 같은 우두머리가 양자를 혼자 놔둔 거로군. 둘이 같이 나타나면 이 허풍쟁이가 (사의를 표하며 웃고 있는 포스테미야를 가리키면서) 둘을 처리해 주겠네.

비보리타: 한 잔 더 마셔야겠는데, 포스테미야.

건배를 한다. 포스테미야가 술을 마시고 인사를 건넨다.

한 사내가 술병을 들고 들어오더니 당차게 나선다.

술병 든 사내: (법석거리며) 친지분들과 신사 여러분, 예의를 지켜 주세요. 솔직히 좀 지나칩니다. (술병을 치켜든다.)

그 자리에 있던 한 사람: (핑계를 대며) 좀 모자란 이분이 외지인을 제압했다는 얘기를 하고 있었습니다.

술병 든 사내: (흥미 있다는 듯) 잘했네. (자리에 앉아 술병을 의자 밑에 둔다.) 무슨 일이 있었는지 자세히 얘기해 주게. (들을 자세를 취한다.)

포스테미야: (기운을 내며) 그러니까…… 오늘 낮잠 시간에 그 더운 날씨에 나갔는데…….

앞서 등장했던 두 경찰이 불시에 들어온다. 포스테미야가 멍하니 그들을 쳐다보더니 안쪽으로 도망친다. 그가 도망치자 경찰들이 확신한다.

경찰 2: (목소리를 높여) 거기 서!

경찰들이 포스테미야를 추격한다. 포스테미야가 집 안쪽에 있는 철제 계단을 따라 옥상으로 올라간다. 높이가 다른 옥상의 벽돌 바닥을 따라 옷이 널린 빨랫줄을 헤치고 도망친다. 갑자기 돌아서더니 뒷걸음질하다가 발을 헛디뎌 허공으로 떨어진다.

도르래 바퀴와 우물 위에 설치된 아치형 구조물이 보인다. 뒤이어 정원의 우물 옆으로 죽은 포스테미야가 보인다. 침묵에 휩싸인 채 그 장면을 바라보는 사람들 중 누군가 걸어온다. 훌리오 모랄레스다. 모자를 벗고 슬퍼하며 포스테미야를 바라본다. 다른 이들도 모자를 벗는다.

상황에 맞지 않게 쇼팽의 마주르카 합주가 들린다.

익명인: 예의가 없어. 장례식도 저들을 피아노에서 떼어 놓지 못하는군.

다른 익명인: 그만해. 포스테미야를 위한 장송곡이잖나.

화면이 흐려진다.

대장간의 어두운 내부. 흙바닥 안뜰로 가는 문이 안쪽에 있다. 정원에는 버드나무가 있다. 쇠를 벼리는 불이 대장장이들의 그림자를 흔들어 댄다. 대장간 주인(노인), (말없이 문을 등지고 있는) 모랄레스, 한 소년이 있다. 그리고 장례식에 참석했던 사람이 손님으로 와서 마테차를 마시고 있다. 불신과 분노에 찬 페르민 소리아노가 약간 술에 취해 들어온다.

소리아노: 주인이 누구요?

주인: 내가 주인이라는 비밀을 지켜 준다면, 나요.

소리아노: 당연하죠. 내 잿빛 말의 편자를 박는 데 얼마나 들까요?

주인: 궁금한 게 많은 잿빛 말이로군. 타는 용이요, 마차용이오?

소리아노가 대들려다가 소년과 방문객의 적대적인 시선을 눈치챈다. 하지만 모랄레스가 있다는 건 모른다.

소리아노: (물러서듯) 내가 타는 말이오. (문 쪽으로 한 발 빼면서) 보시겠소?

주인: 그럼 좋죠. 솔직히 당신 첫인상이 썩 좋지는 않구려. 그렇다고 당신을 내쫓자니 얼굴을 붉히고 분란이 일어날 것 같고…….

침묵이 흐른다. 모랄레스는 대화에 무심한 채 슬픈 얼굴로 하던 일을 계속한다.

소리아노: (타협적으로) 어쩌라는 거요? 사람들이 의심이 많아요. 이 상처를 봐요. 스무 명이 덤벼들어서 날 도랑에 처넣었단 말이오.

주인: (관심을 보이며) 저런.

방문객: 예방 접종을 했으니 가벼운 천연두 정도는 거뜬하겠네.

소리아노: (공격적으로) 가볍든 세든 상관없소. 여기 사는 당신네들은 정말 어이가 없단 말이야. 환대가 어찌나 극진한지. 내가 나서서 뜯어고치고 싶은 심정이오. (다가오는 모랄레스를 알아본다. 말없이 서로 쳐다본다. 격앙되어 계속한다.) 말해 보시오, 딴 동네 사람이라고 공격하는 게 말이 됩니까? 20대 1이 말이나 돼요? 그 모욕이 정당합니까?

모랄레스: (잠시 말이 없다가) 몹쓸 짓이오. 누군가에게 그런 기억을 남길 권리는 누구에게도 없소. 내가 거기에 끼어든 게 부끄러울 따름이오. 늘 사내답게 처신했는데 이젠 뭐가 뭔지 모르겠소.

화면이 흐려진다.

변두리의 황량한 길. 이른 아침. 아이들이 개를 쫓고 있다. 개들이 짖는 소리가 크게 들린다. 먼지구름을 일으키며 개장수가 나타난다.

개장수가 개를 묶는다. 다른 개도 묶는다. 누군가 그의 팔을 잡는다.

비보리타: 산로케, 그만해. 저 북슬개는 놔줘.

개장수: 그 북슬개가 프레골리[309]여도 가져갈 거야.

비보리타: (위협적으로) 안 된다고 했지.

개장수: (개를 풀어 주며) 동생이나 잘 챙기라고. 어쨌든 이 동네에 동물이 없진 않네.

클레멘시아가 다가온다. 개가 그녀에게 달려간다.

비보리타: (멀어지는 개장수를 향해) 외지에서 온 놈도 많지. (어조를 바꿔서) 그 개장 갖고 다른 데로 꺼져.

클레멘시아: 고마워, 비보리타. 넌 정말 용감해.

비보리타: 별것도 아닌데 뭐. 죽은 포스테미야라도 그렇게 했을 거야.

클레멘시아: 불쌍한 포스테미야. 그 친구랑 있으면 늘 웃음이 났는데.

비보리타: 그랬지, 클레멘시아. 속된 말로 순진한 사람이 웃

309 변장술로 유명한 이탈리아의 배우 레오폴도 프레골리(Leopoldo Fregoli, 1867~1936)를 가리킨다.

기다고 하잖아. 죽을 때도 그렇더라고. 그가 그 외지인을 어떻게 했는지 거짓말을 되풀이하는 걸 다들 들어 주고 있었지.

클레멘시아: (동감하며) 뻔뻔하기는. 그런 사람은 너였는데.

비보리타: (겸손하게) 어쨌든. 그 불쌍한 멍청이가 설을 늘어놓는데 경찰이 들이닥친 거야. 그 친구가 얼마나 놀라던지. 부리나케 어디로 가는지도 모르게 나가 버렸지.

두 사람이 웃는다. 모랄레스가 다가온다.

모랄레스: 아직 웃음이 남아 있다니 다행이네.

클레멘시아: (다급하게) 포스테미야가 어떻게 된 건지 비보리타가 얘기해 주던 참이야.

비보리타: (아주 강한 어조로) 정말 잽싸게 달려서 원형 계단을 오르더니 옥상으로 나갔지. 그런데 널어 둔 빨래에도 아랑곳 않고 달리다가 발이 옷에 걸리는 바람에 삐끗하고는, 턱!

클레멘시아: 미치겠네.

비보리타: 우물 옆으로 떨어졌는데 하마터면 빠질 뻔했어. 가 보니 배가 터진 두꺼비 꼴이었지.

클레멘시아: 미치겠네.

클레멘시아와 비보리타가 웃는다.

모랄레스: 웃음이 나오다니…… 그 불쌍한 녀석이 죽은 건 우리 모두에게 오점을 남긴 끔찍한 일이야.

클레멘시아: 훌리오 모랄레스, 너 지금 나하고 얘기 중이라

는 거 잊지 마.

모랄레스: 오래가진 않을 거야. 이 모든 게 비참하고 비열한 노릇이야. 우리 장난질은 그의 죽음에 책임이 있어. 그가 죽기 전에 우리가 한 짓은? 다른 동네 놈이 무방비로 들어오니 떼거리로 공격했지. 개떼처럼.

비보리타: 그렇게 다 나쁘게만 볼 거면 저기서 네 목숨을 끊으면 되겠네.

모랄레스: (천천히) 그게 나을지도. 나도 그렇게 생각하고 있었으니까.

클레멘시아: 그런 말 하지 마, 훌리오.

비보리타: 포스테미야는 죽었고, 이제 너만 한 사내도 없어.

모랄레스: 강인하고 대담한 사내를 찾아야겠어. 그런 사람이 있다면 결투를 신청해서 누가 진짜인지 알아봐야지. 그것도 해결책이 되겠지.

화면이 흐려진다. 카메라가 노르테의 변두리에서 온세 지역에 이르기까지 모랄레스가 이동하는 몇 순간을 포착한다. 시골 같은 풍경에서 사람이 북적대는 곳으로 옮겨 간다. 음악이 점점 빨라지며 그 이미지에 중첩된다. 자동차, 짐차, 물차, 마차 철도, 마차, (지붕 덮인) 마차가 있다. 거리에는 머리에 빨래를 이고 힘차게 걸어가는 흑인 빨래꾼, 소를 끌고 가는 우유 장수, 엠파나다 장수, 우산 장수, 양초 장수, 마차용 채찍 장수, 칼갈이 등 다양한 사람이 있다.(이 인물들은 반드시 넣어야 한다. 하지만 의도적으로 보여서는 안 된다.)

모랄레스의 목소리: 온세 동네에 이르기 전이었지. 피에다드 거리를 걷다가 투계장이 열린다는 걸 알게 됐어. 파골라라는 청년이 지나가는 날 부르더군. 1905년 혁명 때 죽은 친군데 당시에 잿빛 닭으로 투계에 뛰어들 참이었지…….

동시에 무음의 장면들이 삽입된다. 낡은 사진에나 나올 법한 콧수염도 없는 단정한 청년 파골라가 모랄레스를 부른다. 두 사람이 문 앞에서 얘기를 나누고 함께 들어간다.

술통과 탁자, 상자가 가득한 방을 지나간다. 그 방에는 낡고 희뿌연 큰 거울이 있다. 거울의 검은 목재 테두리에 꽃과 천사가 장식되어 있다. 그곳에서 지하로 내려가자 투계장이 나온다. 둥근 경기장을 에워싸고 원형 극장처럼 세 줄로 자리가 마련되었다. 그 중간에 계단이 있다. 사람들로 북적댄다. 단 한 명만 빼고 모두 남자다. 여자는 팔로 아이를 안고서 젖을 물리고 있다. 도시 사람, 변두리 사람, 시골 사람이 섞여 있다. 경기장엔 손수건을 목에 두른 사람들이 있다. 관람석에 앉은 사람도 있다. 심판은 백발의 신사로 개신교 목사 같은 인상이다. 맨발에 뚱뚱한 소년이 냄새를 풍기며 튀긴 과자와 케이크를 팔고 있다. 한 모퉁이에는 저울과 우리가 있다.

누군가의 목소리: 검은 닭에 걸겠소, 내가 지면 50 내고, 이기면 10만 받겠소.

다른 목소리: 호방하시구려. 저 흰 닭이 부리가 잘렸으니.

무법자 같은 콤파드레: (소프트 모자를 쓴 뚱뚱한 신사를 향해 신문을 건네며) 선생님, 《라 나시온 아르헨티나》를 드릴까요, 피가 튀면 안 되니까요.(그가 굽실거리듯 신문으로 신사의 무릎을 덮어 준다.)

신사는 사내가 하는 행동을 흥미롭게 지켜본다.

그사이 파골라가 싸움닭을 경기장에 가져간다. 심판이 규칙을 설명하고 경기가 시작된다.

관람객: 빨간 놈한테 20페소 걸겠네.

파골라: 내 잿빛 닭이 지는 데 50, 이기는 데 30으로 걸겠소.

다른 목소리: 좋소.

뚱뚱한 신사: (옆자리에 앉은 사람을 향해. 옆 사람은 공손히 신사의 얘기를 듣는다.) 어쨌거나 여긴 비좁아서 환기도 제대로 되지 않는군요.

파수꾼: (모랄레스에게 핑계 조로) 저분 말이 맞습니다. 내가 경찰이라면 이런 불법 투계장을 허가하진 않았을 텐데.

파골라의 닭이 이기자 환호성이 터진다.

루나: (흑인과 물라토가 섞인 혼혈인 소몰이꾼으로 봄바차에 샌들을 신었다.) 잿빛 닭이 훌륭하군.

파골라가 얼떨떨한 표정으로 즐거이 돈을 받는다.

파골라: 맨날 재수가 안 좋은데 잘되니까 겁이 나네. 돈이 이렇게 넘치니 한잔하러 갑시다.

지하에서 나와 식당에 자리를 잡는다. 모랄레스는 루나의 맞은편에 앉는다. 대화가 이어지는 동안 카메라가 그들을 잡는다.

소년을 데리고 있던 여자가 탁자로 다가온다.

여자: 뭘 드릴까요?

모랄레스: 있으면 카냐 케마다[310]로 주시죠.

한 친구: 같은 걸로 한 잔.

다른 친구: 나는 진으로 주시오. (친근하게 루나를 향하며) 우리와 동향인 이분도 술병에 토할 사람은 아니지.

루나: 동향이라고? 난 산크리스토발 수르 출신이오. 어쨌든 진으로 딱 한 잔만 주시오.

파골라: 첫 잔이니 나는 맥주로 줘요.

모랄레스: 산크리스토발이라고 했소? 좋은 동네지. 내가 거기로 가던 중이었는데.

파골라: (예의상) 거기서 뭘 하려고 그러시오?

모랄레스: 그냥 엘리세오 로하스를 만나 보려고.

루나가 순식간에 잔을 비우고 다 마신 술잔을 탁자에 놓고는 쳐다본다. 여자가 탁자를 돌며 술을 건네고 술통이 있는 내실을 왔다 갔다 한다. 그녀의 머리 위로 뚱뚱한 소년의 발이 보인다. 한쪽 발은 맨발이고 다른 발엔 박차가 있다. 누군가 들어

---

310 사탕수수로 만든 주류의 일종으로 당밀이 들었다.

오자 그녀가 한쪽으로 비켜 주다가 소년의 한쪽 발에 머리를 스친다. 그녀는 소년을 쏘아본다. 카메라가 그 행동을 따라간다. 소년이 술통 더미 위에 있는 도리까지 올라가 주눅 든 얼굴로 바구니에 있던 파이를 먹는다.

여자: 잡히기만 해 봐, 이렇게 바쁘게 일하는데 넌 처먹기만 하고 있어! 빨리 내려와서 손님 접대해!

뚱뚱한 소년: 충전 중이잖아요, 마님.

소년이 내려와서 소리를 지르며 사람들 틈을 지나다닌다.

뚱뚱한 소년:(큰 소리로) 따뜻한 쿠키 있어요. 맛에 반할 겁니다. 방금 만든 마사모라[311]를 드셔 보세요.

카메라가 다시 파골라의 탁자를 잡는다. 루나가 담배를 피우고 있다. 시간이 상당히 흐른 듯 빈 잔도 보인다.

두 번째 친구: (얘기를 계속하며) 안에서 폰초를 걸친 자가 멋대로 굴고 있었지. 엘리세오 로하스가 풀페리아[312] 주인에게 칼을 던져 줬지. 풀페리아 주인은 자기 가게에서 흉한 일이 벌어지지 않길 바란다고 애원하는 중이었고, 사람들은 불안해하며

---

311 옥수수, 설탕, 바닐라 등으로 만든 일종의 죽이다.

312 음식과 주류를 비롯해 일상 생활용품을 팔던 잡화점이자 사람들이 게임과 여가를 즐기던 장소.

성호를 그었지. 엘리세오가 채찍을 들고 들어갔고 채찍질 소리가 나기 시작했어. 폰초를 걸친 자가 파콘[313]을 들고 나왔고. 여기저기서 그런 일이 있었지.

모랄레스: 폰초를 걸친 자가 끝장날 시간이 온 거야, 누구나 그렇지만.

두 번째 친구: 그럴 거였지. 엘리세오가 뛰어들면 언제나 상대방이 끝장났지.

모랄레스: 그가 기력이 넘치면 좋겠군. 오늘 밤 그자와 정리할 게 있거든.

이 장면에서 뚱뚱한 소년이 게걸스럽게 파이를 먹는다. 루나가 긴장하며 모랄레스를 살핀다.

루나: (뚱뚱한 소년에게 돌연 화를 내며) 귀찮게 좀 하지 마, 코흘리개야. 혼 좀 나야겠다.(한쪽 귀를 잡아끌고 안뜰로 나간다. 카메라가 뒤따른다.)

무음 처리할 장면: 루나가 소년에게 뭔가 얘기한다. 허리춤에서 동전을 꺼내 소년에게 준다. 허리춤에 칼(손잡이가 독특한 중간 길이의 칼이다.)이 있다. 얼룩이 많은 살진 말 한 마리가 넓은 안장을 얹은 채 기둥에 묶여 있다. 루나가 탁자로 돌아온다.

---

313 아르헨티나 가우초가 지니던 끝이 곧고 뾰족한 칼.

첫 번째 친구: (모랄레스를 보며) 금방 찾을 걸세. 다리 근처에 사는 사람이라면 다 그 집을 아니까. 높은 데 있고 회랑도 있어.

두 번째 친구: 거기 산 지 몇 년 됐어. 그런데 넌 이상하게 사람은 알면서 집을 모르네.

모랄레스: 안다고 말한 적 없는데. (동료가 된 파골라를 친근하게 쳐다본다.)

파골라: (진중하게) 훌리오, 너도 나름의 이유가 있겠지만 난 조용하게 살고 싶은 사람이야.

루나: 로하스 얘기야? 오늘 밤엔 집에 없어. 알마그로의 바스코스 파티에 가거든.

첫 번째 친구: 아, 카스트로 바로스 교구에서 열리는 파티 말이지?

루나: (모랄레스를 향해) 내가 나이 더 먹은 사람으로서 충고 하나 하겠는데, 나라면 바스코스엔 안 갈 거야. 굳이 무덤을 파서 뭐 하나. 어차피 나중에 다 볼 텐데. 내 생각은 그래.

모랄레스: 선물받은 말의 주둥이는 살펴보지 않는 법이니 고민 없이 충고를 받아들이지.

파골라: 이러지 말고 갑시다.

모랄레스: 누구도 불쾌하게 할 생각은 아니었어.

첫 번째 친구: 다음 술은 내가 사지.

화면이 흐려진다. 거리가 보인다. 뚱뚱한 소년이 얼룩 많은 말을 채찍질하며 가고 있다.

외문 현관. 화산, 호수, 그리스 신전, 유적, 사자, 플루트를 부는 소년 등 벽에 낭만적인 풍경이 그려져 있다. 카메라를 등지고 덩치 큰 사내가 그네 소파에서 자고 있다. 폰시아노 실베이라의 대부인 도밍고 아우마다다.

소리아노의 목소리: 실례합니다, 계세요?

그네 소파의 남자는 미동도 없다. 소리아노가 현관에 발을 들이고 카메라 앞에 나타난다. 그가 노커를 두드린다.

소리아노의 목소리: 여보세요…….

큰 얼굴의 남자가 고개를 돌려 소리아노를 본다.

아우마다: (낯설어하며) 그렇게 소란을 피우면 잠을 잘 수가 없잖소!

소리아노: 꼭 뵙고 싶어서 그랬습니다. 세 번이나 왔다 갔는데 늘 이 소파에서 주무시고 계셔서.

아우마다: 뭘 얻으려고 왔는지 들어나 보세.

소리아노: 뭘 얻고 잃는 게 아니라 폰시아노 실베이라가 있는지 알고 싶습니다만.

아우마다: 질문이 기가 차군. 내일 내가 일어나면 더 멋진 질문을 준비해 오게. (다시 잠을 청한다.)

소리아노: 칼로 잠을 쫓아 드리기 전에 일어나시죠.

소리아노가 들어와 아우마다와 대면한다.

아우마다: (태도를 바꾼다. 서두르지 않고 세심하게) 좋네. 어디 보세. 누군가 날 찾아와서 누가 집에 있느냐고 물었네. 자네도 거기까진 어려울 게 없겠지. 물어보고…… 물어보고……. (미세하게 힘을 주며) 누구라도 어떤 질문이든 할 수 있지. (더욱 강하게) 그런데 책임은 대답에서 시작되는 걸세. (가볍게) 이해하겠는가?

소리아노: (의심스러운 듯) 거참, 어렸을 때 그네 소파에서 떨어져 머리를 크게 다치진 않은 모양이군요.

아우마다: 그렇지. 말하자면 이래. 만약 내가 그 사람이 없다고 대답하면 얼마 전까지 있었는데 지금은 없다고 믿고 가면 되네. 내가 그 사람이 누군지 모르는데 내일 무슨 수로 내가 그를 안다고 대답하겠나? 또 만약 내가 우물거리거나 얼버무릴 때는 뭔가 숨기려 한다고 생각하면 되지 않겠는가.

외문이 열리고 폰시아노 실베이라가 들어온다. 크고 건장한 체격에 얼굴은 권위적이고 혈색이 좋지 않다. 긴 콧수염이 있고 긴팔 셔츠를 입었다.(팔에 가터를 했다.) 검은 바지에 부츠를 신었다.

실베이라: 잘 지냈어, 페르민? 무슨 일이야?

소리아노: 폰시아노 일로 왔는데요.

실베이라: 뭐 새로운 게 있어?

소리아노: 얘기하자면…….

박차를 한 소년이 들어선다.

소년: (불쑥 나타나며) (설교하듯이) 루나 씨가 실베이라 씨에게 전해 드리라고 저를 보냈는데, 모랄레스 씨가 오늘 밤 바스코스 파티에 참석할 거랍니다.

아우마다: 멋진 소식이군.

실베이라: (소년에게) 그게 다야?

소년: 그럴 리가요. 모랄레스 씨가 엘리세오 씨 집에 일찍 도착하게 놔두면 안 된다고 하던데요. 그리고 특별히 나한테 뭔가 일러 주었는데 뭔지 기억이 안 나요.

소년이 파이를 꺼내 먹는다.

실베이라: 파발꾼 덕을 보겠군. 더 얘기한 건 없고?

소년: 아저씨들이 올 때까지 피에다드 거리에 있는 투계장에 있겠답니다. (눈을 초롱거리며) 그리고 아저씨가 5페소를 줄 거라고 했던 것 같아요.

실베이라: 그건 잊어버리는 게 좋겠구나. (문을 가리킨다.)

소년이 어깨를 으쓱하고 파이를 먹으며 나간다.

실베이라: (소리아노를 향해) 뭔가 짚이는 거 없어?

소리아노: 나도 알고 싶은데요.

실베이라: 들어가지. (아우마다를 가리키며) 대부님이 잠을 설치겠어.

타일이 깔린 텅 빈 방에 들어선다. 화로와 철제 침대, 가죽을 입힌 힙 플라스크가 있다. 소리아노가 문을 닫고 실베이라에게 말한다.

소리아노: 오늘 밤에 치죠.

화면이 흐려진다.

황혼 녘 공터. 멀리 집이 몇 채 있다. 실베이라가 어두운색 말에 안장을 얹는다. 소리아노가 그에게 마구의 부속품을 건네준다.

실베이라: (프록코트와 비쿠냐 털로 만든 폰초를 걸치고) 잿빛 말은 주막에 뒀어?

소리아노: 아니, 데려와서 말뚝에 묶어 놨죠.

실베이라: 모랄레스라는 놈이 일을 망치면 안 되는데. 라라멘디가 수작 부리는 건 아니겠지.

소리아노: 의심이 심해요.

실베이라: 라라멘디 때문에 기다린 지 벌써 한 달이야. 우리는 돈 문제를 그렇게 질질 끌지 않는데 말이지.

소리아노: (타협적으로) 먼 길일수록 천천히 가야죠. 라라멘디가 물속을 들여다보는 아주 엄밀한 사람이니.

실베이라: 엄밀? 소심한 거지. 차라리 상대를 말았어야 했는데. 나와 그놈 사이의 일이니까…….

소리아노: 내 일이기도 해요. 촌뜨기들이 너무 많이 엮인 게 문제지만.

실베이라가 돌아서서 그를 쳐다본다.

소리아노: (재빨리) 내가 엘리세오와 거래를 못 해서 안달인 줄 알아?

화면이 흐려진다.

제과점 앞에 철제 원형 탁자가 있다. 멋들어진 콧수염 신사와 우둔해 보이는 젊은 여자가 앉아 있다. 여자는 졸고 있다. (신사는 옷깃이 가죽으로 된 코트를 입었다.) 신사가 종업원과 언쟁을 벌인다. 비굴해 보이는 인상에 키 작은 사내가 다른 탁자에서 일어나 중재자를 자처하며 끼어든다. 손으로 다독거리고 동감을 표하며 양쪽 얘기를 번갈아 가며 듣는다. 거리에서는 한 이탈리아인이 퀘이커앵무를 데리고 손풍금으로 하바네라[314]를 연주한다. 거무튀튀한 옷차림의 변두리 사람 두 명이 요란하게 스텝을 밟으며 춤을 춘다. (카메라는 춤추는 사람들을 배경으로 언쟁하는 두 사람을 잡는다. 아무도 춤추는 사람들에게 관심이 없다.) 모랄레스가 도착한다. 춤추는 사람들을 보다가 갑자기 비굴한 인상의 사내를 주시한다.

신사: (비굴한 인상의 사내에게) 이보게, 내 말을 들어 보게. 아내가 오블라투에 싼 바닐라 아이스크림을 먹고 싶다고 했

---

314 쿠바의 춤곡.

어. 그런데 아내는 간이 좋지 않단 말이야. 그래서 내가 그것 말고 잘 우려낸 레몬 버베나 차를 한 잔 달라고 했지. 나는 소화도 시킬 겸 더블 잔으로 자메이카 럼주를 시켰고.

비굴한 인상의 사내: 여기까진 됐고, 계속하시죠.

신사: (사내가 만진 소매를 닦으며) 그런데 여기 종업원이 일하기가 싫었는지 생각 없이 엄청난 실수를 저질렀어.

비굴한 인상의 사내: 그래서요?

신사: 자기가 잘못 들었다고 하지 않겠는가. 아내한테 럼주를 주고 나한테는 뭔지 모를 차를 달여 준 거야. 아내는 몸 상태가 엉망이 됐고 난 불만스러울 수밖에. (혀를 끌끌 찬다.) 그런데 이 법도를 모르는 사람이 계산을 하라잖은가!

비굴한 인상의 사내: 큰 문제네요, 선생님. 신문에 투서해야겠어요. (재차 그를 다독거린 뒤 종업원에게 말한다.) 그런데 이분의 얘기도 들어 봐야겠지요.

종업원: 제 실수는 인정합니다. 이십 년을 일하면서 처음으로 실수했어요. 하지만 계산은 하셔야죠. 35센트예요.

비굴한 인상의 사내: 그렇죠. 계산은 해야죠. (종업원을 다독인다.)

신사: (생각 끝에) 그만합시다. 계산하지요.

비굴한 인상의 사내: (서두르며) 잘됐네요, 그럼 저는 이만 갑니다.

신사가 바바리코트와 프록코트의 단추를 풀더니 아주 불안한 표정으로 주머니를 뒤적거린다. 그들을 지켜보던 모랄레스가 비굴한 사내의 목을 붙잡는다. 그사이 점등꾼이 가로등에 불을 밝힌다.

모랄레스: (신사를 보며) 걱정 마세요, 선생님. (종업원을 향해) 당신도 잃어버린 게 있을 겁니다.

종업원이 지갑이 사라진 걸 알고 기겁한다. 모랄레스가 비굴한 인상의 사내가 갖고 있던 지갑 두 개를 꺼내 주인에게 돌려준다.

모랄레스: (사내를 붙든 채) 돌아다니면서 얼마나 뜯어먹었나. (신사와 종업원이 놀랄 정도로 많은 물건이 나온다.)

신사: 할아버지께서 내 생일 선물로 주신 극장용 안경인데!

종업원: 이건 내 립밤이네!

모랄레스가 도둑의 조끼에 숨겨져 있던 칼을 꺼낸다. 종업원도 신사도 가져가지 않는다.

모랄레스: (진중하게) 무기 소지가 금지된 걸 몰라? 됐으니 꺼져. 내가 재판관은 아니니.

비굴한 인상의 사내: (매무새를 매만지며) 아주, 아주 신사적이시네요. 하지만 칼은 내 물건입니다.

모랄레스: 맞아. 그런데 그게 어쩌다 내 손에 들어왔으니 내가 처리하지.

칼을 집어넣고는 인사를 건네고 사라진다. 사람들이 놀라서 그를 쳐다본다. 그사이 도둑의 손이 신사의 호주머니로 향한다.

화면이 흐려진다.

교외의 어느 길에 실베이라와 소리아노가 말을 타고 간다.

소리아노: 지난번엔 가축 중개인의 조수인 한 친구가 나한테 개 한 마리를 보내 주더라고요. 개만 불쌍하지. 전차 경적이 울리기만 하면 침대 밑으로 숨더라고요. (웃으면서 짐짓 실베이라를 쳐다본다.) 기독교도라면 그러진 않겠지요.

실베이라: (진중하게) 재밌는 얘기군. 그런데 내 얘기도 들어볼래?

소리아노: 물론이죠.

실베이라: 이삼십 년 전에 어느 진지에서 한 병사가 부사관의 명령에 불복했지. 원주민의 기습이 예상됐는데 부사관이 내버려 뒀어. 그날 밤 인디오들의 무지막지한 공격을 받았지.

침묵.

소리아노: 그래서 어떻게 됐는데요?

실베이라: 인디오들을 죽였지.

소리아노: 아뇨, 그 병사와 부사관이요.

실베이라: 오늘 밤 알게 될 거야. 엘리세오를 처리하고 나면 말이지.

화면이 흐려진다.

실베이라와 소리아노가 술통 보관소와 투계장으로 내려가는 계단 앞을 지나 식당에 들어간다. 아무도 없다. 텅 빈 상태라서 아주 넓어 보인다. 루나는 칼로 부츠를 정리하는 데 여념이 없다. 여자는 계산대 뒤에 앉아 바느질을 하고 있다.

루나: 안녕들 하신가.

서로 다독거린다.

루나: 한잔하면서 시작하자고.
소리아노: 사내라면 그래야지.

자리에 앉는다.

루나: 폰시아노 씨?
실베이라: 고맙네, 한데 오늘 밤 일을 자세히 알아야겠어. 몇 년을 벼른 일이라.

실베이라가 자리에 앉는다.

소리아노: 술에 취해도 침착한 분이야. 빵 넣은 수프를 좀 시키지.
루나: (소리아노의 의도를 파악하지 못한 채) 솔직히 권하고 싶

지 않은 일이에요, 폰시아노 씨. (나직이) 여기 사람들은 준비할 줄을 모르니.

소리아노: (여자에게) 센 걸로 두 잔 줘요.

실베이라: (진지하게) 역할을 나눠야지. 그런데 엘리세오 집으로 간다는 모랄레스는 누구야?

루나: 투계장에 온 친군데 엘리세오와 개인적인 문제가 있어서 오늘 밤 만나러 갈 겁니다. (대화 중에 여자가 술을 가져온다.) 시간을 벌어야 해서 그 친구한텐 바스코스 무도회에 가서 엘리세오를 만나라고 했어요.

실베이라: (동의하면서) 잘 생각했군.

소리아노: (루나에게) 이스마엘한테도 알렸어?

루나: 그건 생각도 못 했는데.

실베이라: (고심하며) 그 모랄레스 때문에 일이 꼬여 버렸군.

소리아노: 누군가 무도회에서 그를 데리고 놀아야겠는데.

실베이라: 그래. 그럼 라라멘디와 얘기해 보자고.

소리아노: 9시에 라라멘디 집으로 가죠.

실베이라: 좋아, 지금은 모랄레스는 잊어버리고 우리 얘기를 정리하자고.

소리아노: 얘기하고 또 얘기하고, 지겹게 얘기만 하네요.

실베이라: (개의치 않고) 다 알겠지만 대문을 지나면 양쪽을 맡아. 내가 집까지 혼자 가서 엘리세오를 처리할 테니.

소리아노: 그럼 안 되죠. 나도 그 개자식한테 볼일이 있으니 나랑 둘이서 집으로 들어갑시다.

실베이라: (차갑게) 좋아. 하고 싶은 대로 해. 루나와 내가 양쪽을 맡을 테니 자네가 늑대 입에 쳐들어가.

소리아노: 좋아요. (술을 들이켠다.) 최대한 빨리 할수록 좋지요.

실베이라: (아무 말도 못 들었다는 듯 같은 음색으로) 잿빛 말은 버드나무 옆에 묶어 두고 현관으로 가서 엘리세오를 불러. 충분히 거리가 가까워지기 전까지는 쏘지 마.

소리아노: 그래요. 염두에 두죠. (한 잔 더 들이켠다.)

실베이라: 긴장되더라도 실수하면 안 돼. 만약 자네가 죽으면 루나와 내가 들어갈 거야.

루나: (웃어 젖히며) 이제야 일이 정리되네.

소리아노: 내가 죽을 수도 있겠지만 겁날 것도 없지.

실베이라: 그럼 나가 볼까?

소리아노: 좋아요, 그런데 한 잔만 더 하고. (숨을 돌린 후 긴장한 듯) 9시에 라라멘디의 집에서 보죠. 따로따로 나가는 게 나을 테니.

실베이라: (퉁명스럽게) 그러든지. 그럼 9시에 보자고.

그들이 나가고 화면이 흐려진다.

어느 주점. 격자창 아래에 방금 식사를 마친 훌리오 모랄레스가 앉아 있다. 창밖으로 에콰도르 대로와 바르톨로메 미트레 대로가 만나는 곳에 온세 광장에도 있는 옴부나무가 보인다. 주점은 목재로 지어졌고 길보다 밑으로 꺼져 있다. 안쪽에 놓인 다른 탁자에는 작지만 다부진 체격에 하얀 지팡이를 쥔 남자가 빈 잔을 앞에 두고 손짓을 해 대며 주절거리고 있다.

남자: (걸걸하고 낮은 소리로) 아구아르디엔테[315] 한 잔 더 주시게, 주인장. 빨리 줘. 올 때가 됐어.

종업원이 무심하게 그의 시중을 든다. 남자가 서둘러 잔을 비우고 팔뚝으로 잔을 닦더니 자리에서 일어나 탁자에 동전 몇 개를 던져두고 덮칠 듯이 모랄레스 쪽으로 향한다. 모랄레스를 못 봤는지 옆을 스쳐 지나 거리로 나간다.

종업원: (모랄레스에게 눈짓을 하며) 그래요, 올 때가 됐죠.

모랄레스: 누가 온다는 겁니까?

종업원: 흑인들이죠. 아구아르디엔테 두 잔이면 그들이 몰려오죠. 보세요. (창문을 가리킨다.) 루카스 씨는 흑인들한테 넋이 빠져 있어요.

모랄레스가 옴부나무 쪽을 바라본다. 사내는 혼자서 칼을 들고 싸우는 시늉을 한다. 한 팔로는 방어하듯 폰초를 쳐들고 다른 손으로는 가상의 칼을 휘두른다. 길가에 앉아 있는 짐꾼은 그에게 눈길도 주지 않는다.

종업원: 결국엔 늘 이기죠.

모랄레스: 옛일에 사로잡힌 모양이군요.

종업원: 예전엔 여기가 카레타스 광장이었어요. 사람들이

315 알코올 도수가 30~60도 정도 되는 술이다.

바글바글했죠. 1870년 즈음 모론의 흑인들이 몰려들어 중앙 시장 뒤에 있는 카지노에서 취하도록 마시고 이 광장으로 와 밤늦게까지 행인들을 괴롭히곤 했죠.

모랄레스: 아, 루카스가 그들을 제압했군요.

종업원: 맞아요. 아주 정중한 종업원으로 자기 일에 충실했지요. 그런데 검둥이들이 막무가내로 행동하는 걸 보고 어느 날 밤 저 옴부나무 아래에서 그들을 기다렸다 모두가 보는 앞에서 결투를 벌였어요. 안타까울 따름이죠. 술만 마시면 흑인과 싸우는 시늉을 하니.

모랄레스: 안타깝다고요? 늙고 제정신도 아니지만 자기가 사나이라는 걸 보여 준 그날을 잊을 순 없겠지요.

모랄레스가 일어나 계산한다. 옴부나무 아래에서 루카스와 마주친다.

모랄레스: 행운을 빕니다, 루카스 씨.

사내: (땅을 가리키며) 봐, 이 자식이 피를 토하는군.

화면이 흐려진다.

다시 투계장. 소리아노가 담뱃불을 붙인다. 계산대에서 술을 한 잔 더 따른다. 투계장으로 내려가는 계단까지 잔을 들고 생각에 잠긴 채 걷는다. 담배꽁초를 투계장에 버린다. 소리아노가 꽁초를 주시한다. 돌아와 거울을 본다. 술잔을 단숨에 들이켠다. 재차 거울을 본다. 벽, 거울 테두리, 소리아노의 모습이 보인다. 거울에 새로운 장면이 나타나기 시작한다. 신경질적인 웃음소리가 들린다. 거울에 비친 얼굴 옆으로 또 다른 소리아노의 얼굴이 보인다.(훨씬 젊고 머리 모양도 다르다.) 소리아노의 얼굴이 사라지고 새로운 소리아노가 짜릿하고 흥분된 얼굴로 아래쪽을 내려다본다. 소리아노 뒤엔 하얀 벽과 검은 빛의 도리가 보인다. 다락방으로 이어지는 나무 계단이 있다. 계단과 계단 손잡이가 하얀 벽 위로 그림자를 드리웠다. 한편에는 구부러진 미모사가 그림자를 드리우고 있다. 화면 아래쪽은 어둡다. 소리아노가 몸을 구부리고 있다. 손을 앞으로 뻗어 무얼 하는데 뭔지 알 수 없다. 고통스러워하는 소리가 작지만 날카롭게 들린다. 어둠 속에서 뭔가 부들부들 떤다.

카메라가 위를 향한다. 다락방 입구에 있는 엘레나가 햇빛을 받아 또렷하게 보인다. 포스테미야가 죽는 장면에 삽입된 쇼팽의 마주르카가 울려 퍼지고 있다.

엘레나: (겁에 질려) 페르민!

소리아노: (탁자에서 눈을 떼지 않고) (웃으며) 비틀어진 걸 좀 봐.

엘레나: (지친 듯) 어떻게 그리 잔인할 수가 있어! 그 동물을 좀 놔줘.

소리아노: (잠시 말이 없다가) 그런데 이미 죽은 것 같은데. (돌연 자신이 한 일을 잊어버린 채) 와, 저기서 에르실리아가 마주르카를 듣고 있네.

벽, 거울 테두리, 거울이 다시 나타난다. 순간적으로 소리아노의 얼굴이 보인다. 그 이미지가 흩어지고 나뭇잎, 나무 기등, 나무가 많은 길, 석공들, 대리석으로 된 디아나[316]상이 보인다. 애잔한 라멘티의 왈츠가 점차 가깝게 들려온다. 뒤룩뒤룩 살이 찐 울적한 표정의 이스마엘 라라멘디, 소리아노, 엘레나, 에르실리아가 교외 광장을 거닌다. 아직 해가 지지 않았지만 벌써 가로등에 불이 켜져 있다.

사람들이 북적인다. 광장 중앙의 키오스코에 껄렁패가 있다. 소리아노, 엘레나, 에르실리아, 라라멘디가 다가간다.

라라멘디: 날 환대하여 만족스럽게 해 주더군. 사교성, 열정, 말솜씨에다 탁자에 맛 좋은 포도주까지. 사의를 표하려고 일어나려는데 감격해서…….

소리아노: 말끝마다 감격이군요……. 에르실리아가 봤어야 하는데.

라라멘디: (씁쓸한 듯) 친구들이나 날 좋아하는 사람들 사이에선 안 그러는데 불행히도 집에선 내가 설득력이 약해서 말이야. (눈빛이 바뀌며) 그런데 저게 누구야? 폰스 아니야! 그렇잖아도 돈 문제로 저 사람과 얘기를 해야 하는데. (에르실리아를 향해) 우리 딸, 7시에 너를 데리러 엘리세오의 집으로 갈 테니 잊으면 안 돼. 그럼 나 먼저 간다.

거드럭거리며 사람들이 모인 곳으로 향한다. 그들은 그에게 인사를 건네지도 상대하지도 않는다. 엘레나, 에르실리아,

---

316 로마 신화에서 사냥의 여신.

소리아노가 그 장면을 목격한다.

화면이 흐려진다.

엘리세오 로하스 집의 널찍한 식당. 벽은 하얗고 목재로 된 반반한 천장에 들보가 하나 있다. 긴 탁자, 의자, 식기용 찬장이 있다. 의자 등받이에 채찍이 걸렸는데 손잡이가 은으로 되어 있다. 엘레나가 거울을 보며 앞치마를 맨다. 뒤이어 조용히 음식을 차린다. 에르실리아가 도와준다. 소리아노가 모자를 들고 문가에 기대어 담배를 피우며 무뚝뚝하게 그들을 쳐다본다.

소리아노: (입이 심심하다는 듯) 엘리세오는 돌아왔으려나?

엘레나: 응. 몰랐어? 저기 채찍이 있잖아.

침묵.

에르실리아: (갑자기) 우리 아빠가 무시당하는 거 언제까지 못 본 척해야 하지?

엘레나: 걱정 마, 에르실리아. (다정하게 미소 지으며) 폰스 씨가 모든 걸 좌지우지하진 못하잖아. (진지하게) 네가 아빠를 사랑하고 아빠도 널 사랑하는데 뭐가 문제야.

에르실리아: 넌 참 마음이 고와, 엘레나. 고상한 집안이니 네가 어떻게 날 이해하겠어? 어떻게 내 맘을 알겠어. 우리 아빠는 정말 철면피라니까. 날마다 위선과 궁색함뿐이지. 네 아빠는 다들 존경하잖아…….

엘레나: (달래듯이) 사람은 다 다르잖아, 에르실리아.

에르실리아: 나도 알아. 엘리세오 씨는 내가 아는 분들 중 가장 올곧은 분이야. 가장 존경받는 분이기도 하고.

대화하는 중에 개 짖는 소리가 들린다. 소리아노가 창문을 내다본다.

에르실리아: 네 아빠 같은 분하고 살면 얼마나 행복하겠어!

엘레나: (이상한 감정으로) 그래, 난 아주 행복해.

소리아노: (돌아오며) 에르실리아, 너 데리러 왔다.

에르실리아: 일찍도 오셨네!

에르실리아와 엘레나가 헤어진다. 소리아노가 에르실리아를 데리고 나간다. 돌아와 보니 엘레나가 구슬프게 우는 걸 보고 놀란다.

화면이 흐려진다.

한 무리의 말이 카메라를 향해 질주한다. 카메라가 위로 올라가며 이스마엘 라라멘디의 안티구아 카사 데 레마테스 마장에 있는 말들을 포착한다. 마장은 두 부분으로 나뉜다. 원형 회랑이 있는 곳에서 마장을 내려다볼 수 있다. 회랑의 아래쪽 마장 주위로 구매자들이 있다. 이스마엘 라라멘디가 무대에서 경매로 나온 말을 상찬 중이다. 말들이 들어온 입구 옆으로 마구를 갖춘 한 무리의 기수들이 있다. 그들 중에 루나도 있다. 안쪽으로는 마구간과 망아지들이 보인다.

라라멘디: 신사 여러분, 엔카르나시온에서 온 살두엔도 씨의 말에 주목해 주세요. 미래를 위한 가장 확실한 비전이자 살두엔도 씨의 꽃과 같은 이 말들을 서푼에 팔지 않게 해 주십시오. 혈통은 말할 것도 없습니다. 어미들은 저 유명한 엔카르나시온의 암말입니다. 종마는 레콜레타 지역의 종마에 비견될 만한 올로프 품종이지요.

그사이 소리아노가 말을 구매하려는 사람들에게 표를 돌리고 있다.

소리아노: 여기 네그로토 위원님이 짝이 되는 표를 갖고 계십니다.
위원: 만약 잘못되면 그 치렁치렁한 머리를 빡빡 깎아 버릴 걸세.

소리아노가 다른 사람에게 간다.

소리아노: 여기 표 받으시죠, 고멘소로 씨.

소리아노가 구매자들을 비집고 나간다.

라라멘디의 목소리: 도블라스 씨, 주무시지 말고 시작하시죠. 35? 35! 오테이사 씨, 기다리고 있습니다. 가만있으실 분이

아니죠. 40페소! 40페소 나왔습니다! 45페소, 도블라스 씨! 45. 낙찰!

사람들이 자리를 뜨기 시작한다. 소리아노가 다른 구매자에게 간다.

소리아노: 도블라스 씨, 표 주시죠. (다른 사람에게) 니카노르 씨도 주시고요. 구매를 축하드립니다.

사람들 중 누군가: (니카노르에게) 반점 있는 말의 발굽이 아주 괜찮아. 찢어지기 전에 잘 관리해야겠어.

자리를 뜬다. 인부들이 마장으로 말들을 데려간다. 소리아노가 무대 옆 계단으로 간다. 이스마엘 라라멘디가 내려온다. 소리아노를 보고 재빨리 뒤로 돌아 신중하게 노트를 읽는 척한다. 소리아노가 계단에 올라 라라멘디와 마주 본다. 라라멘디가 한숨을 쉬며 손수건으로 이마를 훔친다. 불편한 표정으로 보고 있는 소리아노를 다독거린다.

소리아노: 이스마엘 씨, 불평하려는 건 아닌데 오늘은 돈이 입금될는지.

라라멘디: 그럼, 그럼. 괜찮은 말에 가격도 좋고, 이 경매사가 어려운 고비를 잘 넘겼잖아. 오늘 일은 자네 기억에도 남을 거야.

소리아노: 당연하죠, 내가 돈 받는 날을 어찌 잊겠어요.

라라멘디: 돈 얘기는 그만하지. 자네를 위한 건 줄 알잖나.

자네가 게임에 이겨서 내가 돈을 불려 주려고 자네한테 돈을 빌린 거 아닌가.

소리아노: 얼마나 불었는지는 상관없고. 그저 빌려 드린 돈이라도 주시죠. 나도 지칩니다.

라라멘디: (짐짓 침착하게) 초점이 안 맞아 초점이, 요즘 사진사들이 그런다지. 나는 사업이 결정적으로 성공할 때까지 절대 포기하지 않는 사람이야. 우리 돈을 굴려서…… 크게 불릴 거란 말이지.

소리아노: (불안한 듯) 지금 그런 말이 나와요? (분노가 치민 얼굴로) 만약 돈을 안 주면, 돈을 안 주면…….

라라멘디: (재빨리 고개를 기울여 그를 보면서) 날 죽이고 돈을 가져가. 영수증은 없네.

소리아노: (물러서며) 난 돈만 있으면 돼요.

라라멘디: 줄 거야, 줄 거라고.

소리아노: 언제 줄 거죠?

라라멘디: (상황을 지배하며) 그만해. 날짜를 확정할 순 없네.

소리아노: (불평하듯) 난 돈이 필요하다고요.

라라멘디: (양보하듯) 얘기했잖은가. 단번에 해결될 거라고 말이네. 아무튼 자네가 도와줘야지.

소리아노: 솔직히 말해서 무슨 말인지 모르겠어요.

라라멘디: 아주 간단해. 엘리세오가 서명을 안 하잖아. 마지못해서 날 데리고 있다고. 내가 오죽 애쓰고 있겠나……. 이제 이 일의 마지막 획을 그을 순간이 왔어. 죄다 불 질러 버리고 보험금을 챙길 걸세.

소리아노: 사정이 그렇게 안 좋나요?

라라멘디: (소리아노의 어깨에 손을 올리며) 아주 안 좋아. 내가 엘리세오의 계획을 믿을 수가 없다는 게 최악의 문제지.

소리아노: (확고하게) 어디서 말하지 마세요. 오늘 밤 여기에다 불을 지를 겁니다. (주변을 살피며) 이 나무가 다 타 버릴 거예요.

라라멘디: (비난조로) 그리 인내심이 없어서야. 나라면 월요일까지 기다리겠네. 기도가 끝나면 아무도 없거든. 자네가 그때 맘대로 하면 되잖나. 게다가 세부적인 것도 해결되고!

소리아노: 일을 복잡하게 할 필요 없죠. 6시면 나 혼자 남으니 이 집도 이 동네도 다 불태워 버릴 수 있죠.

라라멘디: 신중하게 진행하세. 쉽게 생각했다가는 위험해질 수 있어. 보험업자가 의심이라도 하는 날엔 다 날아가네.

소리아노: 그럼 어쩌죠?

카메라가 마장 입구를 내려다본다. 말을 탄 사내의 그림자가 보인다. 카메라가 그를 잡는다. 그가 길에서 마장으로 천천히 들어온다. 모자, 폰초, 짙은 색 말이 보인다.

라라멘디: (고심하며) 우리가 절대적으로 믿을 수 있는 사람을 찾아야 해. 다만 그 사람이 나나 엘리세오하고는 관계가 없어야지.

카메라가 말 탄 신사를 다시 잡는다. 그가 말에서 내려 말을 묶는다. 얼굴이 보이지 않는다.

소리아노: 그렇다면 루나가.

라라멘디: 적절하겠군. 원한이 있으니. 둘 사이에 문제가 생겨서 엘리세오가 그를 거세게 내쳤거든.

소리아노: 그 친구, 술만 마시면 엘리세오를 죽이겠다고 벼르던데.

두 공모자 뒤로 낯선 이가 위풍당당하게 나타난다. 폰시아노 실베이라다.

실베이라: (놀라서 바라보는 라라멘디를 향해) 입구에 있는 글귀를 보니 여기가 엘리세오 로하스의 집이라던데.

라라멘디: (냉정을 되찾고) 이스마엘 라라멘디의 집이기도 하지.

실베이라: 그러면 어디로 가야 로하스를 만날 수 있소?

라라멘디: 왔다 갔다 하죠. 사업 때문에 온 거요?

실베이라: 사업? 중요한 사업은 아니오. 개인적으로 만나러 온 거요.

라라멘디: 알겠소. 뉘신지 말해 주겠소?

실베이라: 그러죠. 폰시아노 실베이라가 만나려 한다고 전해 주시오.

라라멘디가 조용히 쳐다보더니 뭔가 결정한 듯 말한다.

라라멘디: 그러죠. (회상하듯) 오래전에 실베이라라는 사람을 만난 적이 있는데 이곳 사람이 아니었지.

실베이라: 나 또한 이곳 출신이 아니오. (라라멘디를 주시하면서) 난 후닌 출신이오.

소리아노: (조급하게) 부에노스아이레스 출신은 아닌 듯 보이는데.

듣지 못한 것처럼 행동한다.

라라멘디: 아, 내가 아는 사람은 벨트란 실베이라요.

실베이라: 내 형은 어렸을 때 부에노스아이레스에 왔소. 그런데 잔인하게 살해됐소. 로하스에게 그 사건을 잊지 못한 남자가 있다고 전해 주시오.

화면이 흐려진다.

카메라가 흰 구름이 떠다니는 하늘을 비춘다. 뒤이어 나뭇가지 사이로 기어오른 에르실리아를 잡는다.

에르실리아: 여기 또 있어.

에르실리아가 엘레나에게 사과를 던진다. 엘레나는 나무 아래에서 앞치마로 사과를 받는다. 그 옆으로 페르민 소리아노가 바닥에 앉아 풀잎을 씹고 있다.

소리아노: (엘레나에게) 보험증 말인데…… 네 아버지한테 있을까 이스마엘한테 줬을까?

엘레나: (불신하듯) 대체 뭘 알고 싶은 건지 모르겠네. 이상하다니까.

소리아노: 뭐가 이상하다는 거지?

엘레나: 전부 다. 보험금을 받으려고 안달인 것도, 네 그 호기심도…….

그사이 에르실리아가 나무에서 내려온다.

에르실리아: 페르민한테 뭐라고 하지 마.

엘레나: (다정하고 관대하게 그녀를 보며) 미안해. 너한테는 최고의 남자라는 걸 깜빡해 버렸네.

에르실리아: (조급하게) 나 어떻게 하지. 이모네 집에 갈까 말까?

소리아노: (무관심하게) 가고 싶으면…….

에르실리아: 내가 약속한 거잖아. 그런데 어두울 때 혼자 돌아오는 건 싫어.

소리아노: 일이 꼬이지만 않았어도…… 엘리세오의 시계를 고치러 갔을 텐데……. (크고 두꺼운 시계를 보여 준다.) 저녁에 친구들하고 약속이 있어.

에르실리아: (체념하듯) 그래, 다음에 가지 뭐.

엘레나: 거짓말이지, 페르민. 핑계 대지 말고 에르실리아 좀 데려다줘.

에르실리아: (신중하게) 혼자 가는 게 나아. 이모들이 어떤지 알잖아. 늘 나쁘게만 보잖아.

소리아노: (씹던 풀잎을 버리고 갑자기 에르실리아를 마주 보며)

이모들 모르게 가면 되잖아. 거기서 몇 시에 나올 건데?

에르실리아: (기쁨을 감추며) 7시나 7시 십오 분 전에. (후회하듯) 그런데 나 혼자 가는 편이 낫겠어.

소리아노: 7시에 기다릴게. 다리 근처에서.

에르실리아가 꽃을 꺾어 들고 손을 흔들며 멀어진다.

화면이 흐려진다.

엘레나가 철조망 울타리를 닫고 있다. 해 질 녘이다. 엘레나가 몇 걸음 나아간다. 카메라가 예고 없이 나타난 소리아노를 보고 놀란 엘레나의 얼굴을 잡는다.

엘레나: 늦겠어, 페르민.

소리아노: 늦어? 뭐가?

엘레나: (이해하지 못한 듯) 에르실리아를 데리러 가야지.

소리아노: 데리러 가? 내가 없어도 길 잃을 일 없어.

엘레나: 널 기다리고 있잖아.

소리아노: 너도 알지 않나. 우리 둘만 있으려고 데리러 가겠다고 한 거야.

엘레나: (진지하게 쳐다보며) 페르민 소리아노, 너 미쳤구나.

소리아노: 미쳤지. 널 안아 보고 싶어서 미치겠단 말이야.

그녀를 안으려 한다. 몸싸움 중에 머리핀이 땅에 떨어진다. 카메라가 머리핀을 잡는다. 그녀 위로 누군가의 그림자가 드리워진다. 말고삐를 쥔 사내의 그림자다.

카메라가 재빨리 소리아노의 눈을 가리는 팔뚝을 잡는다. 팔이 풀리자 투계장의 거울에 비친 소리아노가 보인다. 자기가 맡은 일 때문에 두려움에 사로잡힌 소리아노가 약간 술에 취해 거울을 본다.

소리아노: 안 돼, 기억하고 싶지 않아. 다시는 기억하지 않겠다고 맹세했는데. 엘리세오 로하스가 날 능욕하고 굴복시켰지. 날 무릎 꿇리고 엘레나에게 사죄하라고 했어. 그리고 엘레나 앞에서 내 빰을 때렸지. 하지만 다시는 기억하지 않겠다고 맹세했는데. 그래도 오늘 밤, 바로 오늘 밤은 기억해 둘 거야.

화면이 흐려진다.

반은 다마스크 천으로, 반은 실 커튼으로 덮인 유리창. 걷힌 실 커튼 너머로 평온한 거리와 집이 몇 채 보인다. 페르민 소리아노가 잿빛 말을 타고 도착해 있다. 카메라가 뒤로 물러난다. 이스마엘 라라멘디의 집 거실이다. (마호가니 가구, 피아노, 기둥에 걸린 몇 개의 청동 장식물, 몇 개의 화분, 아랍인과 피라미드가 그려진 유화가 있다.) 라라멘디, 실베이라, 루나가 앉아서 이야기를 나눈다.

루나: (결론을 내리듯) 그 모랄레스라는 녀석이 엘리세오를 모르는 것 같은데. 내 판단이 맞을 겁니다.

라라멘디: (고심하며) 한데 그와 계산할 게 있다고 말한 사람

이 자네 아닌가.

실베이라: 신경 쓸 거 없어. (엄하게) 나도 엘리세오를 모르지만 그를 찾고 있잖나.

소리아노가 들어온다.

라라멘디: (뭔가 말하려다 멈춘다. 잠시 후 분위기를 지배하며) 이렇게 내 집을 찾아 줘서 좋소만, 솔직히 이렇게 모인 게 경솔한 짓은 아닐지?

실베이라: (차분하게) 그렇지, 당신한테는 위험할 수 있겠지. 그럼 됐소.

라라멘디: (불편한 듯) 좋아요, 좋아. 내가 헛소리를 했군.

소리아노: (공격적으로) 당연히 헛소리죠. 해가 뜨기 전까지 명확히 정리합시다

루나: (라라멘디를 향해) 누군가를 위해하려면 너무 경계해선 안 돼요. 먼저 내가 집에 불을 지르고, 다음엔…….

라라멘디: (냉정을 되찾고) 우리와 같이하자고 강요한 사람은 없소.

루나: 같이하지 않겠다고 한 적 없어요. 엘리세오가 날 내치는 순간 죽이겠다고 맹세했지. 하지만 진실은 말하죠. 나는 정정당당한 맞대결을 원했는데 나를 범죄에 끌어들인 건 당신입니다.

카메라가 복도로 물러나 열린 현관문에서 루나를 잡는다. 그러고는 재빨리 계단과 2층에 있는 에르실리아의 열린 침실

문을 잡는다. 엘레나가 화장대 앞에 앉아 머리를 빗고 있다. 에르실리아는 침대 가장자리에 앉아 무도회에서 신을 신발을 신어 본다. 등이 놓인 탁자, 거울이 달린 옷장, 항아리와 도자기 세면대, 마네킹, 칸델라리아산 양초가 있다. 침대 머리맡에는 묵주가 있다. 등이 놓인 탁자에는 젊은 라라멘디와 한 여자(에르실리아의 어머니)의 사진이 있다. 에르실리아가 일어나 등불을 켠다.

엘레나: (건성으로) 아버지 일찍 오셨어?
에르실리아: 십오 분 전쯤에. 걱정돼서 보고 싶었는데.
엘레나: 오늘 아침엔 기운이 넘치시던데.
에르실리아: 그런 척하시는 거야. 요즘 일이 잘 안 된대.

침묵.

엘레나: 내일 집으로 갈 거야, 에르실리아. 내가 짐이 되면 안 되잖아.

에르실리아: 무슨 소리야. 그런 의미로 말한 거 아냐. 우린 자매나 마찬가진데.

에르실리아가 일어나 엘레나의 어깨에 손을 올린다. 거울을 보고 서로 웃는다.

엘레나: (온화하고 애틋하게) 그렇지, 에르실리아. 미안해. 여기 있으면 너무 좋아. 그런데 (초조하게 웃으며) 창피해서…….

엘레나가 눈물을 떨구며 미소를 짓는다. 에르실리아가 묻는다.

엘레나: 엊그제 집에서 나올 때는 내가 용감하다고 생각했거든. 그땐 절대 돌아가지 않겠다고 마음먹었는데 난 아빠 없이는 못 살 것 같아. (손으로 얼굴을 가리고 고개를 숙인다.)

에르실리아: (어머니처럼) 괜찮아. 내일 집으로 가면 되잖아. 그러니 울지 마. 춤을 추려면 예쁘게 보여야지.

엘레나: 사실 가고 싶은 마음도 별로 없는데…….

에르실리아: 아빠의 기대를 저버릴 순 없잖아. 정말 우릴 데려가고 싶어 하시잖아.

엘레나: 그래. (애써 기운을 차리며) 그런데 너 꽃 달면 잘 어울릴 것 같아. 마당에 가서 꺾어 올게.

엘레나가 계단을 내려간다. 거실 문 앞을 지나다가 멈춰 서서 불안한 듯 음모자들을 지켜보고 밖으로 나간다. 카메라가 다시 거실을 비춘다.

라라멘디: (설명하듯) 결정된 겁니다. 우리 목적은 정확히 보험 증서입니다. 그걸 찾아서 가져오는 거예요. (간청하듯) 폭력은 안 됩니다. 절대로…….

실베이라: (날카롭게) 그걸로 누굴 속일 참입니까? 당신이 우릴 사건에 끌어들였으니 될 대로 되겠지.

라라멘디: 알았소, 알았소. 말다툼은 그만합시다. (고심하며) 신중해야 하니 그런 거 아니오. 난 종일 집에 있었는데 이젠 아

무도 내 말을 듣지 않는군.

루나: 재밌네요. 로하스에 맞설 기독교인들에게 신중해야 한다는 얘기를 하다니.

소리아노: (화가 난 듯) 그자와 싸울 거라는 거 다 알잖습니까! 그 사람 얘기는 그만합시다! (호주머니에서 시계를 꺼내 혐오스러운 듯 쳐다본다.) 그 인간의 시계를 들고 다니는 것도 역겹단 말이오. 에이, 버려야지.

루나: (생각에 잠겨) 그렇게 생각만 하다가 정작 로하스를 처리해야 할 순간이 오면 어쩌려고?

실베이라: (끼어들면서) 그 시계를 보니 좋은 생각이 나는군. (소리아노를 보며) 괜찮으면 내가 써먹어 보지.

소리아노: 볼 것도 없으니 가져가요.

카메라가 돌며 소리아노가 허리춤에서 시계를 꺼내 실베이라에게 건네는 걸 잡는다. 마당에서 꽃을 들고 들어온 엘레나가 그 장면을 불안한 표정으로 보고 있다.

화면이 흐려진다.

밤이다. 집의 정면이 보인다. 길 쪽에 발코니가 있고 옆으로 밝은 정원이 있다. 사람이 북적거린다. 오케스트라 연주 소리가 들린다. 현관에서 누군가 입장하는 사람들의 초대권을 받고 있다. 모랄레스가 담배를 피우며 무심하게 바라본다. 차가 한 대 다가온다.

모랄레스: (운전자에게) 실례합니다만 여긴 어떻게 들어갈 수 있나요?

운전자: (운전석에서 경멸 조로) 초대권이 없으면 문지기도 못 들어가요.

카메라가 문으로 향한다. 음악이 들린다. 첫 번째 정원이 보인다. 등유 가로등이 비추고 있다. 페넌트와 종이꽃을 든 안내원들이 정원을 가로지른다. 많은 커플들이 춤을 추고 있다. 이스마엘 라라멘디가 정원에서 소리아노와 얘기를 나눈다. 그러더니 눈짓으로 문지기를 부른다. 소리아노는 안쪽으로 들어간다. 문지기가 없는 틈을 타 모랄레스가 집으로 들어가려 한다. 몇 걸음 걷다 누군가가 팔을 잡는 걸 느낀다.

라라멘디: 오랜만이네. 이리 오게, 젊은 친구.

모랄레스가 당황하여 잠깐 쳐다보고는 그를 따라간다. 커플들 틈으로 들어간다. 라라멘디가 열띠게 얘기하지만 인사를 주고받느라 계속해서 말이 끊긴다. 두 번째 안뜰로 들어가 엘레나 로하스와 에르실리아 라라멘디가 있는 하얀 철제 탁자로 향한다.

라라멘디: (소개하며) 내 조카 엘레나, 내 딸 에르실리아네. 이 친구는…….

한 청년이 엘레나에게 춤을 청한다. 라라멘디가 서둘러 끼어든다.

라라멘디: (정중하게) 양해 부탁드립니다. 내 조카가 몸이 좋지 않아요.

그렇게 말하면서 엘레나의 손을 세게 쥔다. 놀란 엘레나가 라라멘디를 쳐다본다.

에르실리아: (아무것도 모른 채) 엘레나, 얼굴이 창백하네. 왜 그래?

라라멘디: (덥적거리며) 왜 그러니? 우리 숙녀분께 마실 것 좀 가져다주겠소?

모랄레스가 조롱하는 눈으로 그를 보더니 체념하듯 자리를 뜬다. 누군가에게 뭔가를 물어보고 춤추는 커플들 틈을 뚫고 간다. 춤추는 장면이 보인다. 뷔페에 여러 사람이 있다. 폰시아노 실베이라도 보인다.

모랄레스: (진열대에 기대어 시중드는 웨이터에게) 실례합니다, 레모네이드 네 잔만 저기로 가져다주겠소?

실베이라: (모랄레스를 보지도 않고 웨이터에게) 가져가, 가져가. 나는 신경 쓰지 말고. 레모네이드로도 나아지지 않으면 쓰러질 수 있으니.

모랄레스: (실베이라를 쳐다보지도 않고 웨이터에게) 도대체 언제부터 여기에 주정뱅이가 돌아다니는 겁니까?

실베이라: (놀란 웨이터를 향해) 레모네이드를 먹고 자란 시건방진 놈은 본 적이 없는데.

모랄레스: (침착하게 실베이라를 향해) 여기 일하는 친구는 좀 쉬게 해 주고, 감기가 걱정스럽지 않으면 밖으로 나갑시다.

실베이라: (엘리세오의 시계를 보고 무신경하게) 벌써 10시가 넘었네. 이제 중대한 일을 해야 하니 11시 정각에 로스 라우렐레스 저택 앞에서 기다리지. 어딘지 아나? 유럽 대로에 있네.

모랄레스: 11시 유럽 대로? 무슨 일이 있어도 찾아가지.

실베이라: 너무 기대하진 말게, 친구. (시계를 꺼내서 건네주며) 담보로 내 시계를 주지. (모랄레스에게 등을 돌려 가 버린다.)

모랄레스가 시계를 쳐다본다. 덮개에 엘리세오 로하스의 이니셜 E. R.이 새겨져 있다. 카메라가 탁자를 잡는다. 모랄레스가 다가온다.

라라멘디: 오랜만이군. 미녀들이 이렇게 파티를 즐길 줄 누가 알았겠어.

모랄레스: (모두를 향해) 미녀들? 귀찮은 주정뱅이뿐인데요.

엘레나: (슬픈 듯 모랄레스의 눈을 보며) 심지어 그 주정뱅이와 싸웠죠.

모랄레스: (엘레나에게 다가가며 흥미롭다는 듯) 내가 비겁한 놈으로 보이는 게 나았을까요?

엘레나: (단순하게) 비겁하세요?

모랄레스: (웃으며) 그렇진 않죠.

엘레나: 그러면 술 취한 사람 말에 신경 쓸 게 뭐 있어요?

라라멘디: 브라보, 브라보. 엘레나가 옳은 말 하네.

엘레나: (라라멘디의 말을 듣지 못했다는 듯) 남자들한테는 배짱과 비굴함밖에 없죠. 그런데 삶에는 다른 것도 많아요.

모랄레스: 그렇죠. 하지만 여태껏 난 다른 걸 생각해 본 적이 없어요. 당신 말이 맞아요. 그런 말은 처음 듣네요.

쇼팽의 마주르카가 들린다. 모랄레스와 엘레나는 생각에 잠긴다.

모랄레스: 저 음악이 과거를 부르는군.

엘레나는 조용히 음악을 듣는다.

엘레나: 나도 그래요.

모랄레스: (혼잣말하듯이) 아주 오래된 기억은 아닙니다.

엘레나: 내 기억은 오래전이죠. 너무 멀어서 닿을 수 없는 기억이지만 가혹한 기억이라는 건 알아요.

모랄레스: 저 음악은 그날 밤에도 들었지요. 죽은 친구를 앞에 두고.

엘레나가 조용히 그를 바라본다.

모랄레스: 당신은 어떤 기억입니까?

엘레나: 기억이 안 나요. 뭔가 고통스럽고 잔인한 일이었다는 것밖에.

짧은 침묵.

모랄레스: (어조를 바꿔) 다음에 저 음악을 들으면 당신과 들었다는 게 기억나겠군요.

라라멘디: (모랄레스를 옹호하듯) 자네는 취향이 고상해 이 우아한 집의 아름다움을 아는 것 같군.

에르실리아: 사교 클럽보다는 가정집 같지요.

라라멘디: 아옌데 가문의 저택이었으니까. (모랄레스를 보며) 정원에 있는 오렌지나무 봤는가?

누군가 에르실리아에게 춤을 청한다.

라라멘디: (손가락으로 가리키며) 저기로 가면 보이네.

엘레나와 모랄레스가 자리에서 일어난다. 현관을 지나 수조가 있는 두 번째 안뜰로 간다. 또 다른 현관 안쪽으로 다른 뜰이 보인다. 그곳에 오렌지나무가 있다.

엘레나: 저기로 갈까요?

모랄레스가 엘레나의 손을 잡는다. 둘이서 함께 간다. 마지막 안뜰은 맨땅이다. 어둡고 낮은 문으로 둘러싸여 있다. 얼핏 아무도 없어 보이지만 벤치에 몸을 웅크리고 앉은 흑인 노파가 있다. 물건처럼 미동도 없이 달빛에 바느질을 한다. 엘레나와 모랄레스가 다가간다. 노파는 눈길도 주지 않는다.

엘레나: (감탄하며) 뭘 짜시는 거예요?

노파: (다정하게) 글쎄, 뭘 짜는 걸까.

엘레나: 아옌데 가족과 사셨던 모양이에요?

노파: 그럴 거야. 세월이 많이 흐르다 보니 세월 가는 게 느껴지지 않아.

감탄스럽고도 안쓰럽게 그녀를 바라본다.

노파: 내가 어떻게 사는지, 내가 누군지도 모르겠지만 사람들에게 무슨 일이 벌어질지는 알지.

모랄레스: (다정하게) 그러면 우리에겐 무슨 일이 있을까요?

노파: 두 사람은 벌써 '우리'라고 할 수 있지. 다시 만날 때까지 아주 고통스럽겠지만.

엘레나와 모랄레스가 웃으며 서로를 바라본다.

노파: 아가씨는 모든 걸 잃었다가 모든 걸 찾게 될 거야. 자네는 찾고자 하는 걸 찾지 못할 거야. 그 대신 더 좋은 걸 찾게 되지. 더 이상은 묻지 마. 아주 먼 일까지는 보지 못해.

모랄레스: 감사합니다. 여기 도움이 될까 해서.

노파의 치마에 은화 하나를 놓아둔다. 두 사람이 자리를 뜬다. 노파는 그들을 보지도 않는다. 동전이 바닥에 떨어진다.

첫 번째 안뜰로 돌아온다. 사람들이 춤추고 있다. 모랄레스가 예를 갖추며 엘레나에게 춤을 청한다. 안뜰에서 춤을 추며 밝은 곳, 어두운 곳을 누비다 포도 덩굴 아래로 갔다가 유칼리 나무가 있는 정원으로 나간다. 멀리서 음악이 들린다.

모랄레스: (흥분을 가라앉히면서) 화음에 내맡기며 사는 게 정말 아름답죠.

엘레나: (그 흥분에 공감하며) 자기가 누군지 잊고 밤과 음악을 만끽하니까요.

모랄레스: 자신의 운명도, 과거와 미래의 자신도 잊어버릴 수 있으니.

두 사람이 재스민이 흐드러진 둥근 정원에 이른다. 모랄레스가 꽃을 꺾어 엘레나에게 건넨다. 천천히 돌아온다.

엘레나: (재스민 향기를 맡으며) 이 향기가 평생을 두고 이어진다면.

모랄레스: 그 순간이 평생토록 이어져야죠.

카메라가 모랄레스와 엘레나로부터 벗어난다. 부드럽고 감상적이던 음악이 탱고 음악으로 바뀐다. 사람들이 주인공이 된 한 쌍을 에워싸고 있다. 둘이 멋지게 스텝을 밟는다. 루나도 그 장면에 도취된다.

루나: 정말 멋지군.

한쪽 구석에 외떨어진 탁자에서 페르민 소리아노가 술을

마시고 있다. 실베이라가 다가간다.

실베이라: 그러다 묵상과 술에 중독되겠네. 여느 때처럼 좀 즐기지그래.

우레와 같은 박수가 두 사람의 춤이 끝났음을 알린다. 둘이 예를 갖춰 인사한다.

루나의 목소리: 굉장하군. 춤 솜씨가 정말 대단해.

이제 모두 춤을 추기 시작한다. 엘레나와 모랄레스는 출입문 근처로 간다. 나가려는 사람들이 있다. 그들 중 한 여자가 엘레나에게 인사를 건넨다. 엘레나가 기다리라고 손짓한다.

엘레나: (모랄레스에게) 저 친구한테 부탁할 일이 있어요. 탁자에서 잠깐 기다려 줄래요?

엘레나가 사람들을 향해 다가간다. 모랄레스는 탁자로 돌아와 기다린다. 오케스트라가 왈츠를 연주한다.

화면이 흐려진다.

엘레나가 나가려던 사람들과 뒤섞인다.

화면이 흐려진다.

탁자에 앉아서 기다리던 모랄레스가 시계를 본다. (시간이 꽤 지났음을 알리듯 오케스트라의 탱고 연주가 끝나 가고 있다.) 모랄레스가 일어나 엘레나를 찾아 출입문으로 간다. 문지기와 얘기한다. 돌아오다가 에르실리아와 마주친다. 얘기를 나눈다. 첫 대화는 들리지 않는다.

에르실리아: 그럴 리가요!

모랄레스: 정말이에요. 기다리라고 했는데. 인사도 안 하고 갈 순 없어서 기다렸는데 제가 약속이 있어요.

화면이 흐려진다.

모랄레스가 로스 라우렐레스의 저택 문 앞에 있다.

모랄레스의 목소리: (생각에 잠긴 듯) 잘 듣게나. 슬픔과 수치스러움으로 시간을 보내던 나는 엘리세오 로하스와 결투를 벌이러 갔지. 이제 운명이 내가 찾는 걸 알아서 해 줄 터였어. (숨을 돌리고) 나는 결투를 생각하고 싶었지만 실은 엘레나 생각이 나더군.

침묵.

화면이 흐려진다.

모랄레스가 집과 공터가 이어지는 교외 지역의 길을 걷고 있다.

모랄레스의 목소리: 엘리세오는 나타나지 않았어. 그래서 집을 찾아가기로 마음먹었지.

모랄레스가 넓은 길로 걸어간다. 양편으로 농지가 있다. 멀리 빛이 보인다. 아주 작고 빈한한 잡화점의 불빛이다. 모랄레스가 잡화점에 들어간다. 계산대에서 홀로 기타를 치던 사람이 신경 쓰지 않고 자신의 노래를 끝마친다.

하지만 내게
카르멘 델 라스 플로레스만 한 곳은 없어라
이와 동시에

모랄레스: (병을 정리하는 잡화점 주인에게) 복숭아 맛 술을 한 잔 주시겠습니까.

기타 연주자:
나는 평원을 달려
모든 곳을 다녀 봤지.
나는 봤어, 모론과 로보스,
산후스토, 페르가미노,
치빌코이, 산이시드로,
산니콜라스와 돌로레스,
카뉴엘라스와 바라데로를.

정말 멋진 곳이었지,
하지만 내게
카르멘 델 라스 플로레스만 한 곳은 없어라.

아름다운 차스코무스
우아한 킬메스
흥미로운 아술
열광적인 크루스
멋지고 소담한
카뉴엘라스와 바라데로
정말 멋진 곳이었지,
하지만 내게
카르멘 델 라스 플로레스만 한 곳은 없어라.

나는 가 봤어, 산페드로,
살토, 브라가도,
나는 가 봤어, 나바로,
산비센테와 모레노에.
새로운 마을 메르세데스는
사람이 참 많았지
멋진 곳이었지.
솔직히 맘에 들었어.
하지만 내게
카르멘 델 라스 플로레스만 한 곳은 없어라.

그사이 주인이 병을 정리하고 모랄레스에게 술을 건넨다. 모랄레스가 천천히 술을 마신다.

모랄레스: (주인에게) 선생님, 이 근처에 엘리세오 로하스가 사나요?

주인: 맞네. 여기서 여섯 블록 가면 언덕 위에 저택이 있네.

모랄레스: 감사합니다. (혹시나 하는 마음으로) 키 크고 검은 콧수염이 있죠?

주인: 키가 큰 건 맞는데 콧수염은 없어. 힘 있는 양반이야. 이마에 상처가 있고.

가수:
벨그라노는 아름다운 휴양지
벤타호소는 타팔켄 같았지
치빌코이도 좋았어.

모랄레스가 나간다. 카메라가 오르막길을 따라간다. 개구리 울음소리가 들린다. 개울 위에 놓인 흔들다리를 건넌다. 느긋하게 올라간다. 주변에 작은 숲들이 있다. 철조망 울타리를 열고 딱딱한 흙바닥 정원을 지난다. 집을 쳐다본다. 풍차가 높이 서 있다. 바퀴 도는 소리가 들린다. 집에 도착해서 현관 나무 계단에 올라선다. 문틈으로 빛이 새어 나오고 있다. 문을 두드린다. 대답이 없자 문을 열어 본다. 탁자 위의 등유 등불이 죽은 엘리세오를 비춘다.

모랄레스의 목소리: 내가 찾던 사람이, 내가 결투하려던 사람이 바닥에 쓰러져 있었지. 숨이 끊어져 있었어. 너무나도 허탈하고 허무하더군. 슬프기도 했고.

모랄레스가 천천히 좌우를 살피며 들어간다. 바닥을 밟는 그의 발소리가 들린다. 카메라에 포착된 방은 어딘지 쓸쓸하지만 죽은 자의 일상적인 흔적이 여전히 남아 있다. 마테차와 차 보관함, 편지 묶음…….

안쪽에서 여자의 비명 소리가 들린다. 모랄레스가 달려간다. 작은 세면대가 있는 방을 지나 공터로 나가니 무화과나무가 있다. 하얗고 긴 창고에 다다른다. 도리는 검은빛이고 천장은 물결무늬다. 옆문으로 들어간다. 오른쪽 끝으로 마차 출입문이 있다. 창고 중앙으로는 천창을 통해 달빛이 쏟아진다. 오른편으로 구유와 말이 있다. 왼쪽에는 쟁기와 탈곡기가 있다. 안쪽에 사륜마차가 있다. 문 옆에서 엘레나와 페르민 소리아노가 몸싸움을 한다. 모랄레스가 엘레나를 구하고 도망치는 페르민을 잡으려 한다.

엘레나: (지친 듯) 그냥 가게 둬요. 보는 것만으로도 끔찍해.

소리아노가 멀어진다.

엘레나: (모랄레스의 팔에 기대어) 같이 가 줘요. 아빠가 집에 계셔. 돌아가셨어요.

창고에서 나온다.

엘레나: (오열하면서) 바닥에 쓰러지셨어. 피를 많이 흘리셨어.

집으로 들어온다. 엘리세오가 쓰러져 있는 방에 도착한다. 엘레나가 손으로 얼굴을 가린다. 모랄레스가 카메라를 등지고 망자를 향해 몸을 기울인다. 망자를 안아 들고 문이 반쯤 열린 침실로 향한다.

화면이 흐려진다.

소리아노가 철조망 문을 연다. 고개를 숙인 채 길 오른편에 있는 숲으로 향한다. 말 두 마리가 묶여 있다. 한 마리는 잿빛이다. 소리아노가 잿빛 말을 풀고 올라탄다. 도시로 향한다. 흔들다리를 건너다 말을 멈추고 조끼 주머니에서 루나의 칼을 꺼낸다. 칼을 보다가 물속에 내던진다. 말을 달려 멀어진다.

화면이 흐려진다.

모랄레스가 식당에 있는 자기 항아리에서 물을 따라 잔을 채운다. 아주 지치고 슬퍼 보이는 엘레나에게 건넨다.

모랄레스: 그럼 그때 집으로 갔던 건가요?
엘레나: (천천히 물을 마시며) 그래요. 정말 끔찍했어요.

카메라가 머리핀을 잡는다. 머리핀이 바닥에 떨어진다. 누군가의 그림자가 드리운다. 말고삐를 쥔 남자의 그림자다.

엘레나와 다투던 페르민 소리아노가 엘리세오 로하스가 왔다는 걸 확인한다. 멀리 널찍한 다리가 놓인 개울이 있다.

엘리세오: (프록코트, 바지, 부츠 차림이다. 머리핀을 주워 엘레나에게 준다.) 얘야, 널 괴롭힌 거니?

소리아노가 엘레나를 놓아준다. 엘리세오가 소리아노와 마주 선다.

엘리세오: 이 건달 같은 놈, 엘레나에게 예의 없이 굴다니.

소리아노: 예의 있게 행동했고, 난 건달이 아닙니다.

엘리세오: 그럼 남자답게 맞설 줄도 알겠구나.

소리아노: 싸울 수 없습니다. 엘레나의 아버지시니까요.

엘리세오: 쉽게 빠져나갈 생각 마라. 지금 즉시 엘레나에게 용서를 구해라. 교회에서 하듯이 무릎을 꿇고.

소리아노가 엘레나를 마주 보고 진지하게 무릎을 꿇는다.

소리아노: 엘레나, 날 용서해 줘.

엘레나: (놀라며) 응. 그래. 이제 일어나.

엘리세오: (엘레나를 보며 부드러운 목소리로) 얘야, 하나씩 하자구나. (소리아노를 보고) 맘에 드는군. 이제 내 차례지. (소리아노의 뺨을 때린다.)

소리아노는 물러서지도 방어하지도 않는다.

엘리세오: (엘레나를 향해 미소 지으며) 괜찮니? 어떻게 했는지 봤지? (페르민을 향해) 이번엔 말이야, 이 밤색 말을 데려가서 정성스럽게 말갈기를 깎아 와.

엘레나: (증오와 경멸 조로) 둘 다 꼴 보기 싫어요. 다시는 안 볼 거예요.

화면이 흐려진다.

카메라가 엘레나와 모랄레스를 잡는다. 시간이 흘렀음을 예측하도록 두 사람의 위치에 변화가 있다.

엘레나: 에르실리아의 집으로 갔어요. 내게는 자매나 마찬가지니까요. 하지만 난 아빠가 걱정됐지요. 페르민과 그 친구들이 무슨 짓을 할지 모르니까. 그러다 이상한 일을 목격했어요. 페르민이 낯선 사람에게 아빠의 시계를 건네주는 걸 봤어요. 뭔가 잘못됐다는 걸 예감했죠.

모랄레스: (이해한 듯) 그래서 파티장을 떠나 여기로 왔군요.

엘레나: (다정하게 엷은 미소를 보이며) 네. 당신을 혼자 뒀죠. 미안해요. 사람들이 웅성거리기에 그들과 섞여 밖으로 나왔어요. 도착했을 땐 아주 늦은 밤이었어요. 하지만 불이 켜져 있었어요. (화면이 흐려진다. 엘레나가 현관 계단을 오른다. 그의 목소리가 들린다.) 문을 두드렸어요.

이 말과 동시에 엘레나가 현관에서 문을 두드리는 장면이 보인다. 엘리세오가 문을 연다.

엘레나: 아빠, 아직 안 주무셨어요?

엘리세오: 널 기다렸지, 엘레나. 돌아올 거라고 믿었으니까.

엘레나: 집에서 보게 돼서 정말 다행이에요. 집을 나간 뒤로 아빠 생각만 했어요.

엘리세오: 난 네 생각만 했지. 그리고 내 생각도 해 봤단다. 아빠는 늘 하나면 족하다고 생각했어. 사나이가 되는 것. 하지만 오늘 네가 집을 나가고서야 이 나이에 삶이란 정말 단순하다는 걸 이해했구나.

엘레나: 난 아빠가 어떤 사람이든 아빠를 사랑해요.

엘리세오: 변하고 싶은데 그러기에는 이미 늦었다는 생각이 드는구나.

엘레나: 운명을 선택할 순 없잖아요, 아빠. 아빠는 싸우며 살아야 했어요.

침묵. 밖에서 개 짖는 소리가 들린다.

엘리세오: 오늘은 참 아픈 날이었다. 네 사랑을 잃어버렸다고 생각했어.

개 짖는 소리가 더욱 가까이에서 들린다.

엘리세오: (천천히 창문으로 다가가며) 참, 부탁할 게 있었는

데, 산타리타[317] 가지를 좀 쳐 주겠니.

엘리세오가 문을 연다. 한동안 계단을 향해 서 있다. 크고 갸름해 보인다.

실베이라의 목소리: (밖에서) 벨트란 실베이라가 보내는 전갈이오.

두 발의 총성이 들리고 엘리세오가 계단으로 고꾸라진다. 폰시아노 실베이라, 소몰이꾼 루나, 페르민 소리아노가 난입한다.

실베이라: 페르민, 루나, 시체 들여놔야지.

소리아노와 루나가 명령에 따른다. 실베이라가 권총을 들고 들어온다. 엘레나를 보자 루나를 향해 손짓을 한다.

엘레나의 시점에서 루나가 채찍 손잡이를 꽉 쥐고 다가와 내리친다. 화면이 어두워진다. 뒤이어 화면이 밝아 오지만 흐린 물속을 보는 듯 흐리다가 몇 가지 사물이 크고 가까이 보인다.(살인자의 발, 집 안으로 옮겨진 엘리세오의 손, 뒤진 흔적이 있는 탁자 서랍, 바닥에 떨어진 담배꽁초.) 목소리가 들린다. 탁하게 들리다가 점점 맑게 들린다.

---

317 분꽃과에 속하는 부겐빌레아를 가리킨다.

실베이라: 보험 서류가 집에 없잖아.

루나: 라라멘디가 오면 뭐라겠어!

소리아노: 우리가 팔아먹으려고 숨겼다 하겠지.

실베이라: (조롱 조로) 언제 오는데?

바닥에 쓰러져 있던 엘레나가 힘겹게 눈을 뜨고 소리아노와 실베이라가 탁자 위에 놓인 서류를 살펴보는 걸 목격한다.

소리아노: 서류가 없잖아. 라라멘디가 속인 거 아냐?

실베이라: 최근에 들러서 훔쳤을 수도 있지. (숨을 돌리고) 그자를 기다려 봐야 소용없겠어.

루나: 뻔하네. 당장 가서 잡아 올까?

실베이라: 됐어. 자네들은 여기 있어. 내가 라라멘디를 잡으러 가야겠어. 혹시라도 누가 오면 내가 올 때까지 붙잡아 둬.

소리아노: 혼자 가게요?

실베이라: (진지하게) 손이 필요하면 내가 부르지. (친근하게 웃는다.)

소리아노가 불안하게 웃으며 현관까지 실베이라를 배웅한다. 말뚝에 묶인 엘리세오의 밤색 말이 보인다. 실베이라가 사립문을 열고 몇 걸음 가더니 길 오른편에 들어서자 말을 타고 사라진다. 페르민이 그가 사라질 때까지 살펴본다. 뒤이어 현관 계단을 내려와 권총을 꺼내 밤색 말을 향해 다가간다. 말이 뒷걸음질 친다. 소리아노가 목덜미와 이마를 다독거린다.

소리아노: 참 늙은 말이군! 이제 누가 널 지켜 주지? (귀를 만진다.) 내가 안쓰럽게 생각하는 거 알겠어?

양쪽 귀 사이에 총을 대고 쏜다. 말이 쓰러진다.

루나가 현관에서 그 장면을 보고 있다. 창백한 얼굴에 머리가 헝클어진 엘레나가 온 힘을 다해 일어나 루나를 향해 위협적으로 다가간다. 현관에 당도한 소리아노가 놀란 얼굴로 그녀를 쳐다본다.

엘레나: 내 손으로 죽이고 말 거야.

휘청거리다 쓰러진다. 소리아노가 그녀를 일으킨다. 엘레나를 의자에 앉히자 힘없이 늘어진다.

루나: (페르민에게) 너무 많은 걸 봤어. 총 줘 봐.

소리아노: 엘레나는 건들지 마.

루나: 뭔 소리야?

소리아노: (카메라를 마주하고 천천히) 신이시여, 용서하시길, 나 페르민 소리아노가 자기를 지켜 준 사람을 죽이고 도둑질하려고 사악한 자들과 작당했나이다. 내가 늘 용감하다며 뻐기고 다닌 겁쟁이고, 앙심을 품은 놈이고, 위선자고, 제일 낮은 카드 패이지만 엘레나를 죽이는 걸 허락할 정도로 비열한 놈은 아니야.

루나: (경멸적으로) 알았어. 총 놓고 말로 하자고.

소리아노: 이봐, 루나. 맘대로 생각해도 좋은데 겁쟁이가 되

지 않으려고 엘레나를 죽일 순 없어. (권총을 꺼내며) 내가 지금 당장 이 집에서 데려가지.

루나에게 총을 겨누며 엘레나를 일으킨다. 엘레나는 그에게 기대어 있다. 밖으로 나간다. 무화과나무가 있다.

소리아노: (엘레나에게) 마차로 당신을 데려갈 거야.

차고에 들어간다. 페르민이 문 왼편 벽에 걸린 등잔에 불을 붙이고 마차를 연결하려고 한다. 엘레나가 그를 돕는다. 마구를 찾는 중에 정문 쪽에서 루나가 나타난다. 등잔불로 다가온다.

소리아노: 거기 서. 한 걸음만 더 다가오면 총탄에 쓰러질 줄 알아!

루나가 조심스럽게 천천히 등잔을 내리더니 바닥에 던져 버린다. 내부가 어두워진다. 천창을 통해 달빛이 기둥처럼 쏟아져 내려온다. 한쪽 끝에 소리아노와 엘레나가 있고 맞은편 끝에는 루나가 있다.

루나: (어둠 속에서) 좋을 대로 해. 하지만 충고하건대 제대로 겨누라고. 세 발밖에 없으니까. 실수하면 내가 너희 둘을 칼로 쑤셔 주지. 그럼 영원히 함께할 수 있을 거야.

소리아노가 바로 총을 쏜다. 소리아노의 실수를 확인하듯 루나가 웃는다. 긴 침묵이 이어진다. 구름이 달을 가린다. 창고가 어두워진다.

루나의 목소리: 금방 달빛이 들 거야.

카메라가 긴장한 소리아노를 잡는다. 소리아노가 재차 총을 쏜다. 루나의 웃음소리가 더욱 가깝게 들린다. 소리아노가 부들부들 떨며 마지막으로 격발한다. 루나가 다시 웃는다. 카메라가 겁먹은 소리아노의 얼굴을 잡은 뒤 멀어진다. 발걸음 소리가 들린다. 뭔가 쓰러지는 소리가 난다. 긴 정적. 멀리서 들리는 닭 울음소리가 정적을 깬다. 발걸음 소리가 들린다. 이 소리가 들리기에 앞서 말이 뭔가를 뒤지는 것 같은 소리와 조용히 뭔가를 먹는 것 같은 소리가 번갈아 가며 들린다.

엘레나의 목소리: (어둠 속에서) 죽었어.

달빛이 창고의 중앙을 비춘다. 엘레나는 정문 옆에 무릎을 꿇고 있다. 바로 옆에 축 늘어진 루나가 있다. 두려움에 기진맥진한 소리아노가 어둠 속에서 나타난다. 루나 앞에 멈춘다. 미동도 없는 그를 잠시 쳐다본다. 그의 얼굴을 거세게 걷어찬다.

소리아노: (지독한 환희에 전율하며) 날 상대할 사람은 없어. 엘리세오도 죽었고, 너도 죽었고. 내가 최고라고. 넌 죽었어, 루나, 알겠어? 너한테 침을 뱉고 걷어찼단 말이야.

침을 뱉고 걷어찬다. 엘레나가 옆문으로 도망치려 한다. 소리아노가 쫓아가 붙잡는다.

소리아노: (비굴하게 설득하듯) 널 위해 그런 거야, 엘레나. 우릴 위해서. 널 위해 싸우고 지켜 낸 걸 봤잖아. 나한테 돈을 나눠 줄 거야, 엘레나. 사랑해. 우린 아직 행복할 수 있어.

두 사람이 완강히 싸운다. 엘레나가 비명을 지른다. 모랄레스가 들어온다.

화면이 흐려진다.

카메라가 식당에 있는 엘레나와 모랄레스를 잡는다. 엘레나가 탁자에 잔을 놓는다.

모랄레스: 엘레나, 얼마나 고통스러울지.

엘레나: 그래요. 정말 잔혹한 밤이에요! 아빠가 죽는 걸 목격했으니.

모랄레스: 나는 부모님이 안 계시죠.

엘레나: 늘 외로웠겠네요.

모랄레스: 그래요. 외로워요. (생각에 잠기며) 하지만 당신 얘기에서도 고독이 느껴지는군요.

엘레나: 누구도 모르는 걸 당신은 이해하네요.

모랄레스: 우리가 닮아서 그럴 수도. (돌연 생각에 잠기며) 아니, 난 이렇게 말할 자격이 없어요. (숨을 돌리고 어조를 바꿔서)

오늘 밤 무슨 일이 있을지 누가 알겠습니까.

엘레나: (결연하게) 아빠를 죽인 살인자가 돌아올 거예요. (지친 듯) 그런데 이런 일을 겪고 나니 무슨 일이 일어나도 상관없어요.

모랄레스: (솔직하게) 무슨 일이 생길지 모르겠지만. (엘레나를 보며) 당신과 함께 있어서 행복하다는 것밖에는.

화면이 흐려진다.

이인승 마차로 에르실리아와 라라멘디가 돌아온다. 에르실리아가 걱정스러워하며 앞을 주시한다. 라라멘디가 그녀를 보며 왜 그러는지 묻는다.

에르실리아: 왜 가야 하는지 모르겠어요.

라라멘디: 뭘 모르겠다는 거야? 요즘 내가 지옥에서 산다는 걸 아니?

에르실리아: (용기를 내어) 아니요, 아빠. (짧은 정적. 라라멘디가 놀란 에르실리아를 본다.) 아빠는 날 믿지 못하니까요.

라라멘디: 그래. 너한테 다 털어놓는 게 나을지도 모르겠구나. 하느님도 세상살이가 쓰디쓰다는 걸 아실 테지. 너도 처음엔 내가 나쁘다고 생각할 거야. 하지만 날 이해하고 용서할 거다. 일이 어떻게 된 건지, 일탈이 어떤 일탈을 가져오는지 말이다. (어조를 바꾸며) 경매 사업이 잘 굴러가지 않았단다. 그런데 내가 실수를 저질렀지. 보험금을 타려고 경매장에 불을 질렀어. 내가 신중에 신중을 기울였는데 엘리세오는 그 화재가 우

발적 사고가 아니라고 의심한 거야. 그렇지만 보험금은 타야 했지. 거기서 두 번째 실수를 저지르고 말았어. 내가 쓰레기 같은 놈들과 어울린 거야. 오늘 밤 사고를 칠 거다.

에르실리아: (당황하며) 무슨 그런 잔인한 얘기를 하세요.

라라멘디: 내가 봐도 잔인하단다. 내가 알아듣게 설명했지만 폭력을 쓸까 봐 걱정이구나. 온종일 엄청나게 불안했단다. 결국 엘리세오를 서둘러 만나야 했어. 오후에 거길 다녀왔다. 그런데 말을 못 했어. 내가 불을 질렀다는 걸 알더구나. 내게 보험증을 건네줬어. 그리고 날 모욕했지. 나한테 보험사 담당자한테 보험 증서를 돌려주고 모든 내막을 고백하라고 하더구나. 여기 보험 증서가 있다. 우루과이든 아니면 어디를 가서든 팔아 버릴 생각이다.

마차가 라라멘디의 집 앞에 멈춘다. 에르실리아가 천천히 내리더니 얼굴을 손으로 가리고 울음을 터뜨린다. 라라멘디가 그녀에게 손을 뻗는다. 하지만 에르실리아는 정원을 가로질러 집으로 달려 들어간다. 라라멘디가 정원에 있는 누군가를 본다. 폰시아노 실베이라가 벤치에 앉아 조용히 담배를 피우며 기다리고 있다.

라라멘디: (겁을 내며) 거기서 오는 길인가?

실베이라: 그럼. 형의 복수를 해 줬지.

라라멘디: 복수? 폭력을 쓰면 안 된다고 했잖나. (어조를 바꾸며) 나를 살인자로 만들었군.

실베이라: 당신은 날 도둑으로 만들었고.

라라멘디: (슬프고 진지하게) 둘 다 악마 꼴이 됐군. 서로에게 불행을 안기는.

짧은 정적.

실베이라: 이스마엘, 보험증을 내놓으시죠.

라라멘디: 나한테 없네.

실베이라: 거짓말 말아요.

라라멘디: 나는 자네들이 무슨 짓을 했는지 잘 아는 사람이라고.

실베이라: 내가 한 남자를 죽였다는 걸 알죠. 누구든 또 죽일 수 있다는 것도 아실 텐데.

실베이라가 진중하게 일어서면서 담배를 던진 뒤 라라멘디를 쳐다보며 손을 뻗는다. 라라멘디가 보험 증서를 건넨다. 실베이라가 조용히 보험 증서를 챙긴다. 인사도 없이 정원을 빠져나가 길모퉁이를 돌더니 말뚝에 묶어 둔 말고삐를 푼다.

화면이 흐려진다.

말발굽 소리가 들린다. 넓고 텅 빈 길이 보인다. 날이 밝고 있다. 멀리서 실베이라와 소리아노가 말을 타고 온다. 말을 달리며 얘기를 나누고 있다.

소리아노: 모랄레스가 집에 있어요. 엘레나가 다 불었을 텐데.

실베이라: 무슨 말이야? 루나는?

소리아노: 말할 참이었는데……. (주저하다가 결정한 듯) 날 덮치는 바람에 어쩔 수 없이 쏴야 해서.

실베이라가 소리아노를 쳐다본다. 침묵.

소리아노: (덥적거리듯) 이제 둘이 모랄레스를 처리해야죠.

실베이라: (천천히) 둘이 아니지. (숨을 돌리고) 루나는 충직한 친구지만 넌 포달스럽고 제멋대로인 데다 용렬하지.

말을 멈추지 않은 채 폰시아노 실베이라가 칼을 꺼내 단번에 페르민을 찌른다. 두 사람이 높다란 포플러 숲의 어둠 속으로 들어간다. 다시 해가 내리쬐는 길에 나올 때는 폰시아노 실베이라만 말에 타고 있다. 그 옆으로 잿빛 말이 기수 없이 달린다. 말들이 멀리 높은 곳으로 오른다. 이 장면은 언덕 끝자락에서 잡는다. 카메라가 길가로 흐르는 도랑을 잡는다. 물속에 페르민 소리아노의 시신이 있다.

화면이 흐려진다.

엘레나와 모랄레스가 창가에 서 있다. 엘레나가 커튼을 젖히며 밖을 내다본다. 커튼을 친다.

엘레나: 이 모든 게 꿈이면 좋겠어요.

모랄레스: 배신과 범죄의 꿈이겠지만 우린 이렇게 여기 있잖아요.

엘레나: 내가 태어난 곳이고 내가 살아온 곳인데 왜 이렇게 달리 보일까요. 처음 보는 집처럼.

모랄레스: (갑자기, 잠에서 깬 듯) 당신은 누군지도 몰라요. 난 당신이 생각하는 사람이 아니에요. 엘레나, 난 당신 아버지와 결투를 벌이러 왔단 말이지.

엘레나가 말없이 모랄레스를 쳐다본다. 시선을 떨군다. 뭔가 말하려 한다.

모랄레스: 나는 그가 누군지 몰랐어요, 엘레나. 당신 아버지인 줄 몰랐어요. 다만 진짜 사나이라는 건 알았지요. 난 그와 싸워 보고 싶었죠. 내가 정말 용감한지 알아보려고.

엘레나: (슬퍼하며) 모랄레스, 당신도 다를 게 없군요. (숨을 돌리고) 날 속인 거, 용서할 수 없어요.

모랄레스: 속일 생각은 없었어요, 엘레나. 이제는 진실을 알잖아요.

서로 바라본다. 발걸음 소리가 가까이 들린다. 현관에 폰시아노 실베이라가 나타난다. 엘레나가 증오의 표정으로 그를 쳐다본다.

실베이라: (모랄레스를 향해 침착하게) 하느님이 우릴 다시 만나게 해 주는군. 여기서 뭐 하나?

모랄레스: 엘리세오 로하스와 싸우러 왔는데 이제 그의 복수를 해야겠군.

실베이라: 좋아. 나가지. (큰 소리로, 숙고하듯) 돌고 도는 인생. 살인자 로하스를 죽이고 나니 이제 내가 그 꼴이 됐군.

실베이라가 문을 연다. 밖은 해가 떠 있다. 햇볕이 내리쬐고 새들이 노래한다. 두 사람이 천천히 나간다. 아래로 멀리 개천과 다리가 보인다. 카메라가 초조해하며 문 앞에 서 있는 엘레나를 잡는다. 모랄레스와 실베이라가 언덕 아래로 몇 걸음 내려간다.

실베이라: 이제 괜찮은 곳을 찾아야지.

카메라가 울퉁불퉁한 언덕을 잡는다. 뒤이어 다리를 잡는다. 두 사람이 걸어가며 말한다.

모랄레스: (다리를 가리키며) 저기가 좋겠군.
실베이라: (말을 계속하며) 한 명은 저 물에 쓸려 가겠네.
모랄레스: 물에 쓸려 가고 나면 망각에 쓸려 나가겠지.

다리에 도착한다. 자세를 취한다. 실베이라가 왼팔에 폰초를 감는다. 둘 다 칼을 꺼낸다. 멀리 개울 위쪽으로 다른 다리가 보인다.

모랄레스: (폰초를 보며) 준비성이 좋군. 나한테 동정을 바라진 말아요.
실베이라: 누가 할 소리. 지는 싸움은 안 해.

모랄레스: (싸움을 시작하며) 이제 누가 죽으려고 싸움을 걸었는지 알게 되겠지.

쉼 없이 일하듯 격렬하게 싸운다. 모랄레스가 압도적으로 칼을 잘 다룬다. 실베이라가 계속해서 뒤로 물러서다 다리 난간에 몰린다. 실베이라는 겨우 자리를 되찾는다. 모랄레스가 몇 차례 상처를 입힌다.

멀리서 말발굽 소리가 들린다. 싸움을 멈춘다. 말 탄 사람들이 멀리 보이는 다리를 건넌다.

모랄레스: 로하스 수하들이군. 로하스의 집으로 가겠지.

실베이라: (중상을 입은 채) 이제 한 방이면 끝나겠네.

모랄레스: 그럴 거 없어. 이건 당신과 나 사이의 일이니까. (신속히) 도와줄 테니 도망가요. 회복될 때까지 기다려 주지. 다음엔 맨주먹으로 싸워. 그때는 결연히 죽여 줄 테니.

실베이라: 정말로 그럴까?

모랄레스: 그래. 엘레나의 복수를 다른 놈한테 넘길 순 없지.

실베이라: 말이 되는 소리를 해야지.

모랄레스: 믿으라니까. (물속에 칼을 던진다.)

실베이라: 그러지 말았어야지. 누구 좋으라고 내가 죽을 수는 없잖아.

실베이라가 몸을 세우더니 갑자기 모랄레스를 덮친다. 모랄레스의 주먹이 눈을 가격한다. 실베이라가 다시 덮친다. 모랄레스가 그의 얼굴을 때린다. 마침내 심장에 일격이 가해진다. 실베이라가 떨어질 듯 위태롭더니 결국 강으로 떨어진다.

모랄레스가 다리 위에서 실베이라가 떠내려가는 걸 확인한다. 뒤이어 생각에 잠겨 집으로 걸음을 옮긴다. 가는 길에 풀잎을 뜯어 입으로 가져간다. 문을 연다. 엘레나가 그를 안는다.

엘레나: 드디어 왔군요. 볼 수도 움직일 수도 없었어요. 얼마나 시간이 더디게 가던지.

모랄레스: 아버지의 복수를 했어요.

엘레네: (이해할 수 없다는 듯) 복수……? (잠시 후 더욱 거세게) 복수라는 게 가능하다고 생각해요? 하나가 다른 하나로 완전히 지워질 수 있다고 생각해요?

모랄레스: (솔직하게) 모르겠어요. 내가 한 일이 당신에겐 아무것도 아닌 걸까요?

엘레나: 엄청나죠. 그게 다예요. 여기 멀쩡하게 있으니까요. (아주 감정적으로) 하지만 당신이 행한 일 때문에 당신을 사랑하는 게 아니에요. 당신이 한 일과 상관없이 당신을 사랑한다고요.

모랄레스: (엘레나의 눈을 바라보며 입 맞추려고 다가가면서) 참 이상한 일이죠. 난 사람을 죽였는데 당신과 있으니 아이가 된 것 같아요.

믿는 자들의 낙원

우리에게 뒷모습만 보여 주는 어느 총잡이가 텅 빈 대저택에서 몸을 숨긴 공격자들과 맞서 총을 쏘며 길을 열고 나아가다 마침내 어느 문 앞에 다다른다. 문 너머 방에는 중국식 가구가 빼곡히 들어차 있다. 부상을 당한 총잡이가 비틀거리며 끝방에 있는 일종의 제단으로 다가간다. 옻칠한 나무 상자를 찾아 열어 본다. 상자 안에 또 다른 상자가 있다. 모양은 같지만 크기가 더 작다. 이 상자 안에는 또 다른 상자가 있다……. 마지막 상자를 열어 보고는 주저앉는다. 상자는 비어 있다. 화면이 흩어지면서 '끝'이라는 단어가 나타난다. 카메라가 뒤로 물러난다. 그렇게 영화의 마지막 장면이 끝난다. 사람들이 천천히 밖으로 나간다. 라울 안셀미와 이레네 크루스도 그들과 섞여 있다. 주연 배우와 순정파 여배우 같다는 것 외에 다른 설명은 필요치 않을 듯하다. 기품 있게 차려입었으나 사치스러워 보이진 않는다.

이레네: (서글픈 미소로 라울을 바라보며 포용적인 어조로) 정말 총잡이 영화가 좋은가 봐!

안셀미: (의심스러울 정도로 과도하지만 완전히 부정하지는 못하며) 그럴 리가…… 비도덕적인 데다 허구잖아.

사람들 틈에 끼어 말을 잇지 못하고 밖으로 나온다.

안셀미: (고심한 듯) 비도덕적이고 허구라는 건 아는데 왠지 끌려. 아마 어렸을 때 아버지가 모르간 얘기를 해 주어서 그런 것 같아. 총잡이들의 대장인데, 알아? 나한텐 전설적인 영웅 같아. 코르시카에서 죽었다더라고.

화면이 흐려진다.

이레네와 안셀미가 템페를레이역 플랫폼에서 내려온다. 라미레스와 마주친다. 혈기 왕성하고 잘나가는 청년이다.

라미레스: 안녕, 이레네. 안셀미, 잘 지내?

안셀미: 「타이안을 찾아서」 보러 시내에 갔다 오는 길이야. 모험과 총탄이 난무하는데 결말은 빈 상자더라고.

라미레스: (이레네를 향해 놀리듯) 늘 그렇게 영화를 두 번씩 봐? (바로 어조를 바꾸며) 아무튼 난 이만 갈게. 연인들은 둘만 있고 싶을 테니.

라미레스가 이레네에게 인사하고 안셀미를 친근하게 다독인다.

안셀미: 잘 가, 라미레스.

화면이 흐려진다.

이레네와 안셀미가 들길, 울타리, 공터를 따라 걸어간다. 해가 저물었다.

이레네: 토끼풀 냄새가 나네! 초원 냄새 같아.

안셀미: 마치 멀리 온 것 같네.

이레네: 토끼풀 향내를 맡을 때면 정말 행복해.

짧은 흥분이 가라앉자 서로 말이 없다. 이레네의 집에 도착한다. 작고 오래된 집이다. 외문 현관에 집 정면으로 두 개의 발코니가 있다. 안셀미가 작별 인사를 한다.

안셀미: 안녕, 사랑해. 내일 봐.

이레네: (못 들었다는 듯) 그나저나 난 오늘 기분이 별로야. 라울, 무슨 일 있어?

안셀미: 없어. 신경 쓰지 마. (고개를 떨어뜨리며) 그런데 왜 라미레스 박사와 영화 보러 갔단 얘기 안 한 거야?

이레네: (심각하게) 말하자면 길어. 기분 좋을 일도 아니고. 네가 몰랐으면 했어. 농장과 관련된 거야. 너도 라우라와 나한

테 농장이 어떤 의미인지 알잖아. 우리가 유년을 보낸 곳이야. 그런데 농장이 넘어가게 생겼어. 채권자들 측 변호사가 라미레스고. 나한테 집적대도 내가 불쾌하게 대할 수 없는 처지야.

안셀미: 무슨 일이 있든 간에 나한테 숨기지 마. 얼마나 필요한데?

이레네: 꽤 많아. 연간 지불금이 5400페소야.

안셀미: 언제까지 지불해야 하는데?

이레네: 앞으로 이십 일 안에.

안셀미: 내가 마련해 볼게.

화면이 흐려진다.

아침. 안셀미가 템페를레이역 주변 도로를 걷고 있다. 관리되지 않은 큰 정원이 있는 오래된 저택에 다다른다. 저택은 철조망으로 둘러싸였고 말 모양으로 생긴 두 개의 석제 기둥 사이에 있는 현관문은 녹이 슬었다. 나무 사이로 보이는 이탈리아식 저택의 상부에는 사각형 전망대가 있다.

카메라가 이삿짐 차들이 길게 늘어서서 저택으로 들어가는 장면을 잡는다. 서커스 행진곡을 연주하는 손풍금 소리가 들린다. 안셀미가 손풍금 연주자에게 다가간다. 큰 덩치에 다부지고 볼그레한 얼굴에 열성적인 성격이다. 종달새를 약간 팽팽하게 묶어서 데리고 다닌다. 장식 끈이 달린 파자마에 짙은 색 봄바차를 입고 샌들을 신었다. 그가 음악에 맞춰 발로 팔자를 그리듯 움직이면서 검지를 중산모 테두리에 대고 안셀미에게 인사를 건넨다.

연주가: 안녕하세요. 불운이 행운이 되기도 한다는데. 오늘 아침 마침내 올리덴의 저택이 나갔답니다. 누가 그러는데 쥐도 새도 모르게 계약을 했다네요. 새로운 사람들이 이사를 하고 있죠! 누군지는 모르겠지만 알려지지 않은 고명한 분들이랍니다. 이곳이 마음에 들었는지 집을 빌리고는, 세상에나, 자리를 잡아 버린 거예요. 이게 다 발전하는 거 아니겠어요.

안셀미: 내가 아는 한 이 저택에는 사람이 산 적이 없는데.

인부들이 화물차 문을 열고 짐을 내린다. 중국풍 가구도 있지만 영화 도입부에 나온 가구와 동일하지는 않다. 거울이 달린 긴 칸막이와 촛대가 있는 검은 조각상도 보인다. 안셀미가 연주자의 손풍금 위에 있는 발다 박하사탕 통에 동전 한 닢을 넣는다. 연주자가 재차 인사를 하고 손풍금을 연주한다.

화면이 흐려진다.

안셀미가 어느 사무소의 대기실에 있다. 창문 밖으로 부에노스아이레스 중심가가 보인다. 기다리는 사람이 많다.

여직원: 안셀미 씨, 란디 기사님이 보자고 하십니다.

안셀미가 모자를 손에 들고 너무 호화로운 탓에 현대판 흉물 같은 사무실로 들어온다. 비쩍 말라서 어깨가 도드라지고 생기 없이 약한 데다 민머리인 란디가 안셀미를 맞으려고 일어나면서 열어 보려던 봉투를 탁자에 내려 둔다.

란디: 우리 조카가 왔군. 무슨 일이야?

안셀미: 저기…… 작년에 내가 회사 일로 포르모사에서 케브라초 목재 재고를 정리했던 거 알죠? 아직 돈을 못 받았는데 지금 필요해서요.

란디가 모른 체한다. 봉투를 집더니 천천히 사진의 원판을 꺼낸다. 한 손으로 투사광을 통해 사진을 살펴본다. 그러고 나서 안셀미에게 말을 건넨다.

란디: 그런데…… 2월에 얘기했어야지. 지금은 상황이 너무 변했어. 이젠 내가 이사회 임원이야. 우리가 친척이라는 이유로 그 일을 처리해 줄 수는 없는 노릇이니.

다시 사진을 살펴본다. 카메라가 사진을 잡는다. 최신 의상을 입고 찍은 본인의 사진이다.

안셀미: 내가 받을 돈을 달라는 게 부당한 일은 아니잖아요.

란디는 아무렇지 않게 원판 하나를 따로 빼 둔다. 뒤이어 아주 인내심 있게 안셀미와 얘기를 나눈다.

란디: 네가 받아들이지 않으리라는 건 알아. 불쌍한 네 어머니한테도 얘기한 적 있지만 안셀미 집안사람들은 다 똑같다니까.

안셀미: (자리에서 일어나며) 삼촌은 아버지가 맘에 들지 않

았겠죠.

란디: 아버지에 대해 아는 게 있니? 네 아버진 네가 세 살도 되기 전에 라베나에서 돌아가셨어. 변호사의 능력을 천한 것들을 변호하는 데 써 버렸지. 결국 경찰에 체포됐고. 물론 부당한 처사였지만. 그리고 도망치려다 돌아가셨잖아. 아버지의 몰상식한 삶이 네 어머니의 눈물이 된 거고. 어머니를 생각해서라도 널 돕고 싶다만.

화면이 흐려진다.

안셀미가 승강기에서 초조하게 시간을 확인한다. 문이 열리자 서둘러 복도를 걸어간다. 변호사 사무실 문을 연다. 사무실에선 파티가 한창이다. 아홉 명 혹은 열 명쯤 된다. 두 명은 여성이다. 사무소장은 나이가 지긋하다. 사람들이 한 청년을 다독이며 축하하고 있다. 사람들이 건배하며 술을 마신다. 탁자에 여러 병의 사과주와 잔, 케이크와 샌드위치가 담긴 마분지 쟁반이 있다. 사무실 집기는 간소하다. 벽에는 면허증과 모임에서 찍은 사진이 걸렸다. 한쪽 모퉁이엔 법전이 꽂힌 서가가 있다.

안셀미가 들어서는데 신경 쓰는 사람이 거의 없다. 다만 한 여자가 잔을 채워 그에게 건넨다.

안셀미: 고마워요, 라켈. 늦을까 봐 서둘렀는데. 오늘 파티가 있다는 걸 깜빡했네요.

라켈: (기분이 좋은 듯) 소장님 아드님, 정말 멋져요!

치렁치렁한 머리를 하고 근시에 주근깨가 많은 지저분한 얼굴의 청년이 안셀미와 라켈에게 다가간다. 주근깨투성이가 제 손에 들고 온 빵에 라켈이 탁자에 놔둔 샌드위치를 포개서 한입에 집어넣는다.

주근깨투성이: 라켈 씨, 타조처럼 먹는 거 밝히면 안 돼요. 그러다 암송아지가 되면 남자 친구가 상대도 안 해 줄 거 아니에요.

주근깨투성이가 한 눈을 찡긋하면서 축하받는 청년을 가리킨다. 뒤이어 진지한 얼굴로 안셀미를 향한다.

주근깨투성이: 안셀미, 마지막인데 파티를 즐겨 봐요. 그러다 소화불량 걸리겠어. 내가 스파이 기질이 있다고 하는데 말이야. 소장님 서류 중에서 자네가 관심을 가질 만한 내용이 있더라고.

안셀미: 내용이 뭔데요?

주근깨투성이: 중요한 거던데. 첫째, 다 아는 얘기지만 소장님 아들이 사무소에 들어온다. 둘째, 친애하는 귀하의 성과를 고려한 바 총알처럼 나가 주시오. 그리고 "귀하의 공헌에 사의를 표하며 불가피한 이번 조치를 양해해 주시기 바랍니다."

주근깨투성이의 얼굴이 화면을 채운다. 뒤이어 잔을 들어 건배를 하고 마신다. 화면이 흐려진다.

해 질 무렵 이레네가 템페를레이역에서 기다린다. 기차가 들어온다. 안셀미가 내린다. 멀리서 카메라가 그들을 따라간다. 계단을 오른 뒤 다리를 건넌다. 가로수 길에 들어선다.

어느 버스 정류장에 도착한다. 정류장 한쪽에 제과점이 있다. 바닥엔 자갈이 깔렸고 네모난 철제 탁자들이 있다. 제과점 진열대에 놓인 라디오에서 탱고 음악「환락의 밤」이 흘러나온다. 밖에 있는 한 탁자에선 콤파드레 무리가 소란스럽게 술을 마신다. 다른 손님들은 점잖게 있지만 조금 불편한 기색이다. 이레네와 안셀미가 자리에 앉는다. (독자라면 이 콤파드레들이 약간 시대에 뒤처졌음을 인지할 것이다. 조화를 깨지 않으려면 다른 주민들도 그렇게 보이는 게 낫다. 20세기 초를 암시함으로써 이 장면이 끝날 때 훨씬 감명적일 것이다.)

콤파드레 1: 자, 주목. 파르도 살리바소가 시를 읊는다네.

콤파드레 2가 시를 읊는다. 마지막 행을 읊을 때는 자리에서 천천히 한 바퀴 돈 뒤 청중과 마주한다.

콤파드레 2:
나더러 부아를 돋운다고
예의가 없다고 하는데.
무슨 예의를 차린단 말인가?
잿빛 벌레들 천진데 말이야.

콤파드레들이 박수를 친다. 사람들이 언짢아한다. 콤파드레 3이 동료의 시구를 반복한다.

콤파드레 3: 다른 시구가 떠오르는데, 시작하겠네.

나더러 부아를 돋운다고

뵈는 게 없다고 하는데.

무슨 예의를 차린단 말인가?

추한 벌레들 천진데 말이야!

콤파드레들이 재차 환호한다.

콤파드레 4:

나더러 부아를 돋운다고

바스토[318] 에이스를 든 놈처럼.

나더러 부아를 돋우지 말라고?

당신이 도롱이 벌렌데?

콤파드레 4가 시를 마치며 꽉 끼는 옷에 밀짚모자를 쓴 뚱뚱한 신사와 마주 본다.

종업원이 이레네와 안셀미가 있는 탁자로 다가온다.

안셀미: 차 두 잔 주시겠어요.

콤파드레 4: (지나가는 종업원에게) 연하게 줘, 우리가 열 받

---

318 스페인 카드의 네 가지 짝패 중 몽둥이(basto)를 가리킨다.

지 않게 말이야.

레미스[319] 자동차 행렬이 아주 천천히 들어온다. 건장하고 쓸 만해 보이는 수하들이 내린다. 콤파드레들을 포함해 북적대는 사람들을 로봇처럼 정리하며 길을 연다. 그중 한 사람이 라디오를 끈다. 이레네와 안셀미의 탁자에 이를 즈음 큰 키에 뚱뚱하고 노쇠한 신사 모르간이 케이프를 걸치고 지팡이와 사람들에게 의지해 차에서 내린다. 정류장을 정리하던 수행원들이 행동을 멈추고 정중히 그를 맞는다. 수염이 무성하고 앙상한 체구에 호들갑스럽고 기괴하게 생긴 엘리세오 쿠빈이 운전사용 중산모에 낡은 바바리코트를 걸치고 굽실대면서 거동이 불편한 노신사를 따른다. 노신사가 자리에 앉는다. 한 수행원이 제과점 안으로 들어가 큰 잔에 우유를 가져온다. 노신사가 천천히 우유를 마시다가 안셀미를 본다.

모르간: (강렬한 기억이 떠오른 듯) 그 이마, 그대의 눈을 알고 있네.

침묵.

모르간: 1923년 라베나에서 봤지.
안셀미: 그땐 태어나지도 않았는데요.

---

319 일종의 콜택시로 아르헨티나, 파라과이, 우루과이 등에서 볼 수 있다.

모르간: 도메니코 안셀미의 얼굴을 쏙 빼닮았군. 영민하고 정직한 사람이었는데 배신을 당했지.

안셀미: 제 부친입니다.

화면이 흐려진다.

공공 도서관. 카메라가 높은 곳에서 책상 앞에 앉아 두꺼운 책들을 살피는 안셀미를 잡는다.(안셀미가 작지만 또렷이 보인다.) 전등 불빛이 밝게 내려오는 모퉁이에 앉아 있다. 어두운 양쪽 벽에는 책이 높은 곳까지 꽂혔다. 카메라가 안셀미를 향한다. 제본된 신문을 살펴보고 있다. 이내 오래된 사진 한 장을 발견하는데 정류장에서 만난 노신사의 젊은 시절 사진이다. 그가 구형 메르세데스 벤츠에서 인사하고 있다. 사진 하단에 독일어로 "암흑가의 비밀스러운 지배자"라는 글귀가 있다. 다른 책을 펼쳐 페이지를 넘기자 또 다른 그의 사진이 있다. 두 명의 영국 경찰에게 붙들려 고개를 숙인 채 걷는 장면이다. 아래에 이렇게 쓰였다. "모르간, 유죄를 선고받다." 다른 신문의 사진에는 "모르간, 혐의를 벗다."라고 쓰여 있다. 또 다른 프랑스 신문에는 밝은색 옷을 입은 모르간의 모습에 "리비에라에서 휴가를 보내는 M. 모르간."이라고 쓰였다. 마지막으로 상반신만 나온《카라스 이 카레타스》에는 라울 안셀미와 닮은 신사와 함께였다. 라울 안셀미보다 지적인 얼굴이다. 하단에 "도메니코 안셀미 박사, 모르간의 변호사."라고 쓰여 있다.

화면이 흐려진다.

홍수를 대비해 회랑을 높게 배치한 어느 농장의 집. 나무도 있고 방앗간도 있고 철조망도 쳐 놓았다. 이 화면을 잠시 유지하면서 하나의 배경이 되었다가 현실로 들어오는데 카메라가 물러서며 액자가 드러난다. 액자는 지붕이 있는 회랑 벽에 걸렸다. 액자 옆에는 복합 청우계가 있다. 큰 자기 항아리에는 잎이 넓은 식물이 있다. 발판이 달린 재봉틀도 있다. 재봉틀 위에 여성 핸드백이 있다. 얼굴이 반쯤 드러난 한 여인(라우라 크루스)의 뒷모습이 보인다. 비엔나 안락의자에 앉아 있다. 물결치는 금발이 어깨까지 내려와 금빛 후광을 만들고 머리 윗부분에는 리본 모양의 작은 머리핀이 있다. 카메라가 천천히 돌면서 그녀의 얼굴을 잡는다. 아주 젊고 예쁘지만 금방이라도 화를 낼 것 같은 진지한 얼굴이다. 간소하고 밝은 옷차림이다. 몇 걸음 떨어진 정원에서 이레네가 꽃에 물을 주고 있다. 날씨가 쾌청해 그림자가 선명하게 보인다.

라우라: 내일 농장으로 갈 거야.

이레네: (하던 일을 멈추고 사진을 보며) 내일은 우리 둘이 농장 회랑에 있을 거야.

라우라: 그 회랑에서 비둘기 소리를 들으면서 말이지. (뭔가 하고 싶은 듯 재빨리) 이레네, 오늘 가 버릴까.

이레네: (변화 없는 목소리로) 말했잖아, 라우라. 오늘은 안 돼. 비가 와서 길이 엉망이야. 그래서 내일 가는 거야.

벨 소리가 들린다. 이레네가 조리개를 놓고 여동생의 이마에 입을 맞춘 뒤 재봉틀 위에 있는 핸드백을 들고 나간다. 라우라가 다시금 진지하게 사진을 바라본다.

카메라가 식당에서 나오는 이레네를 잡는다. 식당의 가구는 마호가니 나무로 만들어 아름답다. 하지만 기우뚱거리는 의자도 있다. 이레네가 현관문을 열고 나간다. 밖에서 안셀미가 그녀를 기다린다. 안셀미와 팔짱을 끼고 앞서 보았던 거리를 걷는다.

안셀미: 농장은 어떻게 돼 가고 있어?

이레네: (잠시 머뭇거리다) 오늘 라우라의 편지를 받았어. 즐거워해. 농장을 정말 좋아하지.

비포장길에 들어선다. 나무가 많고 멀리 초원이 보인다. 쥐빛 말이 끄는 날품팔이 마차가 먼지를 일으키며 다가온다. 이레네가 흙바람을 피하기 위해 안셀미의 팔을 잡고 다른 길로 건너간다.

이레네: 농장을 잃으면 정말 끔찍할 거야. 돈을 구해야 해.

화면이 흐려진다.

아침이다. 안셀미가 모르간의 저택 현관으로 향한다. 정원을 가로질러 문을 두드린다. 모르간의 수하가 문을 열어 준다.

안셀미: 모르간 씨와 할 얘기가 있습니다.

사내: (거칠게) 오늘은 손님을 받지 않습니다.

안셀미: 나는 만나 주실 겁니다. 라울 안셀미라고 전해 주십시오.

사내가 문을 닫으려 한다. 안셀미가 발을 집어넣어 문을 닫지 못하게 하고는 깔끔하게 비어 있는 넓은 로비로 들어간다. 로비에는 여러 개의 문과 대리석 계단이 있다. 두 사람이 맞서듯이 서로를 쳐다본다.

안셀미: 여기서 기다리죠.

사내가 잠시 망설이더니 상황을 받아들이고 걸음을 옮긴다. 안셀미가 천천히 좌우를 오간다. 안셀미가 어느 문 앞에서 걸음을 옮기려는데 누군가 그를 염탐하듯 문이 살짝 열린다. 뒤이어 페키니즈 한 마리가 주둥이로 문을 열고 들어온다. 페키니즈가 들어왔다는 사실을 눈치채기도 전에 여자 목소리가 나지막하게 들려온다.

목소리: 콘푸시오…… 콘푸시오…….

순간적으로 당황한 안셀미가 개를 붙잡아 방에 넣어 준다. 카메라가 개를 잡는다. 그 방은 텅 빈 로비와 대조적으로 문에서 보이지 않는 내닫이창이 있으며 지나치게 가구가 많고 화려하다.(프랑스 제2제국 시대의 가구들과 일본 사무라이의 갑주가 있다.) 이르마 에스피노사가 소파에 기대어 있다. (풍만하리만큼) 균형 잡힌 몸매를 지닌 금발의 젊은 여자다. 호화로워 보이는 검은색 옷을 입었다. 가슴 부분에 레이스 장식이 있다. 바로 옆 의자에는 (은박지로 포장된) 큰 봉봉 초콜릿 상자와 캐러멜 입힌 과일 상자가 열린 채 놓여 있다.

안셀미: 부인, 콘푸시오 여기 있습니다.

이르마가 개를 안고 입 맞추며 논다.

이르마: (궁금한 듯) 누구시죠?
안셀미: 안셀미라고 합니다. 라울 안셀미.

이르마가 개를 놓아두고 봉봉 초콜릿을 들더니 포장을 벗겨 먹고는 손가락을 빤다. 뒤이어 포장지를 동그랗게 말아 멀리 던진다.

이르마: 안셀미? 마피아와 연이 있나요?
안셀미: (웃으며) 지금까진 그렇지 않습니다.
이르마: (교활하게) 그럼 '검은 손?'[320]
안셀미: (겸손하게 장난치듯) 그 정도는 아닙니다.
이르마: (돌연 의심 조로) 경찰에 쫓기는 사람도 아니고요?
안셀미: 아닙니다. 나는 법대생이고 모르간 씨를 만나러 왔

---

320 검은 손(마노네그라, La Mano Negra)은 1880년대에 스페인 안달루시아 지방에서 활동한 무정부 비밀 결사 조직이다.

습니다.

이르마가 흥미를 잃는다. 술이 들어 있는 봉봉 초콜릿을 깨물어 먹다가 손이 젖자 커튼으로 닦는다. 침묵이 흐른다.

이르마: (거만하게) 나도 그렇지만 모르간 씨도 손님을 받지 않아요. 아주 중요한 분이죠. 회장님이니까요. 그분은 늘 우릴 만나 주시죠. 아빠와 나도 중요한 사람이거든요.

안셀미: (거의 알아챌 수 없을 정도의 조롱 조로) 내 일은 내가 알아서 하지요.

이르마: (훈계조로) 아빠가 다니엘 에스피노사인데 그분의 절친이라서 만나시죠. 나는, 이 금발을 대신할 사람이 없어서 그러시겠죠.

정류장에서 본 수행원일지도 모르는 공손한 수하가 바퀴 달린 탁자에 샌드위치와 위스키를 내온다. 이르마가 음식을 먹는다. 수하가 나가려는 순간에 안셀미를 맞이한 수하가 들어온다.

수하: 회장님이 잠시 기다리라고 하십니다. (강조하듯) 곧 뵙게 될 겁니다.

수하가 나간다.

이르마: (다정하게 봉봉 초콜릿을 건네며) 당신이 중요한 사람

이란 걸 왜 얘기하지 않았어요? 왜 시시하게 안셀미라는 얘기만 한 거예요? 이제 우린 친구예요. 위스키 한잔해요. 내가 마신 잔으로. 그럼 내 모든 비밀을 알게 될 거예요.

안셀미가 입술을 축인다.

이르마: 지난번 무도회에 갔는데 멋진 남자들이 다 나랑 결혼하고 싶어 하더군요.

이르마가 안셀미에게 다가가는데 말을 끝낼 즈음엔 거의 안셀미와 붙어 있다. 안셀미를 소파 옆자리에 앉힌다.

이르마: 이제 우리는 친구예요. 그러니까 우리 아빠가 중요한 사람이고 절대 배신한 적 없다고 회장님께 얘기 좀 해 줘요.

수하가 들어온다.

수하: (안셀미에게) 회장님께서 기다리십니다.

수하가 문을 열고 안셀미를 안내한다.

안셀미: (부드럽게 이르마를 떼어 내며) 잘 있어요, 아가씨.

이르마: (거의 안셀미를 붙들며 내밀하게) 잊지 마요. 우리 아빠 얘기…… 다니엘…… 에스피노사.

안셀미가 정중하게 그녀를 떼어 내려고 한다.

이르마: (작은 목소리로) 내가 부탁했다고 말하면 안 돼요.

수하가 이르마의 팔을 잡고 떼어 낸다. 안셀미가 일어난다.

이르마: (간교하게 공모하듯) 내 부탁 잊지 마요.
수하: (이르마에게) 사람 귀찮게 하는 거 회장님께서 싫어한다는 걸 잘 아시잖아요.

안셀미가 나간다. 수하가 이르마의 팔을 잡고 비튼다. 그녀가 무릎을 꿇고 운다.

화면이 흐려진다.

로비에서 안셀미를 마중한 수하가 안셀미를 안내한다. 계단을 올라 여러 개의 방을 지난다. 몇몇 방에는 거울 달린 칸막이, 촛대가 달린 검은 조각상 등 화물차에서 내린 가구들이 있다. 긴 회랑 끝에 한 사내가 서 있다. 벽에 몸을 기대고 모자를 눈까지 내린 채 바닥을 내려다보고 있다. 두 발을 포개고 있다. 그 사람 옆을 지난다. 사내가 말없이 그들을 따른다. (안셀미가 두 사람 사이에 끼어 걸어간다.) 나선 계단이 나온다. 안셀미를 안내하던 수하가 멈춰 서고 안셀미 혼자 계단을 올라간다. 두 개의 문이 있는 방에 도착한다.(하나는 나선 계단과 이어졌고 다른 하나는 테라스와 연결되어 있다). 벽은 책으로 덮였다. 바닥은 체스 판처럼 흰색과 검은색 타일이 깔렸다. 유리창은 마름모꼴에 다채로운 색으로 채워졌다. 전등이 방을 밝히고 있다. 탁자 건너 안락의자에 한 남자가 그를 등진 채 앉아 있다. 벽에 그 남자의 거대한 그림자가 드리워져 있다. 남자가 등을 돌려 피곤해 보이는 미소를 짓는다. 모르간이다. 그 옆으로 정류장에서 길을 트던 수하가 있다. 안셀미가 탁자를 돌아 모르간 앞에 선다. 모르간이 손을 내민다.

안셀미: 정류장에서 뵈었지요, 모르간 씨. 내가 도메니코 안셀미의 아들이라는 걸 기억하시겠죠.

모르간: 그분한테 빚진 게 있다네. 그 아들에게 다 갚을 수 있을지 모르겠군. 난 누구에게도 잘해 주질 못해. 내 인생은 끔찍했지.

안셀미: (감격하여. 책상에 몸을 기대고 모르간을 보면서) 모르간 씨, 내가 지금 뭐라도 해야 할 상황에 처했습니다.

성내는 소리와 문 닫는 소리가 크게 들린다. 경호원이 테라스 쪽 문을 내다본다.

모르간: (낮고 조용한 목소리로 안셀미에게) 올리보스에 가서 압둘 말리크를 찾게.

경호원이 돌아온다. 페드로 라라인이 방에 난입한다. 큰 키에 건장하고 다혈질이며 얼굴이 네모나고 고집이 세다. 질 좋은 스포츠 스타일의 옷을 입었다. 아주 기세등등한 표정이다.

모르간의 수하인 엘리세오 쿠빈이 허겁지겁 따라 들어온다.

라라인: (다른 사람들은 무시하고 모르간에게) 날 만나는 게 귀찮아서 이 무식하게 허세 부리는 놈을 시켜서 날 기다리게 하신 겁니까?

쿠빈: (비밀스럽게 안셀미를 향해) 라라인 씨의 말이 맞아요. 중요한 분인데 내가 기다리게 했어.

모르간: (라라인을 향해 몸을 기울이며) 내 회계사를 대신하여 유감의 뜻을 전합니다. (다른 어조로) 생이 기울어 가면 꿈만 남는 법이지요.

모르간이 탁자에 있는 책을 집어 든다.

모르간: 난 여기에서 안식처를 찾아요. 인간이 꾼 꿈 중에 가장 고귀한 꿈이지요. 『천일야화』 말입니다.

모르간이 라라인에게 삽화 하나를 보여 준다.

모르간: (설명하듯) 인육을 탐하는 자들의 축제요.

라라인이 경계하듯 모르간을 쳐다본다.

라라인: 이런 건 내 전문이 아닙니다.

모르간이 쿠빈에게 다음 삽화를 보여 준다.

모르간: 신드바드가 마침내 바다의 노인으로부터 벗어난다는 이야기네.

쿠빈이 불안감을 감추지 못하고 한 걸음 뒤로 물러난다. 모르간이 안셀미에게 세 번째 삽화를 보여 준다. 사람의 형상이 없는 풍경이다. 모르간이 그에게 설명할 내용과는 사뭇 다르다. 안셀미가 삽화를 보고 이상해한다.

모르간: 친구의 아들이라면 이 회장이 믿는 자들의 낙원에 있다는 걸 밝혀내겠지.

쿠빈: (격앙되어 오열할 듯이) 그런데 회장님, 라라인 씨는 다른 일로 왔습니다. 특정 사안을 얘기하려고 말이지요.

모르간이 쿠빈을 빈정거리듯 바라본 뒤 안셀미를 본다.

모르간: (안셀미에게) 자네는 가 보게. 꿈속으로 몸을 피하려는데 현실이 안달이구먼. 기회가 되면 다음에 얘기하세.

모르간이 안셀미에게 손을 내밀며 눈을 바라본다. 안셀미가 인사를 하고 나간다. 라라인과 쿠빈은 의자를 모르간의 탁자 쪽으로 옮겨 대화할 준비를 한다.

화면이 흐려진다.

안셀미가 계단 아래에 있다. 안셀미를 안내한 수하가 기다리고 있다. 그가 앞서 걸어간다. 정원 앞을 지나는 순간 비명 소리가 들린다. 위를 올려다보니 높은 창으로 나이 든 사내가 보인다. 점잖은 공예가처럼 보이는 그는 다니엘 에스피노사다. 한 무리의 사람들이 측은하다는 표정으로 그를 안으로 끌고 들어간다. 그가 저항해 보지만 소용이 없다.

안셀미의 안내자: 제정신이 아니에요. 허구한 날 자살하려고만 드니.

화면이 흐려진다.

안셀미가 정류장에 도착한다. 사람이 거의 없다. 바텐더는 신문을 읽고 있고, 한 부인은 통화 중이다.

안셀미: (바텐더에게) 전화번호부 좀 볼 수 있을까요?

바텐더가 신문에서 눈을 떼지 않은 채 진열대 하단에 있는 전화번호부를 꺼내 안셀미에게 건네준다. 근교 지구 섹션에서 압둘 말리크라는 이름을 발견한다.(이렇게 적혀 있다. 압둘 말리크 이 콤파니아, 말라베르, 3753-741-9774.) 안셀미가 통화 중인 부인을 쳐다본다.

부인: 그러니까 그것 때문에 아이고 소리가 나오지. 두꺼운 천이 없더라니까!

검은 선글라스를 낀 남자가 들어와 전화기 옆 탁자에 앉는다. 안셀미가 그를 보고 뭔가 생각하다 다시 부인을 쳐다본다.

선글라스 낀 남자: (바텐더에게) 맥주 작은 걸로 한 잔 줘요.

바텐더가 남자에게 맥주를 가져다준다.

부인: (통화하면서) 정말 무책임하지. (잠시 쉬었다가) 그렇지. 거즈로 찜질을 해 주는 게 좋지. 페르민이 백일해를 앓았을 때…….

안셀미가 기다리지 못하고 일어선다. 문을 나서는 순간 선글라스를 낀 남자가 자리에서 일어나며 탁자 위에 동전을 놔두는 걸 본다.

안셀미는 정류장에서 50미터쯤 떨어져 있다.(정류장이 멀어 보인다.) 큰 차가 다가오더니 안셀미의 옆에 선다. 페드로 라라인이 운전을 하고 있다. 라라인과 안셀미가 짧은 대화를 나누는 사이 정류장에서 나온 선글라스 낀 남자가 멀리서 다가온다.

라라인: (머리를 내밀며) 데려다줄까요?

안셀미: 감사합니다만 괜찮습니다. 여기서 버스를 타면 됩니다.

라라인: 부에노스아이레스로 가요? 그럼 데려다줄게요.

안셀미가 망설이다 선글라스 낀 남자를 보고 라라인의 제안을 받아들인다. 차를 돌아 반대편으로 올라탄다.

화면이 흐려진다.

템베를레이에서 부에노스아이레스로 가는 길. 안셀미와 라라인이 차 안에 있다.

라라인: (정중하게) 모르간 씨, 정말 굉장하지요. (말이 빨라지며) 알고 지낸 지 오래됐어요?

안셀미: (무심하게) 아니요, 그렇진 않습니다.

라라인: 그래요, 그래요. 나는 그 사람을 잘 알죠. 그도 마찬가지고요. 난 아무도 비난하지 않지요. 누구든 나름대로 삶의 방식이 있으니까요. 하지만 난 괜찮은 친구가 손을 내미는데 그 손을 뿌리치고 물에 빠져 죽게 하진 않아요. 내가 이상주의자로 보일지도 모르지만.

안셀미가 창밖 풍경을 바라본다.

라라인: (동요하지 않고) 난 이곳에서 자수성가했어요. 노르테 전역이 내 손에 있죠. 그냥 하는 말이 아니에요. 흥미로운 제안을 할 수도 있는데.

정적이 흐른다.

라라인: (웃으면서) 사업 얘기를 하고 싶지 않다면 괜찮아요. 언젠가 구미가 당기면 내 마장으로 와요. 기꺼이 내 말과 덴마크 견을 보여 드리지요. 굳이 약속을 잡지 않아도 됩니다.

안셀미: (냉랭하게) 그렇다면 저도 좋지요.

라라인: 리바다비아에 내려 드릴까요?

화면이 흐려진다.

안셀미가 담배 가게에서 전화를 하고 있다. 뒤로 한 남자가 소형 테이블 축구에 빠져 있다.

안셀미: 올리보스 9774번 맞나요? 압둘 말리크 씨와 통화할 수 있을까요? 한 시간 안에 뵙고 싶은데요. 개인적으로…… 아니요, 처음입니다. 모르간 씨가 보냈습니다.

통화를 마치고 나온다. 남자가 게임을 멈춘다. 안셀미를 보더니 밖으로 나간다.

화면이 흐려진다.

안셀미가 올리보스역에서 하차한다. 아주 비좁은 길에서 지나던 차와 부딪힐 뻔한다. 거의 피할 틈이 없다. 철조망에 손을 다친다. 피가 소매를 적신다. 손수건으로 지혈을 한다.

안셀미가 교외에 있는 어느 공장에 도착한다. 문에 이렇게 쓰여 있다. "압둘 말리크 이 콤파니아." 문이 반쯤 열려 있다.

안셀미가 사람을 불러 보지만 대답이 없자 안으로 들어간다. 장난감 공장이다. 안셀미가 장난감 사이로 들어간다. 안쪽 유리 칸막이 안에 책상이 있다. 바바리코트에 모자를 쓴 남자가 회전의자에 앉아 있다. 이마가 좁고 날카로운 인상에 잿빛 콧수염을 길렀다. 죽어 있다. 누군가 그의 목을 베었다.

전화기가 울린다. 안셀미가 전화를 받으려다 피로 얼룩진 손을 보고 포기한다.

공장에서 나온다. 어딘지 모를 길에 들어선다. 어둠이 내리고 있다. 안셀미가 다가오는 불빛을 보고 버스에 오른다. 승객 중에 라미레스가 있다.

라미레스: 안녕, 안셀미. 여기 자리 있어.

안셀미가 체념하듯 라미레스의 옆자리에 앉는다.

라미레스: 대체 이 벌판에서 뭘 하고 다니는 거야? 여자야? 비밀로 해 줄게.

안셀미: 여자? 그랬으면 좋겠네. 다 너 같은 행운아는 아니라고.

라미레스: (상처를 보고 휘파람을 불며) 여자가 제대로 할퀸 모양이네. 소매에 피 좀 봐! 경찰한테 잡히기 딱이네!

승객들이 쳐다본다.

화면이 흐려진다.

아침. 모르간의 저택 현관에서 안셀미가 앞서 그를 안내해 준 수하와 얘기를 나눈다.

수하: 들어오시죠. 바로 회장님을 뵐 겁니다.

안셀미가 로비로 들어간다. 잠시 후 쿠빈이 내려온다.

쿠빈: 엘리세오 쿠빈입니다. 회장님께서 오늘은 뵙기 어렵다고 하십니다. 그 대신 당신 일로 이걸 주셨습니다.

쿠빈이 안셀미에게 봉투 하나를 건넨다.

안셀미: (봉투의 내용물을 확인하고) 뭔가 착오가 있는 것 같습니다. 말씀하신 일을 못 했는데요.

쿠빈: 회장님은 다르게 생각하십니다. (숨을 돌리고) 모르간 회장님은 손이 크신 분입니다. 그저 회계사인 저로서는 그게 유감스럽지요. 제가 방도를 찾아야 하니까요! (잠시 말이 없다가 낮은 목소리로) 충고 하나 드리지요. 며칠간 눈에 띄지 마세요. 그리고 무엇보다 여기에 오시면 안 됩니다.

안셀미가 당황하여 그를 쳐다보다가 밖으로 나간다.

쿠빈은 자연스럽게 숨겨진 전화기로 가서 전화를 건다.

쿠빈: 《텔레그라포 메르칸틸》[321]이죠?

《텔레그라포 메르칸틸》에 다음과 같은 글이 있다. “올리보스에서 충격적인 살인 사건 발생: 협박 전화를 건 청년이 혐의를 받고 있다.(안셀미에 대한 묘사가 있다.)”

안셀미가 자기 방에서 신문을 집어 던진다. 벽난로가 있는 방은 크고 간소하다. 부서진 작은 철제 침대와 옷장, 의자, 흔들의자, 책장, 전축, 세면기와 거울이 있다. 작은 창이 난 출입문과 유리창이 있다. 안셀미가 신문을 던지고 세면대에서 면도를 한다. 비누를 문지르는 동안 한 노파가 그에게 말한다.

노파: 로살레스 씨가 왔다네.

뚱뚱하고 갈색 피부에 차분하지만 눈에는 야심이 서린 로살레스가 노파를 비켜 세우고 그녀에게 인사를 한 뒤 흔들의자에 앉는다.

로살레스: 포르피리오 로살레스 수사관입니다.

의자를 흔들흔들하며 방을 훑어본다.

안셀미: 의자는 편하신가요? 무슨 일이시죠?

로살레스: (웃으면서) 할 얘기가 있어서 말입니다. 먼저 비공식적인 방문이라는 걸 말씀드리지요.

---

321 《Telégrafo Mercantil》. 부에노스아이레스에서 처음 발행된 신문.

안셀미가 면도를 계속한다.

안셀미: 그런데요?

로살레스: 이보세요, 난 친구처럼 얘기하러 온 겁니다. 그러니 솔직히 얘기합시다. 남자 대 남자로 말입니다.

안셀미: (무관심하게) 뭘 말입니까?

로살레스: 올리보스 살인 사건이죠. 피해자와 아는 사이였습니까?

안셀미: 신문에서 보셨겠네요.

로살레스: 협박 전화를 하셨나요?

안셀미가 세수를 하고 수건으로 닦아 내며 격분하듯 대답한다.

안셀미: 난 그 사건에 대해 아무것도 아는 게 없습니다. 솔직히 얘기하려고 해도 그럴 게 없단 말입니다. 친구처럼 얘기하러 왔다면서 당신은 수사를 우정이라고 생각하나 보네요. (웃으며) 게다가 신뢰하지도 않는 사람과 친구가 된다는 게 말이나 됩니까?

로살레스가 일어난다.

로살레스: (진중하게) 맞습니다. 진실을 찾는 게 내 책무입니다. 그러니 내가 말한 우정이 이해관계를 떠난 우정을 의미하진 않겠지요. 하지만 나와 솔직히 얘기한다고 해서 잃을 건 없

을 겁니다. (문으로 향한다.) 잘 생각해 보세요.

화면이 흐려진다.

안셀미가 이레네의 집으로 향하는 길에 손풍금 연주자와 마주친다. 예전처럼 안셀미에게 인사한다.

연주자: 아주 기분 좋은 아침입니다! 낙관주의와 활기를 북돋는 쾌청한 날씨네요. 경매사 친구의 말처럼 여기가 낙원이지요. 다른 동네 사람들은 이런 말 못 할 거예요. 자기 공장에서 죽은 그 사업가를 놓고 쓸데없는 얘기가 많지요? 그렇다고 우리가 실망할 필요는 없지요. 알 만한 사람들은 조사가 상당히 진척됐다고 하더라고요. 조간신문에 보니 협박 전화를 한 사람이 있다더군요!

안셀미가 연주자를 다독거린 뒤 가던 길을 간다.

화면이 흐려진다.

이레네의 집 현관.

이레네: (다정하게) 산책하러 갈까?
안셀미: 내가 좀 피곤해. 잠깐 여기 있으면 안 될까?
이레네: (잠시 망설이다가) 그래.

집 안으로 들어가는 문이 열려 있다. 이레네가 문을 닫는다. 안셀미를 식당으로 데려간다. 발코니 옆에 두 사람이 마주 선다. 서로 눈을 바라보다 이레네가 안셀미의 머리를 쓰다듬는다.

이레네: (실질적으로) 정말이네. 피곤해 보여. 괜찮아?

안셀미: (약간 초조한 듯) 괜찮아.

소파에 앉는다.

안셀미: 돈을 좀 구했어.

이레네: (감탄하며) 넌 정말 대단해.

안셀미: (씁쓸하게) 5분의 1 정도밖에 안 돼. 900페소야.

안셀미가 이레네에게 봉투를 건넨다.

이레네: 정말 놀라워. (침묵) 그런데 무슨 일 있어? 괜찮은 거야?

화면이 흐려진다.

해 질 무렵. 안셀미가 교외 지역을 걷고 있다. 트럭 옆으로 한 무리의 혼혈인 청년들이 지나간다. 웃음소리와 비명이 들린다. 그가 돌아본다. 청년들이 장애가 있는 작은 청년을 괴롭히고 있다. 모두 옷차림이 허름하다. 몇몇은 스카프를 했고, 몇몇은 폴라 티를 입었다.

청년 1: (피해자에게) 멍청한 원숭이! 네가 뭔 줄 알아? 넌 멍청한 원숭이야!

청년 1이 손바닥으로 피해자를 때린다.

청년 2: 얘한테 원숭이를 보여 주면 거울 보는 줄 알 거야!
청년 3: (알리듯이) 쟤가 멍청한 원숭이라네요.

청년들이 피해자를 때린다.

안셀미: 그 친구 놔줘.

안셀미가 청년들에게 향한다. 한 청년이 뒤에서 안셀미의 귀 쪽을 때린다. 안셀미가 한주먹에 청년을 넘어뜨린다. 청년들이 한꺼번에 덤벼든다. 심지어 맞고 있던 청년도 달려든다. 그를 트럭에 태운다. 그의 손을 묶어서 바닥에 내동댕이친다. 트럭이 출발한다. 불량배들의 발과 무릎이 보인다. 무식하고 폭력적인 노래를 부른다.

어느 마장에서 그를 끌어내린다. 라라인이 앉아서 커다란 덴마크산 개가 기괴하게 주름진 옷을 입은 남자를 공격하는 걸 구경한다. 라라인 옆에 형용하기 어려울 정도로 아름다운 여자가 있는데 어딘가 인위적이다.(물결치는 머릿결, 올라간 눈꼬리 등) 라라인이 무심하게 그녀의 머리를 쓰다듬는다. 안셀미를 데려온 납치범들의 우두머리가 라라인을 부른다. 라라인이 기다리라고 가벼운 손짓을 한다. 모두 개를 보고 있다. 마침내 납치범들의 우두머리가 라라인과 얘기한다.

청년들의 우두머리: (라라인에게) 사장님, 교외를 나오면서 이놈을 덮쳐 데려왔습니다.

라라인: (성을 내며) 언제까지 멍청한 짓을 할 거야? 혼쭐이 나야 정신을 차리겠지.

청년들이 어처구니없다는 표정으로 라라인을 쳐다본다.

라라인: 여기 노르테에서 이분은 내 손님이야.

안셀미: 끌려온 성난 손님이죠.

라라인: (청년들에게) 만찬을 함께하기 힘드시겠네. (어조를 바꾸며) 템페를레이역에 잘 모셔다 드려.

안셀미와 청년들이 조용히 트럭으로 향한다.

여자: (라라인에게) 그럼 뭐 하러 납치하라고 했어요? 모르간이 두려워요?

라라인: 두려운 게 아냐. 생각을 조금 해 봤지. (확신 조로) 노르테에 모르간 식구들을 들어오게 하려면 이걸로 충분해.

화면이 흐려진다.

안셀미가 트럭에 서서 청년들과 함께 간다. 싸움을 벌인 장소에 도착한다.

어느 청년: (안셀미에게) 당신이 노르테에서는 손님이라고 하셨지. 그렇지만 이제 수르에 있는 데다 난 그 장난감 장수와 친했어.

청년이 손바닥으로 안셀미의 뺨을 때린다. 카메라가 적대적으로 안셀미의 눈을 바라보는 청년들을 잡는다. 모두 진지한 얼굴이다. 그러다 원숭이 취급을 받던 청년이 뭔가 눈짓을 한다. 청년들이 안셀미를 주시하며 천천히 트럭으로 돌아간다. 그들이 떠난다. 안셀미가 홀로 남는다.

화면이 흐려진다.

이레네의 집 현관. 해 질 녘. 이레네와 로살레스. 이레네는 호주머니가 있는 스웨터를 입었다. 로살레스는 방금 들어온 것처럼 손에 모자를 들고 문 옆에 있다. 둘 다 서 있다.

로살레스: (설명을 이어 가며) 있는 그대로 말하지요. 그 청년이 자기가 처한 상황을 이해하지 못한 것 같습니다. 당신이 얘기해 준다면…….

이레네: (냉정하게) 내가 개입할 이유가 없어요. 죄다 말도 안 되는 얘기고. 라울은 범죄자가 아니에요.

로살레스: 그럴지도 모르죠. 하지만 분명히 밝혀야 할 게 있어요. 왜 피해자와 전화 통화를 한 거죠? 사람들이 그가 피 흘

리는 걸 목격한 그날 오후에 올리보스에서 뭘 한 거죠? 최근에 불량배들과 어울리는 이유가 뭡니까?

이레네: 정말 쓸데없는 얘기군요.

이레네가 문을 연다. 로살레스가 고개를 숙인 채 나간다. 로살레스가 나가다 멈칫한다.

로살레스: (뭔가 생각난 듯) 돈이 필요했을 수도 있겠네요.

이레네: (자기도 모르게) 네.

로살레스: 피해자한테서 훔쳐 간 돈이 900페소예요.

이레네가 천천히 문을 닫는다. 자기 방으로 간다. 우비를 입는다. 꿈이라도 꾸는 듯 집을 가로지른다. 안뜰에 도착한다. 농장 그림 옆에 있는 등이 정원을 비춘다. 라우라가 처음 등장했을 때와 같은 옷을 입고 같은 자세로 흔들의자에 앉아 있다. 손에는 오랑캐꽃 한 묶음이 들려 있다.

라우라: (이레네에게) 언니 주려고 오랑캐꽃을 꺾었어.

이레네가 라우라에게 다가가 흔들의자의 팔걸이에 기댄다. 라우라가 핀으로 우비에 오랑캐꽃을 꽂아 준다.

라우라: 내일 농장으로 갈 거야.

이레네: 내일. 길이 마르면.

이레네가 밖으로 나가며 문을 잠근다.

화면이 흐려진다.

모르간의 저택 현관. 안셀미가 카메라를 등지고 문을 두드린다. 한 남자가 문을 열고 내다본다. 말을 건네지만 들리지 않는다. 돌아가라는 손짓을 하고 문을 닫는다. 안셀미가 낙심한 채 나온다.

화면이 흐려진다.

안셀미가 자기 집 현관에 등을 보이고 서 있다. 창문 커튼 뒤로 불길이 이는 벽난로 앞에서 그를 기다리는 로살레스가 보인다. 안셀미가 자리를 뜬다.

화면이 흐려진다.

안셀미가 이레네의 집 현관에서 문을 두드린다. 아무 대답이 없다.

화면이 흐려진다.

안셀미가 술집에서 술을 마시고 있다.

화면이 흐려진다.

안셀미가 들판을 걷는다. 비가 온다.

한참을 가니 기차가 보인다. 기차가 출발한다. 안셀미가 갑자기 이등칸에 올라탄다.

화면이 흐려진다.

이레네가 우비를 입은 채 안셀미의 집에 도착한다.(우비의 단추가 풀려 있다.) 로살레스가 처음 나타났을 때 함께 있던 노파와 얘기를 나눈다.

노파: 안셀미는 집에 없는데. 어느 신사도 와서 기다리다가 그냥 돌아갔다오.

이레네: 기다릴게요.

노파: 그러면 나 좀 도와주려나. 안셀미 앞으로 편지가 왔는데 직접 전해 주라고 했거든. 내가 지금 나가야 해서. 처자가 대신 전해 줄 수 있겠어?

노파가 봉투 하나를 건넨다. 이레네가 스웨터 호주머니에 봉투를 넣는다. 노파가 방문을 연다. 이레네가 들어간다. 불안해한다. 전축으로 브람스의 「피아노 협주곡 2번」을 튼다. 음악에 빠져든다. 그러다 뒤를 돌아보니 다니엘 에스피노사가 들어와 있다. 고개를 숙인 채 어쩔 줄 몰라 하며 흐느낀다. 코트를 걸치고 모자를 썼다. 며칠간 면도를 못 한 듯 수염이 길다.

이레네: (깜짝 놀라며) 누구세요? 무슨 일이죠?

에스피노사: 나는 다니엘 에스피노사라고 합니다. 안셀미 씨를 보러 왔습니다. 곧 돌아올까요?

이레네: 모르겠어요. 그런데 무슨 일로 그러시죠?

에스피노사: 도움 청할 일이 있습니다. 말씀드릴 게 있어요. 범죄자들 틈에 기웃거리지 말라고 말입니다. (잠시 숨을 돌리고) 한데 나 또한 범죄자니. 내가 몹쓸 짓을 했습니다. 용서도 동정도 바라지 않습니다. 당신도 나와 얘기하면 안 되는 건데.

이레네: 용서도 동정도 받지 못할 사람은 없어요.

에스피노사: 하지만 난 사람을 죽인 배신잡니다. 이틀 전부터 도저히 살아갈 수가 없네요.

이레네: 나도 살아갈 자신이 없었어요. 그래도 지금은 희망이 있다고 믿어요.

이레네가 손으로 얼굴을 덮는다.

에스피노사: 모르겠어요. 이해가 안 되는군요. (숨을 돌리고) 그들이 언제 나타날지 모르니 난 이만 가야겠습니다.

문 쪽으로 간다. 이레네가 그를 뒤따른다. 두 사람 다 나간다. 비가 오고 있다. 에스피노사가 약간 앞서간다. 둘 다 본능적으로 벽에 붙어서 걷는다. 카메라가 멀리서 그들을 잡는다. 빗줄기가 강해진다. 길모퉁이 처마 밑에서 비를 피한다. 몇 미터 앞에서 사람의 형상이 어지러이(혹은 수상하게) 아른거린다. 자동차 불빛이 그들을 비춘다. 그 불빛이 위쪽을 비추며 발톱을 세운 사자상과 "아르메니아의 레오왕"이라는 글귀가 나타난다. 자동차가 그들에게 다가가더니 문이 열린다.

목소리: (자동차에서) 타시죠.

에스피노사: (겁을 내며 이레네에게) 시키는 대로 따라야 됩니다.

그녀를 차에 태운다. 이레네의 오랑캐꽃이 길 가장자리에 떨어진다. 아른거리던 사람의 형체가 다가오더니 꽃을 집어 든다. 자동차가 거칠게 방향을 되돌려 손풍금 연주가를 들이받는다.(그들이 그를 어떻게 알아봤는지는 의문이다.) 그리고 다시 한번 사자상이 보인다.

자동차 안에 모르간의 수하 세 명이 있다. 한 명은 운전하고 다른 한명은 보조석에 걸터앉고(큰 덩치에 말수도 움직임도 없이 담배를 피운다.) 나머지 한 명은 뒷좌석에 앉았다. 이레네는 뒷좌석에 있다. 에스피노사는 보조석에 앉아 담배를 피우는 사람 옆에 앉아 있다. 차가 빗속을 천천히 달린다.

에스피노사: (자동차 안을 보면서) 저 여자는 끌어들일 필요 없습니다.

아무도 대답이 없다. 담배 피우던 사내가 담배를 입에서 떼어 도장이라도 되는 양 에스피노사의 얼굴에 지진다. 에스피노사가 손으로 얼굴을 가리며 흐느낀다. 다들 말이 없다. 이레네는 두려움을 참아 낸다.

화면이 흐려진다.

모르간의 저택. 정문이 열려 있다. 자동차가 집 앞에 멈춰 선다. 저택 로비에서 모르간의 수하가 그들을 안내한다. 계단에 거칠고 굴종적인 수하인 페드로가 앉아 있다. 이레네를 뚫어져라 쳐다본다.

안내하던 수하: (에스피노사와 이레네에게) 에스피노사는 거기로 데려가고. (이레네를 향해) 당신은 회장님이 허락하기 전까지는 아무 데도 못 갑니다.

이레네가 혼자 남는다. 고통스러워하는 남자의 목소리(브리삭의 목소리)가 옆방에서 들린다.

남자의 목소리: 내 팔 부러져…… (재차) 팔 부러진다고…… (잠시 후) 부러질 거라고 했는데.

이레네가 엿들을 생각에서 문으로 향한다. 이르마의 방이다. 아무도 보이지 않는다. 조심스럽게 들어간다.

여자의 목소리: (이르마의 목소리) 내 팔 부러져…… (재차) 팔 부러진다고…… (잠시 후) 부러질 거라고 했는데.

이레네가 안을 들여다볼 수 있는 내닫이창으로 향한다. 그곳에 토니오 데 브리삭과 이르마 에스피노사가 있다. 두 사람이 내닫이창 양편으로 대칭을 이루고 있다. 거의 무릎을 꿇다시피 섰다. 둘 다 왼손으로 오른쪽 손목을 쥐었다. 브리삭은 이르마를 바라본다. 이르마는 애원하듯 위를 쳐다보고 있다. 이르마는 무용복 차림이었고, 그는 반팔 셔츠에 반바지를 입었다. 브리삭은 키가 작고 신경질적이며 충동적이고 히스테릭하고 민첩하고 위험을 즐기는 인물이다. 머리숱이 많고 외알 안경을 꼈으며 콧수염이 있다.

브리삭: (이레네의 눈을 피하며) 아니에요, 그건 아니에요. 당신은 표현이 너무 지나쳐요. 그 표현력이 문제예요.

이르마가 이레네를 본다. 놀란 얼굴로 그녀를 본다.

브리삭: (이르마에게) 정말 이를 데 없이 산만하군요. 이번 리허설에선 아무것도 못 했잖아요.

브리삭이 이레네를 눈치챈다. 이르마가 이레네의 우비에서 떨어진 빗물이 양탄자를 적시는 것을 본다.

이르마: 언제까지 이즈미르산 양탄자를 적실 생각이죠?
이레네: 어머나, 죄송합니다.
브리삭: (이레네의 우비를 벗긴다. 당황한 그녀가 브리삭을 쳐다본다.) 양탄자 얘기는 그만하죠. (우비를 갑주에 걸쳐 두고 이레네를 향해) 당신이 여신처럼 갑작스레 나타났으니 직접 보고 판단해 주세요. 2막으로 된 실험극을 준비 중이에요. 여기 또 다른

여신인 이르마가 오늘은 작품에 냉담하네요. 내 극작품이 무시당할 정도는 아닐 테죠? 1막은 고귀한 열정, 로마의 궁전, 에픽테토스, 노예와 철학자, 사랑으로 고통받는 두 왕자로 구성되죠. 2막은 1막과 동일한 인물이 등장하지만 20세기 교외의 여인숙이 배경이죠. 그런 방식으로 2막에 나오는 인물이 1막을 썼다는 게 드러나게 됩니다. 자신의 불행에 대한 보상으로 낭만적인 작품을 추구하다가 말입니다. 융, 피란델로[322] 같은 사람들처럼 말이죠. 문제가 하나 있는데, 남자 주인공과 여자 주인공이 이 시대의 역경에 굴복할까요, 아니면 행복하게 살게 될까요? 당신이 판단해 보세요.

이레네가 뭔가 말하려 한다.

이르마: 브리삭, 왜 공연한 걸 물어보고 그래요? 여주인공 역할은 내가 할 거예요. 똑똑하고 우아하고 품격 있고 몸매도 좋은 여자가 좋지 않겠어요?

이레네: 죄송합니다만, 어떤 분과 같이 왔는데…….

이르마: 누구랑 같이 왔죠?

이레네: 연세가 있는 분인데요…… 에스피노사라는 분이에요.

이르마: 어떻게 같이 오게 됐는데요?

이레네: 남자들이 데려왔어요…… 차에 태워서.

---

322 루이지 피란델로(Luigi Pirandello, 1867~1936). 이탈리아의 극작가.

갑자기 이르마가 일어나서 나간다. 브리삭이 긴장하며 이르마를 바라본다.

카메라가 이르마를 따라간다. 이르마가 길고 텅 빈 방을 가로지른다. 방이 어둑하다. 방바닥 한쪽에 있는 문이 열린다. 지하로 이어지는 계단이 있다. 지하실은 밝다. 문에서 불빛이 밝게 새어 나온다. 잠시 후 누군가 얼굴을 드러낸다. 지하실에서 올라오는 남자(페드로)의 얼굴이다. 페드로가 이르마를 살핀다. 관객은 페드로가 이르마를 공격할 것으로 예상할 수도 있다. 페드로가 거구의 개처럼 다가간다. 그녀의 손에 입을 맞추고 다리를 만지려고 한다. 이르마는 놀라지도 그를 쳐다보지도 않고 밀쳐 낸다. 바닥에 주저앉은 페드로가 순순히 그녀를 놓아주지만 그녀의 움직임을 계속 주시한다.

이르마가 좁고 천장이 높은 방에 다다른다. 바닥은 타일이 깔리고 중앙에 격자창이 있다. 벽에는 창이 없다. 바닥에 얼굴이 피범벅이 된 에스피노사가 엎드려 있다. 눈은 뜨고 있지만 이르마를 보지 못한다.

에스피노사: 그만 때려…… 난 아무 말도 안 했어. 그만, 제발, 그만.

이르마가 다가가 절망적으로 세차게 그를 흔든다.

이르마: 나예요, 이르마, 아빠 딸이라고요.

에스피노사: (이미 자리를 뜬 사람들에게 말하며) 그러니까, 그만 때리라고. 내가 죽였다고 했어.

이르마가 놀라서 손을 놓는다. 잠시 후 다시 그를 붙잡고 흔든다.

이르마: 누구한테 말했어요?
에스피노사: 그 여자는 아무한테도 말하지 않을 거예요.
이르마: 그 여자한테 말했어요?
에스피노사: 그래요, 나 좀 놔줘요. 놔주라고.

화면이 흐려진다.

이르마의 방. 브리삭과 이레네가 창문 옆에 있다.

브리삭: (진지하게) 다시 말하지만 당신이 위험해요. 현실적으로 위험하다고요.
이레네: 현실적인 건 뭐고 비현실적인 건 뭔지 도무지 모르겠어요. 그저 악몽 같아요.
브리삭: 갑시다.

창을 열고 그녀를 내보내려 한다. 방에 있는 갑주에 걸쳐진 이레네의 우비가 보인다.

화면이 흐려진다.

길고 텅 빈 방의 어둠 속에서 이르마가 머리칼을 만진다. 그녀가 페드로를 어루만지다 자신의 방을 가리킨다. 페드로가 그녀가 가리킨 곳으로 향한다. 문을 열고 들어갔다가 곧바로 나온다.

페드로: 갔어.

이르마가 방으로 달려간다. 아무도 없는 것을 확인한다. 열린 창문을 보고 페드로에게 소리친다.

이르마: 아직 정문까지는 못 갔을 거야.

페드로가 창문을 넘어 비 내리는 정원으로 뛰어내린다. 어둠을 헤치고 어렵사리 나아간다. 창문 옆에 있던 이르마가 그를 따라가려 하지만 거세게 들이치는 비에 망설인다.

카메라가 페드로를 따라간다. 두 갈래로 갈라졌다가 하나로 이어지는 길에 있다. 두 길이 최종적으로 만나는 곳부터는 숲이다. 페드로가 숲속에서 한 여자가 멀어져 가는 걸 어렴풋이 확인한다.

페드로가 달려가 여자를 붙잡아 넘어뜨리고 목을 졸라 살해한다. 길에서 회전하던 자동차 전조등에 그가 죽인 여자의 얼굴이 드러난다. 이르마의 얼굴이다.

브리삭과 이레네가 현관에 도착한다. 닫혀 있다. 발걸음 소리가 들린다.

브리삭: 뒤로 나가야겠어요. 집을 빙 돌아가야 돼요.

그날 밤. 안셀미는 부에노스아이레스에 있다. 노르테를 향해 파세오 콜론 대로를 걷고 있다.

잠시 후 레안드로 알렘 지역의 식품점에 있다. 잔을 앞에 두고 대리석 탁자에 팔을 올리고 앉아 있다. 안셀미가 부두 근처의 공터를 걷는다. 피로와 잠이 몰려온다. 잠시 후 목재가 깔린 바닥에 쓰러진다.

눈을 뜨고 정신을 차린 뒤 길을 잃은 사람처럼 주변을 살펴본다. 조류 시장이 눈에 들어온다. 어두컴컴한 건물들과 밝은 건물 하나가 보인다. 밝은 건물을 향해 걸어간다. 길을 건너려는 순간 차 한 대가 밝은 곳에 멈춘다. 라라인과 한 여자가 차에서 내리는데 이레네처럼 보인다. 두 사람이 유리문으로 들어간다. 유리문이 열렸다 닫히면서 '스틱스'[323]라는 글귀가 밝게 빛난다. 싸움 잘하는 카자흐인 같은 문지기가 입구를 지키고 있다.(이 문지기는 모르간의 경호원일 수도 있다.)

안셀미가 길을 건넌다. 문 옆 커다란 반투명 유리창을 통해 사각의 불빛이 새어 나온다. 안셀미가 문지기를 곁눈질한다. 문지기가 눈치채지 못하게 유리창으로 다가가 초조하게 안을 살핀다. 안에서는 가장무도회가 열리고 있다. 삼각 모자, 동물 머리, 두건, 광대가 쓰는 마름모꼴 모자가 보인다.「틸 톰 스페셜(Till Tom Special)」 연주 소리가 들린다.

문지기: (정중하게) 들어가셔도 됩니다. 누구든지 입장하실 수 있습니다.

323 그리스 신화에서 이승과 저승의 경계가 되는 강이다.

안셀미가 들어간다. 작은 무대가 있다. 낡았지만 화려해 프랑스의 제2제정 시대를 떠올리게 한다. 실내는 비좁아도 천장이 높고 여러 개의 특별석이 있다. 관람석이었을 자리에서 사람들이 춤을 춘다. 양쪽에 탁자가 있고 탁자마다 갓을 씌운 전등이 있다. 안셀미가 앞으로 나아가려 하지만 사람들에 막혀 갈 수가 없다. 아무도 그를 쳐다보지 않는다. 벽에 바짝 붙어서 어느 탁자에 다다른다. 지친 듯 머리를 숙이며 자리에 앉는다. 고개를 들어 보니 반대편으로 라라인하고 쿠빈과 함께 앉아 있는 이레네가 보인다. 초조하게 그녀를 지켜본다. 그러다 두 사람의 시선이 마주친다. 그가 손을 들어 보인다. 하지만 그녀는 알아보지 못한 듯하다. 이레네가 일어나 그에게 눈길 한 번 주지 않고 그를 향해 다가오다가 지근거리에서 방향을 바꾸더니 계단 쪽 출입문으로 사라진다. 안셀미가 뒤따르려고 하지만 춤추는 사람이 너무 많아 제자리로 돌아간다. 잠시 후 천장 아래쪽 특별석에 있는 이레네를 본다.

안셀미: (종업원에게 특별석을 가리키며) 저 특별석은 뭐죠?
종업원: 19번 고층 특별석입니다.

안셀미가 홀로 계단을 오른다. 계단참에 재떨이로 쓰는 조각상들이 있다.(그중 하나는 모르간의 저택에 있던 검은 조각상일 수도 있다.) 마지막 층에 도착한다. 거기에 '고층 특별석'이라고 쓰여 있다. 19번 특별석의 문을 두드리고 들어간다. 빈 탁자 앞에 모르간이 있다. 안셀미가 말을 꺼내기도 전에 모르간이 더 높은 특별석에 있는 이레네에게 손짓을 한다.

모르간: 이레네의 목숨이 위태롭네. 자네가 그녀를 찾아낸다면 그녀도 자네도 무사할 수 있을 걸세.

안셀미가 모르간을 쳐다본다. 여위고 창백해 보인다. 건강이 좋지 않은 듯 훨씬 늙어 보인다.

안셀미: (영민하게) 필요하신 게 있나요? 홀로 두고 가려니 걸리네요.

모르간: 난 혼자 있는 데 익숙하네. 앞으로도 늘 혼자겠지.

안셀미가 나간다. 두 층을 더 올라간다.[324] 특별석에 도착하니 문이 열렸다. 안에서 이레네와 라라인이 저녁 식사를 하고 있다. 이레네의 주의를 끌어 보려 하지만 허사다. 발걸음 소리가 들린다. 포르피리오 로살레스가 나선 계단을 따라 그가 있는 층으로 내려오는 게 보인다. 안셀미가 망설이다 반대편에 있는 나선 계단으로 도망친다. 포르피리오가 그를 쫓아간다. 안셀미가 나선 계단을 돌다가 라라인과 이레네가 격하게 실랑이를 벌이는 모습을 목격한다. 한 바퀴 더 돌아 올라가다 이번엔 라라인이 권총을 꺼내 이레네의 가슴에 총을 쏘는 걸 목격한다. 안셀미가 순간적으로 계단에서 뛰어내려 특별석으로 달려간다. 라라인은 사라지고 없다. 이레네가 죽은 채 바닥에 누워 있다. 안셀미가 그녀를 안는다. 호주머니에서 반지를 꺼내 이레네의 손가락에 끼워 준다. 안셀미가 일어났을 때 계단 옆에 있는 라라인을 발견한다. 그를 쫓아 계단을 내려간다. 무대는 비어 있다. 군데군데 어둠이 덮인 계단은 끝이 없을 것 같다.

안셀미가 휘어지는 계단에서 훨씬 아래로 내려간 라라인을 목격한다. 그가 바닥에 난 문을 열고 안으로 뛰어내린다. 안셀미도 내려가자마자 그 문으로 뛰어든다. 안셀미가 주변이 휑한 비포장 가로수 길에 있다.(빵 장수들의 손수레가 있던 템페를레이 역 근처다.) 라라인은 사라지고 없다. 특별석에서 봤듯이 이레네가 바닥에 쓰러져 있다. 안셀미가 두 팔로 안아 들자 그녀가 눈을 뜬다.

안셀미: 이젠 너와 함께야.

이레네: (안셀미의 머리를 쓰다듬으며) 네가 나랑 같이 있는 건지 모르겠어, 라울. 난 이미 다른 사람이 됐어. 그리고 그건 너 때문이야.

낯선 그림자들이 그녀 위로 무수히 쏟아진다. 안셀미가 돌아보니 큰 모자를 쓴 사람들이 그들을 에워싸고 있다. 쿠빈, 라라인, 모르간의 수하들이다. 안셀미에게 다가와 그를 겨냥해 총을 쏜다. 이레네는 사라지고 없다. 안셀미가 쓰러진다. 큰 두건과 마스크를 쓴 쿠빈과 살인자들이 안셀미를 내려다본다.

쿠빈: 잠들었어요. 곧 깰 겁니다.

안셀미가 빈터에서 눈을 뜬다. 쿠빈과 모르간의 수하들이

---

324 앞에서는 19번 특별석이 마지막 층이었다. 여기엔 위로 올라가는 계단이 있다.(원주)

그를 에워싸고 있다. 변장하지 않은 상태다. 그들과 더불어 정적인 생활을 할 것 같은 한 신사(로무알도 로베라노)가 보인다. 괴물 같진 않지만 추한 얼굴이다. 안경을 꼈으며 중산모에 코트를 걸치고 우산을 들었다. 모두 주의 깊게 안셀미를 지켜보고 있다.[325]

안셀미: (웃어 보이려 애쓰듯) 내 상태가 말이 아니죠?

쿠빈: 평소보다 상태가 아주 좋다고 할 순 없겠죠.

안셀미가 의아한 눈으로 쳐다본다.

쿠빈: (항의하듯) 못 믿겠다는 건가요? (숨을 돌리고) 우리 조직의 총자산을 늘린 당신에게 현금을 얼마나 드릴까요?

안셀미가 목재 위에 앉는다.

안셀미: 무슨 말인지 모르겠네요. 나한테 돈을 빌려 쓰라는 얘긴가요?

로베라노: (눈살을 찌푸리며) 장난하는 거 아닙니다. 당신이 어디 있는지 좀 보세요.(휑한 주변을 가리킨다.)

쿠빈: (로베라노의 말에 덧붙여 단호하게) 2740페소. 그 이상은 안 됩니다! 식구들을 먹여 살리려면 한 달에 얼마나 드는지

---

325 꿈속에서 「틸 톰 스페셜」이 들렸다면 이제 다시 도시의 소음이 들린다.(원주)

아십니까!

안셀미가 이상하다는 듯 그를 쳐다본다.

쿠빈: (같은 어조로 했던 말을 되풀이하며) 못 믿으시겠어요?

쿠빈이 돈다발을 꺼낸다. 안셀미 앞에서 흔들어 보인다.

쿠빈: 드릴까요? 필요하시죠? 받으세요! 우리한텐 아무 쓸모도 없어요.

쿠빈이 도시에 있는 높은 건물을 가리켜 보인다. 아주 높은 타워다.

쿠빈: 저 타워는 신용 은행입니다. 일요일 해가 뜨기 전에 저기 있는 금괴를 손에 넣을 겁니다. 어쩌면 아무것도 얻지 못할 수도 있고, 그러면 그 돈도 드릴 수 없죠. 우리 모두 죽었을 테니까요.

로베라노: (곰곰이 생각하며) 나라면 첫 번째 옵션이 더 낫겠는데.

쿠빈: 쉽지는 않지요. 조직이 아주 어렵습니다. 거의 무너지고 있다고 봐야죠. 그래서 시도해 보려는 겁니다. 모르간 조직이 가난하게 살 순 없지요. 공포스러운 결말이 끝없이 공포스러운 것보다는 나으니까요. (레티로 공원의 시계가 자정을 알린다. 쿠빈이 어조를 바꿔 말한다.) 좋아요, 안셀미 씨, 돈을 챙기고

갈 길을 가세요. (숨을 돌리고) 이제 우리도 갑시다.

안셀미: (일어서며) 돈은 넣어 두세요. 같이 갑시다. (숨을 돌리고) 이게 제 운명인가 보네요. (자업자득이라는 듯) 죽을 수도 있겠지만 한번 해 보죠.

모두 함께 간다. 가던 길에 주차된 차를 보고 쿠빈이 운전자와 얘기한다. 그들이 덮칠 고층 건물 옆에 공사 중인 건물이 있다. 그들이 그림자처럼 비계 사이로 들어간다. 담장 일부를 뜯어내고 비좁은 안뜰로 들어선다. 높은 담벼락에 눈에 띄지 않을 만큼 작은 문이 있다. 로베라노가 문을 연다. 넓은 내실로 들어간다. 고요하고 밝다. 침입할 수 없을 것 같은 큰 문들이 있다. 아주 긴 복도도 있다. 쿠빈이 명령을 내린다. 조직원들이 몇 개의 그룹으로 나뉘어 복도를 따라 들어간다. 안셀미가 두 조직원과 동행한다. 한 명은 금발이다. 한 그룹은 트럭이 들어올 수 있도록 문을 연다. 쿠빈, 로베라노, 두 명의 경호원은 그곳에 남는다.

로베라노: (쿠빈에게) 정말 짜릿한 일이지만 내 안전은 보장돼야 해. 카이사르의 아내는 어떤 사소한 의심도 받으면 안 돼!(이렇게 말하면서 로베라노가 주먹으로 자기 가슴을 친다.)

쿠빈: 믿어도 됩니다. 좀 전에 발을 담근 친구가 그런 목적으로 쓰일 테니.

로베라노: 저 친구는 죽어야지. (자기 옷깃을 흔들며) 시체에 이 옷을 입히고 잘 꾸미면 나 로무알도 로베라노가 이 견고한 은행을 지키다가 죽었다는 확실한 증거가 될 테니까.

쿠빈: (시계를 보며 경호원 중 한 명에게) 경보 시스템을 조작하는 포르켈한테 무슨 일이 있는지 가 봐.

로베라노: (흥분을 가라앉히며) 작전이 아주 멋지단 말이야. 저 친구가 죽고 나는 사라지고. 그러면 카라스코, 코파카바나, 몬테카를로, 어쩌면 바르셀로나로 갈 수도 있겠지. 오늘까지 난 굽실대며 살았지만 이제 사자처럼 탕아의 기질을 마음껏 즐길 거라고. 축제, 카니발, 경주, 투르비용 시계, 탱고, 복권, 타피오카 수프까지 말이야. 그러니 시체가 있어야 해.

쿠빈: (진지하게) 안심해도 됩니다. 시체가 나올 테니까요.

안셀미와 두 조직원이 높은 계단을 오른다. 위에 도착할 즈음 한 명이 안셀미의 뒤쪽으로 간다.

중앙 홀로 이어지는 원형 회랑에 도착한다. 건물의 모든 층에서 홀이 보인다. 바닥에 목공과 도장 공사에 쓰이는 물건이 있다. 떨어져 나간 아치형 난간을 벽에 기대 세워 놨다. 안셀미가 안쪽 문을 향한다. 그는 난간 쪽으로, 두 조직원은 벽을 타고 나아간다. 한 조직원이 안셀미를 덮친다. 안셀미가 몸을 숙여 공격을 피한다. 그가 허공으로 추락한다. 양팔을 뻗고 엎드려 있는 청년이 내려다보인다. 다른 조직원이 총을 꺼낸다. 안셀미가 그를 덮친다. 두 사람이 엉겨 붙어 싸운다. 어디선가 총소리가 들린다. 안셀미가 권총을 빼앗는다. 두 사람이 계단을 내려간다. 안셀미가 조직원의 등에 총을 겨누고 있다. 아케이드 형태의 계단으로 이어지는 복도에 이른다. 복도 끝에 쿠빈을 비롯해 몇 사람이 있다. 금발의 조직원이 안셀미가 멈칫하는 순간에 동료들이 있는 곳으로 달려간다. 그가 안도하는 웃음을 지으며 내달린다. 건너편에서 총을 쏜다. 금발 청년이 거의 도착하려는 순간 가슴에 총탄을 맞고 쓰러진다. 연유도 모르고 죽는다. 다른 층에서 경비원들이 나타난다. 그들과 쿠빈의 무리가 총격전을 벌인다.(안셀미는 끼어들지 않는다.) 총소리가 나는 중에 경보 사이렌이 울린다. 경비원이 한 명 쓰러진다. 쿠빈의 무리가 도주한다. 몇몇은 상자를 트럭에 옮긴다. 로베라노가 문을 열자 쿠빈과 일당이 트럭에 오른다. 트럭이 넓은 문으로 빠져나간다. 안셀미가 그들이 들어온 복도의 출입구로 향한다.

카메라가 쿠빈과 로베라노를 잡는다. 세면대와 가스계량기가 있는 조용한 뒤뜰이다.

로베라노: (거칠게) 내가 할 건 다 했으니 내 몫을 주시오. 필요하다면 법대로 하겠소. 기대만큼 성과가 없었더라도 그건 당신들 책임이오. 그 자식을 죽여서 날 지켜야 하는데 그러지도 못했잖소!

쿠빈: (그 말에 수긍하듯) 그로 인해 나도 귀찮게 됐어요. 그를 바로 제거했어야 했는데 내가 뭐에 홀렸는지 모르겠소. 죽이기 전에 이용해 먹으려고 했던 건데 새가 날아서 (휘파람을 불며 팔을 벌리고) 달아나 버렸어!

로베라노: (차갑고 강한 어투로) 당신 말처럼 가 버렸지. 당신 실수로, 변명의 여지가 없는 당신 실수로. (손가락으로 쿠빈을 가리키며) 우리 계획을 뒷수습할 게 없어지다니. 시체가 없단 말이오!

쿠빈: (참을성 있게) 걱정 마세요. 그 부분은 정리될 거니까.

시체가 나올 겁니다. 당신 옷을 입은 시체가. 얼굴을 꾸밀 필요도 없지요.

쿠빈이 총을 꺼내 로베라노를 죽인다.

화면이 흐려진다.

거리에 나온 안셀미가 쿠빈과 그의 무리가 트럭을 타고 멀어지는 걸 목격한다. 은행 정문으로 사람들이 나온다. 안셀미는 어렵지 않게 조류 시장을 향해 내려간다.

안셀미가 차창 밖으로 동이 트는 걸 바라본다. 바라카스와 리아추엘로에서 세 마리 말이 끄는 수레를 본다.

안셀미의 방. 블라인드 커튼 틈으로 들어온 햇살에 안셀미가 잠에서 깬다. 안셀미가 놀라서 몸을 살핀다. 옷을 입은 채 침대 위에 있다. 침대에서 일어나 얼굴과 머리를 적시고 거리로 나간다. 머리는 헝클어지고 넥타이는 풀려 있다. 아주 이른 시간이다. 거리는 텅 비었다. 블라인드 커튼은 닫혀 있다. 좁은 도로에 우유 장수의 수레가 있다.

안셀미가 이레네의 집에 도착한다. 문을 두드린다. 계속해서 문을 두드린다. 대답이 없다. 안셀미는 어떻게 할지 결정하지 못하고 망설이는 표정이다. 길을 따라 연주자가 절룩거리며 다가온다.

안셀미: 이상하네요. 아무도 없어요. (침묵) 너무 이른 시간인가.

연주자: 지금은 이상하지 않은 게 없죠. 어젯밤만 하더라도 그래요. 이상한 사람들을 목격했다니까요. 게다가 나도 그들에게 당했어요. 당신 집에서 100미터 정도 떨어진 곳에 있었죠, 그 아르메니아 사자상 앞에 말입니다. 자동차 한 대가 나타났어요. 며칠 전 올리덴 가문의 저택에서 본 차였죠. 당신 애인이 누군가의 호위를 받으며 자동차에 타더라고요. 그때 작은 오랑캐꽃 다발이 떨어졌죠. 그래서 내가 비를 뚫고, 하기야 파종하려면 비가 와야 하지만, 그 꽃다발을 주우러 갔어요. 차가 출발할까 봐 서둘렀죠. 그런데 차가 갑자기 튀어 나가더니 한 바퀴 돌아서 나를 치는 게 아니겠어요. 몸을 날리지 않았으면 죽었을 겁니다. 얼마나 급박했던지. 꼭두각시의 대가리를 뭉개려는 것 같았다니까요.

안셀미가 그를 쳐다보고 서둘러 길을 나선다.

안셀미는 모르간의 저택으로 향한다. 가는 길에 그를 납치한 패거리의 트럭을 목격한다.

모르간의 저택 로비. 안셀미가 이리저리 오간다. 원형 탁자에서 모르간의 몇몇 수하들이 카드를 치고 있다. 그들 중에는 전형적인 아르헨티나인으로 봄바차에다 샌들을 신은 노신사도 있다. 진지하게 트루코 카드놀이를 한다. 가끔씩 큰 소리가 들린다. 대부분 외국인의 목소리다.

여러 명의 목소리: 트루코. 받아. 레트루코. (침묵) 엔비도. 죽어. 트루코.

누군가 거세게 문을 두드린다. 그들 중 한 명이 문을 연다. 라라인이 들어오며 그를 밀친다.

라라인: (거칠고 성난 어조로) 모르간 씨한테 페드로 라라인이 왔다고 전해. (더 큰 소리로) 지금 당장 보자고 말이야.

수하들이 카드놀이를 멈춘다. 전형적인 아르헨티나인만이 상황을 인지하지 못한 것처럼 보인다.

전형적인 아르헨티나인: (조용히 라라인을 나무라듯) 선생 때문에 엉망이 됐습니다. 내가 이 외국인 친구들에게 트루코를 가르쳐 주고 있었는데 선생이 무례하게 판을 깼네요.

그가 말하는 중에 계단 위에서 한 남자가 나타난다.

라라인: 입 다물어, 이 주정뱅이야.

키가 상당히 작은 아르헨티나인이 허리춤에서 어렵사리 칼을 꺼내 들고 라라인을 향한다. 라라인이 총을 꺼내 겨누며 그가 다가오는 걸 지켜본다. 결국 라라인이 그의 얼굴에 총을 쏴 죽인다. 라라인이 게임 탁자를 뒤엎는다. 탁자에 있던 카드와 병과 잔이 쏟아진다. 그리고 수하들을 굴복시키듯 쳐다본다.

라라인: 내가 모르간 패거리의 모가지를 죄다 꺾어 주지.

침묵. 안셀미가 갑자기 끼어든다.

안셀미: 나한테는 해당하지 않는 말이네요. 난 모르간 패거리가 아니니까. 그런데 당신은 정말 비겁한 짓을 했어요.

안셀미가 갑자기 개입하자 라라인이 일순간 당황한다. 그 순간 안셀미가 한주먹에 그를 때려눕히고 총을 빼앗는다.

라라인: (웃으며) 주먹이 약하군, 그렇지? 당신처럼 약한 사람이 왜 이 쓰레기들과 어울리는 거지? 내가 살인자라면 당신의 대부는 변절자에 거짓말쟁인데. 똑똑히 알아 두라고. 날 불러들이고 자신의 평생 친구인 압둘 말리크를 불러들인 사람은 모르간이야. 어쨌는지 아나? 제 수하 중 한 놈이, 누군지는 내가 알 바 아니고.(의미심장하게 안셀미를 쳐다본다.) 압둘 말리크를 죽였지. 그리고 쓸모없는 놈인 양 은행 건에서 날 빼 버렸어. 이제 라라인이 어떤 놈인지 알게 될 거야.

모르간의 수하들이 라라인을 천천히 에워싼다. 계단 위에 있던 남자가 다시 나타나 손짓으로 수하들을 제지한다. 라라인과 안셀미는 상황을 눈치채지 못한다.

안셀미: 상관없어. 당신은 사람을 죽였고 나도 그럴 수 있어. 하지만 난 그렇게 하지 않아. 당신은 벌써 죽은 목숨이니까. 당신 운명은 배신과 범죄로 살아왔듯이 배신과 범죄로 죽는 거야. 때가 되면 당신 같은 사람들이 당신을 죽이겠지. (어조

를 바꿔서) 난 이런 일에 어울리지 않는 사람이란 걸 오늘에야 알았지. 난 살인자도 청부 업자도 아냐.

계단에 나타났던 사내가 자리를 뜬다. 라라인은 동요하지 않고 그의 얘기를 듣는다. 그리고 신중하게 대답한다.

라라인: 당신 말이 맞을지도 모르지. 그런데 내겐 삶이 폭력이야. 내가 여기서 살아 나가면 다 죽여 주지. 내 얼굴에 주먹질을 한 당신을 포함해서. 그 총을 잘 써먹으라고. 내가 당신을 죽일 수 없을 때 날 죽여야 할 거야.

위층에서 한 남자가 내려오다 첫 번째 계단참에서 그 장면을 보고 있다.

안셀미: 맞는 말이야. 내가 당신을 죽여야 할지도 모르지. 내가 약해서 그럴 수도 있고. 그렇지만 난 당신도, 그 누구도 죽이지 않아.

안셀미가 그를 향해 총을 가져간다. 그러고는 표정을 바꾸며 웃는다.

안셀미: 돌려주지 않는 편이 낫겠어. 우리 싸움은 끝난 게 아니니 당신이 날 한 방에 죽일 수도 있겠지. 하지만 나한텐 이 총도 그 어떤 무기도 필요 없어.

안셀미가 창문 밖으로 총을 내던지고 계단을 올라간다. 모르간의 수하들이 대응하기도 전에 라라인이 문을 박차고 밖으로 나간다.

계단참에 있는 남자: (안셀미에게) 회장님을 만나러 가셔도 됩니다.

안셀미가 모르간을 처음 방문했을 때와 같은 통로를 지난다. 남자가 나선 계단 앞까지 안셀미를 대동한다. 안셀미가 올라간다. 모르간의 방에 도착한다. 첫 방문과 마찬가지로 그를 등지고 탁자 건너 안락의자에 앉아 있다. 커다란 그의 그림자가 벽에 드리워져 있다. 그가 몸을 돌린다. 웃으며 괴상하게 인사를 건넨다. 엘리세오 쿠빈이다.(모르간의 코트를 입었다.)

탁자 위에 잉크병과 거위 깃털로 만든 펜, 작은 종이 있다. 은행에서 훔친 상자들이 바닥에 놓여 있다.

쿠빈: 실망이 크겠네, 친구! 실망이 크겠어! (흥분한 듯) 힘들게 모르간을 보러 왔는데 날 만나다니. 모르간은 내 손아귀에 잡힌 수인이 된 지 꽤 됐는데. 이제 모르간도 제거했으니 바로 내가 모르간이야!

안셀미: (강하게) 그런 얘기는 관심 없어. 이레네 크루스는 어딨지?

쿠빈: (이마를 때리며) 그 생각을 못 했네. 그 여자가 있었지.

쿠빈이 탁자에 있던 종을 흔든다. 경호원 두 명이 안셀미 뒤편에 있는 테라스 쪽 문으로 들어온다.

쿠빈: (경호원에게) 어젯밤에 들어온 여자 데려와.

안셀미가 잠시 주저하다 쿠빈 앞에 앉는다. 경호원들이 나간다.

쿠빈: (솔직하게) 사실 모르간은 언제나 나였어. (양팔을 뻗으며) 위압적인 풍채 뒤에 숨은 수뇌였지! 여기도 모르간, 저기도 모르간, 어디든 모르간이 있지. 모르간이 신뢰하는 엘리세오 쿠빈에 대해선 아무도 신경 쓰지 않았어. 난 바닥을 기며 경의를 표하고 살았지. 뼛속까지 그를 증오했지!

쿠빈이 일어나 방을 돌며 과장된 몸짓을 한다.

안셀미: (경멸 조로) 이제 알겠군. 예전엔 위선자였고, 지금은 배신자에 살인자라.

쿠빈: (어깨를 으쓱하며) 말장난할 생각은 없어. 모르간을 동정하지는 마. 모르간은 당신 아버지를 죽일 때도 동정하지 않았으니까.

안셀미가 혼미한 듯 쳐다본다. 쿠빈이 승리에 도취한다.

쿠빈: 사람은 아주 단순해. 모두 모르간을 신뢰했지. (좋은 기분으로 겸손하게) 이해할 만도 해. 내가 생긴 게 이런데 누가 진중히 대하겠어? (다시 얘기를 이어 가며) 라라인도 모르간을 믿었지. 내가 그 허세남을 흔들었더니 라라인이 합의를 하더

군. 그러니 내가 모르간보다 위대하지!

안셀미가 일어난다.

안셀미: (경멸 조로) 듣자하니 아주 고상한 얘기군. 그런데 난 지체할 시간이 없어서 이레네를 찾으러 가야겠어.

쿠빈이 동요하지 않고 종을 흔든다. 경호원들이 들어온다. 쿠빈이 손짓을 하자 경호원들이 안셀미의 팔을 잡는다.

쿠빈: 당신이 서두르는 것도 참 고상하지만 멍청한 짓이야. 얘기를 끝까지 들으면 마음이 바뀔 거야. 서로 신뢰가 쌓이면 좋겠지. 압둘 말리크는 모르간의 오랜 친구였어. 모르간은 당신을 통해 압둘 말리크한테 우리가 모르간을 죽일 거라는 암호화된 메시지를 보내려고 했지. 나는 단번에 의도를 알아챘어. 그래서 압둘 말리크를 제거하고 당신이 의심받게 만들었지. 당신은 내가 별 감정 없이 일을 처리했다는 걸 알게 된 첫 번째 사람일 거야. 그저 편, 의, 상, 그러는 게 나았으니까 그렇게 한 거지.

안셀미: 당신은 내가 본 악질 중에 가장 완벽한 악질이군.

쿠빈: (빈정거림을 무시하고) 안셀미 씨, 당신에게 미래를 보장하지! 이 조직의 얼굴로 모시겠단 말이네. 당신의 영향력 있는 매력과 고결한 품성이 우리에겐 최상의 신용장이야. 위선적인 겸손에 꺾이지 말길 바라네. 당신의 오랜 친구이자 멘토인 내가 언제나 당신의 배후에서 당신이 할 말들과 당신의 몸

짓을 일러 줄 테니 말이네. 이 똑똑한 내가 말이야!

"오랜 친구이자 멘토"라는 말을 할 때 쿠빈이 감정이 격해져 자기 가슴을 내리친다.

안셀미는 그 끔찍한 표현에 할 말을 잃고 무서운 눈으로 쿠빈을 쏘아본다.

쿠빈: (아픈 듯) 어때? (종을 흔들며) 수하들을 어떻게 다루는지 한번 보지.

경호원이 들어온다. 쿠빈이 비밀리에 뭔가 속삭인다. 경호원이 나간다. 쿠빈이 창가로 향하더니 호기심 어린 눈으로 쳐다본다: 그가 움직이는 모습이 어딘지 원숭이 같다.

경호원 두 명이 다니엘 에스피노사를 질질 끌고 온다. 눈을 뜨지 못할 정도로 얼굴이 만신창이다. 쿠빈이 안락의자를 가져다준다. 경호원들이 그를 앉힌다. 고개가 가슴 위로 꺾이고 어깨는 축 처진 채 미동도 없다.

쿠빈: (에스피노사가 멀리 있다는 듯 큰 소리로) 에스피노사! 에스피노사!

경호원이 에스피노사의 얼굴을 때린다. 그의 머리가 충격에 옆으로 꺾인다.

경호원: (에스피노사에게) 회장님이 말씀하시잖아.

쿠빈이 못 참겠다는 신호를 보내며 경호원을 나무란다. 그러더니 에스피노사의 귀에 대고 말한다.

쿠빈: 모르간이 어떻게 죽었는지 얘기해 봐. 걱정 말고, 아무 일 없을 테니까.

이 장면에서 폭발적인 이미지가 삽입된다. 홍수로 제방이 무너지는 장면, 다이너마이트 폭발로 바위가 깨지면서 흙과 나무가 카메라 위로 쏟아지는 장면, 눈 쌓인 산에서 산사태가 나는 장면, 화재로 무너지는 벽 등이 순식간에 삽입된다.

이렇게 무너지는 장면들 끝으로 앉아 있는 에스피노사의 얼굴이 잡힌다.

에스피노사: 모르간이 어떻게 죽었는지 얘기하지요. 그것만 말하지요. 그것밖에 생각이 나지 않으니까. 세상이 무너지지 않는 한 (숨을 고르고) 나는 모르간을 구하려고 했어요. 그런데 발각됐죠.

에스피노사가 묘사하는 장면이 오래된 무성 영화에서처럼 멀리 희미하게 나타난다.

에스피노사가 높은 방에서 창문 밖으로 뛰어내리려고 한다. 사람들이 그를 붙잡는다. 카메라가 방 안에서 이 장면을 잡는다. 창문 밖 아래쪽 안뜰에서 안셀미와 경호원이 카메라가 있는 쪽을 바라본다.(419쪽을 참조.)

에스피노사: 자살하려고 했어요. (숨을 고르고) 그런데 불쌍한 내 딸을 죽이겠다고 협박하더군요. 결국엔 모든 게 끝났습니다. 내가 모르간이 옷 입는 걸 도왔어요. 그에게 목발을 건네야 했죠. 그런데 주지 않았어요.

체스 판 같은 바닥 위에 모르간이 엉거주춤하게 서 있다. 에스피노사가 목발을 찾는다. 목발은 탁자 옆에 있다. 흐릿한 실루엣이 문을 열고 들어온다. 에스피노사가 목발을 집었다가 놓친다. 그 장면까지 무음 처리하다가 목발이 대리석 바닥에 떨어지는 소리는 삽입한다. 카메라가 떨어지는 목발을 잡는다. 이 장면을 생동감 있게 연출해야 한다. 목발을 클로즈업하는 다음 장면도 마찬가지다. 모르간이 목발을 가지러 움직이다가 넘어진다. 카메라가 재빨리 그의 얼굴을 잡는다. 가까이 다가오는 남자의 발이 보인다. 총성이 울린다. 모르간이 죽는다. 카메라가 위로 향하며 총을 든 손을 잡는다. 잠시 후 살인자의 얼굴을 잡는다. 다니엘 에스피노사다.

에스피노사: (천천히) 쿠빈이 모르간을 죽이려 한다는 사실을 내가 눈치챘어요. 그래서 날 살인자로 만든 겁니다. 내가 신고하지 못하게.

에스피노사의 얼굴을 클로즈업한다. 고개를 떨어뜨리고 힘이 빠지더니 눈을 감는다. 움직이지 않는다. 에스피노사가 모르간의 죽음을 얘기한 뒤 혼수상태에 빠진다. 카메라가 멀어진다. 안락의자에 앉은 에스피노사, 쿠빈, 그의 수하들, 라울 안셀미가 보인다.

쿠빈: (잠시 침묵이 흐른 뒤 조급하게) 아직 할 얘기가 있잖아, 더 해야지.

에스피노사는 대답이 없다. 쿠빈이 의자에서 일어나 에스피노사에게 가서 그를 쳐다보다가 머리를 기울여 본다.

쿠빈: (얼핏 살펴보고) 이젠 말을 못 하겠네. 죽었어.

쿠빈이 의자로 돌아온다.

쿠빈: 좋아. 내가 결말을 얘기하지. 모르간의 시체를 처리해야 했지. 죽인 놈이 일처리를 해야지! 그날 밤 에스피노사가 내 수하들의 감시하에 시체를 철길에 버렸어. (팔을 벌리며 천진하게) 기차가 갈기갈기 찢어 버렸지!

밖에서 총성이 들린다. 쿠빈이 창밖을 내다본다.

쿠빈: 이게 뭐야! 라라인 패거리가 공격하다니. (경호원들에게) 각자 위치로 가, 빨리!

총성이 연달아 들린다. 쿠빈이 찬장에서 윈체스터 소총을 꺼낸다.

쿠빈: 안셀미, 이 순간을 잊지 마. 쿠빈이 전투에 나가신다.

분노에 휩싸인 쿠빈이 창문을 활짝 열고 조준 사격한다. 한 침입자가 쇠창살을 기어오르다가 쿠빈의 총에 맞고 떨어진다. 쿠빈이 총을 맞고 소총을 떨어뜨리며 쓰러진다. 마름모꼴 유리창에 총탄이 쏟아진다. 안셀미가 옥상을 향하는 문으로 나간다.

화면이 흐려진다.

문이 열린다. 이레네가 방에 들어온다. 아무도 없다. 방을 가로지른다. 다른 방으로 들어가려는 순간 창문에 팔꿈치를 대고 있는 (거인) 페드로를 본다. 이레네가 얼어붙는다. 잠시 후 페드로가 쓰러진다. 죽었다. 이 장면이 진행되는 동안 총격이 계속된다.

이레네가 기둥이 많은 긴 방의 입구에 도착한다. 천장 중앙으로 네모나게 뚫린 공간이 있다. 위층 회랑으로 이어져 있다. 맞은편 문 앞에 이레네를 마주하고 안셀미가 나타난다. 창문 밖은 정원이다. 쿠빈의 수하들이 총을 쏘고 있다. 이레네와 안셀미가 기뻐하며 달려가 서로를 껴안는다. 창문에 붙어 있던 수하들 중 하나가 밖으로 떨어져 죽는다. 총격이 격해진다. 이레네와 안셀미가 웅크린다.

화면이 흐려진다.

라라인이 총을 쏴서 자물통을 부수고 로비 문을 연다. 바닥에 뒤집힌 탁자와 카드, 깨진 병과 잔, 그리고 라라인이 죽인 남자가 있다.

이레네와 안셀미가 있는 방. 귀청이 터질 듯 총격이 계속된다. 이레네와 안셀미는 바닥에 엎드려 있다. 위험에도 아랑곳하지 않고 기뻐하며 얘기를 나눈다.

이레네: 어젯밤부터 오늘까지 얼마나 보고 싶었는데! 납치됐다는 게 꿈만 같아. 에스피노사라는 분하고 얘기했는데 나한테 이 편지를 건네주라고 했어.(웃으며 스웨터 주머니에서 봉투를 꺼내 안셀미에게 건넨다.)

안셀미: (웃으며) 살아 있을 때 읽어 봐야겠네.

안셀미가 봉투를 열고 편지를 살펴본다.

안셀미: 운명이란 참 알다가도 모르겠어. 란디 삼촌이 6500페소를 받으러 오라네. 전에 말한 재고 조사로 말이야. 이레네, 이 돈이면 농장을 안 팔아도 돼.

이레네: 농장 아니야, 집이지. 농장은 몇 년 전에 이미 잃었어. 집이 있으면 동생을 요양원에 보내지 않고 집에서 돌볼 수 있어. 불쌍한 내 동생, 제정신이 아니야.

라라인이 권총을 손에 들고 이레네와 안셀미를 향해 다가온다. 두 사람은 라라인을 보지 못한다. 위층 회랑에서 브리삭이 라라인을 덮쳐 쓰러뜨린다. 두 사람이 엉켜 싸운다. 라라인이 (창문으로 날아든) 총탄을 맞고 죽는다.

브리삭이 이레네와 안셀미에게 따라오라고 손짓한다. 안뜰을 통해 정원으로 도망친다. 총성이 멈춘다. 경찰이 저택에 들이닥치는 걸 목격한다. 대나무 숲 뒤에 숨겨진 철문에 도착한다.

브리삭: 낙원은 싸우는 자들의 차지가 되겠죠. 하지만 평화와 대지로 돌아가는 것도 나쁘지 않네요.(길거리를 가리킨다.)

안셀미: (생각에 잠긴 듯) 낙원에 대한 얘기를 좀 더 해 주시겠어요.

브리삭: 모르간이 한 말을 기억해 두고 있었죠. 이슬람교도들은 낙원이 검의 그림자에 있다고 한답니다. 모르간의 말에 따르면, 알렉산드리아의 암흑가에선 죽음이 결정된 사람들을 가리켜 믿는 자들의 낙원에 있다고 한다네요.

안셀미: 내가 압둘 말리크에게 전해야 할 메시지를 이제야 이해하다니.

총성이 들린다.

브리삭: (문을 가리키며) 여기로 나가면 됩니다.

안셀미: 난 괜찮아요. 상황을 해명해야지요.

브리삭: (문을 열며) 내 유일한 제자가 죽었어요. 다른 제자를 찾아야 하는데. (나간다. 길에서 이레네를 향해) 제자가 되어 주겠어요?

이레네: 미안해요. 난 라울과 여기 남을래요.

브리삭이 인사를 건네고 떠난다. 그러더니 돌아와 양팔을 벌리며 관객들을 향해 말한다.

브리삭: 내 드라마의 결말을 찾았습니다. 남녀 주인공은 행복했습니다!

1950년 2월 20일
린콘 비에호에서

5부 부스토스 도메크의 연대기 1967

"어리석은 일일수록 대변자가 있게 마련이다."

— 올리버 골드스미스, 1764

"모든 꿈은 예언이다.

모든 농담은 장차 일어날 일에 대한 징조다."

— 키건, 1904

세 명의 대가에게 바친다.

피카소, 조이스, 르 코르뷔지에

서문

내재한 위험 요소와 무미건조할 수 있다는 부담에도 불구하고 존경하는 작가와 오랜 친구의 요청으로 다시 서문을 쓰게 되었다. 사실 전술한 이들도 내 돋보기를 피해 가지는 못한다. 우리는 호메로스의 서사시처럼 두 암초 사이를 헤쳐 나가야 한다.[326] 즉 '카리브디스' 상황에서는 형편없는 전집류를 신

---

326 호메로스의 『오디세이아』 이야기로, 주인공 오디세우스는 항로에서 괴물 스킬라와 소용돌이 카리브디스를 만나 하나를 선택해야만 하는 상황에 처한다. 머리가 여섯 개인 괴물 스킬라는 한 번에 여섯 명까지만 사냥할 수 있으나 바다의 소용돌이인 카리브디스에 휘말리면 배가 통째로 가라앉을 위험이 있다. 오디세우스는 결국 스킬라를 택해 부하 여섯 명을 제물로 바치고 이 길을 통과한다. '스킬라와 카리브디스 사이'는 어려

속히 뿌려 대는 신기루에 관심을 보이는 무기력하고 소극적인 독자들을 책망하고, '스킬라' 상황에서는 이어지는 내용을 어둡게 하거나 소멸시키지 않기 위해 우리의 광채를 억제한다. 게임의 법칙이 불가피하게 강요된다. 위엄 있는 벵골 호랑이가 두려움에 떠는 조련사의 얼굴을 한 방에 날리지 않기 위해 발톱을 숨기듯이 우리도 비판의 날을 버리되 장르가 요구하는 바를 준수할 것이다. 결국 진리의 좋은 벗이 되겠지만 그보다는 플라톤의 더 좋은 벗이 될 것이다.

독자는 이런 조심성을 근거 없는 망상으로 일축할 수 있다. 낮잠 시간인 시에스타와 시에스타 사이에 자신의 업적을 연대기로 기술하는 시골뜨기의 고루하고 따분해 한가롭기까지 한 자유로운 산문과 일류 작가의 절제된 우아함이나 깊은 분석, 탁월한 세계관을 아무도 비교하려 들지 않을 것이다.

내 마음이 바뀌지 않는 이상 소설 제목을 '몬테네그로 가문'으로 붙이려는 초고를 (그 유명한 이름을 밝히는 것이 금지된) 아테네 출신의 부에노스아이레스 사람이 이미 보증했다는 소문만으로도 예전에 소설 쓰기를 시도했던 유명한 '비초 페오'[327]가 재빨리 평론으로 갈아타기에 충분했다. 이런 영민한 행동이 보상을 받았음을 인정할 필요가 있다. 오늘 서문을 쓰는 이 폭발적인 작품은 불가피한 흠집을 제외하고는 충분한

운 선택 상황에 직면했을 때를 뜻한다.

327 Bicho Feo. 직역하면 '흉한 벌레'라는 뜻. 오노리오 부스토스 도메크의 애칭으로 친한 이들이 이렇게 부른다. (오노리오 부스토스 도메크의 메모)(원주)

순도를 자랑한다. 호기심 많은 독자에게 문체가 전하지 못할 흥미를 원석은 제공한다.

우리가 살고 있는 이 혼돈의 시대에 부정적인 비판은 어떤 형태로든 효과가 없다. 우리의 호불호를 초월하여 비록 일시적일지라도 기준을 제시하는 국가적 가치, 고유의 가치를 확립하려 한다. 한편 이번에 내 이름을 달고 나오는 머리말은 관계로 엮인 동료 중 한 명의 간청[328]에 의한 것이다. 따라서 어떻게 기여할지를 중점적으로 고려하려고 한다. 바이마르 해변에서 바라보자면 우리의 헌 옷 가게 주인 괴테[329]는 모든 현대적 감각을 느낄 수 있는 진정한 의미의 백과사전적 기록을 정리해 나갔다. 오늘, 즉 현재를 정의하는 소설, 서정시, 건축, 조각, 연극과 여러 시청각 매체에 대해 심도 깊은 연구를 하려 하는 이는, 비록 원치 않는다 하더라도 미노타우로스궁으로 인도하는 아리아드네의 실에 해당하는 이 필수적인 입문서를 지녀야 할 것이다.

회의론자와 스포츠맨, 문단 최고의 사제와 침실의 변강쇠를 우아하게 결합한 어떤 위대한 인물의 부재를 알리는 소리로 시끄러워질 테지만, 이 부재의 책임을 질투가 아닌 자신의

---

328 이런 표현은 잘못되었다. 다시 기억을 떠올려 보세요. 몬테네그로 선생님, 저는 아무런 부탁도 드리지 않았어요. 갑자기 인쇄소에 나타난 건 당신이었잖아요. (오노리오 부스토스 도메크의 메모)(원주)

329 몬테네그로 박사의 과도한 설명에 덧붙여 설명하자면, 나의 요청으로 바랄트 선생이 작성하고 송부한 전보를 더 이상 강조하여 언급하지 않을 것이다.(원주)

한계를 아는 장인(匠人)의 몸에 밴 겸손함에 전가할 것이다.

이 읽을 만한 짧은 글을 별다른 생각 없이 따라가다 람킨 포르멘토에 대한 언급을 얼핏 본 순간 잠이 달아난다. 묘한 불안감이 엄습한다. 뼈와 살을 가진 그런 구체적인 인물이 존재하는가? 혹시 그저 벨록의 풍자에 고귀한 이름을 빌려준 환상의 꼭두각시 인형에 불과한 람킨의 가족이나 메아리를 가리키는 것이 아니었을까? 이와 같은 연통이 정보 수집의 가능한 순도를 감소시켜서 — 잘 이해하시길 — 솔직히 정직함 이외의 다른 보증은 생각지도 못하게 한다.

바랄트 선생의 타자기에서 마구 쏟아져 나온 여섯 권의 하찮은 이야기를 연구하면서 견디기 힘들었던 것은 조합주의 개념에 부여하는 작가의 가벼움이었다. 그 변호사의 소리 나는 장난감으로 단순한 조합적 유토피아 형태를 지체시키고 현재의 질서이자 미래의 확실한 버팀목인 정통 조합주의를 무시한 것이다.

요약하자면 우리에게 관대한 인정을 받기에 적합한 작품이다.

1966년 7월 4일
부에노스아이레스에서
헤르바시오 몬테네그로

세사르 팔라디온를 기리며

세사르 팔라디온의 여러 작품을 찬양하고 그 영혼의 지칠 줄 모르는 환대를 살펴보는 것은 현대 비평의 흔한 장면 가운데 하나임을 누구도 의심하지 않을 것이다. 하지만 그런 흔한 장면이 늘 진실의 무게를 지닌다는 점을 잊지 않는 것이 좋겠다. 따라서 괴테에 대해 언급하지 않을 수 없는데, 이는 두 위대한 작가의 비슷한 외모와 조금은 우발적 상황인 『에그몬트』[330]에 기인한 것이라고 말하는 이도 없지는 않았다. 괴테는 자신의 영혼이 모든 바람에 열려 있다고 했지만 팔라디온은 『에그몬트』에 이런 표현을 사용하지 않았으니, 변형된 열한 권의 책이 온전히 자신의 것이 되었음을 증명한다. 괴테와 우리의 팔라디

330 『Egmont』. 1787년에 괴테가 발표한 5막의 시극.

온 둘 다 훌륭한 글을 쓰는 데 바탕이 되는 건강과 강고함을 선보였다. 그들은 늠름한 예술 노동자들로서 손으로 쟁기를 다루고 이랑을 만든다!

붓과 조각도, 찰필과 사진기가 팔라디온의 얼굴을 널리 퍼트렸다. 그를 개인적으로 알고 지낸 사람은 과도한 초상이 부당하다고 무시할 수 있을 것이다. 거장이 항상 고요한 빛처럼 주위를 밝히는 남자다움과 권위를 전한 것은 아니기 때문이다.

1909년 세사르 팔라디온은 제네바 주재 아르헨티나 영사직을 맡고 있었다. 그곳에서 첫 번째 작품인 『버려진 공원들』을 출간했다. 오늘날 애서가들이 서로 구하려고 다투는 이 초판본은 작가가 공들여 교정했지만 엉뚱한 오타로 망치게 되었는데, 칼뱅주의자인 조판공이 산초의 언어[331]에 무식했기 때문이다. 야사 애호가들은 지금은 아무도 기억하지 못하는 꽤나 불쾌한 사건 이야기에 고마워할 텐데, 이 글의 유일한 장점은 팔라디온풍 문체의 요란스러운 독창성을 잘 드러낸 것이라 할 수 있겠다. 1910년 가을 꽤 유명한 한 평론가는 『버려진 공원들』을 훌리오 에레라 이 레이시그[332]의 동명 소설과 비교하며, 실소를 금치 못하게도, 팔라디온이 표절했다는 결론을 내린다. 그는 두 작품의 여러 구절을 나란히 놓고 비교 대조함으로써 그런 전대미문의 비난을 정당화하려 했다. 하지만 그런 비

---

331 여기서 산초는 세르반테스의 『돈키호테』에 등장하는 인물로 돈키호테의 종자다. '산초의 언어'는 스페인어를 뜻한다.

332 Julio Herrera y Reissig(1875~1910). 우루과이의 시인.

난은 아무런 결과물을 도출하지 못했다. 독자들도 개의치 않았으며 팔라디온도 대응할 필요를 느끼지 못했다. 이름도 떠올리기 싫은 중상 모략가는 곧 자신의 실수를 깨닫고 영원히 침묵을 지켰다. 그의 형편없는 비평 수준이 만천하에 드러나고 말았으니!

1911년에서 1919년 사이에는 가히 초인적이라 할 만큼 다작을 해 끊임없이 작품이 쏟아져 나온다. 『이상한 책』, 교훈적인 소설인 『에밀리오』, 『에그몬트』, 『테부시아나스 2』, 『배스커빌의 탐정』, 『아페니노스에서 안데스까지』, 『톰 아저씨의 오두막』, 『부에노스아이레스주, 공화국 수도의 개념 정의에 이르기까지』, 『파비올라』, 『전원시』(오초아 번역), 『점성술에 관하여』(라틴어)가 그것이다. 한창 집필 중이던 작가의 사망은 놀라운 일이었다. 측근들의 증언에 따르면 성경에 기초한 『누가복음』 작업이 상당 부분 진행된 상태였으나 초고가 남아 있지 않은데, 만약 있었다면 굉장히 흥미로운 작품이 되었을 것이다.[333]

팔라디온의 방법론은 비평과 박사 논문의 주제로 자주 다루어졌으니 다시 요약하는 것은 불필요할 수 있다. 개략적으로만 살펴봐도 충분하다. 그 핵심은 파렐 뒤 보스의 『팔라디온-파운드-엘리어트 라인』 협정(파리, 1937)에 잘 나타나 있다. 파렐 뒤 보스가 미리엄 앨런 디 포드[334]를 인용하며 확언했

---

333 집필 중인 작가를 그린 그림을 본 팔라디온은 성 미겔의 번역본으로 작업을 진행하고 있었던 것으로 보인다.(원주)

334 Myriam Allen de Ford(1888~1975). 미국의 작가.

듯이 '단위의 확장'에 관한 것이다. 팔라디온 전후로 작가들이 공통으로 취한 문학의 단위는 단어, 아니면 최대한 구절이다. 중세 수도사나 비잔틴의 시문 선집이 미학적 영역을 확장하기보다 전체 구절을 담으려 하지 않았던가. 지금 이 시대에 『오디세이아』에 나오는 구절이 에즈라 파운드의 『캔토스』의 첫 부분을 장식하고, T. S. 엘리엇의 작품이 골드스미스[335]와 보들레르, 베를렌의 시를 수용하고 있다는 것은 잘 알려진 사실이다. 팔라디온은 1909년에 여기서 한 걸음 더 나아갔다. 부연하자면 에레라 이 레이시그의 작품 『버려진 공원들』 전체를 가져다 붙인 것이다. 모리스 아브라모비츠가 털어놓은 비사에 의하면, 팔라디온은 시 창작에 몰두할 때 세심한 주의를 기울이며 만전을 기했다. 팔라디온은 루고네스[336]의 『정원의 황혼』을 『버려진 공원들』보다 선호했다. 그렇지만 자신은 그 작품을 다룰 능력이 부족하다고 느꼈다. 반면 에레라 이 레이시그의 책은 감당할 수 있다고 간주했는데 그의 작품에서 이를 충분히 표현하고 있다. 팔라디온은 작품에 자신의 이름을 붙여서 인쇄소에 넘겼고, 그가 늘 지켜 온 규칙에 따라 쉼표 하나도 더하거나 빼지 않았다. 이렇게 해서 우리 시대 가장 중요한 문학적 사건을 접하게 되니, 바로 팔라디온의 『버려진 공원』이 그것이다. 기실 이전 작품을 모방하지 않았던 에레라의 같은 제목의

---

335 올리버 골드스미스(Oliver Goldsmith, 1730~1774)는 아일랜드 태생 영국 소설가.

336 레오폴도 루고네스(Leopoldo Lugones, 1874~1938)는 아르헨티나의 시인, 작가, 역사가.

소설도 이보다 더 다를 수는 없었다. 그때부터 팔라디온은 이전에 아무도 시도하지 않았던 것, 즉 넘쳐 나는 서지 자료를 반복하거나 한 줄만 쓰는 교만을 범하지 않고 자신의 영혼 깊숙이 침잠해 이를 표현할 작품을 출간하는 일에 몰두한다. 이 사람의 변치 않는 겸양은 동서양의 도서관이 제공하는 잔치를 앞에 두고도 『신곡』이나 『천일야화』 대신 인간적이고도 따스하게 『테부시아나스 2』를 선택한다.

팔라디온의 심리적 변화는 명확히 밝혀지지 않았다. 예를 들어 『테부시아나스』에서 『배스커빌의 탐정』으로 옮겨 가는 신비스러운 과정을 설명할 이는 아무도 없다. 우리는 그런 일련의 과정이 정상적이고, 낭만주의의 선동을 극복하며 고전적인 것의 우아한 기품이 깃든 왕관을 쓰는 위대한 작가에게 걸맞은 가설임을 주장하기를 망설이지 말자.

팔라디온은 어릴 때 학교에서 잠깐 배운 것 외에는 사어(死語)에 대해 알지 못했다. 오늘날 우리를 감동케 하는 소심함으로 1918년 오초아의 스페인어 방식을 따른 『전원시』를 출간한다. 일 년 후 자신의 영적 능력을 자각하여 라틴어로 『점성술에 관하여』를 출간한다. 라틴어로! 키케로의 작품을!

어떤 평론가들은 키케로와 베르길리우스의 작품 이후에 복음서를 출간하는 것은 고전주의 이상에 대한 배교(背教)라고 평한다. 하지만 우리는 이전에 도모하지 않았던 영적 쇄신의 모색이라는 측면에서 살펴보려고 한다. 요컨대 이교에서 신앙으로 향하는 신비스럽고도 명확한 길 말이다.

팔라디온이 자비로 책을 출간해야 했고 그 발행 부수가 300권에서 400권을 넘지 못했다는 사실은 모두가 알고 있다.

사실상 책은 완판되었으며 『배스커빌의 탐정』을 손에 넣는 행운을 얻은 독자는 그 개성적 양식에 매료되어 '희귀'하지만 『톰 아저씨의 오두막』도 음미하려 한다. 이런 의미에서 다양한 부류의 국회의원들이 우리 '문인'의 독창적이고 다양한 작품 전집의 공식 출판을 지원하는 움직임에 박수를 보내는 바다.

라몬 보나베나와 함께한 어느 오후

모든 통계, 그러니까 단순히 기술하고 정보를 전달하는 일은 먼 미래에, 우리와 같으나 더 총명한 이들이 우리가 남긴 기록에서 어떤 유익한 결론이나 감탄할 만한 일반성을 도출해 내리라는 훌륭하나 허황된 희망을 전제로 한다. 라몬 보나베나의 『북북서』 여섯 권 전부를 읽은 사람은 거장의 작품에 찬연한 마무리를 할 미래 공동 작업의 가능성, 아니 필요성을 수차례 느꼈을 것이다. 이런 생각은 보나베나가 허락하지 않을 개인적인 반응에 지나지 않은 것을 미리 알려 드리고자 한다. 딱 한 번 나와 이야기를 나누었던 보나베나는 자신이 전 생애를 바쳐 쓴 작품에 관한 모든 미학적 혹은 과학적 중요성을 인정하지 않았다. 수년이 지난 지금 그날 오후를 다시 떠올려 보고자 한다.

1936년경 나는《울티마 오라》의 문학 부록을 만드는 부서에서 일하고 있었다. 어느 겨울 일요일, 문학 현상에도 관심이 많았던 국장은 등단은 했으나 유명하지 않은 소설가를 에스펠레타에 있는 그의 자택에서 인터뷰할 것을 지시했다.

여전히 예전 형태를 잘 보존한 그의 집은 단층이었는데, 옥상은 고층 건물이라도 되는 양 난간이 설치된 두 개의 발코니를 뽐내고 있었다. 보나베나가 직접 나와 문을 열어 주었다. 널리 알려진 사진에 나오는 검은 안경 — 아마도 눈병 때문에 착용한 것으로 보이는 — 을 이때는 쓰지 않아서 그런지 흰 수염으로 뒤덮인 두 뺨이 드러났다. 수년이 흐른 뒤 기억을 되살려 보니 리넨 작업복과 터키식 실내화를 신은 것 같았다.

그의 자연스레 몸에 밴 정중함으로도 속에 품고 있는 일말의 의구심을 감추지는 못했다. 처음에는 겸손함 때문이라고 생각했으나, 곧 자신감이 넘치며 느긋하게 자신을 칭찬하길 기다리고 있다는 사실을 알게 되었다. 그는 시간을 아껴 가며 끝도 없이 까다로운 작업에 몰두했고, 나를 통해 언론에 홍보되는 것 따위에는 아무런 관심도 두지 않았다.

해변 풍경을 담은 그림이 걸리고 목동과 개 모양의 도자기 장식품이 있는 시골 치과 대기실 같은 집무실에는 책이 많지 않았는데 대부분 다양한 용도의 사전이었다. 책상에는 초록색 펠트 천이 깔렸고 그 위로 커다란 돋보기와 목수용 자가 있었으나 난 그리 놀라지 않았다. 커피와 담배가 대화의 마중물 역할을 했다.

"물론 당신 작품을 읽고 또 읽었어요. 그렇지만 일반 독자, 대중의 이해를 돕기 위해 당신이 대략적으로 『북북서』가 어떻게 탄생했는지 처음부터 대량 생산까지의 과정을 이야기해 주시면 좋을 것 같습니다. 제가 명하지요. '아브 오보, 아브 오보!'"[337]

그때까지 무표정하고 어두웠던 얼굴이 일순간 밝아졌다. 그러고는 정교한 말을 쏟아 내기 시작했다.

"처음 내 계획은 문학 영역의 범주는 물론 사실주의 장르를 넘어서지 않는 것이었습니다. — 전혀 특별할 것 없는 — 전 단순하고 인간적인 인물로 구성된 이 땅의 소설, 다 아는 라티푼디움 제도에 반대하는 소설을 쓰려는 욕심을 가졌지요. 내 고향 에스펠레타에 대해 생각했어요. 유미주의에는 관심이 없었습니다. 지역 사회의 한정된 분야에 진실한 증언을 하고 싶었습니다. 처음에 나를 가로막은 문제는 하찮은 것들이었죠. 가령 등장인물의 이름 같은 거였어요. 실명을 사용하는 것은 명예 훼손으로 고소를 당할 위험이 있었지요. 골목 어귀에 변호사 사무실이 있는 가르멘디아 박사는 내게 에스펠레타의 많은 주민이 소송 중이라고 확신에 차서 말했지요. 이름을 따로 짓는 방법이 있었지만 그건 또 환상의 문을 여는 것이 되어 버릴 터였지요. 그래서 고유명사의 첫머리에 쓰는 대문자를 생략 부호와 함께 쓰기로 했는데 그다지 마음에 들지 않더군요. 주제에 깊이 몰입할수록 더 어려운 노릇은 이름을 정하는 것이 아니라 심리적 흐름을 잇는 것이었지요. 어떻게 이웃 사람의 머릿속에 들어갈 수 있을까? 어떻게 사실주의를 포기하지 않고 타인의 사유를 가늠할 수 있을까? 이에 대한 답은 명확했

337 ab ovo, ab ovo! 라틴어로 '처음부터, 태초부터'의 뜻.

지만 처음에는 찾으려 하지 않았어요. 그때 '집에서 키우는 동물에 관해 쓰면 어떨까?'라는 생각이 들었지요. 하지만 어떻게 개의 사고방식을 이해하고, 어떻게 시각보다 후각에 의존하는 세계에 들어갈 수 있을까? 혼란스러웠어요. 그래서 내 속에 침잠해 자서전을 쓰는 것 외에 다른 방법은 없다고 생각했답니다. 물론 거기에도 미로가 있었지요. 나는 누구인가? 현기증 나는 오늘의 나, 잊힌 어제의 나, 예측 불가인 내일의 나. 영혼보다 더 실체가 없는 것이 있나요? 글을 쓰기 위해 나 자신에게 관심을 집중하면 그 관심이 나를 변화시켜 버리지요. 자동기술법에 자신을 던지면 운에 자신을 맡기는 것이 되지요. 키케로가 언급한, 신탁을 찾아 사원으로 간 여인이 자신도 모르는 사이에 원했던 답이 담긴 말을 했던 일화를 기억하시나요? 이곳 에스펠레타에서도 그와 비슷한 일이 일어났습니다. 해답을 찾기보다 그냥 뭔가 할 것을 찾다가 수첩을 펼쳐서 읽어 보았지요. 바로 거기에 내가 찾던 열쇠가 있었답니다. '한정된 분야'라는 것이 눈에 들어왔지요. 그 단어를 처음 쓸 때는 일반적이고 흔한 은유법을 따른 것뿐이었는데 다시 읽었을 때 일종의 계시가 내 눈을 뜨게 한 셈이지요. '한정된 분야…….' 내가 작업 중인 책상의 각도보다 더 한정된 부분이 어디 있나요? 구체적으로 각도에, 그러니까 관찰에 필요한 각도에 집중하기로 했어요. 이 목수의 자를 가지고 — 원한다면 시험 삼아 관찰해도 좋아요. — 기준이 되는 책상의 다리를 재어 바닥에서 1미터 15센티미터 높이에 있다는 걸 확인했어요. 적당한 높이라고 판단했죠. 더 높았으면 하늘이나 옥상, 천문학 영역으로 들어서야 했을 거예요. 더 낮았으면 지하실이나 지하, 아니면 지구본까지 사용해야 했을지도 모르죠. 반면에 선택한 각도는 흥미로운 현상들을 보여 줬죠. 구리 재떨이와 양쪽으로 깎은 (한쪽은 푸른색, 다른 쪽은 붉은색) 연필 등이요."

여기서 난 더는 못 참고 끼어들었다.

"알아요, 알아. 선생님이 말하는 건 2장과 3장이지요. 재떨이에 대한 모든 걸 알고 있지요. 구리의 색조, 정확한 무게와 직경에다 연필과 책상, 배율 사이의 다양한 수치, 상표 디자인, 제작 비용, 판매 금액을 비롯한 수많은 자료에 관한 것들이요. 골드 파베르 873 연필에 대해서는 제가 뭐라고 할까요? 선생님이 요약 능력을 발휘해 팔절판 29쪽으로 압축한 것에 대해서는 호사가들도 이러쿵저러쿵하지 못할 겁니다."

보나베나는 얼굴을 붉히지 않았다. 서두르지 않고 멈추지도 않으며 대화를 이어 갔다.

"씨앗이 고랑 밖으로 떨어지지는 않았네요. 당신은 내 작품에 푹 빠져 있군요. 보답으로 작품이 아니라 작가의 고민에 대한 사족 같은 말씀을 전해 드리도록 하지요. 책상의 북북서 방향에 위치한 물건들을 211쪽에 걸쳐 기록하는 헤라클레스의 과업[338]을 마쳤을 때, 재고 현황을 파악하거나 다른 물건을 임의로 넣거나 자기장에 두고 아무렇지 않게 그것을 '기술'하는 것이 합당한지 자문했지요. 묘사를 하기 위해 불가피하게 집 안의 다른 장소나 방에서 옮겨 오게 될 그 물건들은 원래 그 자리에 있던 물건 같은 자연스러움과 자발성을 지닐 수 없을 거

338 그리스 신화에 등장하는 헤라클레스의 열두 가지 과업에 빗대어 표현했다. 어려운 과업이라는 뜻.

예요. 하지만 일단 그 위치에 자리 잡으면 현실의 일부가 되어 동일한 대우를 바랄 겁니다. 강력한 윤리적, 미적 배경을 갖게 되는 거죠! 이런 고르디우스의 매듭[339]을 풀 수 있었던 것은 머리는 좀 둔하지만 믿을 수 있는 빵집 배달부 총각의 출현 덕분이었지요. 세속적인 표현으로 말하자면, 사니첼리가 내게 '데우스 엑스 마키나'가 되어 준 셈이지요. 그의 우둔함이 내 의도에 잘 부합했던 것이지요. 마치 불경스러운 일을 저지른 사람처럼 두렵기도 하지만 한편으로는 호기심에 차 뭐라도 좋으니 지금 비어 있는 그 위치에 무언가 놓을 것을 지시했어요. 그래서 지우개, 만년필에다 다시 재떨이를 놓았지요."

"유명한 베타 시리즈군요!" 나는 소리쳤다. "이제 재떨이의 불가사의한 귀환에 대해 알 것 같아요, 만년필과 지우개에 대한 일부 언급을 제외하고는 거의 동일한 단어를 써서 반복한 것이지요. 단순한 평론가 몇몇은 작가의 착각이 아닐까 생각했고요……."

보나베나가 상체를 일으켰다.

"내 작품에 착각이란 없습니다." 그는 합당한 엄숙함으로 단언했다. "만년필과 지우개에 대한 언급이 이미 충분한 지침이 되겠지요. 당신 같은 독자에게 그 이후 일을 부연 설명하는 것은 쓸데없는 일이지요. 나는 그저 눈을 감았고, 그 머저리가 어떤 물건이나 물건들을 배치한 다음 작업에 착수했던 것이지

---

339 마케도니아의 알렉산드로스 대왕이 끊었다고 전해지는 고대 프리기아 왕의 매듭.

요. 이론상 내 책은 무한하지만 실제에서는 5권 941쪽[340]을 쓰고 나서 나도 휴식을 요구할 권리가 있지요. 그냥 멈춤 표시라고 하시지요. 그건 그렇다 치고 기술주의[341]가 널리 확산되고 있어요. 벨기에에서는 『수족관』 초판의 출간을 축하하고 있는데, 내가 보기에 그 작품에는 하나 이상의 이설이 섞여 있는 것 같아요. 버마[342]와 브라질, 부르사코에서는 새로운 활동 중심지가 부상하고요."

그럭저럭 인터뷰가 끝나 갈 무렵, 작별을 고하기 전에 그에게 물었다.

"선생님, 떠나기 전에 한 가지 부탁을 드리고 싶습니다. 작품에 나오는 물건을 좀 볼 수 있을까요?"

"아뇨." 보나베나가 말했다. "볼 수 없어요. 다른 물건으로 바꿔 놓기 전에 모든 것을 사진으로 완벽히 남겼지요. 그렇게 멋진 원판 필름을 건질 수 있었죠. 1934년 10월 26일에 그 필름들을 폐기할 때 정말 마음이 아팠어요. 물론 원본인 것들을 파기할 때는 더 괴로웠지요."

나는 망연자실했다.

"뭐라고요?" 더듬거리며 겨우 말을 이어 나갔다. "입실론의 검은 비숍과 감마 망치 자루를 부쉈다고요?"

보나베나는 슬픈 표정을 지으며 나를 바라보았다.

"필요한 희생이었어요. 가문의 나이 찬 장손처럼 작품은 스

---

340 모두 알다시피 1939년 사망 후 6권이 출간되었다.(원주)

341 el descripcionismo. 기술에 가치의 중심을 두는 사고.

342 미얀마의 옛 이름.

스로 생존해야 합니다. 원본을 보존하게 되면 주제넘은 도발에 직면할 위험이 있지요. 평론가들은 원본에 충실한 정도를 기준으로 판단하려는 유혹에 빠질 수 있습니다. 그러면 단순히 과학만능주의에 빠지게 되는 것이지요. 내 작품에는 어떤 과학적 가치도 부여하지 않는다는 걸 명심하세요."

난 바로 그를 위로했다.

"그럼요, 물론이죠. 『북북서』는 미학적 창조물입니다."

"또 다른 오류지요." 보나베나가 단정 지었다. "나는 작품에 어떤 미학적 가치도 부여하지 않아요. 이를테면 작품은 고유한 영역을 차지하지요. 작품이 야기하는 감정들, 그러니까 눈물이나 박수, 불편함 따위에는 관심이 없어요. 누구를 가르치거나 감동시키려고 들거나 즐겁게 하려 하지 않았지요. 작품은 그 이상의 것이지요. 가장 겸손하고 가장 고귀한 것, 즉 우주의 한 곳을 지향합니다."

양어깨 사이로 꼿꼿하게 치켜든 머리는 미동조차 하지 않았다. 두 눈도 더 이상 나를 바라보지 않았다. 방문이 끝났다는 것을 알아채고 허겁지겁 나왔다. 남은 건 침묵뿐이었다.

절대의 탐구

리오 데 라 플라타 유역 국가들이 유럽에 관심을 두느라 자국의 고유한 가치를 업신여기거나 무시한다는 사실을 인정하기란 힘들고 고통스럽다. 여기 니에렌스테인 소우사의 사례를 보면 확실해진다. 페르난데스 살다냐는 『우루과이 위인 사전』에서 그의 이름을 빼 버렸고, 몬테이로 노바토는 1897년에서 1935년 사이에 출간된 유명 작품을 열거하는 데 그친다. 『창백한 평원』(1897), 『황옥의 오후』(1908), 심도 깊은 연구로 컬럼비아 대학교 교수들의 칭송을 받은 『스튜어트 메릴의 작품과 이론』(1912), 『발자크의 「절대의 탐구」에 나타난 상징성』(1914), 야심작이었으나 작가 스스로 임종 전에 비판한 역사 소설 『고멘소로의 영주』(1919)가 그것이다. 노바토가 정리한 간결한 노트에서, 니에렌스테인 소우사가 여러 차례 참여했던 세기말 파리의 프랑스계 벨기에인 모임에 대한 언급을 찾는 것은 쓸모없는 짓일 것이다. 부스토스 도메크의 주도로 동료들이 사후 출간한 『잡동사니』(1942)에 대한 언급도 마찬가지다. 카튈 망데스[343]나 에프라임 미카엘,[344] 프란츠 베르펠,[345] 움베르트 울프[346]의 늘 충실하지는 않지만 가치 있는 번역을 확인하려는 의도는 전혀 찾아볼 수 없다.

겉보기에 그의 문화적 배경은 대단한 것이었다. 가족이 사용했던 이디시어는 튜턴인 문학을 향한 길을 열어 주었고, 사제 플라네스는 그에게 라틴어를 가르쳤으며, 프랑스어는 어릴 적에 습관적으로 익혔고, 영어는 메르세데스의 영(Young) 정육 가공소 지배인이었던 삼촌으로부터 배웠다. 네덜란드어는 눈치로 익혔으며, 국경의 공용어는 감으로 알아챘다.

『고멘소로의 영주』가 재쇄에 들어가자 니에렌스테인은 프라이벤토스로 가서 메데이로 가문이 빌려준 낡은 별장에서 중요한 작품을 집필하는 데 온전히 집중할 수 있었지만 결국 원고는 분실되었고 제목조차 알려지지 않았다. 무더웠던 1935년 여름 아트로포스[347]가 가위를 들고 시인의 억척스러운 일과 수

343 Catulle Mendès(1841~1909). 프랑스의 시인, 극작가, 소설가.

344 Ephraïm Mikhaël(1866~1890). 프랑스의 시인.

345 Franz Werfel(1890~1945). 독일의 유대계 시인, 극작가, 소설가.

346 Humbert Wolfe(1885~1940). 이탈리아 태생의 영국 시인.

347 그리스 신화에 나오는 운명의 여신인 모이라이의 세 자매 중 막내. 미래를 맡아 운명의 실을 끊는 역할을 한다.

도승 같았던 삶을 끊으러 왔다.

육 년 후 문학 현상을 포함해 다방면에 관심이 많은《울티마 오라》의 편집장이 동정 반 호기심 반으로 그 위대한 작품의 궤적을 원점에서 조사하라는 임무를 내게 주었다. 신문사의 경리 담당은 주저하면서도 '진주의 땅' 우루과이로 가는 뱃삯을 지불해 주었다. 프라이벤토스에서는 친구인 약사 지바고 박사의 호의로 나머지를 해결할 요량이었다. 굳이 언급하지 않을 이유가 없으니 말하자면 이 여행은 첫 해외 나들이인지라 초조함을 느꼈다. 세계 지도를 뚫어지게 봐도 걱정은 가시지 않았지만, 여행객 중 한 명이 우루과이 사람들도 우리말을 쓴다고 자신 있게 말해 줘 조금은 안심이 되었다.

12월 29일 이웃 나라에 도착했다. 30일 아침에는 카푸로 호텔에서 지바고와 농담을 주고받으면서 대화를 나누었는데, 우리가 좋아하는 코리엔테스 가의 사교 모임에도 잘 알려진 장사꾼과 양 이야기를 해 주었다. 우리는 뙤약볕이 내리쬐는 거리로 나섰다. 차편은 필요 없었고 동네 풍경을 완상하며 산책한 지 삼십 분 만에 시인의 저택에 도착했다.

주인 니카시오 메데이로 씨는 치즈 샌드위치에 앵두주 긴다도 한 잔을 곁들여 마시고 나서 언제 들어도 신선하고 즐거운 '노처녀와 앵무새' 이야기를 끄집어냈다. 다행히 고택은 싼값에 수리했지만 작고한 니에렌스테인의 도서관은 개보수할 자금이 부족해 손도 대지 못하고 그대로 두었다고 했다. 그러고 보니 미송으로 만든 책장에는 많은 책이, 작업용 책상 위에는 발자크 흉상 모양의 잉크병이, 벽에는 가족의 초상화와 친필로 서명한 조지 무어[348]의 사진이 걸려 있었다. 안경을 끼고 먼지 쌓인 서책들을 편견 없이 살펴보았다. 예견한 듯이 거기에는 한때 세기말 상징주의 최고의 작품을 게재하는 영광을 누렸던 노란 표지의 프랑스 잡지《메르퀴르 드 프랑스》가 있었다. 게다가 버턴[349]의 『천일야화』 전집 중 몇 권, 나바르의 왕비 마르그리트의 『엡타메롱』[350]과, 『데카메론』, 『루카노르 백작』,[351] 『칼릴라와 딤나』[352]는 물론 『그림 형제 동화집』도 있었다. 니에렌스테인이 직접 책에 적어 가며 읽은 『이솝 우화』도 내 눈길을 사로잡았다.

메데이로는 내게 책상 서랍을 들여다보는 것을 허락해 주었다. 이틀 동안 꼬박 이 작업에 몰두했다. 내가 옮겨 쓴 원고에 대해 긴말은 하지 않으려고 한다. 프로베타 출판사에서 원고를 대중에게 공개하기로 했으니 말이다. 골로새와 폴리치넬라의 전원시, 옥스 박사의 현자의 돌을 찾는 고뇌, 모스카르다의 영화와 고난은 최근 '리오 데 플라타 문학 전집'에 포함되었다. 엄격한 비평지《마르차》가 인정한 형식의 세련미와 고상함의

---

348 George Edward Moore(1873~1958). 영국의 철학자.

349 리처드 프랜시스 버턴(Richard Francis Burton, 1821~1890)은 영국의 탐험가, 동양학자, 기행문 작가.

350 나바르 왕국의 왕비 마르그리트 드나바르(Marguerite de Navarre, 1492~1549)가 지은 책이다. 미완성이며 일흔두 편의 단편 및 콩트로 이루어져 있다.

351 에스파냐의 정치가, 시인, 우화 작가인 돈 후안 마누엘(Don Juan Manuel, 1282 ~ 1349)의 우화집.

352 인도의 산스크리트 설화집 『판차탄트라』를 페르시아의 산문 작가 아브드 븐 알무카파(724 ~ 759)가 아라비아어로 번역한 책이다.

과잉에 대해 어떤 혹평가는 반발했지만, 우리의 호기심이 찾아낸 '위대한 작품'을 대체하지는 못할 것이다.

말라르메[353]의 책 — 어떤 책인지 잊어버린 — 마지막 쪽에서 니에렌스테인 소우사의 주석을 발견했다.

> 절대적인 것을 그토록 갈망했던 말라르메가 가장 불확실하고 변화하는 것인 말(palabras)에서 그것을 찾은 것은 기이한 일이다. 함축된 의미는 바뀌고, 귀한 어휘라도 내일엔 진부하거나 하찮게 평가된다는 것을 모르는 이는 없다.

마찬가지로 동일한 십사 음절 알레한드리노 시구의 세 가지 버전을 쓸 수 있다. 초고에서 니에렌스테인은 다음과 같이 썼다.

> 추억을 위해 살고 거의 모두 잊는다.

개인 간행물 수준인 『프라이벤토스의 미풍』에서는 다음과 같이 쓴다.

> 기억이 망각을 위해 수집하는 재료.

『6인의 라틴 아메리카 시인 선집』에 나오는 최종본의 문구

353 스테판 말라르메(Stéphane Mallarmé, 1842~1898)는 프랑스의 상징파 시인.

는 다음과 같다.

> 기억이 망각을 위해 높이 쌓는 것들.

열한 음절의 시구는 다른 좋은 예를 제공한다.

> 오직 잃어버린 것에 견딘다.

이것이 문형의 기본 틀이 된다.

> 흐르는 것에 틈입해 머문다.

아무리 산만한 독자라도 출간된 내용이 초고보다 고상하지 못하다는 것을 느낄 것이다. 이 점이 흥미를 자극했지만 내가 다루기에는 시간이 좀 필요하다.

약간의 실망감을 안고 돌아왔다. 여행 경비를 제공한《울티마 오라》의 편집진들은 뭐라고 할까? 나와 선실을 함께 쓴 벤토스 수사가 딱 붙어 다니는 것도 기분 전환에 도움이 되지 못했는데, 그는 줄곧 천박하고 기괴한 이야기들을 줄줄이 늘어놓았다. 나는 니에렌스테인에 대해 생각하고 싶었지만 만담가는 내게 잠깐의 휴식도 허락지 않았다. 새벽녘에는 뱃멀미에다 졸음과 지루함이 겹쳐 꾸벅꾸벅 졸기도 했다.

근대 무의식의 반동적인 중상모략가들은 내가 다르세나 수르의 세관 계단에서 이 수수께끼의 해답을 찾았다는 사실을 믿지 않으려 들 것이다. 수사의 놀라운 기억력을 축복하며 바로 질문을 던졌다.

"도대체 어디서 그 많은 이야기가 나오는 겁니까, 친구?"

그의 답변은 갑작스럽게 든 내 의구심이 맞았다는 걸 증명해 주었다. 그는 니에렌스테인이 전부, 그러니까 거의 대부분을 이야기해 줬고, 나머지는 고인의 절친한 동료였던 니카시오 메데이로가 전해 준 거라고 말했다. 게다가 더 재미있는 것은 니에렌스테인이 재담꾼은 아니었으나 이야기를 들은 주변 사람이 더 재미있게 옮겼다는 것이다. 갑자기 모든 것이 명료해졌다. 절대 문학을 이루려 하는 시인의 열망과 말의 일시성을 대하는 회의적 시선, 텍스트와 텍스트를 거치며 점차 쇠퇴하는 시의 구절, 고상한 상징주의에서 소설 선집으로 넘어간 도서관의 이중성. 우린 이러한 내력에 놀라지 말아야 한다. 니에렌스테인은 호메로스부터 막일꾼의 부엌과 주점까지 이어지는 전통을, 이야기를 지어내고 듣는 것을 즐기는 전통을 되살렸다. 그는 자신의 창작을 잘 이야기하지 못했는데,『오디세이아』와『천일야화』처럼 가치가 있다면 시간이 이야기를 다듬으리라는 것을 알았기 때문이다. 문학의 기원처럼 니에렌스테인은 구어로만 남겼고 시간이 흐르면 모두 글로 쓰일 것이라는 점을 알았다.

시대에 걸맞은 자연주의

서술주의와 기술주의 논쟁이 문예지와 다른 간행물의 1면을 더 이상 차지하지 않는다는 점을 확인하고 안도했다. 시프리아노 크로스의 사려 깊은 조언 이후 전술한 단어 가운데 첫 번째가 소설 영역에서 가장 적절하게 사용되고 두 번째는 시나 미술, 비평을 포함하는 다양한 영역으로 밀려난다는 것을 무시하기 힘들다. 그럼에도 혼란은 지속되어 때로는 진리를 추구하는 이들의 소동 앞에다 보나베나의 이름에 우르바스의 멍에를 덧씌운다. 어쩌면 주의를 다른 곳으로 돌리기 위해 일라리오 람킨과 세사르 팔라디온이라는 웃긴 조합을 만드는 오류를 범하는 이들이 있는지도 모른다. 그런 혼란이 어떤 외적 유사성과 용어상 관련성에 기인한다는 것을 인정한다. 그러나 균형 잡힌 독자에게 보나베나의 한 페이지는 항상 보나베나의 한 페이지가 될 것이고, 우르바스의 한 작품은 우르바스의 한 작품이 될 것이다. 외국인이긴 하지만 작가들이 아르헨티나 기술주의 학파라는 거짓 소식을 퍼뜨렸다. 추정된 학파를 대표하는 이들과 활발한 소통을 하고 있다는 권위만 가진 우리는 이것이 구심점을 지닌 운동이 아니며 동호회는 더더욱 아니고, 개인들이 뜻을 모아 발의한 것이라고 단언한다.

내막을 들여다보자. 이 열정적인 서술주의 세계의 입구에서 가장 먼저 우리에게 손을 내미는 이는 여러분도 예상했듯이 람킨 포르멘토다.

일라리오 람킨 포르멘토의 운명은 매우 기이하고 흥미롭다. 그의 짧은 글들은 일반 독자에게 별 흥미를 불러일으키지 못했으나 객관적인 비평가, 즉 과다한 칭송이나 비난을 배제한 주석가로 평가받았다. 분석한 책의 표지나 커버의 클리셰[354]라 할 수 있는 그의 메모는 시간이 지남에 따라 형식과 정확한 규격, 무게, 활자체, 잉크의 품질 및 종이의 투과성과 냄새에 이르기까지 상세하게 묘사하기에 이르렀다. 1924년부터 1929년까지 람킨 포르멘토는 월계관도 가시 면류관도 없이 『부에노스아이레스 연보』의 후반부 작업을 거들었다. 1929년 11월에는 그 일을 그만두고 『신곡』 비평에 몰두했다. 칠 년 후 갑작스런 죽음이 놀라게 했을 때 그 명성의 기반이 될 '지옥', '연옥', '천국'이라는 제목의 책 세 권을 이미 인쇄소에 넘긴 뒤였다. 대중은 물론 동료들조차 그 사실을 알아채지 못했다. 부에노스아이레스가 잠에서 깨어나 눈을 비비며 독단주의의 꿈에서 깨어

354 프랑스어로 판에 박힌 문구나 진부한 표현을 가리키는 문학 용어.

나도록 H. B. D.라는 사람이 주의를 환기해야만 했다.

믿을 만한 H. B. D.의 가설에 따르면, 람킨 포르멘토는 차카부코 공원의 가판대에서 발견한 17세기 문헌 『현명한 신사들의 여행』이라는 기이한 책을 읽었을 것이다. 4권에서 다음과 같이 전한다.

> …… 그 제국에서 지도 제작술은 오직 한 주의 지도가 도시 전체를 차지하고, 제국의 지도가 전체 주를 차지할 만큼 정교했다. 시간이 흐름에 따라 이 엄청난 지도들에 만족하지 못하고 지도 제작 학교에서는 제국의 면적과 정확히 일치하는 크기의 지도를 제작했다. 지도 연구와 제작에 중독되지 않은 후세는 그 거대한 지도가 쓸모없다 생각하고 가차 없이 태양과 겨울의 혹독함에 그 운명을 맡겼다. 짐승과 거지들이 사는 서부 사막에 갈갈이 찢긴 고지도 유물이 남아 있다. 나라 전체를 통틀어 다른 지리학 유물은 남아 있지 않다.

람킨은 지인들 앞에서 평소처럼 통찰력을 발휘해 실제 규모의 지도는 큰 어려움을 수반하지만 비슷한 과정을 다른 분야, 예를 들면 비평에 적용하는 것이 불가능하지 않다고 밝혔다. 그 순간부터 『신곡』의 '지도'를 제작하는 것이 그에게 삶의 이유가 되었다. 처음에는 미흡한 클리셰로 지옥의 고리와 연옥의 탑, 동심원의 하늘을 담은 천국으로 구성된 초판을 디노 프로벤살 출판사에서 출간하는 데 만족했다. 하지만 까다로운 성격의 소유자답게 결코 만족하지 못했다. 단테의 시가 빠졌던 것이다! 길고 힘든 작업을 견딘 두 번째 시도를 통해 그는 무기력 상태에서 벗어났다. 1931년 2월 23일, 지도가 제국의 영토와 하나하나 일치했던 것처럼 시의 묘사도 각 단어 하나하나가 시와 일치해야 한다는 것을 직감했다. 깊은 고민 후 서론과 주석, 색인, 편집자의 이름과 주소를 삭제하고 단테의 작품을 인쇄소에 넘겼다. 이렇게 우리의 대도시에 첫 기술주의 기념비가 탄생했다!

믿을 수 없겠지만 이 새로운 역작을 이미 알려진 알리기에의 시의 다른 판본으로 여기고 독본으로 사용한 도서관의 서생들이 있었다. 시적 영감에 거짓 숭배를 바친다! 비평을 폄하한다! 도서출판협회 혹은 아르헨티나 문학 학술원이 만장일치로 승인하는 것은 일반적이었고, 부에노스아이레스 주변에서 우리의 뛰어난 해석 작업을 악용하는 것을 엄격하게 금지했다. 그러나 이미 피해는 발생했다. 혼란이 눈덩이처럼 커졌고, 고집스레 람킨의 분석과 피렌체 출신 작가의 기독교적 종말론이라는 완전히 다른 상품을 동일시하는 저술가도 있었다. 게다가 유사한 베껴 쓰기 형식의 신기루 현상에 현혹당해 어떤 이들은 람킨의 작품을 팔라디온의 암호 기술법과 비교했다.

우르바스의 경우는 아주 다채로웠다. 유명세를 타기 시작한 이 젊은 시인은 1938년 9월에는 무명에 가까웠다. 그가 이름을 알리게 된 계기는 그해 데스티엠포 문학상 논쟁을 해결한 저명한 문인들 덕분이었다. 전해진 바에 의하면 공모 주제는 영원한 고전인 장미였다. 펜과 붓이 바삐 움직였고 온갖 잡문이 난무했다. 그들은 팔음절 삼행시나 십행시가 아닌 십사음절 알레한드리노로 쓰인 원예 조약을 선호했다. 그러나 단순하지만 강렬하게 한 송이 장미를 보낸 우르바스의 콜럼버스

달걀 앞에 모두 그 빛을 잃었다. 그 누구도 반박하지 않았다. 인간의 딸인 말(palabras)은 신의 딸인 자연의 장미와 겨룰 수 없었다. 이 명백한 업적을 치하하는 50만 페소가 즉시 지급되었다.

라디오 청취자나 텔레비전 시청자, 심지어 조간신문이나 의학 연보에 가끔 글을 쓰는 주제넘은 아마추어까지도 왜 빨리 콜롬브레스 사례를 비교하지 않는지 의아하게 여길 것이 분명하다. 그러나 황색 언론이 소중히 여기는 그 유명한 에피소드가 자체의 가치보다 공공 지원 부서의 적절한 개입과 가스탐비데 박사의 황금 손이 능숙하게 처리한 응급 처치 덕분이라는 것을 에둘러 말하려고 한다. 잊을 수 없는 그 사건은 모든 이의 기억 속에 남아 있다. 당시(1941년을 말하는 것이다.) 조형 미술관이 개관했다. 남극이나 파타고니아를 집중적으로 다룬 작품이 특별상을 수상할 것으로 예견되었다. 틀에 박힌 빙산에 관한 추상적 혹은 구체적인 해석으로 영예로운 월계관을 쓴 홉킨스에 대해서 아무 말도 하지 않겠지만, 정작 요점은 파타고니아에 관한 것이었다. 그때까지 이탈리아 신이상주의의 극단적인 탈선에 충실했던 콜롬브레스는 그해 적당한 나무 상자 하나를 발송했는데, 당국자가 못을 빼는 바람에 거친 숫양 한 마리가 도망쳐서 심사위원 여럿의 사타구니에 상처를 입혔고, 본능적으로 잽싸게 피하긴 했지만 가축을 키우는 화가 세사르 키론의 등에도 상처를 냈다. 좀 가짜 같은 마키에타[355]와 다른 숫양은 호주산 랑부예 메리노종으로 아르헨티나 뿔이 없

355 캐리커처.

지는 않아 해당 구역에 자신의 흔적을 남긴 것이다. 우르바스의 장미처럼, 혹은 그보다 더 확실하고 맹렬하게 이 양은 고상한 예술의 환상이 아니라 의심의 여지 없이 다루기 힘든 생물의 전형이었다.

우리가 모르는 어떤 이유로 머저리 같은 심사 위원들은 이미 수상을 예감하고 있었던 콜롬브레스에게 상을 주지 않았다. 이들보다 더 공정하고 관대했던 루랄의 심사 위원들은 주저 없이 그를 수상자로 호명했고, 그때부터 가장 훌륭한 아르헨티나 사람들의 공감과 칭송을 받게 되었다.

여기서 야기된 딜레마는 흥미롭다. 기술주의 경향이 지속된다면 예술은 자연의 제단 위에 희생물로 바쳐질 것이다. T. 브라운 박사가 이미 자연이 신의 예술이라고 말했다.

루미스의 다양한 작품 목록과 분석

페데리코 후안 카를로스 루미스의 작품을 언급하며 가벼운 농담과 이해할 수 없는 말장난의 기억이 사라졌음을 확인하는 것은 반가운 일이다. 게다가 이젠 아무도 1909년경 루고네스와의 논쟁이나 막 시작되던 울트라이스모[356] 운동의 선구자들과 연관시키지 않는다. 오늘 대작가의 시를 온전히 감상할 수 있는 행운이 우리에게 주어졌다. 흔하지만 명확하게 그라시안[357]이 "좋은 것이 짧으면 두 배로 좋다."라고 했고, 훌리오 세하도르 이 프라우카도 "짧은 것이 짧다면 두 배로 짧다."

356 20세기 초 스페인 시인과 작가들 사이에 유행한 문예 운동. 아방가르드 문예 운동의 한 부류.

357 에스파냐의 소설가인 벨타사르 그라시안 이 모랄레스(Baltasar Gracián y Morales, 1601~1658)를 지칭한다.

라고 따라 말했다.

그렇다 치더라도 루미스가 1910년대의 『루나리오 센티멘탈』[358]과 1930년대의 《프리스마》, 《프로아》 등에서 고양된 은유의 표현적 가치를 인정하지 않았음은 의심할 여지가 없다. 위세 등등한 평론가에게 루미스의 작품 중 어원학이 포함하는 것을 제외하고 은유가 하나라도 있었는지 파헤쳐 보길 권한다. 기억의 보석 상자 속에 파레라 거리의 시끌벅적한 밤과 오후의 석양과 희붐하는 새벽 모두를 지켜보는 밤을 간직한 이들은 하나를 말하기 위해 다른 것으로 변형시키는 은유 선호가들을 끊임없이 비판하는 루미스의 조롱과 독설을 쉽게 잊지 못할 것이다. 물론 작품 자체의 엄숙함이 독설을 거부했기 때문에 그런 독설은 구두로만 진행되었다. 그는 마야콥스키[359]가 그럴싸하게 포장하는 '밤꾀꼬리의 차'라는 단어보다 '달'이라는 단어가 더 활기차지 않느냐고 묻곤 했다.

답변을 듣기보다 질문에 익숙했던 그는 사포의 한 구절이나 헤라클레이토스의 끝없는 경구 하나가 암기하기 어려운 트롤럽이나 공쿠르, 토스타도의 여러 책들보다 시간 속에서 더 확장되지 않았냐고 물었다.

파레라에서 열리는 토요 독회 모임에 열성적으로 참여하는 문우는 헤르바시오 몬테네그로였는데, 아베야네다에 있는 가

---

358 『Lunario sentimental』(1909). 아르헨티나 작가 레오폴도 루고네스의 시집.

359 Vladimir Vladimirovich Mayakovskii(1893~1930). 러시아의 시인이자 극작가.

게 주인으로 아주 매력적인 신사였다. 서로가 서로를 알지 못하는 대도시 부에노스아이레스에서 내가 아는 바로는 세사르 팔라디온은 한 번도 모습을 나타내지 않았다. 그가 대가와 함께 나누는 담소를 들을 수 있었다면 기념할 만한 일이 되었을 텐데!

한두 번은 루미스가 자신의 글이 곧 《노소트로스》에 실릴 것임을 알려 주기도 했다. 젊고 혈기 넘쳤던 우리 제자들은 라 호우아네 서점에 모여 스승이 약속한 설탕 과자 프리앙디즈를 맨 먼저 맛보려 했다. 항상 그렇듯이 기대는 실망을 안겨 주었다. 제자들 중에는 스승이 필명을 쓸 거라고 생각하는 이도 있었다.(에바리스토 카리에고라는 서명이 다수의 의심을 샀다.) 농담으로 치부한 이도 있는가 하면, 우리의 호기심을 피하거나 시간을 벌기 위한 방법으로 여긴 이도 있었다. 그 이름을 기억하고 싶지 않은 어떤 배신자 유다는 비안치 혹은 히우스티가 퇴짜를 놓았을 거라고 했다. 그러나 신실한 사람으로 알려진 루미스는 단호했다. 우리가 알아차리지 못했을 뿐이지 글이 실렸다고 그는 미소를 지으며 거듭 말했다. 혼란에 빠진 우리는 사실을 알고 싶어서 도서관이나 서점, 가판대를 헤집는 일반 독자나 무지한 대중에게는 알리지 않고 잡지사가 비밀리에 출간하는 것은 아닌가 추측하기에 이르렀다.

1911년 가을 모엔의 진열대에 '작품 번호 1'이라 불리게 될 작품이 전시되었을 때 모든 것이 밝혀졌다. 작가가 붙인 명백한 이름인 '곰'을 언급하지 못할 이유가 있는가?

처음에 집필 전에는 힘든 작업으로 예상한 이가 많지 않았다. 하지만 뷔퐁과 퀴비에 연구, 반복된 팔레르모 동물원 방문, 피아몬테 사람들에 대한 생생한 인터뷰, 위작으로 의심되는 새끼 곰이 겨울잠을 자던 애리조나의 소름 돋는 동굴 탐험, 강철판과 석판, 사진, 그리고 박제된 인체 견본까지 구입해야 하는 고된 작업이었다.

『작품 번호 2, 간이침대』를 준비하는 동안 불편과 위험을 감수하고 기이한 실험을 하게 되었다. 한 달 반 동안 고리티 거리에 있는 한 수도원에서 전원생활을 했는데, 수도사들은 뤼크 뒤르탱이라는 가명으로 함께 희로애락을 나눈 그의 정체에 대해 한 번도 의심하지 않았다.

카오의 삽화가 들어간 『간이침대』가 1914년 10월에 출간되었다. 대포 소리에 귀가 먹은 평론가들은 주의를 기울이지 않았다. 바스크어를 배우다 지쳐서인지 차가움이 느껴지는 『베레모』(1916)도 같은 대접을 받았다.

그의 작품 중 『생크림』(1922)은 가장 인기가 없었으나 봄피아니 백과사전은 이른바 초기 루미스 시대의 정점에 있는 작품으로 간주한다. 작가의 일시적인 십이지장 궤양으로 인한 고통이 이 작품의 주제를 정하는 동인이 되었고, 파렐 뒤 보스의 신중한 조사에 따르면 궤양에 즉각적인 효과가 있는 우유가 이 세련된 전원시의 순백의 뮤즈였다.

두 번째 시기의 작업은 연구 공간인 옥탑방에 망원경을 설치하고 플라마리옹의 베스트셀러에 대한 열정적이나 두서없는 연구로 시작했다. 『달』(1924)은 작가의 뛰어난 문학성을 과시한 작품으로 파르나소스의 대문을 활짝 여는 참깨가 되었다.[360]

---

360 그리스 신화에 등장하는 장소로, 델포이의 파르나소스산은 아폴론에게 봉헌된 산이자 여신들의 고향으로

그 후 침묵의 시간이 이어졌다. 루미스는 이제 문단 모임에 나가지 않는다. 더 이상 로열 켈러의 양탄자 깔린 지하실에서 지팡이를 짚은 채 노래하는 듯한 경쾌한 목소리를 들을 수 없다. 파레라 거리 밖으로 나가지 않는다. 외로운 옥탑방에서 망원경이 녹슬어 가고 있다. 밤마다 플라마리옹의 이절판 책이 부질없이 기다린다. 루미스는 도서관에 틀어박혀 그레고로비우스의 『철학과 종교의 역사』를 읽는다. 물음표와 메모로 여백을 채우고 어지럽힌다. 제자들인 우리는 이 책을 출간하고 싶었지만 주석자의 교리와 정신을 위반할까 봐 두려웠다. 안타까운 일이나 어쩔 도리가 없다.

1931년 만성 이질로 시작된 변비로 몸은 힘들었지만, 루미스는 사후 출간되어 우리가 애틋함을 가지고 교정하는 특권을 가지게 될 최고의 작품을 완성한다. 이것이 체념 조 혹은 아이러니한 어투로 '어쩌면'이라는 제목을 붙인 그 유명한 작품을 지칭한다는 것을 눈치채지 못할 이가 있을까?

다른 작가들의 책에서는 제목과 내용 사이의 틈이나 균열을 인정할 필요가 있다. '톰 아저씨의 오두막'이란 말로 책의 모든 줄거리를 알려 주지 않는다. '돈 세군도 솜브라'라는 것이 작품을 광범위하게 구성하는 뿔과 이마, 다리, 등, 꼬리, 채찍과 안장, 쿠션과 앞치마, 담요 하나하나를 표현하는 것은 아니다. 하지만 루미스의 경우 제목이 곧 작품이다. 독자는 두 요소

예술과 문학을 상징하는 곳이다. 일반적으로 시단, 문단을 뜻한다. '참깨'는 『아라비안나이트』의 「알리바바와 40인의 도둑」에서 동굴을 여는 주문이다.

의 완벽한 일치에 감탄을 금치 못한다. 예를 들어 『간이침대』의 텍스트는 오직 '간이침대'라는 단어만으로 이루어진다. 우화와 특징 형용사, 은유, 등장인물, 기대, 운(韻), 두운, 연설, 상아탑, 참여 문학, 사실주의, 독창성, 고전의 모방, 구문법을 완전히 넘어섰다. 문학보다 산술에 정통한 어떤 평론가의 악의적인 계산에 의하면 루미스의 작품은 여섯 단어 '곰, 간이침대, 베레모, 생크림, 달, 어쩌면'으로 구성되어 있다. 가능한 이야기나 그 단어들 뒤에 예술가가 얼마나 많은 경험과 열정과 능력을 녹여 내는지를 알까!

모두가 이 수준 높은 가르침을 들을 수 있는 것은 아니다. 자칭 제자가 쓴 『목수의 상자』는 소심하게 작은 칼, 망치, 톱 등을 나열할 뿐이다. 소위 말하는 '유대 카발라주의자'의 행태는 더 위험해 스승의 여섯 단어를 모호한 상징으로 뒤섞인 불가사의한 한 구절로 섞어 놓았다. 『글로글로시오로, 흐롭프로가, 쿨』의 작가 에두아르도 L. 플라네스의 작업도 의도는 괜찮았으나 논란의 여지가 있다.

열정적인 편집자들은 루미스의 작품을 여러 언어로 번역하려고 했다. 하지만 작가는 주머니 사정이 여의치 않았음에도 궤짝을 금으로 채워 줄 카르타고인의 제안을 거절했다. 이런 상대론적 부정주의 시대에 새로운 아담은 언어에 대한 믿음, 즉 모든 이가 접할 수 있는 단순하고 직설적인 말에 대한 그의 믿음을 확인했다. '베레모'라는 단어를 쓰는 것만으로 이 전형적인 의류가 내포하는 인종적 의미를 표현하기에 충분했다.

그 빛나는 발자취를 따르기는 어렵다. 만약 한순간 신들이 그의 능변과 재능을 우리에게 허락한다면 앞에 나온 모든 것을 지우고 이 불멸의 한 단어만을 새길 것이다. "루미스."

추상 예술

당파나 정치색을 떠나, 모든 아르헨티나인의 고상한 감수성에 상처를 입힐 표현이지만 끊임없이 관광객을 끌어들이는 이 도시가 1964년에야 라프리다와 만시야 교차로에 단 한 개의 '테네브라리움'[361]을 자랑할 수 있게 되었다. 하지만 이는 칭찬받을 만한 시도였고, 우리의 태만함의 만리장성에 열린 멋진 입구다. 관찰과 여행을 좋아하는 다수가 우리에게 지겹도록 예의 테네브라리움이 암스테르담이나 바젤, 파리나 덴버(콜로라도), 죽음의 도시 브루게[362]의 형제들과 어깨를 나란히

361 tenebrarium. 부활 주간에 열다섯 개의 초를 꽂는 삼각형 촛대.

362 벨기에 서북부에 있는 도시다. '죽음의 도시 브루게(Bruges la Morte)'는 벨기에의 시인이자 소설가인 조

하기에는 부족하다고 넌지시 언급했다. 그런 논란에 빠지기 전에 우발도 모르푸르고를 소개하려 한다. 그의 목소리는 월요일을 제외하고 매일 오후 8시에서 11시 사이에 들을 수 있는데, 척박한 공간에서 호소하지만 충성스레 당번을 서는 그룹이 그를 지지한다. 그 모임에 두 번 참석한 적이 있다. 모르푸르고를 제외하고 인터뷰에 응한 이들은 다른 사람이었지만 대화에서 동일한 열정을 보였다. 수저가 내는 금속음과 잔이 깨지며 일으킨 소음은 우리 기억에서 지워지지 않을 것이다.

전례를 언급하는 여러 다른 이야기와 마찬가지로 이 일화도 파리에서 시작된다는 점을 밝힌다. 알려진 바에 따르면, 등대 역할을 한 선구자는 플랑드르 네덜란드인 프란스 프레토리우스로 행운의 별이 그가 지나는 길에 자주 들렀던 상징주의자들의 모임에 비엘레그리팽[363]을 보냈다. 1884년 1월 3일의 일이었다. 젊은 문학청년들은 잉크 묻은 손으로 금방 오븐에서 구워져 나온《에타프》최신호를 차지하려고 쟁탈전을 벌이고 있었다. 우리는 프로코페 카페에 있다. 학생 모자를 쓴 누군가는 뒤표지에 위선적인 메모를 휘갈겨 쓴다. 콧수염을 기르고 으스대는 다른 이는 작가가 누구인지 알기 전에는 잠을 자지 않겠노라고 몇 번이나 말한다. 또 세 번째 이는 한쪽 구석에서 금발 턱수염을 쓰다듬으며 과묵하게 내성적인 미소를 띠고

르주 로덴바흐(Georges Rodenbach, 1855~1898)의 소설 제목이다.

363 프랑시스 비엘레그리팽(Francis Vielé-Griffin, 1864~1937). 미국 태생의 프랑스 시인.

있는 머리 벗겨진 사람에게 해포석으로 만든 파이프 담배를 조준한다. 미지의 인물의 베일을 벗겨 보자. 모든 시선과 손가락과 망연자실한 얼굴이 집중하는 그는 전술한 네덜란드인 프란스 프레토리우스다. 메모는 짧다. 절제된 문체는 시험관과 증류기의 악취를 내뿜지만 어떤 권위를 자아내는 옻칠로 장식하여 곧 추종자를 만들고 사로잡는다. 반 페이지에 그리스 로마 신화 비슷한 것이 하나도 없다. 작가는 과학적으로 정제된 어투로 맛은 기본적으로 네 가지, 즉 신맛, 짠맛, 싱거운 맛, 쓴맛이 있다고 표명할 뿐이다. 이 주장은 그 논쟁적 성격으로 인해 머리털을 곤두서게 하지만 혹평가는 1000개의 심장을 정복하기 위해 그래야만 한다. 1891년 프레토리우스는 오늘날 고전이 된 작품 『맛』을 출간한다. 익명의 요구에도 최대한 부드럽게 응대하며 애초 목록에다 다섯 번째 맛을 추가하는데 이 단맛은, 우리가 알 필요는 없지만, 오랫동안 그의 통찰력을 속인 맛이다.

1892년에 문단 회원 중 한 사람인 이스마엘 케리도가 판테온 바로 뒤에 위치한 전설적인 장소 레 생크 사뵈르의 문을 살짝 열었다. 건물은 간소하고 아늑했다. 소비자가 약간의 비용을 미리 지불하면 설탕 덩어리, 알로에 한 통, 얇은 솜사탕, 자몽 가루 혹은 소금 알갱이 중 하나를 선택할 수 있다. 이런 것들이 보르도항과 시의 '문헌 전시실'에서 찾아볼 수 있는 첫 메뉴판에 적혀 있다. 처음에는 하나를 취하면 다른 것을 선택할 수 없었으나 나중에는 케리도가 연달아, 혹은 돌아가면서 선택하거나 섞어서 구입하는 것을 허용했다. 그건 그렇고 프레토리우스의 검증된 조심성은 염두에 두지 않았다. 프레토리우스는 달콤함의 동의어인 설탕뿐만 아니라 설탕 맛이 나는 자몽을 포함하는 것은 명백한 남용이라고 단호히 주장했다. 제약 회사의 약제사 파요트가 고르디아스의 매듭을 풀었다. 그는 케리도가 잘 아는 다섯 가지 맛, 즉 신맛, 싱거운 맛, 짠맛, 단맛과 쓴맛을 가진 3센티미터 높이의 피라미드 모양 당과류 1200개를 매주 제공했다. 전문가 한 명은 모든 피라미드가 처음에는 반투명한 회색이었다가 나중에 편의상 다섯 가지 색, 즉 흰색, 검정색, 노란색, 붉은색, 파란색을 입혔을 것이라고 확신했다. 어쩌면 이익이 남을 거라는 생각에, 혹은 새콤달콤이라는 단어에 혹해 케리도는 이들을 섞는 위험한 실수를 저지르게 된다. 정통파들은 아직도 120가지 색으로 표시된 120여 개의 피라미드를 식탐 있는 자들에게 소개했다고 비난한다. 그런 혼란이 그를 파산으로 이끌었고 결국 그해에 다른 요리사에게 가게를 팔아야만 했는데, 평범하기 짝이 없는 이 요리사는 크리스마스 연회를 위한 칠면조 요리를 팔며 그 미식가의 신전을 더럽혔다. 프레토리우스는 철학적인 감상평을 남겼다. "세상은 끝났다."[364]

이 문장은 비유적으로 두 선구자에게 예언이 되었다. 노쇠해 거리에서 젤리를 팔던 케리도는 1904년 한여름에 뱃사공 카론[365]에게 삯을 지불했다. 프레토리우스는 아픈 심장으로도

---

364 C'est la findu monde. 프랑스어로 세상의 끝이다.(프랑스 학술원과 스페인 왕립 학술원의 공동 기록)(원주)

365 죽은 영혼을 강 건너로 데려다주는 하데스 세계의 뱃사공.

십사 년을 더 살았다. 각각의 기념관을 건립하려는 계획은 당국과 평단, 금융권, 경마장, 성직자들과 유명한 미술관과 식당, 폴 엘뤼아르 모두의 지지를 받았다. 모금된 기금으로 두 개의 흉상을 만들기에는 부족해서 하나에 한 사람의 풍성한 수염과 둘의 공통점인 사자코, 다른 한 사람의 작은 키를 예술적으로 접목해야만 했다. 부족하지만 120개의 피라미드가 공물에 신선감을 더한다.

두 사상가가 떠나고 이제 순수 요리의 최고 사제를 만난다. 피에르 물롱게. 그의 첫 선언은 1915년에 이루어졌다. 1929년에는 팔절판짜리 세 권으로 구성된 『합리적인 소책자』를 펴낸다. 그의 학술적 입장은 잘 알려져 있으니, 신이 허락한다면 가장 간략한 요약본에 한정하기로 한다. 브레몽 사제는 오직 시의 가능성을…… 시학적인 측면에서 찾았다. 추상적이거나 구체적인 — 모든 면에서 동의어인 두 단어는 — 일화나 외부 세계의 사진과 차원이 다른 회화적 그림을 추구한다. 피에르 물롱게는 무게 있는 주장을 펼치는 동시에 대놓고 '주방 요리'라고 직설적으로 부르기를 바란다. 단어가 가리키듯 예술적인 면이나 영양가 있는 음식을 목표로 하지 않는 요리를 말한다. 이제 색상이나 출처, 고정 관념에 의해 먹음직스러운 요리라고 하는 것에 작별을 고한다. 무식하게 실용적인 면만 보고 편성한 단백질이나 비타민, 전분도 안녕이다. 잔인한 폭군 프레토리우스에 의해 쫓겨난 송아지 고기나 연어, 생선, 돼지고기, 사슴 고기, 양고기, 파슬리, 서프라이즈 오믈렛, 타피오카, 이런 추억의 맛이 반은 액체가 된 끈적한 회색빛 덩어리 양념과 함께 무감각해진 미각으로 돌아온다. 식솔들은 시끄럽게 떠들어 댄 다섯 가지 맛에서 벗어나 페피토리아 치킨이나 코코뱅을 주문할 수 있지만, 아시다시피 조리법이 상이하니 모양이 다르고 식감도 다를 것이다. 오늘도 어제처럼, 내일도 오늘처럼 영원히 같을. 단지 한 사람만 그 광경에 불만을 품고 그림자를 드리운다. 다름 아닌 프레토리우스 자신으로, 다른 선구자들과 마찬가지로 자신이 삼십삼 년 전 개척한 그 길에서 한 발짝도 더 나아가는 것을 받아들이지 않는다.

그러나 승리에는 아킬레스건도 있는 법이다. 이미 고전이 되었고, 모든 맛있는 요리를 규범이 요구하는 대로 변함없는 진흙덩이로 만들어 버리는 뒤퐁 드 몽펠리에나 훌리오 세하도르[366] 같은 요리사를 손꼽기에는 손이나 손가락이 부족하다.

1932년에 기적이 일어난다. 수많은 이들 중 한 사람이 강좌를 연다. 독자가 아는 이름이다. 바로 후안 프란시스코 다라크이며 J. F. D.는 제네바에 있는 다른 레스토랑과 비슷한 레스토랑을 열고는 이전의 다른 음식들과 다를 바 없는 요리를 제공한다. 마요네즈는 노란색이고, 야채는 초록색, 아니스 크림은 무지개색, 로스트비프는 붉은색이다. 다들 반동분자라고 그를 비난하기 일보 직전이었다. 그때 다라크가 콜럼버스의 달걀을 내놓는다. 입술에 미소를 머금고 침착하게 천재만이 가질 수 있는 확신에 차서 영원히 그를 요리 역사의 최고봉에 위치시킬 표면적인 행위를 실행한다. 불을 끈다. 그렇게 그 순간 첫 테네브라리움이 시작된다.

---

366 Julio Cejador y Frauca(1864~1927). 스페인의 문학 비평가.

조합주의자

이 글은 단지 정보의 제공과 칭송을 목적으로 하는 만큼 준비 안 된 독자를 힘들게 할 것이란 점을 유감스럽게 생각한다. 하지만 라틴어 격언처럼 '진실은 위대하며 결국 승리한다.' 그렇다면 일격을 가하러 기어올라 보자.[367] 중력의 법칙을 발견하는 계기가 된 사과에 대한 허접스런 이야기는 뉴턴에게 맡기고, 거꾸로 신은 신발은 바랄트 선생에게 맡기자. 애나 모포[368]가 부르는 「라 트라비아타」를 듣고 싶었던 우리의 영웅은 급히 서두르다 오른발에 왼쪽 신발을 왼발에 오른쪽 신발을 신었다고 호사꾼들은 전한다. 이 고통으로 인해 음악과 보컬이 빚어

---

367 — 뚫어 버리자.(작가 주)(원주)
— '준비하자'로 읽을 것을 제안한다.(교정자 주)(원주)

368 Anna Moffo(1932~2006). 미국의 소프라노 가수.

내는 압도적인 마술에 심취하지 못했고 나중에 콜론 극장에서 구급차에 실려 가면서 그 유명한 조합주의 학설을 고안해 냈다고 한다. 바랄트는 발을 디딘 순간 지도상 여러 지역에서 다른 이들도 비슷한 불편을 겪으리라 생각했다. 속인들은 이 수수께끼 같은 사건이 그의 이론에 영감을 주었다고들 한다. 우리는 파스테우르 거리의 변호사 사무실에서 직접 대화를 나눌 절호의 기회를 가지게 되었는데, 조합주의가 라몬 율[369]의 '조합 예술'에 대한 오랜 고찰과 통계적 확률의 결과인 만큼 자신은 기관지염을 예방하기 위해 절대로 밤에는 나가지 않는다고 확언했다. 이것이 적나라한 사실이다. 알로에 즙은 쓰지만 부정할 수 없다.

'조합주의 1947-1954'라는 제목으로 바랄트 선생이 언론사에 제출한 여섯 권의 책에는 관련 주제에 대한 깊이 있고 상세한 소개가 포함되어 있다. 메소네로 로마노스[370]와 라몬 노바로[371]의 폴란드 소설 『쿠오바디스』가 모든 도서관에 전시되어 있지만, 열성적인 독자가 무분별한 구매자 역할을 하는 것을 볼 수 있다. 화려한 문체, 도표와 부록 모음, 주체의 잠재적 자기화(磁氣化)에도 불구하고 대다수는 표지와 목차를 흘깃 보기만 할 뿐 어두운 숲속의 단테처럼 깊이 들어가지는 않았다. 예를

---

369 Ramón Llull(1232~1316). 스페인 마요르카 출신의 철학자, 신학자.

370 Ramón de Mesonero Romanos (1803-1882), 스페인의 작가, 언론인.

371 헨리크 시엔키에비치라고 읽을 것. (교정자 주)(원주)

들자면 카타네오도 명작『분석』의「서문」이 아홉 쪽을 넘지 않는 데다 점점 작품을 코토네의 포르노 소설과 혼동되게 만든다. 따라서 단문이나 선구적인 글은 쓸모가 있으며 학자들의 후속 연구에 도움이 될 것이다. 그 외 정보는 마중물이다. 우리는 출처에 대한 장황한 설명보다 바랄트의 매부인 갈라크 이 가세트와 나누는 직접적인 대화가 효과적이라고 믿었고, 그는 마테우 거리에 위치한 자신의 공증 사무실에서 우리를 한참 기다리게 한 후 맞이했다.

그는 조합주의에 대해 지식이 부족한 우리에게 엄청난 속도로 설명을 늘어놓았다. 인류는 기후나 정치적 차이에도 불구하고 회원을 알 수 없는 수많은 비밀 모임으로 구성되어 있고, 매 순간 신분을 바꾼다. 어떤 신분은 다른 신분보다 오래간다. 예를 들면 카탈루냐 가문의 성을 쓰거나 G로 시작되는 성을 가진 인물들. 하지만 다른 이들은 금세 사라진다. 예를 들면 브라질이나 아프리카에선 재스민 향내를 맡는 이 아니면 버스표를 읽는 이들로 나뉜다. 나머지는 관심 있는 하위 장르로 구분되는데, 가령 이 순간에 심하게 마른기침을 하는 이들은 샌들을 신거나 자전거를 타고 재빨리 도망칠 수 있으며, 템페를레이에서 차를 갈아탈 수도 있다. 기침을 포함해 지극히 인간적인 이 세 가지 풍모와 거리를 가진 이들은 또 다른 형태의 부류를 구성한다.

조합주의는 화석화되지 않고 활기를 돋우며 변화하는 수액처럼 순환한다. 중립적인 거리를 유지하려 노력하는 우리 스스로도 오늘 오후에 승강기를 타고 올라가는 조합원 무리에 속했다가 몇 분 후 지하로 내려가는 무리에 속하거나 가게와 살림살이 사이에 갇힌 폐소 공포증 집단에 속하게 된다. 성냥에 불을 붙이거나 끄는 것 같은 아주 작은 행위가 우리를 한 그룹에서 내쫓고 다른 그룹으로 옮겨 가게 한다. 이런 다양성이 인격에 소중한 규율을 수반한다. 숟가락을 쥔 자와 포크를 쥔 자는 서로 반대편에 있지만 곧 둘 다 냅킨을 사용하고, 그러다 다시 페퍼민트와 볼도[372]차로 나뉘고 구별된다. 여기 이 모든 것이 단어의 층위가 다르지 않은 데다 분노로 얼굴을 붉히지 않고 이루어지니 얼마나 조화로운가? 융화의 끝없는 교훈! 나는 당신이 거북이를 닮았다고 생각하고, 내일 당신은 나를 바다거북으로 오인한다. 등등.

이토록 웅장한 파노라마를 혹평가의 눈먼 지팡이가 망치는 것을 만류해 봐야 쓸데없는 짓이다. 늘 그렇듯이 반대파는 모순된 결점을 부각시킨다. '채널7'은 뻔한 이야기를 전송한다. 바랄트는 아무것도 한 게 없고, 대중 조직들, 즉 노동자총연맹, 정신 병원 연합, 공제 조합, 서양장기 협회, 우표 수집 동호인, 서부 묘지, 마피아, 라 마노네그라, 의회, 농업 공진회(共進會), 수목원, 국제 펜클럽, 유랑 극단, 낚시 용품사, 보이스카우트, 복권, 그리고 나름 유용한 모임들이 이미 태초부터 그곳에 존재했기 때문이라고 방송한다. 한편 라디오는 조합주의가 조합의 불안정성으로 인해 현실성이 부족하다고 재빠르게 퍼뜨린다. 어떤 이에게는 이 사상이 낯설고 다른 이에게는 이미 아는 내용이다. 부인할 수 없는 사실은 조합주의가 지하를 흐

---

372 칠레, 브라질, 볼리비아 등 라틴 아메리카에서 자라는 식물의 일종으로 잎은 말려서 차로 마신다.

르는 강물처럼 역사를 헤쳐 왔던 인간의 잠재적 친연성을 연결하고 유착시키고자 한 첫 체계적 시도였다는 점이다. 심혈을 기울여 구성하고 전문가가 지휘하면 혼란의 용암 급류에 저항하는 바위가 될 것이다. 이 선한 교리가 필수적으로 야기할 분쟁에 눈을 감지 말자. 기차에서 내리는 자는 올라타는 자에게 칼을 겨눌 것이다. 젤리를 사고 싶지만 돈이 부족한 자는 이를 낭비하는 자의 목을 조르고 싶을 것이다.

바랄트는 비판하는 자와 지지하는 자 모두로부터 거리를 두고 자신의 길을 간다. 그 매부에 의하면 그는 가능한 모든 조합의 목록을 작성하는 중이라고 한다. 어려움이 많다. 예를 들어 현재 미궁에 대해 생각하는 사람들의 조합과 일 분 전 미궁을 잊어버린 사람들의 조합, 이 분 전, 삼 분 전, 사 분 전, 사 분 삼십 초 전, 오 분 전의 조합 등에 대해 생각해 보자…… 미궁 대신 남포등으로 대체해 보자. 이 경우는 더 복잡해진다. 메뚜기나 펜으로는 어찌할 수도 없으니.

마지막으로 우리의 광신적인 집착을 내려놓자. 바랄트가 암초를 어떻게 피해 갈지 걱정하지 않는다. 신뢰가 주는 고요하고 신비로운 희망을 통해 대가가 완벽한 목록을 제공할 것을 믿는다.

세계의 연극

1965년 비가 자주 내리던 가을날, 멜포메네와 탈리아가 가장 젊은 뮤즈라는 데에는 논쟁할 여지가 없다. 미리암 알렌 뒤 보스크가 예찬하듯이 미소 짓는 가면과 그 자매가 우는 모습의 가면[373]은 극복하기 힘든 장애를 이겨낸 것이 분명하다. 첫 번째는 아이스킬로스, 아리스토파네스, 플라우투스,[374] 셰익스피어, 칼

373 여기서 두 개의 가면은 미소 짓는 가면과 우는 가면으로, 하나는 희극이고 다른 하나는 비극을 상징한다. 그리스 연극에서 기원한 것으로 탈리아는 희극의 뮤즈이며 멜포메네는 비극의 뮤즈다.

374 Plautus(기원전 254?~기원전 184). 고대 로마의 희극 작가.

데론, 코르네유, 골도니,[375] 실러, 입센, 쇼, 플로렌시오 산체스[376] 등 그 천재성에 이의를 제기할 이가 아무도 없는 이름의 압도적인 영향. 두 번째는 햄릿이 독백을 하던 공간인 비나 눈이 와도 피할 곳 없는 열린 마당의 무대부터 대기실, 여성석, 무대 감독석을 구비한 현대적인 오페라 극장의 회전 무대에 이르기까지 가장 독창적인 건축 양식. 세 번째는 관객과 예술 사이에 끼어들어 박수를 유도하는 — 거인 자코네 등 — 무언극 배우들이 보여 주는 활기찬 모습. 네 번째이자 마지막으로, 기계적인 허세를 통해 폐를 끼치고 전파하는 영화, 텔레비전, 라디오극.

새로운 연극의 초기를 연구한 이들은 두 선구자를 앞세운다. 바이에른 농부들이 실행에 옮긴 「오버아머가우 수난극」과 실제 사건이 일어난 역사적 장소를 우화로 각색하고 확장하여 큰 인기를 끈 갖가지 「빌헬름 텔」 공연들. 좀 더 오래된 것들은 중세 시대 한자 동맹 시절로 거슬러 올라간다. 세계사를 거리 연극으로 표현해 냈는데, 뱃사람들에게 「노아의 방주」를 보여 주거나 요리사들에게 「최후의 만찬」을 보여 줬다. 이 모든 것이 비록 사실에 바탕을 두었으나 블룬칠리의 명성에 먹칠을 하지는 않았다.

1909년경에 블룬칠리는 우시[377]에서 괴짜로 정평이 났다. 하인이 가져온 쟁반을 뒤엎어 버리고 늘상 퀴멜주에 절어 있

375 카를로 골도니(Carlo Goldoni, 1707~1793)는 이탈리아의 희극 작가.
376 Florencio Sanchez(1875~1910). 우루과이의 극작가.
377 스위스 로잔의 항구이자 인기 있는 호숫가 휴양지.

거나 치즈 냄새를 풍겼다. 출처가 불분명한 일화에 의하면, 기번 호텔의 계단에서 막 단추를 채우려던 엥겔하트 남작의 스코틀랜드산 안감을 덧댄 트렌치코트 왼쪽 팔에 자신의 오른팔을 끼워 넣었다고 한다. 그러자 스미스 웨슨사의 초콜릿을 입힌 아몬드[378]를 들이대고 위협해 이 무례한 특권층을 도망치게 만들었다는 것은 모두가 아는 이야기다. 블룬칠리는 홀로 보트에 올라타고 노를 저어 그림 같은 레만 호수를 여행하곤 했는데, 황혼이 질 때면 하품을 하거나 짧은 독백을 읊조렸다. 케이블카에서는 미소를 짓거나 흐느꼈다. 전차에서는 카노티에 모자 테두리에 표를 끼우고 거드름을 피우며 다른 승객에게 자신의 시계가 몇 시를 가리키느냐고 묻는 것을 빼먹지 않았다고 여러 사람이 증언했다. 1923년 이후 자기 예술 세계의 중요성을 깨닫고 그런 시도를 그만두었다. 거리를 걷고, 사무실과 상점에 출입하고, 편지를 우체통에 넣고, 담배를 사서 피우고, 조간신문을 뒤적였으며, 한마디로 가장 평범한 시민처럼 행동했다. 1925년에는 결국 모두가 실행하는 것을 그도 했다. (조심!) 어느 목요일 밤 10시가 지난 시간에 세상을 떠났다. 지금은 고전이 되어 버린 그의 메시지는 평생 친구였던 막심 프티펭이 엄숙한 장례식장에서 장광설을 토하는 경건한 만행을 저지르지 않았더라면 그와 함께 묻힐 뻔했다. 믿기지 않겠지만 프티펭이 발표하고 《프티 보두아》에 다시 실린 학설은, 오늘날 유명한 배우이자 사업가가 된 막시밀리앙 롱게가 1932년에 일

378 총알을 뜻한다.

간지 부록에서 발견하고 가치를 확인하기 전까지는 별 반향이 없었다. 볼리비아에서 체스를 공부할 기회를 제공하는 어렵기로 소문난 쇼트브레드 장학금을 받은 청년 막시밀리앙은, 로잔과 우시 사이의 루비콘강을 건너지 않고 에르난 코르테스처럼 체스 판과 말을 불태우고는 블룬칠리가 전한 원리에 혼신을 다해 뛰어들었다. 자신의 빵집 뒷방에서 선별된 소그룹 '일루미나티'를 결성하고 '블룬칠리 보고서'라고 부른 유언 집행자가 되었을 뿐 아니라 이를 실행에 옮겼다. 출처가 불분명하고 혼란스러우나 우리 기억에 남아 있는 굵직한 이름들을 거명해 보면 장 피스와 카를로스 혹은 카를로타 상페가 있다. "거리를 점거하자!"라는 구호를 깃발에 썼을 것이 분명한 이 대담한 모임은 대중의 무관심이라는 잠재적 위험을 감수했다. 선전 구호나 벽보 따위에 의지하지 않은 채 100여 명이 보세주르 거리로 나섰다. 모두 빵집에서 나온 것은 아니다. 어떤 이는 편안하게 남쪽에서 왔고, 다른 이는 북동쪽에서, 멀리 있는 이는 자전거를 타고, 전차를 이용한 이도 많았으며, 어떤 이는 신발 깔창을 손에 들고 왔다. 아무도 의심하지 않았다. 번화한 도시는 그들을 수많은 행인의 일부로 여겼다. 공모한 이들은 규율에 따라 서로 인사를 나누지도 눈빛을 교환하지도 않았다. X는 거리를 걸었다. Y는 사무실과 상점으로 들어갔다. Z는 우체통에 편지를 넣었다. 카를로타인지 카를로스인지는 담배를 사서 피웠다. 소문에 따르면 롱게는 긴장해 손톱을 깨물며 집에 머물렀고, 성공인지 실패인지를 최종적으로 알려 줄 때까지 전화통 옆에서 초조하게 기다렸다고 한다. 독자는 결과를 알고 있다. 롱게는 소품에 의존하는 연극과 장황한 대사를 남발하는 연극에 치명적인 일격을 가했다. 새로운 연극이 태어났다. 아무 준비가 되어 있지 않은 무지한 당신이 이미 배우다. 삶이 대본이다.

예술이 싹트다

놀랍게도, 해당 직종 종사자들이 인자한 미소를 지으며 언급하는 기능성 건축이라는 문구는 여전히 많은 대중을 매료시킨다. 개념을 확실히 하고자 최근 유행하는 건축의 흐름을 개략적으로 살펴보려 한다.

비록 최근의 일이나 그 기원은 뜬구름 같은 논쟁 속에서 모호해진다. 두 사람이 근거를 놓고 다투는데, 1937년 에든버러에서 『양보 없는 건축을 향하여』라는 흥미로운 책자를 펴낸 애덤 퀸시와 몇 년 후 역사상 첫 '카오스' 개념을 재정립해 건축한 피사 출신 알레산드로 피라네시가 그 장본인이다. 이 건축물은 침입하려는 광적인 욕망에 사로잡힌 무지한 군중이 몇 번이나 불을 질러 성 요한 축일과 성 베드로 축일 밤에 결국 잿가루로 변해 버렸다. 그사이 피라네시는 사망했지만 남아 있던 사진과 설계도를 사용해 원형 그대로 복원이 가능했고 오늘날

이를 감상할 수 있다.

현재적 관점에서 다시 냉정하게 읽어 보면, 애덤 퀸시의 인쇄물이 짧고 조잡하다 하더라도 새로운 것을 좋아하는 이에겐 담백한 음식이 된다. 일부 문단을 다시 읽어 보자. "기억을 자주 왜곡하곤 했던 에머슨은 건축이 냉동된 음악이라는 건 괴테의 개념이라고 말했다. 이 견해와 더불어 당대 건축물에 대한 우리의 불만이 때로는 거주나 회합을 위한 공간을 넘어 음악처럼 열정을 직접적으로 표현하는 언어가 되는 건축물을 꿈꾸게 만들었다." 이다음에는 "르코르뷔지에는 집을 거주를 위한 장치라고 이해했는데, 이런 정의는 타지마할보다 떡갈나무나 물고기에 해당하는 것 같다."라고 말한다. 지금은 명백하고 자명해 보이는 이런 주장이 적지 않은 이를 놀라게 했고, 자신들의 은밀한 성채에서 상처 입은 발터 그로피우스와 라이트[379]의 맹렬한 비난을 불러일으켰다. 책의 나머지 부분은 러스킨[380]의 『건축의 일곱 개의 등』을 공격하는데 최근의 관심 사안은 아니다.

피라네시가 예의 책자를 알았는지는 별로 중요하지 않다. 반론의 여지가 없는 사실은 목수들과 광신도 노인들의 도움을 받아 예전에는 늪지였던 비아 페스티레파에 로마의 대혼란을 상징하는 건축물을 세웠다는 점이다. 이 우아한 건물을 어떤

379 프랭크 로이드 라이트(Frank Lloyd Wright, 1867~1959). 미국의 유명한 근대 건축가.

380 존 러스킨(John Ruskin, 1819~1900). 영국의 미술 평론가이자 사회 사상가.

이들은 공이라 했고, 다른 이들은 달걀 모양이라 했고, 보수적인 사람들은 형태가 갖추어지지 않은 덩어리라고 했으며, 재질은 대리석에서 야자나무와 분변에 이르기까지 다양했고, 통과가 불가능한 벽 쪽으로 접근하기 쉽도록 나선형 계단과 연결 다리를 설치했으며, 출입이 제한된 발코니와 우물로 나가는 문을 두고 어떤 층은 천장에 간이침대를 걸고 의자를 배치한 높은 방으로 구성했다. 오목 거울의 부재도 개의치 않았다. 잡지《태틀러》도 처음에는 열정적으로 새로운 건축 정신이 구체적으로 구현된 첫 번째 사례라고 칭찬했다. 하지만 누가 짐작이나 했을까, 이 건축물이 우유부단하고 진부하다는 비판을 받을 줄은.

그건 그렇고 영원한 도시[381]의 루나 파크와 빛의 도시[382]의 유명한 축제에서 대중에게 공개된 조잡한 모조품에 대해 쓰거나 비난하는 데 잉크 한 방울도, 일 분 일 초도 낭비하지 말자.

절충적이기는 하지만 오토 율리우스 만토이펠의 싱크리티즘은 흥미롭다. 포츠담에 있는 많은 뮤즈의 신전은 주택, 회전 무대, 이동 도서관, 겨울 정원, 멋진 조각 작품들, 예배당, 정자와 불교 사원, 스케이트장, 프레스코 벽화, 오르간, 환전소, 공공 변소, 터키탕, 케이크를 융합했다. 이런 여러 동의 건물을 관리하는 비용 때문에 개관 축하연이 열린 지 얼마 되지 않아 결국 경매로 넘어가 철거된다. 날짜를 잊지 말자! 1941년 4월 23일 혹은 24일이다!

---

381 로마.
382 파리.

이제 좀 더 중요한 인물인 위트레흐트의 베르두센의 차례가 돌아왔다. 이 거장은 역사를 쓰고 만들었다. 1949년에 『근세 건축 기관』을 출간하고, 1952년에는 베르나르도 왕자가 후원하고 네덜란드 전체가 애정을 담아 '문과 창문의 집'이라 명명한 건물을 개관했다. 요약하면 벽과 창문, 문과 바닥과 천장은 의심할 여지없이 현대 인간 주거지의 기본 요소를 구성한다. 경박한 백작 부인의 규방과 새벽이 오면 전기의자에 앉혀질 흉악범이 있는 감방도 이런 형식을 피할 수는 없다. 베르두센이 국왕의 제안에 따라 문지방과 계단이라는 두 가지 요소를 더했다는 이야기가 전해진다. 이런 규칙에 준하는 건물은 가로 6미터 세로 18미터가 채 되지 않는 네모난 대지에 위치한다. 1층 외벽의 문 여섯 개는 90센티미터마다 똑같은 다른 문과 이어져 맨 마지막 벽에 닿을 때는 총 열일곱 개의 문에 이른다. 측면 격벽이 여섯 개의 동일한 공간을 나누고, 총 102개의 문으로 구성된다. 맞은편 발코니에서 연구자는 2층에 여섯 굽이 올라갔다 내려가는 지그재그 형태의 여러 계단을 엿볼 수 있다. 3층은 창문만 있다. 4층은 문지방, 꼭대기 층인 5층은 바닥과 지붕으로 이루어졌다. 건물은 유리로 되어 이웃집에서 잘 들여다볼 수 있다. 너무나 완벽한 보석이라 아무도 모방할 엄두를 낼 수 없었다.

여기까지 '사람이 살 수 없는 집'의 형태론적 전개 과정을 '개략적으로' 묘사해 보았다. 신선하고 농밀한 예술적 섬광이자 실용주의에 굴복하지 않은 집이다. 아무도 안으로 들어가지 않고, 아무도 기지개를 켜지 않고, 아무도 쭈그려 앉지 않는다. 아무도 움푹 파인 곳에 몸을 끼우지 않고, 아무도 쓸모없는 발코니에서 손을 흔들지 않고, 아무도 손수건을 흔들지 않으며, 아무도 창문으로 몸을 던지지 않는다. 모든 것이 질서 있고 아름답다.

추신. 이전 교정지 수정을 끝내고 나니 호주의 태즈메이니아에서 새로운 움직임이 있다는 전보가 도착했다. 그때까지 사람이 거주할 수 없는 건축학의 정통파에 속했던 하치키스 데 에스테파노가 주저 없이 예전에 숭배했던 베르두센 이론의 근간을 흔드는 『나는 고발한다』를 발표했다. 그는 벽, 바닥, 문, 천창, 창문이 기능적 전통주의의 구닥다리 화석인 만큼 비록 불가능하다 할지라도 배제하려 한다고 선언한다. 드럼과 심벌즈를 치며 새로운 형태의 '사람이 살 수 없는 집'을 선포하는 데 단순히 덩어리에 지나지 않는 예전 골동품은 버리려 한다. 이 최신식 표현 양식의 모형과 설계도, 사진을 기대에 차서 기다리고 있다.

그라두스 아드 파르나숨[383]

칼리와 메데인에서 짧지만 보람 있는 휴가를 보내고 돌아왔을 때 에세이사 공항의 그림 같은 카페에서 나를 기다리고 있는 것은 슬픈 소식이었다. 인생의 어느 지점에서 우리는 우리 뒤에서 누군가 넘어지지 않도록 등을 돌리는 법을 모른다. 물론 이번에는 산티아고 힌스베르그에 대해 말하는 것이다.

나는 지금 여기서 친구가 떠난 슬픔을 극복하고 신문에 게재된 그릇된 해석을 바로잡으려고 한다. 그런 큰 오류에도 따로 적의를 품고 있지는 않다는 점을 미리 밝힌다. 자식들은 벌받을 만하고 또 무지하니 용서받을 만하다. 나는 사물을 제자리에 돌려 놓을 것이다. 그게 전부다.

---

383 Gradus ad Parnassum. 라틴어로 '파르나소스산에 오르다.'라는 뜻.

몇몇 '비평가'들이 잊어버리는 듯한데, 힌스베르그가 집필한 첫 번째 책은 『너와 나를 위한 열쇠』라는 시집이었다. 내 소박한 개인 서가에는 그 흥미로운 책의 유일무이한 초판 한 부가 잠금 상태로 보관되어 있다. 총천연색 표지, 로하스가 그린 초상, 보도니사의 활자체, 전반적으로 정리된 텍스트, 요컨대 완전한 성공작!

날짜는 금세기 1923년 7월 30일. 결과는 예측 가능했다. 울트라이스모 작가들의 전면 공격, 저명한 평단은 하품을 하며 무시, 반향 없는 촌평, 온세 지역에 위치한 마르코니 호텔의 엄격한 아가페. 소네트 속편에서 깊이 천착하여 때로는 진부함 아래를 읽어 내고 특정한 새로움을 발견한 이는 아무도 없었다. 이제 그것에 관심을 집중하려 한다.

구석에 모인 친구들
소맷부리의 오후가 떠나고 있다.

수년 후 P. 페이호오(카날일지도?)가 1941년 발간한 『쿠엔카 델 플라타의 특정 형용사 규약』에서 '소맷부리의'라는 단어를 예로 들며, 이 단어가 공인된 왕립 학술원 사전에 실려 있다는 사실은 이례적이라고 말한다. 이를 대담하고 즐겁고 새로운 단어로 평가하며 말만 들어도 소름 끼치는 형용사라는 가설을 내놓는다.

다른 구절을 예로 들어 살펴보자.

입맞춤이 연결할 사랑의 입술,

늘 그랬듯이 노코모코라 했다.

품위 있게 고백하건대 처음에는 노코모코라는 단어가 생각 없이 흘러나왔다.

다른 예를 들어 보자.

> 우체통! 별들의 무관심이
> 고명한 점성술을 버린다.

우리가 아는 바로는 이 아름다운 글귀의 첫 단어는 관계 당국의 어떠한 심의도 받지 않았다. 어떤 면에서는 이런 과도한 관용이 정당할 수 있는 이유가 라틴어로 큰 입이라는 뜻의 'bucco'에서 파생된 단어인 'Buzón(우체통)'이 앞서 언급한 사전의 십육판 204쪽에 나오기 때문이다.

우리가 판단하건대 당시 불편한 겉치레를 피하고자 예방 차원에서 '우체통'이 단순한 오타라는 가설을 지적 재산권 등록소에 보관한 것이다. 이 가설에 따르면 실제로는 다음과 같은 구절이다.

> 트리톤! 무심한 별이
> 아니면
> 생쥐! 무심한 별이

아무도 나를 배신자로 낙인찍지 마시길. 난 패를 다 보여 주었다. 수정안을 등록한 지 육십 일 후 내 멋진 친구에게 전보를 보내 말을 돌리지 않고 사실대로 전했다. 답장은 우리의 호기심을 자극했다. 힌스베르그는 세 단어 모두 유의어인 것을 인정한다는 가정하에 그 수정안에 동의해 주었다. 머리를 숙이는 것 외에 내게 남은 방법이 무엇이겠는가? 신중하게 문제에 접근한 P. 페이호오(카날일지도?)와 상담했으나 비록 세 가지 형태 모두 보기에는 매력적이었으나 어느 것도 완벽히 충족하지 못했다는 것을 인정해야만 했다. 보시다시피 문서는 보관 상태다.

두 번째 시집 『향기 나는 별의 꽃다발』은 어느 '서점' 지하 창고에 먼지로 덮여 있다. 카를로스 알베르토 프로슈토가 《노소트로스》에 헌정한 기사는 오랫동안 주목받지 못했고, 주석자는 작품에 진정한 가치를 부여하는 적절한 관용어를 찾지 못했다. 조금만 방심해도 비평의 경계를 벗어나곤 하는 짧은 단어들이다. 사행시 — 서문의 'Drj'. 학생 문고 선집에 여러 번 실리고 고전으로 취급받는 소네트의 'ujb'. 『연인』에 실린 삼행시의 'ñll'. 아픔을 담은 묘비명의 'hnz'. 그러나 뭐 하러 계속하나? 지칠 뿐이다. 지금으로서는 시구 전체에 대해 말하지 않겠다. 사전에 실린 단어는 하나도 없다!

Hlöj ud ed ptá jabuneh Jrόf grugnό.[384]

아래에 서명한 이가 동틀 때부터 자정까지 블리캄세페

384 부스토스 도메크가 창조한 언어로 세상에 존재하지 않는다.

로[385]에서 힌스베르그의 필기 노트, 즉 미래 어느 날 명예의 전당에 실릴 처음이자 마지막 원고를 발굴해 내지 않았더라면 이 논쟁은 아무런 의미도 갖지 못했을 것이다. 문학을 사랑하는 이를 매료시킨 문장들(울지 않는 자는 젖을 먹지 못한다, 팔지 않는 빵처럼, 두드려라 그러면 열릴 것이다. 등등), 강렬한 색의 그림, 표제 수필, 순도 100퍼센트의 관념주의 시(플로렌시오 발카르세의 「담배」, 기도 스파노의 「네니아」, 에레라의 「황혼의 열반」, 비센테 케롤의 「크리스마스 이브에」), 불완전한 전화번호 목록, 소맷부리, ñll, 노코모코, 하부네(jabuneh) 같은 특정 단어들에 대한 권위 있는 설명을 조합하는 무질서에 관한 시선이다.

조심스레 진행해 보자. 사전에서 입(boca)과 소매(manga)의 조합인 소맷부리(bocamanga)는 '소매에서 손목에 가장 가까운 부분, 특히 안감 부분'을 가리킨다. 힌스베르그는 동의하지 않는다. 노트에서 그는 "내 시에서 소맷부리는 우리가 언젠가 들은 적이 있지만 잊어버렸다가 수년 후 되찾은 선율의 느낌을 표현한다."라고 설명한다.

또한 '노코모코'의 베일도 들춘다. 다음과 같이 구체적인 말로 확언한다. "연인들은 자신도 모르게 서로를 찾아 헤매며 살아왔고, 만나기 전에 서로를 알았으며, 행복하다는 자체가 항상 함께였다는 증거라고 반복해서 말한다. 그런 반복을 피하거나 줄이기 위해 나는 '노코모코', 아니면 시간을 절약하기 위해 '마푸', 아니면 그냥 '푸'라고 발음해 볼 것을 권한다." 열

---

385 아르헨티나 가구 브랜드.

십일 음절의 기준을 지켜야 했기 때문에 세 단어 중 어감이 좋지 않은 것을 강요했다는 점은 안타깝기 그지없다.

로쿠스 클라시쿠스[386]로서 우체통의 놀라운 점을 당신들에게 전하고자 한다. 평범한 자가 상상하듯 붉은색 기둥 모양 통의 틈 사이로 편지를 넣는 전형적인 물건이 아니다. 오히려 노트는 우리에게 힌스베르그가 "우연히, 별안간, 우주와 호환되지 않는"이라는 의미를 선호했노라고 알려 준다.

이런 방식으로 서두르지 않고 끈기 있게, 고인은 한가한 사람의 주의를 끌 만한 대부분의 난제를 해결한다. 하나의 예만 볼 때 'jabuneh'는 "부정한 연인과 예전에 함께했던 장소로 우울한 순례"를, 'grugnó'는 넓은 의미로 "한숨을 내쉬다, 억누를 수 없는 사랑의 불평으로"를 뜻한다. 불판 위를 지나듯 'ñll'이라는 단어를 살펴보자. 힌스베르그의 상징 깃발이던 좋은 취향이 이번에는 그를 배신한 것처럼 보인다.

여러 가지 설명으로 골치 아프게 한 뒤에 한 장의 종이에 남긴 다음 메모를 여기에 옮기는 것은 우리에겐 부담스러운 일이다. "나의 목적은 일반 언어와 정확히 일치하지 않는 용어로 이루어진, 그러나 항상 그래 왔듯 시의 기본 주제가 되는 상황과 감정을 표현하는 시적 언어를 만드는 것이다. 'jabuneh'나 'hloj' 같은 소리에 대해 내린 정의는 근사치에 지나지 않는다는 점을 독자들은 유념해야 한다. 그 외에는 처음 시도되는 것이다. 나의 후배들이 변형과 은유, 뉘앙스를 더할 것이다. 의심

386 locus classicus. 라틴어로 상투어, 표준 등의 뜻.

할 여지 없이 내 단순한 어휘를 풍요롭게 할 것이다. 순수주의에 빠지지는 말 것을 부탁한다. 바꾸고 변형하라."

선택하는 눈

아르헨티나 건축가 협회(S. A. D. A.)가 의욕적으로 시작하고 가라이 광장의 기술 감독이 은밀히 획책했으며, 황색 신문에서 증폭된 첨예한 논쟁의 울림은 어떤 뇌물도 통하지 않는 신뢰할 수 있는 조각가 안타르티도 A. 가라이와 그의 연기된 작업에 여과 없는 빛을 비춘다.

건망증이 심한데도 그 모든 것이 잊지 못할 기억을 소환했다. 1929년 루미스의 식탁에서 린 와인에 적신 감자를 넣은 고등어 요리를 먹던 추억을. 문학적으로 말하자면, 당대 가장 시끄러운 패거리들이 아가페와 뮤즈들의 공모로 그날 밤 파레라 거리에 모였다. 몬테네그로 박사가 장갑을 낀 채 샴페인을 들고 마지막 축배를 제안했다. 어디서든 경구나 농담이 불꽃을 튀겼다. 연미복을 입은 갈리시아인 탄탈로스[387]는 우리 디저트까지 다 먹어 치웠고, 내 옆에 앉아 있던 이는 신중하고 겸손한 시골 출신 젊은이였는데 내가 조형 예술에 대해 우쭐거리며 말하는 동안 한 번도 자신의 의견을 피력하지 않았다. 심지어 그 친구가 내 장광설에 맞춰 주었다는 것을 인정해야 한다. 그와 함께 싱코 에스키나스의 가게에서 밀크 커피를 마시며 이야기를 나누었고, 롤라 모라 분수에 대한 나의 분석과 예찬이 끝나 갈 무렵 그는 스스로 조각가라고 소개했다. 그러고는 예술의 벗 회관(옛 반 리엘 살롱)에서 열리는 전시회에 가족, 지인들과 함께 나를 초대했다. 초대에 답하기 전에 그가 계산하도록 내버려 두었는데 그는 통근 전차 38번이 다 지나갈 때까지 계속 망설이다가 값을 치렀다.

전시회가 시작하는 날 나는 개막 행사에 참석했다. 첫날 오후에 작품은 완판될 듯한 기세로 판매되었고 그 이후로는 거래가 잠잠해지면서 단 한 작품도 팔리지 않았다. '판매 완료'라는 딱지는 아무도 속이지 못했다. 반대로 언론의 비평은 최대한 포장해 미화한 형태로 헨리 무어를 언급하며 칭찬에 진력했다. 나도 프랑스어판 《라틴 아메리카》에 에스코르소라는 필명으로 드러나지 않게 좋은 평가를 했다.

작품은 옛 틀을 깨지 않았다. 초등학교 때 미술 교사가 둘씩 혹은 셋씩 마주 보게 하고서 사람의 발이나 나뭇잎 혹은 과일을 앞에 두고 반복해서 시키던 석고 틀 작업과 같은 형태로 이루어졌다. 안타르티도 A. 가라이는 잎이나 발, 과일이 아니라

---

387 그리스 신화에 등장하는 인물로 제우스의 아들이다. 신들이 먹는 음식인 넥타르와 암브로시아를 훔쳐서 인간에게 주었다.

틀 사이의 공간이나 분위기에 주의를 기울여야 한다고 힌트를 주었는데, 내가 한참 후 프랑스어로 낸 글에서 밝혔듯이 그는 이것을 오목한 조각품이라고 불렀다.

첫 전시회에서 벌어진 일은 이후 두 번째 전시에서도 반복되었다. 행사는 부에노스아이레스 카바이토 지역의 한 건물에서 열렸고, 네 개의 황량한 벽과 천장 곳곳의 쇠시리 장식, 마룻바닥 위에 흩어져 있는 돌 부스러기 외에 아무런 가구도 시야에 들어오지 않았다. 나는 0.45페소에 입장권을 팔아 짭짤한 수익을 챙긴 매표 창구에서 무지한 이들에게 '이 모든 것'이 "아무런 가치도 없어요. 세련된 취향에 부합하는 핵심적인 요소는 쇠시리 장식과 부스러기 사이를 순환하는 공간이에요."라고 거만하게 말했다. 그지없이 편협한 시야를 가진 평단은 그동안 진행된 명백한 진보를 인지하지 못하고 나뭇잎과 과일, 발의 부재를 한탄하는 데 머물렀다. 경솔했다고 평가할 수밖에 없는 전시회는 얼마 지나지 않아 그 대가를 치러야 했다. 처음엔 농담도 하고 호인처럼 굴던 대중이 점점 압력을 행사하더니 모두 한뜻으로 작품에 불을 질렀다. 그것도 조각가의 생일 바로 전날 밤이었고, 조각가는 속된 말로 엉덩이라 부르는 부위에 돌멩이를 맞아 시퍼렇게 멍이 들었다. 표를 팔던 이, 즉 나로 말할 것 같으면 무슨 일이 일어날지 눈치채고는 벌집을 들쑤시지 않기 위해 천 가방에 판매 수익을 챙겨 예정보다 일찍 자리를 떴다.

나의 길은 명확했다, 은신처나 둥지를 찾는 것. 두란드 병원 수련의가 타박상 환자의 퇴원을 허락했을 때 나를 찾지 못하도록 숨을 곳을 찾아야 했다. 흑인 요리사의 추천으로 온세 광장에서 한 블록 반 떨어진 누에보 임파르시알 호텔에 투숙했는데, 이곳에서 나는 『타데오 리마르도의 희생자』[388]를 쓰는 데 필요한 추리 소설 관련 자료를 수집하는 한편 후아나 무산테에게 추파를 던지는 것도 멈추지 않았다.

몇 년 후 웨스턴 바에서 크루아상과 밀크 커피를 앞에 두고 앉아 있는데 안타르티도 A. 가라이가 나타났다. 그는 이미 부상에서 회복했고 품위 있게도 천 가방에 대해서는 언급하지 않았다. 따뜻한 커피 두 잔을 나눠 마시며 오래된 우정을 다시 회복할 수 있었다. 커피값은 그 친구가 냈다.

하지만 진행 중인 현재가 있는데 뭐 하러 과거를 회상하는가? 아주 둔한 이도 눈치챌 수 있듯이 나는 가라이 광장에 세워진 근사한 작품, 그러니까 세파에 시달린 우리 대가의 끈질긴 작업이자 창조적 재능에 대해서 언급하려는 것이다. 모든 것이 웨스턴 바에서 소토 보체[389]로 계획되었다. 맥주와 커피를 번갈아 마시느라 뭘 마시는지도 제대로 몰랐고 화기애애하게 이야기만 나누었다. 거기에서 그는 자신의 기본 구상을 내게 중얼대며 전했는데, 알고 보니 '안타르티도 A. 가라이의 조각 전시회'라는 문구가 박힌 금속 간판을 미송 나무 기둥 두 개에 걸어 엔트레 리오스 거리의 행인들이 볼 수 있도록 세우겠다

388 중요한 사실: 구매자들에게 부스토스 도메크의 『이시드로 파로디에게 주어진 여섯 가지 사건』을 즉시 구입할 것을 이 기회를 빌려 전한다. (H. B. D의 메모)(원주)

389 sotto voce. 악보에서, 아주 부드러운 소리로 연주하라는 말.

는 계획이었다. 나는 처음에 고딕체를 주장했지만 결국엔 붉은 바탕에 흰색 글자를 쓰기로 타협했다. 시청 허가도 받지 않고 한밤중에 경비가 자는 틈을 타 머리에 비를 맞아 가며 간판에 못질을 했다. 작업을 마친 후 경찰에게 들키지 않기 위해 서로 다른 방향으로 갔다. 내가 지금 사는 곳은 모퉁이 지나 포소스 거리에 있다. 안타르티도는 플로레스 광장 근처의 주택가까지 전력 질주해야 했다.

다음 날 아침, 탐욕의 노예가 되어 먼저 움직여 시간을 벌려는 심산에서 불그스레한 여명으로 물든 광장의 녹음 짙은 경내로 내려갔다. 이미 비는 그쳤고 새들이 재잘대며 인사했다. 나는 제빵사의 작업복을 상징하는 자개단추에 고무 챙이 달린 납작한 모자를 썼다. 입장권 수익 관련해서 지난번 판매액 중 남은 것은 내 서랍에 조심스레 보관했었다.《라 나시온》신문을 사기 위해 아무 소리도 하지 않고 50센타보를 내는 검소한 행인들과 삼 일 만에 우리를 고소한 건축 조합 무리는 얼마나 다른가! 그러나 악덕 변호사들의 주장만 봐도 사건은 간단하고 명백하다. 우리 변호사인 사비그니 선생은 파스테우르 거리에 있는 법률 사무소에서 겨우 이 내용을 이해했다. 판매액 중 아주 적은 금액을 뇌물로 받은 판사가 마지막에 칼자루를 쥐었다. 나는 마지막에 웃을 준비를 한다. 가라이의 이름이 붙은 작은 광장에 전시된 그의 조각 작품이 솔리스와 파본 교차로에 있는 건물 사이에 있다. 나무와 벤치, 하천, 통행하는 시민들도 빠트릴 수 없다. 안목이 필요하다!

추신. 가라이의 계획은 점차 확장된다. 재판 결과에 상관없이 누녜스 지역 전체가 감상할 수 있는 네 번째 전시회를 계획한다. 나중에 무척이나 모범적이고 아르헨티나적인 그의 작품이 피라미드와 스핑크스의 정취와 연결될지 누가 알겠는가?

부족한 것은 해를 입히지 않는다

각각의 세기는 당대의 작가, 최고 기관, 진정한 대변인을 만들고 장려한다. 급변하는 시간은 1942년 8월 24일 부에노스아이레스에 정착했다. 이름은 툴리오 에레라. 책 제목은 '변명'(1959), 부에노스아이레스시 공모전 2등에 빛나는 시집 『일찍 일어나다』(1961)와 1965년에 발표한 소설 『있으라 하니 있었다』가 있다.

그는 표절로 여섯 번이나 고소당한 친척 P. 폰데레보의 유명세를 질투한 음모와 관련된 기이한 에피소드가 『변명』의 집필 동기라고 한다. 양심에 따라 삼촌을 변호하는 젊은 작가의 호의를 누구든지 느낄 수 있다. 평단이 특이한 점을 알아채는 데는 이 년이면 충분했다. 변론 전체에 걸쳐 그가 옹호하는 사람의 이름이나 비난받은 책의 제목이나 견본으로 삼은 작품들의 연표에 대한 언급이 전혀 없다는 것이다. 다수의 비평가는 그런 속임수도 섬세한 배려에서 비롯됐다는 결론을 내렸다. 뒤처진 시대다 보니 가장 총명한 사람조차 새로운 미학의 시작을 알리는 전조를 알아차리지 못했다. 이는『일찍 일어나다』라는 시집에서 광범위하게 사용되었다. 책의 단순해 보이는 제목에 이끌려 충동적으로 구매한 평범한 독자는 내용을 전혀 이해하지 못했다.

Ogro mora folklórico carente

에르난 코르테스처럼 우리의 툴리오도 단계를 건너뛰었다는 것을 알지 못한 채 위에 나오는 첫 구절을 읽었다. 금목걸이는 거기에 있었던 만큼 군데군데 고리만 복원하면 됐다.

특정 집단에서는 이 시를 어둡다고 평했다. 분위기를 밝게 하려면 처음부터 미주알고주알 밑두리콧두리 지어낸 일화보다 더 확실한 것은 없다. — 숱이 적은 콧수염에다 몸에 딱 붙는 베이지색 정장을 입고 각반을 찬 채 — 알베아르 거리에서 세르부스 남작 부인에게 인사하는 시인의 모습을 짐작케 한다. 그 유명한 이야기에 따르면,

"부인, 짖는 걸 들은 지 얼마나 오래되었는지요!."라고 했다고 한다.

그의 의도는 뻔했다. 시인은 남작 부인이라고 하면 떠오르는 발바리 강아지를 빗대어 말한 것이다. 이 짧고 정중한 문장은 에레라의 가르침을 섬광처럼 전한다. 길의 도정에 대해서는 아무 말도 하지 않는다. 기적과 같은 간결함으로! 남작 부인에게서 개 짖는 소리로 옮아간다.

같은 기법이 위의 시에서도 사용된다. 우리가 가지고 있다가 젊고 건강해서 왕성한 활동을 하는 시인이 사망하는 순간 인쇄소에 넘길 노트에서는 'ogro mora folklórico carente'가 처음에는 더 길었다고 기록한다. 오늘 빛나는 작품을 만들기 위해 잘라 내고 가지 치는 작업이 필요했다. 초고는 소네트 같았고 소개하면 다음과 같다.

크레타섬의 식인귀 미노타우로스는
자신의 집 미로에 거주한다.
반면에 토속적이고 갈색 피부인 나는
한순간 몸 둘 집 하나 없다.[390]

'일찍 일어나다'라는 제목은 "아무리 일찍 일어나도 일찍 동이 트는 것은 아니다."라는 코레아스의 세속적인 격언을 현대적 형태로 줄인 것이다.

이제 소설로 가 보자. 우리에게 네 권으로 된 습작을 선판매한 에레라가 당시 해당 작품의 출간을 금지했기 때문에 라뇨 출판사에 맡기기 전 그의 사망을 기다려야 했다. 오래 걸릴 사안이었다. 왜냐하면 숨을 깊이 들이마시면 주변에 산소 부족을 일으킬 정도인 작가의 운동선수 같은 체격으로 인해 시장의 호기심을 충족할 만큼 빠른 마감은 쉽지 않을 듯했다. 법률

390 Ogro de Creta, el minotauro mora/ en domicilio propio, el laberinto: en cambio yo, folklórico y retinto,/ carente soy de techo a toda hora.

고문에게 자문을 구한 후 『있으라 하니 있었다』의 내용 요약과 그 형태론적 진화에 대한 글을 준비하기 위해 서둘렀다.

'있으라 하니 있었다'라는 책 제목은 당연히 "빛이 있으라 하시니 빛이 있었다."라는 성경 구절에서 취한 것으로 부득이하게 몇몇 단어를 생략한 것이다. 내용은 같은 이름을 가진 두 여인이 한 남자를 사랑하며 서로 경쟁하는 이야기인데, 이 남자는 책에서 단 한 번, 그것도 잘못된 이름으로 언급된다. 작가는 자기만의 방식으로 글을 시작하며, 처음엔 주인공을 영예롭게도 루페르토라고 하더니 나중에 알베르토라고 적었다. 같은 장에 루페르토라는 이름이 등장하는 것은 사실이지만 그는 다른 사람, 즉 동명이인이다. 두 여자는 경쟁심에 사로잡혀 다량의 청산가리를 사용해 해결하는데, 이 소름 끼치는 장면을 에레라는 개미의 끈기를 가지고 쓴 다음 당연하게도 생략했다. 잊을 수 없는 또 다른 장면은 독극물을 사용한 여자가 쓸데없이 다른 여자를 살해했다는 사실을 너무 늦게 깨닫는 순간이다. 루페르토가 희생자가 아니라 생존한 여자를 사랑한다는 사실을 알게 된 것. 작품의 절정의 순간이라 할 그 장면을 위해 에레라는 아주 미세한 부분까지 구상했지만 지우는 수고를 피하고자 글로 옮기지는 않았다. 계약 때문에 입을 닫아야 하는 우리가 가볍게 다룬 이런 예측하지 못한 결말이 당대 소설사의 가장 위대한 업적일 수도 있다는 점에는 논란의 여지가 없다. 독자가 마주하는 소설 속 인물들은 단순한 단역들로, 어쩌면 다른 책들에서 빌려 온 인물들일지도 모르고 이야기에서 큰 비중을 차지하지 않는다. 짧은 대화들로 시간을 끌고 무슨 일이 일어나는지도 잘 모른다. 그러나 이 작품이 외국어로 번역되고 아르헨티나 작가협회상 '파하 데 오노르'를 받을 것을 아무도 의심하지 않았으며 대중은 더더욱 그러했다.

끝으로 유언 집행인으로서 우리는 원고 전체, 그러니까 빠진 부분과 삭제된 부분까지 포함해서 출간할 것을 약속한다. 이 작업은 선불한 구독자에게 제공하는 방식으로 진행될 것이고, 작가가 사망하는 즉시 진행될 것이다.

조각가 사노니의 작품인 차카리타 공동묘지의 흉상을 위한 구독 신청이 가능하다. 이 흉상은 다작한 작가의 전례에 따라 한쪽 귀와 턱, 신발 한 켤레를 조각에 적용할 예정이다.

다재다능한 빌라세코

물론 일류 작가들, 평단 섹스턴 블레이크[391]의 핵심 중 핵심 멤버가 주장하듯이 빌라세코의 작품들은 다른 어떤 작품보다 스페인어권 시가 이룬 금세기 동안의 진보를 상징한다. 로사리오시 피셔턴 지역의《엘 코레오 데 울트라마르》에 게재된 첫 번째 시 작품「영혼의 엉겅퀴」(1901)는 풋내기 작가의 유쾌한 작품인데 아직은 자신을 찾아가는 걸음마 단계로서 종종 허접함을 드러낸다. 이는 천재 작가가 밀어붙이는 형태가 아니라 독자의 자세로 행한 작업이라 할 수 있으며 무엇보다 (대체로 타인의) 영향, 귀도 스파노와 누네스 데 아르세, 특히 엘리아스 레굴레스의 영향을 곳곳에서 확인할 수 있다. 한마디로 후속

391 Sexton Blake. 영국에서 발행된 탐정 소설 시리즈의 주인공.

작품들의 빛나는 광채가 아니었으면 오늘날 아무도 이 청춘의 실수를 떠올리지 않을 것이다. 이후 발표한 「목신의 슬픔」(1909)은 이전 작품과 비슷한 분량과 운율이지만 당시 유행하던 모데르니스모 경향을 띤다. 이어서 카리에고가 그에게 강한 영향을 미친 듯하다. 1911년 11월 《카라스 이 카레타스》에 「가면 쓴 사람」이라는 시를 발표한다. 부에노스아이레스 외곽의 노래라는 한계에도 불구하고 빌라세코의 「가면 쓴 사람」에는 훗날 《프로아》의 '만화경' 섹션에서 롱고바르디의 만평을 평가하며 보여 주는 원숙한 개성과 문체가 드러난다. 여기서 끝이 아니다. 몇 년 후 다분히 의도적인 풍자시 「살모사」를 발표하는데 날것 그대로의 언어는 이후 영원히 그를 진부함과는 거리가 먼 사람으로 자리매김했다. 「캡틴 에비타」는 1947년 마요 광장에서 성대한 행사와 함께 발표되었다. 몇 시간 후 문화 위원회 부국장으로 취임한 빌라세코는 안타깝지만 그의 시간을 자신의 마지막 시 작품을 구상하는 것에 바친다. 그는 문어처럼 아직도 생명줄을 붙들고 있는 툴리오 에레라보다 훨씬 일찍 사망했다. 여러 정부 기관에 바치는 「통합에 바치는 송가」는 그의 백조의 노래가 되었다. 시인은 사망하기 전 노년기에 흩어진 자신의 작품을 모은다.

우리의 다정한 압력에 의해 장의사가 그를 데려가기 직전, 죽음의 순간에 서명한 애틋한 책의 한정판이 애서가 모임의 선별된 회원에게 배포될 것인데 포소스 거리에 있는 우리 집으로 신청을 하면 된다. 꼼꼼하게 숫자를 매겨 경량지에 인쇄한 500권이 실질적으로 초판이 될 것이고, 현금으로 미리 지불하면 서비스가 엉망인 우편으로 발송된다.

글자 크기 14에 이탤릭체로 쓴 긴 분석적인 서론이 내 펜을 거쳐 간 만큼 나는 실질적으로 지쳤고, 분석하는 데에도 에너지가 부족해서 봉투에 넣고 우표를 붙여 주소를 적는 일을 시키기 위해 조금 모자란 녀석[392]의 도움을 빌렸다. 이 잡일을 하는 녀석은 시킨 일에 집중하는 대신 빌라세코의 역작 일곱 권을 읽느라 귀중한 시간을 낭비했다. 그렇게 제목을 제외하곤 모두 완전히 동일하다는 사실을 깨닫게 되었다. 쉼표 하나도, 세미콜론 하나도, 단어 하나도 다르지 않았다! 우연의 결과물인 이 사실은 물론 빌라세코의 변화무쌍한 작품을 진지하게 평가하는 데 전혀 중요하지 않으며, 만약 마지막 순간에 이를 언급한다면 그저 단순한 호기심에 의한 것이다. 소위 말하는 점은, 책자에 의심의 여지 없이 철학적 측면을 더하고 소인배를 헷갈리게 하는 하찮은 것이나 예술은 하나며 유일함을 다시 한번 증명하고자 한다.

---

392 이 인물이 누구인지 정체를 확인하기 위해서는 주요 서점에서 판매하는 필독서 『부스토스 도메크의 연대기』(부에노스아이레스, 1966)에 나오는 「라몬 보나베나와 함께한 어느 오후」를 살펴보자.(원주)

우리의 붓: 타파스

패기 있게 다시 돌아온 구상주의의 물결에 떠밀려 유명한 대서양의 해변 휴양지 클라로메코의 바다에서 1964년 10월 12일 사망한 호세 엔리케 타파스와 아르헨티나적 가치에 대한 소중한 기억이 위협받고 있다. 글은 원숙하지만 젊어서 익사한 타파스는 우리에게 아주 엄격한 교훈과 빛나는 작품을 남겨 주었다. 진부한 추상화가 무리와 혼동하는 것은 통탄할 오류다. 그들과 같은 목표 지점에 도달했지만 아주 다른 길을 택했다.

너그러운 우연으로 인해 마요 거리 남쪽 교차로에 있는 늠름한 자태를 뽐내는 가판대에서 베르나르도 데 이리고옌을 처음 만난 어느 정겹던 9월 아침에 대한 추억을 뇌리 속 소중한 곳에 간직하고 있다. 치기 어린 우리 둘은 엽서 사진에 나온 화려한 토르토니 카페를 찾아 그 문화의 중심지에 갔던 것이다. 우연의 일치가 결정적 요소였다. 미소로 시작한 것을 솔직한 말로 마무리했다. 새로 사귄 친구가 토르토니 카페 엽서 외에 로댕의 「생각하는 사람」과 에스파냐 호텔, 두 장의 엽서를 더 사는 것을 보고 호기심이 생긴 것을 숨기지 않겠다. 우리 둘 다 푸른빛에 고무되고 예술에 조예가 깊어서 대화는 곧 당시의 화제로 옮아갔고, 혹자가 두려워할 수도 있는 상황, 즉 한 사람은 이미 기성 작가고 다른 이는 아직 붓끝에 매달려 있는 무명의 유망주라는 상황이 방해가 되지는 않았다. 공통의 친구인 산티아고 힌스베르그라는 후견인 이름이 첫 교두보가 되었다. 그 이후에는 당대 유명 인사의 비평 뒷이야기를 나누었고, 마지막에는 크림 맥주 몇 잔으로 인해 영원한 주제에 관한 가벼운 논쟁을 벌였다. 그다음 주 일요일에 '트렌 믹스토' 제과점에서 다시 만나기로 약속했다.

타파스는 아버지가 양탄자를 칭칭 감고 이곳 해변에 도착했으며, 그래서 자신에게도 무슬림의 피가 흐른다는 사실을 강조한 후 화판에 구현하려는 바를 내게 설명하려 했다. 후닌 거리의 유태인들은 말할 것도 없고 '마호메트의 코란'에는 얼굴이나 사람, 겉모습, 새, 송아지나 다른 생물의 그림이 공식적으로 금지되어 있다고 했다. 알라의 계율을 위반하지 않고 붓과 물감으로 작업을 계속할 수 있을까? 결국에는 적중했다.

코르도바 출신 대변인이 그에게 강조하길 어떤 예술의 혁신을 위해서는 흔히 이야기하듯 자신이 그 분야를 완벽히 장악하고 있으며 다른 대가들처럼 규정을 준수할 수 있다는 것을 확실히 증명해야만 한다고 했다. 요즘 세대는 옛 틀을 부수라고 주문하지만 혁신을 원하는 자는 그전에 그것을 구석구석 꿰고 있음을 증명해야 한다. 룸베이라가 언급했듯이 전통을 돼지에게 던지기 전에 먼저 잘 받아들이도록 하자. 아름다운 사람 타파스는 그런 귀한 말을 받들어 다음처럼 실천에 옮겼다. 첫째, 지역의 한정된 공간에 해당하는 해변 풍경, 즉 호텔과 제과점, 상점과 조각상을 마치 사진처럼 사실에 충실하게 재현했다. 절대로 누구에게도, 주점에서 맥주를 함께 마시는 단짝 친구에게도 그림을 보여 주지 않았다. 둘째, 빵 부스러기와 수돗물로 그림을 지웠다. 셋째, 역청을 묻힌 손으로 화판을 쓸어서 완전히 검은색으로 만들었다. 그래도 완전히 같아진 각각의 작품에 정확히 이름을 붙여서 '토르토니 카페'나 '엽서 가판대'라는 이름을 읽을 수 있다. 당연히 가격은 동일하지 않았다. 지워진 작품의 미세한 채색 차이와 원근법, 구조 등에 따라 달라졌다. 제목을 받아들일 수 없었던 추상화가 그룹의 공식적인 항의에 베야스 아르테스 미술관은 납세자가 아무 소리도 못 할 총액을 지불하며 열한 점의 작품 중 세 점을 구입하는 성과를 거두었다. 주요 기관의 평가는 칭찬 일색이었으나 아무개는 이쪽 그림을 더 좋아하고, 다른 이는 저쪽 그림을 더 선호했다. 이 모든 것이 서로 존중하는 분위기에서 이루어졌다.

타파스의 작품이 그러했다. 노르테 지역에서 볼 수 있는 원주민을 모티프로 거대한 벽화를 그리고, 그 위를 역청으로 덮어 버릴 계획을 세우고 있었다. 그가 물에 빠져 숨지는 통에 우리 아르헨티나인들이 그 작품을 만나지 못한 것이 안타깝기 그지없다!

의상 1

알려진 바에 따르면 힘들고 어려운 혁명은 네코체아에서 시작되었다. 시간은 1923년과 1931년 사이 흥미진진한 시대. 주인공은 에두아르도 S. 브라드포르드와 은퇴한 경찰서장 실베이라. 다소 불분명한 사회적 배경을 지닌 브라드포르드는 오래된 산책길에서 명물이 되었는데, 그런 것이 무도회를 겸한 티 파티나 복권 수익을 기부하는 자선 행사, 아이들의 생일 파티나 은혼식, 오전 11시 미사, 당구장이나 멋진 별장에서 그를 보는 데 방해 요소는 아니었다. 많은 이들이 그의 모습을 기억할 것이다. 부드러워 잘 접히는 파나마 페도라와 거북이 등껍질로 만든 안경, 얇은 입술을 완전히 가리지 못한 구부러진 콧수염, 윙 칼라 셔츠와 나비넥타이, 수입 단추가 달린 하얀 정장, 커프스단추, 평균에 못 미치는 키를 더 강조하는 군화 굽이 달린 부츠, 등나무 지팡이를 쥔 오른손, 밝은색 장갑을 끼고 대서양의 부드러운 바람을 향해 연신 흔들어 대던 왼손. 정다운 대화는 다양한 주제를 담아냈으나 안감이나 어깨심, 바짓단, 지퍼 부분, 내의, 벨벳 옷깃과 외투에 관해서는 봇물이 터지듯 이야기를 쏟아 냈다. 그런 성향을 이상하게 여길 필요는 없다. 추위를 엄청 탔다. 그가 바다에서 수영하는 것을 본 사람이 없다. 어깨 사이에 머리를 묻고 팔짱을 끼거나 주머니에 손을 넣은 채 산책로 끝에서 끝까지 건곤 했다. 늘 추위로 몸을 떨었다. 늘 있게 마련인 관찰자가 놓치지 않고 포착한 다른 특징은 옷깃에서 왼쪽 주머니로 떨어지는 시곗줄에도 불구하고 짓궂게도 절대 시간을 알려 주지 않았다는 것이다. 비록 관대한 사람으로 증명되었지만 팁을 놓지도 않고 걸인들에게 동전 하나 적선하지 않았다. 한편 자주 기침에 시달렸다. 사교적이었으나 존경받기에 적당한 일정한 거리를 유지했다. 가장 선호하는 좌우명은 "나를 건드리지 마시오."였다. 모든 이의 친구였으나 자신의 문을 열지 않았고, 1931년 2월 3일 불운의 날까지 네코체아 지도층은 그의 집이 어디 있는지도 몰랐다. 목격자 중 한 사람은 그 사건 며칠 전 그가 오른손에 지갑을 들고 키로스 화방에 들어갔다가 지갑과 함께 원통형의 두툼한 것을 포장해서 나오는 모습을 보았다고 증언했다. 사라테 지역을 구석구석 잘 알고 냄새를 잘 맡는 은퇴한 경찰서장 실베이라가 통찰력과 집요함을 가지고 의심을 품지 않았으면 그 베일을 벗기지 못했을 것이다. 몇 번의 계절이 바뀔 동안 조심스레 그를 추적했는데, 그런 사실을 눈치채지 못한 것 같았던 브라드포르드는 밤마다 교외 어둠을 이용해 실베이라를 따돌렸다. 전직 경찰이 펼친 수사는 지역 사회의 화젯거리가 되었고,

브라드포르드와 거리를 두고 즐거운 대화 대신 건조한 인사만 하는 이들도 나타났다. 그러나 부유층은 정겨운 환대로 그에게 다가갔다. 산책로에는 그를 따라 한 이들이 나타나기까지 했으니, 자세히 보면 옷차림은 같아도 화려함이 그에 못 미치고 사실 빈천해 보였다.

실베이라가 품은 폭탄이 터지기까지 시간이 오래 걸리지 않았다. 위에 언급한 날짜에 경찰서장이 앞선 가운데 두 사복 경찰관이 '신 놈브레'[393] 거리에 있는 통나무집 앞에 나타났다. 여러 차례 문을 두드린 후 억지로 문을 따고서 권총을 든 채 그 누추한 집에 들어선다. 브라드포르드는 그 자리에서 항복했다. 두 팔을 들었지만 등나무 지팡이를 놓거나 모자를 벗지는 않았다. 한시도 허비하지 않은 채 일부러 준비한 침대 시트를 그에게 덮어씌우고 울면서 항의하는 그를 이송했다. 체중이 너무 가벼운 것이 그들의 주의를 끌었다.

코도비야 검사가 배임죄 및 음란죄로 기소하자 브라드포르드는 즉시 합의를 하면서 추종자들을 배신했다. 진실이 고스란히 밝혀졌다. 1923년부터 1931년까지 산책로의 신사 브라드포르드는 벌거벗은 채 네코체아를 돌아다녔던 것이다. 모자, 거북이 등껍질로 만든 안경, 수염, 목, 넥타이, 시곗줄, 정장과 단추, 등나무 지팡이, 장갑, 손수건, 부츠 모두 다름 아닌 타불라 라사[394]에 칠한 그림이었다. 이런 애타는 위기의 순간에 전략적으로 배치된 친구들의 적절한 영향이 큰 도움이 되었을

393 Sin Nombre. 스페인어로 '무명(이름 없음)'을 뜻함.

테지만 모두 그에게 등을 돌린 상황이 밝혀졌다. 그의 경제 상태가 아주 좋지 않았다! 안경 하나 구입할 여력도 없었다. 지팡이를 포함한 다른 모든 것들처럼 안경도 그려야 했다. 재판관은 죄인에게 엄중한 판결을 내렸다. 이후 브라드포르드는 시에라 치카 감옥의 순교자 명부에 오를 개척자 기질을 선보였다. 그곳에서 기관지 폐렴으로 사망했는데 연약한 피부 위에 그려진 줄무늬 정장 외에 아무것도 입지 않은 상태였다.

근대의 가치 있는 양상을 캐는 데 예민한 후각을 가진 카를로스 앙글라다가《로피시엘》에 그를 추앙하는 일련의 기사를 썼다. 네코체아의 옛 산책로에 브라드포르드 조각상 건립을 추진하는 위원회장이 상당한 서명과 기부금을 모았다. 우리가 알기에는 기념물이 실제로 세워지지는 않았다.

헤르바시오 몬테네그로는 붓으로 그린 의복이 재봉사 직종에 미칠 불안한 전망에 대해 베라노 대학교에서 강의하며 신중하고 불분명한 태도를 보였다. 이렇게 살피고 주저하는 태도는 곧 유명한 앙글라다의 '불평'을 야기했다. "사후에까지 그를 비방한다!"라고 선언한 것에 만족하지 않고 앙글라다는 몬테네그로에게 아무 링에서나 시합을 하자고 도발했으며, 초조하게 대답을 기다리다 지쳐 제트기를 타고 불로뉴쉬르메르로 이사했다. 그러는 동안 옷을 그려 입는 픽토스파 추종자들은 늘어만 갔다. 더 대담한 자들과 신인들은 선구자이자 순

---

394 tabula rasa. 원래는 '아무것도 쓰여 있지 않은 백지'라는 뜻으로 모든 경험 이전 인간의 정신 상태를 가리키는 말이다. 여기서는 피부 표면을 의미한다.

교자였던 이를 그대로 흉내 내며 위험에 맞섰다. '피아노, 피아노'[395] 기질을 지닌 다른 이들은 중도의 길, 즉 가발을 선택했다. 외알 안경을 그려 넣고 가방은 문신으로 그렸다. 바지에 대해서는 침묵하도록 하자.

그런 조심성은 별반 효과가 없었다. 바로 반응이 나타났다! 양모생산센터의 홍보부에서 소비 활성화를 도모하던 쿠노 핑거만 선생이 '옷의 기본은 외투다'라는 제목의 원고를 인쇄소에 보냈고, 나중에 '옷을 입자!'로 수정 보완했다. 무모한 시도는 무언가를 이루고자 하는 열망에 사로잡힌 젊은이들 사이에서 반향을 일으켜 이들이 한 치의 틈도 허락하지 않는 '완전한 의상'으로 머리에서 발끝까지 몸을 휘감고 거리로 뛰쳐나왔다. 가장 선호한 재료는 생가죽과 방수포였고, 곧 여기에 구타를 견디는 데 도움을 줄 양털 이불을 더했다.

하지만 미적인 면이 부족했다. 세르부스 남작 부인이 그 부분을 채워 새로운 길을 열었다. 우선 수직 양식과 팔과 다리의 해방으로 돌아갔다. 야금공, 유리 공예가, 전등갓과 램프 제작자와 공조해 '플라스틱 의류'를 만들어 냈다. 당연히 누구도 부정할 수 없는 무게로 인한 불편함이 있으나 이 플라스틱 의류는 착용자가 안전하게 움직이도록 돕는다. 잠수복과 중세 기사, 약국 저울을 암시하는 금속 부분으로 구성되어 있고 행인들의 눈을 부시게 하는 섬광을 뿜어낸다. 불규칙적으로 찰그랑거리며 듣기 좋은 소리를 내는데 이는 경적 소리를 대신한다.

---

395 piano. 이탈리아어로 '천천히'라는 뜻. 피아노 연주 시 약하고 부드럽게 연주하는 기법이기도 하다.

두 학파가 세르부스 남작 부인으로부터 시작되었는데 (정통한 소식에 의하면) 그녀는 두 번째 학파를 승인했다고 한다. 첫 번째는 플로리다 문인 그룹이다. 더 대중적인 다른 하나는 보에도 그룹이다. 다른 색깔에도 불구하고 둘 다 거리로 나가는 모험을 하지 않는다는 점에서 일치한다.

의상 2

당시 지적했듯이 '기능적'이라는 수식어가 좁은 건축 세계에서 명백한 가치 하락을 비난하는 표현이라면 의류 업계에서는 중요한 반열에 올랐다. 그 밖에 남성 의류는 비판적 수정주의의 공격에도 충분히 매력적인 측면을 제시했다. 보수 반동주의자들은 옷깃이나 소맷부리, 구멍 없는 단추, 매듭 있는 넥타이, 또는 시인이 '모자의 기단(基壇)'이라 칭한 띠 같은 액세서리의 아름다움과 유용성을 정당화하려는 헛된 목표를 이루는 데 완전히 실패했다. 아무 쓸모없는 장신구를 멋대로 걸치는 행위는 대중성을 갖지 못했다. 그런 의미에서 포블레트의 판결은 결정적이다.

새로운 질서가 앵글로색슨인 새뮤얼 버틀러[396]의 한 구절에서 나왔다는 것을 언급할 필요가 있다. 그는 인간의 육체라 불리는 것이 창조적 힘의 물질적 투영이고, 현미경이 눈의 완성품이기 때문에 잘 보면 현미경과 눈 사이에 차이는 없다고 했다. 피라미드와 스핑크스에 대한 진부한 수수께끼에 따르면 지팡이와 다리 사이에도 같은 주장이 적용된다. 결국 인간의 몸은 하나의 기계다. 손은 곧 레밍턴 타자기, 엉덩이는 나무 의자나 전기의자, 스케이트 타는 사람은 스케이트. 따라서 기계에서 도망치려는 노력은 아무 의미가 없다. 인간은 결국 안경과 휠체어로 보정되는 첫 번째 밑그림이다.

적지 않은 경우에서 확인할 수 있는 것처럼 위대한 도약은 어둠 속에서 활동하는 몽상가와 기업인의 행복한 조합으로 이루어진다. 몽상가인 루시오 세볼라 교수가 일반적 개요의 밑그림을 그렸다. 기업인인 노타리스는 유명한 철물점과 모노 잡화점을 운영했고 지금은 세볼라-노타리스 기능성 양복점의 주인이다. 관심 있는 이는 이 상인들의 최신식 매장을 언제든 찾아볼 것을 권한다. 저렴한 가격에 필요한 것을 구입할 수 있도록 숙련된 직원이 응대할 텐데, 특허받은 '마스터 장갑' 두 개(정확히 양손에 딱 맞는)의 경우 다음과 같이 손가락 기능의 확장 효과가 있다. 송곳, 코르크 따개, 만년필, 세련된 고무도장, 철필, 돗바늘, 망치, 열쇠, 우산 겸 지팡이, 그리고 용접봉이 그것이다. 다른 고객들은 어쩌면 음식과 귀중품 등 모든 종류의 물건을 운반할 수 있는 '도시형 운송 모자'를 선호할지도 모른다. 호주머니를 서랍으로 대체할 '파일형 양복'은 아직 판매되지 않고 있다. 의자 제작자 조합이 반대한 '스프링 모양의 고

396 Samuel Butler(1612~1680). 영국의 시인.

무 방석 두 개'를 덧댄 바지 의자는 시장의 호응을 얻어 유행했기에 이 광고에서는 권할 필요가 없다.

빛나는 접근법

역설적이게도 최근 포에서 개최된 역사 학회에서 주목받은 순수 역사 논문은 그 학회의 성격을 명확히 이해하는 데 걸림돌이 된다. 우리는 그 논문에 반론을 제기하며 국립 도서관 지하에 있는 신문 보관실에 모여 당해 7월 신문을 찾아보았다. 치열한 논쟁과 결론에 이르는 내용을 상세히 기록한 여러 언어로 된 간행물을 찾았다. 풋내 나는 주제는 '역사는 과학인가 예술인가?'였다. 대립하는 두 파는 각각 동일한 인물인 투키디데스, 볼테르, 기번,[397] 미슐레[398]를 내세웠다. 여기서 우리

397 에드워드 기번(Edward Gibbon, 1737~1794)은 영국의 역사가.

398 쥘 미슐레(Jules Michelet, 1798~1874)는 프랑스의 역사가.

인도아메리카, 특히 빼어난 가치를 지닌 차코 지방을 우선시 하자고 학회원들에게 패기 있게 제안한 차코 대표 가이페로스 씨를 축하할 좋은 기회를 낭비하지 말자. 예측 불가능한 일이 — 자주 일어나지만 — 벌어졌다. 알려진 바에 의하면 세바스코의 「역사는 신앙의 행위다」라는 논문이 만장일치로 선택되었다.

진정 거칠고 혁명적인 연구를 승인하고 합의할 적당한 시간이 무르익었다. 이는 이미 수세기 동안 긴 인내와 숙고의 시간을 거치며 준비되었다. 사실 정도의 차이는 있으나 어떤 전례도 없는 역사 교본은 없다. 크리스토퍼 콜럼버스의 이중 국적, 독일과 영국 모두 자신들의 승리라고 주장한 1916년의 유틀란트 해전, 서로 호메로스의 출생지라고 주장한 그리스의 일곱 도시 그리고 저명한 작가는 일반 독자들에게 다른 비슷한 경우를 연상케 할 것이다. 이 모든 예에서 고유의 것, 토착적인 것, 자신의 것을 확고히 하려는 끈질긴 의지가 요동친다. 지금 열린 마음으로 조심스레 글을 싣는 순간에도 카를로스 가르델에 대한 논쟁이 우리의 귀를 시끄럽게 하는데, 어떤 이들은 아바스토 출신으로 검은 머리라고 하고, 어떤 이들은 톨로사[399]에서 태어난 우루과이 사람이라고 주장하며, 또한 후안 모레이라에 대해서도 서로 적대적인 진보 성향의 두 지역 모론과 나바로가 서로 해당 지역 출신이라고 논쟁을 벌이고 있다. 우루과이인이 아닐까 싶은 레기사모에 대해서는 아무 말 말자.

---

399 부에노스아이레스 지방 라플라타시의 마을 이름.

세바스코의 주장을 다시 옮겨 보자. "역사는 신앙의 행위다. 서류나 증언, 고고학, 통계학, 해석학, 사건 자체도 중요치 않다. 역사는 모든 진동이나 신중함으로부터 자유로운 역사에 속한다. 옛날 주화 수집가는 그들의 동전을, 종이 전문가는 파피루스를 보관하라. 역사는 에너지를 주입하고 생기를 불어넣는 숨결이다. 힘을 북돋우는 역사학자는 잉크를 채운다. 술에 취하게 하고, 고양시키며, 사나워지게 하고, 용기를 북돋운다. 절대 미지근하게 하거나 약하게 하지 않는다. 우리의 슬로건은 거칠지 않은 것, 긍정적이지 않는 것, 영광이 아닌 것을 단호히 거부하는 것이다."

씨앗은 싹을 틔웠다. 카르타고의 로마 파괴는 1962년부터 튀니지에서 공휴일로 지켜지고 있다. 마찬가지로 광활한 지역에 거주하던 케란디족[400]을 합병한 스페인은 이제 국내법상 벌금을 실제로 물어야 한다.

다른 이들처럼 변화무쌍한 포블레트는 정밀과학이 통계 자료의 축적을 바탕으로 하지 않는다고 확실히 결론지었다. 어린이에게 3 더하기 4는 7이라고 가르치기 위해 계란 과자 네 개와 세 개를 더하거나, 주교 네 명과 주교 세 명을, 조합 네 개와 세 개를, 혹은 가죽 부츠 네 켤레와 털실 스타킹 세 짝을 더하지는 않는다. 드디어 연산 규칙에 대해 감을 잡은 어린 수학자는 3 더하기 4는 항상 7이라는 사실을 깨닫기에 사탕이나 줄무늬 호랑이, 굴이나 현미경을 가지고 반복해서 실험할 필요

400 Querandi. 아르헨티나 북동쪽에 거주하던 원주민.

가 없다. 역사도 동일한 방법을 선호한다. 애국자들의 나라에서 전투의 패배를 용인할 수 있는가? 물론 아니다. 프랑스 당국이 승인한 최신 교과서에는 프랑스가 워털루 전투에서 영국과 프로이센 연합군에 승리했다고 쓰여 있다. 아타카마고원에서 오르노스곶에 이르는 빌카푸히오 전투[401]는 독립파의 경탄할 만한 승리였다. 처음에 어떤 소심한 이는 이런 수정주의가 역사 기술의 일관성을 해치고, 나아가 세계사 편집자들을 위험에 빠트릴 것이라고 참견했다. 현재 그런 우려는 확실한 근거가 없는 것으로 밝혀졌는데, 아무리 근시가 심하더라도 상반된 주장의 확산은 공통된 근원인 민족주의에서 탄생한다는 사실을 아는 만큼 세계 도처에서도[402] 세바스코의 주장에 동의한다. 순수 역사는 각 부족의 정당한 보복주의를 부추긴다. 그렇게 멕시코는 발표된 것처럼 텍사스 유정(油井)을 되찾았고, 우리도 단 한 명의 아르헨티나인도 위험에 빠트리지 않고 만년설과 절대 양보할 수 없는 군도를 되찾았다.

이게 끝이 아니다. 오늘날 고고학과 해석학, 옛날 돈을 연구하는 고전 연구학, 통계학은 종속적이지 않다. 결과적으로 자유를 되찾았으며, 그들의 어머니인 역사와 비교했을 때 순수 과학이다.

---

401 실재로는 독립파가 스페인 군대에게 패배한 전투로, 현재의 볼리비아에 있는 빌카푸히오(Vilcapugio)에서 벌어졌었다.

402 urbi et orbi. 라틴어로 '로마 도시와 전 세계에'라는 뜻이다. 오늘날 교황의 교서를 공포할 때 첫 도입부에 쓰는 말이기도 하다.

존재한다는 것은 지각되는 것[403]

누네스와 그 인접 지역의 오래된 방문객인 나는 늘 그 자리에 있던 기념비적인 리베르 축구 경기장이 없어진 것을 알아챘다. 당혹감에 친구이자 아르헨티나 문학 학술원 정회원인 헤르바시오 몬테네그로 박사에게 물어보았다. 그에게서 실마리를 찾았다. 그는 당시 비서를 고생시켜 가며 『아르헨티나 저널리즘 역사 개관』이라는 의미 있는 책을 집필 중이었다. 우연히 연구 중인 자료를 보고 난관에 봉착한 낌새를 맡은 것이다. 잠들기 직전에 공통의 친구이자 아바스토 주니어스 축구단의

403 Esse est percipi. 정신적인 것을 제외한 모든 것은 감각기관에 의해 지각되는 경우에만 존재한다고 주장하는 조지 버클리(George Berkeley, 1685~1753)의 경험론 철학을 대표하는 문구다.

구단주인 툴리오 사바스타노에게 나를 보냈고, 나는 코리엔테스 이 파스테우르 대로 아미안토 빌딩에 위치한 구단 본부로 움직였다. 이 고위직 인사는 이웃에 사는 의사 나르본도가 두 배의 다이어트 식단을 처방했을 정도였으나 여전히 날쌔고 활동적이었다. 그는 카나리아 연합 팀을 이긴 최근의 승리에 도취해 마테차를 연달아 마시며 세세한 부분까지 실컷 이야기를 늘어놓았다. 나는 사바스티노에게 우린 유년 시절 친구로 우마와카 모퉁이 근처 아구에로에서 같이 놀던 친구였다고 몇 번이나 말했지만 그의 직위가 부여하는 위엄에 눌려 있었다. 긴장을 풀기 위해 마지막 골을 넣을 때의 환상적인 전개 과정을 축하했는데, 상대편 사를렝가와 파로디 선수의 적절한 위치 선정에도 불구하고 무산테의 멋진 패스를 받아 중앙 수비수 레노발레스가 성공시킨 골이었다. 내가 온세 데 아바스토 팀을 응원하는 것을 아는 이 권위자는 꺼져 가는 전구에 마지막 불을 밝히며 마치 잠꼬대하는 사람처럼 철학적으로 말했다.

"게다가 내가 그 이름들을 생각해 냈다니."

"별명이요?" 간신히 내가 물었다. "무산테가 본명이 아닌가요? 레노발레스가 레노발레스가 아니고요? 리마르도가 팬들이 떠받드는 우상의 이름이 아니라고요?"

그의 답변에 팔다리에서 힘이 쫙 빠져나갔다.

"뭐라고? 아직도 팬심과 우상을 믿는 거요? 어느 시대에 사는 거요, 도메크 씨?"

그때 소방관처럼 보이는 일직 사원이 들어와 페라바스가 면담을 요청한다고 전했다.

"페라바스라니, 부드러운 목소리를 가진 아나운서 말인가요?" 나는 놀라서 목소리를 높였다. "1시 15분에 시작하는 「오후의 다정한 식탁」의 진행자이자 '프로푸모 비누'를 광고하는 그 사람이요? 제 눈으로 그를 직접 보게 되는 건가요? 진짜 이름이 페라바스예요?"

"기다리라고 해."라고 사바스타노 씨가 명령했다.

"기다리라고요? 내가 물러나는 편이 더 낫지 않을까요?" 자제심을 발휘해서 말했다.

"그런 생각 마시오. 어이 아르투로! 페라바스 씨 들어오라고 해. 뭐 대단한 일이라고……."

페라바스가 들어왔다. 난 내가 앉았던 소파를 양보하려 했으나 소방관 같은 아르투로가 북극의 공기 같은 시선으로 날 말렸다. 구단주가 말했다.

"페라바스, 이미 데필리포, 카마르고와 얘기를 나누었소. 다음 경기는 아바스토가 2대 1로 질 거요. 팽팽한 경기가 될 거지만 무산테가 레노발레스에게 다시 그런 패스를 하면 안 된다는 걸 잘 알아두시오. 사람들이 다 기억하고 있을 테니. 나는 상상력, 상상력을 원하오. 알겠소? 이제 가도 좋소."

나는 질문을 하기 위해 젖 먹던 힘을 다 모아야 했다.

"경기 스코어를 기록해야 합니까?"

사바스타노는 문자 그대로 나를 바닥에 내팽개쳤다.

"경기 결과도, 경기장도, 경기도 없소. 경기장은 이제 무너져 내려 산산조각이 났소. 오늘날엔 모든 것이 텔레비전과 라디오를 거치지요. 스포츠 캐스터들의 과장된 흥분이 모두 꾸며 낸 이야기라고 한 번도 의심해 본 적 없소? 이 도시에서의 마지막 축구 경기는 1937년 6월 24일에 있었소. 그 순간 이후로는 다른 모든 스포츠 종목처럼 축구도 하나의 드라마 장르, 방송실에 있는 한 남자 혹은 카메라맨 앞에서 유니폼을 걸친 배우들의 몫이었소."

"누가 만들어 낸 겁니까?" 나는 질문을 던졌다.

"아무도 모르오. 처음 학교를 세운 게 누구인지, 군주가 화려한 행차를 시작한 게 누구부터인지 조사하는 것과 똑같은 일이겠지. 녹화와 편집 스튜디오 밖에서는 존재하지 않는 것이오. 도메크, 대중 매체가 현대의 통관인이라는 사실을 받아들여야 해요."

"그럼 우주 정복은요?" 간신히 말을 이었다.

"외국 프로그램이오. 양키와 소련의 합작품. 과학 쇼의 경탄할 만한 진보였다는 점은 부정하지 말아야겠지."

"구단주님, 저를 겁주시네요." 직위를 무시하고 중얼거렸다. "그럼 이 세상에는 아무런 일도 일어나지 않는다는 말인가요?"

"아주 조금." 그가 가래 낀 목소리로 답했다. "난 당신의 두려움을 이해할 수 없어요. 인간이라는 종은 자기 집 안락의자에 편안히 앉아 텔레비전 모니터나 아나운서의 말에 집중하거나 아니면 황색 언론에 집중하오. 뭘 더 원하는 거요, 도메크? 이게 시대의 위대한 진보고 필요한 진행의 리듬이라오."

"그러다가 환상이 깨지면요?" 나는 가느다란 목소리로 말했다.

"깨질 게 뭐요." 그가 나를 진정시켰다.

"혹시 모르니 나는 무덤처럼 조용히 지내겠습니다." 나는 약속했다. "구단에 대한, 당신과 리마르도, 레노발레스를 향한 내 애정과 충성심에 대고 맹세합니다."

"맘대로 말하시오. 어차피 아무도 안 믿을 테니."

전화가 울렸다. 구단주가 수화기를 귀에 대면서 다른 손으로 내게 출구를 가리켰다.

아이들러[404]

원자핵의 시대, 식민주의 위로 드리워진 커튼, 이해관계에 의한 반목, 공산주의, 생계비 부담의 증가와 지불 수단의 철회, 화합의 필요성을 일깨우는 교황의 부름, 화폐 가치의 점진적 하락, 의욕 없는 노동, 대형 마트의 증가, 잔고 없는 수표 발행, 우주 정복, 농촌 인구 감소와 이에 따른 빈민가 증가, 이 모든 것이 고민거리를 제공하고 위기의 풍경을 만들어 낸다. 재난을 예견하는 것과 그것을 치료할 처방을 내는 것은 다르다. 예언자가 되고 싶지는 않지만, 그럼에도 아르헨티나에서 차후 생산할 목적으로 '아이들러'를 수입하고 이것을 활용하는 것은 오늘날 광범위하게 퍼진 초조함을 줄이는 진정제 역할을

404 idler. 운반용 벨트 컨베이어를 받치고 있는 롤러를 가리킨다. 고무벨트를 사용해 동력을 전달하는 기구.

할 것이라고 생각한다. 기계 왕국은 이제 반론의 여지가 없는 하나의 현상이 되었다. '아이들러'는 이런 피할 수 없는 과정에 한 걸음 더 나아간다.

어느 것이 첫 전보였고, 어느 것이 첫 트랙터였으며, 어느 것이 첫 싱거 재봉틀이었는지 묻는 질문은 지식인을 난처하게 한다. 하지만 '아이들러'에 대해서는 이런 문제가 야기되지 않는다. 아이들러는 륄루즈에서 처음 제작됐으며, 그 선구자가 바로 공학자인 발터 아이젠가르트(1914~1941)라는 것을 부정하는 인습 파괴자는 지구상에 존재하지 않는다. 단지 두 사람만이 그 출중한 게르만족 튜턴인과 겨룰 수 있는 정도였다. 한 사람은 고집불통의 몽상가로 몰리노스와 동양의 사상가 노자에 대한 — 지금은 잊힌 — 중요한 연구 논문 두 편을 인쇄소에 넘겼고, 다른 한 사람은 끈기와 실용적인 머리를 지닌 체계적 인물로 산업 기계를 설계한 후 1939년 6월 3일 지능을 가진 첫 '아이들러'를 만들었다. 이는 륄루즈 박물관에 보존되어 있는 모델이다. 겨우 길이 1미터 25센티미터에 높이는 70센티미터, 폭은 40센티미터지만 그 안에 금속 구멍부터 관에 이르기까지 거의 모든 필수적 요소가 포함되어 있다.

다른 지역의 국경 마을에서도 볼 수 있는 경우처럼 개발자의 외할머니는 갈리아인의 피가 흐르고 상류층 이웃들은 그녀를 제르맨 바퀄라르라고 불렀다. 이 글을 쓰기 위해 우리가 주로 참고한 자료는 아이젠가르트 작품의 특징인 우아함이 그런 데카르트 혈통에서 기원한다고 말한다. 대가의 뒤를 이어 장 크리스토프 바퀄라르도 받아들인 이 매력적인 가설에 박수를 보내자. 아이젠가르트는 부가티를 몰고 가다 교통사고로 사망했다. 따라서 오늘날 공장과 사무실에서 쓰임새가 많은 '아이들러'의 성공을 볼 기회는 없었다. 아마도 하늘에서 내려다볼 터인데 거리 때문에 작게 보여 오히려 그가 만들어 낸 견본에 더 가까울 것이다.

아직 산후스토에 있는 피스토네스 우발데 공장에서 '아이들러'를 직접 보지 못한 독자들을 위해 '아이들러'에 대해 간략히 설명하려 한다. 이 기념비적인 기계는 공장 중심부에 위치하며 테라스 너비 정도의 공간을 차지한다. 신문 인쇄에 사용하는 대형 식자기를 연상시킨다. 장비 담당자보다 두 배 이상 키가 크다. 그 무게는 수 톤의 모래로 계측된다. 색은 검은색이고, 재질은 철로 만들어졌다.

계단으로 연결된 통로를 따라 방문객은 그것을 살펴보고 만져 볼 수 있다. 약한 박동 소리 같은 것을 느끼고, 귀를 대면 멀리서 속삭이는 소리를 들을 것이다. 실제로 내부에는 어둠 속에 물이 흐르는 도관 시스템이 있다. 그러나 아무도 '아이들러'의 물리적 특성 때문에 많은 사람들이 보려 한다고 생각하지 않을 것이다. 그 내부에 무언가 조용하고 비밀스러운 것이 있으며, 놀고 잠자고 무언가 두근대고 있다는 느낌으로 인한 것이다.

아이젠가르트의 낭만적인 철야 작업이 추구하던 목표는 완벽히 이루어졌다. '아이들러'가 있는 곳이면 어디든 기계는 쉬고 인간은 떨면서 일한다.

죽지 않는 사람들

"그리고 두고 봐요, 이제 우리는 더 이상 눈멀지 않을 거예요."

— 루퍼트 브룩[405]

1923년 그 순수했던 여름에 카밀로 우에르고가 친필 서명해 내게 선물한 『선택받은 자』라는 작품은 — 내가 서점에 팔려고 내놓기 전에 서명된 장을 조심스레 찢어 낸 — 소설이라는 포장 안에 기발한 예언을 숨겨 놓았다. 책 표지는 타원형 액자에 든 우에르고의 사진으로 꾸며졌다. 사진을 볼 때면 그가 금방이라도 기침을 할 것 같은데, 앞날이 기대됐지만 폐병의 희생자가 되어 버렸다. 실제로 내가 그에게 보낸 정겹고 멋진 칭송의 편지를 받지 못한 채 사망했다.

이 사색적인 글 앞에 쓰는 헌사는 바로 그 작품에서 따온 것으로, 몬테네그로 박사에게 스페인어로 써 달라고 부탁했으나

405 Rupert Brooke(1887~1915). 영국의 시인.

거절당했다. 아무 준비가 안 된 독자의 이해를 돕기 위해 우에르고 작품의 내용을 간략히 추려 보도록 하겠다.

서술자는 추부트에 있는 영국인 목장주 기예르모 블레이크 씨를 방문하는데, 이 사람은 양을 키우기 위해 추상적인 플라톤 철학과 최근의 어설픈 외과 수술 기법을 적용한다. 이런 독특한 독서 경험을 바탕으로 기예르모 씨는 육체의 오감은 현실을 깨닫는 것을 방해하거나 왜곡한다고 간주하며, 만약 오감으로부터 해방된다면 현실을 있는 그대로, 즉 무한의 상태로 볼 수 있을 것이라고 생각한다. 영혼 깊은 곳에 사물의 진실인 영원한 원형이 있고 창조주가 우리에게 준 기관은 대체로 방해가 된다고 믿는다. 바깥세상을 차단하는 검은 안경이자 우리가 우리 안에 지닌 것으로부터 우리의 주의를 돌리게 만드는 것이다.

블레이크는 농장에서 일하는 여인을 임신시켜 아들을 만든다. 아이가 현실을 바라볼 수 있도록 아이를 영원히 마취시키고, 장님에 귀머거리에 벙어리로 만들고, 후각과 미각으로부터 해방시키는 것이 그가 맨 처음 자식을 돌본 방식이다. 그렇게 선택된 이가 자기 육체에 대한 아무런 자각도 갖지 않도록 최대한 주의를 기울였다. 그 외에는 호흡과 혈액 순환, 소화와 배설을 담당하는 장치를 설치했다. 안타깝게도 그렇게 자유로워진 아이는 누구와도 소통할 수 없었다. 화자는 수행성을 기를 필요를 느끼고 떠난다. 십 년이 지난 후 다시 돌아오지만 기예르모 씨는 이미 사망했다. 아들은 기계로 가득 찬 다락방에서 규칙적인 호흡을 하며 여전히 자기 방식대로 살고 있었다. 이제 화자는 영원한 작별을 고하며 떠나려 하고, 들판의 숙소에서 담배를 피우다 떨어트려 이로 인해 불이 나는데, 결국 일부러 그랬는지 단순한 우연이었는지 스스로도 인식하지 못하게 된다. 이렇게 끝나는 우에르고의 이야기는 당시에는 단순히 기이한 이야기였지만 오늘날에는 과학자들의 로켓과 우주 비행사 이야기보다 훨씬 신기한 이야기가 되었다.

이렇게 더 이상 기대할 수 없는 망자의 상상 세계를 담담히 요약하고 급하게 글을 마무리하며 다시 핵심으로 돌아간다. 내 기억을 1964년 어느 토요일 아침으로 인도한다. 나는 노인병 전문의인 라울 나르본도 씨와 진료 예약이 되어 있었다. 한때 청년이었던 우리가 늙어 간다는 것은 슬픈 진실이다. 머리칼은 가늘어지고 가는귀를 먹고 주름과 털이 뒤섞이고 어금니가 빠지고 기침이 끊이질 않는가 하면 등은 굽고 발을 헛디디는 등 한마디로 집안 가장으로서 위엄이 사라진다. 의심할 여지 없이 나에게도 나르본도 의사에게 간청할 시간이 온 것인데, 특히 그가 낡은 몸의 장기를 쓸 만한 장기로 교체해 주는 것을 고려하면 당연한 일이다. 그날 오후 '엑스쿠르시오니스타' 팀이 스페인 '데포르티보' 팀에게 설욕할 리턴 매치가 있었기에 애타는 마음으로 영예로운 경기에 먼저 도착하는 팬들 사이에 빠질세라 코리엔테스 이 파스테우르 거리의 진료실로 걸어갔다. 알려진 바에 의하면 아미안토 건물 15층에 위치한다. 엘렉트라 회사가 제작한 엘리베이터를 타고 올라갔다. 나르본도 박사의 명판을 보고 벨을 누른 후 용기를 내어 열린 문틈 사이를 비집고 환자 대기실에 들어갔다. 그곳에서 잡지《보소트라스》와 아동용 월간지《빌리켄》을 읽으며 시간을 때우다 뻐꾸기시계가 12시를 알리는 통에 깜짝 놀라 자리에서 일어났다. 무슨 일이 있는지 궁금했다. 이제 탐정을 흉내 내며 옆방을 향해 걸음을 옮기되 아주 작은 소리에도 언제든 도망칠 수 있도록 단단히 준비를 했다. 거리에서 차의 경적 소리와 신문팔이의 고함 소리, 행인을 피하려고 밟는 브레이크 소리가 들렸지만 주위에는 정적만 흐르고 있었다. 기구와 병이 가득 찬 실험실인지 약국의 약제실 비슷한 공간을 가로질렀다. 화장실에 가야겠다는 생각이 들어 맨 마지막 방의 문을 열었다.

내 눈으로 본 내부 모습은 도저히 납득하기 어려운 것이었다. 좁고 둥근 방은 온통 하얀색에다 천장이 낮았고, 폐소 공포증을 덜어 줄 창문 하나 없이 네온등 불빛뿐이었다. 그 안에 사람인지 가구인지가 넷 있었다. 색은 벽과 같았으며 소재는 나무였다. 모양은 입방체였다. 각각의 입방체 위에 격자창이 달린 작은 입방체가 있고, 아래에는 우체통 구멍이 있었다. 격자창을 자세히 들여다보면 안으로부터 눈 비슷한 것이 나를 지켜본다는 사실에 깜짝 놀라게 된다. 아래 구멍으로부터 불규칙하게 한숨 소리 혹은 하느님도 알아들을 수 없는 목소리가 새어 나왔다. 서로 마주 보고 양옆에 하나씩 놓인 모양새로 마치 최후의 만찬이나 동호인 모임을 여는 것 같았다. 몇 분이나 지났는지 모르겠다. 그때 의사가 들어와 내게 말했다.

“부스토스, 기다리게 해서 미안하오. ‘엑스쿠르시오니스타’ 경기 입장권을 찾으러 갔다오.” 입방체들을 가리키며 그가 말을 이었다. “산티아고 실베르만 씨와 은퇴한 공증인 루두에냐 씨, 아킬레스 몰리나리 씨와 부가르드 양을 소개하게 되어 기쁘오.”

물건들에서 이해할 수 없는 약한 소리가 새어 나왔다. 나는 재빨리 손을 내밀었다가 그들의 손을 잡는 기쁨 없이 얼어붙은 미소를 지으며 침착하게 그 자리에서 벗어났다. 겨우 현관에 도착했다. 말을 더듬거리며 얼버무렸다.

"코냑, 코냑."

나르본도가 실험실에서 돌아와 물이 가득 담긴 컵에 발포성 액체 몇 방울을 섞었다. 완벽한 처방이었다. 토할 것 같은 맛이 나를 정신 차리게 만들었다. 그 후 문을 두 번 돌려 잠근 후 그가 내게 설명했다.

"친애하는 부스토스, 나의 죽지 않는 사람들이 그대에게 큰 충격을 주었다는 걸 만족스레 확인할 수 있었구려. 다윈의 유인원에 불과한 호모 사피엔스가 그렇게 완벽해질 줄 누가 알았겠소. 이 집 이곳이 인도아메리카 대륙에서 유일하게 에릭 스태플던 박사의 방법을 완벽히 적용한 곳이라는 점을 약속하지요. 뉴질랜드에서 박사가 애통하게도 사망했을 때 과학계가 얼마나 큰 비통에 잠겼는지 기억할 거요. 우리 아르헨티나의 특성에 맞는 기법을 가미해 그분의 시대를 앞서 나간 업적을 이어받았다고 자부한다오. 콜럼버스의 달걀이라 할 수 있는 논문 자체는 아주 간단하다오. 육체의 죽음은 항상 어떤 장기의 고장에서 비롯되는 거라오. 신장이나 폐, 심장이나 다른 아무것이라도 대 보시오. 부패하기 쉬운 인체를 구성하는 조직을 녹슬지 않는 다른 부속으로 대체하면 영혼, 그러니까 부스토스 도메크 바로 당신이 죽지 않는 불사조가 되지 말라는 법은 없지요. 철학적 공리공론이 아니오. 육체는 가끔 고무로 덮어 주고 틈을 막아 주면 그 안에 거주하는 의식이 노쇠하지 않소. 외과 수술이 인간의 불멸을 가져오는 거요. 기본적인 것은 이루어졌소. 정신은 살아남았고, 앞으로도 멈출 것을 두려워할 필요 없이 살아남을 것이오. 죽지 않는 모두는 우리 회사가 그들이 영원함을 보장하고 증인이 되어 줄 것을 확신하며 기운을 회복했지요. 밤낮으로 전류 시스템이 흐르는 두뇌가 아직 세포와 줄기가 동거하는 마지막 생물적 보루라오. 그 외에는 합성수지와 강철, 플라스틱이라오. 호흡과 영양 섭취, 생식, 움직임, 배설까지도 이미 극복한 단계지요. 죽지 않는 불사조는 부동산이고요. 한두 군데 손봐야 하는 건 사실이오. 목소리를 내거나 대화를 나누기 위해서는 개선할 필요가 있지요. 경비에 대해서는 걱정하지 마시오. 법률적인 것을 피하는 절차를 통해 신청인이 우리에게 모든 자산을 넘겨주면 나르본도 회사, 즉 그대의 상속인이 그대를 수 세기 동안 책임지고 현상 유지해 줄 거라오."

그 순간 그가 내 어깨 위에 손을 얹었다. 그의 의지가 나를 지배하는 느낌이었다.

"하하하, 마음이 동하시오, 가련한 부스토스? 내게 필요한 모든 것을 주식으로 넘기는 데 두 달 정도 필요할 거요. 특별히 지인 가격으로 수술해 주겠소. 30만 페소가 아니라 28만 5000페소에 해 드리지요. 나머지 재산은 당신 거요. 거처와 보살핌, 봉사료로 쓰일 거요. 수술 자체는 하나도 아프지 않소. 단순히 절단하고 대체하는 거요. 복잡하게 생각지 마시오. 마지막 며칠간은 아무 걱정 말고 침착하게 지내시오. 원산지에서 제조되고 잘 숙성된 좋은 위스키 외에 부담스러운 요리나 술, 담배는 피하고요. 조급증 때문에 흥분하지도 마시오."

"두 달이라니 안 됩니다." 나는 대답했다. "한 달이면 충분하고도 남습니다. 마취에서 깨어나면 또 하나의 입방체가 되는 거네요. 이미 제 연락처와 주소를 알고 계십니다. 계속 연락을 주고받기로 하죠. 늦어도 금요일에는 다시 오겠습니다."

출입구에서 유언 집행에 관한 모든 절차를 책임질 네미롭스키 박사의 명함을 내게 건넸다.

완벽한 평정심을 가장하며 지하철 입구까지 걸어갔다. 계단을 뛰어 내려갔다. 바로 생각을 실천에 옮겼다. 그날 밤 아무런 흔적도 남기지 않은 채 누에보 임파르시알로 이사했고, 입주민 명부에는 아킬레스 실베르만이라는 가명을 썼다. 뒤뜰에 면한 방에서 가짜 수염을 달고 사건에 대한 이 글을 쓴다.

긍정적인 기여

오르테가와 대화를 나누면 기운이 난다. 물론 그레이하운드 같은 남자라고 생각하면 된다. 오늘은 야바욜에서 마이크를 잡고, 내일은 부르사코에서 굼벵이처럼 기어 가는 열차의 창문을 통해 유유자적 인사를 건네는가 하면, 모레는 '내가 알게 뭐냐' 식이다. 잠시도 가만있지 못하는 영혼의 소유자로 회의나 학회, 미술 전시회 등에 모습을 나타낸다. 여기저기 쑤시고 다니는데 어떻게 다 소화하는지 봐야 한다. 이미 알려졌듯이 그는 중개인이다.

얼마 전 너무 지쳐 머리를 들 힘도 없어서 미지근하기 짝이 없는 마테차를 마시다가 눈을 들어 보니…… 누가 보였겠는가? 아무리 잘난 사람도 못 맞힐 테니 알아맞히려고 기를 쓰지 마시길. 저 멀리서 흙먼지를 일으키고 오면서 홍보물을 손에 든 채 즐겁게 인사하는 이는 바로 중개인 오르테가였다.

부엌 시계가 오후 5시를 가리켰고 나는 상쾌한 공기를 즐기며 그의 집 베란다를 차지하고 있었다. 그는 벽난로를 돌아 가죽 공방을 뒤로하고 성큼성큼 다가왔다. 마른 웅덩이를 다 피했을 때 아래층에서 내게 말했다.

"두둥 두둥, 공증인 친구! 여기 현대 문화 잡지라는 형태의 진통제를 가져왔다네. 미술. 문학. 연극. 영화. 음악. 비평."

미지의 것이 모습을 드러냈다! 오르테가가 흔들고 있던 홍보물은 다름 아닌《레트라 이 리네아》3호였다. 친밀한 벗의 그런 생색내는 말이 밀크 커피와 마가린을 바른 빵처럼 처진 기운을 북돋았을 거라고 다들 말할 테고, 나도 그에 대해 왈가왈부하지 않을 테지만, 쓸모없고 해로운 잡지들로 인해 생각지도 못한 일을 겪은 게 한두 번이 아니라 사실 무작정 믿기 어려웠다. A를 칭찬하기 위해 B를 공격하는 데 놀라운 소질을 보이는 무례한 풋내기들의 잡지는 지긋지긋할 뿐이다. 거의 자포자기 심정으로 잡지를 뒤적이다 다음 구절을 발견하고 읽었을 때 기뻐하지 않을 수 없었다.

> 그대가 미소 짓는 시간은 시계를 깨운다
> 그대가 미소 짓는 시간은 시계를 빨리 돌린다
> 멈출 수 없는 노래를 시작했지 당신은
> 움직이지 않는 이를 흔드는 노래를.

몸이 떨려 순간 비틀거렸다. 이제 다시는 예전의 내가 될 수 없을 것이다. 그러자 곧 다음 구절을 만나 그보다 더 높은 곳으로 떠오르는 것만 같았다.

오늘날 세상 돌아가는 일에 대해 무지하고 잠에 취해 혼수 상태인 자의 시간에 대한 견해를 더 이상 평가하는 것은 이제 불가능할 것이다. 작가는 전차가 다니는 때에도 그가 속한 시대를 위해 진력해야 한다.

마치 설탕 가루를 입에 넣을 때처럼 이 문구에 매혹당해 잡지의 같은 장에 실린 다른 글에 손을 댔다.

파괴나 기이한 행위에 대한 비호 혹은 실패의 활용은 긍정적인 기여를 할 수 있는 요소다.

악마 같은 남자 같으니라고! 젊은 오르테가는 내 정신 상태를 보고 전혀 놀라지 않았다. 마치 내 아버지라도 되는 양 인간적이고 자비로운 미소를 지었다. 늘 마감 시간에 쫓기는 작가의 시간적 제약에도 불구하고 — 물론 진지하게 다뤄야 할 때 말이지만 — 내가 영혼에 관한 이야기를 담기 위해 마음 한구석을 비워 두고 있다는 사실을 이 조력자는 잘 알고 있었던 것일까?

그는 내게 해당 호를 아주 싼 가격에 내어 주었고 다른 호도 구해 주겠노라고 약속했다. 그 와중에 항상 그를 긴장시키는 돼지 한 마리가 그의 검은 밀짚모자의 리본과 상표 따위를 씹어 삼켜서 오르테가는 미친 듯이 떠났다. 마치 맹수에게 쫓기는 듯 황급히 나갔고, 붉은빛이 감도는 거무튀튀한 돼지가 그를 쫓아가는 것을 내 눈으로 지켜봤다.

돼지가 떠나고 조용해지자 해먹에 몸을 맡기고 편한 자세로 잡지를 훑어보았다. 순서에 따라 빠르고 꼼꼼히 읽어 내려갔다. 글은 기대를 저버리지 않았다! 난 전속력으로 감상을 써 내려가기 시작했다.

> 깊이 만족하며 수고에 감사의 뜻을 보낸다. 지금 우리가 보고 있는《레트라 이 리네아》는 유사한 움직임을 시작한 잡지들과 비슷한 성향을 지니고 이미 다수의 대중이 요구하는 수준을 유지하기 위해 고군분투하고 있다. 저명한 문필가, 확고한 가치관, 정치한 글이 잡지의 품격을 높이는데, 이 저널은 고유한 방식으로 당대 주요 주제와 쟁점 사안에 집중해 늘 새롭고 가치 있는 기여를 한다. 화려한 집필진 가운데에서 특히 바스코와 바나스코 등이 두드러진다.

솔직히 아무런 준비가 되어 있지 않은 독자는 이런 질문을 던질 수밖에 없다. 이런 작가 집단, 교수와 학구적인 청년들이 중심이 되어야 하나? 좀 더 준비된 두뇌 그룹이 이런 불편한 사항에 해답을 제시해 주길 기대하며, 문화의 자치권을 획득하기 위해 문예 집단이 구성된다는 점을 알려 주시기를 부탁드린다. 지지를 표명하며 기원한다. 페이지 첫 장을 장식하는 잡지명 '레트라 이 리네아'가 오랫동안 그 자리를 지키길!

문예지로 우리에게 친숙한 이 출판사는 학회지는 물론 연구소와 기타 협회의 간행물을 출간한 이력이 있다. 그러나 차별화된 그들만의 특징은 구독자의 마음을 사로잡는 뛰어난 삽화와 신뢰성과 신중한 어조다.

6부 부스토스 도메크의 새로운 단편들 1977

죽을 때까지 이어진 우정

젊은 벗의 방문은 늘 즐겁다. 암운이 가득한 이런 때 젊음과 함께하지 않는 이는 차라리 묘지가 더 나을 것이다. 그래서 베니토 라레아를 특별히 접대하려고 길목에 있는 우유 가게에서 보자 했는데, 이는 뜰에 물을 뿌리고 있는 성마른 아내를 귀찮게 하지 않으려는 의도였다. 우리는 즉시 자리를 옮겼다.

당신들 가운데 일부는 라레아를 기억하는 사람도 있을 수 있겠다. 그는 부친이 사망하자 약간의 돈과 터키인에게 구입한 별장을 물려받았다. 돈을 흥청망청 썼지만 쇠락해 가는 별장 '마그놀리아스'는 보존했는데, 외출하지 않을 때는 마테차를 마시며 취미 삼아 하는 목수 일에 열중했다. 그는 한순간이라도 나쁜 일이나 범죄와 타협하지 않았고 차라리 품위 있는 빈곤을 택했다. 베니토는 이제 서른여덟 살 언저리일 것이다. 우리는 늙어 가고, 아무도 세월을 피하지 못한다. 그는 기운이 없어 보였으며 추레한 주인이 우유를 가져왔을 때도 고개를 들지 않았다. 슬픔에 빠진 사람인지 아닌지 잘 간파하는 나는 그에게 언제든지 어깨를 빌려줄 친구가 있다는 점을 상기시켰다.

"부스토스 선생님!" 그는 눈치채지 못하게 슬쩍 크루아상을 베어 물었다. "전 귀까지 물에 잠겨 있어서 선생님이 손을 내밀지 않으면 제가 어떤 일을 저지를지 모르겠어요."

내게서 돈을 빌리려는 줄 알고 순간 긴장했다. 젊은 친구가 털어놓은 이야기는 그보다 심각했다.

"1927년 올해는 제게 최악의 한 해였어요. 우선 롱고바르디의 글과 비슷한 박스 기사를 보고 알비노 토끼 사육을 시작했지만 별장을 흙구덩이와 털투성이로 가득한 쓰레기장처럼 만들었을 뿐 별 소득이 없었어요. 게다가 복권이나 경마에서 한 푼도 못 땄죠. 솔직히 상황이 아주 안 좋게 돌아가는 게 보였죠. 불경기가 다가오고 있었어요. 지역 거래처에서 더 이상 외상으로 물건을 주지 않았으니까요. 오랜 친구들조차 멀리서 나를 보면 다른 길로 피해 가 버렸으니. 사방팔방으로 해결책을 찾다 결국에는 마피아에게 도움을 요청했답니다.

카를로 모르간티의 기일에 오로뇨 대로에 위치한 세사르 카피타노의 대저택에 예복을 갖춰 입고 갔지요. 사소한 금전 문제로 두목을 귀찮게 하지 않으면서 그가 위엄 있게 진두지휘하는 사업에 사심 없이 참여하려는 저의 의도를 설명하려 했지요. 소문이 무성한 입회 의식이 두려웠지만, 선생님께서 지금 보시다시피 마치 교황청 대사가 저를 지지하기라도 하듯 마피아의 문이 제게 열렸어요. 세사르 씨는 저를 따로 불러 비밀 한 가지를 말해 주는 믿음도 보여 주었지요. 자신의 입지가 탄탄하기는 하나 많은 적을 만들었으니 일정 기간 위협이 닿지 않는 은밀한 장소에 몸을 숨기면 좋겠다고 했죠. 기회를 놓치기 싫어하는 전 지체하지 않고 대답했어요.

'당신이 원하는 그런 장소가 있어요. 제 별장 마그놀리아스는 위치도 안성맞춤이에요. 길을 아는 사람에게는 멀지 않은 장소지만 외지인이 보기엔 두더지 굴뿐이지요. 우정의 증표로 무료로 사용하도록 해 드리지요.'

마지막의 무료라는 단어가 상황을 종결지었어요. 위대한 사람들이 지니는 소박함으로 세사르 씨는 되물었어요.

'식사도 포함해서?'

전 당연하다고 대답했어요.

'절 믿어 주시니 당신이 불편하지 않도록 요리사와 하인도 쓰실 수 있게 하지요.'

기대와는 달리 세사르 씨가 미간을 찌푸리며 말했죠.

'요리사에 하인이라니 무슨…… 외부인인 자네를 믿는 것도 큰 실수일지 모르는데, 미치지 않고서야 나를 카폰사키에게 고철같이 팔아넘길 수 있는 두 작자에게 비밀을 밝히는 건 절대 허락 못 하네.'

사실 요리사도 하인도 없었지만 그날 밤 당장 그들을 내쫓겠다고 약속했지요.

제 쪽으로 몸을 굽히며 보스가 말했어요.

'받아들이지. 내일 밤 9시 정각에 여행 가방을 들고 로사리오 노르테에서 기다리지. 내가 부에노스아이레스로 가는 줄 알게 해야 돼! 이제 조용히 이 자리를 뜨게. 사람들은 의심이

많아.'

계획은 성공적이었고 전 자연스레 발장단을 맞추며 문밖으로 나갔지요.

다음 날 정육점 주인 코셔가 빌려준 돈으로 스테이션왜건 한 대를 빌렸어요. 제가 직접 기사 노릇을 하며 저녁 8시부터 역 근처 바에서 대기했는데, 삼사 분에 한 번씩 누가 차를 훔쳐 가지 않나 살펴보는 것도 잊지 않았죠. 카피타노 씨가 너무 늦게 도착해서 기차를 탈 요량이었다면 놓쳤을 것이 분명해요. 그분은 모두가 칭찬하면서도 두려워하는 활동적인 사업가일 뿐만 아니라 다른 사람에게 말할 기회를 주지 않고 쉴 새 없이 떠드는 달변가예요. 우린 닭 울음소리가 들리는 시간에 피로에 지쳐 도착했지요. 진한 밀크 커피 한 잔이 손님의 기운을 차리게 했고 그는 다시 떠들어 대기 시작했어요. 잠깐만 들어도 오페라, 특히 카루소의 이력을 다 꿰고 있는 사람이라는 걸 알 수 있었죠. 밀라노와 바르셀로나, 파리, 뉴욕의 오페라 하우스와 이집트, 부에노스아이레스의 공연 성공에 대해 떠벌렸어요. 축음기가 없으니 「리골레토」와 「페도라」 속 가곡을 천둥 같은 목소리로 따라 부르며 우상의 목소리를 흉내 냈지요. 아는 음악이라고는 라산노[406]밖에 없는 제가 멈칫거리자 카루소의 위대함에 대해 저를 설득하려고 런던에서는 1회 공연을 위해 카루소에게 300파운드를 지불했고, 미국에서는 마노 네그라[407]가 카루소에게 엄청난 금액을 요구하면서 응하지 않으면

406 호세 라산노(José Razanno). 우루과이 가수.

407 Mano Negra. 이탈리아 범죄 집단.

죽이겠다고 협박했다는 이야기를 들려주었어요. 마피아가 개입하지 않았다면 그 악당들의 비도덕적 행위를 막지 못했을 거라면서요.

밤 9시까지 시에스타를 즐긴 덕분에 점심은 건너뛰었답니다. 카피타노는 일어나 냅킨을 목에 두른 채 포크와 칼을 휘두르며 「카발레리아 루스티카나」[408]를 소리 높여 부르기 시작했어요. 그는 장광설을 늘어놓는 동안에도 키안티 포도주 한 병과 파스텔 데 푸엔테 두 조각을 먹어 치웠죠. 수다에 지쳐서 저는 거의 한 조각도 먹지 못했지만 카루소의 대중 공연과 비공식 공연 이야기에 빠져들어 시험이라도 칠 정도가 되었지요. 졸음이 몰려왔지만 토씨 하나도 빠트리지 않고 들었고 다음과 같은 중요한 사실도 놓치지 않았어요. 즉 주인공은 음식보다 자신이 하는 이야기에 더 관심을 기울였다는 사실이에요. 새벽 1시가 되자 그는 제 방으로 들어갔고, 저는 비가 새지 않는 나뭇광에 몸을 뉘었어요.

다음 날 아침 삭신이 쑤셨지만 정신을 차려 요리를 하려고 보니 식료품이 거의 바닥 난 것을 알게 되었죠. 기적은 일어나지 않았어요. 제 친구 코셔가 비록 비싼 이자를 좋아하긴 하지만 더 이상 한 푼도 빌려주지 않을 거라고 경고했죠. 늘 식료품을 사던 곳에서 구한 것이라고는 고양이 풀과 설탕 약간, 그리고 잼을 대신할 오렌지 껍질이 다였어요. 비밀이라고 다짐하며 제 별장에 아주 중요한 인물이 머물고 있으니 곧 큰돈을 벌

---

408 이탈리아의 작곡가 피에트로 마스카니(Pietro Mascagni, 1863~1945)의 오페라.

게 될 거라고 귀띔했답니다. 제 말에 아무런 반응이 없어서 몸을 숨긴 인물에 대해 아무도 안 믿는 게 아닌가 하는 생각이 들었어요. 게다가 빵집 주인 마네글리아는 도가 지나쳐서 제게 침을 뱉으며 말하길 거짓말에 지쳤으니 앵무새에게 줄 빵 한 조각도 기대하지 말라고 했어요. 식료품 가게의 아루티가 다행히 밀가루 1.5킬로그램를 줘서 어떻게 점심은 준비할 수 있었어요. 뛰어난 인물들과 함께하려는 사람이 꽃길만 걷는 것은 아니죠.

물건을 사고 돌아왔을 때 카피타노는 맘 편히 코를 골고 있었어요. 스튜드베이커 공매에서 건진 유물인 경적을 두 번째로 울리자 악담을 퍼부으며 벌떡 일어나 마테 두 잔과 갈아 놓은 치즈를 먹어 치웠어요. 그때 문 옆에 세워진 무서운 엽총이 눈에 들어왔죠. 못 믿으실지 몰라도 저는 쓸데없이 악마의 무기고에 사는 걸 좋아하지 않는답니다.

제가 점심으로 먹을 뇨키를 만들기 위해 밀가루를 반죽하는 동안 세사르 씨는 시간을 허비하지 않고 서랍이란 서랍은 죄다 뒤져 목공실에 둔 백포도주 한 병을 찾아냈어요. 그가 뇨키를 먹으며 술병을 비웠고, 카루소의 「로엔그린」을 자기 방식으로 열창하는 통에 전 입을 다물지 못했어요. 그렇게 먹고 마시고 수다를 떠는 가운데 졸음이 몰려와 오후 3시 20분쯤 다시 잠자리에 들었어요. 식사 시간 사이에 잠시 짬을 내어 접시와 잔을 씻으며 혼잣말로 중얼거렸어요. '오늘 밤에는 또 뭘 먹여야 하지?' 이런 생각을 하는 도중에 평생 잊지 못할 끔찍한 소리가 들려서 기겁했어요. 상상을 뛰어넘는 공포였지요. 늙은 고양이 카차파스가 습관처럼 내 침실로 기어들어 갔는데 카피타노 씨가 손톱 가위로 목을 베어 버린 거예요. 당연히 고양이의 죽음을 애도했지만 마음 한편에는 저녁 식사를 위해 줄무늬 동물이 귀중한 도움을 준 데 감사할 따름이었어요.

폭탄선언이었어요. 고양이를 먹어 치운 카피타노 씨가 음악 관련 주제는 뒷전으로 하고 제게 은밀한 계획을 털어놓았는데, 선생님이 믿지 않으실지 모르겠지만 제 생각으로는 부적절한 계획이었던 만큼 걱정이 되기 시작했어요. 나폴레옹의 사례를 연상시키는 그 계획은 청산가리를 이용해 카폰사키와 그 가족뿐 아니라 조직원 상당수를 살해하는 것이었어요. 마술사처럼 화장실에 폭탄을 설치하는 퐁기와 납치된 사람들의 고해 성사를 담당하는 신부인 사피, 일명 골고다로 불리는 마우로 모르푸르고, 죽음의 할리퀸 알도 알도브란디 모두 다 차례대로 죽을 거라고 했어요. 그러고는 주먹을 내리쳐서 유리 덮개를 깨트리며 말했죠. '적에게는 정의 따윈 필요 없어.' 얼마나 힘을 줘서 이 말을 내뱉었는지 코르크 마개를 쿠키인 줄 알고 삼킬 뻔했다니까요. 그러고는 간신히 입 밖으로 꺼낸 말이 '포도주 I 리터!'였어요.

그것은 어둠을 밝히는 한 줄기 빛과 같았어요. 큰 바가지에 염료 몇 방울을 떨어트려 주었는데 그 인간은 그걸 숨도 쉬지 않고 들이켠 뒤 겨우 한숨을 토해 냈지요. 대수롭지 않다면 아닐 수도 있는 그 일로 인해 밤새 잠 못 이루고 새들이 지저귈 때까지 뜬눈으로 지새웠어요. 하룻밤 새 그토록 많은 생각을 한 적이 없었답니다!

마침 집에 탈지면과 나프탈렌이 있었고, 이 재료로 화요일 식사를 위해 뇨키 한 대접을 만들었어요. 조심스럽게 날마다

양을 늘려 가는 걸 세사르 씨는 전혀 눈치채지 못했는데 카루소에 열정적으로 몰입하거나 복수 계획에 열중하고 있었기 때문이죠. 그렇지만 우리의 음악 애호가는 다시 현실로 돌아올 때를 알았어요. 몇 번이고 기분 좋게 저를 꾸짖었죠.

'자네, 마른 거 같군. 뭘 좀 들게, 많이 들게나, 친애하는 라레아 군. 기운을 좀 차려. 내 복수를 위해서라도.'

늘 그렇듯이 교만함 때문에 망했어요. 아침에 고물상이 소리 높여 호객 행위를 하기 전에 제 계획은 거의 완성됐지요. 운 좋게도《멘사헤로 연감》지난 호에서 빳빳한 지폐 몇 장을 발견했어요. 밀크 커피 두 잔을 마시고 싶은 유혹을 이기고 그 돈으로 톱밥과 소나무, 페인트를 구입했지요. 지하실에서 그럴싸하게 갈색 페인트로 표면을 칠해 무게가 3킬로그램이 넘는 나무 케이크를 만들었어요. 사용하지 않는 낡은 기타에서 뺀 못 한 세트를 장식처럼 가장자리에 빙 둘러 가며 단단히 박았습니다.

시치미를 떼고 그 '걸작'을 제 수호신께 드렸어요. 식사 전에 입맛을 다시며 케이크에 이를 들이밀었죠. 돌연 한 단어를 우물거리며 몸을 곧추세우더니 오른손에 엽총을 들고는 제게 마지막 기도를 하라고 명령했어요. 제가 얼마나 울었는지 보셨어야 해요. 경멸이었는지 동정이었는지 두목은 제게 몇 시간을 더 주면서 엄명을 내렸어요.

'오늘 밤 8시에 내가 보는 앞에서 이 케이크를 부스러기 하나 남기지 않고 다 먹어 치우게. 안 그러면 자넬 죽여 버릴 거야. 지금은 자유야. 나를 밀고하거나 도망칠 만큼 가죽이 두껍지 않다는 걸 알아.'

이게 제 이야기예요, 부스토스 씨. 저를 구해 주시길 부탁드립니다."

정말로 까다로운 사안이었다. 작가라는 내 직업상 마피아와 관련된 일에 얽힐 이유가 없었고 거리가 먼 사안이었다. 그 젊은이를 자기 운명에 내맡겨 두는 것은 용기가 필요한 일이었지만 결국 가장 기본적인 원칙에 따라 조언했다. 그가 스스로 자신의 별장 마그놀리아스에 공공의 적을 숨겼다고 고백하지 않았나!

라레아는 어떻게든 자세를 다잡고 죽음을 향해 길을 떠났다. 나무 아니면 납. 그를 연민의 감정 없이 바라보았다.

선과 악의 경계를 넘어서

1

호텔 데 조, 엑스레뱅

1924년 7월 25일

친애하는 아벨리노,

공식 용지에 쓰지 않는 걸 양해해 주기 바라네. 온천 휴양지의 메카인 이 세련된 도시에서 국가를 대표하는 영사로서 글의 말미에 서명한다네. 아직 전용 용지와 규격 봉투도 없고, 하늘색과 하얀색[409] 깃발을 펼쳐 놓을 사무실도 없다네. 그동안

409 아르헨티나 국기 색이다.

호텔 데 조에서 그럭저럭 지내고 있었는데 아무래도 잘못된 결정이었어. 작년 가이드북은 부당하게도 별 세 개를 부여했지만 지금은 표지판 덕분에 궁전이라고 분류된, 겉만 그럴싸하고 별 믿음은 가지 않는 호텔들에 뒤지고 있다네. 정확히 말해서 공격적인 크리오요[410]를 즐겁게 할 전망이 없었다는 거지. 직원들은 까다로운 고객의 요구를 제때 제대로 들어주지 못하는가 하면 호텔 고객들 수준도 그다지……. 손님 수준은 논외로 하고, 이곳은 유황 온천을 즐기려고 온 노인들로 넘쳐 난다는 가슴 떨리는 소식을 전하네. 인내심을 가지게, 형제여.

주인인 L. 뒤르탱 씨는 호텔 역사상 자신이 생존하는 최고의 주인임을 주저하지 않고 밝히며 그 사실을 다양한 형태로 과시할 기회를 놓치지 않는다네. 때로는 가정부인 클레망틴의 사생활에 참견하기도 하지. 사실 그런 이야기들이 머릿속에서 뒤섞여 잠 못 이룬 밤이 많았어. 겨우 클레망틴을 잊으면 외국 호텔의 재앙이라 할 수 있는 쥐들이 나를 괴롭혔지.

좀 더 편안한 이야기를 해 보기로 하지. 자네의 이해를 돕기 위해 개략적으로 도시에 대해 설명하도록 하겠네. 두 산맥 사이의 긴 골짜기를 생각해 보게. 우리 안데스산맥이랑 비교하면 별거 아니지만. 프랑스인들이 칭찬해 마지않는 덩 뒤 샤[411]를 아콩카과산 그림자에 두면 현미경으로 찾아야 할 거네. 호텔의 작

410 일반적으로 라틴 아메리카에서 태어난 백인을 뜻하나 아르헨티나의 경우 외국 이민자와 비교하여 아르헨티나 태생을 크리오요라고 한다.

411 Dent du Chat. 프랑스의 산.

은 미니버스들이 온천을 찾는 환자들과 통풍 환자들로 가득한 도시의 교통에 활력을 제공하네. 건물에 대해 말하자면 둔해빠진 사람이라도 콘스티투시온역[412]의 축소판인 것을 알아챌 수 있지, 비록 위용은 덜하지만 말이야. 건물 밖에 작은 호수가 있는데 낚시꾼도 오고 필요한 건 다 있지. 푸른 하늘에 떠다니는 구름들이 때론 비를 머금은 커튼을 드리워. 산 때문에 공기가 순환이 되지 않는다네.

생생한 두려움에도 불편한 특징을 말하자면 '관절염에 걸렸든 말든 적어도 이 계절엔 아르헨티나 사람이 보이지 않는다는 점'이지. 이 정보가 외교부에 전해지지 않도록 조심하게. 알게 되면 영사관을 폐쇄하고 나를 어디로 전보할지 알 수가 없다네.

같이 수다 떨 동포 하나 없으니 시간을 때울 방법이 없다네. 어딜 가야 둘이 하는 트루코 카드 게임을 할 줄 아는 사람을 만날까? 소용없는 일이야. 침묵의 심연이 깊어지니 속된 말로 대화의 주제라 할 것이 없고 대화 수준도 형편없어진다네. 외국인들은 이기적이고 자기 일 외에는 관심이 없다네. 여기 사람들은 곧 도착할 라그랑주 가문에 대해서만 이야기한다네. 솔직히 말해서 나와 무슨 상관이 있지? 몰리노 제과점 식구들에게 안부 전해 주게.

늘 변치 않는 인디오
펠릭스 우발데가

---

412 아르헨티나의 기차역 이름.

2

친애하는 아벨리노,

자네 엽서가 부에노스아이레스의 따듯한 인간미를 다소 전해 주었네. 친구들에게 인디오 우발데가 그리운 그곳으로 합류할 거라는 희망을 버리지 않고 있다고 전해 주게. 여기는 별일 없다네. 아직 위장은 마테차를 견디지 못하지만 예견되는 불편함에도 불구하고 해외에 있는 동안 축일마다 마테차를 마시기로 결심했다네.

전날 밤 쌓인 가방과 트렁크들로 복도가 막혔다는 소식을 빼면 중요한 소식은 없다네. 성마른 프랑스인 푸아레가 소리 소리 질렀지만 그 짐이 전부 라그랑주, 정확히 그랑빌리에라그랑주 가문의 짐이라고 알려 주자 조용히 물러섰지. 중요한 영주 가문이라는 소문이지. 푸아레가 전해 준 이야기에 의하면, 그랑빌리에 가문은 프랑스의 유서 깊은 가문인데 17세기 말에 나와 상관없는 어떤 문제 때문에 이름을 조금 바꾸었다는군. 늙은 원숭이는 썩은 나무에 올라가지 않는 법이지. 나는 쉽게 납득이 안 돼서 호텔의 두 짐꾼만으로는 부족할 만큼 짐을 보낸 이 가문이 과연 진짜 영주인지 아니면 그저 돈을 많이 번 이민자들의 후손인지 궁금해졌어. 하느님의 포도원에는 별의별 사람이 있는 법이지만 말이야.

겉보기에는 평범한 사건 하나가 내게 기운을 북돋아 주었다네. 식당에서 늘 앉는 자리에 앉아 한 손에 국자를 들고 다른 손은 빵 바구니에 넣고 있을 때 종업원이 내게 출입구 옆에 임시로 마련해 둔 자리로 옮길 것을 부탁했다네. 쟁반을 들고 왔다 갔다 하는 직원들이 발로 밀어서 문을 여는 그 출입구 옆 말이네. 그냥 박차고 나갈 수도 있었지만 알다시피 외교관은 충동적으로 행동하면 안 되니 부드럽게 그 부탁에 응하기로 했지. 아마 호텔 주인이라면 그런 일을 승인하지 않았겠지만 말이야. 옮긴 자리에서는 종업원들이 내가 앉았던 식탁을 더 큰 식탁 옆에 붙이고 식당 매니저가 라그랑주 가문 식구들이 도착하자 정중하게 허리를 굽히는 것을 잘 볼 수 있었지. 점잖게 표현하자면 그들을 쓰레기 취급하지 않았다 이 말이네.

가장 먼저 이 아르헨티나 사람의 주의를 끈 것은 두 아가씨들이었는데 닮은 모습으로 봐서 자매인 듯했어. 언니는 안색에 붉은빛이 도는 반면에 동생은 생김새는 비슷했지만 갈색 피부에 창백한 편이었지. 자매의 아버지로 보이는 덩치 큰 남자는 가끔 내게 노기 띤 시선을 보냈다네, 내가 호기심 많은 구경꾼이라도 되는 것처럼. 난 무시한 채 다른 식구들을 자세히 관찰했지. 나중에 시간이 되면 이 모든 것에 대해 자세히 말해 줄게. 지금은 침대에 누워서 오늘의 마지막 시가를 피울 시간이네.

인디오가 안부를 전하며

3

친애하는 아벨리노,

라그랑주 가문에 대한 내 글을 흥미롭게 읽었으리라 생각하네. 이제 좀 더 자세히 이야기를 전하도록 하겠네. 우리끼리 얘긴데, 성격이 가장 좋은 사람은 할아버지라네. 여기서는 모두들 남작님이라고 부르지. 멋진 인물이야. 마른 데다 모니고테[413]만 한 키에 올리브색 피부지만 말라카 지팡이와 잘 재단된 푸른색 외투를 걸친다네. 소식통에 의하면 홀아비고 세례명은 알렉시스라는군. 뭐 어쩌겠나.

나이 순서로는 그다음이 아들 가스통 내외지. 가스통은 대략 오십 대 초반의 혈색 좋은 정육점 주인 같아 보이는데 아내와 딸들을 쉬지 않고 감시한다네. 무슨 이유로 부인을 그리 보호하는지 모르겠네. 두 딸들은 또 다르지. 금발인 샹탈은 아무리 봐도 질리지 않고 자클린은 더하다네. 두 아가씨들은 무척 총명해서 주변에 활력소가 되고, 할아버지는 박물관의 소장품 같아서 즐겁게 만드는 동시에 교훈을 제공한다네.

정말 상류층 사람들인지는 아직도 모르겠네. 내 말을 이해해 주게. 중산층에 대해 아무런 반감은 없지만, 내가 영사고 어쨌거나 품위를 유지해야 한다는 사실을 잊지 않고 있다네. 한 걸음이라도 잘못 내디디면 머리를 들 수가 없어. 부에노스아이레스에서는 그런 위험이 없잖아, 품위 있는 사람은 반 블록 떨어진 곳에서도 냄새를 맡으니. 여기 외국에서는 멀미가 난다네, 무례한 사람이 어떻게 말하고 상류층은 어떻게 말하는지 알 수가 없어.

안부를 전하며

인디오가

---

413 monigote. 사람이나 동물 인형.

4

친애하는 아벨리노,

검은 먹구름은 사라졌네. 금요일 날 별 관심 없는 듯이 관리실에 가서 수위가 조는 틈을 타 메모를 읽어 보았지. "오전 9시. G. L. 남작. 밀크 커피와 마가린을 바른 크루아상." 이제 남작의 중요성을 알겠지.

잔혹하지는 않지만 흥미로운 이 소식이 자네 여동생의 관심을 끌 거라는 걸 안다네. 그녀는 목숨을 걸고 상류 사회에 관한 모든 정보를 알려 하잖아. 더 많은 정보를 주겠노라고 내 이름을 걸고 약속하게.

안부를 전하며

인디오가

5

나의 친애하는 아벨리노,

아르헨티나 사람인 내게 유서 깊은 귀족 계급과의 인연은 정말로 흥미를 북돋우는 것이었네. 이 까탈스러운 지역에서도 내가 당당히 대문으로 입장했다는 걸 자네에게 말해 줄 수 있어. 겨울 정원에서 별 소득 없이 푸아레에게 마테차를 권하고 있을 때 그랑빌리에 가문 사람들이 나타났어. 난 자연스럽게 긴 식탁에 같이 앉았지. 아바나산 시가에 불을 붙이려던 가스통이 주머니를 더듬어 봤지만 불이 없다는 걸 알았다네. 푸아레가 선수를 치려고 했지만 이 크리오요가 성냥을 먼저 내밀었지. 그때 처음으로 그에 대해 알게 된 거야. 그 귀족은 내게 고맙다는 인사도 안 하고 태연히 담배를 피우더니 우리를 없는 사람 취급하며 오요 데 몬테레이 여송연 곽을 외투에 집어넣었어. 다른 이들도 확인해 줄 이 몸짓이 내게는 계시와 같았다네. 아주 원대한 계획을 가진 다른 종류의 인간 앞에 내가 서 있다는 것을 바로 알아챘지. 그런 부류의 세계에 어떻게 하면 틈입할 수 있을까? 내가 고생과 실패를 겪으면서도 얼마나 치밀하고 끈질기게 일을 진행했는지 자네에게 상세히 말하기란 불가능하다네. 결론적으로 말하자면 두 시간 삼십 분 후 내가 그 가족을 마주하고 있었다는 거야. 그뿐이 아니라네. 예의 바르고 재기 넘치는 태도로 모두에게 "네." 하고 울림 같은 대답만 하는 동안 뒤로는 딴생각을 했다네. 진심에서 우러나오는 표정과 행동을 억지로 참아 내며 불가사의한 미소와 내리깐 눈으로 주근깨투성이 샤탈에게 관심을 뒀지만 주변 사람들의 좌석 위치 때문에 가슴이 좀 더 작은 자클린 쪽으로 향했다네. 천성적으로 비굴한 푸아레는 우리에게 아니스 술을 한 잔씩 돌렸어. 나도 질세라 "모두에게 샴페인을!" 하고 즉흥적으로 외쳤지만 다행히 종업원이 농담으로 받아들였는데 가스통이 한마디 거드는 통에 고개를 숙이고 말았다네. 코르크 마개를 딴 샴페인 한 병 한 병이 묵직하게 가슴에 와닿았고, 정신을 차리기 위해 테라스로 나갔지만 거울에 비친 내 얼굴은 영수증 용지보다 더 창백해 보였다네. 아르헨티나의 공무원은 제 역할을 잘 감당해야 하니 몇 분 후 어느 정도 회복된 상태로 다시 자리에 돌아왔다네.

그럼 이만

인디오가

6

친애하는 아벨리노,

호텔이 발칵 뒤집힌 일이 있었다네. 탐정의 예리한 통찰력이 필요한 사건이었지. 클레망틴과 다른 관계자에 의하면 과자 진열장 두 번째 칸에 해골 표시가 된 중간 크기의 쥐약 병이 있었는데 오늘 아침 10시에 그 병이 사라졌다는 거야. 뒤르탱 씨는 지체하지 않고 적절한 조치를 취했다네. 내가 쉽게 잊지 못할 든든한 믿음을 보여 주며 나를 데리고 경비를 찾아 빠른 걸음으로 기차역으로 갔다네. 꼼꼼히 다 찾았다네. 경찰은 호텔에 도착한 후 밤늦은 시간까지 여러 사람을 탐문했지만 별 소득이 없었고. 나와도 꽤 오래 이야기를 나누었는데 난 모든 질문에 미동도 하지 않고 의연히 대답했다네.

뒤지지 않은 곳이 없었어. 내 방 구석구석을 꼼꼼히 뒤지더니 담배꽁초만 수북이 버려 놓았다네. 경찰에 연줄이 있음 직한 바보 푸아레와 그랑빌리에 가문의 방은 당연히 뒤지지 않았지. 도난 신고를 한 클레망틴도 심문을 받지 않았다네.

하루 종일 (일부 일간지가 제목을 단 것처럼) '사라진 독약'에 대해서만 떠들어 댔지. 음식에 독이 들었을까 봐 식사를 건너뛰는 이도 있었다네. 나는 쥐약처럼 노란색을 띠는 마요네즈와 토르티야, 자바이오네[414]만 피하기로 했지. 혹자는 누군가가 자살할 요량으로 가져간 것이 아니냐는 추측을 했지만 그런 불길한 예언은 아직 적중하지 않았다네. 사건의 경과를 주의 깊게 살펴본 후 다음 편지에 자네에게 이야기를 전하겠네.

그럼 안녕

인디오가

7

친애하는 아벨리노,

과장 하나 보태지 않고 얘기하자면, 어제는 (이미 누군지 추측 가능한) 주인공의 용기를 시험하는 전혀 예기치 못한 결말을 지닌 반전 소설 그 자체였어. 난 기회를 틈타 기지를 발휘했지. 아침 식사 시간에 두 아가씨가 소풍이라는 화두를 식탁 위에 올렸다네. 나는 커피 주전자가 삑 하고 소리를 내는 틈을 타 속삭였다네. "자클린, 나중에 호수로 가면 어떨까요……." 허풍이라고 생각하겠지만 "12시에 다실에서 봐요."라는 대답이 돌아왔다네. 약속 시간 십 분 전에 나는 장밋빛 미래를 예감하며 콧수염을 잘근거리고 있었다네. 드디어 자클린이 나타났지. 곧 밖으로 나갔는데 슬쩍 끼어든 푸아레까지 포함한 가족 전체가 우리를 바짝 뒤따르면서 발자국 소리가 진동하는 것

414 이탈리아의 크림소스.

을 알아챘지. 좀 더 저렴한 호텔의 미니버스를 타고 이동했어. 호숫가에 레스토랑, 그것도 고급 레스토랑이 있는 걸 알았더라면 산책을 제안하기 전에 입을 다물었을 거야. 이미 너무 늦었지. 그들은 테이블에 둘러앉아 빵 바구니를 단숨에 비우더니 포크와 나이프를 손에 쥔 채 메뉴판을 요청했어. 푸아레는 내 귀에 대고 크게 속삭였어. "불쌍한 친구, 축하하네. 다행히 전채 요리는 시키지 않아도 되겠네그려." 의도치 않은 그 제안은 모두의 주의를 환기시켰지. 자클린이 먼저 모두에게 비테르 드 바스크 포도주를 주문했고, 당연히 한 잔으로 끝나지 않았지. 그 후엔 미식 코스 차례였는데 푸아그라와 꿩 요리, 프리캉도,[415] 안심구이에다 후식으로 플란까지 주문했어. 부르고뉴와 보졸레 포도주와 함께 엄청난 양의 음식을 먹어 치웠다네. 커피와 아르마냑, 여송연으로 연회의 마침표를 찍었다네. 뻣뻣한 가스통까지 내게 경의를 표하며 (비록 빈 병이긴 했지만) 직접 식초병을 건네주었을 때, 할 수만 있었다면 사진사를 고용해 스냅 사진을 찍어 몰리노 제과점으로 보냈을 걸세. 그 사진이 진열창에 장식되어 있는 모습이 눈에 선하다네.

내가 '수녀와 앵무새 이야기'를 하자 자클린은 포복절도했다네. 그러고 나선 호감을 가진 아가씨에게 해 줄 이야깃거리가 바닥나 불안한 남자처럼 머릿속에 먼저 떠오른 것을 말했어. "자클린, 이따 호수로 가는 거 어때요?" 그녀는 내가 놀라 입을 다물지 못할 답변을 했지. "나중에요? 지금 가요."

---

415 송아지나 칠면조 고기로 만든 스튜.

이번에는 아무도 우리를 쫓지 않았네. 다들 음식 앞에 부처가 되어 있었지. 단둘이 시간을 보내며 가벼운 농담과 달콤한 대화를 나누었지만 그녀의 가문이 요구하는 예의는 지키며 처신했다네. 햇빛은 보랏빛 수면 위를 도망치듯 미끄러져 가고 우리를 둘러싼 풍경이 호응하며 품위를 지켜 주었다네. 양은 목장에서, 소는 산에서 웅웅거렸고 이웃 교회에서는 종이 소리 내어 기도했다네. 난 품위를 갖추고서 스토아학파처럼 절제했고 우리는 돌아왔지. 와 보니 나의 기운을 북돋는 소식이 기다리고 있었다네. 그새 레스토랑 매니저는 식당의 휴식 시간을 핑계로 푸아레가 계산하도록 만들었고, 부족한 금액을 시계로 때워야 했던 푸아레는 축음기처럼 계속 '날강도'라는 말을 되풀이하고 있었지 뭔가. 이런 하루라면 정말 살 만하다는 것에 자네도 동의하지 않겠는가.

다음에 보세

펠릭스 우발데가

8

친애하는 아벨리노,

이곳에서 보내는 시간은 여러모로 배울 것이 많은 여정이 되고 있다네. 별다른 애를 쓰지 않고도 곧 사라질 위기에 처한 사회 계급에 대해 심도 깊게 살펴볼 수 있네. 주의 깊은 관찰자에게 봉건주의의 마지막 후손들은 흥미로운 구경거리가 된다네. 멀리 갈 필요도 없어, 바로 어제 차 마시는 시간에 샹탈이 호텔 주방에서 직접 만든 산딸기가 잔뜩 들어간 팬케이크를 들고 나타났다네. 자클린이 모두에게 '파이브 어클락' 차를 따라 주었고 내게도 한 잔 건네주었지. 남작은 바로 공격적인 식탐을 드러내며 한 손에 두 개씩 케이크를 들고 마구 삼키면서 도저히 먹을 수 없는 수준이라고 계속 조롱하는 한편 원색적인 일화와 사례를 들어 우리를 미치도록 웃겼다네. 샹탈의 실력이 형편없어서 팬케이크를 만들지 못할 수준이라고 단언하자, 자클린은 그런 표현은 하지 않는 것이 좋겠다며 그를 외교 행낭에 숨겨서 프랑스로 데려가야 했던 마라케시 사건을 잊지 말라고 쏘아붙였어. 가스통은 가벼운 위법 행위나 비난받을 만한 일을 하지 않는 가족은 없고, 외국인을 포함한 타인들 앞에서 그 일을 밝히는 것만큼 나쁜 취향은 없다고 그녀를 나무랐다네. 자클린은 불독이 주둥아리를 남작의 선물에 처박을 생각을 안 했다면 그 자리에서 뻗지 않았을 테고, 그랬다면 압둘 멜레크[416]일지라도 살아서 떠들지 못했을 거라고 대꾸했어. 가스통은 마라케시에서 다행히 검시 작업을 하지 않았고, 총독의 수의사가 내린 진단에 의하면 개들에게 흔한 '과로사'였을 뿐이라고 말했지. 나는 각자의 주장에 고개를 끄덕였고, 노친네가 시간을 허비하지 않고 끊임없이 팬케이크를 먹어 치우는 것을 곁눈질했다네. 나도 바보 천치는 아닌지라 아무렇지도 않은 양 남은 것을 해치웠어.

승자를 위하여

펠릭스 우발데가

---

416 페스 국왕의 아들로 1331~1333년에 지브롤터를 공격하여 재정복했다.

9

친애하는 아벨리노,

이제부터 자네의 간담을 서늘케 만들 고몽[417] 영화의 한 장면 같은 이야기를 해 줄 테니 마음 다잡게나. 오늘 오전에 승강기를 타러 가려고 붉은 카펫이 깔린 복도를 여유롭게 걷고 있었지. 자클린의 방을 지날 때 마침 문이 살짝 열려 있는 걸 발견했어. 열린 틈을 보자마자 난 슬쩍 들어갔다네. 아무도 없었지. 바퀴 달린 탁자 위에 아침 식사가 준비되어 있었다네. 맙소사, 그때 사람 발걸음 소리가 들리는 거야. 급한 대로 옷걸이에 걸린 외투 뒤에 몸을 숨겼지. 소리의 주인공은 남작이었네. 살그머니 식탁으로 다가서더군. 남작이 몰래 쟁반 위의 음식을 먹으려는 줄 알고 웃음을 참기 어려웠어. 그런데 그게 아니었지. 해골과 엇갈린 뼈 표식이 있는 병을 꺼내더니 경악을 금치 못하는 내 눈앞에서 녹색 가루를 커피에 뿌렸다네. 그러고 나선 가루를 뿌려 놓은 크루아상은 거들떠보지도 않은 채 들어올 때처럼 방에서 나갔어. 운명에 의해 정해진 시간보다 먼저 손녀를 제거하려는 계략을 꾸민 것을 곧 알아차렸어. 이게 꿈은 아닌가 의심이 들었지. 그랑빌리에처럼 좋은 가문에다 친밀한 가족 관계에서 이런 일이 벌어지는 것은 극히 드문 일이지 않나! 공포를 무릅쓰고 몽유병자처럼 테이블 근처로 가려고 했네. 객관적인 시각으로 관찰해 본 결과 감이 맞았던 것을 알 수

---

417 현존하는 가장 오래된 프랑스 영화 제작사이자 극장 이름이다.

있었는데, 아직 초록빛을 띤 커피와 독약이 든 크루아상이 그대로 있었어. 순간 내게 주어진 책임의 무게를 가늠해 보았네. 이에 대해 말하는 것은 실족할 위험에 나를 노출하는 노릇이었네. 겉모습에 속아 유언비어를 퍼뜨리는 중상모략꾼으로 찍히는 불운에 처하게 되는 것이지. 그렇다고 입을 다물자니 아무 죄 없는 자클린의 죽음을 초래하게 되고, 그럴 경우 법의 심판이 내게 미칠 수도 있겠지. 이런저런 생각으로 나는 소리 없는 외침을 내지르게 되었어, 남작이 그 소리를 들으면 안 되기에. 자클린이 욕실에 다녀오는지 가운을 입은 채 나타났어. 상황이 요구하는 말을 더듬거리며 이어 갔다네. 형언할 수 없을 만큼 끔찍한 일에 대해 그녀에게 먼저 이야기하는 것이 나의 의무라며 겨우 말을 꺼냈지. 먼저 무례에 대한 양해를 구하면서 문을 닫고 당신 할아버지가, 바로 당신 할아버지가…… 하고 입을 열고서는 말문이 막혀 버렸네. 그녀는 웃음을 터뜨리더니 크루아상과 커피 잔을 보고 내게 말했어. "아침 식사를 다시 주문해야겠네요. 할아버지가 독약을 탄 건 쥐들에게 주고." 나는 정신이 멍해졌어. 어떻게 알았느냐고 실낱같은 목소리로 물었어. "다들 알고 있어요."라고 그녀가 대답했지. "할아버지는 사람들을 독살하는 것에 열을 올리시는데 워낙 서툰 분이라 거의 매번 실패하시죠."

그제야 이해할 수 있었다네. 그 말이 결정적이었지. 아르헨티나 사람의 눈앞에 갑자기 그 거대한 '미지의 땅'이자 중산층에게는 금지된 정원인 '편견 없는 귀족'의 장이 열린 거야.

여성적인 매력은 차치하고, 자클린의 반응은 남녀노소를 가리지 않는 가족 전체의 반응이라는 사실을 곧 확인했어. 마치 아무 악의 없이 한목소리로 "뒷북치시네." 하는 것이나 마찬가지였지. 내 말을 믿기 어렵겠지만 남작 스스로 천진난만한 미소를 지으며 열심히 짠 계획이 실패했다는 사실을 인정했고, 손에 파이프 담배를 들고선 우리에게 앙심을 품지 않았다고 되풀이하여 말했어. 점심 식사 중에는 화기애애한 분위기에서 줄곧 농담을 주고받았고 다음 날이 내 수호성인의 날이라는 걸 알려 주었다네.

몰리노에서는 나의 건강을 위해 건배를 들었는지?

인디오가

10

친애하는 아벨리노,

오늘은 멋진 날이었네. 지금은 밤 10시, 여기 시간으로는 늦은 편이지만 조바심을 참을 수 없으니 상세히 자네에게 이야기해 주겠네. 그랑빌리에 가족이 자클린을 통해 호수 근처 레스토랑에서 열리는 만찬에 나를 초대했어! 난 알제리인의 가게에서 예복과 각반 한 쌍을 빌렸지. 호텔 바에서 오후 7시에 만나기로 구두로 약속했고, 7시 30분이 지나서 남작이 모습을 나타냈어. 그러고는 내 어깨에 손을 얹고서 유쾌하지 않은 농담을 했다네. "바로 감옥 가야지요."[418] 다른 가족 없이 혼자

418 Dése preso. '서두르시오.(Dése prisa)'를 살짝 바꾼 농담이다.

왔지만 이미 다들 계단에서 기다리고 있었기 때문에 곧장 미니버스에 올랐어.

나를 알아보는 이들이 좀 있고, 내게 정중하게 인사하는 그곳에서 우리는 왕처럼 먹고 수다를 떨었다네. 결점 하나 없는 완벽한 저녁이었어. 남작이 직접 부엌으로 내려가 이것저것 참견하며 조리를 감독했지. 나는 자클린과 샹탈 사이에 자리 잡고 있었어. 술잔이 오가니 마치 포소스 거리에 있는 것처럼 편안해져서 나는 탱고곡「칼잡이」의 한 구절을 불렀다네. 이어서 가사를 번역했는데, 갈리아 사람들의 언어에는 우리 부에노스아이레스 항구의 속어가 지닌 불꽃 튀는 맛이 없다는 사실과 내가 과식했다는 것을 깨달았지. 철판구이와 부세카[419]에 익숙한 우리네 위장은 위대한 프랑스 요리에 적응하기에는 역부족이야. 축배를 들 시간이 되어서 내 생일을 축하하는 자리를 마련해 준 데 대해 나와 멀리 있는 우리 조국의 이름으로 감사하기 위해 겨우 허리를 일으켜 세웠다네. 달콤한 샴페인의 마지막 한 방울과 함께 만찬은 파했지. 밖으로 나와 신선한 공기를 좀 마셨더니 술이 깨는 것 같았어. 자클린이 어둠 속에서 내게 입맞춤해 주었다네.

안부를 전하며,

인디오가

새벽 1시의 추신. 경련이 다시 시작됐네. 벨을 누르기 위

---

419 소 위장, 렌즈콩, 강낭콩, 감자, 토마토를 넣은 일종의 스튜.

해 기어갈 힘도 없어. 방이 위아래로 울렁거리고 나는 식은땀을 흘리고 있네. 타르타르소스에 뭘 넣었는지 모르겠지만 기묘한 맛이 가라앉지를 않는다네. 자네들 생각을 하고, 몰리노 식구들을 생각하고, 축구 경기가 열리는 일요일을 생각하고…….[420]

---

420 마지막 생략 부호는 이 『사부아에서 온 편지』를 펴낸 펠릭스 우발데의 상속인이 추가했다는 점을 밝힌다. 프랑스에서 말하는 '세상만사'의 진정한 이유에 대해서는 신비로운 베일에 싸여 있다.(아벨리노 알레산드리의 메모). 부스토스 도메크.(원주)

몬스트루오의 축제

"여기에서 당신의 비탄이 시작된다."
— 일라리오 아스카수비, 레팔로사

넬리, 완벽한 축제일이었다는 것을 미리 알려 줄게. 평발인 데다 짧은 목과 하마처럼 불룩한 배 때문에 쉽게 숨이 차는 나는 피로라는 심각한 적수를 만났는데, 오죽하면 축제 공연 때 부스럼 딱지처럼 늘어지지 않기 위해 전날 밤 닭들의 취침 시간에 잠자리에 들려고 했던 걸 생각해 봐. 내 계획은 더하기 빼기처럼 단순 명확했어. 오후 8시 30분에 당 위원회에 출석하기. 9시에 간이침대에 실신하듯 쓰러져 베개 속에 콜트 권총을 숨긴 채 '세기의 위대한 꿈'을 강의하고, 닭의 첫 울음소리에 맞춰 트럭에 탄 사람들이 나를 데리러 오면 일어나 준비하기. 그렇지만 한 가지만 말해 줘. 행운이란 마치 복권처럼 타인만을 위해 모습을 드러내는 것 같지 않아? 도로 앞 나무다리에서 가끔 스쳐 지나가곤 하던 친구 디엔테 데 레체를 보고 깜짝 놀라는 통에 하마터면 물에 빠져 수영을 배울 뻔했지 뭐야. 예산 낭비나 할 얼굴을 보자마자 그도 당 위원회에 간다는 사실을 짐작했지. 우리는 그날 행사에 집중하려고 행진에 배치될 무기들과 베라사테기에서 헐값을 지불한 루소[421]에 대해 이야기하기 시작했어. 무기를 받으면 각자 어깨에 메고 베라사테기로 이동할 거라고 줄을 서는 동안 서로 수군대며 이야기를 나누었지. 그러고는 꽃상추를 씹어 먹으며 배를 채운 후 놀란 매표소 직원의 눈앞에 톨로사로 돌아가는 차표 두 장을 꺼내 보이는 거지. 그렇지만 마치 영어로 대화하는 것만 같았던 게, 디엔테는 뭔 말인지 통 못 알아듣는 것 같았고 나도 마찬가지였어. 같이 줄을 섰던 동료들이 통역을 자처했는데 덕분에 귀청이 떨어져 나갈 뻔했고, 그들은 루소의 주소를 받아 적기 위해 심이 다 닳은 파베르 연필을 주고받더라고. 동전 넣는 틈보다 더 마른 마르포리오가 어떤 사람이냐면, 우리는 그를 비듬산으로 착각하지만 사실 서민의 마음을 무겁게 하고 조롱하는 그런 구시대 사람 중 하나야. 그렇다 보니 악행을 멈추지 않았고, 경찰청이 무기를 늦게 배급했다는 핑계로 행사가 열리는 날 배치를 미룬 것은 웃기지 않아? 긴 줄에 부동자세로 서서 기다린 지 한 시간 삼십 분이 되기 전에 피수르노 씨가 직접 해산을 명령했고, 당 위원회의 수위 역할을 하는 그 덜떨어진 놈이 화를 내며 빗자루로 내리쳐도 꿈쩍도 안 했고, 이제 열정적인 지지자처럼 그 명령을 수행했어.

적당한 거리를 두고 다시 행렬을 이루었어. 로이아코모가

---

421 원래 러시아인이라는 뜻이나 여기서는 유대인을 가리킨다.

말하기 시작했어. 그런 성마른 고집불통은 머리에 열이 오르고 나면 평범한 사람이 돼 어쩔 줄 모르면서도 결국은 베르나르데스의 가게에서 카드놀이를 하고 있게 된다는 거야. 그대는 내가 홍청망청 놀았다고 간주하며 언짢아할지 모르겠지만, 난 사실 마지막 1원까지 뺏긴 데다 슬프게도 단 한 번을 이기지 못했어.

(안심해, 넬리. 철도원은 잡아먹을 듯이 노려보다 지쳐서 기둥서방처럼 창부에게로 돌아갔어. 그대의 도널드 덕이 한 번 더 목덜미를 꼬집게 내버려 둬.)

얼마나 발이 아프고 피곤하던지 침대에 눕자마자 곧 잠들 거라고 예감했어. 난 건강한 애국심이라는 경쟁 상대를 생각하지 못했던 거야. 지난번에 몬스트루오[422]를 봤을 때 어떻게 그가 위대한 아르헨티나 노동자처럼 미소를 머금은 채 말하는지 줄곧 생각이 나더군. 난 얼마나 흥분한 상태로 집에 도착했는지 고래 새끼처럼 숨 쉬는데 베개가 자꾸 걸리적거리더군. 겨우 잠들었지만 전혀 못 잔 것처럼 피곤했어. 돌아가신 어머니와 시골 별장에 갔던 어린 시절 낮 시간에 대한 꿈을 꿨어. 믿어 줘, 넬리. 이제껏 그날 오후를 따로 떠올린 적이 없었거든. 물결에 어른거리는 나뭇잎과 유난히 흰 털을 가진 순둥이 강아지 로무토를 쓰다듬었던 기억밖에 없지만, 그날 오후가 내 생애 가장 행복한 오후였다는 것을 꿈속에서 깨달았어. 다행히 유년 시절에서 벗어나 최근 이슈에 관한 꿈을 꾸었는데 몬

422 monstruo. 스페인어로 괴물이라는 뜻이다. 여기서는 당시의 아르헨티나 대통령 페론을 가리킨다.

스트루오가 나를 처음에는 자신의 마스코트로, 그다음에는 위대한 강아지 본소로 만드는 꿈이었지 뭐야. 깨어 보니 그런 엉뚱한 꿈을 꾸었는데도 겨우 오 분밖에 못 잤던 거야. 난 잠을 포기하는 게 낫겠다고 생각했어. 시간을 절약하기 위해 부엌용 수세미로 몸을 문지르고 발의 각질은 프라이 모초 구두에 쑤셔 넣었지. 모직 상의를 걸치고 '버스 기사의 날'에 당신이 내게 선물한 만화 캐릭터가 그려진 넥타이를 매고 기름땀을 흘리며 거리로 나왔는데 정작 트럭이 아니라 다른 차가 경적을 울린 것이었어. 트럭 비슷한 소리가 날 때마다 세 번째 안뜰에서 길거리까지 예순 개의 나무를 피해 체조 선수처럼 튀어 나갔지. 젊은 치기로 「나의 깃발이 행진하네」를 불렀지만 12시 10분 전에 이미 목이 쉬어 버렸고 아무도 관심을 두지 않았어. 예정보다 이른 시간인 오후 1시 20분에 트럭이 도착했는데 내 몸피를 본 사람들이 난 아침 식사로 소량의 빵조차 먹지 않았는데도 이 차는 트럭이지 크레인이 아니라며 나를 버리고 가려고 했어. 난 싹싹한 태도로 매달렸고, 그들은 에스펠레타에 도착하기 전까지 아이를 낳지 않겠다고 약속하면 성가시지만 태워 주겠다고 했어. 결국엔 다들 동의해서 나를 태워 주었지. 청년들의 트럭이 제비처럼 달리기 시작했지만 반 블록도 지나기 전에 위원회 앞에서 급정거를 했어. 작은 키에 백발이 성성한 남자가 나와서 친절히 대하기는커녕 채찍을 휘두르는 통에 우리는 식은땀을 흘리며 마스카르포네 치즈처럼 주눅이 들어 있었지. 우리의 순번은 알파벳순으로 정해졌어. 넬리, 뭔 뜻인지 알겠어? 각자에게 권총이 하나씩 지정된 거야. 화장실 앞에서 줄을 서거나 성능 좋은 무기를 경매에 내놓을 때 지켜야 하는 최소한의 예의도 없이 우리를 트럭에 태웠고, 이제 기사의 허락 없이는 트럭에서 도망치지도 못하게 되었지.

"오호 떠났네."라는 소리를 기다리며 사랑하는 톨로사가 지켜보는 가운데 땡볕 아래 한 시간 삼십 분을 기다렸지. 경찰이 등장하면 젊은이들이 바로 돌팔매질하는 모습이 마치 우리를 사심 없는 애국자가 아니라 옥수수죽 근처에 모여드는 새를 보는 눈 같았어. 한 시간쯤 지나니 모든 사회 모임에 흐르는 그런 긴장감이 트럭 안에 감돌았지만 나는 곧 기분이 좋아졌어. 어떤 이가 내게 레이나 빅토리아 콩쿠르에 참가 신청을 했느냐고 물어봤거든. 당신도 알겠지만 이 불룩한 배를 빗대어 한 말이지. 항상 44 사이즈 신발을 신을 때 조금이라도 볼 수 있으려면 배를 유리로 만들어야 하지 않겠냐고 말하곤 하지. 나는 목이 완전히 쉬어서 입마개라도 쓴 것 같았는데, 한 시간 이상 흙먼지를 삼키고 있는 동안 목젖이[423] 좀 회복이 되어 동료들과 어깨동무를 한 채 「몬스트루오」의 행진을 목청껏 부르는 합창단에 내 목소리를 더했지. 이는 짐승이 울부짖는 소리처럼 들리다 못해 딸꾹질처럼 들리는 통에 만약 집에 놔둔 우산을 펴지 않으면 침의 홍수 때문에 카누를 타야 할 지경이었지. 당신이 나를 '고독한 항해사' 비토 두마스와 혼동할 뻔했

---

423 엔사이마다 빵을 먹으며 기운을 되찾는 동안 넬리가 내게 말한 것*에 따르면 그 순간 불쌍한 사내가 자신의 혀를 내밀었다고 한다.(출처: 라바스코 청년의 노트)
*"내게는 그전에 말했지."(환경미화국 직원 나노 바타 푸오코의 추가 메모)(원주)

어. 마침내 시동을 걸고 차가 출발하자 바람이 통했는데 마치 국 냄비에서 목욕을 하는 것처럼 더웠어. 어떤 이는 점심 대용으로 초리소 샌드위치를 먹었고 혹자는 살라미를 둥글게 만 요리를, 다른 사람은 파네토네를, 또 바스콜레트 코코아 반병을 마시는 사람에다 차가운 밀라노식 비프커틀릿을 먹는 이도 있었지. 엔세나다 마을로 갈 때 이 모든 것이 다시 반복됐어. 하지만 나는 함께할 수 없었으니 아무 말도 하지 않는 편이 낫겠지. 그런 세련되고 건강한 사람들이 나와 같은 생각을 한다는 사실이 계속 뇌리를 떠나지 않았는데 아마 아무리 태만한 사람이라도 라디오를 들었기 때문일 거야. 우리는 모두 아르헨티나 사람으로서 젊고 남쪽 지역 출신이었고 타 지역의 형제들을 만나러 서둘러 갔어. 피오리토와 비야 도미니코, 시우다델라, 비야 루로, 파테르날에서 똑같은 트럭을 타고 출발했지. 비야 크레스포에는 루소들이 우글거리니 개인적인 생각으로는 톨로사 노르테에 이들이 합법적으로 거주하는 것을 문제 제기할 필요가 있다고 봐.

열성 당원을 놓친 거야, 넬리! 굶주림에 허덕이는 마을마다 가장 순수한 이상주의를 표방하는 이들이 쇄도했지만 우리 조장인 가르푼켈은 어떻게 하면 이들의 요청을 거부할지 알았고, 특히 공공연하게 5열 부랑자들이 틈새로 새어 들어올 수 있다는 것을 알았어. 이는 팔십 일간의 세계 일주를 하기 전에 자신이 나약해 빠진 상처 딱지 같은 존재고 전화 회사의 통신 장비 같은 몬스트루오임을 깨닫게 하는 것과 같아. 혼란스러운 상황에서 벗어나 가벼운 몸으로 집에 돌아가기 위해 설사약에 의지하는 그런 사람들에게는 아무것도 말할 필요가 없지. 그렇지만 순종적인 두 사내 중 하나는 맨발로 태어나고 다른 하나는 관급(官給) 스케이트를 타고 태어난다는 걸 생각해 봐. 농담 같지만 차에서 미끄러져 내리려는 나를 가르푼켈 씨가 발로 차서 용감한 무리 가운데로 돌려보냈기 때문이야. 솔직히 초기에는 지역 주민들이 전염성 강한 열정으로 우리를 맞이했지만, 말로만 인색한 사람이 아닌 가르푼켈 씨는 혹시 어떤 얍삽한 놈이 번개처럼 도망칠까 봐 운전사가 속도를 늦추는 것을 엄하게 금지시켰어. 킬메스 지역에선 다른 종류의 닭이 울었지. 존재감 없는 내게 티눈 박힌 발을 마사지해서 풀도록 허락해 줬지만 월급날이 멀었는데 누가 여기에서 이탈하려고 하겠어? 소피와 그 어머니가 말했듯이 그때까지는 모든 것이 순조롭게 진행되었어. 하지만 속칭 코끼리 코라고 불리는 가르푼켈은 담벼락마다 몬스트루오의 이름을 쓰도록 시켰고, 혹시나 어떤 성마른 놈이 불같이 성을 내며 우릴 패러 올까 봐 잘 듣는 설사약 같은 속도로 차를 달릴 것을 명령해 우리 사이에 긴장감이 고조되었어. 넬리, 마침내 시험의 시간을 알리는 소리가 들렸을 때 난 권총을 꽉 쥐고 어떻게 해서든 3페소 아래로는 팔지 않겠다는 각오를 되새겼어. 하지만 구입하려는 사람이 단 한 명도 없어서 담벼락에 급히 몇 자를 끄적거리려고 했는데 일 분이라도 더 지체했더라면 트럭이 나를 버린 채 애국심과 군중, 형제애, 몬스트루오 축제의 장을 향해 지평선 너머로 떠나갈 뻔했어. 치즈처럼 달라붙은 셔츠를 입고 숨을 헐떡이며 한 무리의 사람들이 있는 트럭으로 돌아갔지. 차는 고장 난 상태로 어찌나 조용히 서 있던지 액자 하나만 있으면 사진처럼 보일 정도였어. 다행히 기계광 토르니요[424]라는 별명으로 더 유명한 코맹맹이 타바크만이 있어서 삼십 분 동안이나 차의 모터를 찾으며 내 두 번째 위장으로 낙타의 혹이라 부르는 물통에 든 빌스를 다 마신 후 결국 "원인을 못 찾겠으니 나를 수색하든지 말든지."라고 했는데, 그가 보기에 파르고 트럭은 도저히 판독이 불가능한 암호 같았기 때문이야.

어떤 가판대에서 불행은 행운을 야기한다고 읽은 것 같아, 그렇게 하느님 아버지께서는 어느 채소밭 귀퉁이에 버려진 자전거를 우리에게 주셨어. 내 생각에 그 자전거는 닭은 바퀴에 고무를 덧대어 수리한 것처럼 보였어. 왜냐하면 가르푼켈이 자전거 안장을 엉덩이로 데울 때 콧구멍을 벌름거리지 않았거든. 그러고선 마치 한 블록 전체가 꽃상추 냄새를 풍기는 양 페달을 밟았지, 내가 보기에는 소피나 그 어머니가 푸만추[425]의 방귀 폭탄이라도 터뜨린 것만 같았어. 우스꽝스럽게 페달을 밟는 모습을 보고 웃느라 허리띠를 푸는 이도 있었지만 네 블록을 지나자 더 이상 그의 모습을 볼 수 없었는데, 보행자의 손에 페쿠스 구두를 끼우더라도 자전거 씨와의 경주에서 승리해 월계관을 쓰기란 어려운 것이지. 내 양심의 가책은 네가 계산하지 않고 계산대를 떠나는 데 걸리는 시간보다 더 짧은 동안에 그자가 언덕 너머 톨로사의 집을 향해 사라지도록 했어.

---

424 Tornillo Sin Fin. '끝이 없는 나사'라는 뜻.

425 영국 작가 색스 로머(Sax Rohmer, 1883~1959)의 소설에 등장하는 중국 악당으로 서양 문화와 백인을 증오한다.

당신에게 비밀을 털어놓을게, 넬리. 모두들 위대한 스피안투헨[426]처럼 초조하게 페달을 밟았어. 나는 항상 투사의 힘이 빠지고 불길한 조짐이 나타나는 시간을 경계하지. 이땐 골 넣는 공격수의 움직임도 둔해지고, 조국을 대하는 몬스트루오도 그렇고 솔직히 부패한 우리 속물들을 대하는 트럭 운전사도 그렇지. 내가 모자를 벗어 경의를 표하는 그 애국자는 스케이트를 타듯이 미끄러져서 가장 빠르게 도망치는 무리 앞에 딱 멈춰 섰어. 갑자기 때리는 바람에 다음 날 혹이 생겨서 모두 나를 제과점의 암말과 혼동했지 뭐야. 난 옆 사람들이 모두 엄지손가락으로 고막을 막을 정도로 소리를 질렀어. 그동안 트럭 운전사는 모든 애국자들을 일렬로 세우고 누구든 열을 벗어나려 하면 그 뒷사람이 엉덩이를 걷어찰 절대적 권리가 있다고 말했어. 난 아직도 앉을 때마다 엉덩이가 아파. 생각해 봐, 넬리. 열의 맨 끝에 있는 사람은 아무런 제재도 받지 않잖아! 맨 뒤에서 우리를 가축처럼 돈 보스코 주변의 빌데까지 몰고 간 것은 트럭 운전사였어. 그곳에서 운명의 여신은 우리를 비가 오지 않는 데스칸소 데 아시엔다 델라 네그라로 가는 소형 버스를 타게 했다는 말이지. 비야 도미니코 동물원의 전성기 시절을 함께 지낸 경호원이면서 운전사 역할을 했던 이와 친한 트럭 운전사가 카탈루냐 출신 기사에게 우리를 좀 데려가 달라고 부탁했어. "올라타시게."라는 말을 하기 전에 우린 이미 승차했고 미처 못 탄 이들을 보며 이에 낀 음식물이 다 드러

---

426 Spiantujen. espiantarse가 도피, 도망을 뜻하는 데 근거한 언어유희다.

나 보이도록 웃음을 터트렸어. 하지만 차에 오르지 못한 이들도 불운하지만은 않았지, 자유롭게 톨로사로 돌아갈 수 있었으니. 넬리, 과장을 좀 보태자면 미니버스에서 우린 정어리처럼 땀을 흘렸어. 시시한 잡담이 계속되었고! 이탈리아인 포타스만이 사란디를 바라보며 낮은 목소리로 부른 노래에 대해서는 말하지 않겠어. '진정한 익살꾼' 메달을 획득한 토르니요에게 손이 네 개라도 되는 양 열렬히 박수를 보냈어. 난 나 자신에게 입은 열고 눈은 감아야 한다고 다그쳤어. 이왕 장난치는 김에 난 시트에서 벗겨 낸 천 조각을 이 사이에 끼워 넣었지. 하지만 메추리도 지치는 법이라 뭘 해야 할지 모르고 망연히 있을 때 한 노인이 내게 주머니칼을 주었고 모두 한마음으로 시트 가죽을 구멍 뚫린 강판처럼 만들 때까지 찔러 댔어. 우린 들키지 않으려고 한바탕 웃고 떠들었어. 운전사가 눈치채기 전에 차에서 도망가려는 이들이 벼룩처럼 아스팔트로 뛰어내렸어. 제일 먼저 뛰어내린 사람은 시몬 타박만이었는데 엉덩방아를 찧으며 넘어져서 코가 납작해졌다니까. 한참 있다가 피데오소피 아니면 그 엄마가 내렸고, 분노한 라바스코가 하차했고, 스파톨라와 바스크 사람 스페시알레도 떠났어. 그러는 동안 모르푸르고는 주머니칼로 찢은 자국을 감추기 위해 브로크웨이 불꽃놀이처럼 재료가 될 종이와 폐지를 주워 모았지. 늘 주머니에 돈보다 성냥을 넣고 다니는 코맹맹이 피로산토가 란체리타 성냥을 뺏기지 않으려고 사라졌는데, 그전에 내가 물고 있던 볼칸 담배를 빼앗아 갔어. 입에 물고 한 모금 빨려던 참에 피로산토가 갑자기 담배를 낚아챘고, 모르푸르고는 나쁜 짓을 적당히 포장하려는 듯이 동상 걸린 내 손을 덥히던 성냥으로 종이 더미에 불을 붙였지. 모르푸르고는 모자를 벗을 새도 없이 뛰쳐나가 길바닥에 드러누웠어. 나는 그보다 먼저 뛰어든 덕분에 그의 매트리스가 되어 충격을 완화해 줄 수 있었지, 90킬로그램의 거구에 깔려 하마터면 배가 납작해져 버릴 뻔했어. 입에 박힌 모르푸르고의 신발을 겨우 꺼내고 보니 미니버스는 페로시오의 꼬치구이처럼 지평선을 물들이며 불타고 있었어. 나머지 사람들은 더 심했어. 웃고 있다 운전사가 화를 내면 바로 도망갈 작정이었어. 몬스트루오를 걸고 맹세한다니까. 경비이자 운전사며 차 주인인 그자는 검은 재로 변하는 그 돈더미를 보며 애타게 울고 있었어. 뚱보 익살꾼 토르니요는 웃긴 이야기를 생각해 냈는데, 그걸 당신이 들었다면 웃느라 젤리처럼 녹았을 거야. 잘 들어, 넬리. 귀 청소를 좀 해, 이제 말할 테니. 하나, 둘, 셋, 펑. — 다시는 청소부에게 한눈팔지 말기를 — 미니버스가 페로시오의 꼬치구이처럼 불타고 있다고 했어, 하하하.

나는 대단히 만족했지만 퍼레이드는 '마음속에서' 진행되고 있었어. 입에서 튀어나오는 쓸데없는 말도 뇌에 각인시키고 있으니 버스 기사랑 단짝이던 트럭 운전사를 떠올리기는 어렵지 않았지. 그 레슬링 선수가 울보랑 힘을 합쳐 우리의 악행을 벌하려고 벼르는 걸 눈치 빠른 이들은 다 알고 있었어. 하지만 당신은 아끼는 토끼 걱정을 하지 않아도 돼. 트럭 운전사는 침착한 시선으로 살펴보면서 기사가 미니버스 없이는 모든 걸 엎어 버릴 권력을 지닌 자가 아니라는 사실을 알아차렸어. 그는 사람 좋은 미소를 지으며 질서를 유지하기 위해 친근하게 '몇 명을' 무릎으로 쳤어.(그때 부러진 내 이가 여기 있어. 나중에 기념으로 다시 샀지.) 그러고는 바다를 향해 일렬로 줄을 서서 행진!

그런 소속감이라니! 거침없는 행렬은 범람하는 호수와 쓰레기 더미를 헤치며 수도로 진입했는데 톨로사에서 같이 출발한 인원의 3분의 1가량은 이미 사라지고 없었어. 트럭 운전사의 허락을 받아 어떤 초짜가 살루타리스 담배에 불을 붙였고, 스파톨라가 깃발을 들었고, 모직 옷 위에 정치적 신념을 표상하는 티셔츠를 입었지, 마치 색색의 그림 같았어. 토르니요와 다른 이들은 네 명씩 열을 맞추어 행진했어.

오후 7시가 막 됐을 때 미트레 대로에 도착했어. 모르푸르고는 우리가 아베야네다에 도착했다 생각했는지 즐거워했고. 부자들은 차도 없이 걸어온 우리를 보더니 발코니와 지붕 없는 버스에서 떨어질 정도로 웃어 젖혔어. 다행히 바부글리아는 이런저런 걸 다 고려하는 사람이었지. 강 건너편에 녹슨 캐나다산 트럭이 버려져 있었는데, 수출입 협회가 미군 폐기물 처리 부서에서 폐차 직전인 것을 구입한 거였어. 우린 원숭이처럼 카키색 차에 올랐고 「안녕, 난 울며 떠나네」를 부르며 토르니요의 지시를 따르는 한 열성분자가 시동을 걸기를 기대했지만 이루어지지 않았어. 멍청해 보여도 국영 기업의 경비와 연줄이 닿는 라바스코 덕분에 푯값을 지불하고서 백파이프보다 더 시끄러운 소리를 내는 전차에 올라탔지. 딸랑딸랑, 전차는 시내로 출발했지. 차량은 다정한 눈빛으로 내일의 위대한 식사 시간에 자기 자리를 요구할 미래 세대를 잉태한 젊은 엄마처럼 거만하게 움직이고 있었어……. 그 중심에는 한 발은 등자를 밟고 다른 한 발은 정처 없이 떠도는, 당신의 사랑하는 광대인 내가 있었어. 누군가 지켜봤다면 전차가 노래한다고 했을 거야. 노래가 공기를 가로지르며 퍼졌고 가수는 우리였어. 차량은 벨그라노가에 도착하지 못하고 이십사 분쯤 전부터 갑자기 멈췄어. 난 뭔 일인지 확인하려 했지만 차량 행렬이 개미 떼처럼 바글대면서 줄을 지어 밀려들었고, 우린 한 발짝도 전진할 수 없었어.

트럭 운전사가 "내려, 이 바보 자식들아!"라고 소리를 질러서 타쿠아리와 벨그라노 거리가 만나는 교차로에서 내렸어. 두세 블록 정도 걸어 내려가자 뭔가 이상한 징후가 느껴졌는데 목구멍이 마실 것을 요구하고 있었지. 마침 '푸가 이 가야크' 주점이 기본 음료를 제공했어. 그렇지만 보고 싶은 그대여, 돈을 어떻게 내겠어? 트럭 운전사가 돈 벌 방법을 알려 주러 좁은 길을 급히 달려왔어. 그는 내 발을 걸어 넘어뜨릴 때마다 즐거워하는 군중 앞에서 불도그의 시력과 인내심으로 지켜봤어, 철망이 모자처럼 머리에 덮어씌워지고 조끼에서는 리코타 치즈 하나라도 사 먹으려고 모아 둔 동전이 굴러떨어졌어. 동전이 군중을 더 모이게 했고, 나로 인해 만족한 트럭 운전사는 고우베이아의 오른팔인 소우사를 접대하러 갔어. 페고테의 충복인 소우사는 그 모금원이었고, 따라서 지폐 한 장을 위조하고 잡혀 들어간 로코 칼카모니아도 보지 못한 엄청난 양의 50센트짜리 지폐를 유통시킨 건 재미로 한 게 아니었어. 그 지폐들 외에 소우사가 가지고 있던 것들은 위조지폐가 아니었고 현금으로 치소티스 브랜디의 정가를 지불해서 우리는 마치 마마후아나주를 들이켠 사람처럼 나왔지. 보(Bo)는 기타를 쥐면 본인이 가르델인 줄 알아. 심지어 고투소인 줄 알지. 더 심하면 가로팔로인 줄 알아.[427] 아니 지간티-토마소니인 줄 착각해. 기타는 없었지만 보가 「안녕 나의 팜파」를 노래하기 시작하자 모두 따라 불렀고 젊은 층은 고래고래 소리를 질러 댔어. 짧은 인생 이력에도 불구하고 그들은 턱수염이 긴 유태인이 나타나 우리 주의를 돌릴 때까지 자신들의 몸이 원하는 대로 노래했어. 우리는 그 노인은 살려 줬지만 좀 더 젊고 다루기 쉬운 현실적이고 민첩한 다른 한 사람은 그리 쉽게 빠져나가지 못했어. 근육질과 거리가 먼 몸매에 안경을 쓴 불쌍한 녀석이었지. 붉은색 머리에 옆구리에 책을 끼고 있었는데 주의가 산만해서 깃발을 들고 가는 스파톨라를 밟을 뻔했어. 민감하고 성마른 본피라로는 깃발과 몬스트루오의 사진을 존중하지 않는 것을 참지 못하겠다고 했어. 별명이 개자식인 네네 토넬라다에게 싸우라고 바로 지시했어. 언제나 변함없는 토넬라다는 본피라로에게 잘 보이려고 그 유태인에게 다른 이의 의견을 좀 더 존중하고 몬스트루오의 사진에 경의를 표할 것을 요구했지. 그러자 부적절하게도 그는 자기도 의견이 있다고 대꾸했어. 설명 같은 건 지긋지긋해하는 네네는 정육점 주인이 좋아할 큰 손으로 그를 잡고 밀어붙였어. 아무 때나 들어설 주차장처럼 창문도 없는 9층짜리 건물이 세워질 장소 같은 그런 황무지 땅으로 그를 밀쳤지. 그러는 동안 뒤에 있는 사람들이 무슨 일이 일어나나 좀 더 잘 보려고 밀어 대는 통에 맨 앞줄에 있던 우리는 햄 샌드위치처럼 납작해졌고, 궁지에 몰린 그 불쌍하고 어눌

427 가르델, 고투소, 가로팔로, 지간티-토마소니는 당대 가장 유명했던 가수들.(원주)

한 녀석은 점점 더 역정을 냈어. 위험을 느낀 토넬라다는 뒤로 물러섰고 우리 모두 부채처럼 퍼져서 반원 크기의 공간을 남겨 뒀지. 군중이 벽처럼 에워싸서 출구는 없었어. 모두 우리에 갇힌 곰처럼 으르렁댔고 이를 갈았는데, 수프에 머리카락 하나 빠진 것도 눈치채는 빈틈없는 트럭 운전사는 아무도 나가지 못하게 했어. 돌멩이가 쌓인 곳으로 우리를 인도했지. 그날 오후는 수은주가 끓는 수프처럼 높은 온도를 가리켰다는 걸 기억할 거야. 그래서 모두 침대보를 말리려 했다는 것에 이의를 제기하진 않을 거야. 사울리노를 빨래 당번으로 세워서 그는 돌팔매질에 참여하지 못했어. 타바크만이 던진 돌이 요행히 그 유태인을 맞혀 그는 잇몸이 터져서 검붉은 피를 쏟았어. 내가 피를 보고 흥분해서 던진 돌멩이가 귀를 타격했고, 그 이후에는 다들 무차별로 공격했기 때문에 더 이상 기억나지 않아. 웃겼어. 유태인은 무릎을 꿇고 하늘을 올려다보며 멍하니 혀의 절반이 없는 것처럼 기도하기 시작했어. 몬세라트 성당의 종이 울리기 시작할 때 이미 숨이 넘어가 쓰러졌어. 그는 더 이상 아픔을 느끼지 않았겠지만 우리는 조금 더 돌을 던지며 감정을 발산했지. 넬리, 단언컨대 시체를 꽤나 처참하게 만들었어. 그러고 나서 모르푸르고가 모두를 웃기기 위해 원래 얼굴이 있던 자리에 주머니칼을 꽂으라고 내게 명령했어.

이 일로 몸이 욱신거렸는데, 감기에 걸려 30센트를 주고 감기약을 사는 일이 없도록 포대를 둘러썼어. 당신이 요정 같은 손으로 직접 짜 준 목도리를 목에 꽁꽁 두르고 모자를 눌러써 귀를 가렸지. 진짜 놀라운 일은 피로산토가 안경과 옷을 챙겨서 경매에 붙인 다음 돌덩어리 같은 시체에 불을 붙이려고 한 거야. 경매는 성공하지 못했어. 안경은 찐득찐득한 안구의 점액으로 범벅이 되었고 옷에 묻은 피는 이미 말라 굳어 있었어. 파열한 내장 때문에 얼룩진 책도 팔리지 않았지. 알고 보니 그라피아카네[428]였던 트럭 운전사는 열일곱 개의 루비가 박힌 로스코프 시계를 건졌고, 본피라로는 9페소 20센트와 피아노 선생인 듯한 아가씨 사진이 든 파브리칸트 지갑을 챙겼고, 멍청한 라바스코는 보슈 안경집과 플루맥스 만년필, 거기에 골동품 포플랍스키 반지로 만족해야 했어.

자기야, 곧 거리의 에피소드는 잊혔어. 우리가 흔들어 댄 보이타노의 깃발과 울려 퍼지던 나팔 소리, 온 사방을 채웠던 군중. 5월 광장에서는 마르셀로 N. 프로그만 박사의 지지 연설이 우리를 전율하게 했지. 곧이어 진행될 몬스트루오의 연설을 띄우기 위해 준비시킨 거지. 전국에 텔레비전으로 생중계한 그 연설을 이 두 귀로 들은 거야, 자기야.

1947년 11월 24일

푸하토에서

428 단테의 『신곡』에 나오는 열두 악귀 중 하나로 '개를 할퀴는 자'를 뜻한다.

친구의 아들

1

우스타리스 씨, 당신이 나에 대해 어떻게 생각할지 모르지만 난 '수레를 끄는 바스크인'[429]보다 더 고집스러워요. 내게 책의 행과 영사기는 다른 것이지요. 내 소설이 타자기로 뒤죽박죽 쳐 놓은 것 같겠지만 작가라는 직함은 가지고 있지요. 그래서 아르헨티나 영화 제작자 및 기술자 노조(S. O. P. A.)에서 익살스러운 희극을 써 달라고 의뢰했을 때 내 눈앞에서 좀 사라

429 el vasco de la carretilla. 손수레를 끌고 2만 2300킬로미터 이상을 걸어간 기예르모 이시도로 라레기 우가르테(Guillermo Isidoro Larregui Ugarte)의 별명. '한 개의 바퀴로 달린 돈키호테'라는 별칭으로도 유명하다.

져 달라고 부탁했죠. 나와 영사기라니……. 거기서 비켜 주시길! 내게 셀룰로이드 필름 따위를 위해 원고를 쓰라고 할 인간은 아직은 없어요.

물론 루비칸테가 노동조합에서 꽤 비중을 차지한다는 사실을 알았을 때는 입마개를 하고 족쇄를 채우기로 했어요. 게다가 당신이 모자를 벗어 그에게 경의를 표할 만한 것들이 있지요. 애틋한 애정으로 노조가 국산품을 홍보하면서 행사와 연회 보도 뉴스 때마다 신발 제작 공정을 보여 주며 상표가 미부착되거나 미처 포장되지 않은 장면을 감추는 이런 뉴스를 봐 온 세월이 얼마나 오래됐는지 이젠 기억조차 나지 않아요. 엑스쿠르시오니스타 축구팀이 경기에 진 날 오후 파르파레요가 동물원 미니 관광 열차를 타고 와서는 노조가 상류층 시장을 석권할 일련의 영화 제작을 계획 중이고, 작가들이 입장권 판매 부담 없이 품격 있는 작품을 제작할 수 있도록 성배를 쥐여 줄 거라는 좋은 소식을 알려 줬어요. 처음에는 믿기 어려웠지만 직접 이야기하니 믿을 수밖에요. 그뿐이 아니에요. 「나의 태양」을 불러 젖히는 어떤 노친네의 이름을 걸고 그가 귀찮은 듯 확인해 줬는데, 내가 귀한 블록 콜로소를 마시지 않았다면 그 일을 하지 않았을 거예요. 계약은 멋지게 진행될 거였어요. 휘갈겨 쓴 계약서를 코에 슬쩍 문질렀다가 서명을 하고 나서 바람을 쐬러 나갈 때는 목걸이와 쇠사슬을 하죠. 선금으로 현금을 많이 낼 텐데, 이는 필히 사회 공동 기금의 총액을 늘일 테고 나도 해당 구성원의 하나로 여길 권리가 있었지요. (내가 보기에는 승강기를 타고 내릴 줄만 아는 코맹맹이인) 네나 눅스의 사전 동의하에 때가 되면 계약자의 뜻이 정말 대본 초안으로 구현될 거라는 이사회의 구두 약속도 있었지요.

우스타리스 씨, 이번 한 번만 믿어 주세요. 나는 필요할 땐 아주 충동적이라 파르파레요에게 딱 달라붙어서 꼼짝 못 하게 했죠. 숲에서 소를 칠 때 마시는 탄산수를 한잔 대접했고요. 토스카니니 포도주 반병을 입에 털어 넣은 후 어깨를 치며 이런저런 이야기를 하다 고도이크루스 지역의 누에보 파르메사노 치즈 가게로 모셨지요. 본격적으로 먹기 전에 위장에 기름칠을 한 다음 미네스트로네[430]를 먹었어요. 그러고 나서 수프의 기름기를 빼는 데 공을 들였고요. 이어 바르베라 포도주와 발렌시아식 쌀 요리가 나왔고, 모스카토를 곁들이면서 삶은 송아지 고기를 즐기려 했지만 그전에 고기 완자의 유혹에 넘어가 맛을 보고야 말았지요. 만찬의 마무리로 팬케이크, 야채와 과일, 가루 치즈와 쫀득한 치즈에다 모스카토를 한 잔 더 하고 에스프레소를 마셨는데 이 커피는 면도 생각이 날 만큼 거품이 가득했어요. 발포성 포도주(스파클링 와인)를 마시고 난 다음 치소티 씨는 술병처럼 쓰러졌고 이젠 혀도 잘 굴러가지 않았는데, 나는 이 틈을 타 낙타조차 벌렁 나자빠질 폭탄 같은 소식을 전하기로 했어요. 조심조심 뜸 들이지 않고 파르파레요의 딸꾹질을 멈추게 할 얘기, 그러니까 제작용 필름과 월급날에 영화인 노조가 해체되는 장면을 연기할 조연 희극 배우를 제외하고 이미 준비가 완료됐다는 소식이었지요. 깨물어 먹은 사탕 조각이 그의 잇새에 끼였고, 빵집 점원도 꺼내지 못한 틈

---

430 야채와 파스타를 넣은 이태리식 수프.

을 타 이야기의 대강을 시시콜콜하게 말했지요. 그러자 포기한 듯 백기를 들고는 내가 그 이야기를 도미의 가시 수보다 더 많이 했다고 귀에 대고 불평했어요. 혈압이 올랐는지 파르파레요는 한마디만 더 하면 나중에 영화인 노조의 어용 집행부를 소개해 주지 않겠다고 했어요. 결국 음식값을 지불하고 그를 택시에 태워 부르사코에 있는 집으로 데려다주는 일 외에 내가 뭘 할 수 있었겠어요?

한 달이 채 지나기 전에 문로 거리에 있는 건물로 직접 오라는 연락을 받았어요. 영화 노조를 쥐락펴락하는 이들이 모이는 곳이죠.

그의 관심사는 정말 대단했어요! 나는 당일 오후에 영화 산업 진흥을 지휘하는 막후의 실력자를 염탐할 수 있었어요. 당신의 우유빵 같은 얼굴이 어른거리는 이 두 눈으로 좋은 시절을 담았었는데 이젠 벽돌색에 가까운 금발에다 돼지 코에 검은 입마개를 한 파르파레요를 민달팽이처럼 바라보고 있네요. 게다가 안경을 쓰고 입이 귀에 걸린 웃음을 지으며 동전 던지기 게임을 즐기는 페르스키 박사와 파토우의 요구로 마른 체형을 고수하는 마리아나 루이스 비얄바 데 앙글라다 부인, 그리고 부인의 비서로 당신이 일본인이라고 오인한 불쌍한 일개미 레오폴도 카츠도 보았지요. 만족을 모르는 그 입을 다물게 하기 위해 아무 때나 시내 건달로, 큰 사업을 하는 기업가로, 부에노스아이레스 밤거리의 왕관 없는 왕으로, 피갈과 라에밀리아나의 갑부로, 파코 안투냐노 이 폰스라는 애칭으로 불리는 부에노스아이레스 사람도 나타날 수 있었지요. 그게 다가 아니었어요. 현찰로 금고를 채울 것 같은 신비로운 금융가 루비칸테도 올 뻔했어요. 더 있었어요. 나는 정신 줄을 놓지 않았어요. 상류층과 함께 있다는 사실을 금세 깨닫고 오로지 앞만 쳐다보면서 기침을 참고 침을 삼키며 번들거리는 땀을 닦았지요. 정신은 딴 데 가 있었지만 집중하는 표정으로 그리스 합창단처럼 네, 네, 하, 하만 반복했어요. 그러고는 잔에 따라 준 코냑을 마셨고, 나는 몸짓을 섞어 가며 역겨운 이야기를 하다 외교 행낭처럼 한마디로 쓸데없는 잡담과 음담패설로 넘어갔지요.

그렇게 휘젓고 다닌 결과는 심각했어요. 다른 사람이 튀는 걸 견디지 못하는 페르스키 박사는 질투로 얼굴이 일그러졌고 그때부터 나를 쌀쌀맞게 대했지요. 마리아나 부인은 그 퍼포먼스의 열기를 보고 재담꾼, 그러니까 예전에 살롱에서 유행하던 만담 기계 하나를 발견했다고 생각했지요. 기실 나 스스로는 파리를 막기 위해서라도 입을 열지 않는다고 생각하는데 말입니다.

어느 날 오후는 빅토리아 여왕 훈장을 받은 것보다 더 기분이 좋았는데 내 친구 훌리오 카르데나스가 죽었어요. 그를 모른다는 식으로 몸을 사리지는 마세요. 당신 스스로 원해서 늘 하층민이나 흑인들과 어울렸잖아요. 기억을 되살려 보세요. 그 친구는 성당에서 레위 직분을 맡았던 익살꾼 노인 카르데나스의 아들로 최근 말도나도 지역 홍수 때 도자기로 된 담배 파이프를 입에 문 채 개헤엄을 쳐서 나를 구해 주었지요. 체온계를 쑤셔 넣고 싶은 두 눈을 지닌 훌리오의 싸구려 옷과 추레한 차림새 때문에 그가 위대한 영화계 거장들에게 접근한다면 영화 줄거리나 팔려는 게 아닐까 솔직히 의심이 갔지요. 우리 둘 다 작가로 간주했던 만큼 의외의 친구를 위험한 경쟁자로 보고 경계했어요. 영양제를 드시고 내 처지를 살펴 주세요. 만약 이 친구가 글을 공개하고 미공개 습작 형태의 대본으로 우리 귀를 괴롭힌다면 나는 분노로 몸살을 앓을지도 몰라요. 우스타리스 씨, 순탄치 않으리라 생각했지만 운명은 마지막 순간에 쓴 약을 거두어 주었어요. 훌리오 카르데나스는 작가로 찾아온 것이 아니라 영화 촬영기에 열광하는 학생의 특징을 온몸으로 내뿜고 있었지요. 그리고 무단으로 난입한 파르파레요가 우리에게 억지로 전한 이야기에 따르면 '안체'라 불리는 마리아나 부인에게도 열광한다는군요. (침대에 쓰러져 코를 골며 자고 싶은 마음이 굴뚝같았지만) 나는 지칠 때까지 그의 주장이 근거가 없는 이유를 들며, 훌리오는 오로지 촬영기만 중요하다고 했는데 어떻게 마리아나 부인에게 신경을 쓰겠느냐고 주장했어요. 파르파레요는 패배의 쓴맛을 봐야 했지요!

당신은 내가 많은 스타들 사이에서 졸아붙은 수프를 먹고 목이 막힌 사람처럼 굴었을 거라고 생각하겠지요. 좀 거리를 두고 보세요. 나는 영민함에 기름칠을 하고서 보르살리노 중절모를 쓴 환풍기처럼 보일 만큼 머리를 돌렸어요. 양손에 펜을 들고 그 자체로 중요한 사건이 될 책을 쓰는 나를 봤어야 해요. 마요 거리에 별장이 하나 있는 인형 같은 아가씨가 친구들을 놀리려고 주인공인 가우초에게 반한 척했다가, 놀라지 마세요, 진짜 반해서 그들이 타고 있던 우수아이아행 유람선 선장의 주례로 결혼을 한다는 이야기예요. 교육적인 면에서 보석 같은 작품이지요. 당신은 지상 명령을 거스르지 않는 이 유쾌한 한 쌍과 페리콘 춤에서부터 팜파 풍경까지 담기 위해 열심히 카메라를 들이댈 테니까요. 그리고 아직 여러 날이 남은 만큼 걱정 끼치지 않으려고 결말을 (미발표의) 풍자극으로 꾸몄다고 했어요. 그들은 농담으로 취급했지만 내가 계속 밀어붙이고 떼를 써서 대본 강독을 위해 날을 잡을 수밖에 없었지요. 단 한 개의 조항으로 구성된 규정을 바로 공포하고 나에게 성가신 일이 일어나지 않도록 비공개 행사를 부탁했어요.

충격적이고 안타깝긴 했지만 미리 언급한 풍자극 「결국 결혼했어요!」가 나를 든든히 지켜 줬어요. 나는 안심했고 편안했어요, 내 희극이 강렬한 인상을 주는 유형의 작품이고, 대본검토 위원회가 관심을 가지고 예의 주시한다는 사실을 인지했기 때문이에요. 당신은 나를 알잖아요, 그러니 내가 그런 행사를 놓칠 거라고 믿는 그런 불쌍한 연기는 하지 마세요. 며칠 동안 아무 일도 하지 않고 시계만 쳐다보며 어떻게 관객 수를 늘릴지 고민했고, 호랑이 탈이라도 쓰고서 자리를 채울 궁리를 했어요. 칠판에 분필로 「결국 결혼했어요!」의 대본 검토와 거부 결정이 금요일 오후 6시 35분으로 연기됐다고 쓰인 것을 보았지요.

2

나는 이미 반쯤 잠이 들었었는데 영화계에 발을 들인 이야기로 나를 완전히 잠에 취하게 하시네요. 그들은 아마 실신 상태에 있는 당신을 꺼냈겠죠.

꿈꾸지 마세요, 우스타리스 씨. 무슨 일이 있었는지 자세히 말해 줄게요. 대본 강독을 하기로 한 금요일이 되자 슬금슬금세 달을 연기하더라고요. 나는 참석할 수 없다는 규정을 유지하면서요. 운명의 날, 배수의 진을 치기 위해 오후 4시에 도착해서는 6시 35분에 시에서 개최하는 불량품 전시회가 열린다는 거짓 소식을 떠벌렸지요. 감이 떨어지는 당신조차 프로볼로네 치즈를 줘도 그런 전시회를 포기하지 않는다는 걸 아시죠. 횡재를 놓치지 않는 피가 흐르기에 판매 중지된 마스카르포네 파스타를 미친 가격에 살 그런 기회를 절대 놓치지 않지요. 입에 넣을 탄약을 사는 데 항상 신경을 곤두세우고 있는 파르파레요가 내게 매달리는 바람에 하마터면 영화 노조 지휘부가 내가 거짓으로 날조한 장소에 가지 않을 뻔했어요. 다행히 폴도 카츠가 이런 문제의 뿌리를 자르는 역할을 맡아 그날 오후 예정대로 「결국 결혼했어요!」를 탈락시켜야 한다는 사실을 상기시켰어요. 페르스키는 그 즉시 내가 자전거처럼 달려 나갈 수 있도록 시간을 주었어요. 내가 다른 걸 원한 건 아니지만 반감이 드는 것은 어쩔 수 없었지요.

영화 노조 인사부장의 낭비벽을 알 수 있는 대걸레와 빗자루 보관 창고를 최대한 활용해 대본 강독 모임이 원형 탁자가 있는 회의실에서 개최된다는 것을 알아냈지요. 다행히 야수 문양이 수놓인 중국산 병풍이 거기 있었는데, 그 뒤편은 아주 어두워서 파리 한 마리도 알아보지 못할 공간이었지요. 상투적으로 "안녕, 안녕, 연약한 가슴이여"를 읊은 후 거리로 나가는 척하다 엘리베이터를 타고 미꾸라지처럼 같은 회의실로 숨어들어 — 어디에 숨었는지 알아맞히면 이미 사용한 입장권을 드리죠. — 병풍 뒤에 숨었어요.

OX를 그리는 틱택토 게임을 하며 기다린 지 사십오 분이 채 지나지 않아 앞에서 말한 인물들이 알파벳 순서대로 나타났지만 철면피 카츠는 자신이 한 약속도 지키지 않고 사임한 것이 분명했어요. 각자 수염 길이 순서대로 의자에 앉았고 어떤 이는 회전의자를 차지했어요. 처음에는 어수선했지만 페르스키가 "빌어먹을, 읽으세요."란 말로 찬물을 끼얹으며 정신을 차리게 했죠. 모두 읽기 싫어했지만 피할 수는 없었고 '세타 바예타'는 마리아나 부인에게 배정되었어요. 그녀는 가라앉아 들리지 않는 목소리로 더듬거리며 읽기 시작했어요. 이제 코맹맹이 파르파레요가 발표할 차례였어요.

루이스 비얄바 부인의 벨벳과 수정 같은 목소리는 끔찍한 혼란을 야기했어요. 계급과 출신 성분, 지위, 미모는 알약에다 금박을 입히기도 하고 돼지죽조차 걸신들린 듯 먹어 치우게 하지요. 다른 이의 호응을 받지 못하는 카르데나스가 읽는 게 차라리 나았을 텐데. 지루함으로 박제가 되는 대신 어느 정도 공정한 판단은 가능하게 했을 테니까요.

"읽었으니 상을 주셔야지." 부인이 말했어요. 나도 글을 읽을 줄 안다고 말할 뻔했어요.

페르스키가 신중하게 의견을 냈어요.

"카르데나스가 읽도록 하지요. 나쁜 낭독자에겐 최악의 대본을. 부엉이에게 둥지를 맞추는 거죠."

모두 기분 좋은 웃음을 터뜨렸어요. 여론에 기대기만 하고 자기 의견이 없는 파르파레요가 내 행동과 외모를 폄하하는 발언을 했어요. 그게 어떤 결과를 가져왔는지! 내가 땅딸막한 못난이에 지나지 않는다는 말은 양호한 편이었죠. 그 가여운 무리가 상상조차 못 했던 것은 바로 내가 병풍 뒤에서 그들의 말을 토씨 하나 빼놓지 않고 듣고 있었다는 거였죠. 견디기 힘든 목소리의 주인공이 갈라지는 쇳소리로 글을 읽기 시작하자 모두 조용해졌어요. 마음대로 비웃으라지, 그래 봤자 어차피 밝혀지고 다 제자리를 찾을 거라고 나는 속으로 생각했어요. 결국 그렇게 됐죠. 처음에는 미친 듯이 웃더니 나중에는 지친 모양이었어요. 병풍 뒤에서 문장 하나하나에 감정 이입하며 흥미롭게 낭독을 듣다가 생각보다 빨리 다른 사람처럼 잠에 빠지고 말았어요.

온몸이 지끈거리고 입에서 단내가 나 잠에서 깨어났지요. 더듬거리며 간이 탁자를 어림하다 병풍에 부딪혔어요. 아무것도 볼 수 없는 암흑이었답니다. 잠시 두려움에 사로잡혔다가 가식 없는 사실을 깨달았지요. 모두 다 떠나 버리고 혼자 안에 갇힌 것을. 동물원에서 밤을 보낸 사람처럼. 이제 모든 걸 걸어야 할 시간임을 절감하고 문이 있는 방향을 향해 기어갔지만 머리에 혹만 늘었지요. 탁자 모서리에 전리품으로 피를 남긴 후 오토만 의자 밑에 뻗을 뻔했어요. 의지가 약한 사람들은 쉽게 포기하지요, 가령 우스타리스 당신이었다면 다리를 딛고 일어나 불을 켜야겠다고 생각했겠지요. 나는 달라요. 나는 특별해서 일반인과 닮지 않았어요. 어둠 속을 네 발 짐승처럼 기어서 비집고 나가느라 머리에 생긴 혹이 아직도 아프네요. 코를 이용해 문고리를 돌렸는데 맙소사, 아무도 없는 건물에서 엘리베이터가 올라오는 소리가 들리지 않겠어요. 성능이 강력해진 오티스 엘리베이터! 머리의 비듬까지 벗겨 갈 도둑인지 아니면 나를 잘 보지 못할 구식의 침착한 인물일지 가늠하는 게 중요했어요. 어떤 경우든 크루아상에 대한 식욕을 잃게 만들었어요. 간신히 기어서 뒤로 물러났을 때 불 켜진 가축우리 같은 엘리베이터가 도착했고 두 사람이 내렸어요. 주위를 둘러보지 않고 빈 사무실에 들어가 문을 닫는 통에 복도에 혼자 남게 되었지만 난 누군지 알 수 있었어요. 좋은 도둑 나쁜 도둑이라니! 그들은 카르데나스와 마리아나 부인이었는데 나는 신사라 괜한 이야깃거리를 만들고 다니지는 않아요. 열쇠 구멍에 눈을 갖다 댔지만 어둡고, 깜깜하고, 암흑이었어요. 우스타리스, 내가 아무것도 보려 하지 않았다고는 생각지 마세요. 그들을 내버려 두고 엘리베이터 소리가 들릴까 봐 조용히 계단으로 내려왔어요. 이미 자정이 지난 시간이었고, 거리로 향한 문은 안에서 열 수 있었으니. 나는 협궤 열차처럼 밖으로 뛰쳐나왔죠.

그날 밤 잠을 잤다는 거짓말은 하지 않을게요. 침대에서 두드러기로 고생할 때보다 더 안절부절못했어요. 노망이 들었는지 피자집에서 아침 식사를 하기 전까지 무슨 일인지 전혀 감을 잡지 못했어요. 그래서 오전 내내 머리를 굴리고 또 굴리며 생각을 정리하려 했고, 마침내 고도이크루스에 있는 포폴라레 식당에서 접시를 비웠을 때는 계획을 수립할 수 있었지요.

포폴라레 주방에서 설거지하는 친구의 새 옷을 빌리고, 외모를 꾸미는 재미로 사는 요리사의 검정 모자를 썼어요. 모퉁이에 있는 이발소에 들러 머리를 하고 전차를 탔지요. 로드리게스 페냐 사거리에서 자연스럽게 아치넬리 약국 앞을 지나 마침내 킨타나에서 멈췄지요. 찾으려는 집의 번지수 확인은 문패를 슬쩍 보는 걸로 충분했지요. 청동 단추를 뽐내며 위엄을 과시하는 경비원이 나와 처음부터 화기애애한 대화를 나눈 것은 아니었어요. 하지만 입고 있던 의복이 영향력을 발휘했지요. 청소비라도 받으러 왔다고 생각했는지 하인용 엘리베이터를 이용하게 해 주었어요. 조심스레 목적지에 도착했어요. 밀가루를 배달하러 왔다고 생각했는지 한 요리사가 3층 D호실의 문을 열었는데 자세히 보니 앙글라다 부인의 셰프였어요. 훌리오 카르데나스 요리사의 명함을 내밀어 그를 속였고, 명함에 비표를 해 부인이 내가 카르데나스인 줄로 믿고 들여보내 주었어요. 잠시 후 빨랫대야와 냉장고를 지나 살롱에 도착했어요. 전깃불과 소파 같은 최신식 물건을 구경할 수 있었는데 일본인 한 명이 부인에게 마사지를 해 주는 중이었고, 외국인으로 보이는 또 다른 이가 몽환적인 금빛을 띤 부인의 머리를 빗겼고, 빠릿빠릿하고 작은 몸집으로 보아 교사로 짐작되는 세 번째 남자가 누런 손톱에 은빛 매니큐어를 칠하고 있었어요. 부인은 맨몸에 실내복 가운을 걸친 채 웃고 있었는데 치과 의사에게 경의를 표할 수밖에 없는 미소였어요. 인조 속눈썹 아래 맑은 눈이 마치 그녀의 많은 친구들 중 하나인 것처럼 나를 바라보고 있었어요. 비틀거리는 바람에 기어서 다가가 뻔뻔스러운 명함에 가장 놀란 것이 바로 나고 그런 표시를 할 생각도 못 했노라고 우물거리며 말했어요.

"부자의 표식이니 괜한 편견 갖고 말하지 말아요." 폐부를 찌르는 얼음 막대 같은 목소리로 부인이 대답했어요.

내가 세상 물정을 좀 아는 사람이라 다행이었죠. 분위기 파악을 하고 맹렬히 스포르티보 팔레르모 팀의 역사를 요약해서 이야기했어요. 일본인들이 오류를 바로잡도록 호기를 부렸죠.

스포츠에는 관심 없어 보이는 부인이 한참 뒤 이야기를 끊었어요.

“라디오처럼 경기 실황을 중계하러 오신 건 아닐 테죠. 그러려고 크리오요의 비프스테이크 냄새가 나는 옷으로 몸을 감싸고 나타난 건 아니죠.”라고 말했어요.

내게 제공된 기회를 이용해 다시금 활기차게 말했어요.

“리베르 플라테의 골이에요, 부인! 난 어젯밤 있었던 낭독회에 대해 말하려는 거예요. 위대한 책, 거대한 두뇌의 작품이죠, 그렇지 않나요?”

“그 수면제에 대해 뭐라 할 게 있을까요. 전혀요, 카르데나스도 하나도 좋아하지 않았죠.”

나는 메피스토의 표정을 지었어요.

“그런 의견은 나를 불편하게 하지 않아요. 내가 강조하고 싶은 점은 영화인 노조가 내 작품의 영화화를 승인하도록 부인께서 온 힘을 쏟으실 거라는 약속이에요. 그걸 맹세하시면 무덤까지 영원히 침묵할 것을 약속드릴게요.”

즉시 답변이 돌아왔지요.

“영원한 침묵이라니 공격적이네요. 페티테 베르나스코니보다 가치 있다는 걸 인정받지 못하는 것처럼 여자를 화나게 하는 것은 없지요.”

“신발 치수 48을 신던 베르나스코니라면 알지요. 하지만 신발은 잊어버리세요. 부인께서 신경 쓰실 일은 보석 같은 내 작품을 영화인 노조에 제출하고, 종달새가 부인의 남편께 고자질하는 일을 막는 거죠.”

“무슨 소린지 모르겠네요.” 부인이 말했어요. “왜 이해할 수 없는 말을 하는 거죠?”

어려운 일이었지만 나는 준비가 되어 있었어요.

"이건 이해하실 거예요. 앞서 말한 카르데나스와 당신이 함께 저지른 죄에 대해 말하는 겁니다. 남편분이 관심을 가질 만한 사소한 소식이죠."

내 폭탄 발언은 실패였어요. 일본인들은 재미있다는 듯이 웃었고, 부인은 조롱하듯 내게 말했어요.

"그것 때문에 그런 대단한 옷을 준비했군요. 그 이야기를 가지고 불쌍한 카를로스에게 가면 뒷북친다고 말할걸요."

로마인처럼 충격을 받았어요. 쓰러지지 않기 위해 손으로 더듬어 겨우 회전의자를 붙잡았지요. 그토록 소중히 만들어 놓은 그물은 영원한 여인에 의해 찢겨 바람에 슬프게 날렸어요. 옆 동네 빼드렁니가 말하곤 했듯이 여자를 조심해야지 안 그러면 죽음이에요.

"부인." 떨리는 목소리로 말했어요. "내가 구제불능의 낭만주의자일 수 있지만 부인은 내가 애써 관찰한 값을 치를 줄 모르는 부도덕한 사람이에요. 솔직히 실망해서 이 충격에 신중하게 대처할 거라는 약속은 드리지 못하겠네요."

이런 감정 서린 말을 하면서 문에 다다랐어요. 거기서 주방장의 검은 모자를 돌리며 천천히 돌아서서 위엄을 잃지 않고 차갑게 던졌어요.

"심리에서 나를 지원하는 것만으로는 만족하지 않았을 거라는 사실을 알아 두세요. 돈도 받으려고 했어요. 특정 계층에서는 가치를 존중할 줄 알았지요. 하지만 내가 틀렸네요. 들어왔을 때와 마찬가지로 빈손으로 나갑니다. 내가 조금이라도 돈을 받았다는 말을 당신은 하지 못할 겁니다."

이런 사실을 확인한 후 모자를 푹 눌러썼어요.

“그래 봤자 어차피 찢어지게 가난한 주제에 돈은 어디에 쓰려고?” 소파에서 그 귀족 여자가 소리를 질렀지만 나는 이미 주방을 지나가고 있어서 그 말이 들리지 않았어요.

극단적인 흥분 상태에서 그곳을 나왔는데 머리가 핑핑 돌고 호흡은 거칠어져 포폴라레의 야간 주방 담당이 빌려준 셔츠의 가슴 부분이 흠뻑 젖었지요.

후원해 준 사람들의 옷을 말리며 혈압이 내려갈 때까지 오후 4시 조금 넘은 시간에 가벼운 인파를 헤치며 나아갔어요. 실증주의가 뭐라 하든 갑자기 기적이 일어났어요. 평온하고 온화하며 선량한 마음으로 모든 것을 용서할 준비가 되어 ‘동물원 피자집’에 앉아 이 슬픈 마리아나 부인의 그 어떤 프랑스식 메뉴보다 더 맛있게 엔사이마다 빵을 먹어 치웠지요. 나는 계단 맨 꼭대기에 올라서서 다른 이들을 개미처럼 보며 하하 웃는 철학자와 같았어요. 아르헨티나 전화번호부에서 이미 잘 알고 있던 카르데나스의 주소를 확인했어요. 예감이 좋지 않았어요. 이 비참한 자의 집이 극빈층 주거지에 위치한다는 사실을 알아챘어요. 실망스러운 사실에서 유일하게 긍정적인 점은 카르데나스가 바로 우리 집 골목 근처에 살고 있다는 것이었지요.

포폴라레의 대부업자들이 평소와 다른 옷을 입은 나를 쉽게 알아보지 못할 거라고 믿고 레스토랑 건물 문 앞을 기어서 지났어요.

페고라로 차고와 사이펀 공장 사이에서 초라한 단층 건물을 발견했어요. 얕잡아 보는 시선으로 그 건물을 바라보고 있는데 슬리퍼를 신은 노부인이 문을 열었어요. 세월에 주름지고 나이 든 분으로 나를 구해 준 분의 미망인이자 내 친구의 어머니였죠. 훌리토가 집에 있는지 물어봤어요. 있다기에 안으로 들어갔죠. 아주머니는 네 개의 항아리를 내게 보여 주며 나이가 들어서(엄청난 뉴스네요!) 아들과 자스민꽃을 돌보는 일 외에 할 수 있는 게 없다고 지루한 이야기를 늘어놓았어요. 그렇게 따분한 이야기를 하며 식당에 다다랐는데 뒤뜰로 통하는 그곳에서 카르데나스를 발견할 수 있었어요. 외제를 선호하는 그는 칸투의 『세계사』 3권에 푹 빠져 있었죠.

노부인이 자리를 떴을 때 훌리토에게 다가가 어깨를 가볍게 두드렸어요. 그러자 놀라서 개 기침을 해 대는 통에 그에게 숨결이 느껴질 정도로 다가가 말했어요.

"쾅쾅쾅! 자네 실체가 드러나고 말았어, 이 친구야. 옷발도 다했어. 난 애도를 표하러 왔을 뿐이야."

"대체 무슨 말을 하는 거예요, 우르비스톤도 씨?" 이름 대신 성으로 불렀어요, 마치 잘 알지 못해서 카탕가 치카라고는 못 하는 것처럼.

편안한 분위기를 만들기 위해 포폴라레의 친구가 빌려준 틀니를 빼서 탁자 위에 올려 두었어요. 신이 나서 개가 멍멍 짖듯이 말이지요. 핏기가 가시는 카르데나스의 얼굴을 보며 겁에 질려 기절하는 게 아닌가 속으로 즐거운 상상을 했죠. 그 대신 그가 내미는 담배 한 대를 거절하고서 공포 분위기를 조성했어요. 가엾게도 어쩔 줄 몰라 하며 내게 담배를 권하다니. 부에노스아이레스의 주택가 가운데서도 바로 그날 오후 앙글라다 부인의 고급 주택에서 놀았던 저한테 말이죠.

"단도직입적으로 말하지." 그의 담배를 받으며 말했어요. "상류층 유부녀 한 분과 자네의 부적절한 관계에 대해 말하고 있는 거야. 카를로스 앙글라다 부인의 남편은 흥미를 가질 만한 이야깃거리지."

목구멍 살을 누가 칼로 저미기라도 한 것처럼 벙어리가 되더군요.

"당신이 그 정도로 형편없는 분은 아니잖아요." 그가 마침내 말했어요.

난 농담처럼 웃었지요.

"싸게 해결하려면 날 자극하지 말아야지." 자존심이 상해서 말했어요. "적당한 금액을 현찰로 주지 않으면 내가 체면 때문에 이름을 언급하지 않고 있는 그 부인의 평판이 실추될 거야. 무슨 뜻인지 이해하겠지."

내게 복수하고픈 마음과 불쾌감이 우유부단한 녀석의 의지 안에서 서로 싸우는 것 같았어요. 나는 동물원 앞에서 먹은 엔사이마다 빵과 점심의 품격을 높인 얇은 국수 면발을 소화하느라 식은땀을 흘리고 있었는데, 만세! 혐오감이 승리를 거두었어요. 적수는 입술을 깨물고 마치 몽유병 환자에게 말하듯 내게 얼마를 원하는지 물었지요. 가엾게도. 내가 약자에게 강하고 강자에게 굴복한다는 걸 몰랐던 거죠. 물론 본능적으로 처음에는 한 걸음 후퇴하려고 했어요. 탐욕에 눈이 멀어 그 질문은 미처 예상을 못 했어요. 적당한 가격을 알려 줄, 포폴라레에 넘쳐 나는 조언자에게 가서 물어볼 수도 없었지요.

"우리 돈으로 2500페소." 느끼한 목소리로 툭 내뱉었어요.

기회주의자가 안색을 바꿔 흥정을 하리라는 예상과 달리

일주일의 시간을 달라고 요구했어요. 나는 이익을 구하는 자의 적인 만큼 날짜를 이틀 뒤로 정했어요.

"이틀이야. 일 분 일 초도 더 안 돼. 모레 오후 7시 55분 정각에 돈을 봉투에 넣어서 헌법재판소 앞 2번 공중전화 부스로 와. 난 비옷을 입고 단춧구멍에 붉은 카네이션을 꽂고 있을게."

"하지만 카탕가." 카르데나스가 항의했어요. "바로 옆 골목에 살면서 왜 이렇게 괴롭히는 거예요?"

매정한 말을 남긴 채 초록색 천으로 틀니를 문질러 광을 낸 후 입에 끼우고 딱딱거리며 악수도 생략하고 빵이 식을까 걱정하는 사람처럼 빠르게 나왔어요.

월요일 약속 시간에 카르데나스가 헌법재판소 앞에서 심각한 표정으로 봉투를 건네주었어요. 당신이 아는 그곳에서 봉투를 열어 보았더니 돈이 들었더군요.

나오면서 왜 초리소와 초콜릿이 생각났는지 모르겠어요. 38번 전차를 잡아타고 서른여섯 명의 승객에 섞여 다라게이라 길모퉁이에 나를 내려 줄 때까지 미동조차 않고 있었지요. 상쾌한 밤이었어요. 아무 일 없었던 것처럼 잠자리에 들기 전에 누에보 파르메사노에 들러 수프를 즐기며 여유 있게 승리를 자축하기로 했어요. 파베사 요리를 먹고 양파를 넣은 부세카를 음미하며 새로 나온 세미용 포도주를 목으로 넘기려던 찰나에 회전문 앞에서 안마사 몇 명이 웃고 있는 걸 봤어요. 그들이 나를 알아봤지요. 나는 음식 냄새를 풍기는 헐렁한 옷을 입고 마리아나 부인을 협박하려던 자였고, 그들은 그 자리에 있던 일본 사람들이었죠. 단순히 혼자 먹는 게 지겹기도 하고 금전적으로 풍요롭다는 걸 과시하려고 반가운 척했는데 말을 바

꿀 사이도 없이 넷이 내 자리에 앉아 빵을 먹기 시작했어요. 내가 밀빵을 먹는 동안 그들은 부활절 케이크를 먹어 치웠지요. 게다가 청량음료 빌스를 고집스레 마셔 대는 통에 화가 날 지경이었어요. 진짜 좋은 게 뭔지 가르쳐 주기 위해 포도주를 토로에서 티탄으로 바꾸고 미네스트로네 수프에 파루카 사과주를 뿌렸지요. 황인종은 처음엔 따라 하려고 애썼지만 나는 무쇠와 같았어요. 챔피언의 풍모에 걸맞게 빌스 병을 단박에 굴려서 신발창이 두껍지 않았으면 아마도 발을 다칠 수도 있었을 거예요. 몸이 달아올라 — 왜일지는 당신의 상상에 맡기기로 하고 — 그날 밤 첫 울부짖음을 토하며 종업원에게 깨진 병 대신 발포성 포도주병을 가져오라고 했어요. 나와 함께라면 모스카토와 반달빵을 곁들인 밀크 커피를 구분하는 법을 배울 거야! 하고 친구들에게 고함을 질렀죠. 고백하자면 목소리를 높인 것이 사실이었고, 가여운 일본인들은 어쩔 줄 몰라 하며 억지로 술병을 입에 댈 수밖에 없었어요. 마셔라! 마셔라! 얼굴에 대고 소리를 지르며 소란을 피웠고 먼저 나부터 시범을 보였어요. 와인 잘 따는 베테랑, 시끌벅적하게 놀고 마시는 걸 좋아하는 비야 가이날 출신의 광대 기질이 내 안에서 꿈틀대며 되살아났어요. 가엾은 이들은 아무 생각 없이 나를 쳐다봤어요. 나도 그날 밤에는 그들에게 너무 많은 것을 요구할 생각이 없었어요. 이 지일파는 참을성이 없었고 술기운에 어지러웠답니다.

다음 날인 화요일 종업원이 전한 바에 의하면 술에 취해 바닥에 구르는 나를 일본인들이 둘러메고 침대에 눕혔다는군요. 그 처참한 밤에 누구의 것인지 모르는 손이 내 돈 2500페소를 훔쳐 갔어요. "법이 저를 보호해 줄 거예요." 나는 앵무새 혓소리를 내며 겨우 말한 후 당신이 물 한 모금 삼키는 데 걸리는 시간보다 더 짧은 시간 안에 이미 경찰서 민원과 앞에 있었어요. "선생님, 제 요구는 2500페소를 훔쳐 간 어이없는 놈을 찾아 그 돈을 돌려받고, 해당 범죄에 준하는 법을 적절하게 적용하는 것 그것뿐이에요."라고 반복해서 말했어요. 내 요청은 마음에 와닿는 멜로디처럼 아주 단순한 것이었지만 빙빙 돌려 말하기 좋아하는 담당자는 전혀 상관없는 것들을 질문했는데 솔직히 그런 질문에 답변할 준비가 돼 있지 않았어요. 실제로 그 돈이 어디서 났는지 설명해 보라고 하더라고요! 그런 악질적인 호기심에서 좋은 결과가 나올 리 없다는 걸 알아차리고선 재빨리 그곳을 벗어났어요. 두 골목 지나 토마세비치가 주인인 포폴라레 앞에서 누굴 만났는지 아세요? 말씀드리면 뇌진탕을 일으킬 거예요. 새 옷을 사 입고서 깔깔대고 웃으며 자전거를 구입하던 일본인들이었어요. 자전거를 탄 일본인이라니! 더할 나위 없이 유치한 그들은 사나이 가슴을 울리는 비극에 대해 아무것도 모른 채 길 건너편에서 내가 부르는 소리에 웃음으로 화답했어요. 페달을 밟으며 멀어져 갔죠. 무심한 인파가 그들을 흔적도 없이 삼켰어요.

나는 마치 고무공과 같아서 발로 차면 튀어 오른답니다. 중간에 (포폴라레의 내 자리에 가서 수프 1리터로 배를 채우느라) 잠시 멈췄다가 시간에 맞춰 훌리오 카르데나스가 대출을 받아 구입한 집에 도착했어요. 본인이 나와서 직접 문을 열어 줬어요.

"이봐, 친구." 검지로 그의 배꼽을 쿡쿡 찌르며 말했어요. "우리 둘 어제 맨손으로 붙었지? 그래, 훌리토, 울지 마. 시대에 발맞춰서 제대로 서류를 준비해야 하는 법이지. 뛰는 자 위에 나는 자가 있는 법이라고. 좀 더 흥미진진하게 만들어 보자고. 내게 두 번째 금액을 지불해야 해. 금액을 기억하라고. 2500페소야."

가루가 돼 부서지는 유적처럼 흙빛으로 변해서 뭐라 중얼거렸지만 나는 듣지 않았어요.

"우리 목표는 의심을 사지 않는 거야." 나는 강조했지요. "내일 수요일 오후 7시 55분에 에스테반 안드로게 광장의 조각상 아래서 기다릴게. 난 검정색 카우보이모자를 빌려 쓰고 갈 테니 자네는 손에 신문을 들고 흔들어."

내 손을 잡을 시간도 주지 않고 나왔지요. "내일 돈을 받으면 다시 그 일본인들을 초대하겠어."라고 혼잣말을 했어요. 그날 밤은 지폐를 셀 생각에 마음이 들떠 잠을 제대로 자지 못했어요. 마침내 하루가 지나갔어요. 정확히 오후 7시 55분 전에 도착해 미리 정했던 대로 검정 모자를 쓰고 조각상 근처를 한참 배회했어요. 오후 5시 45분에는 가랑비에 지나지 않았던 빗줄기가 5시 49분에는 점점 굵어져 이러다 가로등과 안드로게 씨를 우산으로 삼아야 되는 건 아닐지 걱정이 되더라고요. 광장 반대편, 잘 보이지 않는 유칼리나무 근처에 가판대가 있어서 신문 판매원이 나타나면 잠시 몸을 피할 수 있었어요. 모자가 젖어서 얼굴이 검정색으로 물들고 있었지요. 카르데나스의 부재가 빛난 셈이에요. 밤 10시까지 쏟아지는 비를 맞으며 기다렸지만 성인군자의 인내심도 바닥이 있는 법이지요. 카르데나스가 오지 않을 거라는 의심이 들었어요! 마침내 버스에 올라 몸을 떨며 웅크렸어요. 처음에는 흠뻑 젖은 나를 보는 승객들의 놀란 시선에 당혹스러웠지만 몬테스 데 오카에 도착하자마자 상황 파악이 되었죠. 주저 없이 친구라고 불렀던 카르데나스가 약속 장소에 나타나지 않은 거죠! 진흙 발의 우상인 거죠. 버스에서 내려 지하철을 타고 카르데나스의 집으로 갔어요. 포폴라레에 들러 밀빵으로 주린 배를 채우지도 않고 말이죠. 물론 검정 카우보이모자를 얼굴을 물들이는 데 썼다고 잔소리를 들었겠지만. 대문을 발길질하며 내 트레이드마크라고 할 수 있는 거칠게 짖는 소리를 냈어요. 카르데나스가 직접 문을 열었어요.

"사람의 선심을 이따위로 허접하게 만들다니." 한 방에 그를 옴짝달싹 못 하게 만들며 내뱉었어요. "자네의 경제적 멘토이자 아버지와도 같은 나를 빗속에서 기다리게 만들면서 자네는 지붕 아래서 움직이지도 않고 말이야. 내 실망을 가늠해 봐. 시체가 아닌 이상 오늘 같은 영광스러운 약속을 펑크 내다니. 무기력하고 비실대는 녀석인 줄 알았으니 이제 귀리 수프보다 더 좋은 소식을 전해 주지. 책을 써도 될 거야."

뭐라 뭐라 변명했지만 내겐 영어로 떠드는 거나 마찬가지였지요.

"논리적으로 생각 좀 해 보라고." 얼굴을 들이대며 말했어요. "처음부터 이런 식으로 실망시키면 내가 어떻게 자넬 믿겠어? 둘이 함께 힘을 합해야 오래오래 갈 수 있는 법이라고. 그러지 않으면 먹구름이 우리의 꿈에 마침표를 찍고 말 거야. 자네나 나에 대한 이야기가 아니라 둘 혹은 세 명의 개별적인 존재의 연합에 대한 이야기라는 걸 이해하라고. 2500페소야. 어서 마련해야지."

"그럴 수가 없어요, 우르비스톤도 씨."라고 그가 답했어요. "돈이 없는걸요."

"지난번에는 있었는데 지금은 없다는 게 무슨 말이야?" 때를 놓치지 않고 말했어요. "풍요로움의 피라미드 같은 자네 매트리스를 뒤져 보라고."

그는 반쯤 잠긴 목소리로 겨우 대답했어요.

"제 돈이 아니었어요. 회사 금고에서 꺼낸 돈이에요."

놀라서 혐오스러운 시선으로 그를 바라봤어요.

"내가 그럼 도둑놈과 이야기하는 거야 지금?" 그에게 물었어요.

"네, 도둑이에요." 그 불쌍한 녀석이 답했죠.

그를 바라보다 말했어요.

"경솔한 녀석 같으니, 그게 나한테 더 힘을 실어 주는 걸 모르는군. 내 주도권은 이제 의심의 여지가 없어졌어. 공금 횡령으로 자네를 걸 수 있고 다른 한편으로는 그 귀부인과의 불장난으로 걸 수도 있지."

마지막 말은 바닥에서 내뱉었는데 그 연약한 영혼이 내게 안마(라고 쓰고 주먹질이라 읽어야?)를 해 주고 있었기 때문이죠. 물론 주먹질 때문에 어지러워서 발음이 제대로 되지 않아 그 가엾은 권투 선수는 겨우 내 말을 이해했죠.

"모레…… 오후 7시 55분…… 카뉴엘라스 광장역…… 최후의 인내심…… 봉투 하나에 2500페소…… 그렇게 세게 때리지 마…… 난 파일럿 만년필과 카네이션을 들고 갈게…… 자네 아버지의 친구를 그리 세게 때리지 말게나…… 코에서 벌써 초콜릿이 흐르고 있잖은가, 숨 좀 돌리게…… 내가 얼마나 준엄한지 알지 않나…… 날씨가 나쁘다고 쇼가 취소되지는 않을 걸세…… 초록빛이 도는 보르살리노 중절모를 쓰게나……."

마지막 말은 길가에서 내뱉어야 했지요. 나를 발로 걷어차면서 거기까지 나왔거든요.

겨우 균형을 잡다가 넘어졌다 일어섰다를 반복하며 버스를 타고 집에 가서 필요했던 단잠을 즐겼어요. 시를 읊으면서 잤어요. 이틀 밤과 이틀 낮만 지나면 2500페소의 주인이 되는 거죠.

드디어 약속의 날이 왔어요. 나는 파가니니[431]가 혹시 같은 열차를 타면 어쩌나 걱정했어요. 그런 우연이 일어나면 어떻게 해야 하나? 한 명이 다른 이의 품에 안기거나 카뉴엘라스 광장에 도착할 때까지 인사를 하지 말거나 다른 열차를 타거나 아니면 같은 열차를 타되 다른 객실에 타야 하나? 수많은 경우의 수 때문에 열이 날 지경이었어요.

승강장에 보르살리노 모자를 쓰고 봉투를 든 카르데나스가 보이지 않아 한숨을 쉬었어요. 오지도 않는 그런 무책임한 녀석을 볼 생각을 하다니. 아드로게에서와 마찬가지로 카뉴엘라스에서도 바람을 맞은 거예요. 남쪽 동네에서는 꼭 비가 내리네요. 내 양심의 지시를 따르기로 맹세했죠.

다음 날 파르파레요는 얼음같이 차가운 미소를 띠고 나를 맞았어요. 내 주옥같은 작품을 가지고 성가시게 하러 오지 않

431 paganini. 늘 남의 음식값을 내는 사람.

았나 걱정하는 것 같았어요. 가시를 먼저 뽑아 줬죠.

"선생님, 신사로서 한 가지 밀고할 건이 있어서 온 겁니다. 어떤 가치가 있는지는 선생님께서 판단하시죠. 최악의 경우 적어도 제가 할 도리는 다했다는 믿음이 저를 위로해 주겠죠. 솔직히 말씀드리면 영화 노조의 신임을 얻으려는 욕심이 있습니다."

파르파레요 씨가 내게 답했어요.

"그 신임을 얻는 방법은 간결함이죠. 제가 보기에 그 입을 다물라고 누군가 흠씬 두들겨 패 준 것 같네요."

그런 친밀한 음성에 힘입어 내가 설명을 늘어놓았어요.

"선생님, 품에 뱀을 한 마리 키우고 계시네요. 그 뱀은 바로 선생의 직원 훌리오 카르데나스이고, 불량배들 사이에서 '망원경'으로 알려진 인물이에요. 이 근엄한 곳에서 도의에 어긋나게 입 밖에 내기 힘든 이유로 2500페소를 횡령했답니다."

"심각한 내용의 고발이군요." 개를 연상시키는 표정을 지으며 확언했어요. "카르데나스는 지금까지 올곧은 직원이었어요. 그를 불러 확인해 봐야겠네요." 문 앞에서 다시 말했어요. "이미 얻어맞고 온 만큼 조심한 것 같긴 한데 아직 코는 덜 얻어터져서 토마토처럼 될 여지가 남았군요."

카르데나스가 다시 폭력적으로 변하지나 않을지 자문해 본 다음에 작별 인사 없이 자리를 떴어요. 사층을 단숨에 내려온 여세를 몰아 커다란 회사 버스에 올라탔어요. 약 오르는 결말이었지요. 바로 일어나지 않았으면 그럴싸한 보스의 쇼를 구경했을 텐데. 횡령이 발각되자 카르데나스가 영화 노조 건물 4층에서 뛰어내려 보도 위에 토르티야처럼 널브러진 거죠. 그래요, 그 멍청한 녀석이 자살을 한 거예요, 당신도 석간신문의 사진에서 보았듯이. 쇼를 놓쳤지만 위대한 아르헨티나인 중 하나이자 불알친구인 카르보네 박사가 위로하며 하는 말이 만약 거기서 내가 꾸물댔으면 머리 위로 카르데나스의 60킬로그램짜리 몸이 떨어졌을 테고, 그러면 내 장례를 치르게 되었을 거라고 하대요. 그 말이 맞아요, 운명은 나의 편이었어요.

그날 밤 동료가 떠났다는 사실에 영향을 받지 않고 비를로코를 착용하고서 편지를 한 통 썼어요. 복사본도 한 장 보관 중이니 당신께 내용을 전해 드리지요.

파르파레요 씨,

개인적인 생각이지만 제가 카르데나스의 검은 범죄에 관해 대략 알려 드렸을 때 영화 노조에 대한 열정으로 인해 펜을 들게 되었고 평소 제 성격과 전혀 다른 심각한 고발 행위를 하게 된 것을 인정하셔야 합니다. 그 후 벌어진 사건에서 제 행동의 정당성이 입증되었지요. 카르데나스의 자살은 제 고발이 정확했으며 상상의 산물이 아니었다는 걸 증명합니다. 제게 허락된 지루한 조사를 사심 없이 끈질기게 견뎌 낸 희생을 통해 종국에는 친구의 가면을 벗길 수 있었지요. 저 같은 소심한 겁쟁이의 손에 의해 정의가 실현된 셈이지요. 제가 먼저 비난받아야 할 자라는 사실은 차치하고라도요.

당신이 대표로 있는 영화사에서 회사를 위해 좋은 시절을 기꺼이 바치며 노력한 제 업적을 인정해 주지 않는다면 안타까운 일이지요.

존경의 뜻을 표하며,

(서명)

편지를 포폴라레 맞은편에 있는 우편함에 넣고 사십팔 시간을 긴장 속에 보내느라 현대인이 많건 적건 필요로 하는 평화를 맛보지 못했어요. 우편배달부가 나를 얼마나 싫어했는지! 거짓말이 아니라 내 이름으로 온 영화 노조 봉투가 없는지 귀찮을 만치 끈질기게 물어봤어요. 대문에 서 있는 나를 보자마자 짓는 표정을 보고 답신이 없는 것을 짐작할 수 있었어요. 그렇다고 다시 한번 내용물을 살펴보자고, 앞마당에 가방을 뒤집어 까서 내용물을 다 꺼내 보라고 요구하기를 그치지는 않았어요. 내가 기다리던 편지를 직접 발견하는 기쁨을 누릴 수도 있으니까요. 소득은 없었고, 편지는 도착하지 않았어요.

그 대신 전화가 울렸어요. 바로 그날 오후 문로 가게에서 보자는 파르파레요의 전화였죠. 무척 인간적인 폭탄 같은 편지가 그들의 가슴 깊이 닿았던 것이지요. 나는 결혼 첫날 밤이라도 되는 양 채비를 했어요. 입을 헹구고, 황색 비누로 머리를 감고, 포폴라레 직원이 직접 준비해 준 속옷을 입고, 요리사가 입는 외투를 걸치고, 혹시 모를 비상사태를 대비해 주머니에 장갑과 펜치를 숨겼어요. 그러고는 버스를 탔죠! 영화 노조에는 페르스키와 파르파레요, 시내의 건달과 루비칸테 본인이 있었어요. 게다가 주인공 역할을 할 네나 눅스도 있었지요.

내 생각이 틀렸어요. 네나 눅스는 심부름꾼 역할이었고, 부정할 수 없듯이 얼굴 마담 역할은 이리스 잉리가 했어요. 페르스키 박사가 편지에 대해 감사 인사를 하더니 장황한 연설로 충성심에 대해 칭찬하고 계약서에 서명한 후 아리수씨의 포도주를 개봉했어요. 이미 반쯤 취해 영화의 성공을 바라며 건배했어요.

몬테네그로 박사가 붓으로 그리는 데 그치지 않고 이미 화가의 팔레트라고 칭찬한 소로야의 무대 장치와 넓은 야외 촬영 장소에서 번개처럼 촬영이 이루어졌어요. 시내와 변두리에서 진행된 작업으로 비관론자조차 이제 아르헨티나에서도 영화 제작이 불가능하지 않다는 점을 납득하게 만들었지요. 그다음에 「감옥에 가지 않으려 자살한 자」를 개봉했어요. 그리고 「노르테 지역 사랑의 교훈」이 이어졌어요. 벌레 먹은 어금니가 보이게 미소 짓지 마세요. 마리아나 부인 사건을 통해 내가 경험한 것을 사방에 알리려고 제목을 붙인 건 아니에요. 굿바이, 우스타리스. 「성공한 남자」의 시사회 초대권이 여기 있어요. 밀가루를 비행기 기름에 요리한 듯 자리를 뜹니다. 여성분들을 기다리게 하면 안 되니까요.

1950년 12월 21일
푸하토에서

어두움과 화려함

인생이란. 자선 단체나 기타 주민 모임에 아무런 관심이 없었던 내가 프로 보노 공익 재단의 재무 담당 자리에 앉게 되자 생각이 바뀌었고 많은 기부금이 쏟아졌다. 모든 것이 원활하게 흘러갔으나 어디를 가나 빠지지 않는 할 일 없는 한 인간이 의심을 품기 시작하면서 내 변호사 곤살레스 바랄트 선생은 나를 멀리 떠나 보내려고 새벽 첫 열차에 나를 태웠다. 나흘 밤낮을 열차 간에서 어떻게든 견뎠다. 마침내 곤살레스 바랄트 선생이 두 손을 비비며 해결책을 제시하러 직접 나타났다. 에스펠레타(라고 부르기로 하자.)에서 월급을 받는 일자리였다. 《울티마 오라》에 근무하던 시절 내가 방문했던 라몬 보나베나의 거처가 그가 전성기를 누리다 갑자기 쓰러진 이후 그를 기리는 박물관이 되었다. 운명의 장난으로 이제 그곳에서 큐레이터를 하는 것이다.

곤살레스 바랄트 선생이 자신의 가짜 수염을 빌려주었다. 거기에 검은 테 안경을 쓰고 역할에 걸맞은 제복을 입고서 신중하게 두려운 내색 없이 단체 버스를 타고 나타날 학생과 관광객들을 맞이할 준비를 했다. 쥐새끼도 나타나지 않았다. 박물관 직원으로서는 실망감을, 도망자로서는 안도감을 맛보았다. 믿지 않겠지만 어찌나 지루했는지 보나베나의 소설들을 읽었다. 우체부가 나를 건너뛰는 것 같은 생각이 드는 이유가 그 긴 시간 동안 편지 한 통은커녕 광고지 한 장 오지 않았기 때문이다. 선생의 심부름꾼이 월말에 내 월급을 가지고 나타나긴 했다. 보너스도 없고, 경비와 수수료까지 제하고서. 나는 바깥에는 코빼기도 내밀지 않았다.

소식을 듣자마자 나는 영원히 돌아오지 않을 사람처럼 캐비닛에 욕설을 쓰고 급히 가방에 물건을 쑤셔 넣고는 어깨에 짊어지고 길거리에서 손을 들어 차를 잡아타고 부에노스아이레스로 돌아왔다.

감을 잡기 어려운 기묘한 일이 벌어졌는데 도심의 공기를 떠도는 이상한 기운, 내 뒤를 쫓다가 나로부터 도망치는 알 수 없는 기운이었다. 빌딩은 더 작게 느껴졌고 우편함은 더 커진 듯했다.

코리엔테스 거리의 유혹, 즉 피자 가게와 여인들이 도중에 나타났다. 배를 비워 두는 사람이 아니니 기꺼이 받아들였다. 결과? 그 주가 지나자 흔히 말하듯 돈이 바닥났다. 믿지 못하겠지만 일자리를 구했고, 이를 위해 아는 인맥을 동원했는데 별 소득은 없었다. 몬테네그로 선생은 도덕 검증을 통과하지 못했다. 예상대로 P. 파인베르그는 성직자의 복혼제를 지지하는 토론을 멈추려 하지 않았다. 평생의 단짝 루시오 세볼라는 시간조차 알려 주지 않았다. 포폴라레의 검둥이는 주방 도우미로 일하겠다는 내 제안을 거절하면서 어째서 우편으로 요리하는 법을 배우지 않느냐 비꼬았고, 그런 조롱의 말이 내 슬픈 운명에서 중심축 역할을 했다. 사기에 대한 무례한 이야기로 돌아가는 것 외에 내게 남은 방법이 무엇일까? 고백하겠다. 결심을 다지는 게 실행보다 쉬웠다. 모금의 시작은 이름이다. 아무리 머리를 굴려 봐도 이미 유감스러울 만큼 유명한 프로 보노 공익 재단이라는 이름 외에 다른 것을 찾지 못했다. 여전히 메아리가 울렸다! 용기를 내기 위해 나는 사업할 때 제품 이름을 바꾸지 말라는 금언을 기억해 냈다. 국립 도서관과 의회 도서관에 보나베나 전집 일곱 질과 같은 작가의 석고상 두 개를 팔고, 공장의 수위가 빌려준 오버코트와 옷장에서 항상 꺼내는 깜박하기 쉬운 우산도 처분해서 편지지와 편지 봉투를 구입했다. 수취인은 이웃이 빌려준 전화번호부에서 임의로 선택했는데, 이 책은 상태가 좋지 않아 시장에 내놓을 수 없었다. 남는 돈은 우표를 사기 위해 남겨 두었다.

그 후 중앙우체국으로 가서 우편물을 잔뜩 손에 든 부자처럼 입장했다. 옛 기억이 잘못되었는지 그 건물은 놀랄 정도로 커 보였다. 입구의 계단은 불행한 자에게 자신의 웅장함을 과시했고 회전문은 사람을 어지럽게 만들어서 쓰러지기 직전에야 간신히 몸을 지탱하고 소포를 챙길 수 있었다. 르 파르크의 작품이라는 높은 천장은 현기증을 불러일으켰고 무너져 내릴 것 같은 두려움을 야기했다. 바닥은 대리석 거울로 얼굴에 난 사마귀까지 다 비쳤다. 메르쿠리우스 조각상은 원형 천장 꼭대기에서 신비스러움을 강조했다. 창문은 고해 성사 창구를 떠올리게 했다. 입구 안내 직원들은 앵무새 혹은 노처녀 이야기를 주고받거나 주사위 놀이를 했다. 고객 응대 공간에는 아무도 없었다. 수백 개의 눈과 안경알이 나에게 집중되었다. 우리 안의 동물 같은 기분이 들었다. 침을 삼키고 다가가 가까운 창구에서 필요한 우표를 부탁했다. 내가 요청을 하자 직원은 등을 돌려 동료들과 상의했다. 수군대더니 두세 명이 함께 바닥의 비밀 출입구를 들어 올리고선 금고가 있는 지하에 갔다 오겠다고 설명했다. 그들은 사다리를 타고 올라왔다. 현찰은 받지 않은 채 우표 한 무더기를 공짜로 내게 주었는데 차라리 우표 수집에 더 힘을 쏟을 걸 그랬다. 믿지 못하겠지만 몇 개인지 세지도 않았다. 그럴 줄 알았으면 석고상과 외투를 팔지 않았을 것이다. 눈으로 우체통을 찾았지만 보이지 않았다. 혹시 그들이 돈을 받지 않은 것을 후회할까 봐 재빨리 그곳을 빠져나와 집에서 우표를 붙이기로 했다.

풀이 없어서 인내심을 가지고 침을 묻혀 우표를 하나하나 붙여 갔다. 닭 울음소리가 들린 후 준비된 편지를 가지고 리오밤바 골목으로 갔다. 여러분이 기억할지 모르겠지만 그곳에는 일부 신도들이 꽃과 봉헌물로 장식한 무거운 우체통이 있다. 주위를 천천히 돌며 투입구를 찾았지만 아무리 둘러봐도 편지를 넣을 작은 틈조차 발견하지 못했다. 틈 하나 없는 대단한 원통이라니! 어떻게 찾을 방법이 없다니! 경비 한 명이 쳐다보는 것을 느끼고 나는 집으로 돌아왔다.

그날 오후에 경찰의 의심을 사지 않기 위해 짐 꾸러미 하나 들지 않고 동네를 한 바퀴 돌았다. 지금은 거짓말처럼 보이지만 막상 돌아다니면서 본 우체통들 가운데 투입구나 구멍이 있는 것이 하나도 없다는 사실에 놀랐다. 근무복을 입고 아야쿠초에서 거들먹거리는 우체부 한 명에게 물어보기로 했다. 커피로 유혹하고 안줏거리와 맥주를 배 터지게 먹인 다음 경계심을 푼 것을 보고 용기를 내어 왜 눈에 띄는 우체통들이 하나같이 투입구가 없는지 물었다. 그는 진지하지만 상처받지 않은 표정으로 대답했다.

"선생, 당신의 질문은 제 능력 밖이군요. 우체통에 투입구가 없는 것은 더 이상 아무도 편지를 넣지 않기 때문이죠."

"그럼 당신은 뭘 하나요?" 내가 물었다.

그는 맥주를 더 마시며 대답했다.

"선생, 우체부와 얘기한다는 걸 잊었나 보네요. 내가 그런 걸 어떻게 알겠어요! 나는 그저 맡은 일을 할 뿐이지요."

더 이상은 알아낼 수가 없었다. 동물원에서 물소를 관리하는 남자나 방금 요양을 다녀온 여행객, 포폴라레의 검둥이 등 다양한 배경을 지닌 정보원들이 모두 평생 투입구가 있는 우체통은 본 적이 없다고 일러 주며 그런 동화 속 이야기로 머리를 복잡하게 만들지 말라고 했다. 아르헨티나의 우체통은 견고하고 단단한 고형물로 만들어져 구멍이 없다고 반복해서 말했다. 사실을 받아들일 수밖에 없었다. 물소 사육사나 우체부 같은 신세대는 나를 철 지난 과거사나 꺼내는 구닥다리로 볼지 모르겠다는 생각에 입을 다물었다. 입을 다물면 두뇌가 활동하는 법. 우체국 기능이 작동하지 않으면 편견 없이 신속하게 우편물을 배달할 적합한 민간 기업을 사람들이 선호하고, 그 결과 많은 수익을 올릴 수 있겠다는 점에 착안했다. 또 다른 장점은 바로 배송 회사 자체가 프로 보노 공익 재단의 부활을 홍보하는 데 기여할 수 있다는 점이었다.

갑자기 떠오른 기발한 아이디어를 등록하기 위해 급히 달려간 특허 사무소에는 우체국과 비슷한 분위기가 흐르고 있었다. 사제와 유사한 고요함과 고객의 부재, 한 명을 응대하기 위한 수많은 직원들의 존재, 기다림과 무기력함. 결국에는 신청서 한 장을 발부하고 도장을 찍어 주었다. 그러지 말았어야 했다. 그것이 십자가의 길로 들어서는 첫걸음이었다.

신청서를 제출하자 따가운 반응이 느껴졌다. 어떤 이들은 보란 듯이 내게서 등을 돌렸다. 다른 이는 드러나게 얼굴을 찌푸렸다. 두세 명은 대놓고 수군거리며 야유를 보냈다. 그중 가장 무례한 자는 내게 소매로 회전문을 가리켰다. 아무도 영수증을 주지 않았고, 난 요구하지 않는 편이 낫다는 걸 깨달았다.

상대적으로 안전한 우리 집에서 분위기가 좋아질 때까지 기다리기로 결심했다. 며칠 후 키니엘라 복권을 파는 사람의 전화를 빌려서 내 법률 고문인 바랄트 변호사와 통화했다. 문제에 말려들지 않으려는 듯 짐짓 목소리를 낮추어 선생이 내게 말했다.

“내가 항상 당신 편이었지만 이번엔 좀 과했어요, 도메크. 고객을 변호하긴 하지만 명예를 지키는 건 다른 무엇보다 중요하지요. 아무도 믿지 않을 거예요. 내가 용납하지 못하는 추잡스러운 것이 있어요. 경찰이 당신을 찾고 있어요, 불운한 옛 친구여. 집요하게 부탁하지 말고 성가시게도 굴지 말아요.”

그러고는 얼마나 세게 수화기를 내려놓았는지 내 귀가 다 뻥 뚫렸다.

방문을 잠그고 처박혀 지냈지만 며칠이 지나자 방심이 두려움의 뿌리를 없앤다는 사실을 납득하게 되어 위험을 무릅쓰고 거리로 나서 정처 없이 헤맸다. 그러다 경찰청 앞에 서 있는 나 자신을 깨닫고 심장이 튀어나올 뻔했다. 두 발이 제멋대로 움직여 맨 처음 눈에 띈 미용실에 가서 내가 무슨 말을 하는지도 모른 채 가짜 수염을 깎아 달라고 주문했다. 공식 이발사는 이시드로 파로디 씨였다. 하얀 가운을 입고 늙긴 했지만 관리를 잘한 모습이었다. 나는 놀라움을 금치 못하고 말했다.

"이시드로 씨, 이시드로 씨! 당신 같은 사람은 감옥에 있거나 격리되었어야 하는데 어떻게 경찰서 바로 앞에 자리 잡을 생각을 했나요? 조심해야죠, 당신을 찾고 있는데……."

파로디는 침착한 목소리로 답했다.

"프로 보노 양반, 어느 세상에 살고 계시나? 국립 교도소 273호에 수감되어 있었는데 운수 좋은 날 문이 반쯤 열린 걸 발견했지. 교도소 마당에는 손에 짐 보따리를 든 죄수들로 가득했어. 교도관들도 우리를 제지하지 않았다네. 난 마테차 세트를 챙겨서 출입문으로 달려갔지. 라스 에라스 거리를 지나 지금 여기에 있는 거라네."

"그렇지만 당신을 체포하러 오면 어떡하려고요?" 나의 안전을 생각해서 목소리를 낮춰 말했다.

"누가 온다는 건가? 전부 겉치레에 지나지 않아. 모두 아무 일도 하지 않는데 껍데기만 갖추고 산다는 건 인정해야지. 영화관을 살펴봤나? 사람들이 여전히 가지만 더 이상 상영은 하지 않는다네. 관공서를 그만두는 사람이 없다는 건 알아챘나? 매표소에는 표가 없다네. 우체통엔 투입구가 없지. 성모 마리아께서는 기적을 일으키지 않아. 요즘 유일하게 제대로 돌아가는 것은 더러운 강을 건너는 곤돌라뿐이라네."

"나를 낙담하게 만들지 마세요." 그에게 부탁했다. "하포네스 공원의 다람쥐 통은 계속 돌아가고 있어요."

1969년 11월 12일

푸하토에서

영광의 형태

1970년 5월 29일 라플라타에서

미국
뉴욕주, 뉴욕시
뉴욕 대학교
호르헤 리나레스 씨

친애하는 리나레스,

자네가 가십을 좋아하지 않는다는 것은 우리가 브롱크스에서 이방인으로 지내며 나눈 오랜 우정 때문에 알고 있지만 '기밀'의 성격을 지닌 이 편지는 무덤까지 가져가 주길 부탁하네. 판토하 선생이나 우리가 아는 그 아일랜드 여자, 캄푸스 술집, 슐레진저나 윌킨슨에게도 아무 말 말게나! 케네디에서 우리가 작별한 지 십오 일이 넘게 지났지만 그래도 마켄젠 재단이 맡긴, 다름 아니라 지금은 라플라타로 이사한 클로도미로

루이스 인터뷰 건을 내게 주라고 판토하 선생이 추천한 걸 기억할 거네. 판토하 선생이나 나 두 사람 모두 근거를 찾는 내 고찰이 논문 준비에 더할 나위 없는 가치를 부여할 거라고 간주했다네. 그렇지만 모든 일에는 난관이 있는 법이지. 자네도 알지, 벙어리 술루에타에게는 아무 말도 하지 말게.

도착 일주일 후 나는 루이스가 사랑한 작은 고향이며 시인이 자신의 모든 저서에 집필지로 거명한 괄레과이추를 향해 조바심을 내며 떠났다네. 내 첫 번째 조사는 품위를 지키며 범부와 친절하게 대화를 나누러 온 민주적이고 소탈한 호텔 주인과 커피를 마시면서 시작했다네. 호텔 주인 감바르테스는 루이스 가문이 지역의 오랜 토박이로 이리고옌이 보낸 조정단과 함께 마을에 도착했으며, 가문의 가장 유명한 인물은 클로도미로가 아니라 옷 때문에 '누더기'라는 별명으로 불린 프란시스코라고 말해 줬다네. 그리고 반 블록 떨어진 루이스의 집까지 친절하게도 동행해 주었는데, 그 집은 사람의 손길이 닿지 않아 군데군데 무너져 내리는 폐가라 할 만한 곳이었다네. 대문이라고 불러야 할 문은 잠겨 있었지. 감바르테스 씨가 설명한 바에 따르면 루이스 가문은 수년 전 '부에노스아이레스행'을 결정했고 클로도미로가 제일 먼저 떠났다고 하네. 나는 기회를 놓치지 않고 호텔 주인과 내가 집 앞에 함께 있는 사진을 찍어 달라고 어떤 소년에게 부탁했다네. 대학이 내 책을 출판할 때 직접 찍은 이 사진이 특별한 가치를 갖게 될 걸세. 사진을 확대해 우리 둘이 서명한 다음 함께 보내네. 마테 잔을 손에 들고 찍었으면 더 좋았겠지만 그런 경비는 예산에 포함되지 않았지.

훌리오 캄바가 『떠돌이 개구리』에서 묘사했듯이 여행객의 삶은 호텔을 전전하기 마련이라네. 부에노스아이레스로 돌아와서는 콘스티투시온 광장에 있는 한 호텔에 묵으며 다음 여행지인 라플라타로 가는 버스 여행을 준비했지.

반대편 차선에서 오는 버스와 부딪힐 뻔했던 버스 기사가 클로도미로 루이스의 집을 가르쳐 주었는데, 알고 보니 그의 이웃이었어. 작가의 친필 서명을 자랑스러워하며 뽐냈지. 라플라타의 대학가에 도착하자마자 작업에 착수했어. 74번지의 대각선에 위치한 68번지에 도착했다네. 쉽게 포기할 줄 모르는 손가락이 벨을 눌렀고, 마침내 요리사가 직접 문을 열더군. 클로도미로 씨는 집에 있었다네! 현관과 안뜰만 지나면 존경하는 시인과 얼굴을 마주할 수 있었지. 이마와 안경알 둘, 코, 우편함처럼 생긴 입. 그 뒤로는 『교양 있는 정원사』와 아랄루세 전집이 있는 학자의 도서관. 얼핏 보이는 윤기 나는 외투를 걸친 실루엣. 그는 인터뷰를 위해 푹신한 의자에서 몸을 일으키지 않은 채 미송으로 된 긴 의자를 가리켰어. 재단의 공문과 내 신분증, 판토하의 메모와 함께 버스 기사가 날려 쓴 종이쪽지를 보여 줬지. 꼼꼼히 살펴본 후 그는 내게 머물러도 좋다고 허락했다네.

엔진을 가열하기 위해 가벼운 대화를 나누었고 방문 목적을 전했는데 그는 마음에 들어 하는 것 같았어. 빙빙 돌리지 않고 북미 전체에, 적어도 모든 대학가에 그를 알리기 위해 논문을 쓰려는 내 의도를 최대한 설명했다네. 볼펜과 고무 표지로 된 수첩을 꺼냈지. 하버드에서 판토하와 함께 준비한 질문지를 일 분가량 뒤적이며 찾다가 더 이상 고민하지 않고 물었어.

"언제 어디서 태어났나요?"

"1919년 2월 8일 엔트레리오스주 괄레과이추에서 태어났소."

"부모님은요?"

"아버지는 17구역 경비였다가 나중에 정치가가 된 분이셨고, 어머니는 레지스탕스로 활동하다 파라나로 내려온 분이셨지요."

"유년 시절 첫 기억은요?"

"벨벳 액자에 담긴, 파도 거품을 표현하기 위해 자개를 박아 넣은 바다 풍경 그림."

"첫 스승은요?"

"닭 도둑이오. 나를 그 예술의 신비로 이끌었죠."

"처음 쓴 책은요?"

"『마르티니아노 레기사몬 선생에게 남기는 글』. 지역에서 꽤 잘 팔렸고 파스 장군상을 수상할 뻔했소. 몇몇 습작품을 빼고 다 괜찮아서 1919년 신입생상을 받는 영광을 누렸지요. 동기 카를로스 J. 로바토와 공동 수상했지요. 이 친구는 『테로의 알』을 출간하고 오 년 만에 사망하는 바람에 일찍이 영광의 자리로 올라섰답니다."

"수상을 하고 어떻게 지냈나요?"

"손찌검을 두려워하지 않는 신병의 씩씩한 열정을 보였소. 언론은 무관심했고. 물론 그들은 내가 비평가로서 쓰는 레기사몬풍 에세이를 고인의 목가풍 노래와 늘 구분하지는 않았소."

"선생님의 첫 작품이 갖는 특별한 의미는요?"

"그 질문을 하니 말인데 사실 그 일에는 알려지지 않은 부분이 아주 많아요. 정신 똑바로 차리지 않으면 어지러울 수 있지요. 진짜 문제는 거기서 생겼지요. 아무에게도 얘기하지 않은 건데, 당신은 멀리서 와 내가 없는 사람처럼 생각하니 다르지요. 내 심장을 다 열어 보일 테니 마음대로 파헤쳐 봐요."

"내게 특종을 주는 건가요?" 그에게 물었지.

"오늘 내가 할 이야기를 듣는 사람은 선생이 처음이자 마지막일 게요. 인간은 언젠가는 속을 털어놓고 싶어 하는 법이지. 어차피 할 바에야 스쳐 지나가는 새, 마지막 담배 연기처럼 사라질 누군가와 하는 게 나은 법. 어쨌거나 사기와 횡령으로 먹고살지라도 진실이 승리하기를 바라는 신실한 시민이니."

"잘 말씀하셨어요. 하지만 선생님의 작품에 빠져 작품의 난장이 표현하는 인간 세계를 사랑하는 이가 많다는 걸 감히 말씀드립니다."

"당연하지요. 다만 당신이 선풍기 날개에 손가락을 집어넣었다는 걸 경고하는 게 또 내 의무지요. 그 책으로 인해 나에게 생긴 일을 봐요. 공동 수상을 하는 바람에 영원히 고인이 된 로바토와 그의 촌스러운 추종자와 같은 부류로 취급당하지 않나요. 나는 몇 년 전 유행했던 것처럼 '전언'이라는 단어를 메시지나 서한이라는 의미로 썼는데 교수들과 비평가들은 한결같이 우리 가우초 특유의 어투로 이해했어요. 로바토의 자연주의 시와 혼동하다니 내겐 악의적이었지요. 그런 반응이 불러일으킨 기대에 부응하기 위해 최대한 서둘러 내 두 번째 작품 『도망 본능(Querencias juidas)』을 집필해야 했어요."

자랑스레 내가 그의 말을 끊었다네.

"가끔 제자가 스승보다 스승의 작품에 대해 더 잘 아는 경우가 있죠. 제목을 헷갈리셨네요. 시간이 흐르면 기억이 쇠퇴하기도 하죠. 눈을 감고 생각해 보세요. 선생님의 책은 『유대인의 애착(Querencias judías)』[432]이에요."

"표지에 그렇게 나왔지요. 지금껏 진실을 내 가슴 깊이 묻어 뒀는데 실은 인쇄소에서 헷갈린 거예요. 내가 종이에 적은 '도망 본능' 대신 표지에 '유대인의 애착'으로 인쇄를 했는데 급히 보느라 나도 놓친 거지요. 그 결과 비평가들이 나를 바론 히르시 회당에 모인 유대인들의 선지자처럼 떠받들었어요."

나는 의기소침해서 물었지.

"하지만 어떻게 그런 일이? 인쇄소 분은 유대인 가우초가 아니었나요?"

"벽에 대고 말하는 느낌이군. 방금 어떻게 된 건지 말해 주지 않았소? 더 설명해 줄게요. 나는 내 책을 가우초와 뿌리를 같이하는 농장주나 장사꾼들에게 숨 돌릴 기회도 주지 않고 망치로 내리치듯이 창조해 냈소. 하지만 자살 행위나 마찬가지였죠. 그 누구도 흐름을 거스를 수는 없는 법. 내가 운명의 판결을 신사로서 존중했는데, 이런 것이 적지 않은 만족감을 주었다는 걸 부인하지는 않겠소. 난 지체하지 않고 보답을 했지요. 돋보기를 들고 초판과 두 번째 판을 비교해 보면 바로 농부와 상인들이 국가 영농업을 기계화한 것을 몇 편의 시에 반영한 걸 볼 수 있을 겁니다. 이 모든 걸 통해 내 명성은 높아졌지만 우리 땅이 경고하는 날카로운 종소리에 귀 기울이고 부인

432 유대인의 애착은 'Querencias judias'이고, 도망 본능은 'Querencias Juidas'다.

하지 않았어요. 몇 달 후 몰리 글루스 출판사가 열정적으로 살피고 수정한 결과물인 『신요르단주의의 핵심』을 출판했어요. 우르키사에 대한 존경심에 해를 끼치지 않되 가족들이 '가우초 마르틴 피에로'라 부른 호세 에르난데스처럼 요르단주의 속으로 뛰어들었지요."

"판토하 선생이 요르단에 대한 선생님의 작품을 유대인 작가 에밀 루트비히의 『나일의 자서전』과 비교해 평가한 강연회를 잘 기억하고 있습니다."

"황소고집이로군. 그 판토하 선생이라는 양반이 당신 눈에 안경을 씌웠고 안간힘을 써도 벗지 못하는군요. 내 책은 산호세궁의 범죄 사건에 대한 얘기였는데 당신은 외국의 강에 대해 말하고 있네요. 시인이 말했듯이 운이 없으면 할 수 있는 일이 없는 법이지요. 때로는 조급증 때문에 우리 스스로 나쁜 별에 운을 걸기도 하지요. 나도 모르는 사이에 협조하고 말았으니, 내가 중요한 평론가로 인정받으려는 욕망 때문에 루이스 마리아 호르단의 『어린아이와 노새』에 개인적이고도 집요하게 접근을 했어요. 하지만 이 책은 앞서 나온 책의 동일한 강을 보충하는 후속편으로 간주되었죠."

"알겠습니다, 선생님." 나는 주먹으로 가슴을 두드리며 소리쳤다네. "저를 믿으십시오. 진실을 추구하는 일에 온전히 자신을 바치겠습니다. 모든 것이 정상으로 되돌려질 겁니다."

그는 정말 지쳐 보였다네. 그다음 말을 했을 때 나는 망연자실할 수밖에 없었지.

"저런, 저런, 도를 넘지 마요. 과속으로 벌금을 물 테니. 때가 되면 모든 걸 쓰게 되리라는 믿음을 가지고 당신에게 이 모든 애길 했지만 일 분 일 초도 그전에는 안 됩니다. 선불리 걸음을 내딛고서 나를 사람들이 믿는 그런 사람이 아니라 성층권에 있는 사람으로 만드는 것은 아주 민감한 문제지요. 계란 위를 걷듯이 조심하길 당부드리지요! 가령 판토하 선생 같은 평단이 만들어 내는 이미지는 항상 작가보다 더 오래가는 법이니. 이미지를 무너뜨리면 나를 무너뜨리는 게 되지요. 나는 흐름을 따라가는 중이에요. 이미 나를 식민지 서사 시인으로 보고 있는데, 그렇게 나를 보거나 아니면 아예 나를 취급하지 않는 거예요. 현대인에게서 신화를 뺏는 것은 씹고 있는 껌을, 숨쉬고 있는 공기를, 아니면 나폴레온 마테차를 빼앗는 것과 마찬가지랍니다! 그러니 현재 나는 지식인들이 간주하듯 친유대계 시인이죠. 내게 약속을 하고 떠나시지요. 짐이 적으면 적을수록 만사가 더 명확한 법이니."

난 발로 걷어차인 듯 그곳에서 나왔지. 믿음을 잃은 자들처럼 과학에서 위안을 찾았다네. 대학교 신분증을 보여 주고 박물관에 숨어들었지. 쉽게 전해지지 않는 그런 순간이 있게 마련이라네. 아메히노가 발굴한 글립토돈[433] 앞에서 인지 능력을 시험했는데 효과가 있었어. 결코 다정한 포옹을 나누지 않을 루이스와 판토하가 실은 하나의 진실을 말하는 두 개의 입이라는 사실을 깨달았다네. 유명세를 탄 일련의 오해들이 사실을 증명하고 있었던 거지. 작가가 투영하는 이미지가 쓰레기 같은 자신의 작품보다 훨씬 가치 있다네. 모든 인간의 결과물

433 온몸이 갑으로 덮여 아르마딜로 비슷한 빈치류. 지금은 멸종한 동물로 선사 시대 공룡의 일종이다.

이 그렇듯이. 내일 누가『메시지』가 논설이고 신요르단주의가 로페스 호르단의 『어린아이』에 그 기원을 둔다는 사실에 관심을 가지겠나?

메르수네스 일가에게 안부 전해 주게. 자네에게는 다시 한 번 카예타노가 좋은 친구라는 걸 말하고 싶네. 정신 차리는 대로 판토하에게는 상세한 편지를 쓰겠네.

돌아가서 봄세.

툴리오 사바스타노

* 1971년 4월 하버드 대학교에서 출판 허가가 나서 툴리오 사바스타노의 박사 논문『루이스, 식민지 시인』이 출간되었다.(편집자 주)(원주)

검열의 주적(主敵)

(에르네스토 고멘소로 선집의 서문을 대신하여)

심장이 내게 일으키는 감정을 애써 억누르며, 레밍턴 타자기로 에르네스토 고멘소로 선집의 서문을 대신할 인물평을 쓴다. 한편으로는 고인의 유지를 제대로 받들지 걱정이 되고, 다른 한편으로는 마슈비츠의 평화로운 이웃들이 '에르네스토 고멘소로'라는 이름으로 기억하는 위인에 대한 추억을 되새기는 기쁨에 사로잡힌다. 기찻길에서 멀지 않은 그의 농장 별실에서 마테차와 카스텔라를 대접받은 그날 오후를 쉬이 잊지 못할 것이다. 그 먼 길까지 어렵사리 찾아간 것은 내가 막 구상하고 있던 『선집』에 참여할 것을 제안하는 엽서가 왔기 때문이다. 훌륭한 후원자를 알아채는 후각의 예민함이 내 안에 꿈틀거리던 관심을 단숨에 불러일으켰다. 또한 그가 후회하기 전에 문자 그대로 받아들이기를 원했던 만큼 우리나라 우편 제도 특유의 지연 배달을 피하려고 직접 협조문을 들고 찾아가

기로 결정한 것이었다.[434]

벗어진 머리통, 시골 풍경을 바라보는 정처 없는 시선, 잿빛 수염으로 뒤덮인 넓은 뺨, 마테차를 마실 준비가 된 입, 턱밑의 정갈한 손수건, 황소의 가슴팍과 살짝 다린 듯한 가벼운 니트 정장이 내가 본 첫인상이었다. 매력적인 모습의 주인은 버드나무 가지로 짠 해먹 의자에 앉아 캄페체 지역 사투리로 식당 의자에 앉으라고 권했다. 난 확실히 하기 위해 그가 볼 수 있도록 초대장을 요란스레 흔들었다.

"맞네." 그는 무뚝뚝하게 내뱉었다. "모든 이에게 보냈지."

그런 솔직함이 내게 힘을 주었다.

그런 경우 가장 좋은 방법은 우리에게 행운을 가져다줄 사람의 마음에 드는 것이다. 솔직하게 내가 《울티마 오라》의 예술 문학부 기자며, 내 진짜 목표는 당신에 대한 기사를 쓰는 거라고 밝혔다. 그는 납득했다. 목청을 가다듬으려 가래를 뱉고는 유명 인사 특유의 소탈함으로 말했다.

"당신의 진정성을 인정하지요. 검열에 대해 말하지 않을 거라는 점을 미리 밝힙니다. 내가 논쟁적이고 검열에 대한 비판만이 유일한 관심사라고 말하는 이가 한둘이 아니지요. 당신은 지금엔 그런 뜨거운 주제가 드물다고 이의를 제기하겠지요. 어찌 보면 당연하고요."

"알겠습니다." 난 한숨을 내쉬었다. "편견이 전혀 없는 외설 작가도 매일 자신의 활동 영역에서 새로운 장애물을 만나지요."

---

434 내가 가져간 것은 단편 「친구의 아들」로 유명 서점에서 판매 중인 해당 서적에서 확인할 수 있다.(원주)

그의 답변은 나로 하여금 입이 벌어지게 만들었다.

"당신이 그런 전략으로 나오지 않을까 의심했어요. 외설 작가에게 걸림돌을 두는 것이 그다지 좋지 않다는 걸 바로 인정하지요. 하지만 그 요란한 경우도 결국 그 사건의 한 단면일 뿐이지요. 도덕적 검열과 정치적 검열을 침 튀겨 가며 비판하느라 그보다 훨씬 더 위험한 요소는 지나친 것이지요. 당신이 내가 그렇게 부르는 걸 허락한다면 내 삶은 교육적인 한 예가 될 것입니다. 시험에서 번번이 낙제한 집안의 아들이자 손자로, 어릴 때부터 다양한 형태의 일에 관심을 가졌지요. 그렇게 폭풍 같은 초등학교 시절을 보냈어요. 가죽 가방을 메고 다니며, 땔감도 하고 짬을 내어 시를 쓰곤 했지요. 이런 것이 사실 그닥 흥미롭지 않지만 마슈비츠의 호기심 많은 영혼들의 궁금증을 야기했고, 곧 입에서 입으로 소문이 돌기 시작했어요. 마치 거세지는 파도를 보는 것처럼 남녀노소 가리지 않고 모든 이들이 한결같이 내가 신문에 기고하길 바란다는 걸 느꼈지요. 그런 응원에 힘입어 「길에서!」라는 송가를 여러 문예지에 투고했어요. 한 잡지에서 정직하게 바로 회송한 것을 제외하고는 침묵이라는 음모가 답신이었지요.

저기 있는 봉투를 보세요.

난 실망하지 않았어요. 두 번째 작품은 더 많은 곳에 보내기로 결심했고, 소네트 「베들레헴에서」와 십행시 「나는 가르친다」를 한 번에 마흔 개 기관에 동시에 보냈지요. 운율을 맞춘 시 「에메랄드 카펫」과 팔음절 삼행시 「호밀빵」도 같은 운명이었답니다. 그런 기묘한 사건을 지켜본 우리 우체국 직원들과 관계자들은 동정심으로 서둘러 작품을 배포하기 시작했어요.

그 결과 예상했던 대로 화려하고 거만하기로는 둘째가라면 서러운 팔라우 박사가 나를 일간지《라 오피니온》의 목요판 부장으로 임명했지요.

거의 일 년간 그 임무를 맡아 일하다 쫓겨났어요. 나는 다른 걸 떠나 우선 공정했지요. 귀한 부스토스 씨, 한밤에 양심에 가책을 느끼는 일 하나 없었다니까요. 단 한 번 지속적인 대중의 요청으로 내가 동경해 마지않는 팔음절 삼행시「호밀 빵」의 뮤즈의 아들을 소환했어요, 그것도 알페레스 네모라는 쉬운 필명으로 말이지요. 아무도 쥘 베른의 주인공에서 따온 것을 눈치채지 못하리라는 믿음이 있었어요. 단지 그 이유 때문에 나를 내쫓은 건 아닙니다. 목요판이 허접쓰레기 혹은 더러운 오물이 된 책임을 내게 전가하지 않은 사람이 없었지요. 투고자들의 저급한 수준에 대해 언급하기도 했고요. 물론 그런 비난은 정당했지만, 내가 지면의 나침반 역할을 했어야 한다는 평가는 정당하지 않았어요. 거기서 거기인 종이 뭉치를 읽던 생각을 하니 아직도 속이 울렁거리네요, 난 쳐다보지도 않고 바로 디자인 팀 책임자에게 넘겼지요. 보다시피 가슴에 손을 얹고서 맹세하지요. 봉투부터 인쇄까지 일사천리로 이루어졌고, 나는 그게 산문인지 운문인지조차 살펴보지 않았어요. 믿어 주시기를, 내 서고에 남아 있는 한 부를 보면 이리아르테의 작품을 베낀 동일한 우화가 두세 번 반복되는데, 저자는 각각 다른 이로 서명돼 있지요. 태양차와 고양이 허브 광고가 다른 기고문과 함께 번갈아 등장했고, 할 일 없는 이들이 화장실에 남겨 두는 그런 시들도 빠지지 않았고요. 또 끊임없이 화제를 불러일으키는 여성들의 이름도 전화번호와 함께 실렸지요.

내 아내가 감 잡은 것처럼 팔라우 변호사가 공격 준비를 마치고 내게 대놓고 말하길, 그 잡지는 끝장났고 그때까지 일한 내 수고에 감사하다는 말을 할 수는 없으며, 더 이상 농담할 기분이 아니니 꺼져 달라고 했어요.

솔직하게 말씀드리지요. 믿기 어렵겠지만 날 해고한 것은 그 지역에서 즐겨 회자되는 사건인 팜파스 원주민들의 잔혹한 공격을 다룬 『습격』의 출간 때문이라고 봐야 합니다. 그 재난의 역사성이 사라테 지역에서 인습 타파주의자들의 의심을 산 거죠. 확실한 건 잡지사 국장의 오른팔이자 조카인 루카스 팔라우의 시에 영감을 불어넣었다는 거예요. 젊은 양반, 당신은 곧 기차를 탈 텐데, 그전에 보관해 둔 바로 그 시를 보여 드리지요. 나는 스스로 정한 원칙에 따라 작가의 명성이나 내용을 살피지 않고 글을 잡지에 실었어요. 다들 언급하기를, 그 시인은 작품을 보냈고 끝내 잡지에 실리지 않은 다른 시들을 지속적으로 투고했다고 하더군요. 엉터리 작품들이 계속 게재되는 가운데 순서가 뒤로 밀렸던 것이지요. 족벌주의와 조급함이 결국 잔을 채웠고, 결국 내가 출구로 향하게 된 것이고요. 그렇게 난 떠났어요."

고멘소로는 긴 이야기를 하는 동안 감정의 동요 없이 진솔한 태도로 임했다. 내 얼굴에는 마치 돼지가 나는 것을 본 사람의 표정이 드러났고, 한참이 흐른 다음에야 겨우 입을 뗄 수 있었다.

"제 이해력이 부족한지 모르겠지만 잘 와닿지 않습니다. 정말 알고 싶네요. 이해하고 싶어요."

"아직 떠날 시간이 아닙니다."라고 답했어요. "당신은 내 사랑이 깃든 이 지역 출신이 아니라는 걸 알겠네요. 하지만 당신의 객관적인 표현에 따르자면, 이렇게 확실하게 설명한 걸 하나도 이해하지 못했다니 정말 이해력이 부족할 수도 있겠어요. 알려진 오해의 또 다른 증거가 바로 이 지역의 유명한 후에고스 플로랄레스[435] 명예 위원회에서 내게 심사 위원이 되어 달라고 요청한 것이지요. 하나도 이해하지 못한 거지요! 난 당연히 거절했어요. 자유인이 되겠다는 내 의지에 반하는 위협과 회유가 이어졌지요."

이 대목에서 그는 마치 수수께끼를 풀 열쇠를 쥔 사람처럼 다시 빨대를 빨았고 견고하게 자기 안에 성을 쌓았다.

주전자에 담긴 차가 바닥났을 때 나는 용기를 내어 피리 소리처럼 가는 목소리로 속삭였다.

"선생님, 아직도 이해가 안 갑니다."

"네, 그럼 적절한 수준의 어휘를 사용하기로 하지요. 펜으로 좋은 전통이나 국가의 근간을 해치는 이들은 자기들이 엄격한 검열에 맞서 어떤 일을 하는지 모르는 것이라고 믿고 싶습니다. 말할 가치도 없지만 여기에도 게임의 법칙이 존재하고, 이를 어기는 자는 본인이 무슨 짓을 하는지 스스로 알고 있지요. 한편 어느 모로 보나 잡동사니에 불과한 원고를 들고 당신이 직접 나타날 때 어떤 일이 벌어지는지 보세요. 편집자는 그걸 읽고 되돌려 주면서 아무 데나 두고 가라고 하지요. 이 경우 당신은 아주 엄격한 검열의 희생양이 되었다는 확신을 갖게 돼요. 이제 믿기 어려운 경우를 하나 가정해 봅시다. 당신이 제

---

435 Juegos Florales. 시 콩쿠르의 일종으로 입상한 시인에게는 축제의 여왕이 화관을 수여한다.

출한 원고는 나쁜 작품이 아니고 편집자가 이를 고려해 인쇄소로 넘깁니다. 가판대와 서점에서는 지나가는 이들이 볼 수 있도록 진열하겠지요. 당신에게는 성공이겠지만 젊은 양반, 사실을 말하자면 원고에 흠이 있건 없건 검열의 단두대를 거쳐 간 것이지요. 누군가가 지나가며 대충이라도 봤을 테고, 다른 이는 그에 대해 평론을 했을 테고, 또 다른 누군가는 그걸 박스에 처박아 두거나 인쇄소에서 제본을 했겠지요. 수치스럽게 보일지라도 이런 형태의 일은 모든 일간지와 잡지에서 계속 반복되고 있어요. 늘 우리는 선정하거나 배제하는 검열자와 조우하게 되어 있지요. 바로 이것이 내가 참지 못하고 앞으로도 참지 않을 부분입니다. 내가 목요판을 기획하며 가졌던 원칙에 대해 이제 좀 납득이 되나요? 나는 아무것도 고치거나 판단하려 하지 않았어요. 모든 것은 목요판 부록에서 제자리를 찾았지요. 최근에는 우연히, 갑작스러운 결정에 따라 『최초의 국가 문학 선집』을 편찬하게 됐어요. 그래서 전화번호부 등의 도움을 받아 당신을 포함한 모든 사람에게 연락해서 원하는 것이 있으면 뭐든 이야기하라고 부탁했지요. 알파벳 순서대로 공평하게 진행할 생각입니다. 안심하세요. 아무리 보잘것없더라도 활자화될 겁니다. 더 이상 붙잡지 않을게요. 당신을 일상으로 인도할 기차 소리가 들리는 것 같군요."

고멘소로를 만난 그 방문이 첫 번째이자 마지막이 될지도 모른다는 생각을 하며 집을 나섰다. 다음 번 삼도천[436]에서는 친구

436 三途川. 전설의 지옥의 늪을 말한다.

이자 스승 같은 작가와 친밀한 대화를 나누기는 불가능할 것이었다. 몇 달 후 그는 마슈비츠의 자택에서 죽음을 맞이했다.

조금이라도 선별을 요구하는 모든 행위를 혐오한 고멘소로는 큰 술통에 모든 집필진의 이름을 넣고 추첨했는데 내가 바로 그 행운의 주인공이 되었다고 한다. 나는 꿈에도 상상하지 못한 금액을 받는 대신 빠른 시일 내에 선집 전체를 출간하면 됐다. 당연히 급하게 수락하고, 전에 나를 맞았던 저택으로 이사해 고인의 손길이 알파벳 C에 이르렀던 원고 뭉치를 지칠 때까지 살펴보았다.

하지만 나는 인쇄소와 이야기하다 벼락이라도 맞은 사람처럼 쓰러지고 말았다. 내가 물려받은 재산으로는 알파벳 A 후반부 Añañ 이후의 인쇄에 필요한 종이나 비용을 내기에 터무니없이 부족했다!

이미 엄청난 분량의 전집을 가제본했으며, Añañ 뒤로 빠진 이들의 항의와 소송 때문에 미쳐 버릴 지경이다. 내 변호사 곤살레스 바랄트는 B로 시작하는 내 이름도 빠져 있으며, 물리적으로 다른 글자를 포함한다는 것은 불가능하다고 덧없이 주장한다. 그러고는 내게 가명을 써서 누에보 임파르시알 호텔에 숨어 있으라고 조언한다.

1971년 11월 1일
푸하토에서

작품으로 구원받기

1

오늘 오전에 직장 동료 툴리오 사바스타노 씨가 웹스터 데 테헤도르 부인이 올리보스의 자신의 저택에서 여러 지인들을 초대해 개최한 연회를 평가하는 데 골몰한 것은 이유가 있다고 생각한다. 파티에 참석한 것이 확실한 이는 바울리토라는 별명으로 유명한 호세 카를로스 페레스였다. 짧은 목에 몸에 들러붙는 옷 안으로 탄탄하고 유연한 몸을 지녔으며, 작지만 멋을 부렸고, 나이 든 경비 대원 모양의 건달이자 급한 성격과 주먹으로 유명한 바울리토는 그 자체로 유명 인사이자 모든 모임, 특히 쇼걸과 말이 있는 곳에서는 더욱 사랑받는 인물이다.

툴리오 씨는 책을 전달하러 가기 때문에 우리 영웅의 집에 자유롭게 드나들고 하인방이나 응접실, 지하 창고 등을 훔쳐 볼 수 있었다. 현재는 바울리토가 그를 믿고 이런저런 뒷담화를 비밀스레 이야기해 준다. 내 말은 근거가 있다. 왜냐하면 툴리오 씨를 보면 꼭 붙들고 전날 밤 일에 대해 모조리 털어놓기 전에는 절대 놓아주지 않으니까. 마지막 단계로 넘어가자. 오늘 아침에 사바스타노는 어떻게든 나를 떼어 놓으려고 단호하게 말했다.

"믿든 말하든 바울리토는 투비아나 파스만에게 질려서 이제는 무도회를 주최한 테헤도르 부인의 조카 이네스 테헤리나에게 눈독을 들이고 있지요. 테헤리나는 미모의 상류층 아가씨로 부자면서 나이도 어리죠. 그녀가 바울리토에게 관심을 보여서 나는 가끔 파스테우르 연구소에 가서 질투를 낫게 하는 주사를 맞고 싶은 충동을 느끼지요. 하지만 바울리토는 뭘 해야 되는지 잘 알고 있어요. 여자들이 자신의 피에 흐르는 독재자 기질의 노예가 되기를 원하는 그는 테헤리나에게도 그렇게 하려고 작정했지요. 그러고는 투비아나의 가난한 친척 마리아 에스테르 로카르노와 무도회에서 춤을 췄는데, 그녀는 한 번도 우아해 본 적 없이 젊음을 보낸 여성이죠. 그 외에도 다른 단점투성이라고 다들 수군거렸지요. 이런 내용을 내가 어떻게 아느냐 하면 바울리토가 권투 협회에 보내는 편지를 쓰는 동안 내가 우표에 침을 묻히고 있었기 때문이에요.

마치 체스의 그랜드 마스터 알레킨의 수순처럼 모든 것이 완벽했어요. 테헤리나는 분노로 가득 차 있었고 바울리토는 마치 누군가가 그를 간지럽히는 것처럼 이를 즐겼지요. 그가 재밌게 생각한 부분은 마리아 에스테르가 특별히 반응을 보이지 않은 것이었어요. 얼마나 어처구니없는 일인지 상상해 보세요. 그 자리에 있던 여자들 가운데 가장 별 볼일 없는 여자가 바울리토라는 호사가를 무시하는 광경을. 테헤리나는 그녀가 받은 교육에 걸맞게 어떻게든 상황을 감내했지만 새벽 3시 30분에 결국 더 이상 참지 못하고 울며 뛰쳐나가는 모습이 목격되었지요. 혹자는 술에 취해서라고 했지만 바울리토에 대한 사랑으로 감정이 격해졌다는 의견이 지배적이었답니다.

다음 날 만나러 갔을 때 바울리토는 기쁨에 차 폴짝폴짝 뛰고 있었어요. 보는 이도 덩달아 기분이 좋아졌지요."

2

수요일 우리는 다시 대화를 이어 나갔다. 사바스타노가 좀 늦었지만 다른 직원이 출근 카드를 대신 찍어 주었다. 그는 어떤 암시를 하는 듯 웃었고 옷깃에는 사모라 씨도 달지 않는 카네이션을 꽂고 있었다. 비밀스레 그가 말했다.

"어젯밤 바울리토가 큰돈을 찔러 주며 알베아르 거리에서 카네이션 한 다발 사서 로카르노에게 직접 전해 달라고 했어요. 운 좋게도 차카리타에 꽃 파는 친척이 있어서 할인을 받고 그 차액으로 차비를 냈지요.

그녀는 에콰도르 거리 모퉁이에 있는 집 꼭대기에 살았는데 1층에는 시계방이 있었어요. 숨을 헐떡이며 대리석 계단을 올라갔더니 그녀가 직접 문을 열어 주더군요. 바울리토가 묘사한 모습과 같아서 바로 알아봤지요. 호감이 가지 않는 얼굴이었어요. 메모와 함께 카네이션을 건네주자 바울리토 씨가 왜 이런 번거로운 일을 하는지 내게 묻더군요. 그러고는 번거롭지 않도록 자신이 꽃다발의 절반을 가질 테니 나머지 반은 메모와 함께 아로요 거리에 사는 이네스 테헤리나 양에게 주라고 했어요. 심부름값도 주지 않으면서 말이지요. 뜻에 따를 수밖에 없었지만 귀여운 내 아내에게 줄 몇 송이를 미리 빼 두었죠. 테헤리나의 꽃은 수위가 직접 가져갔어요.

내가 고생한 얘기를 했더니 바울리토는 간단명료하게 정리했는데 마치 사를렝가 씨를 연상케 했어요. '한 번에 넘어오지 않는 여자들이 좋아.' 로카르노는 모자라지 않았고, 꽃을 다시 보낸 것은 테헤리나가 약이 올라 발을 구를 아주 정교한 행위였다고 덧붙였어요."

3

그다음 주까지 사바스타노는 먹구름을 예고하는 침묵에 잠겨 있었다. 살루타리스 소다수 한 병을 사 주고 나서야 겨우 무슨 일이 일어났는지 들을 수 있었다.

"하루도 빠짐없이 카네이션을 들고 꼭대기 층으로 올라갔어요. 카르보네 신부님이 같은 설교를 반복하듯이 역사는 반복되었죠. 삼십 분 이상이 걸려요, 그 아가씨가 문을 여는 데는. 날 보자마자 면전에서 문을 쾅 닫아 버리죠. 그전에 테헤리나에게 갈 쪽지를 내게 주고는 이제 더 이상 바울리토 씨가 왜 이러는지 묻지도 않아요.

말할 게 더 있어요. 그저께 아로요 거리 저택에서, 집사가 나를 피가리의 칸돔베 그림이 있는 응접실로 안내했어요. 잠시 후 커다란 두 눈에 눈물을 가득 머금고 테헤리나가 나타났어요. 아무리 거실 벽에 머리를 찧으며 생각해 봐도 도저히 무슨 일이 일어나고 있는지 이해할 수 없어서 돌기 일보 직전이라고 했어요. 자기는 아무 짓도 안 했는데 다른 여자가 자기를 얼마나 미워하는지 느낄 수 있고, 게다가 바울리토에게 전화할 때마다 전화를 끊어 버린다고 했어요. 내게 후한 대가를 치른다면 사심 없는 친구 하나를 얻게 될 거라고 답했어요. 결국 1000페소짜리 지폐를 받고 나왔지요. 로카르노와 얼마나 다른지 혼자 생각했어요.

어제는 으레 그랬듯이 꽃을 들고 로카르노에게 갔는데 예상치 못한 일이 날 기다리고 있었어요. 그녀는 꽃을 받는 시늉도 하지 않은 채 층계 꼭대기에서 걸러 들어야 하는 그런 종류의 감언이설은 지긋지긋하니 다음 날 아침에는 게르만테스 금은방 진열장에 있는 에메랄드 박힌 금반지라도 가져오지 않으면 아예 나타날 생각도 하지 말라고 소리를 질렀어요. 그날 오후 바울리토가 내게 중계료도 내지 않고 직접 반지를 사겠다고 고집을 부렸어요. 난 그녀에게 잘 전달했고 수탉의 발톱 같은 약지 손가락에 반지를 끼워 주었어요. 사무실로 가기 전에 들러서 바울리토에게 기쁜 소식을 알려 주자 답례로 1000페소를 주었어요. 보시다시피 일이 이렇게 잘 굴러가고 있었던 거예요."

4

다음 만남에서 사바스티노는 이야기를 이어 갔다.

"반지 일로 용기를 얻은 바울리토는 전화기를 들었어요. 문 밖에서도 목소리를 들을 수 있었는데, 그는 반지가 마음에 드는지 사탕처럼 달콤한 목소리로 물었죠. 그 영혼 없고 배은망덕한 여자가 전화기에도 휴식을 좀 주라고 조언하고 전화를 끊어 버린 것을 알고서 나는 충격으로 비틀거렸답니다.

바울리토는 껄껄 어색한 웃음을 터뜨리고는 내 주의를 돌리기 위해 또다시 1000페소를 줬어요.

끈질긴 사람이 빵 조각을 얻는다는 말이 꼭 맞아요. 바울리토는 낙담하기는커녕 잘 꾸미고 지팡이를 움켜쥔 채 신사가 이런 일을 어떻게 처리하는지 보러 오라고 했어요. 기대에 부풀어 그림자처럼 그를 따라갔지요.

네덜란드인 시계방 주인도 자명종 시계를 주려고 바울리토와 함께 로카르노의 집으로 올라갔어요. 입구를 막지 않기 위해 나는 망보는 사람처럼 계단 아래 멈춰 서 있었지요. 문이 열렸어요. 이윽고 분노로 얼굴이 일그러진 로카르노가 나타났죠. 그 여자가 눈짓을 하자 링 위의 호랑이를 대적해야 한다는 걸 몰랐던 그 노인네는 바울리토의 양 어깨를 잡아 허공으로 들었다가 계단 아래로 던졌어요. 나는 허겁지겁 달려가 그를 부축했어요. 다가왔던 수위는 지팡이와 모자를 들고 연기처럼 사라졌어요. 바울리토는 비틀거리며 겨우 일어섰고 우리는 처음 눈에 띈 택시를 타고 그 자리를 떠났어요. 시계방 앞에서 그 노인네가 네덜란드 치즈를 닮은 얼굴로 껄껄 웃음을 터뜨렸죠."

5

현대판 셰에라자드인 사바스타노가 이야기를 이어 갔다.

"승자의 기질이 피에 흐르는 바울리토는 새로 구입한 정형외과용 침대에 기댄 채 로카르노 양을 더 예쁘게 꾸밀 14캐럿 시계를 당장 사라고 시켰어요. 엑스레이로 확실히 드러났지요. 갈비뼈 네 대가 부러졌고, 대머리에 타박상을 입었고, 대퇴골에는 깁스를 했어요. 하지만 보시는 것처럼 영혼은 물질에 우선하지요.

내게 구입 비용을 주고 있는데 전화가 울렸어요. '로카르노가 분명해. 내가 걱정될 거야.' 바울리토가 확신했어요. 틀렸죠. 수화기 반대편에서 체육부 차관이 권투 협회장 자리를 제안했어요. 믿기 어렵겠지만 바울리토는 비굴한 모습은 보이지 않았어요.

밖으로 나오자 파르도 살리바소와의 옛 인연을 다시 이어가고픈 마음이 들었어요. 그간 잊고 있던 누에보 임파르시알 호텔에서의 소중한 추억들! 그는 사르미엔토 거리와 옴부 거리를 그냥 지나치지 않았고 난 거기서 그를 봤지요. 희끗한 머리칼에다 주름진 얼굴, 흔히들 말하는 거친 외모였지만 늘 그랬듯이 멋진 남자였죠. 그에게 난 사례할 테니 민감한 사안의 일을 하러 가는데 따라가겠냐고 단도직입적으로 물었어요. 술에 취해 얼굴이 벌게진 파르도는 그러겠다고 했고요.

그 운명의 계단 앞에서 파르도는 예상외의 나약한 이기심으로 꼭대기까지는 올라가지 않겠다고 하더니 이웃 사람인 그 사건의 시계방 주인과 대화를 나누기 시작했어요. 나는 장물

아비를 통해 구입한 시계를 들고서 계단을 빠르게 올라갔어요. 벨을 누를까 말까 주저하는데 로카르노가 계단을 쓸려고 했는지 문을 열고 나왔어요. 그녀에게 선물을 가리키자 받아 들고는 앞으로 현찰만 받겠다고 하고서 빗자루로 쓸기 시작했어요.

시계방 주인이 자기 가게 입구를 막고 서서 케로센 난로에 옷을 말릴 것을 권하는 통에 옷을 벗었어요. 그사이 얘기를 나누었죠. 시계방 주인이 귀띔해 준 바에 의하면 동네의 모든 남정네가 로카르노를 찾았는데, 가정적인 그와 흑인 한 사람만이 유일하게 찾지 않았다고 했어요.

적당한 시간에 우리는 나왔어요. 길거리에서 살리바소가 내 지갑을 돌려주며 자기 보수는 이미 챙겼다고 대놓고 말했어요. 어쩔 수 없이 걸어서 돌아와야만 했어요.

6

오늘 아침 바울리토 건이 새로운 국면을 맞았어요. 그의 저택에 대낮처럼 환하게 불이 켜져 있었죠! 무슨 일인가 하고 나는 계단을 뛰어 올라갔어요. 놀랍게도! 여송연을 폼 나게 피우며 바울리토가 일어나 있었어요. 좋은 소식이 있다면서 한번 알아맞혀 보라고 했죠. '로카르노가 승낙했나요?' 속삭였어요. '아직. 하지만 이 소식을 알면 내 앞으로 길을 열어 줄 거야. 언제나 그랬듯이 권투 협회장직은 날아갔지만, 그 대신 조직표의 더 높은 자리를 제안받았다네. 바로 문화부 차관보 자리야.

그런 위엄과 보수에다 권한이라니!'

나는 비가 오면 모두 젖을 수밖에 없다고 의구심을 품었지만 머리 숙여 인사했어요. 바울리토가 말하길 '자네라도 이 기회는 놓치지 않을 거야. 사바스타노, 난 문화는 잘 모르지만 다행히 이 방면에 대해 잘 아는 조력자를 알지. 자네도 예상할 수 있듯이 트레스 사르헨토스에 사는 폰세카 하사라네. 그를 내 오른팔로 임명하고 자네는 지위를 유지하는 조건으로 로카르노 양에게 더 신경 써야 할 걸세. 우선 1만 페소를 그녀에게 주려고 했지만 음, 농담일세! 이런 큰일의 위상에 맞춰야지. 두 배로 하겠네.'

그러고는 이름과 금액이 적힌 봉투를 주었어요. 그는 목발을 두드리며 박수를 치고는 내게 아부르![437]라고 인사했어요.

로카르노 양 같은 여성에게 나는 모자를 벗어 경외감을 표하지요. 그녀는 바로 봉투를 열어 금액을 확인하고 다음 날은 좀 더 일찍 오라고 했어요. 그러고는 코앞에서 문을 쾅 닫았는데 내겐 이미 너무 익숙한 일이었죠. 부스토스 씨, 내 입장을 생각해 보세요. 영수증도 없이 돌아와야만 했어요. 그럴 줄 알았으면 봉투를 찢고 1만 페소라도 빼놓는 건데. 하늘에서 떨어진 것처럼 귀했을 텐데 말이지요.

---

437 Abur. '안녕'이라는 뜻으로 아르헨티나에서 주로 사용한다.

7

문화부 청사에서 열린 식은 성대했어요. 바울리토는 폰세카와 내가 머리를 맞대고 써 준 글을 더듬거리며 읽었어요. 샴페인과 샌드위치가 넘쳐 났죠. 나는 같은 독립당 소속인 장관으로부터 대사관 발령 약속을 받아 냈어요. 기자 회견 후 바울리토는 그다운 결정을 내렸어요. 로카르노에게 전달할 봉투를 주면서 당일 오후 6시에 관용차를 타고 가서 박수 갈채를 받았던 연설문을 직접 낭독할 거라고 전해 달라고 했어요. 난 임무를 수행하기 위해 그곳을 떠났지만, 폰세카는 그 자리에 남아 아부를 하며 관료들의 관심을 끌 수 있다는 것 때문에 속이 상했답니다. 로카르노는 역시나 기대를 저버리지 않고 돈을 받았는데 제삼자의 입장에서 내게 경고하기를 바울리토가 그의 집에 나타날 경우 시계방 노인이 무자비하게 쫓아낼 거라고 했어요."

8

"오후 9시에 문화부 청사에 다시 갔어요. 폰세카가 나보다 일찍 도착했더라고요. 바울리토는 이미 주요 도시에서 개최될 예정인 1회 지방 민속 축제 기획안에 서명을 했어요. 나는 바짝 뒤따르며 그를 승진시켜 줄 기획서를 밀어 넣었는데, 일부 거리의 이름을 현대식으로 바꾸자는 제안이었어요. 바울리토 씨는 그걸 훑어봤어요. 레파트리아시온 데 로스 레스토스 고

속도로와 오르미가 네그라 대로가 우선 관심을 끌었어요. 강도 높은 노동으로 누구라도 지쳐 쓰러졌을 테지만 바울리토 씨는 지치지 않았고, 내 배가 꼬르륵거려도 자기 일에 온전히 몰두했어요. 나폴레옹처럼 전투를 준비했지요. 우선 테헤도르 부인한테 전화해 문화부 위원회라고 전하게 했어요. 그러고는 본인이 전화를 건네받고서 상류층 특유의 소탈함으로 이야기를 했어요. 부인이 관심을 가질 만한 일을 드릴 테니 로카르노 양과의 사이에 다리를 놓아 달라고 부탁했지요. 그러고는 숨도 고르지 않고 바로 90도 방향을 틀어 데 구베르나티스 신부님과 얘기하기 시작했어요. 솔직하게 털어놓고 얘기를, 쿠노 핑거만 변호사와 함께 로카르노를 방문할 것이며, 만약 결혼식이 있을 경우 혼배 성사를 부탁할 테니 경비는 걱정하지 말라고 했어요. 오전 업무는 그 유대인을 전화로 호출하는 일로 보냈죠. 폰세카와 내게는 관용차를 내주면서 두 사람을 주의 깊게 살펴 달라고 했어요.

모두 문 앞에 모였어요. 대학살을 가장 두려워하는 핑거만이 직접 벨을 눌렀어요. 그녀가 문을 살짝 열자마자 신부님이 다리를 집어넣고서 축복의 말을 했지요. 모두 안으로 들어갔고 내가 후위를 맡아 문을 닫았지요. 폰세카와 하인 한 명이 가져간 질냄비에 담긴 파스타와 키안티 포도주 박스가 로카르노의 경계심을 이완시켰고, 우리를 식당으로 인도하게끔 만들었어요. 모두 앉아 식탁보 위로 파스타와 와인을 늘어놓았지요. 오후 1시 전에 모였는데 5시까지 머물렀어요. 로카르노는 한마디도 하지 않고 시계처럼 먹었어요. 다섯 명이 씹는 소리를 더욱 두드러지게 만드는 엄숙한 고요함이 입을 다물게 만들었지요. 배가 불러 오니 신부가 장광설을 늘어놓았어요. 설교자 특유의 미사여구로 이미 재력가인 데다 녹봉을 받는 바울리토의 구애의 손길을 받아들이라고 제안했어요. 바울리토가 반지 두 개를 살 것이고, 자신이 직접 두 사람의 성스러운 결합을 주관할 것이며, 라디오와 텔레비전으로 중계될 것이라고 했어요. 쿠노 핑거만 변호사는 신부님이 진실을 전하고 있다는 증거인 복사물을 돌렸어요. 그러고는 자기 고객이 인색하지 않으니 날짜가 지나기 전에 그녀가 원하는 금액을 줄 것이며, 사바스타노와 폰세카가 선금 지불을 위해 수표책을 가져왔노라고 했죠. 이미 내가 가져간 봉투를 챙겼던 로카르노는 선금을 수락했는데 그 금액을 보고 우린 경기를 일으킬 뻔했어요. 그런 초동 조치에 만족을 표시한 로카르노는 하지만 그런다고 승낙하지는 않을 거라고 했어요. 자기가 살아 있는 동안 다시는 페레스 씨에 대해 말하지 말라고, 미치는 한이 있어도 절대 남편으로 삼지 않을 따분한 인간이라고 말했어요. 신부와 변호사는 이런 예기치 못한 상황에 대해 논의하기 위해 잠시 물러갔어요. 다시 돌아와서는 그녀의 논리에 동의한다고 고백했죠. 헤어질 때 분위기는 나쁘지 않았어요. 한 번 더 만나서 파스타와 키안티를 즐기기로 했어요.

9

부스토스 씨, 오늘 조간신문을 읽다가 놀라 쓰러질 뻔했어요. 그러고 나서 기억을 떠올렸지요. 어제 식사하고 돌아와서 잠들었는데 전화가 울렸죠. 페레스의 전화였고, 폰세카가 이미 무슨 일이 있었는지 다 얘기한 뒤라 친구로서 털어놓은 내용은 나를 아주 난처하게 했어요. 신부와 변호사에게 더 이상 예의를 갖추지 않을 것이고 대가를 치르게 할 것이며 나도 예외는 아니라고 했어요. 친구들이 모두 자기를 실망시켰으니, 믿기 어렵지만 직접 로카르노를 만나 담판을 짓기로 했다고 말했어요. 나는 전날 먹은 파스타와 잠에 취해 빗소리를 듣는 듯 그의 말을 들었어요. 오늘 아침 활자체로 된 기사를 읽었을 때 통화 내용과 함께 미쳐 날뛰던 목소리가 생생히 기억나 감정이 격해졌어요. 중요한 순간에 인간은 자기도 모르게 용기를 내지요. 나는 혼자 만시야 거리로 갔어요. 로카르노 양은 이런 일이 벌어질 줄 알았더라면 말을 거두고 그를 거부하지 않았을 거라고 했어요. 그녀는 과연 무엇을 얻었나요. 이제 매일 수표를 받지 못할 테고, 급히 총을 쏘느라 바울리토는 그녀에게 아무것도 남기지 않았을지도 몰라요. 망연자실한 가운데 진심에서 우러나오는 말을 통해 나 자신에 대한 선고도 들었어요. 못생긴 여자 하나가 자기에게 주의를 기울이지 않는다고 자살해 버리는 페레스 같은 이기주의자는 그런 중요한 순간에 자기를 위해 일하고 인내한 이들을 잊을 수도 있겠지요."

1971년 12월 7일

푸하토에서

책임 정하기

지속적인 요청에 따라 항공 및 해상 우편으로 도착한
「몰리네로의 생애와 작품」이라는 흥미로운 작품을
우리 간행물에 싣기로 한다.
— H. B. D.

몰리네로의 생애와 작품

이성을 버린 충동적인 자들은 질투에 사로잡혀 푸가 이 칼라산스 박사의 최근 논문 「몰리네로라는 별명으로 알려진 마에세 페드로 수니가 작품에 대한 조사」를 묻으려고 했다. 사라고사의 언론, 특히 《프레티야의 소리》에 대한 불만이 컸다. 실제로 그럴 만했다. 균형감 있는 명철함을 지닌 단호한 학자 푸가는 스페인의 카사 리바데네이라 출판사가 몰리네로를 위해 만든 두꺼운 책이 무명작가의 작품이라는 사실을 증명했다. 이젠 피할 길이 없다. 메넨데스 이 펠라요[438]와 다른 영민한 비평가가 찬사를 아끼지 않은 「연성 치즈와 리코타 치즈, 토끼 고기 절임과 위대한 부인은 자몽이다」(이하 「연성 치즈와 리코타 치즈」)라는 대중적 색채가 강한 로만세는 이제 몰리네로의 작품이 아니다. 그러나 너무 일찍 깃발을 내리지는 말자. 가슴 아픈 상실 뒤에는 긍정적인 일을 기대할 수 있고 더 강해지는 법이다. 우리는 몰리네로 앞에 있다. 낙엽을 쓸고 나면 우리 눈앞에 그가 당당히 서 있다.

물론 논란이 계속되는 것이 사실이다. 어떤 우상 타파주의자도, 칼라산스조차 「연성 치즈와 리코타 치즈」의 원작자가 몰리네로인지 물었을 때 부인하지 못하고 청동을 영원불멸의 것으로 만들었다고 완고하게 답했다. "시에 대한 문제가 아닌가? 시인은 시를 쓰는 것 아닌가? 내가 시인이 아닌가?"

신중하고 냉정하게 살펴보자. 부이트라고 신부의 증언에 따르면 그 대화는 1799년 4월 30일에 이루어졌다. 「연성 치즈와 리코타 치즈」는 수니가 출생 삼십 년 전인 1721년 1월 2일 『아라곤 서정시선』에 이미 실렸었다. 논쟁을 지속하는 것은 부질없는 짓이다. 그러나 가리도가 여기서 이상적인 면을 발견했다는 것을 기억할 필요가 있다. 관대하고 개방적인 몰리네로가 시인들에게서 바로 시인 본연의 모습을 보고 별생각 없이 여러 로만세를 연결한 것이다. 탈선한 우리의 이기심에 주는 아픈 교훈이다.

심각한 사건을 면밀하게 조사하기 전에 선결해야 하는 과제는 그때까지 흩어져 있던 마에세 페드로 수니가, 즉 몰리네로의 여러 작품을 평가하고 출간한 대가들에게 양해를 구하는 것이다. 당연히 라바타 백작에 대해 언급하는 것이고, 1805년

---

438 Marcelino Menéndez y Pelayo(1856~1912). 에스파냐의 철학자. 문학 비평가.

의 일이다. 백작은 구아라 지역의 돌밭을 둘러싸고 있는 곡물 재배지의 주인이다. 검소한 수니가는 물레방아를 돌리는 물을 낭비하지 않는다. 시골의 고요함에 장단을 맞춘다. 우리가 해답을 찾기 어려운 일이 일어난다. 어쩌면 류트 소리, 아니면 보리피리 부는 인어의 노래, 때로는 무심히 반복되는 시구절이나 풍요로운 메아리 소리. 세속적인 성루는 방해가 되지 않았다. 라바타는 매료되어 소리에 자리를 내준다. 서민의 목소리가 그의 내밀한 곳까지 울린다. 욕심 많은 달력이 정확한 날짜를 훔쳐 간 후 그 작가는 평민의 가슴에서 솟아나는 시를 퍼뜨리는 것 외엔 관심이 없었다. 명성에 걸맞은 대가가 기다린다. 활자화가 시작된다.《라오하 데 알베루엘라》신문은 신진 작가의 등장을 환영한다. 바요바르 등대는 빛을 비춘다. 파르나소산 정상에 오르고 실제로 만나게 된다. 백작은 만족해 총애하는 이를 궁정으로 데려간다. 명예와 무도회. 호베야노스가 그의 이마에 입 맞춘다.

당연한 소란으로 인해 우리가 준비한 조용한 모임에서 멀어지지 않을 것이다. 특별해 보일지 모르지만 아무도 지금까지 몰리네로의 가장 두드러진 특징인 타고난 언어 능력과 수사적 규칙을 어기고 심지어 자신이 발표한 규칙조차 무시하는 것을 알아차리지 못했다. 다음은 보결로 학회 회원이 된 라라냐가 씨에게 보내는 축사다.

> 어떤 목소리로 인해 바뀐 자에게
> 지휘봉을 줄 것이다.[439]

이미 고전이 된 이 시의 첫 행에서 예민한 독자는 수니가의 섬세한 청력이 놓친 모음 통합, 즉 시날레파[440]를 어렴풋이 느낄 것이다. 둘째 행 단어인 지휘봉(bastona)이 보행(andar)에 방해될 수 있다. 연구자는 두 가지 방법으로 추론 가능하다. 하나는 요즘엔 잘 사용하지 않는 단어 'bastona'가 당시에는 촌구석에서도 사용되던 것으로 당대 언어 전통의 귀중한 유산이라는 추측이고, 다른 하나는 작가의 강한 성격에 잘 어울리는 것으로 그 언어가 몰리네로 자신의 것이며 기질에 맞춘 것이라고 확인하려 했다는 추측이다.

어디에나 있는 현학자 티를 내는 자가 그의 면전에서 모음 통합을 따른다면 음절을 잘못 나눈 것이라고 했다. 수니가의 유명한 답변은 이랬다. "잘못 나눈 것? 잘못 나눈 것? 손가락으로 쟀습니다." 더 이상 언급은 생략한다.

순수 혈통의 가톨릭 신도였지만 몰리네로는 세기를 뒤흔들었던 민주주의의 경적 소리를 흘려듣지 않았다. 프랑스의 영향을 받은 그 용어를 들으면 심한 역겨움을 느꼈지만 민주주의를 가슴 깊이 느꼈다. 처음부터 한 글자 한 글자마다 독립을 부르짖었다. 이 대단한 아라곤 사람의 두 가지 예를 살펴보자. 난잡한 취향을 가진 우리 시대 운문은 그의 음악을 무시하고 그 듣기 좋은 음조에 맞추지 않을 것이다. 가르두냐라는 필

---

439 "Al que remude una voz⋯/le darás con la bastona."

440 sinalefa. 단어 마지막에 오는 모음과 다음 단어 처음에 오는 모음의 통합. 음성학적 혹은 운율의 결과로 하나의 음절을 구성한다.

명으로 쓴 첫 번째 시는 「마가욘의 시장님께 전하는 친절한 안내」라는 제목이다. 팔음절 시구는 이렇게 노래한다.

너 내앰새 나, 마누엘.

물론 운율을 맞춰야 한다.

너/내/앰/새/나,/마/누/엘.

더 압권인 예는 다음이다.

좇아, 날개 달린 암컷.

(섭금류 새)

학습한 독자는 이렇게 운율을 맞출 것이다.

좇/아/날/개/달/린/암/컷.

해외 평단에서 추앙된 루벤 다리오의 모데르니스모가 일찍이 그런 과장된 색채와 과시를 감히 시도하지 않았다는 걸 생각해 봤나?

여기 믿을 만한 증언이 있다. 고지식한 식자들이 테라노바 신부가 썼다고 단정 짓기를 주저하는 1795년 콤플루텐세 대학 발간의 익명 간행물 19쪽 두 번째 문단에 나온다. 알리칸테 주교 도서관에 돌려주기 전에 책에서 찢은 쪽의 일부를 여기 적는다.

"몰리네로라고 칭하는 수니가가 궁정에 나타났으며, 몬투파르 후작의 팔음절 삼행시 낭송회에 참석해 결점이 있다고 평가했다. 참을성이 없는 후작은 소리쳤다. 조용해, 짐승 같은 놈."

이 결정적인 순간에 이르러 원문이 중단된다. 익명성에 기대어 숨었지만 연대기 작가가 눈짓이나 몸짓으로도 넌지시 전하지 않았다는 사실에 우리 몰리네로의 반응은 어땠을까 궁금해진다, 주먹질을 했을까. 빈 여백을 채우지는 않겠다. 소름이 돋는다.

고야의 「분별없는 이들」 수준의 전쟁 이야기로 넘어가자. 나폴레옹의 야만적인 침략 전쟁 당시 프랑스의 위고 장군이 라바타의 마을에 진입했는데 같은 별명으로 불리는 백작이 정중하게 맞이해 그 가바초[441]에게 예의란 무엇인지 가르쳐 주려고 했다. 그 기이한 일이 수니가의 귀에 전해지자 그는 바로 이운 없는 외국인에게 다가갈 방법을 찾아냈다. 그 큰 덩치가 반지에 입 맞추고 호타춤[442]을 추며 괴성을 지르는 것을 보고 외국인은 얼마나 놀랐을까.

"위, 위, 무슈. 나폴레옹 만세!"

또 다른 예. 1840 몇 년 이후 그에 대한 우리의 인식은 오른손에 몽둥이를 들고 왼손에는 탬버린을 든 거인이다. 알려진 것처럼 대중의 상상력은 언제나 과녁을 명중시킨다. 그럼에도

---

441 프랑스인. 프랑스 놈(franchute) 대신 사용했다. (H. B. D)(원주)

442 Jota. 스페인의 삼박자 춤곡.

불구하고 1821년 불알친구 페드로 파니에고가 출간한 그의 작품 초판에 등장하는 유일한 초상은 작은 키와 졸린 눈, 들창코에다 성긴 천에 청동 단추 옷을 입은 남자다. 자신의 연대기에 나온 테라노바 신부처럼 예술가는 육체를 진실로부터 훔치고 붓을 배신한다!

반면 우리의 작가는 훌리오 미르 이 바랄트 씨의 『음담패설과 신소리 모음』(마드리드, 1934)에 기술된 내용을 출판사에 기꺼이 넘긴다. 우리가 발굴해 낸 정겨운 글에 더할 것은 하나도 없다. 행위 그 자체가 완벽하게 드러난다.

"그러던 중 부랑자 몇이 몰리네로가 어떤 고상한 인물과 잡담 나누는 것을 보고 그의 겸허함을 놀리려고 소리 질렀다.

이봐, 누구랑 있는 거야?

수니가는 얼굴색 하나 변하지 않고 바로 대답했다.

할인꾼이요.

그가 할인을 받기 원한 중개업자였다는 걸 나중에 알게 되었죠."

다른 경우가 우리를 고양시킨다. 앞에서 언급한 『몰리네로라는 별명으로 알려진 마에세 페드로 수니가 작품에 대한 조사』 414쪽에 따르면, 혹자가 성마르다고 평가하는 칼라산스는 코르네호의 촌극 「좋은 황소에는 더 좋은 암소를」이 몰리네로의 목초지에 더 많은 행을 할애한다는 것을 지겹게 듣는다. 십일음절 시로 동급 최고의 시는 여전히 청중을 놀라게 하고 두렵게 만든다.

거어어어어어엄을 꺼낸다

용기를 내어 물러난 배우들은 여기에 변화를 주었다.

거어어어어어엄을 꺼내내낸다

오늘 무대에서 울려 퍼지듯, 거어어어어어엄은 우리 뇌에 거대한 칼의 이미지를 각인시킨다.[443]

마무리하기 위해 성경(『욥기』, 40장 10절)[444]에 나오는 하마와 다른 짐승을 베헤못이라고 과장해 명명한 것에 대해 언급하고 넘어가자. 몰리네로는 하카 백작에게 씩씩한 목소리를 제공한 씨나귀를 위해 늠름한 시구를 짓는다. 이는 마르셀리노 씨의 간담을 서늘하게 만들었다.

두 마리 혹은 세 마리 토끼보다 더 크다.

그렇게 몰리네로는 신의 말을 반추했다. 뮤즈가 원할 때 승자의 마차에 멍에를 씌우며! 그런데 시인의 신임을 부인하는 멍청이들이 있다고 생각하다니!

1972년 5월 25일
알베루엘라에서

---

443 사전에서 검색한 것이다. (H. B. D의 메모)(원주)

444 "이제 소같이 풀을 먹는 베헤못을 볼지어다."(『욥기』, 40장 15절)

작품 해설

서구 문학을 패러디로 읽어내다

1부 「이시드로 파로디에게 주어진 여섯 가지 사건」, 2부 「두 가지 놀라운 환상」, 3부 「죽음의 모범」, 4부 「변두리 사람들—믿는 자들의 낙원」

이경민

이 책에 실린 모든 작품은 호르헤 루이스 보르헤스와 아돌포 비오이 카사레스가 공동으로 집필한 것이다. 오노리오 부스토스 도메크[1]는 보르헤스와 비오이 카사레스가 창조한 가상의 작가로 「이시드로 파로디에게 주어진 여섯 가지 사건」

1 보르헤스는 1933년 《비평》의 부록으로 출판된 《다채로운 주말 잡지》의 편집을 맡게 되는데, 이 잡지에 「변두리 사람들」이라는 단편을 게재하면서 프란시스코 부스토스(Francisco Bustos)라는 가상 작가의 작품으로 설정한다. 애초 이 작품은 1927년 《마르틴 피에로》에 「전설적인 수사」로 발표된 바 있다. 이후 이 작품은 1933년 「변두리 사람들」이라는 제목을 거쳐 1935년 마침내 「장밋빛 모퉁이의 남자」라는 제목으로 『불한당들의 세계사』에 실린다.

(1942),[2] 「죽음의 모범」(1946), 「부스토스 도메크의 연대기」(1967), 「부스토스 도메크의 새로운 단편들」(1977)의 저자다. 보르헤스는 오노리오 부스토스 도메크라는 인물이 탄생하게 된 과정을 이렇게 회고한 바 있다.

> 나는 그럴싸한 탐정 소설을 구상해 둔 터였다. 비 내리던 어느 날 아침에 비오이가 시도해 보자고 제안했다. 썩 내키지는 않았지만 받아들였는데, 바로 그날 오전에 기적이 일어났다. 오노리오 부스토스 도메크라는 제삼의 저자가 나타나 상황을 지배하기에 이른 것이다. 그의 강력한 손이 천천히 우리를 이끌었다. 처음엔 즐거웠지만 변덕과 언어유희와 독자적인 서술 방식을 보여 주는 그가 우리와 완전히 딴판이라는 걸 망연자실한 채 지켜봐야 했다. 도메크는 비오이의 증조부의 성에서, 부스토스는 코르도바주에 살던 내 증조부의 성에서 따왔다.

보르헤스와 비오이 카사레스는 1930년대 초부터 반세기 넘게 우정을 쌓으며 작품 활동을 함께한 생의 동료이자 문학적 동반자였다. 1940년 비오이 카사레스의 부인인 실비나 오캄포와 함께 『환상 문학 선집』을 출판하고 이듬해인 1941년에

---

2 1942년《수르》88호에 「황도십이궁」, 90호에 「골리아드킨의 밤」이 발표된 뒤 그해 말미에 다른 작품과 함께 『이시드로 파로디에게 주어진 여섯 가지 사건』으로 출판된다.

『아르헨티나 시선집』을 출판하면서 시작된 두 작가의 공동 작업은 오노리오 부스토스 도메크라는 작가를 창조하면서 공동 집필로 옮아갔다. 두 작가는 앞서 밝힌 작품들 외에도 「최고의 단편 탐정 소설 선집」(1943), 「두 가지 놀라운 환상」(1946), 「변두리 사람들」(1955), 「믿는 자들의 낙원」(1955)을 비롯해 다수의 작품을 완성했다.

보르헤스가 체스터턴, 디킨스, 스티븐슨 등의 작가를 중심으로 영국의 범죄 문학과 탐정 소설 장르에 지대한 관심이 있었다는 사실은 명백하다. 그러나 그가 탐정 소설을 읽어 내는(쓰는) 방식은 패러디다. 교도소에서 자신에게 주어진 언어적 정보만으로 문제를 해결하는 탐정의 이름이 이시드로 파로디(패러디)라는 사실이 이를 명쾌하게 입증해 준다. 파로디라는 인물이 움직이지 않는 탐정, 즉 그 어떤 물질적 현실과도 접촉하지 않는다는 점도 기성 문학에 등장하는 탐정에 대한 패러디적 성격이 강하다. 또한 「골리아드킨의 밤」에 변장을 하고 등장하는 브라운 신부나 「예언하는 개」라는 책 등만 보더라도 체스터턴을 패러디하고 있다는 사실을 쉽게 알아차릴 수 있을 것이다.

그런 점에서 보르헤스와 비오이 카사레스의 「이시드로 파로디에게 주어진 여섯 가지 사건」은 논리적이고 합리적이며 기계적인 전개 방식에 대한 도전이자 영국을 중심으로 한 범죄 문학에 대한 패러디다. 파로디가 사건을 해결하는 방식은 증언들에 대한 해석이다. 그는 물리적 증거를 제시하는 것이 아니라 언어적 놀이의 결과물을 제시한다. 다시 말해 범죄 문학 장르에 대한 공격으로서 기성 작품 — 그 자체로는 완벽한 논리를 전개하려고 하지만 — 의 이면에 숨겨진 피상성에 대한 반박인 것이다. 따라서 「이시드로 파로디에게 주어진 여섯 가지 사건」은 명백한 진실을 밝히는 논리적 전개 양상을 보이지 않는다. 오히려 무수한 언어적 해석의 길을 제시함으로써 범죄 문학 장르의 모범을 뒤틀고 변형한다. 거기에 고정적이고 불변적인 해석은 없다.

이에 반해 「두 가지 놀라운 환상」은 두 가지 초월적 경험을 다룬 작품이다. 「알레프」를 연상시키는 「증인」에서 신성함은 제 본연의 성스러움과 숭고함을 상실하고 그로테스크한 괴물 같은 형상으로 그려진다. 그 형상을 목도한 삼파요는 죽은 소녀를 침대에 놓고 떠나 버린다. 「증인」과 거의 동일한 구조로 전개되는 「증거」 또한 환상적이고 황당무계한 비전을 아주 세밀하게 보여 준다. 참고로 부스토스 도메크가 라블레와 닮은 데가 있다고 말한 보르헤스는 신에 대해 이렇게 언급한 바 있다.

> 신을 신이라 부르지 않는 게 나을 것이다. 우리가 신이라고 하면 이미 나뉠 수 없는 하나의 개체라고 생각하는데, 교리에 따르면 그 개체는 신비롭게도 삼위일체라는 셋이다. 나로서는 상상할 수가 없다.

「죽음의 모범」은 1946년에 발표된 작품으로 오노리오 부스토스 도메크의 제자로 설정된 수아레스 린츠라는 가상의 작가가 쓴 유일한 작품으로, 「몬스트루오의 축제」와 직간접적으로 상관성을 보이는 작품이다. 보르헤스는 「죽음의 모범」에 대해 이렇게 회고한 바 있다.

> 그 작품을 쓰고 나서 비오이 카사레스와 나는 다시는 그런 문체의 글을 쓰지 않기로 했다. 나는 비오이에게 그 작품을 재판(再版)하면 안 될 것 같다고 했다. 그 작품은 신소리에 대한 신소리, 그리고 그에 대한 또 다른 신소리의 연속이나 다름없었고, 그리하여 우스꽝스러운 유머가 돼 버린 탓이었다. (……) 「죽음의 모범」을 읽은 독자라면 동일한 작가의 다른 작품을 읽고 싶은 마음이 사라질 것이다. 그 우스꽝스런 문장의 미로에서 길을 잃고 싶지는 않을 테니까 말이다.

이와 관련해 비오이 카사레스는 "우리는 바로크식으로 글을 썼다. 그렇게 신소리가 쌓이다 보니 우리조차 우리의 이야기에서 길을 잃었다."라고 회고한 바 있다. 그래서 이 작품은 르 파누, 쿠노 핀헤르만 그리고 바레이로라는 세 인물의 서로 물고 물리는 관계를 통해 탐정 소설의 코드가 지닌 묘미를 다시금 보여 준다.

「변두리 사람들」은 1939년에, 「믿는 자들의 낙원」은 1940년에 영화 대본으로 작성되었다가 1955년 한 권으로 묶여 출판되었다. 이후 「변두리 사람들」은 1975년에 영화로 제작되었다. 두 작품은 공히 명예와 운명과 복수를 주제로 전개되며 해피엔딩으로 마무리된다. 앞선 작품들의 문체와 다르게 가독성이 보장된 작품들이기에 무난한 독서가 가능할 것이다.

늘 그렇지만 보르헤스를 마주하면 머릿속이 복잡해지고 속이 거북해진다. 이번 작품은 더욱 그러했다. 어쩌면 20세기 중반의 아르헨티나 언어와 문화를 온전히 읽어내고 번역하기란 사실상 불가능한 일이었는지도 모른다. 더욱이 당시 비속어와 방언과 유희적 표현에 담긴 의도를 번역으로 담아낸다는 것은 능력 밖의 일이었음을 고백한다. 하여 이번 번역을 통해 독자가 보르헤스와 비오이 카사레스의 문학 세계에 조금이나마 접근할 수 있는 기회가 된다면 그것으로 족한다.

은유와 풍자의 집

5부 「부스토스 도메크의 연대기」,

6부 「부스토스 도메크의 새로운 단편들」

황수현

'20세기 포스트모더니즘 문학 논쟁을 촉발시킨 작가', '조이스와 카프카와 더불어 20세기를 대표하는 작가'라는 찬사를 받은 호르헤 루이스 보르헤스. 그래서 그런지 아르헨티나 문학에는 보르헤스의 그림자가 짙게 깔려 있다. 특히 보르헤스 이전과 보르헤스 이후를 나누어 언급하는 평자도 있는 것을 보면 아르헨티나 혹은 라틴 아메리카 문학에 미친 보르헤스의 영향은 지대하다 하겠다. 하지만 보르헤스와 더불어 스페인어권 최고의 문학상인 '세르반테스 문학상' 수상 작가인 아돌포 비오이 카사레스의 도저한 문학 세계가 지니는 독자성과 고유성을 간과할 순 없다. 다행히 두 사람의 공동 작업인 「부스토스 도메크의 연대기」(1967), 「부스토스 도메크의 새로운 단편들」(1977)을 통해 두 사람의 문학을 하나로 살펴볼 수 있는 기회가 주어졌다.

작가 소개에서 언급한 것처럼, 보르헤스와 비오이 카사레스의 공동 창작은 당시로서는 전례를 찾기 어려운 새로운 형태의 문학적 실험이었다. "작가 '오노리오 부스토스 도메크'는 보르헤스와 비오이 카사레스가 소설을 써내기 위해 창조한 가공의 인물로 오랜 준비 기간을 거친 공동 작업의 결과며 이 가상 작가의 문체는 보르헤스는 물론 비오이 카사레스와도 닮지 않은 독자적 스타일을 보여 주었다."라는 평단의 평가에 반신반의하던 필자는 이후 「부스토스 도메크의 연대기」와 「부스토스 도메크의 새로운 단편들」을 읽고 번역하며 묘한 느낌에 빠져들었다. 작품을 조우한 첫인상은 보르헤스에 가까웠으며 『픽션들』,『알레프』에서 보여 준 보르헤스 특유의 현학적 이야기, 백과사전적 지식의 전개를 담은 단편들이 떠올랐다. 하지만 문체적으로는 오히려 비오이 스타일에 가까운 것이 아닐까 하는 의문이 끊이질 않았는데, 이는 무엇보다 이야기 전개가 매끄럽고 유려해 가독성이 뛰어났기 때문이었다.

풍자와 아이러니가 넘쳐 나고 추리 소설의 기법으로 정황 묘사와 이야기를 전개하는 서사적 속도감이 문체적 특징인 아돌포 비오이 카사레스와 백과사전적 지식을 밤하늘의 별자리처럼 늘어놓는 관념적 형이상학적 글쓰기가 특징인 보르헤스의 글은 색과 맛이 달라서 절대로 용해되지 않을 것으로 생각했다. 하지만 서로 다른 문학적 수관에서 길어 올린 잉크를 연통관(連通管)을 통해 섞고 증류하니 급격함과 온순함, 멈춤과 가속을 반복하는 언어가 한 공간에 혼재한다.

보르헤스의 꿈과 카사레스의 길

평론가들이 공동 작업의 진수를 보여 준 작품으로 거명하는 「부스토스 도메크의 연대기」를 살펴보면 당대 사회와 문화에 대한 비판 의식을 담은 통렬한 풍자는 속도감 있는 이야기 전개에도 불구하고 기발하고 때로는 기괴하다. 비유적 표현을 즐겨 사용하니 바로크식 글쓰기에 가깝다. 「의상1」과 「의상2」에서는 기능주의에 대한 풍자를, 「그라두스 아드 파르나숨」에서는 "어휘를 풍요롭게 하는 것과 바꾸고 변형하는" 은유를 강조한다. 이렇듯 그의 소설은 기존의 가치와 현상에 의문을 제기하고 맘껏 뒤집어 보는 실험실이자 '은유와 풍자의 집'이다.

한편 「부스토스 도메크의 새로운 단편들」에서는 '페론주의'로 유명한 페론 대통령에 대한 비판을 「몬스트루오의 축제」에 담아내고 있다. 스페인어 대문자로 쓴 몬스트루오(Monstruo)는 고유명사라 '괴물'이라는 보통 명사로 담아낼 수 없는 독자성을 지닌다. 페론에 대한 통렬한 비판, 부스토스 도메크의 입을 빌려 평생 불편한 관계를 유지했던 페론주의에 대해 풍자하고 있는 것이다. 아르헨티나의 역사와 정치적 상황을 이해한다면 좀 더 접근하기 쉽겠지만 문학이 지니는 보편성에 기대어 글을 읽다 보면 이 작품이 지니는 유머와 해학, 풍자와 아이러니에 빠져들게 된다. 마치 양피지 원고를 빛에 내어놓으면 어떤 형상이 홀로그램처럼 일어나 움직이며 말을 걸듯, 최면처럼 다가서는 글은 보르헤스의 꿈의 세계에 취해 일어나고 비오이 카사레스의 추리 소설 기법으로 길을 찾는 형태가 반복된다.

보르헤스가 추리 소설을 엮어 가는 비오이 카사레스의 줄거리 구성에 탄복하며 "명료하고 매끄러운 문체에 대한 애착을 지닌 비오이 카사레스에게 자신이 빚지고 있다."라고 고백한 것처럼 「부스토스 도메크의 연대기」와 「부스토스 도메크의 새로운 단편들」은 농담(濃淡)이 다른 잉크를 화학적으로 결합한 만큼 두 사람의 중간쯤에 있거나 전혀 다른 위치에 놓여 있다. 이렇듯 다른 혈액형을 가진 이들의 예술 혈관을 연결해 온전히 하나의 성분으로 정제한 작품을 통해 우리는 다른 문학의 가능성을 목도했다. 낯선 업둥이의 탄생. 온전히 새로운 작가가 탄생한 것이다.

보르헤스와 비오이 카사레스

황수현

비오르헤스의 탄생

호르헤 루이스 보르헤스는 라틴 아메리카 문학 전공자들에겐 큰 산이다. 언젠가는 넘어야 할 산이라 멀리서 바라보고 가까이 가서 흠향해 보기도 하지만 막상 다가서기 어려운 만인의 연인. 그 보르헤스가 전혀 다른 성향의 아돌포 비오이 카사레스를 만났다. 과학적이고 관념적이며 추상적인 화두를 퍼즐처럼 직조하는 보르헤스와 환상 소설의 대가 비오이 카사레스의 만남. 그 만남이 색다른 것처럼 두 사람의 공동 작품도 기묘하다.

말을 더듬는 듯 머뭇거리고 능치며 태연한 척하다 다가서는, 우연을 가장해 벌어지는 사건의 기괴함은 보르헤스의 각본인지 비오이 카사레스의 계략인지 도무지 알 수가 없다. 공동 작업이라니 누군가는 모내기 줄을 잡고 누군가는 모를 심었을 터인데, 문체적으로도 그렇고 구조적으로도 그렇고 특정 작가가 더 많이 개입한 흔적을 찾을 수 없다. 무한의 언어가 증식하는 공간, 길 없는 미로에 배태된 해학적 어조와 아이러니에다 당대 정치 상황을 묘사하는 촌철살인의 풍자는 보르헤스와 비오이의 대화 속에서 탄생했으나 그들이 즐기던 마테차처럼 온전히 녹아들고 우러났다. 그래서 작품을 흠향하는 독자는 호강이다. 두 작가의 작품에다 새롭게 창조한 작가의 작품까지 완상하는 즐거움은 덤이다. 보르헤스의 씨실과 비오이 카사레스의 날실로 직조된 이야기가 아니면 설명할 수 없는, 원산지를 가늠하기 어려운 글. 보르헤스와 비오이 카사레스의 글은 이렇듯 신비스럽다.

아르헨티나 작가 호르헤 루이스 보르헤스(1899-1986)와 아돌포 비오이 카사레스(1914-1999) 두 사람의 첫 만남은 1931년과 1932년으로 거슬러 올라간다. 아르헨티나판 맹모였던 비오이 카사레스의 어머니 마르타 카사레스는 문예지 《수르》의 편집장이던 빅토리아 오캄포를 만나 아들의 문학적 재능을 키울 방법에 대해 조언을 구했다. 당대의 대표적인 여류 작가로 아르헨티나 문단의 중심에 있던 빅토리아는 문학을 사랑하고 문학적 감수성이 뛰어난 소년의 멘토로 보르헤스를 추천했다. 비오이의 나이 열일곱 살 때의 일이었다. 그들은 빅토리아의 집에서 만났으며 보르헤스는 열다섯 살의 나이 차이에도 불구하고 비오이를 친구처럼 살갑게 대했다. 보르헤스의 눈에 비친 소년은 "총기와 재능이 넘쳤으며, 박식하고 장래가 촉망되는 젊은이였다."[3] 그들은 이후 사십여 년간 친구이자 문학적 동반자로 지내게 된다. 비오이 카사레스(Bioy Casares)와 보르헤스(Borges)를 합쳐 비오르헤스 (Biorges)라 부르는 것처럼.

부스토스 도메크로 빙의한 두 작가

두 사람은 서로의 집을 오가며 문학과 예술, 정치와 사회에 대한 다양한 이야기를 나누었으나 애초 공동 창작은 논의의 대상이 아니었다. 보르헤스는 생전 회고록에서 "공동 작업은 불가능하다고 생각했고 원치도 않았는데 어느 날 비오이 카사레스의 집에 점심을 먹으러 갔다가 두 시간 정도 시간이 나서 이야기를 같이 만들어 보았고, 비오이의 증조부모의 성에서 도메크를 따고 내 증조부의 성에서 부스토스를 따 오노리오 부스토스 도메크라는 새로운 작가를 창조했으며 그 인물은 두 사람이 대화할 때만 실제로 존재하는 작가"라고 술회한다. 20세기 초반 1차 세계 대전을 전후해 시작된 아방가르드 예술의 영향으로 작가들이 필명을 쓰는 것은 당시 하나의 유행이었으나 작가 자신과는 다른 정체성을 가진 가상의 작가를 창조하고 그에 따른 개성적 문체로 작품을 집필하는 것은 당시로서는 새로운 시도였다.

---

3 호세 카를로스 카네이로, 김현균 옮김, 『책과 밤을 함께 주신 신의 아이러니』, 다락방, 2005, 55쪽.

보르헤스와 비오이 카사레스 두 사람이 처음 시작한 공동 작업은 엉뚱하게도 비오이 집안이 운영하던 유제품 브랜드 '라 마르토나'를 광고하기 위한 카피타이팅 작업이었다. 이후 탐정 소설 시리즈를 함께 집필하기로 작정하고 『이시드로 파로디에게 주어진 여섯 가지 사건』(1942)을 발표한다. 그들이 빅토리아 오캄포의 집에서 조우한 지 십 년 만의 일이었다. 이 작품은 부스토스 도메크의 이름으로 발표되었고 전혀 다른 제삼자의 작품임을 강조하기 위해 작가 소개는 물론 서문을 통해 위장막을 치게 된다. 작가 소개에서 부스토스 도메크가 푸하토 출생이고 프랑스풍의 글을 쓰며 다양한 작품을 이미 발표했다고 소개하고 있다. 보르헤스와 비오이의 공동 창작 전략은 이렇듯 은밀히 진행되었고 이명(異名)으로 발표된 만큼 독자들은 이 작품이 두 사람의 작품이라고 인지하지 못했다. 보르헤스는 이미 『불한당들의 세계사』(1936)를 발표한 후라 그의 문체가 노출되었을 수도 있었으나, 두 작가의 한목소리로 만들어진 단편은 보르헤스와 비오이가 아니라 부스토스 도메크의 완벽한 빙의였던 셈이다. 후에 이 단편집이 보르헤스와 비오이의 공동 창작품임이 밝혀지자 신예 작가의 등장을 기대하던 문단의 평자들은 몹시 당황했다고 한다.

두 사람의 공동 창작은 결실을 맺기도 했지만 때로는 실패하기도 했는데 함께 만든 잡지《데스티엠포》는 일 년간 3호를 발행하고 폐간되었다. 빅토리아 오캄포가 편집자로 있던《수르》의 성공과 대비되는 장면이었다. 비오이 카사레스는 사십 년간 보르헤스와 교류하며 그와 나눈 이야기를 1500쪽이 넘는 일기 속에 담아 두었다. 이 기록은 2006년 『보르헤스』라는 책으로 묶여 세상에 나왔는데, 그는 보르헤스와의 대화 속에서 삶은 물론 세계를 바라보는 지혜를 얻었다고 고백하고 있다.

보르헤스와 비오이 카사레스의 관계에 대해 이야기를 할 때 대부분 보르헤스를 스승으로 비오이를 제자로 간주하는 경향이 있으나, 호세 카를로스 카네이로에 의하면 비오이는 "보르헤스의 지혜를 보완해 주었으며 그의 일생을 통해 신뢰할 수 있는 충실한 벗이자 속마음까지 털어놓을 수 있는 고해 신부 같은 존재였다."[4]라고 하니 두 사람의 관계는 누가 누구에게 일방적인 영향을 미친 관계가 아니라 상호 보족적인 관계였음을 인지할 수 있다. 또한 보르헤스는 비오이 카사레스가 열 다섯 살이나 어린데도 사적이며 지적인 관계를 유지할 수 있었는지 묻는 질문에 "나이로 치면 아들이 될 수 있지만 나는 그에게 많은 것을 배웠고 그는 나의 스승이었다. 그것도 아주 관대한 어린 선생으로 내가 눈치채지 못하도록 나를 가르쳤다."[5]라고 고백한다. 결국 보르헤스는 그의 멘티이자 동반자 혹은 멘토이기도 했던 비오이 카사레스에게 문학의 새로운 방법론을 묻고 있었는지도 모른다.

---

4 같은 책, 55쪽.

5 Braceli Rodolfo, *Borges-Bioy Confesiones, confesiones*, Buenos Aires, Editorial Sudamericana, 1997, pp 48~49.

작가 연보(호르헤 루이스 보르헤스)

1899년 8월 24일 아르헨티나 부에노스아이레스에서 변호사의 아들로 태어남.

1900년 6월 20일 산 니콜라스 데 바리 교구에서 호르헤 프란시스코 이시도로 루이스 보르헤스라는 이름으로 세례를 받음.

1907년 영어로 다섯 쪽 분량의 단편 소설을 씀.

1910년 아일랜드 작가 오스카 와일드의 『행복한 왕자』를 번역함.

1914년 2월 3일 보르헤스의 가족이 유럽으로 떠남. 파리를 거쳐 제네바에 정착함. 중등 교육을 받고 구스타프 마이링크의 『골렘(Golem)』과 파라과이 작가 라파엘 바레트를 읽음.

1919년 가족이 스페인으로 여행함. 시 「바다의 송가」 발표.

1920년 보르헤스의 아버지가 마드리드에서 문인들과 만남. 3월 4일 바르셀로나를 출발함.

1921년 부에노스아이레스로 돌아옴. 문학 잡지 《프리스마(Prisma)》 창간.

1922년 마세도니오 페르난데스와 함께 문학 잡지 《프로아(Proa)》 창간.

1923년 7월 23일, 가족이 두 번째로 유럽으로 여행을 떠남. 플리머스 항구에 도착하여 런던과 파리를 방문하고, 제네바에 머무름. 이후 바르셀로나로 여행하고, 첫 번째 시집 『부에노스아이레스의 열기(Fervor de Buenos Aires)』 출간.

1924년 가족과 함께 바야돌리드를 방문한 후 7월에 리스본으로 여행함. 8월에 리카르도 구이랄데스와 함께 《프로아》 2호 출간.

1925년 두 번째 시집 『맞은편의 달(Luna de enfrente)』 출간.

1926년 칠레 시인 비센테 우이도브로와 페루 작가 알베르토 이달고와 함께 『라틴 아메리카의 새로운 시(Indice de la nueva poesia americana)』 출간. 에세이집 『내 희망의 크기(El tamano de mi esperanza)』 출간.

1927년 처음으로 눈 수술을 받음. 후에 노벨 문학상을 받게 될 칠레 시인 파블로 네루다와 처음으로 만남. 라틴 아메리카의 최고 석학 알폰소 레예스를 만남.

1928년 시인 로페스 메리노를 기리는 기념식장에서 자신의 시를 낭독. 에세이집 『아르헨티나 사람들의 언어(El idioma de los argentinos)』 출간.

1929년 세 번째 시집 『산마르틴 공책(Cuaderno San Martin)』 출간.

1930년 평생의 친구가 될 아돌포 비오이 카사레스를 만남. 『에바리스토 카리에고(Evaristo Carriego)』 출간.

1931년 빅토리아 오캄포가 창간한 문학 잡지 《수르(Sur)》의 편집 위원으로 활동함. 이후 이 잡지에 본격적으로 자신의 글을 발표함.

1932년 『토론(Discusión)』 출간.

1933년 여성지 《엘 오가르(El hogar)》의 고정 필자로 활동함. 이 잡지에 책 한 권 분량의 영화평과 서평을 발표함.

1935년 『불한당들의 세계사(Historia universal de la infamia)』 출간.

1936년 『영원성의 역사(Historia de la eternidad)』 출간.

1937년 버지니아 울프의 『자기만의 방(A Room of One's Own)』과 『올랜도(Orlando)』를 스페인어로 번역함.

1938년 아버지가 세상을 떠남. 지방 공립 도서관 사서 보조로 근무함. 큰 사고를 당하고 자신의 지적 능력이 상실되었을지 몰라 걱정함. 프란츠 카프카의 『변신』 번역.

1939년 최초의 보르헤스적인 작품으로 평가되는 「피에르 메나르, 『돈키호테』의 저자(Pierre Menard, autor del Quijote)」를 《수르》에 발표함.

1940년 아돌포 비오이 카사레스와 실비나 오캄포와 함께 『환상 문학 선집(Antología de la literatura fantástica)』 출간.

1941년 『두 갈래로 갈라지는 오솔길들의 정원(El jardin de senderos que se bifurcan)』 출간. 윌리엄 포크너의 『야생 종려나무(The Wild Palms)』와 앙리 미쇼의 『아시아의 야만인(Un barbare en Asie)』 번역.

1942년 비오이 카사레스와 공저로 『이시드로 파로디에게 주어진 여섯 가지 사건(Seis problemas para Isidro Parodi)』 출간.

1944년 『두 갈래로 갈라지는 오솔길들의 정원』과 『기교들(Artificios)』을 묶어 『픽션들(Ficciones)』이라는 제목으로 출간.

1946년 페론이 정권을 잡으면서 반정부 선언문에 서명하고 민주주의를 찬양했다는 이유로 지방 도서관에서 해임됨.

1949년 히브리어의 첫 알파벳을 제목으로 삼은 『알레프(El Aleph)』 출간.

1950년 아르헨티나 작가회의 의장으로 선출됨.

1951년 로제 카유아의 번역으로 프랑스에서 『픽션들』이 출간됨.

1952년 에세이집 『또 다른 심문들(Otras inquisiciones)』 출간됨.

1955년 페론 정권이 붕괴되면서 국립 도서관 관장으로 임명됨.

1956년 '국민 문학상' 수상. 부에노스아이레스 대학교에서 영국 문학과 미국 문학을 가르침. 이후 십이 년간 교수로 재직.

1960년 『창조자(El hacedor)』 출간

1961년 사뮈엘 베케트와 '유럽 출판인상(Formentor)' 공동 수상. 미국 텍사스 대학교 객원 교수로 초청받음.

1964년 시집 『타인, 동일인(El otro, el mismo)』 출간.

1967년 예순여덟 살의 나이로 엘사 아스테테 미얀과 결혼. 비오이 카사레스와 함께 『부스토스 도메크의 연대기(Cronicas de Bustos Domecq)』 출간.

1969년 시와 산문을 모은 『어둠의 찬양(Elogio de la sombra)』 출간.

1970년 단편집 『브로디의 보고서(El informe de Brodie)』 출간. 엘사 아스테테와 이혼.

1971년 영국 옥스퍼드 대학교에서 명예 박사를 받음.

1972년 시집 『금빛 호랑이들(El oro de los tigres)』 출간.

1973년 국립 도서관장 사임.

1974년 보르헤스의 전 작품을 수록한 『전집(Obras completas)』 출간.

1975년 단편집 『모래의 책(El libro de arena)』 출간. 어머니가 아흔아홉의 나이로 세상을 떠남. 시집 『심오한 장미(La rosa profunda)』 출간.

1976년 시집 『철전(鐵錢, La moneda de hierro)』 출간. 알리시아 후라도와 함께 『불교란 무엇인가?(Qué es el bu-dismo)』 출간.

1977년 시집 『밤 이야기(Historias de la noche)』 출간.

1978년 소르본 대학교에서 명예 박사를 받음.

1980년 스페인 시인 헤라르도 디에고와 함께 '세르반테스 상'을 공동 수상. 에르네스토 사바토와 함께 '실종자' 문제에 관한 공개 서한을 보냄. 강연집 『7일 밤(Siete noches)』 출간.

1982년 『단테에 관한 아홉 편의 에세이(Nueve ensayos dantescos)』 출간.

1983년 미국 위스콘신 대학교에서 명예 박사를 받음. 프랑스 국가 최고 훈장인 레지옹 도뇌르 훈장을 받음. 『셰익스피어의 기억(La memoria de Shakespeare)』 출간.

1984년 도쿄 대학교와 로마 대학교에서 명예 박사를 받음.

1985년 시집 『음모자(Los conjurados)』 출간.

1986년 4월 26일에 마리아 코다마와 결혼. 6월 14일 아침에 제네바에서 세상을 떠남. 1936년부터 1939년 사이에 《엘 오가르》에 쓴 글을 모은 『나를 사로잡은 책들(Textos cautivos)』 출간.

작가 연보(아돌포 비오이 카사레스)

1914년 9월 15일 부에노스아이레스에서 변호사이자 정치인인 아돌포 비오이 도메크와 마르타 이그나시아 카사레스 린츠의 외아들로 태어남.

1925년 열한 살의 나이로 첫 번째 단편 「이리스와 마르가리타(Iris y Margarita)」를 씀.

1928년 환상적 단편 소설이자 탐정 소설 성격을 띤 「허풍 혹은 끔찍한 모험」을 씀. 아서 코난 도일의 작품을 읽음.

1929년 아버지의 도움으로 첫 번째 책 『서문(Prólogo)』을 씀. 미국을 여행함. 『성경』과 스페인 황금시대 극작가들의 작품을 읽음.

1930년 『미래를 향해 열일곱 발을 쏘라(17 disparos contra lo porvenir)』에 수록될 단편들을 씀.

1931년 세르반테스의 『돈키호테』를 읽음.

1932년 5월 빅토리아 오캄포의 집에서 호르헤 루이스 보르헤스를 알게 됨. 이후 보르헤스가 죽을 때까지 친구로 지냄. 부에노스아이레스 대학교 법과 대학교에 입학.

1933년 토르 출판사에서 마르틴 사카스트루라는 필명으로 『미래를 향해 열일곱 발을 쏴라』를 출판함. 법과 대학교를 그만둠.

1934년 실비나 오캄포를 알게 됨. 단편집 『혼돈(Caos)』을 출판함.

1935년 실비나 오캄포가 삽화를 그린 『새로운 불행 혹은 후안 루테노의 다양한 삶(La nueva tormenta o La vida múltiple de Juan Ruteno)』을 출판함. 단편집 『혼돈』으로 《아메리카 잡지》 단편상 수상.

1936년 실비나 오캄포가 삽화를 그린 『집에서 만든 석상』을 출판함. 보르헤스와 함께 잡지 《철 아닌 때(Destiempo)》를 발간함.

1937년 『죽은 사람 루이스 그레베(Luis Greve, muerto)』를 출판함. 《데스티엠포》 3호이자 마지막 호가 간행됨. 『모렐의 발명(La invención de Morel)』을 집필하기 시작함.

1940년 실비나 오캄포와 결혼함. 『모렐의 발명』을 출판함. 실비나 오캄포와 보르헤스와 공동으로 『환상 문학 선집(Antología de la literatura fantástica)』을 출판함.

1941년 『모렐의 발명』으로 제1회 부에노스아이레스 문학상 수상. 실비나 오캄포와 보르헤스와 공동으로 『아르헨티나 시선집(Antología poética argentina)』을 출판함.

1942년 보르헤스와 『이시드로 파로디에게 주어진 여섯 가지 사건(Seis problemas para don Isidro Parodi)』을 오노리오 부스토스 도메크(Honorio Bustos Domecq)라는 필명으로 출판함.

1943년 보르헤스와 『최고의 탐정 소설 단편집(Los mejores cuentos policiales)』 1권을 출판함.

1944년 『눈의 위증(El perjurio de la nieve)』 발표함. 문학지 《수르(Sur)》에 단편 「절묘한 음모(La trama celeste)」 게재함.

1945년 『도주 계획(Plan de evasión)』을 출판함.

1946년 실비나 오캄포와 『사랑하는 사람들은 미워한다(Los que aman, odian)』를 출판함. 보르헤스와 베니토 수아레스 린츠라는 필명으로 『죽음의 모범(Un modelo para la muerte)』을 출판함. 보르헤스와 『두 가지 놀라운 환상(Dos fantasías memorables)』을 출판함.

1947년 「몬스트루오의 축제」를 보르헤스와 함께 쓰기 시작함.

1948년 단편집 『절묘한 음모』를 출판함.

1949년 옥타비오 파스와 엘레나 가로를 만남.

1951년 『최고의 탐정 소설 단편집』 2권을 출판함.

1952년 어머니가 세상을 떠남. 프랑스에서 『모렐의 발명』이 출판됨.

1954년 『영웅들의 꿈(El sueño de los héroes)』 출판. 딸 마르타가 태어남.

1955년 보르헤스와 편집한 『짧고 특별한 단편들(Cuentos breves y extraordinarios)』이 출판됨. 단편 「몬스트루오의 축제」가 신문 《마르차(Marcha)》에 게재됨.

1956년 단편집 『경이로운 이야기(Historia prodigiosa)』 출판.

1958년 이탈리아 작가 알베르토 모라비아와 만남.

1959년 단편집 『사랑이 담긴 화관(Guirnalda con amores)』이 출판됨.

1962년 단편집 『어둠의 옆(El lado de la somra)』을 출판함. 아버지가 세상을 떠남.

1964년 프랑스에서 『영웅들의 꿈』이 출간되고, 미국에서 『모렐의 발명』이 출간됨.

1965년 독일에서 『모렐의 발명』이 출간됨.

1966년 이탈리아에서 『모렐의 발명』이 출간됨.

1967년 단편집 『위대한 천사(El gran serafín)』가 출판됨. 보르헤스와 『부스토스 도메크의 연대기(Crónicas de Bustos Domecq)』를 출판함.

1968년 에세이 모음집 『또 다른 모험(La otra aventura)』 출판함.

1969년 『돼지 전쟁 일기(Diario de la guerra del cerdo)』가 출판됨.

1970년 단편 「위대한 천사」로 국가 문학상을 수상함.

1971년 하비에르 마란다라는 필명으로 『고귀한 아르헨티나 사람에 관한 간략한 사전(Breve diccionario del argentino exquisito)』을 출판함.

1972년 단편집 『환상적인 이야기들(Historias fantásticas)』과 『러브 스토리(Historias de amor)』가 출판됨.

1973년 『태양 아래 잠들다(Dormir al sol)』가 출판됨. 이탈리아에서 『모렐의 발명』을 영화로 제작.

1975년 아르헨티나 작가 협회의 '위대한 명예상'을 수상함.

1977년 보르헤스와 『보스토스 도메크의 새로운 연대기(Nuevos cuentos de Bustos Domecq)』를 출판함.

1978년 단편집 『여자들의 영웅(El héroe de las mujeres)』 출판됨.

1981년 프랑스 문단의 명예 위원으로 선정.

1985년 『어느 사진 기사의 플라타에서의 모험(La aventura de un fotógrafo en La Plata)』이 출판됨.

1986년 단편집 『터무니없는 이야기들(Historia desaforadas)』이 출판됨. 부에노스아이레스 '저명한 시민'으로 선출됨. 보르헤스가 세상을 떠남.

1990년 스페인의 세르반테스 문학상을 수상함.

1991년 단편집 『러시아 인형(Una muñeca rusa)』을 출판함. 멕시코의 알폰소 레예스 상을 수상함.

1993년 아내 실비나 오캄포가 세상을 떠남.

1994년 『회고록(Memorias)』 출판됨. 딸 마르타가 세상을 떠남.

1996년 아내 실비나 오캄포와 딸 마르타를 위한 서신 『여행 중에(En viaje)』 발표.

1998년 『한 세상에서 다른 세상으로(De un mundo a otro)』가 출판됨.

1999년 3월 8일 부에노스아이레스에서 세상을 떠남.

「이시드로 파로디에게 주어진 여섯 가지 사건」, 「두 가지 놀라운 환상」, 「죽음의 모범」, 「변두리 사람들 — 믿는 자들의 낙원」 옮긴이

이경민

조선대학교와 서울대학교에서 수학하고 멕시코 메트로폴리탄 자치대학교(UAM)에서 문학 박사 학위를 받았다. 현재 조선대학교 스페인어과 교수로 재직 중이다. 옮긴 책으로 『제3 제국』, 『참을 수 없는 가우초』, 『살인 창녀들』(공역), 『「보편인종」, 「멕시코의 인간상과 문화」』, 『영원성의 역사』(공역) 등이 있다.

「부스토스 도메크의 연대기」, 「부스토스 도메크의 새로운 단편들」 옮긴이

황수현

경희대학교 스페인어학과를 졸업하고 스페인 마드리드 콤플루텐세 대학교에서 라틴 아메리카 문학 전공으로 박사 학위를 받았다. 한국문학번역원, 서울대, 경북대 등에서 강의하였으며 현재 경희대학교 스페인어학과 교수로 재직하고 있다. 저서로는 『유토피아의 귀환』(공저), 『스페인 문화 순례』(공저), 역서로는 『아르헨티나 사람들의 언어』 (공역) 『El regalo del ave』 등이 있으며, 보르헤스 관련 연구 논문으로 「한국문학과 보르헤스식 글쓰기」, 「책과 밤을 함께 주신 신의 아이러니 — 보르헤스의 축복의 시」가 있다.

죽음의 모범

보르헤스 가명 소설 모음집

1판 1쇄 펴냄 2020년 7월 31일
1판 2쇄 펴냄 2020년 11월 4일

지은이 호르헤 루이스 보르헤스·아돌포 비오이 카사레스
옮긴이 이경민 황수현
발행인 박근섭 박상준
펴낸곳 (주)민음사

출판등록 1966. 5. 19. 제16-490호
주소 서울시 강남구 도산대로 1길 62(신사동)
강남출판문화센터 5층 (우편번호 06027)
대표전화 02-515-2000 팩시밀리 02-515-2007
홈페이지 www.minumsa.com

ISBN 978-89-374-3655-0(04800)
ISBN 978-89-374-3648-2(04800)(세트)